女先生

（上册）

不画 著

中国友谊出版公司

图书在版编目（CIP）数据

女先生：全二册 / 不画著. -- 北京：中国友谊出版公司, 2020.1
ISBN 978-7-5057-4846-0

Ⅰ. ①女… Ⅱ. ①不… Ⅲ. ①长篇小说–中国–当代 Ⅳ. ①I247.5

中国版本图书馆CIP数据核字(2019)第209362号

书名	女先生：全二册
作者	不画
出版	中国友谊出版公司
发行	中国友谊出版公司
经销	新华书店
印刷	三河市冀华印务有限公司
规格	880×1230毫米 32开 20印张 520千字
版次	2020年1月第1版
印次	2020年1月第1次印刷
书号	ISBN 978-7-5057-4846-0
定价	68.00元（全二册）
地址	北京市朝阳区西坝河南里17号楼
邮编	100028
电话	（010）64678009

如发现图书质量问题，可联系调换。质量投诉电话：010-82069336

目录

CONTENTS

第1章

家有喜事

三月中旬，北京刚显现出几分春色来。

一户大宅院外，车马簇簇，从汽车上下来的宾客都是一派富贵气。抬头只见门楼正中垂满了一列喜庆的大红灯笼，黄灿灿的穗子迎风舞着，似乎也感染了主人家的欢乐。

客人们随着听差往里头走，经过的每一重院落，都有彩条和红灯笼点缀。进入大厅，正中央摆了音乐台，四周聚拢了人，都在静听着钢琴曲。

一个面容清丽的少妇，穿了一件窄小的黑底红色牡丹花纹的绸旗衫，头上束着金蟾珠压发，斜插了一支西班牙硬壳扇面牌花。因往外头走了一圈，臂上还搭着白底红花的披巾。

音乐声停，掌声响起，少妇却一直拿眼搜寻着什么。

及至有人上来恭维她：“大少奶奶，你们家可真是人才辈出，五小姐将来大概可以做个音乐博士了。”

这位人称大少奶奶的女子，名叫沈初云，她此刻已经端起微笑来，与客人热情地交谈了几句。

乐队上场了，青年男女伴着音乐，纷纷相携步入舞池。

沈初云可没心思应酬跳舞，忙转出屋子，欲往后头新房里去找人。

昨夜，沈初云跟丈夫韩仲秋约定好了，不管他在外面寻花问柳闹到什么地步，家里办喜事他总不能太出格，必须老老实实在家待着。可是，沈初云刚送了孔老夫人出门，再回来就连韩仲秋的影子也看不见了。

对于夫妻间的感情，沈初云早已看淡了，心也死绝了。可不管外头的情人再如何蜜里调油，亲兄弟的面子总是该给的。若韩仲秋今天不肯给这个面子，又不是她沈初云一个人脸上挂不住。这儿可是外交总长的府上，多少双眼睛盯着，等着看笑话呢！

经过了几重碧廊朱槛，已经到了新房门外。

乌泱泱一片人都是新郎官的朋友，个个笑得开怀，把新房挤得水泄不通。就听见里头一个尖嗓子不满地叫了起来："哎哟，麻烦你们让条道儿。你们这些人也是的，这是赶着要打仗呢，眼睛也不带瞧着人的。"

有人便与她调侃："二少奶奶，你说话可要当心哟。今儿是仲坤的好日子，提什么打仗不打仗的话。"

沈初云听这般说，就知道是她的二弟妹梁绣珍在新房里待不住，逆着人群挤出来了。便暂时搁下心里的阴云，从一个失意的妻子迅速转变为一个顾全大局的大家族长媳。挤上前拉住她的手，为了哄她高兴，还亲昵地唤了一声"二妹"。

然后她拉着梁绣珍回到自己屋里，两人挨着一起坐在沙发上。

梁绣珍气得直磨牙，口中不停地埋怨家里的三小姐韩燕琴今天表现得太得意了。

沈初云便笑着劝道："好了好了，木已成舟，还气什么呢？今儿到底是好日子，你说的话，让人听着也实在不舒服。里头母亲还在呢，惹得她老人家不痛快了，又要挑理了。"

梁绣珍有些不认同，冷笑着说："大嫂，你别多心，我就事论事地说一句，吃亏的不是你表妹，自然你能够做到说过去就过去了，我却不能呀。”

她口中的表妹，是财政次长的掌上明珠，名叫邓丽莎，去年才从国外留学回来。原说韩家的老四，也就是今日婚礼上的新郎官韩仲坤，配她那是年纪、家世都相当。因梁绣珍不知从哪里听来的一种说法，人的一生能撮合成一段姻缘，就是积了一个大善，将来定有后福的。因此，她这媒人做得比当事人还上心，打定主意非要喝上这碗冬瓜汤不可。

谁知，半路杀出了今天的女主角向兰。新娘子家里办着一个一二十人的小厂子，因她父亲遇上一些资金问题，北上来寻门路，顺便带着女儿来游玩一番。

天下的巧合都是这么来的，他们寻的门路是韩府的三姑爷。一来二去，这就促成了今天的良缘。

沈初云不觉联想到自己的婚姻之路，就敛了微笑，沉吟道：“其实这个年月，婚姻自由总是好的。虽说亲戚帮着牵线，知根知底可靠些，但缘分是两个人的事情，旁人替他们想得再好，也无济于事呀。”言罢，大大地叹了一口气。

梁绣珍欲待接言，扭头一瞅，只见沈初云眼圈有些微红。因想到沈初云的婚姻先时也是家里亲戚撮合的，如今却发生了危机。虽觉得这是两回事，倒也犯不着继续说下去引得她垂泪，便也吞了口中的话，只管静默着。

倒是沈初云不出一会儿却也撂开了心事，笑着起身道：“好了，我估摸着戏台那边大概要开演了，咱们快去招呼招呼。”

只见她抬了一只手，要来携住梁绣珍，可梁绣珍却不大情愿地把手往后头一藏，道：“我想晚些去。”

沈初云起先是疑惑，又见她脸色有些为难，便又坐了回去，想问问是不是还有别的难言之隐。

梁绣珍见状，料她今天是独独要注意着自己了，只得低下头，难为情地哼了一声："我也没什么事儿，就想……换身新衣裳。"

听到这个理由，沈初云一时竟有些哭笑不得，复又站起身，善意地提醒她道："我明白了。不过，最好换件颜色相仿的吧。要是人家看出来了，就说是在新房里让酒给泼脏了，这才换的。像今天这样的日子人多嘴杂的，你也该留心些。知道的说你向来是赶时髦的，不知道的还以为是你非要出这不相干的风头呢。要是人家再往歪处去说，会给你们家的表姑娘添一层麻烦呢。"

"大嫂向来是护着我的，有你疼我，我哪会叫人揪住小辫子呀。"梁绣珍知道沈初云这位大嫂最是周到，就连大家长韩延荪也常说，可惜她是个女儿身，不然一定可以做个外交官的。又知这番话是掏心掏肺的，就伸出两只手攀着她的胳膊，好一通撒娇。

因惦记戏台这边的宾客，多是上了年纪的长辈，没有主人在那里恐怕显得怠慢，沈初云未曾逗留便直奔了去。

有一位年轻的客人在里头坐不住，便出来歪在长廊上，百无聊赖地数着对面的假山一共叠了几层石头。只见他戴着一顶卡其色的圆盖式呢帽，身穿灰色西装配白色衬衣，脖子上一条亮宝蓝色的领带扎着，好不时髦。

赶巧的是，长廊那头过来一位穿长衫的中年人，对着眼前的小青年作揖道："哟，贺忆安君也来了啊！你算婆家人，还是娘家人哪？"

这位名叫贺忆安的年轻人收回眼神，仔细地辨认了一番，觉得论年纪，自己是受不起这个礼的，赶紧站起来回礼道："都不算，我是替大伯来给外长道喜的。"他一面说话，一面在心里想着，此人究竟是谁，怎么表现得这般热络呢？

对了，仿佛是在哪个俱乐部里见过一面，听人家都唤他作"李四"。起先引见时，他态度也不过尔尔，只是听说了贺忆安是杭州那个贺家的公子，就格外地关心起来。能在这里碰上，倒也是巧了。恰赶上贺忆安正发闷呢，管他是不是为了来攀贺家的关系，有的聊总比无聊好吧。

不过，贺忆安也不敢因此托大，叫了他一声“李四爷”，又调侃起来：“你说我这小商小贩的，跟簪缨世家哪儿攀得上亲啊。”

这李四大概也是在席上多喝了两杯，一开口岂止是在套近乎呢，简直玩笑得有些孟浪：“你自谦你的，做什么拉新娘子下水呢？同是浙江老乡，没有你的牵线，新娘子又哪里能有这样好的一个结果呢？不过，我看贺君同新娘子却也般配。若你当初不负美人恩，新娘子倒也不用远山远水地离了父母。”

“一定是柴俊生又跟人胡说了！”贺忆安扭过脸暗暗咬起牙来，随即转过来又是一副满不在乎的样子，“我负的美人大概能装满一个西湖了，不缺这一位。再者说，向家那位老爷实在白活了这把年纪，纺织厂是多好的一门生意都办得这样糟。他把生意做坏了，是活该不是？弄到要牺牲女儿的地步，真也算是求仁得仁了。”

他不知道，就在自己侃侃而谈时，假山那头有人正听着。

“这倒新鲜了，我只听过如今社会，爱对封建婚姻说长道短，却不想这自由恋爱也会遭人编排。”

被逮着暗地里说人短处，贺忆安自然有些发窘，就与李四爷对视了一眼。又因这话似乎出自一位年轻女子之口，若以人如其声来判断，自当是位美人了。贺忆安一番思量之下，没有躲开去，反而循声往前走着。

及至走到石阶前，望见一位年纪二十五岁上下，杏眼微瞋、柳眉倒竖的妇人。她虽穿戴得很喜庆，脸色却格外倨傲生硬。

贺忆安不觉有些惋惜，兀自轻叹了一口气，拱了拱手，又指了指她的高跟鞋，说道：“抱歉啊这位太太，我刚才的话虽然欠妥，却不是有意要让第三人知晓的。你既然察觉我们是躲在暗处说话，何苦还要不发一点动静地偷听。听了倒还罢了，为何非要说破这话，让人下不来台呢？我要是不肯让着你，非要计较你偷听之事，叫这满堂宾客听见这吵嚷之声，如何能不惹人嫌呢？如果我是主人，管他是听墙根在先还是出言不逊在先，统统都撵出去为是。”

这话说是道歉，听起来却更像是责怪。好一个无礼的青年，真是浪费了这一身体面的打扮。

沈初云望了后头直冒冷汗的李四一眼，便暗自揣测着，这李四是公府里的司机，眼前这个毛头小子又不认得自己，大概是向人借了一身衣裳，溜进来蹭酒席的小滑头。这样的事情，总是难以避免的。认真盘查起来，大概今天也不止放了他一个进来。跟他计较吧，又实在犯不着；可不跟他计较吧，这人又实在可恶。

思来想去，沈初云还是认为犯不着因为一个小混混儿打破今天的好气氛，翻了一记白眼便走了。

贺忆安越发来气了，这女子穿得人模人样的，却连非礼勿听都不懂，步子一跨，大有要追上去说理的架势。

李四见势不妙，赶紧上前去拦：“贺君，贺君……得啦，这位就是韩府的大少奶奶，听了生气原也是说得着咱们。这都赖我，是我一时糊涂，该放着外头去说的话，非要在这里嚼舌头。今天这日子，的确是不该如此的。”

“原来是她……”贺忆安脸上除了有七分的窘迫，更有三分的戏谑。

“你认识？”李四嘴上是笑着，心里却琢磨着，这位贺少爷大概也是把喜酒当醋酒，一时喝昏了头，既然认识就更不该顶撞了，谁家的新弟媳被这样说笑，还能不生气的呢？就算是跟新娘子有纠葛，也不该这样砸场子呀。

贺忆安连连摆手道：“不认识，就是才刚有人引我到二爷屋里打牌，我就听见这府里的大爷在抨击自己的太太，说她搞革命搞得走火入魔了。我想着，这女子但凡沾了文明空气，都该是可爱俏丽的面目才对，怎么就要拿妖魔来比喻呢？方才这一段意外，倒有些让我明白了。无论男女，张嘴说话岂能只管对与错，而不分场合事态呢？我就是说得再过分，她身为长媳也该顾全大局悄悄地躲开才是，而不是出来向我逞什么威风。这万一我要是不依不饶的脾气呢，说出什么伤新人颜面的话来，那可就不好了。”

李四张了张嘴，终究是什么话都没说出来，只管赔笑称“是”。他一个开车的不比别人家大业大有靠山，可不想再来一次，过完嘴瘾就被人抓个现行的事情了。

而沈初云此刻正被一双手臂拖着，问道：“你这孩子，怎么去了这半天的工夫？”

回头一看，是韩家的二太太梅姨娘。

“太太正找你呢。”梅姨娘往沈初云脸上一瞧，便收起笑容来，关切道，“哎呀，你脸色怎么这样差，不舒服吗？我说呢，你是最顾全礼数的，不会平白无故躲起来的。”

沈初云摇了摇头，拉着梅姨娘往墙角边一钻，把方才发生的事情说了一番，最后气鼓鼓地请梅姨娘评理：“您说说，这什么人呀？！我们家办喜事，你来喝酒，不说吉祥话还罢了，倒来说我们亲家老爷的坏话。”

梅姨娘听了，也是点头不迭，又劝她犯不着为那种小人之言动气，拉着她自去听戏。

第2章

诸事不顺

贺忆安没有在韩府多逗留，早早地回了自己新开的照相馆兼公寓。

照相馆的另一位股东柴俊生一见他进来，便戏谑道：“观老情人的礼，感觉好吗？”

“我就吃了这一回瘪，你打算说上一辈子吗？”贺忆安脱了外衣，忽而想起刚才被人教训的事情来，就挥着拳头吓唬他道，“你可得当心了，人家现在是外长府上金尊玉贵的少奶奶，说不得呢。”

柴俊生自说自话地安慰道：“要说这个小老乡，也真是没良心。初到北京的时候，为了找一个划算的住处，不知从哪里打听到了我们两个有这方面的熟人，在会馆里一口一个阿哥叫得那么甜。现在有了好归宿了，就把我们甩开了，连请帖也没有送一张。这按说她要嫌我小门小户的，攀不上她这朋友也就罢了。可你这样的，她怎么还嫌呢？”

“你没听过有钱不如有权吗？”贺忆安冷笑着，从酒柜里开了一瓶白兰地。

“语气不对哦。”柴俊生摸着下巴贼笑，三步并作两步上前把刚倒的一杯酒给抢了过来。

贺忆安手里一空，摇着头回身又去拿了一只杯子出来，嘴里嗔道：“我说你能别老拿这件事开玩笑吗？想我这一世英名，毁在这么个小丫头手里了。我真是……”

也罢，要是自己不吃瘪，只怕柴俊生还不爱说呢。

想到这一点，贺忆安也就不往下说了。可他心里却依然不好受，在男女交往这方面，他总是自负有魅力，却不想在向兰这里栽了个大跟头。看起来文文弱弱、羞羞答答的小姑娘，背地里倒很会借着各种人际关系搭梯子。直到她发表婚姻大事的时候，贺忆安还在吹嘘自己新认识的女友是出淤泥而不染，让柴俊生这一干人等一直笑到了现在。为了挽回一点面子，贺忆安就想借家里大伯的嘱托，忽然出现在婚礼现场，让向兰措手不及一番，露出真面目来。

谁知这招数是完全想错了，向兰一整天都守着她新嫁娘的矜持，对谁都是点头微笑不说话。既不暴露自己认识贺忆安，更是装成陌路人不给人留下任何把柄。

“哎哟，我说这外长就是外长，怎么这么不拘旧俗呢。”柴俊生说时，从墙上撕下了今天的日历，亮在了贺忆安手里。

“诸事不顺。”贺忆安饮了一口酒，不由得白了一下眼，脑中闪过一张倨傲的冰山脸，“我说呢。”

这一天的热闹归于沉静，不知不觉，白墙壁上的挂钟打过十二下。

沈初云在被窝里，翻来覆去就是睡不着。钟声敲过最后一下后，她腾地坐了起来，大声向外喊：“张妈，张妈！”

“来了来了，大少奶奶怎么了？”张妈一面胡乱系着纽扣，一面从下人房里慌慌张张跑来看她。

房内的电灯已经亮了，沈初云只穿了件薄薄的睡衣，脚下是白缎子拖鞋，楼板被她踩得咚咚作响。

张妈一望，大半张床都是笔挺挺的，就猜到她在气什么了，却仍装着傻问道：“大少奶奶，您哪儿不舒服呀？”

沈初云往床头抽屉里取了一本名片册子，一下摔在了地上：“给我一家一家打过去找，先往狐朋狗友那儿去问，问完了就往胡同里、窑姐家挨个儿打过去。找着了你家大少爷，就同他说，明儿一早要是不想到上人跟前说理去，趁着天没亮，就赶紧回来跟我谈判！”

“这……”张妈虽蹲了身去捡，心里却自有一番主张。

到底是四房大喜的日子，固然不全是沈初云的错，可她是长媳，就该顾着韩仲秋身为长子的颜面，这深更半夜还是别闹的好。然而，这位少奶奶是怎样的倔驴脾气，张妈早领教过了，还是照她说的去办比较妥。左右韩仲秋不过是同妻子不和，倒不至于不将父母、兄弟放在心上，总该知道今日是他理亏在先，一会儿回来了也不会怎样吵闹的。

电话打过一巡，都说没见过韩仲秋。

沈初云在里边卧室听着，只是沉沉叹气，她现在连骂人的力气都没有了。其实她心里是早有主意的，韩仲秋这会儿十有八九是在老相好家里。不过是念着一点夫妻情分，不想一下子就把他看得那么死，先往别处问一问，兴许他只是被哪个朋友拉去了而已。但事实却响亮地打了她一个耳光。

“不要这么麻烦了，直接找陈依曼！”

张妈举着听筒的手，被沈初云这一吼吓得直哆嗦，忙不迭应了。饶是这样紧张，陈依曼寓所的号码，还是一下子就清晰地跃然于张妈的脑海中。

待到韩仲秋拖着步子，一身酒气地回到家，已是凌晨三点钟之后的事情了，玻璃窗外都已蒙蒙有了亮光。

先时，沈初云问张妈要了一杯咖啡。韩仲秋快张妈一步先进来了，沈初云抬眸一瞥，口内不禁冷哼道：“好个大忙人啊，不请你还不回来了。”

“家里有喜事儿，几个朋友凑在一处热闹热闹，你又小气个什么劲，非要我回来！”说时，韩仲秋脱了外头的印花青缎马褂，懒懒地往床上一甩。跟着，自己也躺了上去，口里“哎哎”地吐着酒气。

正赶着这个时候，张妈端了一杯热气腾腾的咖啡进来。

沈初云拿眼睛示意她放了东西就出去，然后起身立在床前，冷问："家里的确是有喜事儿，可你毕竟不是新郎官儿吧，怎么倒弄得比人家还忙呢？你的那些朋友，是男朋友还是女朋友，又是怎么个热闹法？"

韩仲秋闭了眸子，不说话。

沈初云也并不期待他回答，冷笑着兀自替他答了："我看不是牌桌、酒桌上的闹法，倒是热被窝里的闹法吧？"

韩仲秋也不自辩，沉默也算是答案了，且他并不认为有何不妥之处。

沈初云见了，心内不免一沉，眼泪就扑簌簌落下来了："你可以不顾我的尊严，但是你这样做，将老四他们夫妻两个置于何处？又将父母置于何处？"

听得烦了，韩仲秋也高声嚷了起来："你别这么跟我说话，去了什么妇女促进会，好的没学会，尽学些尊严、平等之类的空话。我们家不过是需要个新式的门面装点装点，借此来争取新派学者的支持。要不然，父亲的两房姨太太首先就不平等，母亲也没尊严！"说着，白了她一眼，又满不在乎地打了个哈欠，索性将鞋也踢掉了，滚进被窝里，打算睡个回笼觉。

每次都是这样，拿家里父亲的妾室问题来做挡箭牌。既然这样不知廉耻的话都说了，事情也做了，又一味地只是撒谎搪塞。面子是韩仲秋自己扯下来的，也就不能怪沈初云翻脸不认人了。

想到此，沈初云转身拿了一套干净衣裳忙去换上。等她洗漱完从卫生间里出来，抬头看钟，恰好是四点刚过。这家的家长韩延荪总是在这个时间起来，先打一套太极，再去衙门上班。

顺着回廊，转出月亮门，东方已露鱼肚白，又见着对面新房里早就亮了一盏灯。

张妈追出来，看见沈初云望着新房的灯光张望，心道可算是有法子转圜了。脸上便是一笑，上前轻声道："大少奶奶，听说新少奶奶特别有孝心，知道老爷都是四点钟起来的，也把闹钟调到了四点钟，这会儿只怕正在洗漱呢。"

听了这话，沈初云的鞋尖微微往旁一偏，便有些犹豫了。

这时候去找韩延荪说韩仲秋的问题，只怕是不合适了。因为既然找了长辈出来管束，便是准备把话彻底说出来的，那就不是十几二十分钟可以解决的问题。万一新娘子也是这个时候过去，就会听见家里的丑事了。人家新婚的头一天，就闹家庭问题，总归对谁都不大好。

张妈见她身子已经慢慢回转，就适时上前搀住，劝道："大少奶奶，咱回去吧，日子长着呢。"

这张妈的意思是，日子长着呢，总有苦尽甘来的一天。

可沈初云想的却是，是啊，日子还长着呢，过后的折磨也还多着呢。

第3章

第一印象

韩仲秋倒是心安理得，睡到十二点钟才拖拖拉拉起来，去衙门里应卯。

沈初云看不过去，先避到新房里找向兰说话："一直听我们家老四夸他的新少奶奶如何如何好，进了门才知道是哪里好呢。听说你为了给父亲问早，天不亮就起来了？"

向兰听见有人从外头说着话便进来了，赶紧起身把水红色的绣花短袄牵得笔挺，走到门口接着沈初云的手扶住绣"囍"字的门帘，笑答："我是南方人，不大懂这里的规矩，怕做得不足，就早些起来预备着。"她站住脚，留意看了一下沈初云的脸色，把话放在心里，只是抿着嘴又笑了一笑。

沈初云往沙发上一坐，向她解释道："北京有许多旗人家庭，的确是很讲究这些的。不过父亲还是很开明的，并不赞成我们做这些虚礼。你想啊，他老人家是为公务忙才早起的，可其他人却不需要这么早去点卯。为了讲究规矩而破坏生理习惯，到了晚半天又不免在衙门里打瞌睡。所以父亲才常教诲他们兄弟几个，好好做事为国效力才是真孝顺呢。"

向兰不比沈初云，来的日子长了，跟家里上上下下的人都有了感情，也足够了解上人的脾性，应付起来很是自如。她恐怕是自己今天起得太早，把两位嫂嫂都比下去了，反而惹人厌，因此眼里浮起一阵愁云惨雾，有些抱歉地接受了这个意见："大嫂的意思，事情要办得合老人家的心意而不是合规矩。这很有道理，明天我会注意的。"

沈初云一抬头，看她水汪汪的一双眼怪惹人怜的，便握了握她的手："你也太拘束了，什么注意不注意的。这不过是一句顺便的话，我不说自然也有人会告诉你，而且你这样聪明，过几天自己也能领悟。往后和我说话就别那么客套了，你问一问老四，他是一向拿我当亲大姐看的，你就随着他一样吧。"

向兰回握着她的手，微笑着颔了一下首："既然大嫂这样说，那我可要常到贵地叨扰了。不瞒你说，我是一直有意想跟你讨教学问的。"

沈初云看着她这副腼腆的样子很是惹人怜爱，一面说着话，人就一面坐得更近了些："自家人在一处闲谈平常得很，谈不上叨扰。讨教就更不敢当了，我这学问还不够扎实。倒是父亲聚了一班有阅历的能人，常在家里给我们讲各国的民风礼仪，你有时间可以去前头听一听，讲得对味不光解闷，也能增长见识呢。"

这时，家里的姨太太和姊妹们，纷纷都来这里瞧新娘子。人多了，就闹得睡眠不足的沈初云脑袋里嗡嗡作响，便借口有事先走一步。

差不多要走到自己院子里时，又觉得一个人待着总是要触景生情的。犯不着为了一个没良心的臭男人，搞得自己日日垂泪。因想到梁绣珍是不肯去新房玩耍的，便折过步子去找她闲聊。

此时的梁绣珍正在镜子前，摆弄着身上的银灰色绸子长衫。

沈初云见了，就笑道："早上你往我门前过，穿的还是葱绿色的新衣服，料子好、样式时髦不说，还用丝线绣了孔雀在上头。太阳底下一照，就连……"本想说就连新娘子都给比下去了，却怕这话会勾出梁绣珍的满腹牢骚来，忙含含糊糊地改了口，"总之就是很美了，人美衣服也美。为什么又要换呢？”

有了这一番夸赞，梁绣珍难掩得意之色，嘴上仍是谦虚了一回。

其实，那件葱绿的新衣服价格不菲，本来是准备在重要场合时再穿。因为瞧着家里的新媳妇碍眼，这才穿出来故意压一压她的气势罢了。

梁绣珍回头招呼沈初云一道坐了，这才不由得惊呼起来：“哎哟，大嫂的眼睛怎么肿成了这样？昨夜没睡好吗？”

沈初云苦笑着，只管叹气。

梁绣珍微微蹙了一下眉，做个同情的样子，道：“大嫂别怪我多事。我听说……昨儿晚上大哥是在家的呀。怎么还闹呢？”

只顾摆弄桌上鲜花的沈初云，带着几分丧气，回道：“就那么回事儿吧，还是不说了。说多了像个旧式的怨妇，一点都不文明。”

梁绣珍闻言，便风趣了一把：“大嫂到底是新女性，随意的一句话，都带着新式的思潮。难怪报上都称你为沈先生，而不是韩太太，当真是新妇女的典范了。要照这势头，下届妇女促进会的会长，可不是沈先生您当仁不让了嘛。”

沈初云脸上微微一红，摆手谦让道：“我也是赶鸭子上架，哪里是真新式呢？我从前是什么样子，根本瞒不过家里人。”说罢，不由得怅然起来。

“不管怎么说，父亲总是赏识大嫂的。”梁绣珍摇摇头，冷笑一声，“其实，女人独立的话题于现在的世道，还只是海市蜃楼罢了。在朝官员哪一个家里没有小老婆？便是我们家的上人也是……”底下的话多少有些冒犯韩延荪，她便笑笑地吞了，转而又说些别的话来劝，“用西方哲学家的理论说，人的欲望是很难抵挡的，恐怕花心这一层就是这样的。大嫂不妨学学我，索性不管吧。你放开了，大哥或许还存有一丝愧疚，对你也更尊重些。何况，父亲如今不主张家里出什么新闻的，大哥便是有一两个红颜知己，也只能偷偷地来往。想着这一点，你是不是就放心多了呢？”

不管当初沈初云参加妇女促进会的初衷是什么，总之在这几年里，她接触了不少的新思想，对这种守旧的观念，已经很难入耳了。再坐下去，继续听这些忍耐、本分之类的话，只怕是会吵起来的。

沈初云便敷衍一句“可不是嘛”，然后一面起身，一面自嘲道：“我这人就是有些臭脾气，加上父亲一直鼓励我在妇女工作方面要做出一番成就来，就更加变成了一个理想派，顽固得很。”

梁绣珍忙拉了她，要留下她一起吃午饭。

沈初云哪里肯，一溜烟人就没影了。

梁绣珍做个样子一直追到了外头才罢，然后倚着门，轻蔑地一笑：“呵，新思想。”

一进院子，张妈就噔噔噔地跑出来，笑道：“大少奶奶回来了，倒巧了，我正要去寻呢，第四女中的校长打电话找您呢。”

深吸一口气，沈初云整理了心绪，入内拿起听筒，客气地称呼了对方一声“王校长”。

听筒那边传来一个干练的中年女性声音：“沈先生，原本计划明天只有演讲活动的。但是刚才儿童医院打来电话，想请求我们帮忙。因为外地洪灾的关系，他们医院收治了一批因受灾而被遗弃的女童。院长是想等她们恢复健康之后，联系福利院收养的。可是，无论公办的还是民间的，为了响应政府的倡议，都整理了一部分房间作为灾民的临时居住点，反倒没有能力再接收这些孩子了。所以，院长想问问我们，能不能在明天演讲的同时，允许他们派人在礼堂门口做个募捐。当然，方便的话，也希望你在演讲结束的时候，帮忙呼吁呼吁。”

沈初云听闻医院只提了女童，就能够想象到遗弃的原因了，不由得怔了怔。

这个世界绝不只有婚姻一件事，既有五彩斑斓，也有许多黑暗，值得挂心的实在太多了。相比之下，韩仲秋反而不算什么了。

王校长以为沉默代表了婉拒，便笑笑地说，这也不是必须要答应的事，就准备挂电话了。

沈初云方才回过神来，连声道："不不不，王校长不要误会。我只是在想……这些孩子应该受了不少苦，想着她们可怜，一时出神罢了。我明天只有贵校演讲这一个安排，并不妨碍其他事，心里很乐意也很荣幸能参与其中。"

第4章

学校演讲

翌日，沈初云上穿白绸衣，下着黑色裙子。面上匀着薄粉，伸了手指，对着镜子轻点嘴唇，抹的口红就变得极为自然。通身上下，也是清清爽爽不戴一件首饰，活脱脱是新派的文明人打扮。

第四女中的礼堂里，早就挤得满满当当了。

虽然这样的场合早就经过不知多少次了，但越是经历，沈初云越能感觉到肩上担子的沉重。

王校长是做教育的，发表讲话是她的特长，礼堂内的气氛一下就热烈起来。

几个帮忙组织这次活动的女学生，看着手里的流程表，窃窃私语起来：“待会儿是沈先生上场。”

“是韩外长府上的大少奶奶吗？”

“那是自然，这样的场合怎么会缺得了她呢！”

另有一个女学生猫着腰，从后台回到座位，兴奋地加入了她们的讨论：“我看见沈先生了，皮肤像雪一样白，樱桃小口不点而红。不管是坐着还是站着，腰板都挺挺的。全然不像有些妇女，总是微微向前弯着身子，一副受惯了压迫，随时准备点头哈腰的样子。我觉得她就是报上说的，既有东方女性的柔和之美，又有西方女性的自信之美！”

不待她们继续往下说，掌声就将她们的溢美之词尽数吞没。

沈初云款款走上台，大家看在眼里，那是仪态端方。也只有她自己知道，她此刻的心已经跳到了嗓子眼儿。

先行走下演讲台的王校长，已经走到礼堂的最后方，以便确认话筒和大音箱将声音带到了各个角落。

最后一排坐着一位男士，一直拿相机挡着脸。

王校长虽看他有些怪，但也未能想到许多，只以为他是记者，便主动上前问候了一声。

出于礼貌，那人不得不放下相机与王校长交谈。

原来这不是别人，正是贺忆安。他是客居在此的，朋友并不多，照相馆刚开张，生意还不稳定，因此有些富余时间。又因为那次在韩府里有了不愉快，他倒格外关心起韩仲秋嘴里的这位“口号女王”来了。从报上得知沈初云今天有演讲，就拿着相机冒充起记者来了。

王校长不敢耽误他拍照，就往角落里站着。

这时，礼堂的门被小心翼翼地推开了三分之一。然后露出一张圆圆的少女脸蛋，再是露出穿了淡红色衣服、脖子上挂了鹅黄色丝巾的半截身子。

只见这女子极力控制着脚步声和门轴转动的声音，偷偷进来了。

这时，沈初云正在台上讲最后的总结：“我以为我们追求平等，首先就要追求男女平等。让女子有机会接受教育，把平等的种子一代一代地播撒下去……”

那个迟到的女子，本是探头张望着礼堂里可还有空座位，但听到这一番话，不由得眼睛一亮，笑笑地就此站定，随着大家一起鼓掌。

王校长也跟着鼓起掌来，眼中却凝了一丝困惑。她觉得来人有一些面善，像是在哪里见过，却又一时想不起来。

唯有贺忆安是这个礼堂内的异类，撇着嘴冷哼道：“离了外长身边那群新闻官的帮忙，只怕连句整话都不会说吧。”

因现场鼓掌的声浪实在太过热烈，这番酸话倒是没有引起什么注意。

这时，贺忆安看见后排有个女学生，好像是沈初云的忠实追随者，激动地举起一份报纸，将写有沈初云专访的版面，用力地挥舞着。

“至于嘛，还哭上了，就是见了自家祖宗也犯不着如此吧。”贺忆安冷笑着，对了一下焦，按了几下快门，算是做戏做了全套。

而正是女学生的这个动作，让王校长看见了报纸背面的另一篇人物专访。

上头印有一个年轻女子的半身照，时髦的卷发蓬蓬地梳在右侧，一脸甜美的笑容。单在左耳挂下一个长长的椭圆形耳坠，显示出不同于传统对称美学的新式审美。标题赫赫写着：《文明的传播者——邓丽莎》。

王校长恍然大悟，忙拉住正要离开的那个少女，伸出手来，对她笑道：“这位就是鼎鼎大名的邓小姐呀，久仰久仰。”

原来她正是在这报上占据了半个版面的邓丽莎。

王校长作为北京最好的女子中学的女校长，自然在社会上也是极富声望的。邓丽莎也曾见过她的相片，因此并不迟疑，伸了手回握：“王校长，应该是我说久仰才对。”

“后生可畏，令人欣喜。”王校长客套了一番，就引着她去后台和沈初云见面。一路走着，还不停地夸奖邓丽莎，“一直听闻邓小姐留洋学的是美术，但回国之后一直从事的，是帮助报社翻译一些国外关于维护女性权益的文章。我们都是一条阵线上的同志，今后理当多多地互相交流。”

邓丽莎点点头：“一定一定。其实沈先生的演讲我是听过许多了，原本今天有一场画展要去参观的。不过听报界的朋友说，这里临时会有一个募捐活动，我是专程为这个来的。”

昨日，王校长约了几个摄影记者，已经去医院看过那些被遗弃的孩子了。看到她们面黄肌瘦的样子，自然比只是听说有此一事，更添了许多同情和不忍。连声谢过了邓丽莎的谢意，又与她详细说了些自己所见的情况。

两人交谈得很认真，不觉已到了后台。

沈初云手捧鲜花，正被一班崇拜者围在中央，踮着脚挥手招呼了一声“丽莎妹妹”。

过来献花的学生，看到校长也来了，无端有些畏惧，就想着要溜。都微红着脸庞，礼貌地告辞了。

沈初云将手里的花向邓丽莎怀里一塞，又给了她一个大大的拥抱：“听学生们说，外头的募捐很成功，已经写满一个账簿了。我随手一翻，就看见你捐了两百元整，你可真是个大大的善人呀。要知道，虽然福利院已经联系了一些教堂收容灾民，但即使地方腾了出来，这么多的孩子，吃穿和教育都还是问题。没有钱，真不知道她们该怎么办好。”

这个数目也让王校长很惊喜，她也不免添了许多感激之言。

邓丽莎被说得有些不好意思了，低头笑道：“公益事业，何谈一个‘谢’字。而且，我猜沈先生的捐助只会多不会少呢。”

这话果然不错，三个人俱笑了起来。

外头又有人找王校长处理一些事情，她就先行离开了。

邓丽莎和沈初云早前因梁绣珍的关系，是有过交谈的，因此相处起来并不尴尬。邓丽莎忧心忡忡地说：“我放弃专业，就是为了我们国家的妇女工作能够更全面地展开，所以这也算是我的分内事了。想想也替这些孩子难过得很，虽然天灾无情，可偏偏是女孩子被遗弃的多。”

沈初云也收了笑意，点头同意道：“是啊，听说了这个情况，我昨夜一夜没睡好。”

邓丽莎酒窝一旋，一双眸子仿佛藏有星辰：“方才听大嫂说的那一句‘让女子有机会接受教育，把平等的种子一代一代地播撒下去’，我心里很震撼。女子当然可以自由选择工作或者不工作，但即便是一心相夫教子，也不该再让她们教什么‘女子无才便是德’的话。应该让我们的下一代女子都自信，男子都尊重女子。”

沈初云觉得这样聊下去，怕是不能去帮忙募捐了，便握了握她的手，笑道：“我看我们还有好些话要说的，不如找个地方坐坐吧。不过要劳驾你多等一会儿，我还有些事情要忙。等做完了事，也要和王校长以及儿童医院的几位董事打过招呼之后才能走。”

邓丽莎此来，本就有些私事是非要说清楚不可的，自是点头不迭。

第5章

澄清流言

事毕，韩家的汽车在第四女中附近的咖啡厅外停了下来。

二人择了角落里靠窗的位置坐下，又各自点了咖啡和点心。

邓丽莎抿了一小口咖啡，口中觉得醇香，便不由得微微点头，然后抬眸道：“很可惜大嫂还要兼顾家庭，不然可以朝全国各个城市都去走一走，把你的想法都传播出去。”

沈初云倒不觉得遗憾，笑答：“足不出户也是可以做到这一点的。”

邓丽莎疑惑地望着她。

沈初云将嘴朝柱子边一努。

原来那边的架子上，正摆着一份报纸，摊在面上的正是邓丽莎的译文。

邓丽莎了然地弯唇一笑，道：“看来我们的沈先生是准备在报纸上开设专栏了。”

谈到工作，沈初云的笑意溢出眼眶，一副精神奕奕的样子：“比这个想法还要来得大一些哦！我在许多会议上也提过这样一个主张，我们有许多男性视角的报章杂志，但女性方面只有屈指可数的几份罢了，未免还是声势太弱。”

邓丽莎认为好极了，不住地点头，又主动要求加入其中。

沈初云却想，一旦开办这样一份报纸，是一定要向邓丽莎约稿的，如果能在前期就得到她的帮助自然更好。可是，有了先时两家联姻问题的失败，只怕这样的来往，对邓丽莎也是一种伤害。因有此顾虑，对于帮忙一事模棱两可起来，只说约稿是一定的。

邓丽莎却对她的想法了然于心，冷笑道："说起来，自你府上四爷的婚姻问题公开以来，大嫂就很少与我联系了。"

"这个……"沈初云不料她主动谈及此事，有些不知该如何招架。

"其实，我早就想说开的，但是我父亲不允许，他认为我的一些话不过是年轻气盛，随口说说的。大嫂，你是个彻底的新派人物，应该认同人既然有婚姻的自由，也就该有不婚的自由。"原本就是为了澄清爱情问题而来的，邓丽莎早已坐正了身子，语速急迫，越说越激动，大有渴望今日的一番话能从这小小的咖啡厅广泛流传出去的意思。

"你？"沈初云不免惊诧地张大了嘴。

不过再一想，留了洋的人，接触些前卫的思想也不算稀奇，况且社会上抱持这种人生态度的先锋学者也是日益增多了。

邓丽莎又坚定地表态道："对，我就是抱着这个态度。我并不拒绝爱情，但是现阶段我还是更喜欢自由。即使将来改变了，我也认为人与人之间可以尝试一下，不靠婚书仅凭道德来维护爱情。"

沈初云不由得笑了起来："你知道吗，你的表姐一直认为我是理想派。但是如今看来，你这只谈爱不讲约束的观念，才更是缥缈呢。不过，你说得对，人有选择权的。现在你选择这样的生活方式，未必将来不会变，一切都该顺其自然才对。"

说罢，心生一问，既然是邓丽莎没看上韩仲坤，为什么梁绣珍又要把自己的表妹说成是感情的失败者呢？

不消问出口，邓丽莎已经打开了话匣子："我的家庭看似开明，送我留洋，又允许我自由恋爱。可一到婚姻问题上，他们却认为人一定要有婚姻的。这个主张，不是半吊子的自由吗？有几次我听得厌烦了，就在饭店里住了几夜。我父亲知道我是有收入的，生活上是不能逼迫到我的，就连番让家里亲戚来劝我。”说到这里，轻蔑一笑，又开口解答了沈初云流露在眼中的困惑，“我表姐不但是其中之一，还是馊主意最多的那个。刚开始只是设计陷阱，不断地让我在各种场合，跟家里中意的年轻男子见面。不过，通常我都不会给什么好脸色。后来，她又说我总这样不给人面子，将来就没人肯替我牵红线了，她还认为我的婚姻态度绝对不可以公开的，传出去会成为人家的笑柄。甚至向我父母建议，不如就吃个亏，让人以为我是被贵府的四爷甩了，还没缓过来，所以这一向在待人接物方面有些失态。”

听罢，沈初云觉得大惑得解，直呼“难怪”。

在一众强迫邓丽莎必须结婚的亲戚眼里，对外宣称失恋并不丢人，不想结婚才是丢人。因为现在的人，还停留在不结婚就是没人要的观点上。

可是，沈初云又不能助长邓丽莎的火气，万一今天回去凭空又是一场大闹，倒是沈初云之故。也只能劝她看开些：“你也不要过分苛求，我认为伯父能让你由着自己的心意去选择伴侣，已经是很多家长所办不到的了。你看，我的家庭就……”

邓丽莎闻言，也生了好奇心：“一直不敢冒昧相问，不过既然我把自己的秘密都说了，大嫂也该跟我交换才对。大嫂的思想这样新派，怎么……”

沈初云看她不好意思明说，便自己点破道：“怎么能忍得了，是吧？要知道我是旧式家庭出身，父亲是科甲进士，可以说我从小都是保守派。至于为什么进入妇女促进会，那也是嫁了人之后，听了我公公的安排。他老人家做的外交工作，需要很良好的个人形象，当然也就包括了家庭形象。他需要一些外国人的支持，而国外又都主张妇女独立，认为这样才是人权的体现，既然是内阁的要员，就需要有这种高度的文明精神。那时，我才刚嫁过来，家里的三小姐正在国外念书，五妹妹还小。至于我婆婆呢，如果她出来支持女性独立，未免会让人联想到我公公也是有妾室的。所以，才决定由我来做这件事。我娘家之所以同意我抛头露面，并不是真的开明，而是认同夫为妻纲。这样的两重大山压着我，我不忍，又能如何？况且，这几年下来，我也认同了这份工作，也自以为是对社会有所贡献的人。所以，更不想因为家庭矛盾，让大家对我的注意力，从我的思想转移到我的生活上来。”

“听来听去，怎么都是金玉其外呢？”邓丽莎扶额，不由得将心里话宣之于口。

沈初云并不介意她的直接，苦笑着自我安慰起来：“也不能这样去看待问题吧。其实我自己倒是觉得没什么，不管如何，阴差阳错地让我改变了旧模样。对于这一点，我心里很感激。”

两人叹息了一会儿，只得重说些工作上的事，借以翻过生活的苦恼。

沈初云送了邓丽莎回家，下车告别时，已成为朋友的二人，彼此都开始亲昵地称呼对方名字。

而在外晃荡了半日的贺忆安，回到自己的照相馆，又在暗房里关了半日才出来。

一开门，迎面撞见照相馆的合伙人柴俊生笑嘻嘻地过来，说道：“又出去采风了吗？让我来看看，又出了什么大作了。”

一进屋就见墙上晾着一排的照片，却不是什么名角大腕，也不是清纯学生，倒是一身素淡的少妇。

柴俊生自然是认得沈初云这个风云人物的，不由得扑哧一笑：“老弟台，这种想法颇有些危险哟。”

贺忆安把门关紧，靠在墙边，一条腿微微弯着，脚尖点着地，晃着手指道：“你呀你，脑袋里大概只装得下风流韵事。我则不然，偶尔也会关心关心社会新闻、时局走向。如今的女子都在高喊参政议政，我就想看看，单凭一张嘴能不能革命。”

“你的意思，我就不懂时局了？别小瞧了人哦。”柴俊生冷笑一下，背起手一张照片接着一张照片欣赏过去，嘴巴也不闲着，“总统徐世昌是个老官僚，然则手里没枪，对谁都只能阿弥陀佛的。表面上说是对皖系、直系、奉系都一碗水端平，可实际上呢，段祺瑞既然允许他上台，就已胜过千句万句的辩白。怎样，我对时局的这番解读，还算可以吧？你别总是把人看扁了，虽然我心脏的左半边是花国，但右半边还是有家国的，并不是你认为的那样麻木。”

贺忆安点了点头，又问：“那么总理呢？”

柴俊生伸了一只手，摸了摸下巴，沉吟道：“葛鸿祥，那是做不长的。段祺瑞又不是自愿让出总理位的，不折腾到两会议员齐齐迎他复职，是不肯罢休的。”

贺忆安又问：“那总理的位置要是空出来了，谁有可能上位呢？”

这一次，柴俊生答得毫无迟疑：“哼，想上位的多着呢，可那位子烫人，换了谁都坐不长。”说时，他隐隐觉出不对劲来，扭过头，笑起来道，“不过我说，咱们这个在京的同乡会里，就数你对国事漠不关心，一心只做发财梦的。怎样去外长府上喝了一杯喜酒，就跟变了个人似的。难道真像爱情小说里写的那样，失恋会让人性情大变吗？”

贺忆安一本正经地站直了身子，抬手点着他，纠正道：“你可别造谣！这种失恋的话，如果传到当事人耳朵里去，起了什么杀念，你的投资可是要打水漂的。再说了，我去了一趟外长府邸，未必只因那场假爱情而受刺激，也可能是因为领教过了那府里上上下下的人都很会说话，因此而心生佩服呀。”

柴俊生这就闹不明白了：“可你的语气，分明是不佩服啊。”

贺忆安连声冷笑道：“为什么要真佩服呢？”接着，把手指向了沈初云的相片，“就说这女的吧。满嘴里说的都是女性革命、人格独立，可她挣过一个铜板没有？还有什么要追求不攀比门第的爱情，文明而忠诚的婚姻，可她自己的爱情冲破世俗的眼光了吗？她自己的婚姻又真如塑造的那般忠诚吗？”

柴俊生把这堆照片都看了一遍，觉得无趣，就一路说着出了暗房门：“其实……这小媳妇长得也不错呀，你该怜香惜玉些，说话别这么刻薄。”

“我并没有刻薄她，只是在议论一些事实。关于婚姻，她应该要明白，真心换真情，假话那也只能换假意了。”贺忆安回头瞥了沈初云一眼，眼里透着几分不屑，然后随着柴俊生一道出去了。

第6章

雷霆盛怒

沈初云回到韩府时，已是夕阳西下。

听差看见汽车回来，忙上前拉了车门，急道：“大少奶奶，您可回来了。快去救救大少爷吧，老爷说要打死他呢！”

沈初云心里不可免俗地先是一喜。他对她无情，她又怎么可能心疼他呢？

遂也不言语，她径直回屋，想着先换身干净衣裳再去看看是怎么回事。

张妈听见高跟鞋的声音渐近，从屋里刚探出半截身子，就大声叫了起来：“哟，大少奶奶还不知道大少爷的事儿吗？怎么这时候还往家里来？”

“什么事儿都先等我换过衣服再说吧。”沈初云脚步不曾慢下半拍，径直就往卧室去了。

张妈还欲再劝，却听见门被关得砰砰作响，知道是没得商量就罢了。撇了嘴暗想，果然韩太太的话不错，女人真是不该太有主意，否则连良心都会丢掉的。

过了约有一刻钟，沈初云衣服也换了，脸也洗了，香胰子搓了满手的泡沫。实在熬不过了，才宽慰自己，就去瞧瞧韩仲秋倒霉成什么样了吧。

想罢，出来问张妈，韩仲秋此刻在哪儿。

张妈接口答了之后，只管趴在窗前偷眼看着她拖着步子慢慢慢慢地走，无声地摇头叹气不止。

沈初云才刚至韩延荪书房门口，就听见韩太太在里头大喊："有什么事不能好好说，非要这样大动干戈的。仲秋也是在衙门里有差事的，打坏了他，明天怎么见人呢？"

隔了门，沈初云低声叫了一句："父亲母亲。"

韩延荪听见儿媳妇来了，不得不给身为丈夫的韩仲秋留几分颜面，就放下手中的鞭子，坐下来沉声允许她入内。

沈初云进屋，先是两道血痕抓牢了她的目光。看来韩延荪下手挺狠，韩仲秋身上的西式衬衫都已经被打裂了。

韩太太抿了一下唇，低头长长吐出一口气。一方面气儿子的没出息叫她灰心，另一方面她也不满沈初云总是这样晨起就走，日落才归。那个什么妇女促进会，说是工作，也不见挣回来一个子儿，倒是天天往外捐钱捐物。要不是想着丈夫的官位需要好的声望来维护，她早就要端出婆婆的架子来教训她一番了。

韩仲秋是跪着听训的，看见沈初云站着，自然觉得别扭，鼻内轻哼出声。

不等沈初云拿眼斜他，韩延荪先就发了火，大掌拍在沙发前的紫檀木矮桌上，怒问："你什么态度？还敢哼哼！我来问你，外头那个姓陈的，你究竟预备怎么办？"

沈初云暗自"嗯"了一声，原来是东窗事发了。

韩仲秋闭了眼，咬牙道："我待她是真心的。"

虽然没有那种爱人变心的撕心裂肺感，但是作为妻子这样不被尊重，还是让沈初云的心头隐隐作痛。

"混账！"韩延荪一声吼，说时又要抄起刚放下的鞭子来打。

韩仲秋还是一味地顶嘴："父亲在外一直表示支持婚姻自由，可我的婚姻是自由的吗？"

他自以为是无可反驳的话，却忘了，自己的父亲可是最擅长辞令的外交总长。

"文明的思想日新月异，我当初是有些跟不上思潮，但这绝不是你胡作非为的理由。便是在封建社会，养外室也不是什么君子之举，更何况是如今的年月。除去自由和爱情，人还有责任、担当。这些，你对你的妻子可有啊？"

忽然被点了一道名，沈初云有些局促地低了头，作回避状。

韩仲秋斜眼一白，心道：这女人果然不是省油的灯，吵架的时候怒气冲天，当着上人的面又楚楚可怜起来了。想罢，幽怨的眼眸朝韩延荪身上一带，无声地叹了一口不平之气。

"你这种眼神，是不是还想说我，只许州官放火，不许百姓点灯？"韩延荪顾忌沈初云此刻就站在韩仲秋身旁，怕鞭子不长眼，失手给沈初云身上挂了彩，倒比把儿子打残废了更有损害。这便丢了鞭子，大手一挥，将一个雨过天青色的细瓷茶杯照着地上就是一摔。

"好了，老爷。"韩太太实在看不下去了，从中劝了两句，又赶紧先把韩仲秋的浑话给驳了，省得他顶撞起来又是自讨苦吃，"你个浑小子，快别做这种念头了。你父亲年轻时不比你们，他是在中式教育下长大的，留洋的时候，孩子都有三个了。况且你又是老大，婚姻问题摆上来的时候，还是父母之命的情况比较多。也就是在这一两年里，自由恋爱的声浪越来越大了。你下面两个弟弟和一个妹妹，不就赶上好时候了嘛。至于为什么会有你两位姨娘的遗留问题，那也是你父亲为人有担当。梅姨娘给家里生了两个女儿，难道要她们三个骨肉分离不成？你翠姨从前是唱戏的，跟了你父亲许多年，后来嗓子也没再练了，是很难独立去过生活的。她没有孩子的牵绊，倒也是可以给她一笔钱作为补偿。但是既然梅姨娘不走，家里终归也不是新派。留一个是留，留两个也是留，索性就还是这样过来了。”

如此一说，韩仲秋的婚姻悲剧，被归结为没生在一个好时候，至于其他也是辩无可辩。他就索性闭了嘴巴，默然地生着闷气。

韩太太偷眼往他后背一瞅，看着那伤口，心里就跟搅碎了一般。加上气不过沈初云就像木头桩子一样站着，一句好话也不帮着说，就向韩延荪轻声哀求道：“老爷，你有话好好说，别这样动辄又打又骂的。夫都不为妻纲了，父又怎么为子纲呢？这显然，也不是文明的表现。”

沈初云咯噔一下，忙抬眼去睃韩太太。

这一句“夫不为妻纲”，不正是在说她吗？

“你好好教他，我也得跟初云聊聊。”说时，韩太太的眼睛往沈初云身上一瞄，又对丈夫做了个心疼的表情。

韩延荪这才想到，儿媳妇一方面也需要人安抚，便点头让她们先出去。

韩太太走时，还不忘将鞭子带走，交给老妈子仔细收着。

沈初云跟在后头，沿着雕花隔扇门，转过两个弯，进了一间三围垂有深紫色帷幔的宽敞大屋子，这里便是韩太太的房间了。

韩太太往沙发上一坐，扭亮了电灯，又将手一挥，做个让沈初云也坐下的意思。

因没有韩延荪在场，韩太太一开口就很不客气：“你父亲是望子成龙，自然对仲秋严苛些。可是就我看来，你老是这样忙得不见人，哪个男人会喜欢呢？”

沈初云自辩道：“我不过也是和仲秋一样，只在白天出去做事。更何况，我回来的时间，总比仲秋早许多吧。母亲哪日见过我，是后半夜才回来的？便是有，那也是去一些需要和仲秋成双出入的场合。所以，并不存在母亲所说的问题。”

韩太太一时语塞，避开自己儿子的弱点，又问：“那么，我听说你总是对仲秋很大声地说话，这是真的吗？”

沈初云默然点头。

“这难道就不成为问题了吗？”韩太太见她抿了嘴不答，便冷笑道，“你平日所说的，也不过是男女平等。只是平等，而不是说，妻子可以凌驾于丈夫之上吧？要我说呢，传统的想法里还有许多是好的。就算男女平等了，妻子也不能太盛气凌人了。就算仲秋偶尔有不对的地方，可人非圣贤，这些都是过程。等他有了子嗣，心也安定了，一切就都好了。你先不先就把他说得一无是处的，那将来便是他想回家了，你们之间的疙瘩也还是在呀。”

沈初云很想反驳，一无是处的话不是说出来的，是韩仲秋自己做出来的。但碍于韩太太是长辈，又是婆婆的关系，说话总要委婉些，便道：“其实我当初嫁过来之前，娘家也是这样教我的，我也一直奉为大道理，照着那样做了。可结果呢……”说着，挑了唇角一笑，“母亲，您大概还不知道，他和外面那个姓陈的，是结婚前就已经在一起的了。”

韩太太这倒难住了，一时没有半句话可说。

沈初云又是一笑，继续道：“哦不，我糊涂了。母亲应该是知道的。我想他们那样情深，当初不会一点儿没有争取过，就由着父母包办吧？”

事情败露成这样，韩太太也不再一味装傻，叹气道：“说起这个话，的确是我们有些对你不住。”

既然做婆婆的先开口说了歉意的话，沈初云也不能一味翻着旧账去说，当初要是韩家有点责任心，就该讲明白这层原委。但她也不可能说什么过去的都过去了。因就偏了头，只是不言语。

韩太太的示弱也不过敷衍而已，随即话锋一转，又开始数落沈初云的不是：“其实仲秋这点毛病，所有男人都有的。那时候，仲秋说找了一个女友，我一调查才知道，是胡同里的女人生养的。这种连亲爹是谁都不知道的人，我就是再开通也不可能同意呀。我原本想着，结了婚和家里的妻子有了比较，自然也就回心转意了。”讲到这里又对着沈初云上下打量了一番，眼神很不满似的，“说白了，他外头又哪里只有那一个在来往呢？不过是同那一个格外地好罢了。那么，你就不反思一下，她到底是哪里比你和其他女人都要好，才让仲秋一直都念念不忘呢？”

沈初云转过脸，张大了嘴，满眼都是愕然。

韩太太又道：“据我所知，那个女子很温顺，什么都听仲秋的。你初来时，确如你所言，在这一方面不比她差。可也是老爷害了你呀，叫你去什么妇女促进会，让你丢掉了从前的品质。”

如今的沈初云，是不会再信这些腐朽之言的，话说到了这个份儿上是一定要反驳的。可嘴巴刚一动，就听见外头徘徊起一阵不小的脚步声。

抬头看看挂钟，已是快七点钟了，外头天色也全暗了。

家里两个姨太太是跟着韩太太一起搭伙的，大概也知道今天有些不便，就只在外头张望了一番，并不敢进去。

沈初云倒也松口气，话不投机半句多，犯不着每次都要在言语上胜一筹。就算把韩太太的想法拧过来了又如何？韩仲秋不变，什么都不相干。

于是，就起身说要走。

韩太太留她一起吃晚饭，她推说下午吃过点心了，这会儿还不饿。

出了屋子，两位姨太太神色各异，都围上来假装要安慰她，实则不过是想问问事情接下来会怎么办。

沈初云笑答：“一切就听父亲的意思好了。”然后，径直回去了。

翠姨先摆了手，道：“没意思，我要敢去问老爷子，还等在这里做什么？”

梅姨娘歇了一口气，低声道："我就说嘛，大少奶奶对于这件事不是肯不肯讲的问题，而是根本就不在乎。照说她人不坏，做事情也有模有样的，可两个人就是不对。大概，这就是平常所说的前世冤家吧。我们家大少爷也是命苦，婚姻这样失败，哪天被打死了，也未见得有人哭他呢。"

"这话不对，外头那些人总会哭一哭的。"

两人说时，都扑哧一笑。又朝屋里挤眉弄眼一番，各自都乖乖地作心急悲痛状，入内劝着韩太太宽心。

第7章

话不投机

沈初云踱回院中，还未走上台阶，就听见有人喊她“大嫂”。

抬头一看，却是向兰赔着十二分的小心，一直等在客厅里。

果然是新人，大概是得了消息，误以为沈初云会伤心，特地来陪她说话的吧。

沈初云抿了嘴一笑：“哟，新娘子来了呀。吃过了吗？要是没吃的话，我叫厨房添两个菜吧。”

“大嫂，你别麻烦了。我吃过了，所以走出来消消食。因为路过大嫂这边，就想着进来坐坐，也好和你说说话。”向兰耳朵上挂着两片翡翠做的枫叶，随着她连连摇头，摆来摆去的，很显出灵动的气息来。

依照沈初云的心事，最怕不明就里的人找她一通乱劝，叫她应也不是气也不是的，但家里那些半生不熟的亲戚，每次撞见他们夫妻打架，都劝得极为热情，大概今天又要受一次折磨了。

沈初云如是想着，然而向兰却一句场面话不提，只是问她出门做了什么，又评价了一番女权运动。这是最令沈初云投入的话题了，只要一谈起这个，她就什么气、烦都能忘记。聊了一阵子，果然觉得开朗了许多。

这时候，梁绣珍也过来打听消息了。走到廊下，听见向兰也在，神色就是一冷。

那套邓丽莎被向兰抢走爱人的说法，嘴上挂久了，梁绣珍心里也就认为是真了。进屋怪腔怪调地笑道：“哟，新娘子对大嫂还真是上心。我住得这样近，还不知道大嫂回来了，新娘子倒已经坐了有好一阵子了吧。”

要没有今天和邓丽莎的一番谈话，兴许沈初云还不知道该如何处置，但既然三角恋只是谣言，她也就自在多了，笑了笑替向兰解释：“并不是消息有多快，她住得远，因此特意在这里等我。你说，老四是不是很有福气呢，竟然娶了这样好的一位太太？”

梁绣珍没料到，沈初云对待向兰已然有点一家人的意思了，心里不服，嘴上只管冷笑。

向兰今日已经领教了一天，这位二嫂子处处针对她。便就改了继续安慰沈初云的主意，推说还有些事情没办，先一步走了。

梁绣珍坐在沙发上，不错眼地望着投在门上的背影消失了，才冷哼道：“她还能比大嫂更忙吗？”

沈初云笑了一下：“好了，刚结婚的小两口自然喜欢在一块儿的，你就别臊她了。”

梁绣珍心道奇怪，沈初云怎么大有站在向兰那一头的迹象。这可不成，绝对不能让她们成为一条阵线上的人。便就坐近了，尽力地讨好她：“大嫂，你也想开点吧。既然父亲出面了，这个事情很快就能了结的。”

沈初云微笑着谢过她的好意。

梁绣珍又做一番经验之谈：“对付男人，硬碰硬是不行的。你就说我吧，对于仲平是包戏子还是捧明星，我表面上是一概不过问。说到底都是些卖笑的，毕竟没见识，略施小计，自有法子解决。大嫂要是信我，那个姓陈的，我出面准能搞定……”

她的语速极快，沈初云听得晕晕乎乎，只觉得她两片嘴唇不停地上下翻飞。入耳的声音就像苍蝇在绕着飞，极为厌恶偏偏又打不死。

屋外，张妈忽然扯着嗓子问：“大少爷，晚饭吃什么呢？”

看来韩仲秋回来了，因被打成了这副样子无颜见人，便叫张妈故意喊出来。

梁绣珍也很识趣，忙起身告辞：“大哥回来了，我就不坐了。”

这一次，沈初云一点也不烦韩仲秋，反而觉得他来得恰到好处。

只见韩仲秋一脸怒容地进来，肩上搭着一件黑色西装，恰好遮住背后的伤。除却苍白的脸色，真看不出是刚吃过鞭子的样子。

沈初云看他行动多有不便，就起身替他把西装挂在衣架上。

韩仲秋显然有些意外，盯着她的眼，头一次少了些攻击性。

“父亲说的，夫妻之间是有责任的。”沈初云淡笑着解释了原因，然后便去找了医药箱出来，想替他上药。

药水的刺激性，从背上蔓延至全身。为了缓解疼痛，韩仲秋想说些什么来转移注意力：“人，暂时送到天津去了。”

暂时的意思是，迟早会回来的。

沈初云轻蔑又无声地笑了笑，她不是什么痴心女子，到了今天还希冀着韩仲秋能浪子回头。她只是需要尊严，哪怕仅是表面的。

“你是天津人，你看……有没有什么嘴巴牢靠一些的朋友，可以……”

一句话未说完，一股无名火一下被点燃。

沈初云摔了纱布在地上，抢着问他：“走得仓促，钱没给足是吗？我做事可不像你，总是行事匆忙，我出门再急，也要先检查检查脸面。这个忙，你去找你那些好兄弟帮啊。实在不行，天津能有多远？借口有公干，两天之内总能办妥的。”

韩仲秋眉头一拧，却想着能托之人不多，只得赔着好话：“我又不让你白帮忙。”

“你当我是什么人哪，扯篷拉纤的，还要从中赚好处？”沈初云简直无言以对。又是一股心火蹿上头顶，气得无奈至极，反而大笑出声。

因有伤在身，韩仲秋也不能做什么大幅度的动作，只是微微扭过头，看着沈初云连眼泪都要笑出来了，越发觉得她像个疯婆子。可眼下只能先和她打商量，不得不好言好语地道：“你要是肯帮这个忙，我就跟你妥协。咱们正式来定约，我保证一个月总有一半日子在家过夜。”

“你不要想错了我的意思，我绝对没有向父亲说过你半句隐私。今天的事，我进书房之前，根本就不知道。”

“这可是你误会我了，我知道你不会的。这次全是因为司机多嘴，叫父亲听见了。”

沈初云抱了双臂在胸前，冷哼一声：“我还要解释一句，先前之所以跟你大动干戈，不过为着你连老四结婚这样的要紧日子都不给我留面子，我气不过才非要叫你回来不可，并不是吃醋争宠的意思。我就是有这个心，这两年也被你耗光了。”说时，叫了张妈进来帮忙上药，自己则去洗漱休息了。

“唉，求她点事儿都不行。”韩仲秋懊恼地一拍腿，扯动了伤口，不停地喊疼。

张妈是家里的老用人，不免心疼他，红了眼圈，压着声音说：“大少爷，少奶奶她在外头究竟是搞什么鬼呢？眼见着心肠是一天比一天硬了，这要还是个人，看见您被打得这样，还能这样无动于衷？”

韩仲秋眼带不屑，冷笑道：“她在外头做事，不过图些虚荣罢了。你知道的，戏文里贪慕名声的坏女人多得是。”

张妈深以为然，叽叽咕咕地还说了一些沈初云的坏话，说得韩仲秋心头畅快不少。

次日，不过十点钟，就有电话接了进来。

韩仲秋正睡得酣，恨恨地翻了个跟头，将枕头捂着耳朵，欲再睡去。却因沈初云的电话实在打得太久了，又不住声地笑着，实在是烦人。索性趿拉着拖鞋，披了长睡衣，摇摇摆摆往外走。

沈初云看他黑着一张脸就出来了，心道别又喊出什么难听的话来丢她的脸，忙敷衍了一句有事，便将电话给挂了。

韩仲秋哈欠连天地抱怨起来："大清早的，不要打扰人家睡觉好不好？就你这种不尊重别人休息权利的人，也好意思到处去讲平等？"

沈初云抬头一望挂钟，冷笑不迭："是啊，大清早呢！"又故意起身，鞠躬道，"大爷，您好好歇着吧，奴婢告退还不行嘛。"

韩仲秋哪里听不懂她的讽刺，望着她的背影骂骂咧咧道："你个臭娘儿们，什么德行！"

沈初云心里占满了正事，也没空和他计较，径直到了正中的大客厅，插上电话插销，给邓丽莎去了一通电话。

原来刚才是妇女促进会的会长打来的电话，关于创办报纸的事情终于有眉目了。从前担心和邓丽莎来往多有不便，如今误会解除，倒是少了这一层的顾虑，想着约她见上一面。

这一通电话，正中邓丽莎下怀。

不光是对妇女工作有益，也可借这样一个机会，大大方方地出现在韩府众人跟前，叫大家知道她邓丽莎不是个小儿女之人。于是，执意要亲自去府上找沈初云。

沈初云听见邓丽莎很坚持，便也笑着应了。

不多时，着一身粉色西装的邓丽莎驱车赶来。听差看见是她，俱有些跌破眼镜的样子。

消息很快传开，翠姨换了平底鞋，蹑手蹑脚摸到客厅窗子边，假做看风景的样子。

邓丽莎拿了一张纸，写满了她拟的名字。

沈初云接过一看，都是什么《女报》《妇友报》》女性之声》，总归离不开一个"女"字。她便点着头说："都很上口，一看也知道是什么内容。但我想着，太一目了然了，也有缺点的。”

此言不知从何而起，邓丽莎眨巴着眼睛，望了她，切切地盼着她说下去。

沈初云笑道：“所谓男女平等，从字面来解释，这便是双方的事情。太明了地说这是女性报纸，许多男人就会觉得不看也罢。即使有一些文明开通的男子，你要让他整日钻研女性问题，未免也有些不切实际，买过几次之后就不会长期订阅了。没有订阅就意味着不会有收益，最后关了张，传播平等理念的初衷又该怎样去实现呢？”

邓丽莎点头不止，忙问：“依你看，要怎样改呢？”

“我们就取个中性的名字，内容也采用大部分版面关注女性，同时也兼顾其他新闻的方式。首先把我们的受众扩大，不要只对着女人发声，也要让男人看到我们的主张才行。更要让大家知道，我们的倡议不是让女人凌驾于男人之上，而是真真正正地平等。所以在这份报纸上，我们不仅同情女性，也要对女性的恶习有所批判。至于名字嘛，就叫……”沈初云顿了顿，贝齿咬着下唇作沉思状，不多一会儿的工夫，眸光大亮，打着响指喊道，“有了，叫《新声报》。新的声音，新声，音同‘新生’，这是女性的新声和新生。你看，好不好？”

邓丽莎高兴地跳了起来，直呼：“太好了太好了，尤其是那一句‘我们的倡议不是让女人凌驾于男人之上，而是真真正正地平等’，真是说到我心里去了。还有女性的自省，下这样的决心需要多大的勇气啊！我真是佩服你的才情和理智，能跳出自己的位置，不偏不倚地往前进。”

沈初云咯咯笑了几声，才道：“你倒别说，这真不是我想出来的。是昨天晚上，我从别人的一番歪话里得到的灵感。虽然那人要劝我的话不怎么中听，但这一句话却是真的。女人立身要正，就不能一味觉得错都在别人身上，我们受到争议时也不要忘了自省自查。要做出一个积极向上的样子来，把从前的旧面貌扫个干净才好呢。”

“是这样啊。”邓丽莎好奇是谁对沈初云说了一番歪话，同时又觉得进一步再问，可能有探听别人隐私的嫌疑，便就忍下困惑，只是夸赞她，“能从糟粕里得出金玉良言，也是不小的本事呢。”

窗外，翠姨咬着手指，喃喃自语：“昨晚，歪话，糟粕？难道说是……”因想着，眼里就闪出笑意来。

第8章 添油加醋

正院里，韩太太放下佛经，摘了金丝边的老花镜。心里想着，都这会儿工夫了，怎么那两个姨太太还不过来吃饭？

未等她吩咐人去叫，翠姨就闪身进来，一副鬼鬼祟祟的样子，将门给关了。

韩太太看了不喜，觉得她究竟还是出身太差，行事总上不了台面。

“了不得了，太太，邓小姐来了。”

韩太太听时，先想到邓丽莎，旋即又觉得毫无可能，便就做个疑问的样子。

翠姨兴奋得直跺脚，忙补充道：“就是二少奶奶那个表妹，邓次长府上的千金呀！”

“她还肯来？”韩太太下巴都快惊掉了，确认再三之后，眼里浮出笑意来，“到底我们老四出色，便是结了婚，邓小姐也还愿意过来串门。其实这个邓小姐，我也喜欢得很，这番用心也叫人动容。可是这年头，什么都要谈个自由，我也管不了许多。”

翠姨附和道：“可不是自由嘛，老四有婚姻的自由，邓小姐也有爱人的自由。我们也不能就说，从此就不欢迎她吧。”又挺了挺胸脯，难掩得意，“一旦讲了自由，我们优秀的四少爷就要苦恼了，自己可没有第二个分身去安慰邓小姐了呀。”

韩太太认为极是，恰听见外头梅姨娘来了，收起得意之色，轻声道：“先吃饭吧。”再细细一想，忙又回头悄声嘱咐，“你不要张扬此事，人家是有体面的大小姐，能做到这样低三下四已经很不容易了，我们再要传闲话出去，简直是不厚道。况且家里还有个新少奶奶呢，人漂亮脾气也好，又是老四可心的人，那才是正经的一家人不是。”

翠姨进门晚，肚子又不争气，向来在韩太太跟前不是很入眼。这也是少数的一回，让她觉得在大太太这边有了些用处，自认多了一份体面，不住声地说“知道了”。

韩太太刚往沙发后头一绕，翠姨就惊叫起来：“哎呀，太太，我还有一件极要紧极要紧的事情没有说呢。”

“什么极要紧的事？”只听一声笑，梅姨娘蹬着尖头皮鞋进来了，举了白手绢捂着嘴，揶揄道，“是有新的戏班子来北京了，还是电影院有了新片子了？”

韩太太嘴角微微一挑，只在心里跟着笑笑就罢。

翠姨自觉有了方才一番话，她与大太太之间已经是更亲密的关系了，便眼带不屑地挺了挺胸脯，将垂在臂弯上的披肩往上一提，扭着身子殷勤地跑上前搀了韩太太，悄声道：“是大少奶奶的事儿，她好像对您……”

话说留一半这种事最为勾人，韩太太料着必定不是什么好话，脸色便是一僵。

饭后，韩太太说要单独跟翠姨聊聊。

梅姨娘就不服气地冷着脸出去了，口里一直嘀咕着：“什么了不起的东西，连个长幼次序都不懂。”

翠姨就把方才沈初云和邓丽莎聊天的内容，添油加醋地学了一遍，遇见有听了又不懂的地方，就胡乱地诌了几句补上。

韩太太顿时大怒：“好啊，我念着她对这个家多少有些苦劳，对于她的许多错处才不理会的。如今，连我都敢嘲笑起来了，还有什么是她不敢做的？现在又忽然去跟邓小姐亲近，好似站在人家那一边，合力来给我难堪似的。要是绣珍在这件事上埋怨我两句，也就算了，她沈初云怎么倒先胳膊肘向外拐起来了？”

翠姨气定神闲地捋了捋额前的一字形刘海，只管冷笑。

另一边，梁绣珍也听说了此事。

“什么？丽莎小姐来找大少奶奶？”梁绣珍扔掉了手中的《电影报》，趿着拖鞋就出去了，口里还直念叨，“可真是怪事年年有，今年特别多。”

用人蒋妈一路追出去问：“少奶奶上哪儿呀？饭菜都来了，不差这一刻半刻的，吃了再去吧。”

“哎呀，倒掉倒掉。”梁绣珍哪里还有心惦记吃呢，甩了帕子，扭了腰肢，就往沈初云屋子里来了。

进屋一瞧，邓丽莎早就走了。倒是撞见另一个奇观，韩仲秋居然和沈初云坐在一张桌子上吃饭。

沈初云打了招呼，便就端着笑不作声，只拿眼从上往下地打量，见梁绣珍穿了家里的拖鞋就跑出来，自然就明白了她的来意。

韩仲秋客客气气地邀请道：“绣珍呀，吃了吗？过来坐下一起吃吧。”

本想着，既来之则安之的，可是沈初云一时没忍住，嘴都咧到耳根子上了，忙又拿了帕子去遮。梁绣珍见了不免脸上一阵热，推说：“我吃过了，以为你们也吃完了，就想来找大嫂说说话。那……我过会儿再来吧。”于是，红着脸跑了回去。

蒋妈瞧着她又回来了，心里就暗叫糟糕。刚才她说要把饭菜倒掉，蒋妈想着可惜，就让几个人端了到后头去了。几个老妈子、小丫鬟早就已经先吃起来了，自己也正准备过去呢，谁知道梁绣珍又折回来了。

果不其然，她往屋里一瞧，就问了："饭菜呢？"

蒋妈只好装傻："少奶奶不是让我倒了吗？"

"什么？"梁绣珍忍不住大叫起来，"我让倒掉就真给倒了？你倒比我还阔气呢！"

蒋妈讪讪地只管赔着笑。

说时，梁绣珍肚子里咕噜噜一阵叫，只得吩咐蒋妈让厨房再做一桌过来。

蒋妈应声自去，转出月亮门，往额头上擦了一把冷汗。

吃过午饭，沈初云也不想午睡，又和邓丽莎讨论起刚才的事情。

她们两个想了名字，又定了几个可以捧场的人，之后就互相傻眼了。是否要报给文化部还是别的什么部门批准，或是将来找哪一家印刷厂合作，这些实际操作，都一概不知。

沈初云马上打电话求助："姚太太，你看，方才我和密斯邓讲起新报纸的事情。我们先还自诩都是有经验的人，其实也只会耍耍嘴皮子罢了。实际上，办一份报纸是个什么章程都不知道，真是汗颜了。"

这位姚太太，正是早上给沈初云来电话的妇女促进会会长，丈夫是大华娱乐城的董事长。论起在妇女事业上的贡献，也该称先生的，可是姚太太家庭美满，更愿意冠着丈夫的姓。

只听姚太太在电话那头笑了起来："这个不打紧的，有钱能使鬼推磨。有我在，你们只管去想内容，做你们擅长的就好。其余的，我拿高价出来，还怕聘不到好人吗？"

沈初云觉得，现在时局乱，今年又碰上洪灾，挥霍的思想有些不合时宜。但是姚太太自来就是这样的，热心公益的同时又生活奢靡。这一类既进步又落后的人，时下很普遍。况且钱是人家挣的，犯不着由一个外人去指手画脚。沈初云也就礼貌地道谢接受了。

挂了电话，又听见外头吵嚷起来，她就循着声出去看。

也是合该今日有事，说来说去还是梁绣珍信口叫蒋妈把饭菜倒掉的事给闹的。

梁绣珍想，闷在屋里等着厨子做好了端来也是无趣，便打算四处去转一转。恰好走到后头，看见一群用人正敞着门大吃大喝，知道蒋妈搞了鬼，心里自然不快。

本想就此走了，又听见三小姐韩燕琴未出阁时使唤过的一个老妈子不住声地夸向兰漂亮，这倒是点了梁绣珍的死穴，她冲进去骂了几句方觉解气。

可她倒是解气了，却刚刚好被今日回娘家的韩燕琴听见了。

因见自己从前的用人被骂得最厉害，哪里还不知道梁绣珍是在借题发挥，这就互相吵了起来。

梁绣珍嚷着："我管教自己的用人还不行吗，要旁人多什么嘴？我就随口那么一说，她主意倒打得快。"

蒋妈早连头都抬不起来了，连连赔罪："二少奶奶，是我错了，我……"

韩燕琴冷笑一声："总比她真听了你的话，拿去倒掉好吧。你一向自负很会管教人的，蒋妈真要被你管得服服帖帖说一不二的，也不至于这么办事儿。再者说，她也是挽救了你的名声。外地在闹灾，你倒张口闭口都是倒饭倒菜的话。"

听着那句"会管教人的"话似乎有玄机的样子，梁绣珍存了个心思按捺住不提，只管先解决眼前的事情："你什么意思，我的名声怎么了？不就是我倒了一桌饭菜嘛，家里如果没有内鬼外人怎么能知道？我虽然不做那些拉皮条的营生，一顿饭的钱也还是出得起的。要是母亲怪罪，我往公账上赔钱就是了。"

韩燕琴脸上顿时就烧红了，也就不只动口，还上手就推着她问：

“你说谁拉皮条？”

梁绣珍不敢继续说了，刚才话赶着话的，这句骂得的确嘴欠了些。

韩燕琴因得了理，嗓门儿又抬高了三分，叉着腰道：“我可警告你啊，是我们夫妻一味忍让你，你可不要得寸进尺！人家是自由恋爱，并没有人从中作梗。你要说得这样下作，索性都说开了，就是脸上不好看我也认了。横竖是你娘家的人倒贴不成，比我更没脸？！”

一听“倒贴”这种话，梁绣珍也是气上心头了，不管是谁先不好的，伸了手就要去抓韩燕琴的衣领。

两边的下人，怎么劝都劝不住。

沈初云走到这边来时，眼见着都要打起来了，赶紧上去拦在中间：“别吵了别吵了，这会儿母亲应该正休息呢，你们这样吵闹，动了自己的肝火那是你们自己乐意，可伤了她老人家的身，我们做小辈的怎么说得过去呢？”

正在气头上的人是管不了许多的，韩燕琴只顾向着梁绣珍揎拳攘臂，有半数是误伤在沈初云身上的。口内还直嚷嚷：“谁跟她吵了，她那么大嗓门儿，隔着街也该听见了。大嫂你说说她，连‘拉皮条’这种话都说出来，她……”

听是越说越没边，越说越牵扯旁人进来，沈初云也就瞪着眼，喝止一声：“好啦！”

两人都没料到向来都以微笑待人的沈初云，能有这么大的嗓门儿，吓了一大跳，都不作声了。

沈初云叹了一口气，先悄悄地向韩燕琴使眼色，低语道：“人家可是新婚！真要听见了，咱们怎么解释呢？”

对于韩燕琴来说，韩仲坤是亲弟弟，向兰又算跟她丈夫沾亲带故的，少不得她要多让让的。

梁绣珍见是战火要平息的样子，才冷哼一声，将手绢挂在肋下的纽扣上，扭了身，却见韩太太打外边风风火火地过来，当时就吓住了。急中生智地停了步子不走，再抽出手绢来做个揩泪的模样。

韩燕琴见此光景又要质问她，这副样子是做给谁看的。却被眼尖的沈初云一把拉住，努了嘴让韩燕琴瞧瞧，外头来的是谁。

韩太太看看她们三个的发髻都有些松散了，一点大家闺秀的样子都没有，早就锁紧了眉头，厉声喊她们到屋里去听从发落。

等这边的人都转身走了，向兰才缩头缩脑地走出来。看来，这好人家的媳妇可不是进了门就高枕无忧的。要想活得体面，还是得有一点自己的底气。

可是，向兰正是为了摇摇欲坠的娘家，才决心要嫁一门好亲的。在这种处境之下，想给自己添底气，又该从哪一方面着手呢?

第9章

妯娌生隙

“你们这是成何体统？”

三个人皆是低垂着眉眼，按长幼次序站着，一声不敢言语。

韩太太一个一个检视过去，这才发了话：“我先要说说你，初云！”

一直是连气都不敢喘的梁绣珍，先就小小地张了一下嘴，缓了缓心绪，一副侥幸不已的样子。

韩燕琴则是眨着眼睛，一脸不敢相信的表情。因中间隔了梁绣珍，少不得要悄悄地往后挪一步，这才觑见了沈初云那哑然的表情。

先时，韩太太听了翠姨的挑唆，一肚子的火气还没消解下去，这会儿正好借题发挥：“你是大嫂，怎么早不拦着呢？”

沈初云觉得这话里故意刁难的意思多一些，只是料着韩太太再怎样不公，也不过就挨她这一句偏心的话罢了，总不会没完没了的。也就劝着自己咽了这口冤气，低眉顺目地小声回道：“是，下次不会了。”

这样一让步，韩太太果然是不能再挑理了。只是斜了她一眼，就走到梁绣珍跟前，训斥道：“你是当嫂子的，燕琴是出嫁的姑娘。难得回来一趟，高高兴兴的，不好吗？非要吵！”

韩燕琴认为有理，嘟了嘴暗地里点头不迭。

韩太太瞧见，又立马掉转枪头道：“还有你，噘个嘴巴干什么？

你二嫂就是浪费了饭菜，这也是我们家的钱，要你这么凶巴巴地数落她做什么？”

“还不是爸爸挣来的钱……”说至一半，韩燕琴就想，接下去说什么呢，难道说因为是韩延荪的钱，所以就和她都有关系？听上去倒像是在预告，将来会同嫂子们争家产似的，她又不是韩太太生的，还是不要说下去了。

可她能转到的念头，这屋子里的人就都能想到。

梁绣珍故意揪住了话头问下去：“你说，爸爸的钱怎么了？”

韩太太的脸色早都黑了，回身往烟筒里取了一根香烟点上了。

她老人家可是不大爱抽烟的，除非是烦心极了的时候。

韩燕琴自觉不妙，自己是客，过会儿也就回家了，梅姨娘和幺妹韩黛琴就不行，万一成了韩太太的出气筒，倒不好了。

沈初云也正想着这一层，再牵三挂四下去，家里的人都得打起来不可。几下里一权衡，便出面替韩燕琴解围道：“话不是这样说的，毕竟爸爸是要员，如今又是全国鼎力救灾的时候，传出去多少会有些不好的影响。”

韩燕琴听了自然高兴得很，梁绣珍又自然是很不高兴的了。

论本意，沈初云也不想得罪梁绣珍的，毕竟妯娌是天天要见面的，姑嫂倒只是偶尔遇见几次。但是，在方才的争吵中，梁绣珍已然要把莫须有的三角恋，再次摆到台面上了。那么，沈初云就不得不压一压梁绣珍了。她那张嘴再要吵下去，名誉受损的人可就太多了。

屋里一时都没了声音，韩太太抽完一根烟，灭了烟头，这才发话：“绣珍，你大嫂方才的话，你要记在心坎儿上。不是有钱没钱的问题，而是要牢记，时时处处替你们父亲的前程着想，这同时也关乎你们这几个小家庭的前程。”

韩燕琴扭了头，死盯着梁绣珍瞧。

梁绣珍微微一撇嘴，红着脸勉强应了声：“知道了，母亲。”

韩太太颔首，又望着韩燕琴那一脸得意的模样。想着她和老二媳妇总这么吵来吵去，都是为了从前的心结，便道："我看你们嘴里骂骂咧咧的，还是离不了老四的事情。我可要说明白了，都是体面人，有些话不要说得太难听。邓小姐痴心一片，我们再回过头去嘲笑人家……"

其余二人皆作聆听状，沈初云却喊了一声"妈"，就此剪住了她的话头。

韩太太蹙了眉"啧"的一声，问她怎么了。

也不光韩太太，众人都望着沈初云。她虽然在万人场合都讲演过，可回到家，面对些琐事，反而更加感到有一种压力。因就一手抬高，抚在心口上，慢慢地解释起来："丽莎对老四从来都没有发生过什么爱情，今天也是特意来找我商量些工作上的事。从前的话都是误会，只是两边的家人很希望能成就好事，有些玩笑话说得太真了。丽莎又是个极为开通的新派人物，不觉得这对于女子名誉有很深的损害，就没有生什么气，也懒得为此解释什么。但我觉得，再不计较的人也有底线的吧。我们无止境地误会下去，哪天丽莎在社交场合公开去澄清，这倒不好了。好像我们家，一直借着她捧着自己家里的人似的。"

不管该不该得罪，今天梁绣珍都已经恼上沈初云了。所以，沈初云索性一口气替邓丽莎将一切都澄清了，也算是一劳永逸的事。

梁绣珍脸上似打翻了五味瓶，这是不消亲眼看的，猜也能知道。

只是不料，韩太太的眼神也是这样复杂，甚至还有些不高兴，叫人捉摸不透。

从前大家都认为邓丽莎对韩仲坤痴心一片时，韩太太还很左右为难的，忽然地说不是这样的，倒又舍不得放下自己的儿子极有魅力这一层光环了。

"她真的只是找你？"韩太太的语气内，明显带有不信的意思。

沈初云只得再解释一回："丽莎在电话里就跟我讲了，她来这一趟是为了能让我们家里的人知道，传言不足为信。而且为了这些没边儿的话，影响了一对佳偶可就不好了。我也认为这道理极对，没有了这个谣言，我们两家也还可以大大方方地互相来往。否则，真像有了什么曲折似的。那些小报记者最爱写这些了，父亲见了又是一场气不说，老四媳妇那儿也是难交代。”

一席话说得韩太太无论从哪方面想，都必须要接受这个解释。

实际上，韩燕琴也曾问过弟弟的，得到的回答正是沈初云说的这样。韩仲坤并不觉得邓丽莎对自己有情，只是碍于梁绣珍一直说得很肯定，加上爱情问题牵涉着自尊，也就不敢刨根问底了。

现在经过沈初云的解释，韩燕琴大喜，忙道：“那可真要多谢邓小姐的一番苦心了，我改日也去登门拜访一回。这样一来，谣言就解除了，我们两家关系照旧，这对父亲的事业果然也很好呀。”说罢，对着沈初云粲然一笑。

顾虑到梁绣珍现在的情绪，并不是能讲理的时候，沈初云只是低了头，连个微笑都不曾露过。

三人挨了训，照旧是依次而出。

梅姨娘由她另一个女儿五小姐韩黛琴陪着，早已一脸焦灼地等在了门外。一见人出来，便绕过前头两位少奶奶，直奔着韩燕琴去了，口里还直念叨：“哎哟哟，我说姑奶奶哟，你就消停消停吧。”说时，两只眼睛偷偷往梁绣珍身上一瞟，敢怒而不敢言。

梁绣珍的气早就转嫁到沈初云那边去了，也懒得搭理梅姨娘，只跟着沈初云一路转出上房，才冷笑道：“大嫂可真是八面玲珑，才几天工夫就把我娘家表妹给收服了。”

沈初云知道梁绣珍必然会过来理论，又恐邓丽莎的家庭矛盾不可贸然走漏，这才一路埋了头只顾走。见四下人来人往，都是些瞎忙活的人，其实也不过寻个做事的借口，来瞧她们姑嫂几个的热闹罢了。因就小声道：“外头不是说话的地方，我家里呢，你大哥还在养伤。

我们上你那儿坐坐，好好说道说道，成不成？”

梁绣珍不置一词，只是气鼓鼓地一哼，发怒地折过身向后径直而去。

沈初云一路跟到她屋里，这才坐下来悄声劝她：“绣珍，我不是非要跟你作对。只是我觉得你们这样办事情，会适得其反的。丽莎已经把她的主张告诉我了，婚姻自由之中本就包含了不婚。现在，是丽莎在忍让你们，哪天她忍不了了，把话都讲出来之后，你们反而有更多人情的层面，需要去一一赔罪，头两个不就先要跟咱们上人交代吗？何况老四也是你的弟弟，论起亲疏来又不比丽莎远，你何苦……”

梁绣珍听不过，当即反驳：“那是邓家的事情，我也不过勉强能说上两句话而已。大嫂就更是外人了，只怕不便置喙过多。”说罢，烦恼不过，就开了桌上的烟筒子，胡乱找洋火来点上。

这自然是邓家的家事，那么梁绣珍又何苦夹在中间，出那样一个糟不可言的主意呢？

沈初云心里暗暗转过此念，只是不说破，蹙了眉又道：“我知道，正是因为知道，才不得不提醒你一句。丽莎是常在社交场合来去的人，又是个急性子、直肠子，你就真没想过，哪天她自己说破以后，父亲母亲会怎样看待邓家，又会怎样看待你吗？你们想隐瞒什么都是你们的自由，却不该弄得我们家里两位老人战战兢兢的，以为对不住人家的姑娘啊。”

梁绣珍眸子往旁一瞄，静默着只管吧嗒吧嗒猛吸着香烟。抽完一根，整件事也思忖得差不多了。这才敛了先时的怒容，勉强一笑，道：“大嫂的顾虑一是为了我，二是为了两家的交情，是很有道理的。找机会，我去和丽莎好好谈谈，把误会消除了就好了。只是，我希望大嫂赶时髦也有个度吧。小孩子说什么独身主义，不过是不懂事罢了，大嫂就别跟着掺和进去了。一个人不结婚、不生孩子，老了谁来照顾？这年头儿本就时局不稳，我们每个人对于将来都是眼前一抹黑。你们那些女权、平等，将来是能当拐杖拄，还是能当钱使呢？”

沈初云对于涉及将来的事无可接言，也担不起什么保证的话来。略略缓了缓情绪，解释道：“我看呢，丽莎年纪轻轻的，有思想、有抱负，自然就觉得光阴不等人，多以事业为先。需要做的事情多了，就挪不出时间来考虑个人问题，倒并非是对于爱情有什么灰心的想法或是完全的不屑。你们不要过度逼她，或者哪天，就在她那些志同道合的朋友里，有她的白马王子也说不定啊。年轻人不喜欢被束缚，难说你们不提了，她自己倒要回来向你们发表婚姻大事了。”

梁绣珍心想，若不是她苦心将失恋的话暗地里传了一圈，由着邓丽莎去瞎闹，这会儿早让人家笑话完了，哪里还有人肯跟个不想结婚的疯子相亲？因就撇过脸去，讥诮而无声地一扯嘴角。接着扭过脸，赔着笑说道：“大嫂这话也有理，或许我们是关心则乱，不如你想得公正。”

从她的笑眼里，沈初云看出了心口不一。

然而在这件事情上，作为朋友，沈初云已经替邓丽莎做了澄清；作为嫂子，替韩仲坤摘了一顶冤枉帽子；作为儿媳，也算是让韩家从绯闻里挣脱了。

所能做的都做了，接下来如何，真的不好太主观强求，只能静观其变而已。

第⑩章

蛇鼠一窝

梁绣珍送她出门之后，复又抽起了烟。一面沉沉地想着心事，一面低语道："丽莎单恋老四的话虽然是假，但也是权宜之计。更何况，老四已经结婚了，事情说着说着，也就过去了。两家将来在官场上，还是秤不离砣砣不离秤的关系。老四本就只是暂时的挡箭牌，一个大男人摊上这种传闻该高兴才是，于名声上也不算是诋毁。尤其看母亲的样子就知道了，她老人家可未必那么讨厌先时的传言。倒是真相闹开了，两家的关系才真要被打破了呢。凭空地跳出一个沈初云，自以为公允地插手此事，说出许多大道理来。我看，她才真正是个危险人物呢。跟大哥的关系这么不稳定，指不定哪一天恨透了韩家，倒是要滋事的！"

"是谁要滋事啊？"

忽然有人打外头唱了一声戏腔进来，梁绣珍被吓得不轻，脸色霎时惨白。

往外看时，却是韩仲平一路甩着呢帽，满面春风而来。

稍缓一口气，梁绣珍一只手抚着狂跳的心口，另一只手正要拿烟往嘴里送时，不由得惊叫一声，慌忙站起。

原来刚才手一抖，点着的香烟就掉在厚绒毯上了。

韩仲平见了，也忙凑上去踩了好几脚，帮着梁绣珍一起灭烟头。

火星灭了，又喊蒋妈进来收拾。

梁绣珍这才得了空，揶揄道："大忙人，你打哪儿来啊？"

"除了衙门，还能从哪儿来？"韩仲平似乎心情很好，吹着口哨就去里边开衣柜，找出一身西服来换了。

"骗鬼去吧。"梁绣珍自是不信，跟进去望了他照镜子的得意眼神，直飞白眼。又惦记着方才那样一闹，眼下要紧的，得先给邓家去个电话，也就懒得盘问丈夫是否又要出去花天酒地了。

韩仲平换好了衣服出来时，梁绣珍刚挂上电话。方才隔着门听时，梁绣珍不过和对方说些几时有空见上一面的话，因之也不在意。遂鬼鬼祟祟，背贴着墙，一路往外挪。

快到门口时，还不见梁绣珍盘问，这倒瞧着新鲜了。韩仲平便停住脚步，问道："你今儿怎么了，不高兴吗？"

"你少问。"梁绣珍不耐烦地又取出一根烟来点上，人往沙发上一仰，面朝天花板，又吞云吐雾起来。

韩仲平看看挂钟，一时觉得别耽搁了外头的事情好，一时又觉得梁绣珍愁成这样，作为丈夫理当问问的。两下里一犹豫，想着只要半个小时之内出门，应该就赶得及。便上前往沙发上一靠，替她捏了捏肩。

换了平时，这是夫妻乐趣，可今日梁绣珍心烦意乱，将身一躲，催着他快走。

韩仲平讨了个没趣，也就心安理得了起来，边退边说："得得得，难得体贴你一回，还吃了枪子儿，我躲还不成嘛。"

"真要体贴，你就少往胡同里钻！"梁绣珍猛地一挺身，将烟用力往玻璃缸子里一摁，追着说到门外去，哪里还看得见人影？

原本和邓太太是约了明日上午在百货公司碰头，顺道一起逛逛的。可是，梁绣珍越想越等不得。娘家一个表妹不懂事也就罢了，这点儿说不出口的事情又叫婆家人知道了，算是彻底失控了。

徘徊几回，梁绣珍忙换了衣服，略施薄粉，问了家里可还有空着的汽车，径直上邓公馆去了。

而沈初云从梁绣珍院子里回来，进门就见韩仲秋趴在沙发上养伤。身上只穿着一件薄薄的衬衫，嘴角噙了笑，语带讽刺道："你可真是家里家外一把手，发表讲话都成习惯了。"

大抵不过是因沈初云替邓丽莎发表的一番解释，韩太太不得不与家里诸人也通个气，所以韩仲秋才会这样话里带刺的。

他不回来时，气他不着家，他在家了，又处处只管惹人生气。

婚姻沦落到这种食之无味的地步，也是彻底失败了。

沈初云叹了一口气，闪身进书房前，悠悠然留下一句："我这习惯总好过吃喝嫖赌吧。"

"你……"韩仲秋心中生怒，正欲追去理论一番，却听见外头有人问："大哥，大哥在家吗？"

来人是韩仲平，他也不进屋，只在走廊上透过玻璃窗户向里一望。

韩仲秋已经穿上鞋坐端正了，正冲着屋外招手："进来坐吧。"

韩仲平嘿嘿一笑，走到门边，探进半个身子，一双眼只管四处来回地瞅。再三确认过沈初云不在这屋子里，却还嫌不够，鬼祟一笑，道："大哥，你出来说，来。"

"什么了不起的事儿，做出这派鬼腔鬼调来？"韩仲秋不迭地抱怨着。他因背上的伤未好，一下都不肯多动的。又不好在弟弟跟前丢份儿，硬撑着头皮佯装无事地走了出去。

可这韩仲平实在也是太跟大哥要好了，韩仲秋一句"不要"还没来得及叫出来，韩仲平的手就已经搭在他后背上了。疼得韩仲秋龇牙咧嘴地跳了起来，脑袋都要顶上房檐了。

韩仲平先是歉意地一笑，随后再一笑，眼神就有些看戏的意味了。见韩仲秋脸上一凛，知道他不高兴了，忙做个严肃的表情，皱了眉关切道："父亲下手这么狠？"

韩仲秋厌烦得不行，摆手嗔道："别跟我念叨这些，烦！"

韩仲平就拉了拉他的衣袖，一直走到院墙犄角处一棵梧桐树下，他才低声道："今儿香雪儿的新电影要上，大哥也去捧捧场吧。"

"你的相好，找我捧场？"说时，韩仲秋眼中携了一抹轻佻的笑意。

"捧个人场啊。"说着，韩仲平往后退了一步，作个揖，又道，"钱场自然是我捧。"

本来嘛，小弟妹出风头的场合怎么少得了韩仲秋，可今天这日子着实不方便。

韩仲秋尴尬地清了清嗓子，故作深沉状，好似在思考着什么正事的样子，为难道："再说吧，我得想想其他事排不排得开。"

韩仲平笑着，偷眼斜了他的后背一记。憋了笑又道："大哥要是不去，就替我打几个电话，多招呼些朋友过去也是一样的。这会儿我得先去那边张罗张罗，实在是没空了。"

这不比还不觉得，一比之下，同样是外头养着人，待遇却天差地别。

韩仲秋安安静静养在小胡同里，一年下来不过几百块的开销，就要挨上一顿打。韩仲平彰明昭著地捧明星，一年下来没有几千块根本刹不住车，居然就一点事情也没有。可见妻贤夫祸少的老话，那是一点都没错。

想了想，就带着一丝嫉妒，冷笑道："父亲可是不会赞成你如此高调的。"

韩仲平笑答："放心，我知道该怎么做，绝对不会叫小报拍到什么短处的。我又不会傻到在人前就有什么亲密动作，不过是和电影公司几个董事喝喝酒，请他们多多地照顾照顾。"又挑了挑眉，活脱脱一个风流公子的模样，笑声也变得轻浮了许多，"有些事儿，私下多的是机会……"

韩仲秋自是懂他的意思，两个人就你来我往地调侃了两句带些颜色的笑话。

早在韩仲平站在走廊上时，沈初云就听见了。料着他们蛇鼠一窝，凑在一起准没什么好事。只是不想哥儿俩说了这么久，大有越说越没边的意思，这就叫人很看不过去了。

沈初云开了书房窗户，扬声冲他们问道："你们又在商量什么呢？说出来让我也听听。"

韩仲秋当然是眼里没她，不觉得有何害怕。

韩仲平到底是做弟弟的，对这位大嫂不敢怠慢。加上女人之间互通信息，就跟男人之间互相包庇，是一样地平常。猛然被这样一问，不由得心头颤了颤，忙就推说没什么，告辞先走了。

沈初云瞧着他的背影走得不见了之后，又对韩仲秋道："看你们这偷偷摸摸的样子，在家里还是收着些。一个不小心，再叫父亲知道了，也不知道还受不受得起折腾了。"

韩仲秋最烦沈初云这德行，明知道他现在最听不得别人嘲笑他挨打的事，还非要一遍遍地戳他痛处。实在气愤不过，就要上去理论，谁知院外又进来一个人唤了一声"大少爷"。

沈初云复又向外看，原来是韩延荪身边的听差，说是请她去老爷的书房走一趟。

这一下，韩仲秋烧起来的心火，顿时就灭了。老爷子要找沈初云说话，那还是先不要惹她生气的好，免得她又去告状。

想时，也不管许多，径直快步躲到屋内不出来了。

沈初云冲着他的背影一白眼，又笑着对听差说："知道了，你先去吧，跟父亲说，我马上就来。"

第11章

家长插手

韩延荪在正院旁单辟了一个小跨院做办公之用，除却正经公事，旁人一概不准擅入。沿着院墙往他书房去，老远就能看到一丛的绿，好似要用花木隔出个清净之所。

三月下旬，蔷薇已长出了花骨朵，红的、粉的、白的点缀在绿色之间，特别显出俏皮来。

沈初云叩门，不料门是虚掩的，轻轻一推就开了。

紫檀书架上的玻璃门大敞着，从桌子底下传来一阵窸窣之声。

沈初云便知，不可再冒昧往前了。忙侧了身，低头唤道："父亲，您找我？"

韩延荪这才意识到，她已来了。便应了一声，又叫她去沙发那边坐了。同时将保险皮箱里的一沓纸拿出来敲整齐，小心翼翼地放进了资料袋里。又扶着膝盖缓缓起身，捶了两下有些发麻的大腿，慢慢地也踱到沙发那边对坐。

沈初云先笑道："父亲今天倒不忙，这么早就回来了。"

此时，韩延荪手上还舍不得放下那沓资料，就抬手扬了扬，道："我是临时有公务，回来收拾收拾就要走。时间紧迫，有些话我得开门见山地问问你，拖来拖去总不是个事儿。"说时，见沈初云眨巴着眼，将身子坐正了，心中暗道不错，比亲儿子那吊儿郎当的样子更看得入眼。才将嘴角略略一弯，又不免皱了眉头，叹起气来，“那个陈依曼——不简单。”

韩仲秋在外头那个小家，沈初云是早有打算要管的，若是放任，花费是小事，天底下就没有不透风的墙，哪天见了小报，可就糟了。

关于婚姻问题，沈初云想过，要么明明白白交涉干净，要么就得在外人面前有个模样，否则是要影响许多人的声望的。依着本心，自然是交涉干净的好，反正彼此对于将来都没有什么期待了，整日在一处也不过是互相折磨罢了。只是，一旦离婚，保不准天津沈家那边当天就会登报声明，要与她断绝关系。

人最难割舍的就是血缘亲情，这样的代价，让沈初云总不能下决断。因此，退而求其次地想着，如果把陈依曼赶跑了，或者两个人还能勉强维系。除了这一个，从婚前到婚后是一直相处着的，旁的不过是些露水情缘而已，就是见了报也好圆谎。

奈何韩仲秋对陈依曼护得紧，沈初云虽有地址和电话，但说来也没人信，她至今连陈依曼长啥样都还不知道呢。

就在她出神的时候，韩延荪已自顾自地往下说了：“按说人不该有阶级之分，只是陈依曼这人，我早就调查过了。没多高的文化，跟着胡同里的女人学了许多做生意的门道。她对仲秋是有所图，所以才格外顺着。”

听到这些，沈初云眼皮子连跳了十多下。

多么熟悉的论调，让她不由得联想到韩太太的那一番教育。

若是韩延荪也来跟她说这些迂腐之言，她在这个家可就没有继续待下去的理由了。不管是出于前途考虑还是真心如此，韩延荪总是无条件地在支持女性进步的议题。若此时连他都要谈什么变通，沈初云对于小我也就彻底死心了，对于大我或者就得效仿前人，以自己的血泪来唤起女性觉悟。

好在韩延荪接下来的话，让她一块石头落了地：“我看是仲秋那浑小子，对于这段关系也未必还有多少爱情的成分。当年不过情窦初开，算不得如何情深。因那女子实在是不像样子，我反对的态度也有些过于急躁了，这倒引发了他的叛逆。于是乎到了如今呢，故意要气我，还做出一派受旧式婚姻的负累，失去爱情之自由的样子。”

沈初云长嘘一口气，微红的眼圈酸酸地发胀，便垂首不语，悄拿了手绢出来往眼睛上快速地一揩。

韩延荪见状，心内生出些长辈的怜爱之意，却不善在此类问题上做什么安慰，不过是照着自己的意思，接着说下去：“我是绝对不能再让他们来往了。前几日，我找到了那女子的住处，可是听说人已经不在那儿了。时间又紧迫，我只好厚着老脸来问问你。”

“我？”沈初云不解地拿手指着自己的鼻子，心里讽刺地一笑。连韩延荪都办不到的事情，她就更不行了。复低着头不言，脸颊也不知是羞还是气，红红的一片直烧到耳朵根上。

韩延荪一点头，道：“可有什么蛛丝马迹是我不知道的，若有，我这就要叫人去解决。”

经这一提醒，沈初云倒想起一件事来，抬眸答道：“应该是去了天津。”

原来是先得了风声，抢在前头把人给藏了。韩延荪觉得头顶一阵阵地发麻，又不好当着儿媳怎样宣泄怒意，只咬着牙低声咒骂：“这个作孽的畜生！”

沈初云后悔没有早知道，不然那天韩仲秋发了昏要她去照应陈依曼的时候，她就该先假意应了再说，因道：“具体我也不大清楚，不过……或者我现在回去问问，还能探出一点消息来。”

韩延荪从上衣口袋里掏出一块金色的怀表，嘴里喃喃地似乎在计算时间，便望着沈初云道：“我最多可以等你四十分钟。”

事不宜迟，沈初云答应了就忙起身回去。

一路上，想了该如何自然地再度引出韩仲秋先时的提议。

走到月亮门时，沈初云站定，练习了一个恰到好处的冷笑，这才去问张妈，韩仲秋此刻在哪儿。

到了卧室内，见韩仲秋趴在床上。知道沈初云爱干净，所以他一如既往地不脱鞋就上床，手里还拿着一本当天的电影报，正看着香雪儿新电影的广告。

沈初云眉毛一挑，冷哼道："父亲临时有公务要出远门。"

韩仲秋闻声，放下手里的报纸，两眼望了她，却不说话。

沈初云上前几步，扶着铜床的架子，半含一个又恼又有醋意的笑，恨恨地道："恭喜你了，终于有一阵自由的时光了，连伤都可以去天津养了呢。"

或许是身上的伤没好利索，韩仲秋的表情中没有多大的喜悦，语气有些平平的："你又何苦把人看得那么扁？"

沈初云觉得这男人果然是靠不住的，从前是怎样嘴硬，挨了一顿鞭子，话里话外都是妥协之音。这要放在平常，哪里会用这一种和软的口吻来同她说话？于是苦笑道："我是把自己看扁了，真是不投降不行啊，实在拴不住你这颗心哪。"说罢，做个怅然的、渴望婚姻能得到转圜的表情。

"天津说远不远，但说近也不近。我现在连走路都不便，更不要提坐车了。"韩仲秋说时，一脸笑笑的表情，似乎是在宽她的心。

"你不是还有别的相好嘛，只不过陈依曼这如夫人的位置最稳固罢了。"沈初云低头望着地下，瞪着眼发了一会儿呆，再抬眸时，竟有些泪光闪闪的，撇了撇嘴，语声娇媚，"万一你哪天夜里，趁我不注意，就溜了。"

韩仲秋讪讪地一笑，并不反驳，一副听完后话再来应付的样子。

沈初云噘了噘嘴，委屈道："你之前说过，若肯联系几个在天津的朋友，帮忙照看陈依曼，你就跟我妥协。这话……还奏效吗？"

“当然。”韩仲秋眼睛一亮，连疼都不顾了，马上坐起来道，“其实你还是很聪明的，只是想问题太慢了些。你看，就这件事的好坏，你到这会儿才算明白过来。”

这派高兴的样子，惹得沈初云心头一阵火烧火燎，偏还要做个投降的小媳妇样子，犹犹豫豫、悲悲切切地道：“你之前说，只要我肯帮忙，一个月总有半数日子在家过夜。我不同意，我要你保证，每晚都回家，不许再拿这里当饭店。”

“好好好，都听你的。”韩仲秋似乎是因心事落定，语气格外温柔，走去拿了纸和笔，写得飞快，慌忙地给她递了过去。

沈初云看在眼里气愤至极，全靠着韩延荪要出面解决陈依曼一事，才勉强压住情绪，接了字条在手，转身急急而去。

出了院子的时候，疯也似的拿手绢狠命搓着嘴唇，直到口红都蹭干净了，皮也蹭掉了一层才收住。

她厌恶自己刚才的样子，一副离了男人就不能活，只要丈夫肯在家过夜，就万事大吉、绝不计较的卑贱样子。要不是为了韩、沈两家的颜面，为了自己如今的事业，她打死也不肯放下身份做这样的戏码。

第 12 章

神秘背影

接下来几日，韩仲秋果然守承诺。只是夜深时候，沈初云看着泾渭分明的两床被子，心里反而比一个人独守空房时更觉孤单，连着几夜都是失眠的。

一个人时，看看书、看看报，想想事情，嘴里还能嘀咕几句话，发泄发泄情绪。突然旁边多了一个人，不让点着灯，也不能看书看报，说是影响他睡觉。亦不好长吁短叹的，更不可能喃喃自语，因为他必然会觉得这些叹息和说出口的话，是需要他做出回应的。熬到他鼾声大作了，自己又睡不着了。

沈初云心内忽然就发出了感慨，一个人哪叫孤单？当身边看似有人陪伴，却反而形成一种束缚感时，那才真叫寂寞不堪言。

好在白天总有些令人期待和欢喜的事情，《新声报》的创刊工作进展得非常顺利。

邓丽莎自来过一回后，便常常到韩府来和沈初云商讨些事情，也省得她一个人在家闷着。

忙，是最好的助眠药物，使人一挨着枕头就可睡着。

这一天，韩延荪的一个心腹管家接了消息，急匆匆来找沈初云单独说话："大少奶奶，天津那边回信儿了，说咱们弄错了，那个地址是一个大姑娘住着，好像是大少爷一个什么朋友的……”

“难道他在利用我转移视线？”沈初云皱了眉，腾地站起身子，拳头紧握，双眼通红，俨然是受了很重的委屈。

在这件事情上，疑点实在太多了。首先，韩仲秋的狐群狗党不在少数，有在天津的，也有成天跑去天津作乐的。还有就是，他果然真要妥协，挨了打，当时就可服软了，何至于要回了自己屋里，只对他最不在乎的沈初云来低这个头呢？

陈依曼在天津的地址给得太顺利，好像是一步一步设计好了，等着沈初云来问的。果然还是她太天真，竟然上了这么大个当。

那么，陈依曼究竟在哪儿呢？

不等想清楚，就听张妈在外说道：“大少奶奶，姚太太电话。”

公事上的电话一来，沈初云又将心里的屈辱感暂时抛开了，忙对管家道：“我现在也没有别的法子了，过后如果我打听出什么来，再告诉你吧。”

管家称“是”去了，沈初云也就一心放在工作上。为着《新声报》就要发行了，叫人在书房里临时搁了一张小床，再也没和韩仲秋无谓地见过面。

四月是北京春意最浓的时候，《新声报》就是在这个万物复苏的季节发行了第一期。

发行当天，姚太太在大华娱乐城最大的厅里办了一个新闻发布会，各界的名流，特别是妇女促进会的全体成员都到场给予支持。

一拥而上的记者将沈初云和邓丽莎团团围住。两个支持女权又才貌双全的风云人物，家庭背景又都是政府要员，她们之间结下深厚的友谊，总是让记者觉得有故事可编。

直到采访环节过去，两个人才各松一口气，去了盥洗间洗掉脸上的一层油汗。

邓丽莎为人爽快，做事也很爽利，连补妆这种事情也是先人一步做完，就兀自去二楼庆功的包厢里，应酬那几位为《新声报》出钱、出力的股东。

沈初云晚她一步到包厢，一时围过来几个妇女促进会的理事，热情地与她交谈。

邓丽莎正在窗前，神情仿佛有些凝重，忽然眼珠子一瞪，扭过来一阵搜寻，最后将目光锁定在沈初云身上。手一扬就想高声唤她，又顾忌这样的场合不可瞎嚷嚷，就从酒水台上取了一杯果汁过去，寻了个理由把沈初云拉到窗口来瞧。却又不让她整个人站在窗前，故意放了薄纱帘下来遮掩一番。

沈初云踮起脚，抻了头，望见一辆熟悉的黑色汽车停在楼下，也不熄火，像是在等人。

看车牌号，那是韩府的私用车。

梁绣珍有时就是坐这辆车出门的，邓丽莎自然也认得车牌。便小声在沈初云耳旁嘀咕："我刚才在这儿发了一会儿呆，看见这辆车空着就过来了。现在不过早上十点多钟，还不是娱乐城热闹的时候。按理说，贵府要是有人一早就来了这边，也该是来捧你场的。你有听谁说过，今天会来的吗？"

"没有。"沈初云一时也是不解，就皱了皱眉直摇头。

两个人各自困惑地对望一眼，只在原地静等答案揭晓。

不多一会儿，一个裹着灰色过膝长风衣，戴着细梗草帽的女子，飞蛾一般从大华娱乐城一路奔向那辆车。已有戴白手套的司机下车拉门，又迅速地关上，过程是一气呵成的。

沈初云认得那个司机是家里的常叔，兄弟几个都跟他走得挺近，尤其是老大、老二，有什么拿钱塞狗洞的事，几乎都是吩咐他去的。

邓丽莎则在旁边说着，那女人戴的墨镜有半张脸那么大，实在辨认不清。

沈初云只能从背影确定，这不是韩府里的人。

加上风衣配草帽并不大相称，看起来倒像是用来掩饰身份的。

会是陈依曼吗？

可韩仲秋没有傻到这种程度吧，即使再宠着，租车也就罢了，叫家里的车来来去去的，也不怕在这风头上，韩延荪的几个心腹正在暗中监视吗？还是说，仗着韩延荪一时半刻回不来，才这样胆大的？

邓丽莎提议道："猜是不要猜了。我嘴快，说句你不大爱听的话，四爷刚新婚还不至于这样，恐怕不是老大就是老二了。你看看要怎么办，或者先不忙着质问你先生，问问门房确认一下，这辆车早上是受了谁的吩咐开出去的。不拘你对婚姻前途如何打算，总不能一味装傻吧。"

"我也是这样想的。"沈初云沉声说时，明显地感到心口发慌起来。

之后的一餐饭，她自然吃得有些心不在焉。

姚太太只当她是最近累着了，倒替她解释，又叫她先回去休息为是。到底这报纸一办起来，就是雷打不动每旬都要出的，主心骨可不能病倒了。

邓丽莎忙起身替沈初云提包，一路送到门口，悄悄对她说："你早些回去也好，快刀斩乱麻地调查起来，他们也来不及预备说辞。从那女子的打扮来看，有些见不得光的意思。不管是谁做了这样的事情，对于忠诚问题，夫妻之间应该有个态度。都拿家里的车接送了，或许不久就要闹开来，对自身、对家庭都有损害。"

沈初云默然地点点头，坐上车朝邓丽莎挥手告别。摇上车窗，沉沉叹出一口浊气。她极不希望问题出在韩仲秋身上，不是为了爱情，而是想到了她的《新声报》。才出了第一期，未来的路，绝不能淹没在飞短流长之中。

另一方面，邓丽莎的手包里放有一张大学生画展的邀请卡。庆功宴后，瞧着时间还早，便去了画展。

因不是周末，加之学生的毕业作品到底没多大名气，来的人并不多，倒是可以走上近前细细欣赏。

“小姐也喜欢这幅油画吗？”

邓丽莎看得入迷，忽听见有人问，吓了一跳。

扭过身来，见旁边站了一个鼻梁上架副玳瑁眼镜的年轻男子，西装口袋还插着一支自来水笔，是归国的留洋学生常有的装束。那少年将拢在身后的手，往前一伸，一笑起来眸内就闪着一层光，看起来十足地阳光。

邓丽莎大方地回握他的手，笑答：“我觉得这画很有意思，描绘的是码头上依依惜别的场景，名字叫《背影》，猛一看好像是在说这些送别亲人的背影。可是，驻足细看的话——”她松开手，往画里的甲板上指去，“我想应该是在说这个人。”

循着手指的方向望去，甲板上果然有个孤寂的背影，与轮船上的其他人显得格格不入。

少年扶了扶镜框，点头道：“是啊，这个背影或者是因不忍离别，也或者是动乱的时局已经让她失去了亲人。”

“满船的人，唯独这个背影如乱世浮萍。”邓丽莎喟然一叹，想起自己远渡重洋的时候，虽没有画中背影那般凄惨，却也是饱受思乡之苦，眼圈就不由得红了起来。

少年细心地递过一方叠得齐整整的灰色格子手帕。

邓丽莎一时未想太多就接过来拭泪，擦后一看，才抱着些羞赧，说道：“不好意思，沾上脂粉了。”

“无碍，孤家寡人一个，无须对谁交代。”少年付之一笑，就抬了手要接。

“我还是帮你洗了吧。”邓丽莎的手腕却往回一拐，笑道，“这位先生，可方便留个地址给我，改日一定亲自送还。”

少年笑笑点头同意了，随手从内侧口袋里掏出一张名片递过去，便走开了。

邓丽莎看看手帕，又看看名片，再看看油画，嘴角不由得往上一翘。

第13章 另有其人

晚半天儿，邓公馆里传来一阵清脆的电话铃声。

邓丽莎恰在电话旁看杂志，顺手便接起来问哪位。

那头的沈初云不大确定地问可是丽莎小姐在听，得到肯定的答复，才向她说道："我是初云，上午那事儿我打听出来了，是你表姐夫用的车。"

邓丽莎听时，眼神骤然一凝。不管她和梁绣珍之间怎样闹矛盾，到底是从小一起玩到大的表姊妹，所以，仍旧会在此事上替她打抱不平的。

早前就一直听闻，韩府里大爷、二爷都不是什么省油的灯，也是因为这种传闻，让她对韩仲坤一直存有偏见，这才彻底断掉了两家联姻的可能性。如今自己既然亲眼见了，不免要替梁绣珍打算的。赶紧对听筒那头说道："电话里不方便，你不要出门，我这就赶过来。"

沈初云答应了，心里想的是叫邓丽莎找时机去和梁绣珍说说。上午坐汽车的那个女子，看气质倒不是一般人，这样明目张胆地用着家里的汽车，只怕是个祸根。

哪知邓丽莎来了，也是满心为难，犹豫得很："原该是我去说的，可我跟你一样，觉得为难极了。说到底她究竟是我表姐，可她做的那些事情我又实在反感。不瞒你说，我们已经许久不联络了，忽然跟她去说这样的事情……我表姐的脾气我是知道的，喜欢人家顺着她，又爱错解别人的用心，把自己的面子看得比天都大。不管是谁，要是不小心撞见了她的错处，她就要当人家是敌人，长久地记恨下去。凭我和她现在的关系，如果去说了，她一定嘴硬得很，还会说不过一桩小事，三五天内保管能解决，或许还要大大地教育我一番，让我跟她学着点儿。”

听了这一说，沈初云心里就咯噔一下，更为犯难了。自己从前甚少掺和家里女人之间的争端，因此对于各人的脾气也是一知半解。前一阵想着邓丽莎实在委屈不过，就同梁绣珍有过一段不愉快，照此说来，岂不是要被她长长久久地记恨了？

因想着，便将眉一拢，苦恼道：“我倒不是推托，你也说了，你表姐好面子，向来在我面前很主张她的‘御夫术’，我拿不准仲平的事是否在她容许的范围内。如果她本身容许，我去说了，倒像是看她笑话似的。”

“你听她吹呢，其实外强中干罢了。试问在婚姻里的女子，有哪一个是不想得到忠诚的？”邓丽莎又叹了一声，背脊颓丧地一弯，“其实我们之中，不管谁去说，从她眼里瞧出来，都是看笑话呢。我不过想着，我不与她常在一处，拿不准我去说的时候，她的心情究竟如何。这样伤人的话，总要挑个好时机去说呀。你与她在一个屋檐下住着，方便瞧她眼色不是。”

沈初云认为这个主张也很有理，便艰难地点点头：“那我……如果有机会的话，想法子同她聊聊吧。”

邓丽莎松了一口气，主动拉起她的手来握着，摇了两摇，算是达成了协议。

这些天韩仲秋总是在家待着，像是防着人打听陈依曼住处的样子。他又是个好玩的主儿，安静不下来，所以客厅里的话匣子常开着，不方便说话。若要叫他出去走走呢，他定然又要推托伤口没好透，嗔怪沈初云心太狠。若叫他去卧室里待着，倒又会让他把话都听了去，再去说给韩仲平听。别的地方又恐有别的耳朵听了，更加对梁绣珍不利。

因此，两人是在东侧的书房里相见的，自然沈初云搬来独睡一事也就此暴露了。

“初云，你们夫妻这个样子……”邓丽莎四顾一番，欲说不说的。她到底是未婚，跟人谈这些脸上不由得微微泛了红，低头咬了下唇，声音一字低过一字，“我也不会说了，只是觉得你这样……”

“我这样过日子，忒没意思了吧。可我真的没法子呀！”沈初云接着她的话往下说，人往椅背上一靠，望着天花板怔怔出神。

邓丽莎坐起来，走到她身后，环住她的肩，轻声问：“是为了什么事呢，很严重吗？”

仅仅是一问罢了，沈初云想起韩仲秋的种种所为，嗓子眼儿就有了一股酸楚儿欲喷出，忍着哽咽道：“很严重，有被羞辱的感觉。他羞辱我作为妻子的尊严，我倒已经习惯了。可是这一次，似乎连同智商和仅剩的一点点信任也一起被羞辱了。”

邓丽莎眼带犹豫，咬了咬银牙，向她直言：“可能我这人比较心狠，换作是我，这个脓疮早要割掉了。”

沈初云眼神木木的，摇头苦笑道：“最后一点耐心了，他要再越过一点点，我也就……真要再被践踏一次，我可能会觉得连众叛亲离都不是事儿了。”说时，一滴滚烫的泪顺着面颊直流到衣领里去了。

不等她两个谈完，外头就传来了韩仲秋懒懒的声音：“还不吃饭吗？”

张妈应声说：“就去厨房里看看。”

他就是这样的，一副纨绔样子，不是出门作乐，就是在家摆少爷谱儿。

邓丽莎望望沈初云死寂一般的双眸，打心里替她不值，可能为她排忧的，不过是早早告辞，不要让她在朋友面前太过丢人罢了。

“我送送你。”沈初云擦了擦泪痕，又起身拍拍衣裙，似乎想连同心里的尘埃也一并扫去。

两人出书房门，看见韩仲秋正在廊子上逗韩太太屋里养的大白猫。

“这不是丽莎小姐吗，都到这个点了干吗要走啊，一起吃饭不好吗？”

邓丽莎鼻子里无声地哼着冷气，出口倒是笑笑的：“不了，家父家兄都忙得很，母亲一个人总是孤单单的，我得早些回去了。”

沈初云自不作声，顶着一双微红的眼也不好送出去多远，免得遇见人，又要问起缘故，因而在院门口打了个转也就回来了。

韩仲秋仍在那里逗猫玩，见她回来了，欲待问一声，她那份饭菜要不要一起送来。哪知沈初云心里很不痛快，一阵风似的刮到了书房不说，还把门关得砰砰直响。

“德行！”韩仲秋一斜眼，也懒得多搭理。

第14章

误会渐深

是日，正值阳光恰好。微风徐徐吹来，裹着一阵阵的花香。

翠姨站在廊檐下，蹲着身子摆弄她那几盆花草，屋里一个老妈子，唧唧哝哝一直跟着她说些什么。她听时眼波不停地流转，随即搁了小剪子在一旁，扭着腰肢进屋换了一身亮眼的新装，就串门去了。

“哟，二少奶奶新雇的梳头夫人真是手巧啊！”

梁绣珍闻言，自是得意。又早在镜中看清来人了，转身叫了一声“三姨娘”，拉着一块坐下，道：“我呀，其实是想剪个新式头发的。可前儿上大栅栏的发廊一看，队伍都快到北海了。我就偷偷递了名片进去，想叫老板通融通融，结果人家就把我引到二楼小包间里，说好听了是请我喝茶。可是，你猜怎么着？”说时，两手一伸就开始掰着指头数起来了，“总理家的四位千金，爸爸衙门里的次长太太，居然都在里面。”

翠姨自去长沙发上坐了，听得入味，不由得握了帕子抿嘴一笑。

梁绣珍也笑着向她一摇头，反问道：“你说，我还能抢这个先吗？可昨儿晚上是我兄弟归国的庆祝酒会，我又哪里等得及呢？回头一想，会梳头的上海娘姨倒是认识几个，我就叫人赶紧寻一个好的给我留下。”

翠姨点了头，道："虽说主张维新许多年了，可是会这种洋手艺的人并不多，做得好的就更少了，只得一窝蜂都挤在一处了，也是没法子呀！你想想看，剪发剪不好，几个月都不好意思出门的。"

梁绣珍侧过半边脸，指着后脑勺道："今儿梳的这个叫半朵梅花，昨儿晚上梳了个蝴蝶须。真别说，满场的时髦女子都是剪发，倒显得我这发髻更打眼了呢。"

翠姨为着来瞧梁绣珍的新发髻，还特地换了身新衣服的，却不见梁绣珍问起，心里有些不大乐意了，挺着腰杆，不住地向她挨过去。

梁绣珍先时诧异，上上下下地冲她一打量。然后眸光就定在了衣服上，也悟过来了，恭维道："三姨娘这身衣服新做的吗？"伸手一摸，触感极是细腻，又夸，"料子真好。"

杏黄底色，上面印了些红的花瓣，很衬这季节。往腰身处又是慢慢地渐淡，至膝盖处，又渐变成了嫩绿色。镶着很阔的绲边，上面的花都是银线编的，看起来贵气十足。

翠姨对于这身衣裳很是得意的，只是不敢常常穿出去，怕家里老爷子、老太太嗔她不分时局。也只有梁绣珍这样对于大事情很看得开的人，才会说些中听的话，不会一味地扫她的兴头。她抬眸谨慎地往外头瞅瞅，似乎不敢声张。整个身子都要倒在沙发上了，又拿手掩了口，指着衣服，鬼祟道："日本货。"

梁绣珍立时就懂了，北京那么多学校都在抵制日货，许多政府要员也是带头公开支持购买国货。像韩延荪这样的人物，自然不会例外。

不过翠姨虽然有些年纪了，到底未曾生养，体态一直维持得不错，说话又是吴侬软语的腔调，向来很得老爷子欢心的。梁绣珍料定她买这样的料子做衣服，韩延荪是默许的，便就笑中藏话地说道："三姨娘到底是三姨娘，这种东西别说是进家门了，打进国门起就要抵制，你却能穿在身上，我真羡慕死了。"

翠姨听得受用，咯咯笑个不住："嗨，我在家里穿穿有什么要紧？更何况，老爷子是做外交的，就该和稀泥，谁都不得罪。哪有留给人话柄，让人家钻空子的道理？日本人，我们不拉拢，自有别的人要去拉拢。再说了，不用日本货，那倒是自己造呀，又造不出好的。我有钱享受，也怪我咯？”

“是这样说的。”梁绣珍点了头，一副深以为然的样子，“那些热血青年，以为自己有多大的能耐，拧成一股绳就好像能挟持政府似的。可是如今的年月，凭的不是道理，凭的是子弹，是大炮，是……”

“怎么，我们二少奶奶也要宣讲宣讲，省吃俭用买武器的必要性了？”

只听外头一阵笑，一身家常打扮的沈初云从门外转了进来。因今日不出门，故而脚底下踏的是绣花布鞋，难怪她不说话，都不知道她已经走到门口了。

梁绣珍忙捂了脸，嗔她是故意来笑话人的：“我哪里懂什么宣讲，除非请大嫂来帮我写稿子，我负责背诵，倒还使得。”

翠姨便调侃一句：“你别这时候说得轻巧，到时候连背都背不下来。”

梁绣珍自是不服，翘了唇道：“三姨娘也忒看扁我了。”

沈初云站在桌子犄角处，也不搭言，听见有意思不过笑两声罢了。

翠姨起身，俏皮地给梁绣珍赔了不是，顺势就往外头走：“你们聊，我还有事儿。”

两位少奶奶都上前留着翠姨再坐一坐，她却说什么都不肯。跑出屋子，才拍着胸口，暗道还好脚步快脱了身，不然叫大少奶奶看见了，要是对这衣服上了心，可不好交代。韩延荪可是千叮万嘱过的，买可以，穿也行，但是不许过于声张。说白了，也就只能在老爷子跟前穿穿，讨他一个人喜欢罢了。这二少奶奶倒还好，衣柜里什么稀罕玩意儿没有，自然没那底气在打扮上挑别人的鼻子眼睛。可叫别人瞅见了，尤其是叫满嘴家国道理的沈初云知道了，就难敷衍了。

梁绣珍脑筋一转，便品出翠姨的意思来了，心里却笃定沈初云不会去嚼说这些的，偏不肯帮翠姨遮掩此事，悄悄地把话跟沈初云说了。

果然，沈初云听罢，不过一笑了之："是不大妥，可我也没有那个资格管到她呀。"

梁绣珍深以为然，双眉便是一展，忽然又笑着揶揄："哪儿管不着，你可是咱们家的长媳，半个上人，又是这一辈儿里父亲最入眼的人，家里谁不怕你？"

沈初云忙叫她别这样说，说得人起了一身的鸡皮疙瘩。于是，将手臂一抬，凑在她脸跟前好验证自己的话。

桌上还有些水果未用完，梁绣珍又笑着请沈初云多坐坐，省得浪费这一桌的东西。

聊到高兴处，沈初云觉得这时机倒是不错，便就嗫嚅着道："绣珍哪，有件事儿我琢磨着得跟你言语一声儿。"

梁绣珍瞧她两弯眉毛挤在一处，便知不是什么好事，也跟着敛了神色。

沈初云就如此这般将那日所见说了，最后又道："你……你是有本事的人，仲平向来叫你管得服服帖帖的。不过这一次，委实太公开了些。我们家那些司机多有靠不住的，你大哥那点子事儿，就是几个司机聊着聊着聊出麻烦来的。你也劝着些仲平，父亲总教诲我们，要做文明的新式家庭，闹大了于谁都无益呀。"

看梁绣珍脸色，自然说不上好。

谈起坏消息，大多数人都觉得，挑个对方高兴的时候说，或许就没有那么生气了。但实际上，一件事如果真的很糟糕，随便什么时候说，都能把人一下就打入冰窖去。

因之，沈初云几下一思量，就撂了邓丽莎也知情一事不提。梁绣珍就是真不在乎丈夫偶尔出轨，总归还是件丢面子的事情，她内心一定是希望能少一个人知道就少一个。

明面上，梁绣珍不过是冷笑两声。心内却像是打翻了五味瓶，什么滋味都有。但独独有一股酸味尤为厉害，直泛到了鼻腔内。

可是在沈初云跟前，她怎好示弱？自己从前如何信誓旦旦地说，对于丈夫的事情向来把控自如。这会儿若哭出来，就是自打嘴巴了。便低了头，猛按两下电铃。

蒋妈进来问何事，梁绣珍一个“酒”字都到了嗓子眼儿，出口却要了两杯汽水。

若借酒消愁，那也是自曝其短。

汽水送了来，还是凉的。梁绣珍也顾不上什么，自己先咕嘟咕嘟喝尽了。一个嗝猛冲上来，打了出来，莫名有一种快感。这才一脸无所谓地冷笑起来：“多大点事儿，说破了天，三五日之内我总能叫那个女人自己消失的。”

果然是不出邓丽莎所料，沈初云心里如是想着。嘴上又赔些好话，还同她一起吃了饭。

直等到韩仲平回来，见两人还过得去，这才回屋去。打了一通电话，告诉邓丽莎经过，叫她静观其变即可，有事会再联系的。

却说电话里，沈初云表达得很委婉。那是因她以为邓丽莎不至于当下就有行动，等下回见面再细谈，也免得偶然被人听见，会走漏风声。

哪知邓丽莎想了想，觉得最难开口的话，沈初云都帮忙说了，接下来就该是做妹妹的表示表示了。

因此第二日一早，就捧了一束鲜红的玫瑰，上了梁绣珍屋里。又调皮地不让人作声，摸进屋里，笑着突然递上花束，道：“表姐，好久不见了。”

“哟，真是贵客呀！这么漂亮的花，送给我的？”梁绣珍又是吓又是惊又是喜，接了花凑在鼻间一闻，忙吩咐蒋妈拿花瓶插起来。

邓丽莎留心着，看她一双笑眼有些肿，就知道昨夜必然辗转难眠了，忙接口道："是啊，希望你每天都如盛放的玫瑰一样美丽。"

梁绣珍以为她是向舅舅舅妈妥协了，这一趟专程为破冰而来，心里倒是一喜。掐着她的脸颊，爱怜道："这小嘴儿甜的，难怪我妈天天在电话里念叨你。"说时一想，忙又加了一句，"说，谁要是娶了你，那可真是上辈子积德了。"

邓丽莎看起来倒不似往日那样厌着这种话题，反而脸为之一红，两个人就此重归于好。

接下来，邓丽莎也和沈初云一样，聊得高兴了，忽然郑重其事地来一句："表姐，表姐夫的事儿，你不要太伤心了。"

梁绣珍猛然一瞪眼，望着表妹眼中那同情的神色，心里就如烧了一团火，登时就发作到脸上来了，跳起来质问道："你是和姓沈的计划好了，一起来臊我的吗？"

是啊，她两个不是整天站在一处的嘛。一个是疯子，说什么独身主义不嫁人；一个是傻子，有家里公公那般袒护，却仍是拴不住丈夫。她们想必都很嫉妒有能耐处理好婚姻问题的人，因此故意要来找不痛快。

梁绣珍越想越气，适值蒋妈摆弄好花瓶，进来问放哪里合适，却被大吼了三声"滚出去"。

邓丽莎哪料到她火气这样大，忙就解释起来："是我们刚好一起撞见的，那天是《新声报》创刊，我们在一起庆功，我们……"

就算一起瞧见了，犯得着昨天那个说完，今天这个又来说吗？难怪了，梁绣珍还疑惑，怎么邓丽莎转了性子，肯先向人低头和好了，原来是来可怜自己的，谁要她们这样惺惺作态了？就算韩仲平一时昏了头，梁绣珍也笃定，自己的婚姻前景比她俩要好上一百倍、一千倍、一万倍！

因想着，便就质问："北京报社这么多，你一定要和她在一处共事吗？”

“表姐……”邓丽莎伸了手摇着梁绣珍的肩膀撒娇，却被一把扭开。知道她这是气极了，但从头想一遍，却并不知道自己哪一句说得不好。又因晚些时候还有正事，只得灰溜溜地退了出去，跑到沈初云屋里，请她帮帮忙。

沈初云听说，连问：“我不是让你静观其变吗？”

邓丽莎就将自己的想法说了，沈初云连连摇头叹息。解释说昨天是考虑到府里那么多部分机，万一事有凑巧谁插上插销一听，多有不便的，许多话就不好讲得太细了。又想着今日下午还要在《新声报》筹备会议上碰头的，到时再说明白也是不迟，谁知真就迟了。

“我这人有时候是不是真的智力不太行，不说明白，就不懂话里的意思？”邓丽莎抱了脑袋，拿拳头使劲捶了两下。

沈初云忙拦住，扑哧一笑道：“别打坏了，留着脑袋，亡羊补牢总还来得及。”又委婉地回答了她的问题，“常听人家说，一门心思钻研艺术的人，是有些小孩子脾气的，所以不要妄自菲薄了。”

“我也不是一门心思……”邓丽莎气馁地一摇头，“好吧，我是真的不大会跟人相处，脾气倔，说话又不懂拐弯儿，我要是不自作聪明地跑去安慰她就好了。现在，只怕是给你添了许多的麻烦。”

沈初云微笑着安慰她：“没事儿，一家人没有隔夜仇的。”

邓丽莎看时候不早了，就答应在她这边吃午饭。两人说了些闲话，谈起前次去画展，遇到一个很有意思的男子，邓丽莎脸上忍不住泛起红晕来了。

沈初云自然恭喜她：“同在画展上碰到的，说明兴趣相投，又在同一幅画前驻足，说明品位相近。我冒昧用一用‘有情人终成眷属’这句话，可还合适？我认为不论你主张爱情是以什么面貌升华的，只要与爱人相知相守，就可以用上这句话，对吗？”

邓丽莎羞了脸，道："分析得极是，但现在委实还太早。我想……再过一阵子吧，或许我就可以欣然接受这句话了。"

沈初云问张妈要了红酒，两人碰了杯，小小地庆祝了一番。

饭毕，梁绣珍看见邓丽莎的车还在这边府里，就贴着墙，摸去沈初云屋里偷瞧。恰碰上二人梳洗打扮一番，沈初云怀里抱着一摞纸，要出门办事的样子。

梁绣珍四下一瞧，一跃躲在树丛里。听见她二人一路笑着，好像有提到了什么高兴的事情。沈初云还道"等事情笃定之后，一定要宣布出来"之类的话。

这一下，误会就更深了。

一个曾恼过梁绣珍逼婚，一个迟早会因长久得不到丈夫垂怜而对婆家心生怨怼。梁绣珍怎么想，都觉得她们是要商量个办法，彻底整得自己出不了门、见不了人才罢休。

这可不行，得赶在她们的阴谋前头，解决了韩仲平的风流债。

因之，一路骂骂咧咧，慌忙跑回家里。接了几通电话出去，都是请听筒那边的人有时间过来面谈。

第15章

一石三鸟

不出几日，梁绣珍接出去的几通电话产生了效力。

一个戴呢帽的私家侦探，将一沓照片谨慎地封成信，亲自交在了她手里。走前，还特地卖了个关子：“二少奶奶，这一次您的买卖不光能回本，还可赚上一笔呢。”

梁绣珍听罢，迫不及待地撕开封口，一张一张翻阅过去。都是韩仲平与香雪儿过从甚密的证据，看得她几乎要把一口银牙尽数咬碎。若不是想着，这些照片稍作挑拣，还可拿去匿名卖给小报，收回请私家侦探的本钱，真恨不得统统撕了烧了，才好出这一口恶气。

一沓照片很快翻到了最后，方才侦探卖的关子，也就揭晓了谜底。

梁绣珍心里的怨恨，忽然就消解了大半，冷笑起来道：“哼，沈初云，你别笑得太得意，你自己的烂事儿比我多多了！”

言罢，她忙将其余照片都锁在了抽屉里，又摆弄了两下身上的绸子长衫。迈出的每一步都无比轻盈，背影看上去几乎是雀跃的，丝毫不像一个刚刚遭受了丈夫背叛的失意女子情理中该有的反应，反而有春风得意之感。

沈初云独自住在书房的事情，早被翠姨嚷嚷开了，已不是什么秘闻了。

梁绣珍轻叩了两下门，声音甜甜地唤了一声："大嫂——"

沈初云搁下自来水笔，忙说"请进"。

"哎哟，我是不敢当的，一家人用上一个'请'字，本就过于客套了。更何况，还是从我们沈先生口里喊出来的。"梁绣珍就这么一路说了进来，兀自往窗边的藤椅上一靠，将照片背面朝上搁在了桌上，脸上的笑意根本都遮不住。

沈初云问张妈要了一杯茶，搬了一把椅子，与之相对而坐，道："什么风把你吹来了，还吹得你满面得意的？"往她脖子上一望，也笑了起来，"哦——我知道了。早上听见翠姨在说呢，前两天邓太太来家里，送了你一挂珍珠链子，想必就是你戴的这挂吧。珠子这么大，我看要值一千多块呢。"

梁绣珍也不低头，两根葱管似的手指，夹着那挂珍珠项链，笑说："一千多块的礼，就是亲妈也未必有那么慷慨呢。实则是我舅妈出面跟百货公司问了一个内部价，我自己花了不到五百块买下来的。"

沈初云不住点头，又恭维道："原来是这样，难怪你这么高兴，这种事就跟马路上捡钱似的，下次也带着我吧。"

梁绣珍听说，脸上不经意地闪过一抹淡淡的不屑，笑了一声才道："大嫂何必跟我学，我是没什么出息的人，眼里、心里只搁着这些。哪儿像大嫂，回回都哄着我们高兴，这也好那也美地夸，总说下回一起买。但是每个下回都会有人发起什么赈济穷人的募捐，大嫂的手头就紧了，再也不跟着我们凑份子了。"

这话说得沈初云满脸尴尬，低了头红着脸，小声道："都叫你看破了，倒让我怪不好意思的。我总是这样食言而肥，害你们白白替我打听这些好东西。"

若放在从前，都是极小的事情。大家凑得拢，就一起逛逛街赶赶时髦，打打小牌。沈初云因为把心思放在慈善这类事情上，花钱的事参与少些。如此一来，倒避免了不少口角，不像其他女眷那样，总是比这个比那个的。所以，梁绣珍过去是真和沈初云要好。

可是，邓丽莎忽然将自己的秘密全盘告诉了沈初云，这让梁绣珍一直心存芥蒂。因此一来，从前的好处放到今时今日来看，竟成了坏处。沈初云总是不掺和家里女人花钱的事，因此得韩延荪高看一些。反过来想，这不是将其他人比得一文不值了吗？

梁绣珍是越想越悔自己识人不清，眼神一带，正好瞧见眼皮子底下的照片。因就转过念头来，敛起笑容。两指压着，就将照片往沈初云跟前一推，沉声道："大嫂，我今儿找你是有正事儿呢。"

沈初云低眸一瞧，隐隐意识到有什么不对，还未打开看，先就抿紧了嘴唇。

当她拿起照片，眼神扫过韩仲秋脸上模糊的笑意时，心还是不受控制地凉了下去。婚姻虽然只剩躯壳，但她依然认同自己是韩仲秋的妻子，也就不可能一丁点难过都没有，至多是不撕心裂肺罢了。

梁绣珍见她一张脸惨白，双唇颤着，有泪聚在眼眶里，晃着晃着就是不肯痛痛快快地落下来。心想着，她倒爱面子，当着外人，不肯为了失败的婚姻而掉泪。早知如此，先时又何苦上门来说韩仲平在外如何如何？人还是不要做坏事，否则迟早是要有报应的。

心内虽如是想着，但梁绣珍一开口却是再好不过的了，一直"好姐姐，别难过"地劝着。

沈初云连连摆手，抱歉自己的失态。手掌托着疼到快要炸开的脑门儿，两滴滚烫的泪就这么直直坠在了裙摆上。口内挤出一声："她……"除此之外，再也没有别的话了。

"会不会是那个姓陈的？"梁绣珍明知道她此刻最想要的是清净，正和自己从她口中得知韩仲平在外胡闹时的心情是一样的。但出于报复，梁绣珍就是不走，还故意自说自话地出起主意来了，"这照片虽然是在夜里拍的，拿着去一家一家地比对比对，总能找到的。"

究竟是期待早都被磨空了，沈初云的眼泪很快就止住了，这个过程比她自己料想的要快上许多。她冷笑着答道："若果然是姓陈的，倒更不值得我去守着了。"此时的她业已恢复了平日做事有条不紊的派头，用商量的语气说道，"不过你这照片，还是得借我用一用的。不瞒你说，父亲曾秘密地问过我这件事，他老人家希望能在不张扬的情况下尽快解决。"

一下子抬出韩延荪，倒是梁绣珍所未猜到的。

这倒棘手了，事涉一家之主，沈初云应该不会瞎说。如果韩延荪预备插手，那就不好闹得家里尽人皆知。不然，吃亏的反而会是梁绣珍自己了。因此一想，便又笑道："我怎么会去张扬呢？不瞒大嫂说，那些照片上头还有我那冤家的一笔账。"

沈初云也回以淡淡的一笑，她觉得梁绣珍这话只怕违心得很。

一方面，邓丽莎和梁绣珍是从小一起长大的关系，邓丽莎说她是会长长久久记恨于人的性格，那就不得不防着她了；另一方面，如果此事的确也牵涉着韩仲平，那么他们夫妻两个对旁人如何表演恩爱都不作数，事涉婚姻尊严，梁绣珍背地里一定会跟韩仲平闹，吵架时牵三挂四的话一出口，事情还是会走漏的。

考虑到这两个层面，沈初云就先将韩延荪这尊大佛搬出来，好堵住梁绣珍这张嘴。

妯娌两个各有心事，倒是各自默然了好一阵子。

良久，沈初云先提出来，要跟韩延荪通个电话问问。

梁绣珍先不作声，眼珠子咕噜咕噜转过两圈，忽想到方才来时隐约听见韩仲秋的声音。生怕这会儿沈初云说得好听，等出去了难保是去找韩仲秋吵架的。在这方面，她自诩是有经验的，因就一个箭步冲上前去，挡在门上不让走。预备好言好语地先劝住她："大嫂，你也别忙着去找父亲，我们两个先议一下。本来也已经关系到我了，我总该有些发言权的吧。先说好了，借用是可以，但不能借到父亲眼皮子底下，别牵扯上仲平，他的浑事儿得由我来解决。"

对于沈初云这种处处爱宣讲平等的人，抬出这类冠冕堂皇之言总是不错的。

于是，两人又回到了桌子边，重新商量起来。

梁绣珍难掩得意之色地解释道："这只是其中一张照片，另外的我屋里还有许多，都是请私家侦探去拍的。原因呢，大嫂你也很清楚。其他照片都是仲平上镜，与大哥无关。我们两口子的事儿是不需要劳烦上人的，我自己就可以解决。照实说吧，我打算选几张仲平背对镜头的，暗地里跟小报做个交易。当红影星的绯闻，总是值几个钱的。"说到最后一句，一只脚架起，居然有几分悠然之色爬上了她的眼角。

沈初云明白，以梁绣珍的性情，绝对不会认为把聪明用在风流男人身上是一种浪费，因就奉承起来："要不然怎么说咱们家最聪明的就是二少奶奶呢。这一进一出，等于是一分钱不用花，就能让这位婚姻破坏者身败名裂了。"

梁绣珍想着自己的计划天衣无缝，不由得扑哧一笑，道："看起来大嫂已经很认可我这个参谋的能力了。"

沈初云是绝对不想让梁绣珍参与到自己的婚姻问题中，但表面上还要捧着才是："我还真是傻人有傻福，父亲要帮我不说，居然还能请动二少奶奶一开金口了。"

"不敢当，你拿我跟父亲比，不是要折煞我嘛！"梁绣珍假作一番谦让，忙压着声，挤眉弄眼地说起自己的计划来了，"照我的意思呢，既然那姓陈的连亲爹是谁都不知道，不如咱们就送给她一个爹好了。反正是十几二十年前的事儿了，她妈都未必清楚呢。只要我们找一个流氓，死乞白赖地缠上去，非要认她是女儿，闹得越难看越好呢。哪天让大哥知道了，面子还挂得住吗？心情还能好吗？对那个狐狸精还能不改心意吗？"

不得不说，梁绣珍在这方面简直就是一本智囊全集。以她的头脑，结交些旧式妇女，一定是个很受欢迎的帮手。可沈初云不需要，她有自己的追求和底线，她的时间不值得纠缠在没有意义的人和事上。

“这样闹，父亲能答应吗？”沈初云拿手托腮，作为难状。

梁绣珍一撇嘴，俨然是钻在钱眼里来看事情的：“父亲的法子想必是要花钱了事，可是那种女人凭什么来跟我们这种人家谈条件？这太失身份了。还不如去救救街边的乞丐，只要乞丐会演戏，闹腾得姓陈的不好做人了，想必大哥也就不想在泥潭里深陷了。到时候，把那乞丐随便送去哪个精神病院里养老送终，事情也就完了，这不是一举多得嘛。至于外头人嘛，我倒认为这种一朝发达就有千把万把人来认亲的事，官场上肯定也是见怪不怪的。我们韩家在名誉上，一点损害也不会有的。”

沈初云勉强一笑，道：“我总不好自己决定，还是问过父亲吧。当然，你放心好了，我绝对不会将你夫妻二人牵涉进来的。”

梁绣珍言尽于此，也不好再坚持，只得告辞回家。到了自己屋里，对着镜子学了沈初云那假圣人的模样，道：“问过父亲。”说时发怒地一叉腰，白眼一飞，冷哼道，“对对对，就你会讨上人欢心！”

第16章

大动干戈

在沈初云的旁听之下，管家联系上了韩延荪，并将照片一事告知，只是掐去了韩仲平一节。

管家不住声地答应着，过了得有十分钟才撂下电话。

沈初云微微欠身作别，回到书房静候消息。

傍晚时分，韩仲秋出了一趟门，不到两个小时又匆匆折回，径直冲进书房质问："是不是你告的密？"

沈初云拿报的手被吓得一颤，发这么大脾气，看来韩延荪的人很有两下子。她便放下晚报，撇撇嘴又耸耸肩，反问这话什么意思。

韩仲秋却料定了，陈依曼的消失必定跟沈初云有关。一掌狠落在书桌上，眼睛怒瞪着沈初云，咬牙切齿地质问："你怎么会知道她在哪儿？你是不是派人跟踪我了？"

"我跟踪你做什么？"沈初云冷笑一声，白着眼上下打量他，故意说反话，"你不是天天都回来的吗？我已经很知足了。"

不用再往下问了，只看她那双眼内并没有多少讶异的成分，韩仲秋便知自己猜得不错。急得脖子都涨得紫起来，一臂扫过书桌。哐啷啷一声，纸、笔、书本和茶具落了一地。口内还嚷着："你这个背信弃义的女人，果然老话说得不错，唯女子与小人难养也！咱们说得好好的，你帮我照顾依曼，我就天天在家住。你，你居然骗我！”

沈初云唇角却讥诮地一扯，这话说得没来由，她对韩仲秋的态度从来都不是什么近之则不逊，远之则怨。摆出这副盛气凌人的样子，似乎要给她扣上妒妇的帽子。还真是无可救药的大男子，真以为自己是块宝，谁都要抢他。

因就两手向外一摊，无奈地冷笑道：“我天津的朋友并没有哪处不周到的，按照你的吩咐，送了两百块的家用过去。怎么，她是没拿到这个数呢，还是嫌少了？若是嫌少，可不怨我哟。”

“你撒谎，若你朋友真的去了，就该知道……”韩仲秋一时情急，差点就要说出自己的调虎离山之计。

沈初云的眸子斜向上，迎着他血丝分明的眼，抬手往鼻梁上抹了抹唾沫星子，无比冷静地替他把话说完：“地址是对的，有人住在那儿，只是不叫陈依曼。我朋友跟我说时，我的确是很生气，不过再一想嘛，你外头还有二姨奶、三姨奶、四姨奶，或许你说得不够明白，或许我悟得不对。不拘是哪一个，既然和你做了交易，就该信守承诺的。否则，拿了你的钱不办事儿，倒好像我在冤你的钱。我是不缺这两百块钱的，倒是挣辛苦钱的女子，多不容易啊！今儿为了生活到处换房子，明儿为了生活可能就要到处换人了，我又何必去为难她们呢？”说到最后，眼中神色充满了轻蔑。

韩仲秋斥道：“你说话尊重些！”

几乎是未经思考，沈初云登时腾地站起，声嘶力竭地一连串向他反问起来：“你要我尊重什么，人还是婚姻？尊重，是给自重者的。你尊重过我、尊重过婚姻吗？没有！那我又何必去尊重你，尊重你的婚外情？陈依曼尊重过她自己、尊重过我吗？都没有！那我又何必去高看她？！”

沈初云觉得头顶烧得热热的，耳边一直嗡嗡作响，眼前的人面目模糊起来。

“尊重”二字由韩仲秋这样的人说出，能不叫人恼怒吗？这是沈初云希望在婚姻里得到的最起码的底线。但是韩仲秋却从不曾给予过，这便成了她最为憎恶、最不可触碰的伤疤。而今天，他居然为了自己那点子摆不上台面的烂事，反口指责她为人不尊重。

韩仲秋或许也自知理亏了，声势就弱下去许多：“我不跟你打嘴仗，你快告诉我，她现在在哪儿？只要你说，咱们既往不咎。”

沈初云将身微微一斜，两臂抱于胸前，眼内噙着嘲讽，问道：“你认为我会再三再四地相信一个满口谎言、满心诡计，只为一己私欲、情欲的小人吗？”

精准的描述，精准地刺中了韩仲秋的最弱点，继而恼羞成怒，再无半分哪怕是虚假的绅士风度，一把掐住沈初云的脖颈，将人拽到近前，冲她狂喊：“我是你丈夫！”

沈初云眼中立时就起了血丝，身子半悬着，勉强靠一只细胳膊撑在桌上，才不至于颠来倒去站不直。一手则拼尽全力掐着韩仲秋青筋暴跳的胳膊想让他放手，用尽力气地回敬着他的暴跳如雷：“你也可以不是！”

这话的潜台词究竟是什么？终于，自负文明的沈初云也要这样了吗？像个旧式的小脚悍妇，一哭二闹三上吊，动不动就以回娘家作为要挟。镀了一层新式金光的她，或者要用一个更为西式的名词——离婚。

韩仲秋心道，他才不会受任何人的威胁，不会同他父亲那样，一辈子受制于体面，人前人后总是惺惺作态，为了面子一再受新思潮的绑架，对一个小女子一再忍让。

手起掌落，沈初云半边发髻松垮下来，半边脸颊热辣辣的，耳边轰鸣声更响，脖子也木木的，好像不能动似的。勉强将眼一挪，却觉得眼中所见的一切在不断地旋转着。

“怎么打起来了，使不得使不得。”

直到张妈闻声进来劝架，韩仲秋这才松开沈初云的衣领，低头整理着自己的衣衫。

沈初云蒙了好半晌才恍然，方才是挨了一记耳光。哪里还顾得上什么仪态，气冲冲绕过桌子，将身朝韩仲秋一挺，抄手就要还他一记耳光。奈何究竟力气单薄，噼里啪啦一阵，虽然已经累得够呛，但除了让韩仲秋在张妈面前丢些脸面之外，伤不了他半分。

张妈整个人扑在沈初云身上，连连高声劝阻："大少奶奶可别呀，大少爷身上的伤刚好没几天，你难道忍心吗？"说时，又哀求地望着韩仲秋，盼他不要再闹了，赶紧出去为是。

韩仲秋大大地哼了一声，转身气鼓鼓走了。瞧那神情，好像还是他忍辱负重、不多计较一般。

沈初云顿时泪如雨下，脸上花了一片，推开张妈，吼她出去。

张妈无法，只得连声应了，出了门才嘀咕着："总这样闹，什么意思呢？大家闺秀有什么好呢？还不如那些没钱讨吃的人家养出来的女儿，能干活儿、能吃苦。别说打了，对着家里男人连眼皮都不敢多抬一下的。"

一时间，书房里、卧室里都在丁零当啷作响，想是夫妻二人正各自拿物件撒气。

张妈在院子里，摇摇头，也不曾去劝过任何一方。

不多一会儿，沈初云洗了面，提了小皮箱，脚步既快又急，如一阵风从书房刮到了院门外。

张妈愣了愣，惊觉要出大事，忙往里头一路喊去："大少爷，不好了。大少奶奶带着个皮箱子走了，您快看看去吧。"

韩仲秋躺在沙发上不曾动弹一下，向天花板吐了个烟圈出来，摆摆手不屑道："多大点儿事儿啊！你放心吧，我料她不过是想回天津娘家去。我方才去车站找人的时候问过了，今天夜里去天津的车子取消了。"

两个小时前，他赶到陈依曼的寓所，见里头家具、器皿皆在，人却不在了，连同这季节的衣物和昂贵的紫貂大衣等都消失了。于是，就去各处打听汽车、火车，跑得一头油汗却一无所获。现在看来倒也不是完全无用，至少无意间预知了沈初云今夜是回不了娘家的。既然闹不出大问题，自然就不必再多跑一趟，去向她赔什么好话。便要张妈去厨房叫晚饭，又要添一壶酒，一个人舒舒服服地大快朵颐起来。

第17章

决心离婚

受了屈辱跑出韩府大门的沈初云，叫人力车将她拉到了六国饭店。

这是一幢由英国人造的四层楼房，地处东交民巷，为使馆区。来此地的人，不仅仅是富贵而已，通常都身份特殊。选择这里，是因为此地不会走漏风声，能最大限度地避免小报借题发挥。

西崽见是沈初云来了，根本不过多问询，接了行李就将她往楼上引。

韩延荪是外交总长，自然有专用的房间。

沈初云从手包里掏了五元的票子出来，作为西崽的小费，又叫送一份饭菜上来。然后，就将房门反锁了，往邓公馆去了一个电话。

虽说了晚餐简单即可，但是西崽怎敢怠慢外交总长的长媳。送来的饭菜，搁在沙发前的矮茶几上，竟然显得有些拥挤了。

独自吃过晚餐，外头传来笃笃的敲门声。

邓丽莎带着一脸焦急之色进屋，有几绺头发还湿漉漉地黏在一块儿。电话铃响时，她正在泡澡，事后才回的电话。听到沈初云诉说，夫妻两个动了手，本能就先想到女子的力量那样弱，根本不是男子的对手。哪里还顾得上擦干头发，胡乱穿了衣服就往这边来了。

沈初云的半边脸还有些红红的，一双眼肿得像桃。

“只是夫妻意见不合，可男人动不动就抬手打女人，这就是夫权的劣根性！”邓丽莎的反应俨然比挨了打的更为不忿，在房里踱来踱去多时。忽然两腿一弯，蹲在沈初云身前，推着她的膝盖，正色问道，“接下来，你预备怎么办？”

沈初云放下敷脸的湿毛巾，声音有些沙哑，还带着些许哭腔：“娘家我是不会回的，以前又不是没回过，但我爹娘宁可向着他，也不多问问我是如何委屈。我听府里管家说，我公公还有三天才能回来，这三天我打算先在饭店里住着。”

邓丽莎解释道：“我问的并不是你对未来三天的打算。”

沈初云连连眨巴两下眼，低了头道：“这个星期我还要去大学参加一个推进男女同校的宣讲会，总要消了肿才好去……”

邓丽莎这才觉得她恐怕是故意避重就轻，不免抬高音量，急道：“我是在问你，今后的人生如何打算！”

沈初云眼皮子往上偷偷一撩，见邓丽莎已经逼问到她眼跟前了。在避无可避之下，讷讷地自语起来：“动手是夫妻之间最后一道底线了，打过一次之后必然会有第二次，况且我和他关系那么糟……”说到此，心绪一乱又无法再说了。当下一琢磨，连连摇起头来，“可是，我难道要离婚吗？只要我提了，不出半日，全北京甚至全中国的记者都会找到我。一个宣扬婚姻自由、男女平等的新女性，我在人前显得有多新派，背地里大家笑得就有多大声。他们甚至会说，看吧，要求平等就只能失去丈夫，失去婚姻。”

曲解，是这世上最可怕的字眼之一。无论道理怎样说得通，真相怎样明了，总有人会跳出来做一番南辕北辙的解释。而人们往往也更喜欢听谣言，至于事实，从来都勾不起大众的兴趣。

邓丽莎连声反驳：“可是女性觉醒，就是要教会她们，面对错误的婚姻、不值得的丈夫，要勇敢说‘不’。我承认，到时一定有不少小人对你指指点点。可是你就算不离婚，你只讲男女平等，照样招来了许多旧文人的冷嘲热讽，不是吗？这一点，你自己应该很清楚啊！

离不离婚和你受不受争议，全然是无关的。”

沈初云怔怔无言，道理都懂，只是勇气这个东西太抽象，也不知道该从哪里获取，又要怎么去积攒。

见她愁闷不堪又犹豫未决，邓丽莎急得站起身来不住地跺脚。地上虽有一寸来厚的地毯铺着，照样还是被跺得瓮声作响。

沈初云吸了吸鼻子，汩汩热泪淌过面颊。谁也不愿意嘴上向大众宣讲着要勇敢，面对困难时自己却先露了怯。可这是本性使然，骨子里生来就带着大无畏的人，太少了。

“初云，你听着。”邓丽莎调整了心态和语气，往海绒沙发上一坐，拉起她冰冷的一只手，轻声细语道，“女权运动者这个身份，是让你的眼界变得更加开阔，是让你对于自己的价值评判不再局限于家庭的小天地中，而不是要成为你的枷锁，让你畏畏缩缩，不敢承受半点非议。为了这个课题，你一向很尽心的，你努力地希望大家听到你的声音。你可能认为，只有让大众都专注于你说的内容，才是对得起那些拥护者对你的敬重。可是，你也该意识到，既然被人喊为‘先生’了，那么为人师者，自然要讲言传身教呀！”

最后一句，听得沈初云心动了。

这就像是教导孩子，声嘶力竭地一定要他如何或者不如何，效果总是不理想的。但如果大人做了什么，孩子一眼看了，就会牢牢记在心里。

现下的中国妇女，在争取平等一方面，的确还都是孩子，多数人都还很懵懂。

邓丽莎趁她心意动摇，忙又鼓励道：“你完全可以抛开传统束缚，文明地解决这件事。丈夫出轨、情感破碎，现在还有暴力的因素，在国外，随便哪一条拿出来，都能构成离婚的理由了。你不要争吵，也不要委曲求全，应该去找律师。用最和平的方式，拒绝封建婚姻的恶果！”

沈初云望了她却只是不言，指节捏得发白。她的婚姻烂在骨子里，所以她狠狠地掐着，似要把尖尖的指甲嵌进肉里去剜毒。

耳畔，邓丽莎的游说仍未停歇："从你开始，应该让更多的女性认识到，古来如此的事从头便是错！你怕什么，怕身边没有人吗？你记住，只要有我，就算连你娘家不帮你，你也不孤单啊！"

"和平离婚……"沈初云喃喃自语，混沌的眼神慢慢变得清晰，声音也是一字响亮过一字，"我也可以用自己的行动告诉天下的女人，婚姻不是人生之唯一，无须委曲求全抵死捍卫。婚姻的失败，亦不是女人单方面的失败。女人不该因为婚姻的不幸，就觉得整个人生都再无意趣。是这样的，对吗？"

她眼中闪烁着晶亮的泪，那目光慢慢退去了凄楚和哀怨，一点一点变得坚定而明朗。两颗豆大的珠子滑过脸颊，淌到嘴角时，漾开一个重获新生的微笑。

邓丽莎听了这话，眼中闪闪有泪光，抱着她的肩膀，不停地鼓励她："你可以的，一定可以的。"

这一夜，沈初云不曾合上过眼睛，一直在想接下去要如何行事，该以何种面貌回到韩家去提离婚，如何面对天津老家的反应，如何去回答舆论上可能产生的质疑……

翌日，沈初云先是想办法联系上韩延荪身边的秘书，并告知期望能尽早与他见上一面，有些极为重要的话要讲。

刚放下这通电话，韩太太也着急忙慌地打了电话过去，向韩延荪告状道："这个沈初云大概是要造反了，居然一夜未归。"

韩延荪由此意识到，上一个电话的严重性，一时间焦头烂额，恨不得长了翅膀飞回家去解决问题。

而此时的沈初云，正往眼下的两道黑影上擦了足足三层的粉，才头重脚轻地去参加妇女促进会的例行会议。

一进大门，只听大家七嘴八舌地笑了起来："我们的沈先生来了。"

沈初云礼貌地一一招呼后，向着会长姚太太走去。

姚太太与她相熟，本不必客套的，这次却站起身来郑重迎接，笑着向她贺喜："知道吗，《新声报》的订户已经将近一万了。新报刊能有这个成绩本来就已经不易了，更何况还是以女性为主的报纸。能做到这个程度，沈先生绝对是功不可没呀。"

听到这个好消息，沈初云忽然觉得心中阴云尽散，有些不好意思起来："姚太太真是太客气了，我一个小辈哪里担得起您这样夸奖呢。"

姚太太一个劲地恭维："怎么担不起，强将手下无弱兵！"

沈初云的笑意便稍稍转淡，这个"强将"指的必定是韩延荪。以她对于人生的另一番打算来讲，眼下听到这种话自是五味杂陈的。

跟前的这位姚太太，受她丈夫的影响，骨子里更多的是商人血液，这与沈初云是完全不同的。所以她们之间的合作，更多是依赖于求同存异。大华娱乐城名下那么多的产业，有歌舞厅、电影院、赌场，这些地方都少不了交际花的身影。亲近女性，提倡扫除旧风俗，鼓励女子多多出门交际，于这条产业链上的人多有益处。姚太太热心妇女事业，未必没有这层考虑。

等沈初云失去了外交总长家长媳的身份，不知道姚太太又会以什么样的态度来面对她呢？

但愿一切都能不变吧。

沈初云想着，嘴角便抿了一丝疲惫的笑容，走去自己的位置上坐了。她抬头朝主席台上一望，不禁思绪纷飞。

今年该选新的会长了，此前众人都很看好沈初云。姚太太甚至已经好几次于明面上谈起，以后的交接工作应该怎样办。

在选举之时，爆出离婚的新闻，也不知对结果有益还是有害。

第18章

回府摊牌

到了和韩延荪约定的日子，沈初云特意穿了一身淡粉色的西装，将头发抿得笔挺，想借着这英气的打扮给自己壮三分胆。

韩延荪本意是要先单独和沈初云谈话，奈何韩太太不肯，又执意叫家里的女子们统统都到场看着。至于韩仲秋自然也是要在的，毕竟他也是当事人之一。

韩太太冲着站在门口眼神微微有些露怯的沈初云一哼，冷声问道：“家中女眷不经上人同意，在外流连数日不归，依照家规该怎么样？”

沈初云被家里众姊妹一字排开的架势给唬得呆了一下，韩太太摆开这个阵势，是有杀鸡儆猴的意思在。

和梅姨娘一起并坐在韩太太下首边的翠姨，嘴角含着一抹冷笑，飘飘然接口道：“依照家规……”

沈初云的心意早就改变了，也就没有理由继续遵从这个家庭对外追求文明、对内规矩森严的苛刻要求。因就挺了挺身子，上前一步，鞠了一个躬，郑重其事地截断了翠姨的话头，道：“父亲母亲，二位姨娘，弟妹们，我今天来，就是为了摆脱家规的。”

“这话怎么解？”韩太太先就冷哼起来，“不要跟我打哑谜，你那套平等理论，拿去对着外人，在这个家里一切都得按规矩来。长辈问一句，你答一句。你三姨娘的话没说完，就轮不到你开口！”

梁绣珍听罢，一只脚朝外侧一斜，身子自然地歪着，低头看着刚染的指甲不作声，余光却始终不离沈初云。

只见沈初云脸上半丝窘迫也无，和平日有些不同。照往常的经验，她是很讲体面的，当着那么多人被训斥总该有些局促。因此，梁绣珍心里难免存了疑惑。

韩仲秋也察觉到今日有些不同，又说不上这不同之处究竟缘何而起，倒也集中了精神，等着她开腔。

沈初云拳头轻握，抵在人中处，稍作思考后，站定了回话道：“果然母亲始终认为，平等只能对外宣扬，家里却仍得守旧。关于这一点，我不赞同，所以我不想再做这个家里的一分子了。从今以后，我要彻底走出这扇门，言行一致地去宣讲平等。”

韩仲秋睁圆了眼，几乎不敢相信自己的耳朵。他觉得要不然这是在做梦，要不然眼前的女人是个冒牌货。她应该很清楚才对，一旦出了韩府大门，她就是孤鬼一个。

“你还反了！”韩太太腾地站直了身子，怒指着沈初云。要不是中间隔着茶几，这手指都要戳到她鼻梁上去了。

梅姨娘嘴巴张得老大，和翠姨两个，借着眼波已经交流过千言万语了。

一旁站着的向兰倒吸了一口凉气，脑子飞快地转着，倒是头一个镇定下来的人。只见她弯腰在韩延荪夫妇中间小声道：“爸、妈，不然……先让大嫂坐下，有话慢慢说嘛。”

沈初云望着她瞧了一眼，心里很为感激。这时候众人都是只顾自己嘀咕，也只有向兰一个还关心这些细节。

“四少奶奶真是体贴。”梁绣珍将手臂抱于胸前，阴阳怪气地搭腔，“你要是站得累了，自己找地方坐吧。我们家是很开明的，不必做这些表面功夫。”此刻的她正在想，自己先时猜测沈初云是家里的危险分子，果然是猜对了。这才几天工夫，就丢了这么大颗炸弹下来，还不知道要闹成什么样子呢。

不过看戏的人怎么会怕台高呢，梁绣珍心里自是乐见的。反正在权势面前，沈初云就是拼上性命也不过一滴蚊子血罢了。别看韩延荪平时喜欢她，动真格的，什么也比不上官位重要。沈初云的一些言论，以韩府少奶奶的名义说出来是勇敢，可一旦少了这层庇佑，难说哪天就填河去了。

再看向兰一脸讪讪的，一番好意换来了一通抢白，倒让她坐立难安了。

家里最小的女儿韩黛琴是最和平不过的一个，忙扯了扯向兰的衣角，和她一起退到韩燕琴身后去缩着。

一直保持着威严和平静的韩延荪终于忍不住拔高了声音："大呼小叫地做什么，当我不存在吗？"

众人果然连气都不敢大声出了，韩太太僵在半空的手也慢慢收回，往发髻上一抚，复又坐了下来。

韩延荪先看看沈初云，眼神坚定；再瞧瞧韩仲秋，眸光错愕。心中长长地一叹息，摆手向其他人有气无力地吩咐："你们都出去吧，仲秋留下。"

翠姨有些不甘心，猛地摇撼了梅姨娘两下，被韩太太看了个满眼，朝她森然一瞪也就不敢了。

心里虽急却一直静观其变的梁绣珍脑子一转，先就讨了个巧，是第一个应声走出去的。

噼噼啪啪一串脚步声远去之后，沈初云从丹田提了一口气，望着韩仲秋，平静而坚决地说出自己的决定："我要离婚。"

婚姻虽是父母之命，但日子终究是他们自己在过，要分开自然是先问过韩仲秋怎么想。但哪怕他坚决说不行，沈初云也不会再有半分留恋了。因此，也就没有两个人先单独聊过的必要，而是直接当着上人的面提要求。

韩太太不料沈初云气焰这么嚣张，连离婚都敢抬出来胁迫家人了。可是再气不过，她也明白的，沈初云这人吃软不吃硬。做婆婆的倒不好先开口把局面说死了，真要是话赶着话地离了婚，韩家人还怎么出去见人呢？

想到此，便将目光转到了儿子身上。

韩仲秋早已气急了，拉起沈初云来就质疑：“你这是在要挟我，要挟我们家！”

一听这傲慢的语气，沈初云再要劝着自己如何冷静也是不能了，心火一烧，脖子就涨得通红，反问道：“要挟你，我又能得到什么？你能不能醒一醒？你这个人、这颗心，并不如你想的那么值钱！我也并不是个费尽心机，只想盼来浪子回头的旧式妇女。文明婚姻，讲的是合则来，不合则散！”

韩太太瞧着她一双眼锋芒毕露，又见儿子也和自己一样咽不下这口气，欻的一下挪到沙发犄角处，将听筒举在半空，高声道：“我还真想给亲家去一通电话，看你对着你父母，还敢不敢如此忤逆！”说罢，便将听筒狠狠拍在桌上。

这样脸红脖子粗地闹起来，哪里还看得出什么大家之风来。

韩延荪自是对谁都有了一份不满，却只管厉声对着身侧的人警告：“太太！”

再看当事的那对夫妻：沈初云两手握拳，指节发白；韩仲秋手插裤袋，咬牙切齿。

心口有隐隐的绞痛感传来，韩延荪却顾不得自己，语重心长地先向二人劝道：“年轻人总是容易冲动，可是婚姻并不是儿戏。”又看定了沈初云，语气和眼神都放得很温和，“初云啊，你对我总不至于有什么不满吧？”

沈初云面对公公时，是由心底里生出敬重来的，便就摇头低声道："没有，父亲对我恩重如山。可以说是，给了我第二次生命。"

韩延荪重重一点头，显然很满意，心里安慰不少，又道："那么，我倚老卖老一回，请你听我把话说完。"

"怎敢当爸爸的一个'请'字。"沈初云说着，咬了一下唇，忽然就有些想哭。

"我和你母亲亦是旧式婚姻，说句拆自己台的话，年轻时我也放纵过。可你看现在呢？我们都各退过一步，不也就白头到老了嘛。你认为仲秋对你不好，我一定帮你出这个头。何况姓陈的已经——"韩延荪拉长了调子，目光冷冽地朝韩仲秋一白，这才转过脸来对着沈初云，却又笑了笑，"已经被我送走了。"

"是啊，她走了，我就挨了平生第一个耳光。"说时，沈初云下意识地抬手摸了摸自己的脸颊和脖子。

韩延荪夫妇皆有些意外，纷纷将目光投向身后。

韩仲秋一手从裤袋里伸出来，在半空晃悠了两下，冲口就想质问沈初云，怎么连这种琐事都要说出来。可是韩延荪眼珠子冲他一瞪，他又心虚不敢了，只把拳头闷闷地落在沙发靠背上。

沈初云的手来回在脖子上摩挲着，想起那天韩仲秋掐着自己时，那满眼不顾她死活的样子，就觉得呼吸困难。越想就越是后怕，声音也就哽住了："母亲要搬出我娘家来，我也认了。我父母是很守旧，尤其是我父亲。以前我受了委屈回娘家，我父亲说我是善妒，说我罔顾纲常。可就算气得他老人家血压都上去了，他也不曾打过我……"

这段婚姻，一直让沈初云有窒息感，也生生地经历过一颗心从鲜活到死去的过程。再加上那日韩仲秋不管不顾地一掐，精神和身体都有过快要死去的恐惧感。哪里还有什么挽回的必要呢？

这一回连韩太太都有些抬不起头来，一个劲儿地叹气。再怎么不高兴，动手是不行的，如今的女人不光是年轻的，就是年纪大的也开始时兴赶潮流了，再不是一件大袍子罩着，什么也瞧不出的年代。要是在沈初云身上留下什么痕迹，叫人瞧见了，是很难开脱责任的。

韩延荪抄起面前的烟灰缸子，往韩仲秋那边一扔，骂了一句：“畜生！”

韩仲秋抱头一蹿，样子狼狈到自己都觉得羞愧，忙直起身子来，对着沈初云恼羞成怒地吼道：“就为了一巴掌至于嘛，我又没打折你的骨头，你就是告到大理院去，也未必能构成判离的理由。”

沈初云别转脸去，虽不动大怒，脸色却冷如冰山：“你倒大言不惭，乐意把这点丑事张扬出去，我却替韩、沈两家感到惭愧。”

韩延荪的手抓了一下心口，咳了两声才强撑住一家之主的气场，道：“我叫你们来不是听你们吵架的，我不许你们这样一时冲动就喊离婚，这是对人生的不负责！”

“父亲，我已经想好了，不离婚才是对我自己不负责。”沈初云用余光瞥见韩太太正恨恨地望着自己，眼中有话的样子，便知此事不容易达成，只得加重筹码来表明决心，“如果爸和妈执意不肯，我只能请律师协助了。我以为婚姻应该尊重当事人，只要我态度够坚决，总能离掉的。”

对于这番摊牌，韩太太很是忍不得，站起身来中气十足地回答道：“好，你就去！我倒要看看，离了我们韩家，你能成个什么样子。”

韩延荪眼前一花，有些喘不过气来。心里不支持韩太太这样强硬，想伸手拦一拦，却扑了个空。

有了母亲这番话，韩仲秋倒有了些底气，也跟着起哄：“沈初云，这些年你吃我们的、穿我们的，父亲又鼓励你去参加社交，还让你成名，人前人后风光无限。谁知，你竟是喂不饱的白眼狼！好，你说离婚，那你就走，赡养费一概没有，全当是回报这些年你在我们家享受的荣华富贵了。”

闻得此言，沈初云眼前一亮，未加思考便同意了：“只要能离婚，我没意见。既然你如此主张，财产问题我们就各请律师来做证，签下协议你也好放心。韩家的钱，一个子儿我都不要。我只把自己的嫁妆带走，这要求应该不过分吧？”

此时的韩延荪，已经被他们三个准备决裂的话，气得都快不能呼吸了。

然而在气头上的三个人，谁都不曾注意过他。

韩仲秋在沙发后头来来回回踱步，方才韩太太的话分明是向着他的。这会儿又看韩延荪不再发言，只是低头静默，便以为沈初云是犯了两位上人的忌讳。因就大了胆子，越说越狠绝起来：“好好好，离就离，你以为我会求着你不成？！”

沈初云冲他一瞪眼，觉得话说到这份儿上，也算是到头了，弯腰朝两位上人一道别，径直出了韩府大门。

韩太太不发一言，暗暗算计着，果然要离，自然该让沈初云放弃财产。只是，她说要带走嫁妆，这个账可不对了。嫁妆是对应着聘礼的，聘礼又是抬去天津沈家的，将来她再把全套嫁妆都带走了。好嘛，韩府白搭了一份极丰厚的聘礼不说，临了还要给人指指点点，成了笑话谈资。这算什么意思？

不行，嫁妆不能给她，这是韩府的名誉损失费！

想罢，便弯下腰，欲和韩延荪商量。哪知韩延荪也是腰一弯，扑通一声闷响，直挺挺滚到了地上去。

母子俩这才大喊起来，让听差赶紧去请医生。

另一边，向兰出门时偷偷拉住韩燕琴，请她去家里坐坐。

“三姐，你虽然常回家，也不说往这儿坐坐。”

韩燕琴捧着茶杯，无奈地笑了一下：“我跟家里的兄弟是隔了肚皮的关系，可他们却都是一母同胞，我呀心里是真望着你们两个能恩恩爱爱的，所以能躲就躲了。”

这话说得委婉，但向兰一听便知顾虑的全是那个不拿正眼瞧人的梁绣珍。

向兰喟然一叹："可三姐也看见了，并不是你躲了我，我就没麻烦的呢。"

韩燕琴知道她刚才受了委屈，因就把身子往前挪了挪，拍着她的手背安慰道："她就那样，你别太放在心上了。我想爸爸妈妈心里自有一杆秤，今天的事谁对谁错还需要说吗？"

向兰握着手绢在眼底按了几下，又点着头道："其实今天倒罢了，大嫂来了这么一出，谁还会留意这些小事呢？不过说起这个，我是真没想到，大嫂为人原来这样厉害，敢回来说这些话。"

韩燕琴跟沈初云说不上多亲，倒也丝毫没有什么过不去的地方，本着希望娘家和睦的心态，她倒是看好沈初云为家里做的许多事情，因此不免觉得可惜了："大嫂呀别的都好，就是学的东西太多了，实则已经成了一种负累。虽然我在某种程度上赞同她的观念，可是有近道为什么要绕远路？有牛排吃为什么要去啃窝窝头？这样简单的道理，不识字的人都会懂，沈初云却糊涂了。放着荣华富贵不要，却要什么看不见、摸不着的尊严。可见读书还是要适可而止，别走火入魔了才好。"说完，冲着茶几上那沓书报一瞥。

向兰捕捉到了她的这个小动作，顿时有些惶恐起来。

韩燕琴见这弟媳很聪明，不由得颔首微笑道："别紧张。我的意思很简单，因为最近听说你一有空就去听前头的几位先生讲课，我虽然支持，但也得提醒你一句，不要读出一身傻气来，最后吃亏的还是你呀。"

因为沈初云认为读书好，向兰便想以此来增进妯娌间的关系。但现在看来，即便沈初云将来依然是大少奶奶，却不见得能讨婆婆的欢心。那么，剩下的这些女眷之中，仿佛也只有韩燕琴能帮助向兰，更何况她还算半个介绍人，她这棵树的确不高也不粗，却是很稳当的呢。

想到此，向兰就忙乖觉地解释起来：“我们是比旁人更多一层关系的，我对姐姐说话，从来都是真心实意的。我读书也只为了能在这个家里过得好一些，再说白了，我就是想少挨两句说。就像大嫂以前那样，能帮得到父亲，家里就没有人会无端端地和她过不去。我现在愁的正是这个呢，我认为二姨娘和五妹妹都是很和气的人，可是去多了，人家要疑心我在故意讨好她们。都是一家人，三姐你说，难道我要成天对着姨娘和妹妹翻脸不成？”

果然，韩燕琴听了这话，脸上表情微微一僵。会嚼这种舌根的，无非就是翠姨和梁绣珍。难道梅姨娘的女儿就不是堂堂正正的大小姐，梅姨娘自个儿就不配受晚辈的孝顺了？

“我懂了，往后你有为难的事情尽管打电话告诉我，或者上我家里去，这点行动自由谁也没法限制。”韩燕琴说着话，站起来朝门外狠狠地望了一眼。

向兰把手搭在胸口，暗暗地点了头，似乎还在默默地筹谋着什么事。

第19章

步步紧逼

沈初云回到饭店，见邓丽莎已在大堂候了多时。

两人仿佛是熟稔多年的老友，只管沉默着，仅靠眼神就能读懂彼此的意思。

回到房内，沈初云故作神情轻松的样子说结果不错，离婚应该是没问题的，只要放弃赡养费即可。

邓丽莎蹙了眉，道：“他明明是犯错的那一个，应当索赔才是。为什么中国的女人要想逃脱错误的婚姻，就必须以放弃自己的权益为交换呢？”

沈初云一面摘下耳环，一面从镜中望见她噘了嘴的样子，便无奈地一笑，道：“以现在的法律，离婚仍然还不是完全地支持女性的正当权益。我知道你在替我鸣不平，可是我想……能把婚给离了就已经很难了，别的我也不奢求。况且我有手有脚的，我倒自认为比韩仲秋更能自立呢。”

“叫他们占那么大个便宜去，我总是替你不甘心。”邓丽莎很不服气一跺脚，要不是地毯够厚，只怕楼板都要被她踢穿了。

沈初云从酒柜里开了一瓶红酒，倒了一杯递过去，道：“不说我了，说说你吧。”说时，自己也斟了一杯，摇晃着酒杯，走到沙发上坐了，面带好奇的笑容，问道，“你和你的那位美术先生，怎么样了？”

“别提了，这是我家里人的圈套。”说起这个，邓丽莎就满心满肺的挫败感，抿了一口酒才道，“那个人根本不喜欢绘画，是我家里人精心设计好的。”

这转变显然有些让人转不过弯来，沈初云便问她：“那么……留洋的经历呢，他为人处世的态度是否文明呢？”

“这倒……是吧。”邓丽莎抓了抓头发，说得也不很肯定。她没有深入地调查过这些，因为在她看来已经没必要为这次充满算计的邂逅，去找什么挽回的理由了。

沈初云点点头，想到先前邓丽莎把那位男士说得很不错。这说明，除了爱好美术这一点是虚构的外，在相处过程中两个人之间也还是互相有吸引力的。心中便揣着些劝慰的话要说，或者给对方一个机会，坏事也能变好事的。

旁观着她表情变化的邓丽莎，忙就抬起一手，做个拒绝的动作，道：“我知道你接下来要说什么话，无外乎是劝我世上没有绝对完美的人和事，不要过分地苛责。可是，我对这个人并不是失望在不完美，而是不诚实。我承认，一个错误的开始，未必注定了错误的结局，但我想，成功的概率也大不到哪里吧。而且我对爱情也不是追求完美，我是追求简单。我对于简单的追求，已经到了一纸婚书都不想要的地步，又怎么会容得下谎言呢？我想要遇到一个本真的灵魂，只要是真实的，不优秀也无妨。”

邓丽莎就是这样的，直接简单，好与坏之间泾渭分明。这也不是缺点，每个人都有自己的活法。

勉强去说和一段当事人不接受的姻缘，其实是在浪费时间。热衷做媒的人，从某种意义上去看，都是些生活极度空虚无聊之人。

沈初云不是那样的人，所以只是颔首微笑，并不继续缠绕于这个问题。

次日一早，前台接进来一个重要电话。沈初云一听才知道，是韩延荪亲自打来的，务必要尽快单独见上一面。

韩延荪来时，较往日多了一根拐杖，脸色也有些苍白。

沈初云并不知道自己走后，韩延荪昏了过去。只道是儿女婚姻有了麻烦，精气神自然差了些，因此并不细细探问。

两人落座，韩延荪四处张望了一番。对于这间记在他账上的房间，向来是用来招呼外宾或重要客人落脚的，他自己甚至都未曾进来瞧过。今日来，竟是为了长子的婚变，着实让人预料不到。

沈初云对于这样一位犹如导师一般的公爹，心里有敬重亦有敬畏。想起韩延荪畅想过，新时代的女子应当自食其力，不免就红了脸，讷讷道："父亲，我问过前台这里住一晚怎么算钱，但是他们都不肯说……"

韩延荪听这话，想是她误会了，便付之一笑，道："都是记账的，账单向来也是送往衙门的。你猛一问，自然叫他们不知如何回应了。我方才倒不是在想这个，只是觉得世事就是这样有趣。我名下可用的东西，我自己未必享受过；我手里教导出的儿女，我自己却未必了解。"

沈初云附和着一笑，便静默地低了头。

韩延荪不禁喟然，小声道："你母亲是个说一不二的人，已经给亲家打过电话了。"

听时，沈初云眼珠子骨碌碌一转，很快就又归于平静，不曾答言亦没有抬眸。

"看来，即便是通知了亲家，你也不会改主意了，是吗？"韩延荪淡笑着往椅背上一靠，拐杖还是拄在身前，生怕离了它就坐不住了。按医嘱至少要静养半个月，可即便不谈公事如何焦灼，就说家中私事，一时也是无法让他静养的。

沈初云也不做任何场面上的安慰之言，微微一点头，答道：“离婚的话不是随便说的，说过一次又不做，将来倒更加尴尬。”

“如果你是碍于面子，倒大可不必的，毕竟是一家人……”韩延荪抬手揉着眉心，说到一半又哑然无言了。以他对沈初云的了解，正因为她是极照顾体面的人，所以离婚这种大事必然是经过了全盘的考虑才会说的，一旦说了，就真的不会改了。

沈初云抿了唇，沉沉地想着，家里那位科甲出身的老父亲会怎样表态呢？无论怎么想，都不会是好话，也就不再难为自己，更不想犹豫不决。于是，深吸了一口气，正襟危坐道：“我娘家那边……还是我自己去解释吧。”

韩延荪没有表态，只是看定了她，神情中更添了三分的严肃：“你爹说……”

“要断绝关系吧？”沈初云抢着就将最有可能也是最糟糕的结果说了，这样残忍又无可回避的话，她不愿意由旁人转达出来。

“他说，净身出户不能按你的意思去算。”韩延荪一面说着，一面点着头，又不将话说完。

沈初云心头一紧，看来沈家对她偏离传统道德观的行为，已经商量出对策了。虽然内心急得像捧着一团火，但理智告诉她，公爹就是公爹，不是亲爹，况且家里的亲爹在这一方面也会表现得像个后爹，所以无论是哪一路的长辈抱着何种态度来，都是希望能说和甚至胁迫他们夫妻重归于好的。若要摆脱婚姻，自己就得拿出一些冷酷，甚至是冷漠来才可。

果然，韩延荪本是打量着先让她自乱阵脚，见不奏效，只得将沈老爷在电话里交代的那番话，一字不错地搬出来：“嫁妆嫁妆，是为了你出嫁而准备的。照这样说，嫁妆自然也有姑爷的份儿。你要是真想离婚，嫁妆还真不能说全该是你的。”

沈初云不由得大惊，她想过家里的父亲为了阻止自己让家族“蒙羞”会做得很绝，但万没料到会这样狠心。她已表过态不要赡养费了，如果娘家反过来站在婆家这一边，连嫁妆都不让她带，那她一个人出来了，需得要过上一阵颠沛流离的日子，才能慢慢缓过来。

这样一想，担忧自己未来可能会无处安顿，不免心慌起来，脸涨得通红。

再一想，什么叫嫁妆是给姑爷的，这样的话实在不合情理！问也不问，离婚的过错方是谁，不分青红皂白地先往女子身上施压，还有道理可辩吗？离婚难道就是那样耻辱的事情吗？家里有个离婚的女儿，怎么就跟住着个通缉犯一样忌讳呢？反倒是韩仲秋那样，白拿着政府的薪水，四处胡混的人，却未遭人不屑。

这一来，沈初云脸上又是一阵惨白。

韩延荪看她已是坐不住了，心里反倒平静了许多。虽说他支持新式婚姻，里头就该包括尊重女子对婚姻聚散的主张，但摊上了自己的儿女，又怯懦了。家里太多杂事，终究不利于他在朝为官，这等于是送上把柄给人利用呢。若按私心去想，还得委屈沈初云，继续和韩仲秋过下去。

等在门口的秘书敲门来催，韩延荪惦记公事，便起身准备要走。他很老辣地避开了那些会显得态度明确的话，只劝沈初云不要为了不成气候的人，气坏了自己的身子。

屋内重新归于平静，沈初云的手掌托着额头，想在一团乱麻中理出一个头绪来。

虽然韩延荪表现得不很明显，但是从迹象来看，他并不会轻易答应离婚的。韩太太着急往天津打电话，想必是吃准了沈家的守旧。看来她心底里多少也是希望这婚离不成的，就算要离也非要把沈初云逼上众叛亲离的绝路不可。

倒是韩仲秋，他作为丈夫实在太不怎么样了，但他的过失在亲人眼里，又可以用“还未成熟”这种空话一笔勾销。真想让他种种的恶劣行径成为促进离婚的有利条件，就要请局外人来评判。

比如——对簿公堂。

想到这一点，有一个人倒是能帮上忙的。第四女中的王校长，她的先生就是一位很出色的律师，也是位慷慨的绅士，多次免费帮助弱小者打官司。

一方面敢站在弱势力一边的人总是善良的，另一方面沈初云对“免费”二字有些心动。她现在的处境或许比真正的穷人还不如，外人看她应该挥金如土，可婆家、娘家都想掐断她的经济来源。

站在电话前，犹豫一阵，沈初云还是坚定地拿起了听筒。

王校长接到电话时，脸还是笑笑的。听她说完缘由，愣了许久，半句话都憋不出来。实在不知该如何安慰，也不确定这样一个女子在这种时候，是否需要人去同情。

沈初云要离婚虽然在意料之外，倒也是情理之中。同住一个城市，许多事情想瞒也瞒不住的。不过是看在外交总长的面子，大家都不说破罢了。

挂了王校长的电话，沈初云又联系了邓丽莎。因为第四女中是寄宿学校，王校长的工作很忙，她先生会独自前来。沈初云本着防人之心不可无的想法，需得请个旁人到场，以避免孤男寡女共处一室的流言传出去。

第20章

前路险阻

两个小时之后，一个头发梳得溜光的中年男子出现在屋内。他轻推了推鼻梁上的金丝边眼镜，笑着自我介绍道：“二位女士好，我叫白远山，奉我们家校长的命令，来找沈初云女士的……”说着，打量跟前二人的打扮，就将目光挪到了那位盘发女子的身上。

邓丽莎这才知道，沈初云和这位男士也是头一回见面。又因他口内称“我们家校长”，便知是王校长的爱人了。

三人各自打过招呼，才围着圆桌就座。

沈初云简略地说了说棘手之处，最后总结道：“总之，韩家现在对我是抱着同意但不行动的态度，将我父亲搬出来，用不让我带走嫁妆、不给赡养费做筹码，想让我对此妥协。”

邓丽莎点着头补充：“所以我们的考量是，如果可以通过法律强制判离就好了。”

白远山一直在速记，写完最后一个字，拿起本子一看，沉声分析道：“沈家伯父主张的话，是有例可查的。在婚姻诉讼中，的确有不少的地方案件，依旧遵照前清遗留下的律例来判，一旦女子放弃婚姻，等同于放弃嫁妆。老一辈的人总觉得这份妆奁是为婚姻所备，姑爷自然是这份家产的合法拥有者之一。婚姻的圆满，就成了女人享有嫁妆管理权的前提。”看到邓丽莎急得几乎要跳起来，白远山意识到自己的话太从专业出发，难免会让人泄气，忙解释起来，“两位先不要灰心，我也说了，这样判的案子多数是地方上的。很多当事人都不接受，一路上告到大理院，最终的结果还是相对公正的，只是需要耗费不少的时间和精力。听我们家校长说的，沈先生本就是女权事业的领头人物，您对于花时间打官司完全可以抱着另一种态度，以促进我们国家的法律向着平等迈进为出发点，可能在心理上能感到一点慰藉。打官司有时候就是这样的，拼的是心态，谁不急、谁不乱，谁的胜算就更大。”

沈初云这才松了一口气，拍了拍邓丽莎的手背，示意她先别急，又问白远山这个官司能有几成把握。

白远山答道：“这个自然要考虑你们婚姻的真实状况，如果真的感情破裂到不可回转的地步，法律还是倾向于尊重女性意志的。”

邓丽莎插言：“照这个说法的话，我们是有百分之百把握咯？”

“不，我没那么乐观。”白远山顿了顿，打开公文包取出三四份特地找来的报纸，指着上头的大幅照片，望着沈初云道，“作为政界名流，你夫妇二人出现在公众视线里的次数不算少，且都给人一种夫妻和睦的错觉。”用余光瞥见邓丽莎又急着要反驳，白远山伸了一只手示意她先听完再说话也不迟，“我自然能理解，夫妻问题不走到决裂的一步，就不会逢人都诉说婚姻的不幸。再考虑到家庭情况，沈先生做出生活幸福的假象是在情理之中的。可是，判案是要考虑各方面证据的，并不是全靠理解和推测。”

沈初云这时才想到，早知道终究躲不过离婚，梁绣珍拿给她的照片倒是可以成为韩仲秋背叛婚姻的铁证。可当时还抱着凑合过下去的心态，给了韩延荪拿去解决陈依曼。如今再想要拿回来，根本就不可能了。再一想，脸上不由得有些挂不住，悄声问道：“他对我动过手，按照新派的想法，我的人身权利是受到威胁的。能不能……以此为理由，要求离婚呢？”

白远山又细问一番，诸如动手的前因后果、当时可有人证、身上是否还留有伤痕，等等。听沈初云答完，他才叹着气，带着悲愤和无奈列举了一些这方面的案件。

邓丽莎听到一半就耐不住脾气了，拍桌而起：“什么叫其夫殴妻，非折伤勿论？中国女人难道只有致残才能逃离魔鬼一般的丈夫吗？这是什么道理？”

白远山常遇到这样的诘问，只做一个苦笑便罢。

沈初云身上一阵阵发冷，她从前就知道自己主张的事业是条漫长曲折的道路，只是真实地了解过细枝末节，才知道究竟难在何处。平复良久才耸了耸肩，答道：“自然是歪理，可是歪理要掰正，需得要无数人为之付出努力，甚至是血的代价。”

白远山闻言不由得暗暗点头，也就说道：“二位觉得情理不通，我是理解的。可是没办法呀，一个法案的修订不是一朝一夕的。”又是一笑，解劝着别人，也似乎是在勉励自己，“当然，也不该全然绝望。至少有我们这样的人意识到了不公，懂得越多就应该承担越多，我们不能只是抱怨，而是该更加积极地用行动去改变这个现状。”

沈初云扯动嘴角一笑，随即将头埋在两手之间。她努力地希望自己坚强面对困难，可是再努力她也不过是个平凡肉身，超然不到哪里去。

养育她的父亲不支持她追寻自由，甚至严苛地绊在其中。关于这一点，她还没有彻底地走出来。而离婚案子谈着谈着，又谈到了如此高度。旁观者自然觉得白远山的话使人振奋，可处在旋涡之中的沈初云，只觉得透不过气来。她肩上担着这么多事情，将来还要承受更多的指指点点，实在超出了她的想象范围和承受能力。

耳边，邓丽莎似乎还在帮忙咨询着法律程序，白远山也是有问必有答。两个人说着，就将接下来几日要办的交涉和要提交的文书都谈妥了。

沈初云觉得这样也不错，这时候的她正想有个人大包大揽地替她做决定，也可避免自己思虑过多。

考虑到已有了对簿公堂的打算，再住着六国饭店的房间就不合适了。沈初云急着要赁一处房子，也未及到处细看，不过听说砖塔胡同正好有合适的独立小院，就以邓丽莎的名义付了半年的租金。

房东是个和蔼的孀居老太太，就住在这院子的隔壁，赁出去的院子原来是她次子一家在住。因为今年在上海找了一份差事做，院子就空出来了。这年头工作难寻，房东老太太其他儿女供职最近的也是在郊外的大学，有时一忙起来也几乎不回城里来，还有个小女儿留洋求学去了。守着一所大宅子，不光没有进项，还要添人来看管，索性把空着的院子都砌了墙，朝外开一扇门，赁出去也好添些进项。

老太太姓冷，心却热得很，她听说，是一位时髦小姐租赁做画室用的，还特地将房子收拾了一番。

沈初云将正房分作客厅和卧室，一边厢房做了书房，一边做了厨房。虽然许多东西都还留在韩家没有取回，不过想到熬过这一阵的风霜雨雪，自己也能有个家了，心里还是充满了期待的。

因是邓丽莎出面交涉的，她对屋子的布置倒更知道原委，反客为主地介绍了起来："按照你的意思，布置得简单舒适就很好。以后你独立了，会客的时间会更多，所以我觉得这客厅未免还是冷清了些。鉴于你也摸不准口袋里有多少钱是真正属于自己的，我这个未来的大画家倒是愿意慷慨相赠，将我明珠蒙尘的画作挂在你的客厅。这样中式的四合院儿里，陈设一些西洋流派的画作，也算是中外结合了。"玩笑说得自己也不好意思起来，就红着脸吐了吐舌头。

沈初云抬手一刮她高挺的鼻梁，笑答："将来你成了名，我岂不要发大财了？"

邓丽莎笑着揶揄起来："人家在跟你讲艺术，你倒来说发财，看来也是俗人一个。”

司机跑进来，冲着邓丽莎叫了一声“小姐”，然后把今日的晚报送了过来。

沈初云看司机额头上都是汗珠子，就知道是报上登的事非同小可，便也凑过脑袋去看。只见是一份小报，头版头条赫然用特号字写着《贤伉俪反目，女强人饮泣》，随后小题目又写《世家联姻冷暖自知，还有多少秘事待解》。

对于此，沈初云倒是有准备的，白远山早就提醒过，离婚诉讼在国内还十分少见，参与其中的办公人员相当一部分还不具备专业素养，走漏风声是很有可能的。

诉讼一事在上告人方面进行得有条不紊，消息见了报，被动的反而是韩家。但一想到明天妇女促进会的日常会议，沈初云不禁有些担心，记者会不会去围追堵截，影响正常的会议流程。

邓丽莎则劝她，多想无益，待明日见机行事就好。

第21章

波澜四起

次日，邓丽莎亲自载着沈初云，提前了一个小时到达会场，才得以躲过记者的镜头。

促进会的成员陆续到齐，因邓丽莎只参与办报未曾加入过组织，留下来与会旁听恐怕不方便，就回到车里等候。

姚太太上前将沈初云拉过一边，道：“沈先生，你看是不是什么人在散布莫须有的话，想要阻碍我们的事业呢？”

沈初云尴尬地笑了下，回说：“抱歉了，我要是早知道会有人卖消息给报纸，我就该先公布，或者起码先和您说一声儿，免得大家都这样被动。”

“竟然是真的？”姚太太两边眉毛几乎连成了一条直线，愣了半晌才叽叽咕咕，似有抱怨之意，“你怎么就选在这个当口了？下一届的班子正要投票，闹出这样一个负面新闻来，不但是对你不好，我们整个协会也来不及商量对外的说辞呀。还有《新声报》呢……”

果然听这话音，原本被看好为下届会长首选的沈初云，大抵是要先被淘汰出局了。

姚太太其实也不算是全然的势利眼，会长这职务本该是心无旁骛，专注于参与女性进步事务，而不是成为绯闻追逐的对象。

沈初云礼貌地一欠身，道："不挑这个节骨眼儿，真要选定了下一届的班子，若我有幸得大家信赖做了会长，只怕更是难以面对舆论。这样也好，您和几位副会长还能细细地研究研究。至于最终的决定，不管是什么我都毫无怨言。如此风口浪尖，我也难堪重任，拖累诸位同志一起卷进不相干的私事里，也绝非我所愿。"

话到此处，姚太太也就无须再言了。沈初云自己能明白闹出这样的事情，便不再适合做领导了，那自然最好不过，也省得费心思劝她丢开。

只是恐怕她公然地让韩家下不来台，便是主动让位，大概也会影响到妇女促进会的工作。要知道，这集会、演讲无一不需要政府提供场地和程序上的便利。以前大家一听说是外交总长的长媳出面办事，自然都是畅通无阻的。这将来嘛，就算外长大人不说话，底下自有小人要去揣度他的好恶。

今日的会议，似乎也因为沈初云震动京城的大新闻而变调了。许多人都无暇讨论事务，而是专注于观察沈初云的状态。甚至有一些年龄稍长的，还显露出从未有过的冰冷。

沈初云故作不见，低头望着章程暗想，国内正是变革之际，即便是新思潮，内部也仍然有着许多半新不旧的人，而她的这一步似乎是跨得大了些。如此一想，倒也不去计较这些人心口不一的冷眼了。

散会之后，众人纷纷向外走，不多时又折了回来，其中一个嗓门儿大的，便在人群中喊道："外头都是记者，前门、后门、侧门都有，怎么走呀？"

这一问，自是将矛头对准了沈初云。她虽然习惯了被瞩目，但这是头一次感受到众人看她的眼神里隐隐藏着些不满，一下子就涨红了脸。

大家又自然地望向姚太太，请她这会长拿个主意。

姚太太便快人快语道："初云呀，没有准备也没办法了。大家伙儿都还有事，总不能全等在这儿吧。"

"很抱歉，给各位添麻烦了。"沈初云一弯腰深深地鞠过了九十度，抬头迎着或是质疑或是不屑的注视，慢慢向外走去。

大门一开，伴着咔嚓咔嚓几下照相声，记者一拥而上，将沈初云牢牢围在中间，长枪短炮各种提问，反使得一个字都听不清楚了。

沈初云的心扑通扑通乱跳，未语腮先红，自己默念了一句“勇敢些”，这才抬手示意大家都静一静：“我想各位要问的话，不过是求证昨日见报的传闻。就不劳各位一一发问了，我做个统一的回应吧。”说到此，微顿一顿，猛提一口气，努力地调试了一下面部表情，挤出一丝官方而得体的恬淡微笑来，为避免错字或表达得不完善，语速就放缓了许多，“我和韩仲秋先生的相遇，完全是遵循旧式婚姻。我也以自己的例子验证了，旧式的婚姻，失败的概率是很大的。走到今天，可以说我并不觉得有多么出人意料。唯愿我的失败，会是中国最后一例旧式悲剧。也愿从我开始，能有更多的女性挣脱错误时代里，被错误婚姻观念的束缚。犯错的是落后的思想，而不是我，也不是韩先生。我知道，舆论对于今次我之决定，不会一面倒地支持。但再多的恶语中伤，也阻挡不了男女平等、婚姻自由的凯歌高奏！谢谢各位的关注了，其他问题暂时不便多谈。”然后，深深一鞠躬，“辛苦大家让个道儿，至少让里头不相干的人先走吧。”

此言一出，虽然记者群里许多人仍不肯就此作罢，但也有几个风度翩翩之人点头附和，渐渐让出了可以过人的小道来。

因沈初云从大门出来时，堵在侧边和后边的记者都闻讯挤到前头来了，是以妇女促进会的成员早已顺利出门了。

邓丽莎先时一直在外围呼喊，试图让记者守好秩序，然而一切都是徒劳，还得是当事人发完了言，人潮才能平静下来。

扶了扶被挤歪的帽子，邓丽莎快步上前，一把拉住了沈初云沁满冷汗的手。双手触到的一刹那，邓丽莎瞪着眼，有些不敢相信，发言如此之精彩，看似波澜不惊的沈初云竟然紧张至此。

沈初云则回以一个艰难的微笑。

愣了没多久，邓丽莎便急着要转移。

那一部分不肯轻饶的记者，立马又搭起了人墙，一个身材高壮的年轻人跳起来，急急问道："沈先生，您的父亲在天津接受采访时说，沈家容不下任何败坏门风之人。对此，您如何表态？"

事涉家中老父，又是如此狠绝无情之言，一口悲凉之气从心头奔了出来，差点叫沈初云迸出眼泪来。稍作冷静之后，还是没能压抑住委屈之感，声音微微地发起颤来："我的父亲与我生在不同的时代，现在正是两种观念交替之时，会有许多难以避免的矛盾和摩擦。我的态度一如既往，错的是不开明的时代，而不是时代悲剧下的任何一个人。"

见她脸色差到极点，邓丽莎忙扯着嗓子高呼："你们再要这样挤过来，我就喊警察了！"

一位记者定睛一看，忙喊道："这不是邓小姐嘛，是特意来接沈先生的吗？"

在旁的人也纷纷认了出来，七嘴八舌发问道："现在是准备回去吗，回哪里呢？"

"沈先生现下是仍住在外长府上，还是如传言那般，搬出来赁了房子？"

邓丽莎感觉到手臂上的分量越发重了，不必去问也知道沈初云快撑不住了，因就强硬地回击了记者的提问："自然是特意来的，这一趟倒是来得巧了，居然能亲眼见证如今报界为争抢头条而引起的种种乱象。为了你们回去交差，沈先生已然坦承了她所有可坦承之事，你们竟然还不肯放过。万一先生今日因为被你们围追堵截，发生了什么意外，我可要上街向政府请愿去了。请政府好好整治整治你们这些以言论自由之名，行伤人之事实的小人！"

此言一出，倒都静默了。在场之人都不免去想，以她二人的背景出身，有些事根本无须请愿就能上达天听。况且从职业素养来看，为了争新闻而损害当事者的健康确有不妥之处，因此纷纷让开了道路。

第22章

世情冷暖

两个人好不容易回到了砖塔胡同，邓丽莎将车子停在路边，一面开车门搀人下来，一面絮叨着："今儿天气还是有些热的，再被这么闹一场，就更加难受了。这次搬家太匆促了，我都忘了有没有给你屋里放些花露水什么的，要是没有，我一会儿去买。回去洗把脸，洒些花露水在热毛巾上，敷一敷人会精神许多的。"

走过三四户人家，邓丽莎瞧见沈初云家门口有个穿长袍、戴礼帽，手拿公文包的男人，看起来三十好几的样子，像是在等人。不由得想到，不会是记者连住处也找到了吧？

还不等她想完，沈初云已经冲着那男子低喊了一声："大哥……"

邓丽莎忙笑笑也招呼一声"沈大哥"。

沈初云扭头低声对邓丽莎说："你这样帮我，我总要留你一起吃饭的，可是我哥哥这趟来只怕有些要紧话。你要是不嫌弃，去我书房待一会儿。我想……我和他也实在是很难谈拢的，大概不会要你久等。"

如此一暗示，邓丽莎便明白了，只怕沈家是顽固的守旧家庭，连小一辈也不外如是。这一说，倒决计不能就此走掉了。否则兄妹两个争执起来，若按长兄如父来论，沈初云是要受委屈的。

沈家老大名唤云鹏，大着沈初云十多岁，沈初云记事时，他几乎是个大孩子了，和家里小一些的弟妹们在一处已觉得无趣，自然两个人谈不上有多深厚的兄妹之情。不过是家中有紧要事时，两个人一位为长兄，另一位为长姐，会在一起商量商量罢了。

如今，这长兄仍是旧式家庭中的典范，而这长姐已经与他们渐行渐远了。

沈云鹏进了客厅先不忙着坐，而是四周探看一番，见布置陈设都很简单干净，墙上的西洋画也别有一番意思。如此有模有样，倒叫他心里生出许多的不满意来。

这不是铁了心真要自己单过了吗，回去可怎么跟家里老父交代呢?

想到此，沈云鹏长长叹了一口气，沉声问道："一个人住吗？"

沈初云听他叹气便知其意，冲茶的手微微一偏，将少许热水洒在了桌上，有些心不在焉地说道："想请个用人，方便我不在家时看顾些。"

沈云鹏冷哼着坐下来，望着奉上热茶的沈初云，只管埋怨："闹到这种地步，你叫我们娘家人，尤其是爹，在天津还怎么出门呢？"

沈初云忍了气，轻轻将茶杯搁在桌上，与他对面相坐，反问道："又不是我朝三暮四、不顾家庭，你们怎么就不能见人了？"

沈云鹏拍了桌："可你要离婚呀！我们毕竟是书香世家……"

这里动静不小，邓丽莎便撩开书房的纱窗，伸出耳朵去听。

沈初云正在反驳："你们从来都是这样，容不得谁活出半点不同的样子来。说起书香世家，怎么当初就给我挑了这么个不学无术之人呢？难道那样的人配得上我们家的门楣？由此可见，门楣只是对付我这个女儿的幌子罢了。要是男人出了问题，你们就不会考虑面子了，无论错得多离谱，都是可以原谅的。"

"你怎么这样说话！"沈云鹏气势先是骤然抬高，继而一忖这话，若是光为着韩仲秋太过游戏人生而闹离婚，他倒觉得似乎是能够回旋的，因就放柔了语气，"每个人的成长时机是有早晚的，就比方苏洵，少年不学，二十五岁方知读书……"

沈初云忙截住后话，冷笑道："二十五岁的我，如今倒真开始好好念书学文明了，二十六岁的他……"说时，轻蔑地一摇头。

沈云鹏仍一味地替韩仲秋辩白道："你要是为着仲秋那小子不上进，我想你公公定会站在你这边的，就不必这样吓唬他了。"

闻言，沈初云禁不住扑哧一声笑："哥哥最好上那府里去瞧瞧，他这会儿能被我吓着？别逗我笑了！"

看这满不在乎的一笑，沈云鹏心里烧着十二分的怒火，起身踱着步，板着一张冷漠的面孔，问道："你这样子，是真要跟家里决裂吗？"

沈初云也愤而起身："我不明白，你们只要我循规蹈矩，只要我给家里撑足面子，至于我的死活就一概不问了吗？如果我这会儿告诉你，韩仲秋根本上就巴不得我消失，你信是不信呢？"

沈云鹏拧了眉头，上下打量她一通，见无一处不是好的，语气就轻飘飘的："你现在不是好好的吗？"

完全是无意识的，沈初云抬手护住了自己的脖子。怎样叫好，只要不死，沈家人大抵就认为她是好的。

沈云鹏认为她沉默是因为无言以对，也就可以由此证明她那些过不下去的理由，都不过是矫情罢了，便教训起人来："你要明白，得罪了韩仲秋就意味着得罪了韩延荪，他可是外交总长！你知道我们的生意，有多少是冲着他的身份而来的吗？"

"新内阁可是主张文明的，难道韩外长会为些儿女私事刁难你们不成，这不是在打政府的脸吗？"

这一脸正气的样子，逗得沈云鹏哈哈大笑起来："新？从何而来的新？从上头总统开始数，哪个不是在过老派生活？我看，你说仲秋不上进是假，最终还是气他胡闹。可是，哪个男人不是这样过来的？几千年都是这样过的，真不懂你们这些女人为什么忽然要兴女权。我就等着看，你们能掀起水花不能！"

无论如何谨记着，千万不要掉泪，不要让人说成是做着小女儿之态空谈什么大女子，但两行热泪还是夺眶而出。沈初云下巴颤颤的，语调虽低，声势却一点不弱："对，最终惹怒我的是他花天酒地的行为。可这样，难道还不能构成离婚的理由吗？"

邓丽莎听得不住点起了头。

沈云鹏转而威胁："你自己要想清楚，一个女人离了婚要怎么生存。我们被你推上风口浪尖，哪里还有能力养着你？也别空口就谈找工作自立的话，一个女人抛头露面整天混在外头，成什么了？"

邓丽莎一激动，抬脚就想冲出去，身子差点从窗上掉了下来。

幸而沈初云毫不畏惧："我不卖身体、不卖灵魂，出去找事做并不觉得耻辱。大哥如果认为女人找工作是下贱之举，那就不要贵脚踏贱地，以免脏了您的鞋！"

原本沈云鹏还有些话要说，可邓丽莎已然走去开了大门，再待着倒没趣，只得怒冲冲拂袖而去。

沈初云一双泪眼望着大门，终是忍不住决堤。

邓丽莎还来不及解劝，半开着的大门，又被人叩了一下铜环。然后，见一个上身穿了夏布褂子，下面系着一条长裙的素净老太太，拄着拐杖，一摇一摆晃了进来，眯缝着眼冲沈初云问道："哎哟，这位就是沈先生吧？"

此人邓丽莎认得，正是房东冷老太太。因是两人对房东隐瞒身份在前，自然未说话时，脸上就先抱有愧色。

冷老太太倒咯咯笑了起来，对此仿佛全然不在乎，咯叽咯叽踩着小步子上前。看样子这长裙底下，应该是罩着一双旧式的小脚。

沈初云看她虽然精神头儿不错，行动却不是很方便，忙抢上前一步扶住了老太太。

冷老太太笑容和蔼，精瘦的手来回在沈初云脸上摩挲着，看时还不住地点头，眼中除却敬佩，还很有几分怜爱，半晌才道："我说呢，一大早儿好多记者来敲我的门，说这里住着外长府上的大少奶奶。我说弄错了，我这儿就一位留洋的女画家住着，还是个大姑娘呢，哪里就成少奶奶了？”因就回头向着邓丽莎抿了一个慈爱的笑容，晃着手指道，“你不和我老婆子说实话，倒是歪打正着了。”

当初来看房子时，邓丽莎就觉得这个房东是个容易相处的。今日再看，比当初想的更要好上许多，因之更加愧疚。忙弯腰认错道：“冷老太太，我不该瞒着您，我……”

说时，沈初云也鞠了一躬：“冷老太太，她也是为了我而撒谎的，如果……您觉得不方便的话，我请您宽限我三日，要是找着了新的地方……”

冷老太太连忙摆手，声音渐次抬高：“那不成，我收了你的房钱又不让你住，那心眼儿也忒坏了。你要是想让我退钱吧，我老婆子还舍不得呢！”又将两人搀起来，絮絮叨叨说着，“我有个小女儿留洋在外，花销真是太大了。我和我的几个儿子，一年总有八个月在为这个犯愁。你们呀，别瞅我拄着拐杖，一双小脚摇摇摆摆的，就以为我老婆子什么都不懂。以前我大儿子在北京做事时，常会念报纸给我听。我晓得的，我们要留洋多见世面，才不至于被洋鬼子欺负。将来我女儿回来了，听说是要做女师爷的。干这一行好啊，能说会道的，将来可以跟洋鬼子说，白占着我们祖宗留下来的地盘是不对的。你看，我大概也是个新人物吧，不至于跟你们谈不拢哟。”

沈初云便笑道：“原来令嫒是立志要做律师的呀。”

冷老太太忙不迭点头：“对对对，是这么个名儿。你们年轻人就是有见识，都说学这个很出风头又很能挣钱，我一听这个就欢喜了，咬着牙也要供她出息咯。姑娘，究竟是不是很挣钱呀？”

沈初云只管笑着，心里既钦佩这位不曾谋面的冷小姐能去学这个，又在琢磨民国初立时颁布的律师暂行章程，顿时有些不知如何作答。

反倒是向来有一说一的邓丽莎，顺着冷老太太的心意笑答道：“当然了，也许她会是咱们国家第一位女师爷，是要留名史册的。”

果然听得冷老太太眼睛都笑成一条缝了，忙道："好好好，这就好，能跟你们一样有出息也是光宗耀祖的事儿。好了，你们歇着吧，我就是来认认谁才是真房客，没别的意思。这就回去了，你们忙吧。"

两人一左一右将冷老太太送回隔壁家中，这才一边回去，一边闲谈。

邓丽莎先感慨："都说要放脚，其实依着我看，最要紧的是解开心里的裹脚布，否则一双脚能站稳又如何，还不是在为男权说话。"

沈初云深以为然地重重一点头，随即歪着脑袋，浅笑道："你好像变了些，说起话来比以前知道绕弯了。刚才冷老太太那样问，我一下就蒙了，想着说假话迟早要拆穿，说真话又犯不着去打击她老人家。你开口时，我真怕你嘴一快就跟她说，政府规定了只有年满二十周岁的男子才能做律师。"

邓丽莎扑哧一下笑了："你怎么知道我没那么想呢？真差一点儿就说了。不过老太太慈眉善目的，看见她就像看见了我奶奶一样，我对着她呀，不得不放慢语调，唯恐她来不及听呢。这一有了思考的时间吧，就不会说错话了。看来我以后要学着慢条斯理一些，省得老是欲速则不达。"

看她这一副悟出了大道理模样，沈初云也跟着笑起来，心里的苦闷倒是暂时抛下了。

第23章

绯闻风波

而韩府众人就没有沈初云这样拿得起放得下了。

韩太太扔下报纸，急步在各处转悠，撞见哪个倒霉的都要喊住撒一通气。忽见韩仲秋通身上下穿得齐整整的，像是要出去，就厉声喝住了他：“你这没出息的东西，都什么时候了还浑不着调的，又想上哪儿去？今儿我可不放你出去，跟我到你父亲屋里去，他病了这些日子，你自己数数，你在家待过几天？”

韩仲秋脖子一缩，搔着头皮转过身来，讷讷道：“我躲出去也是为了父亲能好好在家静养嘛。”

“死小子，总算你还知道自己整天在家晃，会加重你父亲的病！”说罢，韩太太也不管什么体面，拧了他的耳朵就走。

韩仲秋一面“哎哎”叫着“疼”，一面叫老妈子收起他掉在地上的礼帽。

听见他俩这样闹腾腾地从院子外头过去，梁绣珍手上仍拿着指甲锉来回地磨，嘴里冷冷蹦出一声笑来：“听见了吧，妈这两天心情特别不好，你也别再上外头招惹什么狐媚妖精了！”

歪在沙发上的韩仲平，用报纸盖住了整张脸，加重呼吸佯装睡觉的样子。

“你不嫌丢人，我还嫌丢人呢！”梁绣珍眼睛一挑，抬脚朝着他的腿重重一踢，见他仅是哼哼两声，并不敢发脾气，更大了胆子向下说去，“蒋妈可跟我说了，最近总有一个嗲声嗲气的电话打进来，问你在不在家。你别打量家里的用人都是不见世面的傻子，人都说了，听一遍还不觉得，听多了一琢磨就觉得很像是话匣子里听过的声音！我找了找家里的片子，国内的明星也就那么几张罢了。里头有个叫香雪儿的，听说最近常上报纸呀？可千万别是她打的，这要真是她……”说时，吞了底下的话，故意留给韩仲平自己去琢磨。

香雪儿的事本来就弄得韩仲平一个头两个大，一方面怕自己登在报上的背影被认出来，另一方面又摆脱不掉香雪儿的纠缠。那个女人如今很叫他生厌，他俩的照片发表了之后，上海那边一个帮会的老大闹得很凶。韩仲平不好追问，反正不问也知道了，两个人都算被这女人给耍了。香雪儿还觍着脸，几次求他出面摆平记者的报道。

谁答应谁就是傻子！

可是不答应也不能太绝情，谁叫报上那个背影是韩仲平呢？所以也不会彻底地翻脸，免得她一不做二不休，拉着韩仲平一起下地狱。

香雪儿的手段是韩仲平不去瞧她，她就演痴情怨妇，一去呢就谈条件，弄得韩仲平左右都不成。

直到昨天，家里也不知是谁嚼了舌头，说了电话的事情。

韩仲平想着，横竖是自己惹了祸，不要再把夫人也给得罪了。真要是跟外头的闹翻了，家里的事还是要家里人去周旋。

可是，听多了不阴不阳的话，心里又未免不自在。且这梁绣珍向来是嘴碎话多的，说起来就没完。终于，他还是忍不住了，猛地坐起，不耐烦地将报纸揉皱了一丢：“不说你还没完了，一天到晚就知道捕风捉影！”

梁绣珍对于此事那是全盘皆知，情绪自然也就收放自如。于是就换了娇声，试探着问道：“怎么，生气了？你也怪不得我呀，听下人说，那女人回回打来都哭哭啼啼的。我本来也是不信的，这些明星哪个不是背后有金主呀？就算忽然闹出了什么丑闻，被电影公司给开了，也不至于一下子家里连个用人都请不起，还巴巴地亲自给你打电话。可是大家都在这样说，我总归也要动摇的。”

几句话说得全中死穴。一则背后另有金主这事，随便哪个男人都受不了；二则香雪儿家里明明有老妈子、丫鬟、听差、司机，之所以自己打来，还不是利用她的声音很好认，故意要用这种方式来掐住韩仲平的脖子，逼他不得不去会她一趟嘛。

很好，这娘儿们真要做得这么绝，那也不必讲什么情分了。她既然不喜欢使唤下人，就干脆抄了她的家，看她还怎么打电话进来！

韩仲平如此想着，既定了决裂的主意，也就没什么可烦恼的了。因就起身作揖道：“得嘞，我的二少奶奶哟！咱家老爷子什么脾气，你又不是不知道。你一向埋怨我这人没出息，我都成了废物了，哪儿还敢忤逆老爷子呀？我就是再爱喝花酒，也不能喝到报纸上去，要不然，赶明儿我连家门都不能进了。”

梁绣珍心里好一阵冷笑，脸上却三分娇态，晃着他的胳膊，道：“好了，你也别恼我，其实我还不知道你吗？坏在胆小，好也在胆小。老爷子最烦家里人让他面子上过不去了，我谅你也没胆子去戳老虎的鼻子眼儿。”

韩仲平一看她好了，便又打趣地再作一揖：“怎么又说是我在生气呢，是您姑奶奶别气我才对。”

梁绣珍看他弯了两回腰，虽是玩闹的，不过也是解气，因就不住声地笑了。

韩仲平也被她这样子逗乐了，晃着手指道：“你看你看，刚才吹胡子瞪眼的是你，现在傻笑的还是你。”

“你说谁傻？”梁绣珍斜了眼、噘了嘴，拿鞋尖戳了他小腿一记。

“我我我，是我……”韩仲平又忙不迭地赔笑认错，手抬起来就要往她肩上搭去。

梁绣珍闪身一躲，跑到廊子上，隔着窗说道："哼，不跟你闹了，我要上老爷子屋里瞧瞧去。"

韩仲平坐定了不动，只用声音喊她："你就不能消停会儿吗？刚才不是去探过病了？别以为我不知道，你是听见大哥被妈逮住了，要去瞧热闹的。"

梁绣珍啪嗒啪嗒踩着步子，被算准了心事，也不过就是鼻子里"喊"的一声，人早都走没影了。

此刻韩延荪屋里，两位姨太太和五小姐韩黛琴都在。

翠姨仗着自己年轻还能挟制挟制韩延荪，向来是敢于说话的。举着晚报的头条，看好戏似的向韩延荪说："四点钟发报，听人说三点钟就开始排长队了，都是特为等着我们家大少奶奶开腔发言呢。"

领着儿子进来的韩太太恰好听见这一句，冷哼一声，道："你倒还拿她当自家人。"

韩仲秋见情势不对，抱着后脖子，猫着脚步往门外挪去。

韩黛琴手撑着沙发靠背，在韩太太身后怯怯道："大哥大嫂并没有真的办手续，难道我们就不认同她是自己人了吗？"

梅姨娘本来在一旁看得挺热闹，听见自己的闺女说得不像话，忙回头嗔道："小孩子家家的，掺和这些做什么？太太见过的人比你吃过的盐还多，既然说她不配做韩家的人，那就必然是她错了。"

"可是……"

不等韩黛琴解释，韩延荪就先发话了："好了，你们这样吵闹，是成心想让我的病好不起来吗？"

大家便都不敢再说了，恰好梁绣珍进来，同长辈们打了一声招呼。

韩延荪微微一点头，向她交代道："绣珍啊，过两天的慈善拍卖你要好好准备，别让外人瞧着咱们家遇到这么点事儿就阵脚全乱了。"

听此一吩咐，梁绣珍便就想到，如今沈初云跟韩家是彻底不能好了，那么自己眼下岂不成了这家里最大的媳妇了吗？不由得挺了挺背脊，展颜一笑，爽快地应了。

韩太太在旁打量着她，插言道："做身新衣裳吧。要喜庆吉利的，料子拣高档的，别让人家看低了咱们。"

这可好，公婆让做衣裳，必然是要出资的意思。衣裳也不是真的一身一身去做的，这一句话发下去，衣柜里可不得都换上新的。梁绣珍便学着沈初云从前讨好韩延荪的法子，笑着提议："天津那边的新纱厂，听说出产的料子都不错。"

韩太太对外头的新鲜事向来不大敏感，便皱了一下眉，摇头道："这倒不必，北京的百货公司什么没有，还巴巴地跑去天津干什么？况且这些新厂，办的时候都风风光光，过一阵子，就全然没有消息了。"

"她倒有心了。"韩延荪望着二儿媳欣慰一笑，才对韩太太解释道，"天津的两家老纱厂重组成了一个新厂子，由章瑞廷管理。现如今像这样的民族企业，老百姓是非常支持的。咱们为国货提气，也是在争取民众的好感。"

韩太太听了也觉得不错，不住地微笑点头。心里越发觉得沈初云能做的事，别人花点心思也能学得会，哪有什么不可或缺之处呢！于是，招招手要梁绣珍挨着她坐了。

梁绣珍自然高兴，两个人忽然就亲密如母女那般。

以为离婚的话头这就过去了，退至门边的韩仲秋有些放松警惕，冷笑道："有一说一，咱们的国货比洋货还差得远呢。"

众人脸上皆是一愣，各自暗道不好。

韩仲秋回过神来，这可不比找沈初云的别扭。当着韩延荪的面这样说，闹不好是要去请家法的。想到这里，忙跳了一步，躲到屋外去了。

他这一跳，倒把悄悄在廊下站了许久的向兰给吓了一跳，定了定神，忙放重步子替韩仲秋遮掩："大哥是心急，盼着咱们的国货越做越好不是。”一面说，一面示意他快走。

进了屋，只见韩延荪脸上的怒气都要溢出来了。一旁的韩太太拧着眉频频摇头，手一直被梁绣珍握着。而梁绣珍则是翻了个白眼，又得意地更加向婆婆靠拢。向兰忽然觉得，自己是这屋子里格格不入的一员。

因为韩延荪说又不舒服起来了，想要休息一下，大家便就此散了。

向兰回了屋，急忙翻找这名片簿，从夹缝里找了一张折了角的名片出来，不由得翘着嘴角笑了一下。然后给韩燕琴去了一个电话，殷勤地问道："三姐明天在家吗？我这里有两瓶未上市的花露水，味道很好闻的，明天带给你呀。"

却说韩仲秋三步并作两步，跑至院门口，和一个听差对面撞了一下。

听差忙打千儿认错，又拉住想走的韩仲秋，支吾道："那个……沈家大舅爷来了，说要见见大爷您。"

韩仲秋一听，倒不像听差料想的那样不高兴，反而很爽快地问人在哪里。

"大舅哥，你总算来了，你那个妹子呀！"韩仲秋尚未迈入书房，就已经抱怨起来了。

沈云鹏闻声，忙丢下手里的杂志，摊手无奈道："我和她也是说不通了。"

韩仲秋忙把话说在前头："那你可别存着什么心思，想先来说通我，如今是我们家被她闹得风声鹤唳的。我不跟她计较已经不错了，难道还要我去求她回来？哼，真不是我故意要难为大舅哥你，我们韩家的大门，多的是求着要进来的人。"

沈云鹏被噎得无可辩白，遂换了一脸的笑意："别气了，我请你去听戏。"

韩仲秋果然心动，跷起脚笑道：“那你可得叫戏园子预备包厢呀。”

沈云鹏晃着手指答道：“你几时说话这么小气起来了，咱哥儿俩还有不坐包厢的时候吗？你要乐意，包场都成。”

韩仲秋又道：“倒不必包场那么铺张，拣最好的包厢就成了。”

“哟，我沈大爷还真不肯屈就第二好的。”沈云鹏说时，卷了一下袖管，便做个请势。

两人一派诸事安好的太平模样，这就出门找乐子去了。

第24章

绝地反击

关于兄长和丈夫的陋习，沈初云是了如指掌的。因就换了一身衣服，戴上一顶大大的帽子，准备找个能打电话的地方，做一些于自己有益的事情。

也是事有凑巧，出门没几步，便见迎面走来一位男青年，一身西式装扮，手里举着相机，看起来架势十足。

沈初云假装散步的样子，慢慢跟着他从胡同最里边，走到了胡同口上。其间，那位男子停下过两次，像是在拍街景。

走出胡同，就有许多挨着墙等生意的人力车夫起身，看着是要过来接生意的意思。

沈初云也不管冒昧不冒昧，赶紧跑到那男子前头去，问道：“先生你……懂拍照吗？”

定睛一看，这男子三十岁上下，说话时带着些得意的笑容：“简直精通啊！”然后，就晃了晃手中的相机，说这是他专门托人从海外带回的宝贝。

沈初云原本的打算是，向报社的朋友问问，能不能借出一台相机和找一个会照相的人，不承想出门就能碰见，倒是不必再去找朋友开口了。朋友虽然知根知底，但恐怕太知根知底了，会有所顾虑不敢答应沈初云的要求。她便显出高兴的样子，开口请求道："那太好了，我有个冒昧的请求，可否请先生跟我去个地方，帮我拍些东西？"怕他不同意又忙补充，"酬金自然是从优的。"继而再一打量他，穿这样一身衣服，又有能力从国外买最新的相机回来，只怕是不将小钱看在眼里的。想时，不由得面露气馁之色。

而这男子不是别人，正是柴俊生。他也很意外，自己向来认为有几分名声在外的，怎么沈初云一点不知道呢？却也难怪，沈初云向来是不爱留意风流场上的花边消息的。

说回眼下，在这种地方遇到沈初云，又恰逢她爆出离婚的消息，凭着这些就已经完全勾住了他的好奇心，因此夸嘴自己是个大摄影家。至于酬金嘛，柴俊生是根本不在乎了，但要说了真心话，沈初云那样聪明的人难道就不会怀疑吗？因就含着笑，做起戏来："冒昧问一句，能有多优呢？"

愿意问价钱就是有戏，沈初云眼中又泛出笑来，可是多少价钱才能劳这先生的大驾呢？她现下可不能乱花钱，便是白远山的诉讼费暂时不算，也得防着离婚官司拖得久了，早晚会生出经济问题来的。因此，开口有些弱弱的，近乎是在央求："十……哦不，二十块可以吗？不会耽误您很久的，如果顺利的话，一个小时就能结束了。"

柴俊生听了，仰头大笑起来："如此美丽的女士，可惜不大会做生意呀。看样子，二十块想必一定是你能给的最高的极限了，怎么能一开口就叫最高价呢？"

沈初云的脸颊立马就红了，看来这主意是不成了，还白白地露了一回短。

谁知柴俊生的话锋却是一转："不过看在女士你优雅的气质上，我很乐意效劳。"

沈初云连连道谢，喊了两个车夫过来，叫去前门广德楼。

路上，柴俊生叫车夫拉着与沈初云并行，又装模作样地去问她芳名。

沈初云心道，这才留洋回来的人，或许没见过她的相片，但未必不曾听过她的名字，便谎称自己叫沈云。

柴俊生点头笑笑，低头思忖了许久，然后才热情地自我介绍起来："鄙人贺忆安，去年刚从之江大学毕业。趁着工作尚未落实，从杭州到欧洲，又从欧洲回到北京，想长长见识。一路游历而来，倒是很喜欢此地，因此正有意在北京做点小生意。"

沈初云笑着鼓励他："贺君是名校毕业，又似乎很懂生意经，自然会万事顺利的。"

"这不过是句吉祥话，照我说，出来做事业摔摔打打是难免的，只求老天爷别老来折腾我就阿弥陀佛了。"柴俊生忽然一叹气，方才许多的话都是假的，唯有这一句却是有感而发的。

沈初云也就想到，将来自己终要找份事做的，对于前途亦有些渺茫之感。她不担心自己的能力不够格，只担心谁敢雇用她，且只是简单的雇用，而非利用她的过去做什么哗众取宠之事。

两人这就各自陷入了沉默，直到下了车，才又攀谈了几句。

广德楼斜对面有家小酒楼，沈初云径直上了二楼。因此时尚早，吃饭的人并不多，很容易就在窗口找到个空位。

柴俊生要了香片和一些点心，又问沈初云究竟要拍什么。

沈初云不好意思地低声说道："对不住啊先生，我方才对您有所隐瞒，我是想请您做一回侦探那样的事。至于我要拍的东西什么时候能出现……我真说不好。"想了想，就取个折中的法子，"这样吧，您陪我在这儿等一个钟头，若我这宝押错了，绝对不会多耽误您的，酬金自然还是照给。"

柴俊生抿了一口茶，认为此事越来越有意思了，笑问："那要是你的宝押对了，可是时间超过了一个小时呢？"

沈初云无可对答，只是局促地揪着耳边的碎发。

柴俊生看她这样，又大笑起来，不无夸张地说道："我是随便一说的，可别恼我。说来也巧，几年前中华书局出过《亚森罗苹奇案》，我读着喜欢极了，以至于我朋友去欧洲时，我还特地委托他买了一套法文版来收藏。对于这些怪盗呀、侦探呀，我是感兴趣得很。密斯沈这样一说，我甚至都愿意自降酬劳了。"

沈初云脸上登时如雨后放晴。

果然今日是老天有意助她，从天上掉下一个刚回国的新人物，对于这份临时工作既不感到棘手，亦有着极强的好奇心。现在，只等韩仲秋现身了。按以往的惯例，沈云鹏来京，必会请他听戏。也是因此，他们两个之于彼此的关系，比沈初云还要更好些。

待到谜团揭开之时，柴俊生得知这个差事就是偷拍韩仲秋和坤伶勾勾搭搭的画面，简直有些按捺不住兴奋的表情。他心里已有了主意，不妨把这个事情做成一门大生意。

邓公馆内，大家长邓廉此刻紧紧握着一份刚出的报纸，每往下看一个字，神情就冷下去一分。

听差送完报纸，向外走时正好遇见邓丽莎回来，站住步子，冲她点了点头，笑着叫了一声"小姐"。

邓廉听见，欻的一下转过头去，一瞬间怒火满溢。少顷又极力忍耐住脾气，一脸平静地问道："你等等，又上哪儿去狐假虎威了，到这时候才回来？"

高跟鞋的脚步声一声慢过一声，一声低过一声，最后停在了客厅中央。

知父莫若女，邓丽莎听出他有些不高兴，脑中正在仔细地回忆着，这两日的投稿有没有什么关于独身主义的激烈论调。想了半天，好似这一段为了沈初云的案子奔走，笔锋都变得有些钝了，应当不会惹邓廉生气才是。因就笑了起来，施施然走到沙发边，挨着邓廉坐了，半是打趣半是撒娇地说道：“我又不是土匪、流氓，何至于被说成是狐假虎威呢？”

放在往日，女儿这样殷殷勤勤地过来捶背，多大气都能搁下，可今日的邓廉仿佛不太好打发，一下把报纸摔到她脸上：“你自己看！”

邓丽莎将那沓落至脚踝处的报纸拾起，粗略看过耸人听闻的标题之后，不由得哧的一下笑出了声：“我明明说的是，如果记者再要为了一个头条将沈先生逼得无路可退，我就去向政府请愿，要求整肃报界。被他们一写，倒成了我要挟他们不许报道这一桩离婚案，真是可笑又可气。”

“哼，你打量我不知道？”邓廉取出一根雪茄来叼着，手里拿着一根未点燃的火柴，“你明说一套冠冕堂皇的话，暗里还不是有意引导他们以为，我会向谁授意去整治他们。这些记者受了你的恐吓，岂会罢休呢，自然要把你往臭了去写。”

这又是知女莫若父了，邓丽莎摊手做无奈状：“我当时不过权宜之计，并没有想到记者的报复心这么重。不过爸爸，我认为我倒是歪打正着了，这些记者毫无职业道德。您的确该出面管教管教，不能纵容他们这样挑拨离间呀。”

邓廉不忙着说话，慢条斯理地将烟点了，接连吐出一串烟圈来，解了瘾方才得意地笑了笑：“有了麻烦就知道你老爹我的招牌好用了吧？”

邓丽莎见他的情绪有缓和的迹象，忙跳了起来，卖力地鼓了一阵掌，恭维道：“那是自然的。”

邓廉也是心情好转，试探着问道：“你对家里予取予求的，是否也该考虑为家里出些力呢？”

邓丽莎问：“怎么，父亲在事业上又有新的打算了吗？如果能帮，我一定会在言论上帮一把的呀。”

此刻她自身还陷在言论的麻烦上，没能挣脱呢，又哪里有什么能力来帮别人呢？

邓廉想着，笑呵呵地摸了摸鼻子下头那两撇胡子：“那就请你帮帮忙，考虑考虑你的婚姻大事成不成？”

说到这个，上回邓廉夫妇二人联手外人，给邓丽莎来了一场伪罗曼蒂克的相遇。前一桩心结才过去，现在立马又是老生常谈。邓丽莎听不进去，也不想翻脸，只是扭头就跑。

“不要我一说这个，你就跑。我们对你要求不多，什么联姻不联姻的无所谓，只要你找个品行好的，能依靠终身的，一起过日子就好了。”邓廉说着，也就跟着一路地快走。

邓丽莎早已沿着楼梯旋到了二楼，往楼下反驳道：“我已找到了，我终生最大的依靠就是我自己。”

邓廉身材微胖，才追到楼梯口就开始喘气了，吹了吹胡子，怒道：“又说胡话！”

“话不投机半句多，我也懒得把那些说烂了的话再搬出来。对，你们是父母，给了我生命，我得尊重你们，可也仅是尊重而已，可这并不代表我的一生都要由你们来主宰。”说罢，邓丽莎就转进走廊，向着自己的房间跑去。

邓廉一听这话，软的行不通，言语间就颇有种撕破脸的味道了：“我已经退了一步，你还是不肯吗？那我就不得不严正警告你了，沈初云这辈子是回不到韩家去了，她娘家早就退出了政界，如今不过是做做生意罢了，没了靠山以后还不定变成什么样呢。你既然不愿意就婚姻问题向家里妥协，那么你也不要给我平添麻烦。”

已经将门锁上的邓丽莎，冲着门缝气愤地嚷道：“真不明白，不是说父母对于子女是毫无保留的爱吗？可为什么事实上，你们对于我却有如此多的要求呢？我想问问，一个自由的公民，为什么不能同时选择自由婚姻以及自由交友呢？”

邓廉转了两下门把手，发现上了锁，便后退一步气沉丹田。于是，整个二楼走廊回荡着他的一句“自由总是相对的”。

邓丽莎委屈得起了哭腔：“可是你把我的自由都堵死了，这是绝对的不自由！”

到底女儿是爸爸的心头肉，邓廉听她要哭，声势就弱下来一些：“你为什么一定要同时争取到这两件事呢？”

“那你又为什么一定要反对？”邓丽莎却是不依不饶的态度。

邓廉就笑了：“所以我让你二选一啊，这就是相对的自由。你付出一些，我也退让一步，难道不公平吗？”

邓丽莎抬起手臂，重重抹了一把眼泪：“当然不，我深知你们老一派的计谋，让一步以彰显开明。我一旦答应了其中一件事，不出几年你就会重提另一件，然后又要怪我，怎么年轻时如何如何地听家里的话，越大反而越不懂事了。抱歉，我这个人就是这个脾气，不管争取什么都是彻彻底底的，没有迂回，也没有中间地带。”

邓廉先是气极了，这个自小让他骄傲的女儿，越大越没规矩，说她一句倒有一车的话来驳。可是再一细想，不过二十二岁的年纪，居然能把长辈的心思摸得这样透，倒不愧是他邓廉教出来的女儿，果然聪颖过人。因就转怒为喜，笑笑走开了。

其实这一切，邓太太早已听见了，开了卧室的门，叉着腰冲邓廉低声嗔道：“你呀，真是老了，做事情一点魄力都没有！她学了这些诡辩的臭毛病，你居然还觉得有趣。再这样下去，我都要替她急死了，你也不帮着点儿。”

邓廉笑笑一摆手：“罢了罢了，才刚过二十岁呢，等两年也还是风华正茂，并不要紧的。眼下多的是文明青年出国留洋，回国以后二十七八岁单着的也有不少，我邓家又不是养不起她。”

“哼，说的是呢。你向她妥协，暂时不要求她嫁人，她却不肯跟你妥协，让她少跟沈初云胡混。今天都在公开场合跟记者叫板了，转眼不就让人家登报骂了嘛。赶明儿啊你就瞧好吧，事情多着呢！”邓太太说完，眼睛一斜，转身按了电铃让用人替她叫牌局。

留下邓廉一个人，望着两边房门发愣。

第 25 章

生财有道

却说沈初云误信了柴俊生，请他偷拍了照片。这个柴俊生在摄影方面却还未学得完全精通，洗照片的事情自然交给了贺忆安。

等照片显了像，贺忆安万分诧异，他实在想不出来柴俊生为什么要浪费胶卷，去拍韩仲秋的桃色绯闻。他洗净了手，甚至来不及擦干，就直奔电话机，报了一个韩家潭的号头，对着听筒大嚷起来："柴俊生，你快过来一趟！"

半个钟头以后，柴俊生打着哈欠来了照相馆。

"这是什么？你知道胶卷有多贵吗？"贺忆安拉他进暗房，气冲冲地质问道，"人家捧戏子，有你什么事？"

"我是助人为乐。"柴俊生一脸的坦然，把事情的前因后果向他说了。

贺忆安听罢原委，更觉无语："你口袋里难道还缺二十块不成？"

柴俊生心里笑他不灵泛，想要点拨一番："怎么只有二十块，你没闻到一股扑鼻而来的香味吗？两百块，两千块，两万块……"说着，用力吸了吸鼻子，闭上眼，仿佛已经看见了金山银山，不由得叹了一句，"啊——香！"

贺忆安冷笑不已，伸手搭在他额头上，问道："要看西医还是中医，我帮你打电话？”说完真去取了听筒下来。

柴俊生一下打掉他的手，板着面孔道：“别闹！”

“分明是你在闹！”贺忆安说着话，就把听筒往回一摔。

“你还要我说得多明白，才能懂这里的商机呢？”柴俊生卷起袖子，准备临时来做一番详细的商业报告，“我跟你说，你知道香雪儿吧，就是报上一天登一个新绯闻的女明星。我可听说了一个惊天内幕，她在上海跟了一个帮会老大，在北京跟了一位政坛公子，在天津还有一位巨富商人，在重庆……”说到这里，他似乎有些词穷。

贺忆安被他这样子给逗乐了，忙道：“行了行了，没词了就别想了，说你的重点吧。”

柴俊生咽了咽唾沫，撇着嘴白了一眼，这才继续说道：“到目前为止，香雪儿的相好们，除了上海的那个我打听到了一点内幕，北京的这个只有一个背影，天津的只有一点线索，重庆的只是一句传言。如今香雪儿是捧着钱，跪在报社里，求人家不要再发表了。记者收了钱定然是要办事的，只不过这名记者实在太聪明了，当面答应了，转头又去对那几位神秘金主说——这消息是能同时震动政坛、商界的，你们觉得值几个钱哪？”

贺忆安越发认为不对了：“得了吧，这种记者见了权贵腿肚子都打战，还敢要挟吗？”

从一开始，柴俊生说一句就被挑一处错，到这时已经气得结巴了：“记……记者上门的时候，有没有这么居高临下的……这，这都不是重点嘛！对我们来说，重点是钱途呀，多么好的一门生意啊！你想啊，干哪个行当能这么一本万利，几头拿钱的？就这一个啊老弟台，咱们得赶紧行动！”他走到屋子中间，展开手臂在空中挥着，“你看看，多么专业而现代的照相馆哪，还有归国的优秀艺术青年，可别浪费啦！”

“学了摄影回来做贼，这还不浪费吗？”贺忆安埋头，低声哂笑着。

柴俊生却已是利欲熏心，一直催着道："你给句话，要不要跟我一起合股。我不用你出钱，你就……技术入股就行。"

贺忆安托着额头，不住地冷笑："我说，你府上大小也算经营着一家民族企业，你吃相别这么难看好不好？有钱你就赚呀，万一你的恶名传了回去，连累家里的名声，令尊令堂不得被你气死吗？"

柴俊生对此，全不当回事："哎呀，山高皇帝远的怕什么嘛。而且我们可以做幕后老板呀，跑腿得罪人的活计，交给小弟去做嘛。真要是生意做大了，消息到了杭州就是我一句话的事，哪家报纸敢登，我就打断他们的狗腿。只要老家的人不知道，外头人管他们怎么说我呢。什么民族企业的虚名，也就在要饭的面前还有三分颜面吧。外头有洋人欺负，里头有贪官刁难，上头有大企业觊觎，底下有工人造反，哪天军阀之间一个擦枪走火，一夜之间倾家荡产的人我见得多呢。这世道，没有一个人敢说能一辈子衣食无忧的，所以有钱赚就绝不要错失机遇！"

贺忆安不禁喟然道："中国自古就把人按职业三六九等地分了，虽然是旧糟粕吧，但是仔细一想，这个分法是怎样来的呢，不能一点道理没有吧？你就说你，再怎样利字当头，也不该什么都豁出去呀。"

这话委实有些让柴俊生下不来台了，他当真生起气来，猛地一掌拍在桌子上："我拿你当朋友，你可别太蹬鼻子上脸了。你高贵你的，就当我今天什么都没说。"

气氛僵持着，贺忆安自觉有些过分了，合伙做生意嘛，不愿意就说不愿意，也犯不着那样去得罪人家。更何况，彼此都是成年人，再怎样磨破嘴皮子，要想三言两语就改变一个人的处世之道，简直是天方夜谭。

还有一个更为难的问题是，胶卷都是贺忆安买的，柴俊生用了许多。贺忆安既不想用这个生财，却又不甘心自己掏钱，让别人去发财。

这一点，柴俊生也想到了，眼睛斜斜地一挑，咳了一声，从兜里拿了一张小票子出来："钱，我会照付的。你再替我多洗出两套出来，我要往韩府和戏班都各寄一份。哦，不不，我怎么忘了呢。刚在报纸上找到的，另一个男的是沈初云她大哥，沈家也有钱，不能漏掉，不能漏掉……"

贺忆安见了胶卷的钱，呼出一口气来，不由得一笑。他复想了想，自己只想要回胶卷的本钱，并不想参与别的，也省得惹祸上身。因就走到柜台里，拿了该找的钱出来，递过去道："给你，我只拿胶卷的钱。"

柴俊生不料他一点余地也不给，就没好气地接过来钞票，又扔下一半在桌上："那不行，你只拿胶卷的钱，万一不给我洗照片怎么办？"说完，便摔门而去。

贺忆安为难地捡起桌上的毛票，脑海里闪过韩仲秋的那几张照片，又从抽屉里拿出了前两日的一份晚报，看着沈初云离婚的消息，还有对沈老爷的采访，不由得皱着眉头，好奇之中带着一点关切："她要照片来做什么，为巨额赡养费吗？"

想着，他就把钱往口袋里一揣。只要把照片交给柴俊生，那么沈初云要做什么，不就自然而然会揭露出来的吗？

等成片出来以后，柴俊生按照字条上留下的住址，如约来到砖塔胡同。一路走，一路还在盘算，看来沈初云多半是搬出来单住了，光这个消息大概就能卖个百数。待他探出这地址的虚实之后，简直是一笔飞来的横财。

沈初云听见有敲门声，戴起外出才用的大帽子。朝门缝里一望，果然是他，便热情又小心地将他迎入客厅。

柴俊生手里端着茶，站在客厅中央，先是环视一圈室内的装饰，再朝院子里看了两眼，照旧演起戏来："密斯沈看起来不一般呀。一个人住这么大的房子，看谈吐又没有多大的学生气，想来是在此处做生意的？鄙人可真是有幸了，恐怕是见到了当代的巾帼英雄了。”

沈初云极力避免对于个人身份的交谈，胡乱搪塞道：“贺先生高看我了，我是来此地探亲的，这房子也是临时赁的，住不了几日又会搬的。”

这样的借口漏洞百出，实在叫人难以信服。

柴俊生低头呷了一口茶，不禁抿嘴笑了一下。他已经有些坐不住了，既想去督促贺忆安赶紧洗照片，又想打电话给报社要价。

而沈初云已将事先预备好的钞票装在白信封里，双手奉上。

柴俊生接得很快，也没有过多的言语，笑了笑就戴上了礼帽，出门而去。

回到屋里，沈初云颤抖着双手，一点一点撕开封口。那日的情景，她是亲眼所见的。照相就这一点不好，自己愿意照的，那是为了留住好时光；偷着照的，那是为了留住不堪的把柄。

看着自己的大哥和现在仍是名义上的丈夫的韩仲秋勾肩搭背，全然没有愁绪的模样，沈初云心里的百般苦闷简直难以描述。看到最后，他两个听完了戏，围着一个换下戏服的梨园女子上车，眼泪就唰唰地往下落。

若不是外头有人叩响铜环，她真想痛痛快快大哭一场才好。

第 26 章

议定策略

而门外，等在中间的邓丽莎因沈初云戴着帽子和墨镜，瞧不出她有何不妥，只当是谨慎地躲避记者的追踪罢了。因就抬起双臂，向两边一摆，笑道：“巧得很，我们三个在胡同口就聚齐了。”

王校长和白远山动作齐刷刷的，摆了一个口型，就要喊“沈先生”，但又同时意识到此刻应当低调为上，单唤她名字又恐冒昧，因此只是笑了笑点点头。

沈初云的脸上也绽开了微笑，迎客入内。

王校长二人是头一次来，就各处张望了一下。

沈初云张罗着沏茶拿点心，向他们夫妻二人说道：“快进来坐，今儿谁也不许客气，咱们一会儿上馆子里吃去。”

邓丽莎闻言，才啜了半口茶就忙“嗯”了一下，又着急补充道：“就是就是，反正是我请客。”

沈初云倒没有这个意思的，先朝邓丽莎一摇头。

邓丽莎见她急于要解释，恐怕是要抢着做东。忙按住她的手不让她说下去，又用眼神暗示她，她眼下什么情况大家都知道的。先是和韩家言之凿凿说了不要赡养费，后又有娘家人背后捅刀子。赁房子这样的大花销一除开，手头未必还剩几个钱。如果是沈初云做东，想必王校长他们就不肯留下了。

沈初云想想也是这个道理，只是抿着笑不说话，投过去一个感激的眼神。

四人分主宾各在圆桌一边坐了，沈初云先开腔道："白律师，我收集了这几年报纸上登过的离婚案子，又看了一些国外的法律。我想……我是不是可以主张，韩仲秋长期以来都很少在家留宿，才导致婚姻关系破裂的？"

做出这样一个决定，对于女子非常之不容易。无论是思想多前卫，公布私生活还是有些令人犹豫和羞赧的。

因此，沈初云说完就埋下了头。

白远山显然更有职业精神一些，虽然也是先低头扶了扶眼镜，但再抬头时，眼神中并无躲闪之意："去年，大理院在回复广西高等审判庭的函件中就援用了别居的概念。那也是一例婚姻纠纷，最后以丈夫不履行责任为由，判了离婚。不过我得提醒你，以现在的社会接受程度，还有你和韩家的名声，开庭时提到这个，一定会引起一阵哗然的。"

是这样没错，所以沈初云才会在见过沈云鹏之后，想要借相机去偷拍韩仲秋。至少，"丈夫出轨导致离婚"这个观念，已经渐渐为世人所接受。

可是真拿到了照片，想到避无可避也要披露家中大哥的风流本性，她就有些犹豫了。虽然家人伤她这么深，但她只想忽略，而不是狠心报复。如果沈家大公子也卷入其中，对天津沈家的生意多少有些名誉上的妨碍，家庭经济也会更受打击的。

思及此，沈初云咬了一下唇，坚定而坦然地回道："我想过了，最糟糕的后果，不过是社会上会出现一些人会讽刺我是浪荡之人，公然对床笫之事表达不满，甚至为此就要提出离婚。可是，我左思右想下来，这个名声于我并无什么损害。首先，一个女子对于丈夫有同榻的诉求并不可耻。何况白律师您也说了，去年就有女子向大理院提出妻子应有之权利，也是我所知的第一例，难道那位女士不比我承受得更多吗？总要有人站出来，辩明这一方面的对错呀。如果我们的社会一直认同男子可放纵欲望三妻四妾，女子却要去守什么‘七出’的底线，那男女平等从何谈起？这种荒唐事早晚要被禁止的，现在我不过受些嘲讽罢了。但将来，包括我在内的这些离婚诉讼，可以推进文明的进步、法律的完善。那么，全国的妇女到了那时，应当都会感谢我们牺牲了自己的隐私，来争取妇女更多的自由和权利。”

王校长听得几乎热泪盈眶，握着拳头往桌上一按，道：“说得不错，我也认为可以提出这个主张。”然后，又回头望着沈初云，拉着她的手，柔声说，“只要你受得住压力。”

沈初云伸手回握，表示感激。

邓丽莎轻抬嘴角，随即敛住神情，小声问沈初云：“那财产分割呢，你预备怎么算？”

沈初云的脸色立马变得沉重了起来：“我总要生活下去的，原本我的意思是只要嫁妆不要赡养费。可现在我娘家人都掺和进来了，我大哥还对我说了些刻薄话。我在想，这两样里头总要给我一样才对吧？这些年来，我对韩家也不是寄生虫。我在外的活动，对韩外长的声望是有所促进的，他们哪怕只拿我当个对外发言人，也该付我薪水呀。”

谈到财产方面的问题，沈初云有些不自信，一句低过一句，不安地揪着耳朵轻揉。看她的样子，只要能速速了结婚姻，未必就要全部的嫁妆，更不提其他了。能争取到一笔可维持基本生活的补偿，她就可以心满意足地退出这场官司了。

可是，邓丽莎替她一盘算下来，既要公开自己身为妻子所受之侮辱，又要被人指指点点，甚至可能被守旧派攻击。失去婚姻不说，还要遭受愚昧家庭的排斥。这样的牺牲，会不会太大了？既然对方这样咄咄逼人，在索取赔偿这一方面为什么又要沈初云做出让步呢？

“我就很不明白，这几年离婚的案子不少，虽然已经是进步了，可大多数都是女子牺牲财产方面的权利，甚至以净身出户为代价，换来自由之身。可是，我们凡事都要讲个道理，这样子拿财产权利换人身自由权利的方式，又公平吗？我们国家在婚姻层面的法律，究竟要走向何处？女子可以提离婚，难道就是终点了？”

白远山看邓丽莎如此愤愤，不由得觉得头疼起来。

话是对的，但是从务实的角度来讲，沈初云最大的诉求只是自由。单纯追求自由，稍微简单一些。如果要去追求有尊严的自由，甚至要将这份尊严最大化，那么必会是一场长期拉锯战。

在此期间，对方会不会暗地出阴招，从而导致最基本的自由诉求都变得举步维艰了呢？便是乐观地假设一切有害因素都不存在，长期的诉讼下来，需要消耗的生活成本，是沈初云承担范围内的吗？

白远山一面思索着这些，一面来回抚着下巴，沉声道：“如果要这样打下去……”

“远山，停一停你的专业意见，我可以先说两句吗？”王校长眼内湿湿的，样子看起来有些激动。

“校长发言，当然洗耳恭听了。”白远山对着妻子说话时总是温柔的绅士样子，甚至还冲她拱了拱手。

王校长望着丈夫，圆润的脸上抿了一个几不可察的微笑，转头说话时，又是一副严肃慎重的表情：“沈先生方才说将来总要生活的，这话很对。首先，将来肯定是要继续去做妇女工作的，这工作是赔钱的时候多过挣钱的，所以你很需要一笔丰厚的产业傍身。其次，抛开柴米油盐，先生既然为了今日女子之权利，已经肯做到公开夫妻隐私的地步，那么为什么不肯打个长久战，索性将一切不公之处各个击破呢？我也明白，人吃五谷杂粮这一点就是摆在明面上最大的障碍，可是我认为沈先生可以做演说家、可以做报社编撰，也可以来我们学校从教务工作学起。哪怕做最坏的打算，就业方面的路被人堵死，难道我们三个会冷漠到不施以援手吗？帮助沈先生渡过这一难关，也是帮助女权事业向前迈进一步，再往大了说，不就是让我们的国家向前了一步吗？我实在找不出，不尽全力替先生分担困难的理由呀！”

白远山望了一眼善良的又能言善辩的妻子，只是点头微笑。

沈初云在遭遇人生大波折，连家人都几乎弃她而去的时候，能得王校长这样，从前连密友的程度都还够不上的热心人，如此慷慨的表态，早已无法表达心头之感想，唯有簌簌落泪，又拼命地点头表示感激。这时候，她才发现，原来自己的国文并不好，搜肠刮肚竟然没有一个词、一句话可以贴切地用在王校长身上。

“我赞成。”邓丽莎很受鼓舞，从心底里感激王校长把她未曾想到的一方面苦衷给解决了，“初云，我们两个早就达成共识了呀！你不光是在争个人的自由，同时也是在为仍旧遭受着封建思想压迫的女性，指明一条新道路。那么这条道路，你就该尽你所能铺得平整些。而不是呼吁人家要冲破牢笼，然后迈步出了家门以后，往后的事情全然都不会，手上甚至连个填饱肚子的铜子儿也没有。”

是啊，按原来所想，光告诉中国的妇女，婚姻不幸可以不要有什么用？不告诉那些预备跳出牢笼的人，该怎样维护自己应得的利益，又该怎样自食其力，那么能力尚还处于弱势的女子，又怎敢照做呢？

“好，我听你们的。”沈初云忙着擦泪，冷静下来，又有了别的疑虑，“但是……我出来时，已然和韩家上人都说妥了，不要他们的钱，现在又改主意，会不会被人看不起，说我这样的女子就是说一套做一套，是个不遵守诺言的小人呢？”

邓丽莎蹙了眉，撇着嘴摇头：“这又是旧式思想里我顶讨厌的一件了，为什么非要遵从‘君子一言，驷马难追’呢？还有那句‘君无戏言’，更是被传承得荒腔走板。万一君子的那一言，是糊涂话呢？一诺千金究竟算不算好品格，也得分实际情况才对。就如同你在韩家上人面前的表态，我认为一则气头上谁都有说胡话的时候；二则我也深深地怀疑，你会说这话，是因为韩家向你营造压迫感在前，逼得你主动说出这种不平等条约。我认为这样的事情，不该出自一个追求文明的家庭。如果韩外长要用这种旧文人的酸腐气来治你的话，我的笔杆可是闲了好一阵的，很乐意请他老人家赐教赐教。”说时，右手做个提笔的架势，得意地在半空晃了晃。

这一番话，沈初云还未琢磨完，王校长也开始侃侃而谈了：“我看沈先生心里好像有一种压力，可能是这些年来，女子尤其是代表着国家未来的青年学生们太喜欢追逐你之故，你好像认为自己的所为必须每一桩、每一件都无可指摘。可是我认为一种新思潮，最好的代言人应该是平易近人的，让人看到你高尚，也看到你可爱，甚至看到你身上也有不足之处。因为我们追求女权，不是在追求上层妇女的思想解放，而是在追求所有女性的解放。不要将自己打造成一个不食人间烟火的仙女，你就做个普普通通、真真切切的人，让人家知道，不是进步女子都完美，也不是只有完美女子才会去追求进步。男女平等是人类事业，不专属于任何一个国家、任何一个阶层。”

白远山拿手挡着脸，先是偷偷地笑，再后来扑哧一下笑出声，然后就一发不可收拾，闹得在场的三位女士也被感染了，不由得都失笑了。最后，他捂着肚子拍桌叫好：“我听着你们谈话，好像是在参加什么新派诗社，每一句都可以拿去登报了，我这个法律顾问仿佛是无用的了。”

邓丽莎听罢，梨涡旋得深深的，道：“未尝不可，新诗不是时髦得很嘛。赶明儿等这事情妥了，不如我们就组织个诗社好了。”

四人谈得很高兴，将后续如何替沈初云的离婚案出力都做了计划。

白远山自然是从专业方面入手，王校长决定联合学界的妇女组织，发表一些普及国外婚姻法的文章以示声援，邓丽莎则是打算匿名向香港的报社投去中英文两份稿，尽可能地降低韩家单方面把控舆论的可能性。

最后，先前已经抢下东道主的邓丽莎认为一件大事总算初见曙光，提议上来今雨轩去庆祝一下。

王校长忙摇头说不好：“中央公园那边实在是人多，许多熟人也是来今雨轩的常客。咱们四个人不要太大摇大摆了，好似结了盟一般。传出去，没误会也变有了。我们虽然要提防韩家使用权势压人，可也要注意不要给人一种挑衅的错觉。”

众人认为很对，就由白远山出去向附近小饭馆里要了几样菜送到家里来。

客人散去之后，方才的朗朗笑声仿佛还在屋内回旋，但四周却空荡无人。

静下心来，沈初云更觉寂寥，不知将要面对何事，又该去向何处。她走到卧室之中，从抽屉里取出照片，望着沈云鹏一脸欢畅得意的笑容，不禁潸然泪下：“大哥，或许你对韩仲秋才更有亲情，可我对于你，对于我们沈家的每个人，依然是深深放在心里的，只要你们还愿意接纳我……”

第27章

对簿公堂

不知不觉到了庭审那日，就连普通的百姓也赶来看个热闹。这也难怪，离婚在这年月不多见不说，更何况还是衣食无忧的少奶奶先提告的。

沈初云有所准备，早了一个半钟头就到了审判厅候着，避免了许多麻烦。

韩仲秋则正好撞在了镜头底下，被记者拉住问长问短起来。

“大公子，沈先生曾说：犯错的是落后的思想，而不是她，也不是您。对此，您有什么看法吗？”

“学界近期一直在发布声援婚姻自由的文章，许多人都对今日庭审表示关注，还有人认为所有向封建婚姻宣战的女子都是历史的功臣，您同意这个观点吗？”

“香港的评论员谈及此案时，曾担忧韩家会不会因为自觉颜面扫地，而动用官方力量来干预结果，您认同他的担忧吗？”

幸而陪着韩仲秋下车的，都是些训练有素的士兵，不至于让他太过窘迫。

饶是如此，这几个火药味十足的问题，也足够让他心烦意乱的。

更让他始料不及的是，白远山盯着他长期不留宿的问题不放，而沈初云亦开腔表示不接受这种不履行义务的婚姻。

当着审判庭内许多人的面，涨红了脖子的韩仲秋怒喊一声："沈初云，我看你是疯了！"

旁听席上已有人飞奔而出，无须听完整场再写文章，单凭这一句，报纸的头条就算是有着落了。

在最后一排，贺忆安随着在场众人一道惊呼着站起来。他盯着原告席上的沈初云一直看着，仿佛想要看到她心里去。

这个女子依然保持着贺忆安初见时的冷酷表情，可他却不再觉得这种冷酷是令人生厌的，甚至在心里认同她果然是当世的一名奇女子。

审判长提醒在席者保持肃静，沈初云始终没有多余的表情，该她说的毫不保留，不问她时保持缄默。这就更显得韩仲秋是准备不足，又气急败坏。

于是，一些不希望女子离婚诉讼之风愈演愈烈者，也免不了暗地里感慨，只怕这韩仲秋是要拖天下男人的后腿了。

已是盛夏时节，通往韩延荪书房的夹道，已经开满了紫藤花。午后的知了声嘶力竭，一场急雨将洗净烟尘，却浇得地上发烫。

"父亲。"韩仲秋将两手从口袋里抽出，站姿笔挺地出现在书桌前。

他的装乖却看不进韩延荪的眼里去："畜生，我的脸都要被你丢尽了！"

然后，噼噼啪啪一阵响，原本放在桌上的一小沓杂志快速扇过韩仲秋的脸然后才落地。

韩延荪嘴角叼着一根雪茄，眼里迸着火星子，鼻端喘着粗气。在一旁静立许久的秘书不由得两脚并拢，裤腿摩挲的声音方始告诉韩仲秋，角落里还有个人站着。

"你先出去吧。"韩延荪命令着，扭头去看落地钟，"十分钟以后在车上等我。"

秘书高喊“是”，脚步匆匆，单眼一眨，食指向手里的报纸头版处一挪。

韩仲秋即刻悟过来了，大概是指最近霸占着报纸头条的离婚官司。因想到沈初云那番不顾廉耻的主张，不由得唧哝起来：“明明是她沈初云……”

韩延荪眸子森然一瞪，怒气出口，音都破了：“她哪句话不是事实？”

韩仲秋的背脊就不由得冒出涔涔冷汗，再一想，心里也跟着泛起一股冷意来，赌气问道：“到底她是你女儿，还是我是你儿子？”

其实于此刻的韩延荪来说，这话仿佛不难回答。家里儿子有三个，除了老四涉世不深还有可造的空间，另外两个还真不如不要。可是，血脉这一点是每个父亲都绕不开的纠缠，说到底还是儿子最亲。因就跳过此句不谈，沉着声不容反驳地吩咐道：“联系那边的律师，务必庭外和解！另外，通知各传媒界同人，国家正是百废待兴时，多关注些时事要事，别掺和这些无用的事情。还有，我们每个月不都资助着三家报馆嘛，白拿了钱也不知道说句话？那不如就裁撤了这笔开销。去告诉他们，未来该如何，自己选吧。”

韩仲秋听了后一句，便摇头问道：“时事要事？到了这会儿，您倒不觉得舆论干涉外交是坏事了？”

这话倒不是韩仲秋故意要找麻烦，而是自“五四运动”以来，各界关于政事实在议论太多，而能做的又太少，闹得外交工作异常艰难。

韩延荪嘴角抽搐两下，闭了眼有气无力地晃着手，低声道：“去，别来烦我。”

“庭外和解……”韩仲秋没有走开，而是站在原地，双手抱臂想了一会儿才问，“开什么条件呢？”

本来就是因为双方对于分手的条件谈不成，才会公开闹出来的，这一层无论如何是躲不过的。而且，韩仲秋不想个人承担分手的开销，因为他认定这段婚姻的失败，究其因果还是包办之故，父母种下的祸根就该父母出面解决呀。

韩延荪心里也在打算盘，怕是这大儿子手头紧得很，根本拿不出许多钱来，否则以他的性子早该把钱甩到沈初云脸上去了。想到此，不免心口作痛，喟然长叹道："嫁妆就让她都带走，另外添四万现金的赡养费，看她答不答应吧。"

韩仲秋吃惊地伸了四根手指头在脸跟前，追问道："不答应还预备涨吗？"

韩延荪闷哼出声，吸两口雪茄，方盘算着说道："最多五万吧。"抬头看了看戳在跟前的傻儿子，又提醒他，"你总不会一开口就预备直接说四万吧？慢慢地谈，横竖这丑咱们是出了，如果她那边价码过高……"

韩仲秋便就摇摇头，轻笑一声，道："应该不会，她起初只是想要嫁妆罢了。因母亲不同意，她就索性闹开去，故意再加上赡养费这一层。或许她正是在考量，借此迫使我们同意她带走全部嫁妆。如果我的猜测没错，也许还能……"说时，脸上不由得笑开了，旋即一想这话哪里说得，马上收起笑容改口告辞，"父亲，我先走了，衙门里还有事儿。"

"哼，这时候跟我谈公事。"一口浊气吐出，满室烟雾缭绕，正如此刻韩延荪内心的写照。

落地钟刚好打了两声，韩延荪捻灭雪茄，匆匆出门而去。

自东路过正院时，韩太太的抱怨比预料的来得更早了一些："我就不主张助长这些眼睛里没有上人的黑心东西，我们为了面子退让，倒让那边气焰嚣张起来了。赶明儿或许还要到人前说我们什么不是呢，她是拿笔杆子的，现如今就属这些一点实操经验没有，动动口、动动笔就想管到政府头上来的人最可恨！果然让这些满口酸话的人都在衙门里行走，只怕一天都撑不住！"

张妈在一旁劝道："得了，您想开吧。黑了心肝的人迟早是要有报应的，指不定就遭雷劈了。太太您信佛，就当是施舍了吧，神仙菩萨都会记得您的善心的。"

韩延荪没工夫听完，倒是梁绣珍在屋后头听得津津有味，却装作什么都不知道的样子，笑嘻嘻地进去问韩太太好。

盛夏里，日头升得早极了，虽还是清晨，但迎着阳光稍走几步，额头便渗出一层晶亮的汗。

胡同里赶着上学去的孩子一路你追我赶，一个猛冲扎在行人的怀里。闯祸的孩子红着脸站定道歉，其余的捂了嘴偷偷笑话他倒霉。

邓丽莎端着礼貌的笑容说不要紧，拿手绢的手遮在人中处，低眸望着白色印蓝花的薄纱连衣裙上印了几点淡淡的汗渍，不免有些可惜。待孩子们走了，才轻轻掸了两下。

转过三个门，一阵小曲儿从白色院墙内传出来："桃花儿艳，梨花浓，杏花茂盛……"唱得温柔婉转、语声娇俏，听的人也是由心中迸发出勃勃生机来。

邓丽莎不禁咯咯笑着推开红漆大门，从外头问进来道："两万块钱就能把你高兴成这样？"

"是自由把我高兴成这样的。"沈初云架起一角纱窗，满面春风地冲她招手。

韩仲秋约了今天跟沈初云签字离婚，除去应带走的嫁妆之外，另给两万块的赡养费，也会在报上登出声明，表示婚姻破裂之责任全在他。因此，才有邓丽莎的一句戏言。

沈初云在梳妆台前站定，正了正蝴蝶样的胸针，看着镜中的自己，满脸都是破茧重生一般的笑。转过身，掀开卧室的珠帘，向邓丽莎说道："我预备签完了字，就去找姚太太销假。这一个多月尽忙自己的事了，《新声报》那边也不知怎么样了。"

邓丽莎一改往日的秉性，微笑地点点头，就坐下不说话了。

心情大好的沈初云没空注意这些变化，只管进进出出整理东西。光是一支自来水笔，足足查了三遍，才肯安心出门。

邓丽莎便打趣她："哎哟，你当人家律师事务所多寒酸似的，难不成笔都要自带吗？"

沈初云也觉自己准备的东西太多了，忍不住冲自己摇着头，失笑出声道："话是不错，可你哪里知道我的心思，真恨不能够连文书都自己誊下来才好。"

两人说笑一路，就往白远山的办公室去了。

第28章

签字离婚

韩仲秋素来吊儿郎当惯了，沈初云本就做好了先到办公室干等一两个小时的准备，不承想他竟然还早一步到了。

两人见面，忽然无言起来。

这一段婚姻从没有过爱，但几年下来彼此的心里都很习惯了有另一半的现状，一下子说要分开，忽然又生出感慨来了。

既然要散就散得好看些吧，就如开始，无论如何反抗，最后拜堂时韩仲秋还是表现出人生得意时应有的样子。所以，今日之结束他也努力守时，静等着人生另一个阶段的到来。对这个带着几分庄严的时刻，他也是很重视的。

椭圆形的会议桌两旁，双方律师代表各自立场做了一番开场，彼此传阅着讨论了月余才定下来的财产分割协议。

两位当事人面前各有一支事先预备好的钢笔，是事务所里公用的。两支新旧不一：一支用久了，都摔出了划痕；一支是簇新的，亮得能照见人的面孔。旧的那一支摆在韩仲秋跟前，他无意于翻阅协议，因为里头的每字每句都斟酌过多次，早已烂熟于心了。他眼望着钢笔，愣愣地发呆。

有些事情就是这么奇怪的，看着不喜欢，抱怨天抱怨地想丢开换新的。最后真要拿起去丢了，又觉得新旧好坏又如何，最后不都是写字用的吗？

抬眸看对面坐着的沈初云，神情专注地聚焦在某一行字上，时不时与两位律师做最后的确认。下笔时，她也顿了顿，抬眼冲韩仲秋神色复杂地一望，才颤颤地签上字，又从手包里取了图章出来。

韩仲秋这才收回眼神和思绪，侧眼向律师询问如何。律师点头，他便大笔一挥。然后，双方交换文书，再签一次。

从这一刻起，两人都是自由的了，一种新式的少见的自由。

两位律师一同拿着协议去处理最后的事宜，留下一对忽然变得毫无关系的男女相对无言。

韩仲秋往身上摸了一阵，掏出香烟来。刚要点着时，又忙停住动作，用眼神征询沈初云的意思。

沈初云淡淡点头，反正是几年下来都习惯了。从前果真很讨厌他抽烟时，他也不曾问过半句，今天倒这样客气起来了。

这样想时，韩仲秋已经长长吐出一口烟，神色轻松地问道："若按新式的说法，我们还是朋友吗？"

沈初云摆弄着鬓边的头发，低着头小声道："如有无可避免的相见，点头之交还是可以的。还是要谢谢你……能来签字。"

韩仲秋往玻璃缸子里弹了弹烟灰，微笑道："谢我什么，父亲……"不对，韩延荪已不是她的父亲了，韩仲秋忙又不大习惯地改了口，"我父亲才是你该谢的人。"

这一点，沈初云也能猜到，她依然认为韩延荪是她的人生导师，是超越了私人关系，始终站在对错面上说话的难得的好人。因就点头道："我明白这个，所以倒不劳你转达，出于礼貌该由我自己去说的。"

"你似乎对老爷子很有信心。"韩仲秋说罢，忙吸了一口烟，像是故意要阻止自己说下去似的。

"不然，我这么多年要靠什么坚持下来呢？"沈初云答得干脆，仿佛从不曾对韩延荪这个前公爹有过任何怀疑。

韩仲秋不免陷入沉思，他以为父亲专断不好相处，可父亲同沈初云却亲如父女；他以为妻子清高不好接近，可她却能对韩延荪在内的许多人敞开心怀，只是独独他除外。这样一琢磨，自己的一生都仿佛是虚度，连个真正亲近的人也没有。

不过，他还是认为这些人是缺少现实的打击。总有一天他们也会知道世事皆虚妄，唯有酒最真。

沈初云则在想，这下已经不能算是夫妻了，该以何种态度面对这位最熟悉的陌生人呢？实在是想不好。她的迟疑来自于没有参照，没听过身边有谁经历过离婚的，自然也就不知道哪一种离婚的态度是好的。那些远洋飘过来的小说里虽然有过这一类的描述，但因为隔着一层文化差异的面纱，总害怕那些建言是不适宜，也不可取的。她说了那么多年西方先进的理论，滔滔不绝时就仿佛与西方文明很近、很了解，可真要以自身踏出那一步时，又有些茫然害怕起来。

对面的韩仲秋默然地望着她，今天沉静的她与往日懒怠于说话的她很不同，能让人读到一种娴静的优雅之感。这样一个从大宅门出生，嫁到大家庭，从不曾经历过世事的女子，出了这扇门就要过独立生活了，这个想法真是危险又好笑。但到了作别的时刻，还是不免心生怜香惜玉之感。韩仲秋便开口沉声提醒："以后不要对任何人抱有过高的希望。"

沈初云一句"难道你在影射韩外长，远没有表现得那么好吗"的话刚到舌尖上，就先听见白远山进来说道："二位，都已经好了。"

韩仲秋应了一声，捻灭烟头，两手尴尬地在桌上拍了几下，因就起身道："你未带走的东西，改日一定奉送。"

沈初云一时想追问被打断的话，却又觉得再去好奇不再是家人的人恐怕冒昧又令人生疑，便只是起身说"谢谢"，接着就先离开了。

韩仲秋看着沈初云自信地迈步先行，忽然感觉心内有什么东西飘走了似的。

婚姻这个事，不管好不好，存在就是牵绊。从前那个家，虽然懒得回去，但他习惯了家里有人等候的感觉。一下子这种感觉消失了，且清楚明白地意识到，在不短的一段时间内再也不会有了，还是会不由自主地打个寒战，有了刹那的孤寂之感。继而就更想纵情畅饮，借由声色去填补失落。

白远山背着手在沈初云身后两步远的地方，陪着转下了楼梯，两人就在大楼门口，交谈了几句。

“沈先生，抱歉得很，我还有一堆的公务，所以……”

沈初云摆摆手，手指冲着玻璃门外头一指，道：“您放心，今儿是丽莎送我来的。工作时间也不该叨扰您太多，改日我一定登门拜访，向王校长和您致谢。”

“太客气了。”白远山伸出手，做个西式的握手礼节。

沈初云伸过手去，微微摇撼两下：“是您客气在先，总是称呼得那样客气，叫我名字也是可以的。”

白远山从善如流地改了口：“那初云小姐，路上小心。日后有什么需要的，尽管开口就是了。”

沈初云起先几步还走得匆匆忙忙，转过街角，不免回头向着楼上眺望。这幢高楼她应当是不会忘记的，走进去那么难，出来却不过是转瞬间的事。

邓丽莎按了一下喇叭，下车替沈初云开了车门。然后自己才坐上驾驶位，正端着笑要说话时，用余光瞥见沈初云泪珠涟涟的样子，不觉吃了一惊。她以为今日是极为高兴的一天，忙问：“不会吧，为什么哭呢？你难道……”

沈初云知道邓丽莎是误会了，连连摇头，强撑着笑容出来表示自己很好。

不多时，韩仲秋手插着口袋，一副不知将往何处去的表情，也站在附近愣愣地向四处探看。目光扫到这边车上来，邓丽莎低头看沈初云还是情绪很激动的样子，应该避免和已经是外人的韩仲秋打什么照面。便发动了车子，绕出一条街才缓缓在路旁停了下来。

沈初云仍有些抽抽搭搭的，慢慢慢慢才止住哭泣，方始回答道："我是哭我未曾拥有过的爱情，哭我年少时对于婚姻的一切幻梦。这本来应该是人生最恣意、最浪漫的年华，却白白虚度了。"说时，又有两行热泪接连滚落，"不过，我还是很高兴的，总算这种折磨到此为止了。"

"对，应该高兴的。一件东西拥有久了，不管好坏，总有些情分在，但不能为了这一点情分就只看脚下的一亩三分地。"邓丽莎耸耸肩，换了一种更欢欣的表情，"预备上哪儿庆祝去？"

沈初云揩了泪，笑着道："不是说了要去找姚太太吗？"

邓丽莎眉头旋即一皱连成直线，咬了咬下唇，思量来思量去，还是决定说实话："今天是你的大日子，早上出门时我也在想这话该不该同你说的。其实……你最好不要对所有事情都抱有很大的期望。"

这话倒是和韩仲秋最后的忠告很相配，沈初云不禁冷笑："今天想要传授我人生道理的人，好像很多哦。"

邓丽莎来回摆着脑袋："你想想，你耗在离婚官司上的时间那么久，在这个过程中《新声报》又没有停刊，其间多少事情要做，姚太太问过你一句话没有？"

"这个我知道。"像是希望的泡沫被戳破了，沈初云的声音变得懒怠起来，眼神也凝重了许多，"甚至我都不敢去和她告假，生怕她回复我说，休息多久都行，不来也行。"

邓丽莎接口道："她的行为恐怕正是在表达此意。"

沈初云心内也是做此猜测，不由得默然颔首良久。愣了半晌，吐出一口长长的哀叹，脸上添了一丝给自己提气的笑意："她可以含糊了事，但是《新声报》是我提出来的，虽然最后办成了此事不是我一个人的功劳，但是我得有始有终。何况，事也有万一的，若是姚太太出于人道，为了照顾我的情绪，我不提她就不打算来打扰我。我倒不好先做小人之想。”

邓丽莎道声“也对”，复将汽车发动起来，前去拜访姚太太。

第29章

过河拆桥

从姚家出来两位老妈子领路，一位带着邓丽莎去后花园找姚家的几位小姐闲坐，一位带着沈初云上三楼主人房。

沈初云轻轻叩了门，叫声：“姚太太。”

“门开着呢，快进来。”姚太太向外一喊，手上忙套了一只新款的翡翠戒指，迎将出来，手往海绒沙发上一招，笑道，“请坐吧，沈先生。”

沈初云欠了欠身才去坐下，同时老妈子照她往常的习惯奉上一杯香片。

姚太太指着自己跟前的那一杯，说道：“托人带来的普洱，我倒忘了说，该让沈先生也尝尝新茶的。”

“这是您的家人细心的关系，把我的口味记得这样清楚。”沈初云礼貌道谢之后，不曾再有太多虚意的客套，而是切入了正题，“我个人的问题已经解决了，现在来向您赔罪，没能说一声儿就撂下《新声报》和妇女促进会的事情。”

姚太太转了两下戒指，端着微笑，声低而意明：“新会长是葛总理家的三少奶奶。”

“润莲啊……”沈初云眨巴两下眼睛，眸光里分明有泪，语声也变得有一丝哑然，“很好。”

这个名叫“润莲”的少奶奶，此前一直是挂名在妇女促进会的，除了一些慈善晚宴，也不怎样出来活动。

选了这样一个人出来做会长，起作用的恐怕就不是会内的意见，而有另一种微妙的关系了。当初韩延荪入阁是内阁总理葛鸿祥一手提携的，又从次长提拔到总长，两人的关系一直是亲密无间的。直到国会议员对葛鸿祥的施政效果有了异议，韩延荪与他渐渐形成了竞争的关系，私底下的往来就变得少了些。

公私分明这种菩萨话，大概极少有人能做到。在韩家焦头烂额的时候，葛鸿祥的儿媳抢下韩延荪花心思大力支持的社团，一定觉得很解气。

姚太太淡定地继续补充：“她也是《新声报》今后的主编。”

沈初云握紧拳头，指节不由得发白了。眼眶内泪珠打了个转，硬是撑着不落，颤巍巍地问道：“那么……我只需要写稿吗？”

姚太太并不急于表态，掀了茶盖慢慢地挑着茶汤，脸上只管笑。等水温可以入口时，啜一口再回味一阵，良久才漫不经心道：“我也有自身的家庭事业要忙，《新声报》那边今后我就不过问了，只会担一份名誉头衔。不过我想，那边自然会向您约稿的。”

报纸创刊之初，姚太太很是大包大揽，只要能办成事，全然不计较需要丢多少钱下去。这同沈初云既要投入又要计划好收支的想法分歧很大。促进会里也有一部分只想加快进程，不想深入讨论将来的人，是赞同姚太太完全主导经济大权的。因此一来，沈初云对于报纸没有参多大的股，那么经营上的发言权也就弱了，最后退到只对内容进行把关的位置，姚太太自然就是大股东了。

现在，她俨然是一副要撇清与《新声报》关系的架势，自然不是管辖权出了什么更迭，全为了推搪沈初云罢了。

连一刻钟的交谈都不到，沈初云就坐不住了，忙起身告别。

姚太太送她下楼，正遇上邓丽莎从花园里过来。姚太太便笑着招呼道："丽莎，你可真是忙。昨儿晚上我和你姚伯伯去你家聚餐，过了十点钟还不见你回来。女孩子要强也不是这样的，就是有车也早点回家的好。何况听说你这一向都是自己开车的，女孩子独来独往的，叫你爸妈怎么安心呢？"

邓丽莎是财政次长的女儿，姚太太自然很乐意接近，只是今日料她是为沈初云而来的，倒不便留下用饭，只在言语上亲昵亲昵罢了。

可是，邓丽莎仿佛不买账："不过十点钟罢了，夜场电影才刚刚开演，歌舞场也才热闹起来。姚伯伯、姚伯母是经营娱乐城的人，居然还有劝人夜里少出来的道理？"

姚太太一愣，之后咯咯大笑起来，晃着手指道："真是厉害人儿哟，不过你驳不倒我的。我挣的可不是你们年轻女孩儿的钱，所以我劝你们年轻女孩儿夜里注意安全是没错的。那么晚，不管是为工作还是为消遣，都要有所克制。太晚睡觉可是于健康不好的事。"

邓丽莎略略一点头，眼神只往沈初云身上瞟。看她有些萎靡的样子，很多事情就无须再问了。

告辞过后，邓丽莎打算陪着沈初云到公园里散心。

车子刚一停下，就有报童拿着新出的晚报跑到车门前，扬着手叫卖："太太，买份报吧。"

事有凑巧，他手里拿的正是《新声报》。

沈初云给了洋钱，接过来一看，顿时脸色如纸。

邓丽莎看她还不跟上来，就走回去问道："什么新闻看得这么入神？给我看看。"说时，便接了过来一瞧。

原来《新声报》已经悄无声息地更换了主编的名字，又用大字特别庆祝妇女促进会选出新一届的会长。一切平静得仿佛从未有过一个叫沈初云的人，更不提她还曾经是新会长的不二人选。

邓丽莎将报纸摔在车上，愤然道："简直是过河拆桥，这个主编应该是……”

倒是沈初云，心内虽然不平，却渐渐醒转过来，忙打断道：“如此看来，只是个头衔罢了。中国的妇女需要的并不是门面，而是实实在在的思想。就算离开了妇女促进会，我也可以继续我的事业。妇女工作并不是只有她们能做，也不该是这些上层妇女点缀阅历的工具。”

邓丽莎看她如此坚韧，也就觉得不忿也枉然，做出些有意义的大事情来，才是最好的回击。便拍着她的肩，笑道：“好，你有这样的魄力，我自然第一个站出来支持你。”

沈初云笑了笑：“不说这些了，我们进去走走。其实，我也没走到穷途末路，这几年的事情做下来，真朋友还是有几个的。尤其你也知道的，我先前就认为加入新闻工作于解放妇女思想有颇多的益处，所以自然格外留意报馆的信息。特别依靠于政府津贴的报馆，自然对我避之不及，不过也有好几家民营报馆都在打听我下一步预备做什么事。我们边走边谈，你替我拿个主意，去跟哪家接触接触比较好。”

两人一路说一路走，绕了中央公园一圈，才将将把话聊个七七八八。

近黄昏时分，下了班的王校长和白远山也相携而来。四人站在来今雨轩门外，互望着笑了起来，早就说起应该在此地庆祝庆祝的，只不过那时一切尚未尘埃落定，先行庆祝恐怕惹人非议。今天也算是得偿所愿，可以大大方方在里头畅饮畅聊一番了。

要说来今雨轩，在北京那可真是响当当的，各界名流尤其是文人雅士，格外喜欢来这儿交流思想。要不是他们四人来得早，恐怕空座都快没有了。

西崽看见沈初云领头进来，一句“大少奶奶”哽在嗓子眼儿里，差点就闹出了事。

一路向里边去时，早前已经落座的客人，纷纷止住话头，冲着沈初云指指点点的。这里的客人以新派人物居多，碰巧和他们中间的哪一个有交情的，也会交谈几句。

包厢里转出个打零工的学生，同引路的西崽说：“里头的包厢都满了，要不领着去外头坐吧。”

西崽心道，从来只见麻烦缠身的人往里头躲的，哪里有肯去外头给人参观的，忙回：“你看准了吗？这时候应该还有空的包厢才对。”

“骗你做什么呢，我又没好处的。”那学生越过西崽直接征求客人的意思，“几位外头坐坐吧，望着风景吃着菜，多好呀！”

沈初云也道外头通风，比坐包厢好多了。

四个人又笑着出来了，叫了一瓶红酒，几样大菜。主角还未出公园大门，但她庆祝自由的情形已经先行传了出去。

第30章

断绝关系

大约夜里九点钟光景，喝了两杯红酒的沈初云走起路来，脚步多少有些趔趄。手才往家里大门一扶，居然就开了。她晃了两下脑袋，感觉有些不对劲，客厅里居然亮着一盏灯。

这不应该呀。

于是乎，无数小说中的意外悲剧都鲜活地跃进了脑海。沈初云想往回跑，可是跑出去找谁呢？就在这进退不得的时候，忽然意识到，她在门口站了小有几分钟了，里头一点声响都没有。若是有贼人在，应该不会是这个样子的。因就大了胆子进去，大不了里头值点钱的东西都给搬空了，那损失也是有限的。毕竟真正值钱的，韩家还未送来呢。

沈初云屏住呼吸侧身入内，客厅的门是开的，放了两挂竹帘子下来，一个略有些佝偻的背影投在窗户上。

沈初云心中一动，转出个念头来，脚步也就加快了，想进去一探究竟。

帘子一挑，坐在里头的不是别人，正是她思念不已又不敢相见，甚至连封信都不敢寄去的父亲。

沈老爷的花白胡子梳得一丝不乱，鼻端一哼声，那胡子就吹开一绺，现出嘴角的纹路来，一道一道，道道都刻着怒意。

“爹……”沈初云一开腔，就有些哽咽，低了头掏出手绢来忙揩了一把泪。

沈老爷一掌拍在桌上：“我没有你这样不忠不孝、不仁不义的女儿！”他心知时候已经不早了，周围四邻的动静都不会很大，所以无论拍桌还是说话，都是极力在克制着的，以免惹人过来看笑话。饶是这样，他的低吼还是传到了户外去。

沈云鹏因家里没有现成的热水，就过来冷老太太这边借。冷宅的老用人正在往青瓷茶壶里装水，被这一声厉喝吓得洒了一点在外头。

冷老太太口里急着想说些什么，望了一眼沈云鹏就收住了。

沈云鹏讪讪然一笑，忙着道谢告辞。三步并作两步赶回去，从院子里就一路劝了起来：“爹，何必呢，为了不懂事的小孩儿再气坏了您的身子。”然后，径直往桌上的空茶杯里添水，又恭恭敬敬地奉上。

沈初云呆呆立着，不知怎样接话才好，半晌才支支吾吾问起：“娘，她……”

沈老爷端着茶杯冷道：“哼，她倒是想来看看你，不过没脸呀，把你教得这样忤逆跋扈，是我们沈家愧对韩家。”

沈云鹏转过脸去小声提醒：“爹已经被你气得几夜都睡不着了。仲秋也是温吞性子，到了下午才同我说，你们居然已经签字离婚了。父亲这才待不住，一定要来一趟了。”这样说尚嫌不够，追了两步过去，直要数落到沈初云脸跟前去，“你也真是胆大包天，我以为我上回同你讲过利弊之后，你总该有所克制的。谁想到你居然这样折腾人家、折腾咱们，还敢一点不跟家里人商量，就去签字。现在后悔都没用了，落个失婚女子的头衔，你也好听哦！”

这一回是无论如何忍不住眼泪了，一股委屈从心底里带出来，翻腾过眼、耳、口、鼻，直涌到头顶去，蹿得沈初云半点招架不住，早丢了白天的坚韧，只管呜呜咽咽，哭到一阵一阵地开始干噎。

沈云鹏先听得心软下来一半，再听一阵又不耐烦地嗔她不经说、不中用，咕咕哝哝地抱怨她只晓得哭，别的都不会。

沈老爷捻须，叹气不止。他忽然想起女儿才四五岁的时候，不给她糖吃就是这么哭的。那时候，作为父亲别提多疼这宝贝疙瘩了，就是要星星要月亮，也认为不是什么难事。

一切恍然如昨日，沈老爷身子往前一倾，刚要有所动作，理智马上制止了他。

不行，这与礼教不合，这是原则大事，比要星星月亮可严重多了，哭得再委屈，也不能动摇半分。

因此一想，脸色旋即沉下来，强迫自己态度尽可能地冷淡，好让女儿有所悔悟："你也别跟我交代那些没用的鬼话了，我来看看你就走。你既然厚颜向韩家要了许多钱，韩家也答应了，我就没脸再从中替你说什么好话了。你的嫁妆给你，你的生死由你。从此以后，别再叫我爹，我要不起你这么大野心的女儿。明天的晨报会登出我拟的启事，往后我们不再姓一个'沈'字。"

断绝关系，终于还是来了。虽然记者早就采访到了沈家的意向，沈云鹏也来过一趟，亲口明确过这个意思，但沈初云始终傻傻地想着，不是说天下没有犟得过子女的父母吗？

可这一次是真的了，实在骗不过自己了。

自由那么小，小到没有多少人支持她走自己的路；自由又那么大，大到迈出一步她就只是自己了。

屋内很静，沈老爷期盼着方才的一番话能使女儿回心转意。听说新式的离婚协议同旧式的和离书还不一样，要办下离婚证才作准，还需要两天时间。

两天足够改变许多事了。

只要她肯低头，那么做父亲的，在韩家人面前低三下四些，也就不觉得受辱了。沈老爷可不管什么新时代，他只知道站立的这片土地，那是老祖宗守下来的，有什么道理不听老祖宗的，反而要去信那些长毛怪物的话？

沈初云没有说话，她走到了这一步也就只有一条路可选了。沈老爷的意思，她做女儿的一猜就知道，必定还要她磕头认错，回去做个好媳妇。这是万万不行的，但要说服沈老爷接受维新思想也是很难的。仿佛只有哭，是唯一可做的事了。

“爹，我都说了，白来！”沈云鹏背着手，长吁短叹地踱来踱去，最后才劝沈老爷早些回去歇着吧。

沈老爷起身，但不出门，只是于沈初云跟前立定，尽力地挺直了腰板，拿出一个父亲的威仪来。

沈初云心里果然有些怕了起来，幸而是到了这份儿上沈老爷才这样强势地出面，要是早几天就来，恐怕她就真的要退缩了。

父权真是个没道理的东西，明知道这样的旧传统不对，但是血液里仿佛是深深刻下了烙印的，总是忍不住地想要去遵从。

跳脱旧秩序，需要的岂止是一点点勇气而已。

三人又是一番无声对峙。

沈老爷见无可转圜，摇了头加紧步子向外走了。

沈初云揩泪的动作一顿，一路追到门口，犹犹豫豫地喊了一声：“爹……”

沈老爷听了，从丹田提上一口气来，站得挺拔且认真，等来的却不是他想要的反省。

“好像快下雨了，路上别耽搁了。我看您好像瘦了些，还是早些回天津吧。我知道北京的亲友对您向来很客气的，但是过多的应酬对身体是无益的。”

沈老爷的背脊无力地一软，颤巍巍地向前走了，头也不回，只是哼哼一句：“放心，我暂时还不敢出来现眼。”

沈云鹏倒是回头瞥了一眼，望着沈初云的眼睛里，写满了孺子不可教。

一路跟到了大门口，不知呆立了多久，天上果然轰隆隆打了一记雷。

沈初云抬眸望着胡同，唯有一排灯影和天空上大团大团的乌云，推挤着将明月完全地遮盖住了。她这才晃晃悠悠地跌回屋里，望了一室的空荡，和桌上那半杯仍冒着热气的茶。端起来握在手里只是看着、想着，思绪很杂，又飘得很远。像个垂垂老者那样，从记事起一路回味到现在。

雨打着窗户，风吹着竹帘，闹腾极了。不过半个小时光景，又安静极了。

细听户外，叽叽咯咯有一阵脚步声，越走越近。

“我说初云丫头啊，今儿这雨势不小，你这屋子要是有哪儿漏了，就同我说。”

沈初云看着裙边弹了几处泥点子的冷老太太挑着帘子站定，便向屋外一望，方才果然是失魂落魄到连大门都忘关了。忙起身搀扶冷老太太进来坐下，又道：“老太太，多谢您惦记着，还亲自来。我这么大个人，这点事儿还是会办的。”

冷老太太笑得和蔼，声音却有些发急：“不是呀，我知道你们这些念过书的女孩儿，都忒乖了。我怕你太要强了，太想让人知道你有本事，就什么都不说，只管自己扛着。其实也无妨的，你已经这么能干了，偶尔一两件事儿扛不住，难道别人还能看不起你？”

在一旁取干净茶杯出来冲茶的沈初云，闻言一怔，她听出来这话里还有话呢。

人生有意思的地方或许就在这里了吧。论理该是一家人同舟共济的事情，却反而只有萍水相逢之人给了她支持。

和沈老爷一样，冷老太太也是那样传统，从头到脚和旧秩序没有半分的不符。唯一不同的是，冷老太太的一颗心是簇新的。

冷老太太看她背影僵着，就拄了拐杖上前。从侧边一望，一张脸红通通的，一双眼雾蒙蒙的。老太太装得什么都没听见的样子，笑呵呵地向她安慰着：“哎哟哟，你看看你看看，急坏了不是，哭成这样。没事儿的，孩子。房子哪儿不好了，咱们就修，照样还是能住。要说我这几间房子，造的时候还是很下本钱的。可是经不住风大雨大呀，该漏还是漏的。你可别笑话我不懂，就我看去，皇帝住的地方……哦不，如今改叫总统了，总之他们的住处那也是常常要修修补补的。房子是这样，家是这样，天下的事儿都这样。”

沈初云猛点了两下头，被冷老太太瘦瘦的一双臂膀环着，脑袋枕住了她单薄的肩膀。没有纵情地哭泣，只是默默淌了两行泪便笑了一笑。

哪里不好就修修吧，想到自己手里的锤子、榔头，可以替千千万万的女子修一个敞亮的大屋子时，小家庭那点儿坎坷，再难放下也该放下了。

第31章

重新出发

次日清早，沈初云穿了崭新的蓝色团花长衫，和一双白缎子绣花的平底两截鞋。两边头发绾了圆髻，额头梳得溜光，优雅而不失干练。

桌上摆了一张名片，上写“《闻京报》新闻主任——钟士宣”，照着上头的地址，沈初云叫了一辆人力车，往三眼井胡同去了。

这位钟士宣两年前刚从日本留洋回来，三十五六岁年纪，通身新派气息，见面便笑道：“密斯沈许久不往咱们报社里来了。”

“因为一些众所周知的事情耽搁了正经事业，从今天起，预备恶补了。”沈初云笑得很放松，不等招呼就在办公桌前坐了下来。她最喜欢钟士宣对她的称呼，向来都是这样叫的，只将她视为极普通的女子，不是先生也不是谁的妻子。

秘书送上两杯咖啡，钟士宣请她品过之后，才说道：“我们社长对于办报的宗旨一直很明确，就是自由！”说时，挺了挺腰板，“女性问题在这个时代是不容忽略的问题之一。为结束几千年的女性压迫史，我辈义不容辞。对于将来在女性议题上要刊载何种言论、何种思想，社长的意思是一切皆可言，绝不一面倒向任何一派。”

沈初云拊掌笑答：“正是知道贵报社向来主张自由，我才会来的。”

钟士宣也就笑了笑，看来大体的意向是明朗的，少不得再往细节处问道："我们预备给密斯沈一个专栏，专门发表女权想法，这也是我们报社从前没有过的。过去对于女权一类的文章向来是有稿才登，有新闻再采，并无固定哪一块是留给这一问题的。其他方面，密斯沈还有什么要求吗？"

沈初云颔了首，两手一摊，表现出不太赞同的意思："对于版面问题，我觉得只需一个小小的方块，又只有我一个发言恐怕还是偏少。"

闻得此言，钟士宣向后一靠，不得不坦白自己的难处："报社也有自己的困难……干这一行的，关注的事情不止一方面，每关注一方面又势必得罪一群人。我们报社还是比较坚持中立的，对于许多政商开出的润笔费、车马费，推掉的比收下的还多，所以资金上一直不宽裕。如果大大地去开辟女性问题的版面，邀请众多的撰稿，就要计较成本以及定价。今天想与密斯沈达成合作，争取每天能有一篇文章，我们也是下了一定决心的。退一步来讲，就算版面加大，你一个人忙得过来吗？"

沈初云没有为这僵局感到为难，反而心头一喜，脸上就带了笑意出来："那么我们可否调整合作方式呢？"

"哦？"看这样子便知她是有备而来，钟士宣忙靠上前，像个学生似的两手摆在桌上，笑道，"愿闻其详。"

"我入一小部分的股，撰稿和其他人手我来负责。我们也不同《闻京报》抢大规模的版面，我虽然主张社会关注妇女问题，但也晓得国家正是内忧外患之时，新闻也当有个主次。民族不自立，女子更难自立。《闻京报》之所以这样受读者欢迎，不正是因为读者信赖贵报的信息畅通，对于大事又敢揭露真相吗？在这一层面来说，我也不愿你们为难。就在《闻京报》旗下另辟一份报纸，内容上我来把握，印刷环节全仰仗你们，经营方面自然也是要向你们这些前辈取经的，但笼络人才和日常开支以我为主。每月先发行两期试试，再慢慢地做成一月三期，将来总有机会去挑战每日发行。从女性问题讲起，未来呢，最终是要做成一个女性对社会各热点都发声的平台，而非仅限于为自己的权益发声。”沈初云一口气说了许多，直到看见钟士宣眼中也泛出笑意，才安心地抿了一口咖啡。

钟士宣则佩服得当即改口称呼她“先生”，起身抱了一下拳，道：“果然是志向非凡，奇女子也！先生的最终梦想，也是平等之终生事业。”

沈初云忙也起来，连说不敢当，又道：“既然这件事还能往下去谈，那我今天就不久留了。钟主任也先和苏社长把我的话说一说，我呢，也要回去想想具体的章程。过两天，我们约个时间谈。我有一位好搭档很乐意加入其中，下次就一起见见吧。相信你和苏社长，也会非常欢迎的。”

“那是自然的，我们本就非常欢迎密斯沈，现下密斯沈又要贡献新人才，那我们可不得加倍地欢迎了吗？”

两人说笑着，走到门外，钟士宣灵光一现，仰头哈哈一笑：“我忽然觉得我恐怕能猜到那位新成员的身份。我也不急着向你问明白，不然就没意思了。等下次再见面，看我的直觉准不准吧。”

沈初云因就摇了头笑道：“糟糕，看来我果然不是个擅长制造悬念的人。幸而你没有说要和我打赌，不然我是必输无疑了。”

“对啊，我居然忘了这一层。不然，我兴许还能赢两颗糖回去哄孩子呢。”说时，钟士宣一拍脑袋，两人都更乐了。

贺忆安的照相馆内，气氛却有些尴尬。

柴俊生念念有词地数着手里的钞票，凑成百数就叠齐了单放在一边。之前他让贺忆安洗了照片分别寄给韩、沈两家和戏班，谁知道去了一趟沈初云家，回到照相馆，却说底片不小心弄坏了。那时候柴俊生就气得跳脚，恨不得立刻拿回自己投入的资金，只是为其他方面的利益，当时没有说得很绝。

事后，他又与一班朋友谈成了合作，要组织一个文化社，做一些摄影方面的交流。面上叫得好听，实际上正是要实行他跟贺忆安提起过的侦探生意。于是，顺水推舟地提出文化社缺资金，不得已要退了这边的股份。

贺忆安也正觉得不是一路人，难保将来不为经营之事翻脸，闹得朋友都做不成。但因暂时还没把照相馆的成本收回来，东拼西凑了好几天，才勉强对上了数目。

柴俊生数完了票子，果然一分钱不少，就笑着道起了谢："按说家父的花露水能顺利推出，也是仰仗了令伯父批准的那笔小额贷款。我们又是朋友，我不该这个时候……"

贺忆安举着酒杯打断了他的话："你既然觅到了一门好生意，我又怎能挡你的财路呢？况且你这个朋友已经很上路了，头一个先让我入股，是我不愿意的，又怎么能怪你呢？"说时，碰了碰柴俊生跟前的酒杯，"这里我先预祝你生意兴隆。"

柴俊生高高兴兴地拿起杯子一饮而尽，心情大好之下，话也多了起来："对了，那个小老乡……哦不，韩家的那位少奶奶恐怕是受了咱们的冤枉，我看她并不是个不念旧情的人，说要帮我们家的工厂打开北方市场呢。"

"她？"贺忆安一口酒差点没喷出来，满眼写着愕然。

"对，就是她。"柴俊生忽然一本正经地看定了贺忆安，"所以你以后可别散布那些不着调的话了。当初她陪着父亲来北京，只是碰巧在会馆里见了咱们一面，之后也是我们主动帮她找住处的，大家都是同乡之谊，不该做许多曲解。"

贺忆安冷着脸哼气："一直都是你拿着大喇叭在喊，我可一点不想让人知道我也有马失前蹄、识人不清的时候。"

柴俊生脸上讪讪的，假装听不懂的样子，只管做着他的梦："我现在的想法是，新产品刚上市，收了市场的反馈兴许还要改良改良的。我就先在北京干着自己的事情，等厂里一切稳定了，我这边兴许也就能把宣传费给挣出来了。再要认识个有头有脸的人物，就连销货的渠道也都不成问题了。”

贺忆安哪里有兴趣听他说这些，依旧还是要问到老地方去：“不过你们两个，是几时又搭上的关系？”

柴俊生便说道：“是她主动打电话给我的，说一直没忘了我从前说过，我父亲把半辈子挣的钱都用来开发花露水了。她说大家都是客居，理当互相照应，加上我家老爷子的魄力很让人钦佩，就让我把没上市的产品都拿一些给她，让她替我打听打听行市。”

“她怎么忽然这样好心起来？”贺忆安摸着下巴，陷入了沉思。

这方面柴俊生没有怀疑过，因为他觉得向兰已然做了金凤凰，要风得风要雨得雨，是无论如何不会在他身上图谋什么的。因就帮着寻了一个似乎很合理的借口：“我想……大概是簪缨之家不好混吧，一个人孤身在外，也难免会想家呀。这年头讲究社交公开，她多一位要好的老乡总没坏处。就算没这么简单也不要紧，横竖我是不能够吃亏的。像我这样的家庭出身，在北京而言不算什么，除了有几个钱，简直一无是处了。哦，对了，我跟四少奶奶也说了我个人的新生意，她说也想见见我们社里的人，讨教讨教文墨，她好像对于传播学很感兴趣。这些少奶奶还真是有闲工夫，什么新鲜就学什么。”说时，便是一笑。

贺忆安转了转眼珠，觉得事情大概不简单。沈初云忽然消失在了新闻界，而向兰又要学什么传播学，哪有如此凑巧的事情呢？

第32章

新代言人

这日，风清云朗，第四女中的礼堂布置一新，门口悬着彩绸，几个女学生对每位到来的访客都鞠躬以示感谢。

原来这是一场义卖会，展出的都是学生的画作、手工品等。为的是筹集一笔资金，在校内空地上盖几间独立的美术教室。

梁绣珍穿了一件雪青绸衫，项上挂着一串珠圈，直垂到胸前。挺着身子，踏着高跟鞋，咚咚咚直奔目标而去，伸出一只右手，笑着招呼道："这不是鼎鼎大名的王校长嘛。"

王校长起初背对着门口，听口吻就觉此人仿佛略有挑衅之意，回头见来人是她，心里就有数了。忙也伸手回礼，端的是客气有理："二少奶奶，感谢您的热心参与。"

梁绣珍朗声一笑："我也是代表家里来的，公益活动哪次少得了我们韩家人呢？"

有心人一听便都能明白，韩家在长子的离婚案件上受制颇多，只得快刀斩乱麻地迅速和解。现在一切尘埃落定，该是在社交场合上重振威望的时候了。首先，就要将沈初云以往的成绩，暗暗地归功于家风之上，然后再推出一位新的代言人，来稳住韩家的名声。

梁绣珍看着王校长只管从容淡笑，自然地邀请她去各处参观。可是今日来，梁绣珍不甘心只做个乖巧的表演者。她倒要看看，沈初云的这些友情，到底有多坚固。因就慢慢随着王校长先行，待到走到人稀处，才哧的一声冷笑，讥诮道：“王校长最近好像很忙的样子，不光是学校忙、家里忙，听说还为了朋友东奔西走的。”

“作为朋友，这些都是应该的。”王校长并不觉得当着韩家二少奶奶的面有什么难以启齿之处，但同时也不认为需要向她交代更多，只是有一说一罢了。

梁绣珍瞧瞧周围没什么人，这才倾着身子，几乎是贴到王校长耳边，阴阳怪气地说着：“你看，这力所能及的忙，帮帮也是无所谓的。可是牵涉到你自身，或者索性拖累到你，就不划算了。”

“何为拖累？我不是很懂。”王校长心中冷冷一笑，往旁边退开一步，立场就显得很分明了。

梁绣珍尴尬地站直了身子，为挽回颜面，故意不屑地往后一仰，表示自己也并不想和王校长亲近起来，口中不免言辞轻浮：“办学没有足够的资金本是极小的一件事，只要王校长够聪明，你们第四女中完全不用再为这个发愁，犯不着让这些娇小姐辛辛苦苦卖艺似的挣钱。”

王校长脚步一挪，正对着她，严肃地申明道：“我们办学是没有问题的，几位校董都是常年在海外做生意的爱国人士。这次的募捐并不是学校方面资金短缺，而是……”

“是我们几个学美术的学生想要有几间单独的画室，但这样的教室，并不是对每个学生都有用处。我们不想给校长和老师增加负担，想靠自己的双手得偿所愿，岂不更好嘛。”

一个年轻女声从一幅双面绣的展品后传来。原来这双面绣朝南背北地站着，恰做了屏风之用，又正好能展示其风貌。往南都是西洋风格作品，往北是传统的中国美学作品。

梁绣珍的话也是因探看过周围没有人才敢讲出来的，如今被人听去了，脸上自然有些窘迫。

只见一个剪短发的女学生从画作后头转出来，不卑不亢地笑向梁绣珍说道："我们学生受沈先生启发良多，想效仿她说的和她做的，想要什么就大胆去争取，不要相信什么女子本弱的荒谬言论。"说时，眼睛一横，转过身又换上笑脸，兴奋地向王校长汇报成绩，"校长，或许我们真的要成功了呢！"

王校长努力克制着脸上的笑意，故意答道："那得恭喜你们了，还未走上社会就能依靠自己的努力挣来想要的生活。"

梁绣珍却有些气急败坏了，眉毛一挑，很想要继续嘲弄："看来我们家这位前大少奶奶……"

那女学生忙剪住话头，高声驳道："沈先生就是沈先生，不是谁家的女儿、媳妇，她是中国女子的大先生。"

这样一顶高帽给沈初云戴上，分明是要梁绣珍下不来台。要按她平日的脾气是非要争一口气不可的，但这里是女校，几乎所有学生都是沈初云的支持者。加上这些小孩子是初生牛犊不怕虎，中西学问都做过，伶牙俐齿得很。梁绣珍倒不敢在这些人跟前要强，只好趁着没有更多人听见，气鼓鼓地走开了。

师生二人合力挤对走了一个秉持男权思想的陈腐女人，本是很值得高兴的事，可王校长一想起梁绣珍的为人和家庭，就忧心地劝道："盼晴啊，你还小，将来会明白的，并不是每个道理都需要时时挂在嘴边，也并不是每句小人之言都要当即驳回，凡事……"

"如果道理不需要时时挂在嘴边，那就意味着，社会的主流思潮是站在道理一边的；如果小人之言不需要当即驳回，那就意味着，社会上的人大多数是君子。我以为现在的社会还不到这样的境界，所以仍需有人大胆直言。"

王校长看着眼前这张稚嫩而坚毅的脸，心头一阵欣慰。她想起不久前，沈初云也是在这礼堂里发表演讲，孟盼晴那时摇着一份报纸，激动得几乎迸出热泪来。

或者年轻人就该这样才对，如果这个年纪就过早懂得了世故，将来又怎敢依靠她们继续女子自强的事业呢?

想罢，王校长一点头，讪讪然地说道：“是我懦弱了些，刚才我说的，你大可忘了。以后想说什么就说吧，你才是对的那个。我总盼着，一代人比一代人更勇敢才好呀！”

孟盼晴得了赞许，严肃的脸庞马上展开含羞的笑意来，摇了王校长的手，乖巧道：“校长，您也很坚强的，您帮沈先生做的事情比我勇敢多了。您是怕我受伤害才有顾虑，并不是真的要教我去逃避。”

另一边，梁绣珍受了一肚子气，也没心情做什么戏了，随便买了一件看得过眼的手工品，扔下几十块钱就匆匆上车了。

车窗外传来一个得意的笑声：“怎么样，吃瘪了吧？”

梁绣珍恨恨地咬着下唇抬头向外去看，竟是她的死对头韩燕琴。听这口气绝非善意，再联系一下方才那个不知天高地厚的黄毛丫头是躲在双面绣后头的，不由得去猜，难道韩燕琴当时也在场?

这一想可了不得，心脏一下追着一下跳得飞快。要是还有更多的人也在暗处听见了，今天的事可怎么回去向二老交代呢?

韩燕琴挑挑眉，趾高气扬地靠在车窗边，懒懒低下头来，小声挑衅道：“不要总是拿家里那套小伎俩来应付外头的事，我们韩家要是只能靠你来维护名誉，那也真是到了黔驴技穷之境地了。你就不能好好学学，从前大嫂是怎样和气待人，又是怎样赢得这许多人心的？你能比照着做到五成像，也是阿弥陀佛了。不要以为女学生、女明星都是女的，就可以用同一套法子去贬低人家。读了书的女子并不惧怕你的诬蔑，反而会驳得你颜面扫地。”又脸带同情地拍了拍她的胳膊，“吃一堑长一智吧，谁让你是韩家的媳妇呢，不然……”说时，唇角轻蔑一笑，就准备要走。

后话虽然不曾说出口，但看那鄙夷的神色，却比说出口更叫梁绣珍难堪。再者，忽然提到女明星，又是极惹人联想的话。

梁绣珍急了，半个身子从车内蹿出来，一把拉住她，急红了一张脸，忙问道："什么意思你？"

韩燕琴也不忙着挣脱，悠悠闲闲往后退了一步，来回打量她这狗急跳墙样，挺了挺眉心，笑声更是止不住了："没什么，只是替一位被迫卸下光环的女明星感到可惜罢了。"说时，脸色又迅速地一凝，上前两步，反手紧抓住梁绣珍胳膊，咬牙恨道，"同时也想对你说明，家里的人不是只有你聪明，所以请你不要处处要聪明。否则……总有一天你会栽在你的聪明上，你栽你的跟头不要紧，不要连累家人，知道吗？！"

上次梁绣珍在韩太太面前故意做戏的事，韩燕琴可记得牢呢，只等有个什么机会，也给梁绣珍一点颜色看看。

"你……"梁绣珍本意很想弄清楚，韩燕琴哪里来的通天本事能知道这么秘密的事情。更想知道，自己设计弄臭香雪儿名声一事，是只有韩燕琴知道呢，还是其他人也知道了。

如果是这样的话，那么韩仲平岂不也……

韩燕琴很快就从眼神里猜到了她的想法，倒也不要着她玩了，换了一张笑脸，说了几句宽慰的话："莫说这事儿二哥还不知道，就算知道了又怎样？二嫂这样聪明的人，是不怕二哥挟制的。怕只怕夫妻不只离心，还离人呢。要不然，你还是多学学大嫂，看要怎样在最坏的情况下依然保住自己的尊严。"说罢，用劲一抽手，得意地扬长而去。

梁绣珍被她这样猛然一挣，差点就要跌出车外去。往回钻时，又因发髻梳得过于复杂磕着了车窗，反而仪态尽失了。

第33章

筹备会议

是日，天光正好，沈初云一只手携了邓丽莎，另一只手捧了一沓资料，走进闻京报社的会议室。

“看看，我猜得一点儿没错吧，果然是请来了密斯邓。”钟士宣因早前就猜着了，向社长苏振青笑着一拊掌。

两人一同迎上前，一人招呼一位，摇撼着手连说：“欢迎得很啊！”

沈初云笑着对苏振青欠了欠身，道：“苏伯伯，好久不见。不过，今天我该称呼您苏社长才对。”

邓丽莎对这二位新闻界的前辈，耳闻多过眼见，因此只是笑笑地站着，听他们三人寒暄罢了。

苏振青年近六旬，人虽高大但背微弓，身材微胖，鼻梁上架着一副老花镜。头一回见沈初云时，她还不过是襁褓中的婴孩。因此一见着她，脸上就自然带着三分长辈的慈爱，招呼道：“来，坐下吧，我们一起来听听二位女先生的宏图大志。”

“不敢当。”沈初云笑着先给邓丽莎让了座，然后各自坐定，翻出了纸和笔。等大家都进入了会议状态，她才道，“我有个想法，新报纸一律用白话文。”

“白话文？”钟士宣笔下一顿，抬眸朝苏振青望了一眼，只见他淡笑着微微颔首，并不接嘴，因就也不急于发表任何想法。

沈初云点了一下头，继续说下去："这几日我跑了许多大学的图书馆，找出一些早年的资料来看。我发现原来这个白话文办报的事儿，林白水前辈已经在杭州实践过了。这个不光早于胡适先生的《文学改良刍议》，甚至比陈独秀先生在芜湖创立的《安徽俗话报》还要抢先呢。"说时，从带来的厚厚一沓资料中取了最上头的一份出来，手指往画了红圈的部分敲了两下，"我这里有一份各地女子放足会的概述。从统计的结果来看，杭州成立的第一个放足会，正是受了林先生主笔的那份《杭州白话报》的影响。"

邓丽莎见两位领导均是一阵沉默，忙也补充道："我们是这样想的，我们两人都不是什么国文高手，不敢厚颜去评判文言文与白话文的高低。只是，就我们现在想做的妇女事业来看，吸引新知识女性的关注固然重要，但也应该快速地融入农村妇女当中去。这些女子家境极度贫寒，温饱都成问题，又怎样去懂文言文呢？那些受了教育的女子，本就知道些对错。学校和社会上也都有妇女组织，能有效地引导她们接受进步思想。可是，如果我们不重视向文化程度几近于无的女子传播新思想的话，那么我们的女性群体中，就始终有一个庞大的人群，会一直陷在封建旋涡里，到死都无法改变自己的命运。"

钟士宣与苏振青略略用眼神沟通过后，正色提醒道："不瞒你们说，我们《闻京报》是主张包容一切新想法的，所以不光是提倡白话文的文章我们发了不少，甚至也开始尝试用白话文发一些新闻社评之类的。但如今有个怪象，好似大众都认为每个支持白话文的人，就是想把文言文驱逐出去。可能新事物的产生，总是要经过这样一个打嘴仗的过程。像我们这样两边论点都接受的报社，往往是同时被两边都埋怨，将来你们受到的非议，可能会更大。关于这一点，你们要有充分的心理准备。"

苏振青则言简意赅地表示了支持："士宣是在提醒你们工作中可

能遇到的质疑，但就道理来说，我认为你们的理论是完全正确的。”

钟士宣也端着淡笑补充：“是啊，不要以为我是不同意。只是做事情不光要鼓劲儿，还得适当地泼冷水。自己人来动这个手，总好过你们的一腔热情去遇上外头的风霜雨雪。且这个白话文运动也不是完全举步维艰的，我们最近几篇白话文的报道，在普通百姓中的反响还是很不错的。正如你们考虑的那样，不光是底层妇女，底层的男男女女、老老少少恐怕都被文言文拦在了资讯之外，从而失去了挣脱旧牢笼的机会。你们要是全盘用起白话文来，那也是抢了许多人的先。”

原来是欲扬先抑，方才钟士宣头几句话一说出来，沈初云还不免揪心，这下大可拍拍胸口稳定心神，一脸轻松而调皮地吐吐舌头，笑道：“赶早不如赶巧嘛。”

三人皆跟着一笑。

这回，轮到邓丽莎提出观点了：“还有就是关于报社进项这一部分，我是无意依附任何一位达官显贵或民间资本的援助。我希望能完全地实现财政独立，继而才能有思想独立。”

钟士宣静默了，苏振青长长一叹，眉毛纠结在一处，抬手搓弄着口鼻，好似遭遇了很大的困难一般，喟然叹道：“这一点是新闻界一大难题啊！这一行对于中国来说还是新鲜的，并没有太多的实践经验。若按西方理论说，记者应当公允中立，可是一些实际的客观条件，决定了我们国家的记者实在达不到这一点。虽然有‘记者’这么个好听的名字，但还是更像个兼职的文员。酬劳太低，无可免俗地要收些润笔费维持生计。提起生存这一课题来，我们的良知也不得不迂回迂回。能始终秉持只收占理一方的润笔费，就堪称精神独立了。”

三人听了皆怅然半晌，还是沈初云先打破沉默，柔声细语里带了几分激昂的雄心：“所以我们才要生财嘛。我看，挪三四成的版面出来，给个人或团体做一些正面的商业宣传，适当收些费用，也是很不错的。”然后，就忙着将她精心挑选出来做榜样的几份报一一摊开。

一旁的邓丽莎则替她进行演说："既然要兼顾多层面的女性，那么为那些生活相对富足的女士提供些电影、音乐会之类的信息，不也很便民嘛。还能趁此增加收益，我觉得这主意是可行的。"说到此，邓丽莎仰了头，拿着自来水笔在半空一面比画，一面做着新畅想，"对了，我又有个点子。我们既然是新报纸，自然没法一下子就有许多的读者，不如这样子办，我们多多地同京、津两地的学堂合作，刊载一些学生信息。譬如一些异乡来求学的，手头若是紧巴巴的，就需要找一份工作来维持学费。我们不预收他们的钱，只把他们的专长描绘一番，出刊的时候专程送到工厂主的手里，看有没有人会主动联系一些零工给他们做。如果有成功的，我们再适当抽一小部分的广告费用。这学生的口碑向来是必争之地，一旦能受到他们的欢迎，有利于我们打开局面。当然啦，这只是我偶尔蹦出的灵感，一个大概的框架而已，具体细节还可以慢慢讨论。"

钟士宣脸上笑意渐深，忙鼓起掌来："这主意好，我们在文笔上多下些功夫，做到既像是在介绍学生风貌，又像个可选人才的平台，不就两全其美了嘛。"

沈初云也赞同地点着头，然后望向苏振青道："社长，我相信慢慢地实践改良之后，各大高校都会全力支持我们的。"

钟士宣手托着下巴，一路畅想下去："做得好还能拓展开去，兴许有的公司会在我们这里登启事，招聘职员呢。"

"年轻人脑子就是转得快。"苏振青朗声一笑，直到记完最后一笔，才抬起头感慨，"今天和我预想的商谈气氛相差很远啊，我还以为你二位初出茅庐难免过于理想，兴许只是发表一番慷慨激昂的演讲，却不想已经做了这么深的功课。"

沈初云、邓丽莎二人对视一笑，同声谦虚道："社长谬赞了。"

苏振青低了头，拿眼飞快地回顾了一遍会议要点，将目光锁定在最后一行字，不由得拍桌叫好："为报纸开源这一点最合我心，一定要努力做好，省得沦为一些表演家镀金的工具。”

最后一句，听来有感而发不说，还藏着些怒意。沈初云心头一揪，侧目望着同样眼神沉重的邓丽莎。二人皆想到了同一件事，因就同时拿眼去睃着苏振青，意欲抓住些许的蛛丝马迹。

不想苏振青坦然一笑，问道：“看着我做什么？你们两个应当比我感受更深才是。”

沈初云登时便觉惶惶不安，身子紧张地一绷，手撑了桌子，很郑重地想要起身说话。

身旁的邓丽莎眼疾手快将人一拉，然后竖起本子来一晃，示意她会议还不算完，另有些小细节需要商议。

沈初云方忍住已到嘴边的话，神思缥缈地继续商议一些琐事，比如办公地点就安排在沈初云家中，省得三眼井胡同这边还要腾地方出来。又根据《闻京报》的发报条例，大致议定了办事章程。

谈过之后，苏振青将手表拉远了一瞧，说半个小时后还要出门专访，不能奉陪。

第34章

于心不忍

沈初云忙趁着钟士宣尚在整理东西，悄悄跟出屋外喊住人，道：“苏伯伯，冒昧借用您两分钟。我能以私人立场问您一句话吗？”

苏振青又抬起手臂看了一次时间，沈初云从他这个动作看出，果然是有相当重要的事情待办。而苏振青更是早早料到被叫住的理由，急忙开门见山起来：“妇女促进会选举时的内部默契，以及《新声报》不说一个理由就撤换主编的事情，并不是我一个人存了疑。‘民主’这个词是先从报界传出去的，如今报界不民主，我不能袖手旁观。”

此言一出，沈初云是真说不上任何后话了。既是多数同人都有了疑心，和苏振青一个人谈又有多少意义呢？

这回反是苏振青叫住讪讪转身的沈初云：“孩子，我能以私人立场问你一句，你好奇我是否在跟进这件事情的原因，是害怕得罪这班人的靠山吗？”

“不是。”沈初云扭过身子，否定得很彻底，“我若是害怕得罪人，又为什么不惜众叛亲离也要离婚呢？我只是以为，妇女组织是个新新事物，站住脚才没多久，受不起许多的质疑。只要有人抓到一点点的把柄，黑暗中那些阻挠女子进步的小人立刻就会落井下石的。”

苏振青眼中先是露出一个理解的笑容，随后立马敛住，板着脸严肃道："如果你是这样偏袒于女子的，那么你仿佛不适合办报。"

作为私人关系的交谈，苏振青在词句拿捏上可谓是相当直接了。他以为女子在这个世道选择任何一行都会有诸多困难，尤其是嘴仗最多的新闻业，一不小心就要被行业内外许多人冷嘲热讽，不如自己这个做长辈的先试验试验她。

猛然听到长辈兼前辈如此说话，沈初云脸上有了一阵的窘迫，低眸思忖了良久，摇头否认道："私心是谁也不可避免的，就如同方才您在会议室里，将记者靠润笔费养家一事说得非常之合理，但其实这里头也滋生了许多的问题呀。我的言语思想的确避免不了偏向女性，但我以为新闻界偏向男性观点的实在不是少数了，有我这样偏袒女性的，难道不是刚好中和了吗？"

苏振青对于她思路清晰地坚定自己的立场颇有几分满意，笑笑将话题拐了回来："好的，这个事儿我也有孟浪失言之处。但是《新声报》的问题，既然我们各有立场，不如将来笔下见分晓，怎样？"

恰有一阵风起，吹落一片过早枯黄的梧桐叶，也吹得沈初云心头乱乱的。她无奈地摊手苦笑道："牵涉众多，您应该能料到，如果《新声报》被人质疑，我是不便说任何话的。"

《新声报》那是她心头的一块肉，像是她的孩子，她为此耗费的时间可远胜于十月怀胎。忽然听说有人要公开对《新声报》发难，想到这些质疑甚至很有可能摧垮其公信度，甚至让这份凝聚了许多人心血的报纸草草收场，沈初云内心难以平静。

真心也好，做戏也罢，妇女促进会的存在，整体上是值得肯定的。而且这样一个数百人的组织，除却虚荣心作祟的上层，更多的成员是信念坚定且初衷单纯的。不能因为几个人之过，就将一个整体全盘否定。

而依照以往丑闻曝光后民众的反应来说，有很多人在评判他人时，常用的标准就是非黑即白，有一点错就是全局的错，有一件事的疏忽，此人就全不可取。沈初云无论如何都不想曾经的战友卷入复杂的声讨浪潮中去。

苏振青便提点她道："其实你的选择并不单一，可以为了维护女权组织不受抨击，站出来力挺新主编；也可以从一个记者的角度，揭示其中的不公。或者再犀利一些，你分明是受害者嘛！你方才向我提到记者的立身之道，我不否认你虽言辞犀利但字字属实。甚至我都不敢说我的每一项收入都正大光明、毫无私心。所以，我真诚地欢迎一切质疑新闻界的声音。我希望质疑的压力能逼迫我们开辟出一条光明的道路，就如你在会议上和密斯邓的妙语连珠，再配合上实干经验，我相信你们会让新闻界记住你们的聪明才智。至于你，是该好好地想想，对于你热爱的女权事业，是维持表面的绝对正确，还是坚持内在的进步精神。我记得你在《新声报》创刊第一期上的文章中，曾经指出过：所有人包括女子在追求进步之道路上，应当有勇气承认自己的不足，并加以更正。"

沈初云手掌往额头上一拍，无奈地将头一摇："看来，我是不小心说出一句很能难住人的话了，这不就难住了自己？的确……需要勇气，莫大的勇气啊！"然后，便不安地来回搓手。

苏振青反而笑得更大声了："这就算是你正式进入这一行的第一个考题吧。"言罢，挥袖而去。

沈初云面色复杂，她能体味到苏振青的好意。每个行业都有不易之处，尤其是各行各业都少见女子出来谋生的，其间所受磨难只会多不会少。苏振青的刁难，反而是一种保护，让她有足够的时间，提前去考虑将要涌来的质疑浪潮。

万事想起来容易，说起来也不难，但是要怎样付之于行动呢？

不如化繁为简，顺其自然吧。先把手头上的工作做好，未雨绸缪的事虽然要做，但不该矫枉过正。

之后不几天里，果然接二连三有报纸杂志跟进妇女促进会及《新声报》的问题。

从篇幅来看，讨论《新声报》更换主编之傲慢及不透明的报道仿佛更多一些。这也不难猜，毕竟算是同行业。难免有人会想，用人如此草率，若将来有效仿此举的，那么自己手里头的饭碗可不是随时都会因为得罪人而被砸掉了吗？

贺忆安格外关注这些报道，旁观了沈初云这场轰轰烈烈的离婚官司，他的内心俨然有成了沈先生追随者的意思。

除此之外，贺忆安还多了一层好奇。

当初沈初云偷拍韩仲秋的照片，究竟是不了了之了，还是成功地换到了巨额赡养费？若是后者，那么数额究竟有多大呢？这些问题，当时双方并没有做过公开的说明。

而沈初云则忙着自己的事情，一旦有记者堵上门来问，也只是回避问题。

日子过得很快，一个月时间，沈初云在砖塔胡同的住处又变换了新的模样。

除了沈初云任总编，邓丽莎任主笔，还请了一位初出社会的大学生，名字很有意思，叫唐宋，性子活泼、做事麻利。另有一位负责财务及琐事的大姐，姓李叫春芳，不过大家都管她叫李大姐。三十五岁上下，有些矮胖，国文很好。她丈夫从前曾在学校教书，因参与了“五四”，被判了两年。需要营救的进步教师和学生有很多，但又未必人人都能得到贵人搭救。李大姐本来是在家安心教育三个孩子的，现在没有了经济来源，就不得不出来谋事了。

新报纸定名为《良言》，沈初云依然坚持认为，当初办《新声报》的初衷是对的，因此在定位上很有与之打擂台的意思。但是沈初云内心并不想叫板，她创造了《新声报》，就不会去伤害它，二者能和平共存、共同壮大，才是她最乐见的。

第35章

上门挑衅

这日秋高气爽，梁绣珍同几位女朋友去公园晃了一圈回来。一进门就听见有人在廊上喊她：“哟，这不是二少奶奶嘛。”

梁绣珍循声去看，见是翠姨背着外客厅的门而立，便迎上去笑问：“三姨娘，这是要上哪儿去？”

“透透气。”翠姨拿帕子扇了扇风，冲着客厅一顿挤眉弄眼，低声道，“总理府上的三少奶奶在呢。”

梁绣珍不免诧异：“她忽然跑我们家干什么来了？父亲近来和总理不是……”

翠姨知道后头的话，怕里头人耳朵尖，忙拉了她往外走了几步，才提醒道：“你难道忘记了，沈初云办的新报纸今天发行第一期呀！”

梁绣珍鼻端直哼冷气，一脸的鄙夷：“这倒奇了，这不是她们这些搞女权的在唱对台戏嘛，徐润莲应该避着我们这些看戏的才对呀。”

翠姨扑哧一笑，拿手肘耸着她的胳膊，挑了眉问道：“只要脸皮够厚，咱们家难道就不是戏台子了？”

照着这话一想，或许徐润莲今天是来炫耀，韩延荪为了赢得民间的支持，极力推崇的妇女促进会，最后被她捡了个大便宜去。又或者她想看看，韩家对于前儿媳这份高调的新事业是否看得过眼。若果真韩家是看不下去的，也许徐润莲还想借力使力地给沈初云下绊子。既除掉了竞争对手，又能不伤一点名誉。

如果是这样的话，可绝不能掉入徐润莲的算计中去。

“以不变应万变吧。”梁绣珍一面沉吟，一面靠了朱红的柱子坐下来，沉沉地想了许久，考虑周全了才道，“沈初云这人，三姨娘相处得比我还久呢。你应该也清楚的，她无端端地总不会在第一期报纸上给我们家一个下不来吧。我们又何苦做什么小人姿态，白白再惹闲话呢？不管这徐润莲说什么、做什么，她自己登在头条上的那些麻烦，跟我们是丝毫没有关系的。因此，我以为我们决计不要去顺她的意才好。”

翠姨重重地点了点头，深以为然：“是啊，我虽然算得着徐润莲的小心思，可也有一点实在想不通。她怎么就那么自信，自己一定是看戏的人呢？这沈初云嫁妆拿去了，两万块的赡养费也有了，她又不把仲秋看在眼里，跟咱们家总算无冤无仇了吧。就算给她穿了几回小鞋，那落井下石的人多着呢。哪怕沈初云是那种有仇必报的性子，未必就只恨我们呀。倒是她徐润莲，抢下的会长和主编两个位置，才是沈初云最在乎的呢。”

梁绣珍先也一笑，笑徐润莲这人没算计，尾巴翘得太高也太快。随即一琢磨，马上敛了神情，指正道：“三姨娘，你有一句话说得很不妥。我们几时给过沈初云小鞋穿了？就算是和亲家多通了几个电话，那双方长辈都有知情权的呀。难道沈初云还要把自己违反娘家家规的账，算到我们头上？那我可不依，咱们家也太好欺负了，什么黑锅都往咱们身上推。”

“对对对，我的错。”翠姨笑笑拉了她起来，“好了，咱们贫个什么呀，进去招呼客人吧。”

只听外客厅那头，不管真假，总之是笑声不断的。

梁绣珍也就一路招呼着进去问好。韩黛琴见翠姨总算回来了，就急着要让出座位来。她这个代打可不太高明，才一小会儿就输了二十番。

翠姨倒以为不是大事，反而恭维起上首的梅姨娘来了：“我们这五小姐真真是个读书人，吃喝玩乐的事儿少有学得会的。”

听着是好话，回味过来却有些怪怪的，打牌不说简单，到底也不算是极难学的事。梅姨娘便以为这是说韩黛琴是书呆子，不禁冷笑一声：“没办法，心思都用到了钢琴上，离了琴谱可不就是个傻子。”说时，往翠姨身上冷冷一瞟，好似在说，总比离了吃喝玩乐就是傻子的人好。

这回，翠姨真有些冤枉，有客人在这里，她的意思自然就只有字面上那么简单。奈何两人针锋相对惯了，怨不得梅姨娘会多想。

梁绣珍挨了翠姨坐下，有意无意地捅了捅她的腰，示意她别当着外人的面闹笑话。翠姨会意，拿眼望了望低头看牌的韩太太，见她没有露出不满之色来，也就算了。

坐在翠姨下首的徐润莲，穿着鸭蛋绿的短衣，套着飞云闪光纱的长坎肩。一双丹凤眼早把一桌人都看得透透的，只是不作声罢了。

梁绣珍见了，忙往各人跟前一瞧，就笑笑将话题扯开去：“要说这三少奶奶可真是大方，别看阵势挺大，像是单刀赴会，结果是替我这做媳妇儿的讨好上人来了。”说的正是徐润莲跟前一片空空荡荡，这桌上的钱大半都堆在了韩太太这头。

徐润莲听着这话别扭，可是抬眸看梁绣珍笑得一脸单纯，好似话里并没有话，回得刻薄了只怕就中了圈套。眼神便往旁边的海绒长沙发上一瞅，笑答：“要什么紧，我输的这一点儿心意不算事儿，方才你们四少奶奶才叫真大方呢。”转而又笑向韩太太说，“我的本钱可都是四少奶奶的，果然还是自己家的媳妇儿好吧。”

韩太太闻言只是笑笑罢了，这些人真也都不过是孩子性情，打牌输个几十几百的，也是极平常的事，犯不着借题发挥。两家家长见真章的时候，这些嘴上功夫又不作数的。这一时斗嘴斗赢了，也是没有实质用处的。

这时，梁绣珍才发现，沙发犄角处缩着一个人，正捧了一本杂志在看。

向兰抬起一张羞红的脸，赧然道："我实在是没用极了。二嫂算是牌桌上的神算子了，我天天跟着她学，可惜就是学不好。"

听到这句话，原本安静坐着看牌的韩黛琴似乎是遇到了同道之人，笑说："四嫂，还是你好，要没有你陪我，我真要怀疑是不是我的智力出了什么毛病。"接着，就起身去沙发上坐了，两个人喁喁地兀自聊起别的事情来。

徐润莲冷笑着揶揄道："你二嫂这是留后手呢，把你教会了，整天赢她的钱可怎么好？"说着，故意冲梁绣珍一挑眉，笑得意味不明，"谁不知道她是人精呀。"

向兰不知如何作答，付之一笑，便低头继续和韩黛琴讨论起杂志上的画报来了。

梁绣珍是打定了主意今天绝不把徐润莲的任何一句话当真，因此，只是专注地望着翠姨的牌罢了。

约莫四点钟不到，徐润莲就开始拿眼瞥着落地大钟，心神不宁起来。

梁绣珍这时正替梅姨娘上场打，见她都不关心牌桌了，有意打趣道："三少奶奶又急着看什么时间，天还大亮着呢，总不会这会儿就饿了吧。"

徐润莲笑了笑，答："没有，这一向多了两件差事，说大不大，说小又不小的，差不多这时候都会看会儿报的。"

韩太太起先一直没什么，只是徐润莲将话引到新差事上，她就耐不住心火，走神间竟错手拆了做好的牌，让梁绣珍赢去了。

徐润莲偷嘴一笑，爽快地算了算番数。

梁绣珍见韩太太洗牌洗得意兴阑珊，想必正合了徐润莲心意。因就挺了挺身子，颇有迎战之意，语声变得有些讥诮起来："可不是，三少奶奶也赶时髦得很呢。"

梅姨娘看见家里听差照着往日的时间，将一沓报纸搁下就走，又瞧见梁绣珍挤眉弄眼一通，稍有些心领神会，走过架子前翻来翻去地看。

今天《良言》出第一期，印数上是下了本钱的，每份《闻京报》内都夹有一份《良言》。

梅姨娘看着《良言》果然没什么新鲜的，不过是沈初云从前在台面上常常说教的内容。倒是这个《闻京报》不可不看了，标题耸动得很。因就无声地冷笑一下，拿起报纸一折，将头条叠起遮住，假意走过牌桌这边坐着，随意翻着报纸解闷。

梁绣珍感觉到膝盖上被顶了一下，侧眸一瞧，两个眼珠子越瞪越大，像是被磁石吸住，竟然离不开了。

翠姨觉出里头有文章，忙催道："绣珍，干什么呢？到你了，一筒要不要？你不要我可就出了。"

梁绣珍回过神来随意答应了一声，让出位子给梅姨娘："还是二姨娘打吧，我今儿手气不怎样。"又故意向徐润莲看去，"报纸来了，要不我给三少奶奶读一段呗。反正三少奶奶是绝顶聪明，一心二用不是事儿。这样既不耽误工作，又有了娱乐，多好呀。我虽然不是什么好学生，字儿倒认得还算全。"说着，果然就举起《闻京报》，作势要读了。

徐润莲行事虽然张狂激进，但也不是完全不懂分析人心的。见梁绣珍这样做作，便知其中有诈。因而跳过这话不谈，只管冲着韩太太问道："听说今天有份新报纸要出，叫什么《良言》的。"

韩太太不动声色地抬眸一笑，余光早已扫过梁绣珍手上，看见她拿的是《闻京报》，虽然和《良言》有瓜葛，可看她胸有成竹的样子，只怕说说也不要紧。便笑着摇摇头："我是上了年纪的人，什么新报纸呀、新消息呀，并不知道太多。哪儿像你们年轻人哪，身上到处是眼睛、耳朵，没有什么是你们不知道的。”

徐润莲听这话软绵绵的却又藏着针似的，嘴角抽动两下，心里盘算着后招，口内敷衍地问道：“该谁了？”

翠姨那染着红蔻丹的指甲往自己刚扔出去的一张牌上一压，哂笑道：“这半天了还不出牌，三少奶奶做事可真是深思熟虑呀。”

徐润莲左边眉毛高高一挑，反守为攻起来：“可不是，牌品同人品嘛，我一直都不是那样冲动的人。姚太太还说，正是看中我性子稳，大家才推举我做会长的。”然后，从丹田里提了一口气，叫了一声“吃”。

韩太太的脸色渐渐冷了下去。

一旁的梁绣珍忙走过去，凑在韩太太肩膀上，将头版直递到她眼皮子底下，笑道：“妈，你快看，今儿的头条够吓人的呀！”

韩太太眯缝了眼，嫌她摆得太近了，向后仰去半个身子，才翕动着嘴皮子将标题默念了一遍。唇角只微微一抬，便做个无所谓的样子，将报纸往外一推，道：“我打牌呢，懒得看。”

“三少奶奶自己看，还是我念呢？”梁绣珍似乎并不介意，仍伸了手，笑着去问徐润莲。

吃瘪吃得脸上笑意尽展，这绝对不是梁绣珍的性格，徐润莲突然有些不安了。

不看吧，白白让人家当猴耍；看吧，真又被梁绣珍的笑，闹得心里直打寒噤。最后想了想，还是犹豫着伸手接了过来。

今日《闻京报》的头条，赫然是揭露妇女促进会选举会长一事，有暗箱操作的嫌疑。

苏振青这社长，要么不出手，一出手那是有理有据，不单援引了沈初云尚未婚变前，许多报纸采访姚太太时，得到的全力支持沈初云接任的原话。还声称随机采访了促进会里许多不在管理层的普通成员，结果显示有八成人都质疑结果，并且这八成人里又有七成人表示，即使在受沈初云婚变新闻的影响下，自己依然是投票支持沈的。更要命的是，文章最后甚至将早前已经压下去的，交通部总长一职的人选，国会持有异议，但葛鸿祥不顾议员反对，将一份甚至连半数选票都够不上的内阁名单提交到总统府的事，也提了一嘴。只消这样一谈，只怕整个北京城，此刻已经是大震动了。

这一招真也杀得人措手不及，从《新声报》主编更换程序不透明，一直发酵开去，竟然都扯上国事了。又逢《良言》借着《闻京报》的势头打响第一炮，不光是舆论，或许连同销量在内，好事叫沈初云一下给占全了。

韩太太虽然也烦沈初云，但是此刻她显然更想看徐润莲的笑话。因此，牌桌上几个女人都停了不动，拿眼盯着徐润莲。

意外安静，竟然将原本小声说笑的向兰和韩黛琴二人衬托出几分聒噪来。两人被几乎是凝滞了的气氛吓了一跳，眼神呆呆地一交流，忙立起来看那边是怎么回事。

徐润莲脸上端着尴尬的笑，藏于口中的牙齿恨恨一咬，从从容容起身告辞道："看来，我有的忙了。"又扭头冲着向兰一笑，"请四少奶奶替我打完吧。"转过身，蹬了快步就准备出去，这份坐怀不乱倒还有几分大家风范。见向兰愣在原处，还不忘再劝一句，"去坐啊向兰，这样尽孝的事儿，你不该落人之后的。"

都要回去了，还不忘挑唆挑唆妯娌两个。

翠姨见了，用吴语低声哼了一句"真要事体"。

这时，韩太太才拔高了声音，显出几分厉害来："年轻人遇事就是爱着急，其实犯不着的。润莲，你不如学学你父亲。内阁总理是那么好当的吗，挨骂的时候多着呢。要像你这样，挨了两句说就急得非立刻处理不行，先不先的自己就气死了，哪儿还有精力应付外人呢？"

徐润莲背对着韩家一众女眷，眼神一沉，心道本来就已经关乎内阁了，还故意地捧着葛鸿祥夸他行事镇定，不是故意要将他们一家的军吗。且等着，就算总理一职受些诟病，也轮不到姓韩的坐上去。因就风风火火回到牌桌上，一把扯过报纸，黑着脸冷着声咬牙道："看来这事儿应当成为我回顾人生时，一份顶宝贵的经历。既然如此，报纸我就拿走做个纪念，多谢！"

"气势倒是不错的。"韩太太说罢，就笑笑地招手叫向兰过来打完。

众人皆不多言。

韩太太捏着牌出了一会儿神，拧了眉头冲梁绣珍说道："今天咱们不饶他家的三少奶奶，那是她自己寻事在先。不过绣珍，你得当心了。你的表妹总跟沈初云在一处，如今又扯上这样大的事情，难保邓家在总理眼中就是一身清白的。我看，你要是有机会，应该在外人跟前变一变态度了。站在你娘家的立场，你不必和我们一样对沈初云的报纸嘴下留情。否则，这关系一绕，人家未必不会猜测，咱们和邓家走得近，是不是因为不好直接跟总理翻脸的缘故。说不定还要猜测咱们两家冰释前嫌，全是为了联合起来在给总理挖坑呢。这官场上早已有人在传，老爷垂涎总理之位，难免使人背地里说我们忘恩负义，咱们得小心做人哪。"

姜还是老的辣，梁绣珍起先居然全没想起中间绊着一个邓丽莎。经此一提醒，背上密密层层起了一片冷汗。于是，郑重其事地立定了，答道："您就放心吧，没有的事儿，怎么传都不能成真的。"

韩太太嘘了一口气，忧心忡忡道了一声"但愿吧"。

第36章

帮忙遮掩

夜里，韩延荪一回到家，就把梁绣珍叫到了书房。只见他衔着烟斗，吧嗒吧嗒地抽着，一直愁眉不展，望了望梁绣珍，几度张嘴，却又不出声。

梁绣珍被盯得有些心里发毛，脸就越来越往下埋。

韩延荪见她这缩手缩脚的样子，不免为之叹息。

可是，家里就这么两个儿媳，向兰虽然端庄，但毕竟是南方的小家碧玉，不如梁绣珍见过的世面多还只是一方面的原因。主要是，向兰初来北京，人面还不广。出去做事，人面熟有时候比认真聪明还更占好处。再者说，就算梁绣珍有做不到的地方，她还有娘家会帮着弥补。向兰就不同了，她虽然乖巧，可要让她说话掷地有声，只怕会比培养梁绣珍更为困难。

因此一想，韩延荪兀自点了一下头，开腔道："妇女促进会那边，空出了一个干事的职务。你从前不大接触这些，这一阵子就看看人家是怎么做事的。尤其是《新声报》，手里能握有一份有影响力的报纸，将来在关键时刻会发出巨大的能量来。姚太太是名誉主编，她会安排你自然地进入管理层。等待时机……"

这个留白本意是留给梁绣珍在心里默默体会的，却不想她的眼里寒光一闪，攥着拳头，咬牙切齿地说道："拉徐润莲下马！"

韩延荪见了，心里不只失望，更是有些来气，把烟斗往旁边一丢，冷着脸教导她："出去做事，首先要学会隐藏自己的情绪和目的。你越是叫人看不穿，你的路子就越是宽阔。否则你老老实实地说一便是一，万一情势不如你所愿，就不能选其他的退路了。"

梁绣珍看公爹脸色有些不妙，脑子里唯一想的就只是顺老人家的意，连声说："是，我明白的。"

看这反应就知道她是不懂装懂，韩延荪觉得心口有些绞痛，伸手去揉了揉，复又说道："她走了，你就是这一辈女眷里需要挑大梁的人了，可不要让我失望啊。"

"放心吧父亲，我会比大嫂……不，是比沈初云做得更有声有色的。"梁绣珍一激动就难免有些口误，但她要跟沈初云争个高下的心，却是十分坚决的。

韩延荪也唯有寄希望于这份嫉妒，能助梁绣珍成事了。

且说《良言》创刊两天了，《闻京报》议论庙堂的事情也闹了两天，外头正是七嘴八舌、你争我辩的时候。

沈初云一面改着下一期的稿子，一面探头向外张望。只听大门"吱呀"一声开了，便丢下笔，急急跑出去问："怎么样？"

邓丽莎故意要卖关子："你要问的是哪方面呢？"

"我……"沈初云什么都想知道，又什么都怕知道。怕《良言》的定位与《新声报》太接近，一时打不开局面；怕庙堂之中对苏振青的报道震怒，会招惹大乱子。

邓丽莎咯咯一笑，进屋清了清嗓子，站到中间对大家宣布："《良言》的反响很不错，尤其是介绍高校进步学生的版块，已经有几家学堂认为是个很好的展示机会，有利于他们未来的招生，想要多多地同我们合作。"

唐宋和李大姐站起来，不住地鼓着掌。

沈初云两手捂着突突直跳的心口，只稍稍松了一口气，又试探：“《新声报》那边……”

邓丽莎蹙眉摇头，声音变得很沉：“他们不是做日报的，今天也没有传出接受访问的消息，具体的回应可能要再等等。”

对于《新声报》，她们的想法都很复杂。一手从无到有地创立起来，又被悄无声息地除了名。有不忍也有怨怼，竟然都不大确定是盼着它熬下去还是就此停刊。

而沈初云心里更多一件心事：“那《闻京报》……”

邓丽莎看她说不下去也不使她犯难，抢先答起来：“那就更不知道了，不过我以为记者说真话只会犯忌讳，但绝对不犯法吧。”

唐宋刚刚有惊无险地毕了业，便插言道：“今年是多事之秋，政府已经惹得学界怨声载道，再要为难新闻界，我恐怕他们是承担不起民间的愤怒了。”

沈初云一想此言极是，便就重重一点头，沉吟道：“也对，希望苏伯伯不会有事。”

被这个多事之秋的阴影笼罩最深的李大姐，立马就收了笑容，忧心忡忡地对着窗外碧蓝的天空一看，却是一点快乐都感受不到。

三人刚要安慰她，不要放弃希望。门外却响起了敲门声，把众人的心事挨个儿打断了。

唐宋快步出门去瞧，不到一分钟，手里多了一张名片，递到沈初云跟前。因没能推掉外头的不速之客，就不好意思地搔了头，说：“是记者，拿着这张名片，说想见一见我们的沈总编。好像……还不是什么小报社。”于是，红着脸朝邓丽莎看看，仿佛是要央告她帮忙将记者打发走。

“瞧瞧，盯上这事儿的人可真不少。”沈初云却坦然一笑，将名片递给邓丽莎也看看，还自嘲起来，“咱们的苏社长做事情那是一等一地认真果敢，说话也够犀利。就是不怎样顾念我这世侄女的立场。”

邓丽莎看她很有准备的样子，笑着挥挥手，让唐宋去忙工作，自己则拍着沈初云的肩膀，鼓励道：“不是说，这难题是要考验你熬不熬得住这一行的吗？”

沈初云无言地点点头，似乎在说，一定熬得住。然后，就亲自去外头将记者迎到书房中单独聊。

来者看上去很年轻，穿着一件呢质短衣，身材高瘦，眼神闪避。

沈初云为他端了一杯茶，心里就在猜测，到底自己曾经的身份还是让许多人顾忌的，也或许是此事牵涉众多，官方就有压力，不许瞎报道。但是，民间一浪大过一浪的议论声，却让很多报馆都认为是个冲击销量的机会，既心怯又想铤而走险。

因此来采访她这种事，必定十二分地同意，但一摊到自己又大大地推诿，最后就落在了资历最浅的年轻人身上。

年轻记者仰头喝了一口热茶，然后从公文包里取出一本小簿子，上面密密麻麻写了好些问题，因就磕磕绊绊照本宣科起来：“关……关于妇女促进会以及《新声报》的事情，最近流言颇多。有位大学教授就曾在课堂上说过，中国女子的文明脚步似乎迈得急切了些。我们的许多妇女对于知识不过一知半解，就要强烈否定掉传统的，又盲目追随新潮的，结果中不中、西不西，看不出有何成效，徒惹人笑话罢了。还是应当沉下心先多背几个汉字，再来谈文明和进步。对此……您怎么看？”

沈初云原本看着这后生有些紧张的样子，脸上还是端着鼓励的笑意，但是听闻居然有人如此借题发挥，眼神顿时寒如冰霜，诘问道：“哪位教授性情如此之狂妄？劳驾你帮我问一问那教授，这句话里的女子替换成男子，或者替换成所有中国人，会有任何不通顺、不成立之处吗？我们的文盲率是针对所有公民来统计的，而不是特别只调查女公民吧？那我是不是可以提醒所有男子，也应该先沉下心来先多学几个字，再来置喙国之大计？我以为，不应该在谈到中国之不足时，就处处不忘挖苦女人，甚至将罪过统统都推给她们，更不要盲目自负男子从不犯错。翻翻我们国家的犯罪现状调查，孰多孰少？！拿一个普遍的社会问题来质疑女子进步，这到底是男子风度，还是学者气度？”

记者偷眼见她眼睛不是暴突，声音不算狂吼，只是因情绪激动而微微有些气喘，偏偏整个人带着一股骇人的气场，叫他心上不由得一凛，嗓子眼儿一颤一颤的：“这个……”

沈初云为了逼他说出那个不负责任的教授是谁，眼珠子才微微瞪大一些，带着质询的语气“嗯？”地一问。

年轻人到底经不住压力，一想到沈初云从前是谁，在社会上又是怎样一种声望，不由得慌张地站直了身子。好像一下子回到了课堂，成了一名犯错的学生。

沈初云呼出一口浊气，身子稍稍放松了一些，靠着椅背只管冷静下来，慢慢地想着。

苏振青曾教过她，做记者要适当会撒一些谎。譬如将一些能刺激采访者的言论，说成是出于某位不愿透露姓名但颇有名望之人，要是遇上性情直率又爽利的人，对方的一些心里话就会急于出口。这样的小技巧，未必只有苏振青一个人在教。因就继续分析，哪有这么倒行逆施的教授呢，就不怕讲台下的学生们将他轰下去吗？

这样看来，多半是不存在此话了。

于是，稳了心神，唇边抿个笑，轻声细语道：“如果没有这样一个人，那么我就希望新闻界的同人要守住底线与操守，不要为了一个头条，就向我们国家的知识分子泼脏水。我以为所谓教授，应该都是通情达理之人，也是支持平等之中流砥柱，应当不会说出这么落后的话。”因见那记者还是手足无措地低头罚站，不由得笑出了声，忙又让他道，“快坐下，我又不是在训斥你。同人之间，互相交流工作原则是应该的。我们有则改之，无则加勉吧。”

记者方才慢慢蹲下去，小心翼翼地只坐了半个位子，上身绷得直挺挺的，硬着头皮继续问：“那么……您认为妇女促进会存在暗箱操作吗？”

沈初云还是偏向女性进步组织的，即使是有过节的妇女促进会，她亦不忍其沾染恶名。便就佯作坦然地解释起来：“竞争会长职务的最后一次宣讲，我并没有参与。因此可以说，如果我依然当选了，那么暗箱操作倒成了板上钉钉的话。反之，倒不能推断出任何结果。”

“那《闻京报》……”本想追问下去，《良言》作为《闻京报》旗下的新报刊，难道不应该是彼此站在一个立场上的吗？为何《闻京报》怀疑有问题，身为《良言》总编的沈初云却要帮着澄清呢？可那记者眼神一抬，望着沈初云镇定的笑脸，先就吓得失忆了一般。只得局促地低了头，继续照着准备好的问题接着聊下去，“《新声报》更换主编的事情，向您征询过意见吗？这个主编职位，真的是预留给妇女促进会会长的吗？”

“创刊时的会长是姚太太吧？”沈初云一摊手，四两拨千斤的一句话，却是以事实驳倒了事实。

可她心里却不免感慨一句，上层人士的把戏那么拐弯抹角，盲目去抗议未必能有好的结果。今日替《新声报》辩驳的话，由她说出来，那是她的大度。否则，《新声报》自己也是会出来做证的。等她们出来澄清，就成了公说公有理、婆说婆有理的局面，白白地打嘴仗也是没意思极了。

因此，不由得挑了眉，暗地冷笑。

记者应声，一面提笔草草写字，一面小声念了出来：“没有暗箱，没有预留。”

原以为到了这时候，最难回答的话都熬过去了，却不想最后一个问题，更为致命：“沈先生，这两天北京的慈善界还盛传一件事，说您……您……当初还在外长府上时，常常借慈善名义中饱私囊。”

沈初云登时脸色一黑，哪里来的胡话，她倒真想问问，是哪个人说话这么不带良心。可是，她无意再与过去纠缠。闷闷一叹，望了窗子上映出的树影，又有失望又有无奈更有三分藏不住的气愤，沉声答道：“谁主张谁举证吧，若有证据，我一定奉陪。”

记者写字的手打了一下颤，飞速睃过沈初云的脸时，发现她眼中似有怒意在燃烧，哪里还敢再追问。匆匆盖上笔帽，连连道谢又说些“打扰了”之类的客套话，几乎是落荒而逃。

这倒引得沈初云有些哭笑不得了。

然后，就听见邓丽莎在书房外头嚷了一声：“这又是什么歪话，真真小人伎俩！”

出去看时，她正叉着腰冲着大门那边噘嘴生气。

沈初云便打趣：“文明小姐怎么还听墙根呀！”说着，笑着拉了人回去办公，“好了，这些无聊话不值得我们讨论。我同你说，北大有个新闻研究班，钟主任的意思要帮我去说说，看看能不能让我也去旁听……”

第 37 章

志在北大

正说了一半，大门的铜环又被人叩了几下。

唐宋迈入屋内的一条腿正有些进退不得，望着两位女上司求助。他实在是不大会应付记者，那些人放在沈初云眼里也不过是初出茅庐的小子，放在他眼里却是老江湖，油滑得很。

邓丽莎无奈地一摇头，向唐宋指点道："你毕竟生面孔，人家不会一见是你就忙着采访起来，所以还是你去。要是小报社的记者就说咱们都不在，要是听过的大报馆呢，你再进来问问我们。"又向沈初云说，"《良言》第一期反响这么好，我们得商量商量以后究竟一个月出几期，别跟外头那些杂七杂八的人瞎耽误工夫了。"

唐宋应了声，走去一开门。

来人也不客套，笑着就跨进了门内，道："我说这邓小姐真真是火气大，在户外就听见你嚷嚷了，你说谁是杂七杂八的人？"

沈初云向外一望，跟着也是一笑，忙做个请势。

邓丽莎扭了半截身子，脸颊上就旋出两个梨涡来："好啦，王校长还跟我认真不成。"

唐宋一瞧大家的样子，既然是熟人，也就松了一口气。正要去关门时，一个穿学生装的少女怯怯地蹦了进来，手指戳向王校长的背影，表示自己是跟着一起来的。

王校长则在屋内向着外头招手，口内就向沈初云介绍道："这位是我们学校的学生孟盼晴，她……"往后一瞅，人影子也没一个，再一转头，孟盼晴早就箍紧了沈初云一只手臂，激动地窜来窜去，却不说话。王校长扑哧一下笑了，继续道，"她呀，最喜欢你了。你的文章也好，演讲也好，总不肯错过的。"

沈初云笑笑牵着孟盼晴，按了她的身子请她在屋里坐下，道："密斯孟，坐吧。我们这里还不大成样子，喝的也没法挑，就香片吧。"

孟盼晴嘴一张，先就激动地蹦出个哭腔来："沈先生……您叫我小孟，或者盼晴都行。"

"那就盼晴吧。"沈初云接过李大姐递来的茶杯，笑往孟盼晴手里一放，又问，"几年级了，喜欢哪一门课？"

"我喜欢国文，也喜欢英文。"孟盼晴郑重得似乎是在做什么报告。

王校长蹙眉一愣，也不知该笑还是该气。平时自己问她功课，这孩子还更调皮些，全然不是这派严肃的样子。便向沈初云道："她是个能力很不错的孩子，今天带她来也不是光为着她喜欢你，我是想替她找份兼职。以她的能力，帮你写些短评是绝对可以的。况且，她家里……"

沈初云的眼神迅速朝孟盼晴身上一带，便什么都明白了，也不需要王校长说完，先就把话给打断了："那可不是想打瞌睡就来枕头嘛，你昨天要是看了《闻京报》大概就知道了，咱们这头一炮真是打得太火爆了。本来打算一个月做一两期，眼下看来是要趁热打铁了，因此需要的内容就更多了。"又回头笑问孟盼晴，"既然是学生，正好可以写一些关于学校方面的论说，五块钱一篇，你看可好？"

孟盼晴被这工钱吓了一跳，僵着身子站了起来："这么多……"

沈初云笑笑道："傻孩子，你别光顾着想钱，先要用心写出来才好。这五块钱是我放给人才的鱼钩，当着你王校长的面儿，我就说真话，等鱼儿上钩了，这五块钱就不好挣了，写得不好是拿不着这个价的。真要是一无可取之处，我也不会看在王校长面上勉强录用。我如今不是慈善家了，花钱也是很抠门的。”

王校长看在眼里、听在心里，什么都懂了，只管默默地冲沈初云和邓丽莎点头，又交代孟盼晴：“明天是星期天，你到这儿来跟着沈先生熟悉熟悉环境。”

沈初云便向王校长提议：“明天我可能要去旁听一堂课，不如我带着她一起去。你的意思是想把自己的学生托付给我学本事，殊不知我也是个半吊子。”

王校长笑说：“反正照我说呢，到了星期天，她就是你的学生，你全权负责就好。”

孟盼晴的心思，只要是跟着她的沈先生，干什么都好，去哪儿都行，自然点头不迭。

次日一早，几乎一夜未睡的孟盼晴却是精神得很，穿了一件半新的白色长衫，早早等在了砖塔胡同里。

沈初云一开门讶然不已，直怪她太老实，干等着也不知道敲门。

从胡同口一路进来的邓丽莎模模糊糊听见她们在说话，因就笑着喊道：“今儿要去的地方偏，你们快别说客套话了，仔细耽搁了。准备好了就赶紧上车去，我先去车上等着了。”

沈初云应声，转头又问孟盼晴站了多久，要不要进屋先喝口水。

孟盼晴听见这样说，忙道不累也不渴，生怕因为她而耽误了正事。

于是，三个人就往目的地去了。一路上，孟盼晴揣了一肚子的问号，一股脑儿地全倒了出来，缠得沈初云一刻都不能歇地回答问题。从现下看的什么书，一直谈到四季衣裳各爱什么颜色、什么料子，简直是把家底都盘问出来了。

邓丽莎从后视镜里望着，心道这姑娘真有本事，这样会说话、会提问，果然是天生的好苗子。可是这话呢，一直只在嘴边搁着，根本也无暇插进去。

不知是走了多远，刹车一踏，孟盼晴的嘴方才空下来，脑袋向车窗外一探，竟吓了一跳："是北大……"

她这一哽咽，才让邓丽莎有机会笑着插一句："是啊，我们该下车了。"

北大有个新闻研究班，教课的都是新闻界鼎鼎有名的前辈，而北大的礼堂里正有一场中西方文化的展览，邓丽莎的目标正是那里。三个人在大门口作别，约定下课后一道回城。

孟盼晴没有跟着沈初云继续走，她只是在后头喊："沈先生，等我毕业了，我想做北大正式的学生。我……我，我就是想……"

沈初云闻言一惊，她不敢回头就哄着说好。女子要求上北大，就如孩子说要摘星星。家长倒是愿意去摘，可是天空那么远，哪有那么高的梯子能够得着呢？

已有两行泪挂在孟盼晴脸上，她噔噔噔跑到沈初云面前，急急向她证明："沈先生，我的英文成绩好极了，每回考试就算不是满分，也不过只错一两道题。比我那些本家哥哥好多了呢，哥哥们就有好几个在北大上学的。如果北大按成绩招生，我也可以来啊！我一直想来北大听课，我想知道男同学在大学里都听什么课。我不想去女子大学，我觉得女子学校的存在本来就不公平……"

沈初云绷着表情，想以坚强的姿态去抚慰孟盼晴心中的委屈。可手刚一搭住她的肩，鼻子却不争气地一酸，感同身受地带出一声哭腔："那么，你把这些话发在报纸上好吗？"又一面替孟盼晴擦泪，一面笑着安慰，"我看报纸上有个甘肃的学生叫邓春兰，你应该也看见她发表的信了吧。"

不说这个，孟盼晴还觉得把心中所想在北大校门口喊出来，是很畅快的事情。但一提到女学生在报上登出公开信，请求进入北大学习的事情，她脸上就浮出了失落：“看见了，可是蔡校长……到现在也没说好不好呢。”

沈初云乐观地一笑，道：“这才哪儿到哪儿，怎么自己先就丧气起来了？蔡校长这一向有些自己的麻烦事，最近刚刚复职，想必手边事情也多，暂时没有注意到也是有的。”

孟盼晴泪眼婆娑地向沈初云一望，只见她脸颊上几行晶莹，眼中却一直努力地笑着。

笑，是很能感染人的。

孟盼晴便也点点头，虽有些犹豫，心里的希望却也重新燃起了一些。

沈初云便就携住她的手一道走，嘴里还不忘鼓励她：“我听你们校长说，为了能有个美术教室，你们学校的学生就自己筹集资金。小小年纪能做成这样一件事，前途真是不可估量的。你要是想在北大上学，那也应当这样去坚持。俗话说‘众人拾柴火焰高’。不要做个不担风险的看客，不要只躲在勇士身后享受别人争取来的成果，却不肯为同胞振臂高呼。莫说在女子队伍里，就以全国而言，你都是走在前头的进步青年，这是责无旁贷的呀！”

第38章

实地调查

正是此刻，心急如焚的梁绣珍急急忙忙赶到邓公馆，人未落座，便先拍掌嚷道：“哎呀，我的舅妈，这个星期六您过得可真是清闲哪，到处都找不着人！”

邓太太手里举着一柄细长的旱烟枪，向她笑道：“这一阵儿一直腾不出空来，难得这两天没什么大事儿，前儿夜里我就上天津过夜去了。何况去了那边，你也是知道的，你舅舅买的房子周围都是些做生意的。他们呀，仿佛雇了人盯着咱们家似的，只要一有动静，我的脚都还没落地，那帮太太的电话一下就都来了，哪有真清闲可享哦！”

梁绣珍鼻间一哼，一面坐下来掏手包，一面抱怨起来：“我电话打到家里，说舅舅出差去了，舅妈上天津别墅了，再往天津去问，又说您不在。”说着，将那张惹祸的《闻京报》往邓太太手里一塞。

邓太太看了报，脸上笑意尽散，一只手撂下烟枪，另一只手揉着报纸往地下一扔：“丽莎这个死丫头！”

梁绣珍便将韩太太的几句话说了，这样大的阵势，葛家一定会怀疑有人在背后搞鬼，伺机让葛鸿祥下野。因为韩家最近麻烦缠身，很容易就能摘掉嫌疑，倒是邓家因为邓丽莎的存在，不能全然撇清干系。

邓太太越听就越是觉得事情棘手，气得呛住了一口烟。弄得家里侍女，都手忙脚乱起来了。

最后，还是梁绣珍道："照我说，丽莎跟着那个沈初云能有什么好？沈初云真是好事儿不做，坏事儿一样少不了她。《闻京报》那个老头居然敢影射这种事情，也是吃了熊心豹子胆。不论咱们跟总理家是个什么关系，有这篇文章在，又有丽莎参与办报，总理的心头难免扎了一根刺。幸而，外交部昨天晚上有个欢迎舞会，总理家的女眷大半都到场了。关于沈初云，我是做了一派恨之入骨的意思。舅妈也该出来表表态，就说丽莎本性不错，最近是被人拐带着走火入魔了。"

"你们家那桩离婚官司一闹，你婆婆先还说是家门不幸，如今看来倒蛮好，正好去一去嫌疑。倒是我们呀，还不知要怎么对付呢。你舅舅还要一个星期多才回来，我也没法自己拿主意。我看，晚半天趁着他吃饭的工夫，或许可以去个电话听听他怎么说。"邓太太说时，向着身后的侍女一挥手，意思叫她先去联系邓廉的助手。

梁绣珍却板着脸驳道："还说呢，这要不是闹离婚，沈初云不出意料就是妇女促进会的会长，也就可以安心在《新声报》待着了。她是喜欢出风头的，少了一层光环能不叫她记恨吗？这就在背地里使坏，让我们都不好过。说来说去就是怨她，这一闹啊，倒是她的报纸销量跳了上去，连带着别家报馆也来凑热闹，跟着起哄架秧子。要说她也真是能惹事，京城报馆这么多，她爹的老友也不少，偏偏要去找那些不识时务的当靠山！"

邓太太听她不住声地抱怨许多，语速又快声音又尖厉，扶了额头直叹气，拍着胸口连喊了三句"家门不幸"。

而忙碌了一早上的邓丽莎根本不知道，此刻她家里的人又在背后怪怨她的事业了。

驱车回到砖塔胡同后，孟盼晴瞧着时间还早，乐得在沈初云家里多赖一会儿。

邓丽莎一想，既然孟盼晴不走，那就一起聊聊，正好可以商量商量下一期报纸的内容。

沈初云泡了三杯热茶，先坐下来翻阅早上没看完的晨报。

忽然一则公告引起了她的注意，拧着眉头看完之后，将报纸往邓丽莎跟前一递，沉声道："政府又在报纸上发公告，批评近来的女子着装了。"

邓丽莎看她脸色有变，忙接过来速读一遍，鼻内一哼就冷笑出声："风尘？呵，哪个老顽固想的。不用你出面了，这新闻的社评由我来写。"

不同于邓丽莎的态度鲜明，沈初云很保守地建议道："我们要不要先调查调查？"

邓丽莎忽地站起来，不明白她这犹豫之态从何而来，一连串地直问到她跟前去："这还需要调查吗？怎样才叫风化好？一身大袍子从脖子一直罩到脚后跟？"

沈初云只管微笑，打了个响指，就决定道："咱们先别争，入夜了我带你去个地方，到时再决定社评的方向也不迟。"

静立在一旁翻英文书的孟盼晴，回头一笑道："什么地方，是要去做实地调查吗？"然后，望着沈初云央告，"也带着我吧。"

沈初云摇摇头表示不行，但追问她为何不可，又一直不说真话，只管哄着孟盼晴早些回家，免得家里人着急。

等孟盼晴不情不愿地走了，沈初云才提议去烟花场上走走看看，总要亲眼看了才好说是客观公正的评价。

邓丽莎以为有理，便想办法找来了两套小码号的长袍马褂和一顶大大的礼帽。她自己是短发好遮掩，沈初云一头长发得要个大一些的帽子才好戴稳。又把脸上的粉洗个干干净净，沾一点眉粉将脸抹得暗一些，然后描了两条粗眉在脸上。

一番打扮下来，时候也不早了，正好是韩家潭开始热闹的时间。

走在路上，只觉得这里的姑娘都很赶时髦，新式的旗衫，袖子到手腕处，不是多数女子常爱穿的喇叭袖，倒是小小地紧贴在胳膊上。衣服的腰身几乎是量体而裁了，愈加凸显身形的曲线婀娜。

只见邓丽莎扭头望着沈初云笑，嘴边似衔了一句话，还不等开口，沈初云先就晃着手里的扇子，往右手边一户大门紧闭的人家指了指，就带头先往前走了。

邓丽莎见墙上挂了一个小木牌，上写着“张寓”，而非什么书寓，更不是清吟小班，就拦着沈初云，发急地轻声问起来：“等等，我看这就是普通的人家呀，真是我们要去的地方吗？你可别……”

沈初云笑着眨一眨眼，拿扇子指着头上的帽子，道：“认错了也无妨，把头发放下来，自然就是最好的脱身之法了。再者说，人家有门房的，话不对路，是不会放咱们进去的。”

邓丽莎咬着下唇微微颔首，便大着胆子跟了上去。

敲了三下门，有一位穿黑布衣服、面相不大友善的中年汉子，把门摇开一道缝，上下打量着二人，不客气地问道：“找谁？”

“找你们家姑娘。”沈初云熟门熟路地答道。

因她面生，门房不敢立刻开门，仍试探着：“我们家姑娘，没说今儿有客人。或者……先生你留个名字，我进去问问？”

邓丽莎这还是头一回撒谎，不免有些心慌，脸上突然一下发起热来，嘴巴也干干的，不住地咽着口水。

反观沈初云，虽然说不上脸不红心不跳，却比邓丽莎更能沉住气，展了扇子在身前不急不慢地挥着，躲着半边脸继续扯谎：“是六奶奶给我的地址。”

那些做鸨母的是不会单打独斗的，必然是一群要好的结了姊妹，互相地荐给客人。为了招徕更多的客，拜姊妹的人只会越来越多，随意地蒙上一个数，没准儿人家就信了。

果不其然，门房瞬间换了一张笑脸，连声道："瞧我这记性，六奶奶是这么说的，晚半晌有客呢。如有得罪之处，二位少爷可别见怪。"然后，就将两扇大门开了，在前头引路。

里头鸨母听见脚步声，迎出来一瞧，虽是生面孔，倒体面得紧。又见两人身形矮小，恐怕是南边来的生意人，只当是大鱼来了，忙催自家女儿赶紧出来招呼。

沈初云冲着邓丽莎努努嘴，示意她仔细瞧着。只听见有人娇滴滴地应了一声"就来"，门帘一掀，随声出来一个姑娘，不过十五六岁光景。身上的旗衫别出心裁地在裙摆上垂了一挂小穗子，底下穿着一个小铃铛。走起路来摇摇摆摆、叮咚作响不说，因脸上抹了不少的胭脂粉，飘来的风都带着香气。

此时天色已昏昏暗，鸨母一面交代姑娘好好招呼客人，一面进去扭亮电灯。

邓丽莎进屋，趁着灯光一瞧，这姑娘身上的衣服哪里只有时髦而已，料子又透又亮，甚至能望见白色的里衣。

邓丽莎按了按帽檐，小声嘀咕："她也是可怜见的，不曾穿去街上就不算有碍风化吧。"

沈初云只管笑，坐下来压低嗓子稍问两句姑娘名姓，用了些点心，留了一张两块钱的钞票，便就起身走了。

鸨母和她女儿知道这是没相上的意思，笑着送她们出去。

邓丽莎是不懂的，静默着只管跟在后头走。

再走一家，几乎情形相似。这一次沈初云出手极为大方，拿了两张五块的钞票，和接客的姑娘不知唧唧哝哝说了什么话，出门时，手里就多了一张照片。

邓丽莎要接来看，沈初云却揣进了兜里，道："一会儿再看也不迟。像刚才那种地方，是富家子弟常来的，自然斯文些。其余还有茶室和下处，有时间真该到小下处也去看了，才算是深入调查。"

“你怎么知道这么多？不应该呀。”邓丽莎皱了眉头不解。

沈初云不答，只管长长呼出两口闷气。

这种地方本不该是大家闺秀好奇打听的，当初也是迫不得已，一个星期见不着韩仲秋，只好去问听差，他究竟爱往什么地方钻。那时她也不过旧式女子一个，以为自己有义务找到丈夫，再劝其回头是岸。寻着一张带粉香的名片，照着上头的住址找到胡同里一瞧，可真让沈初云大开眼界了。

事后，沈初云才知道那位姑娘是在整条胡同里都算是出挑儿的，大约也是韩仲秋那时的心头好，穿衣打扮倒有几分好人家的样子，只是牙尖嘴利极了，明知道沈初云是谁，还故意讥诮道：“哟，哪儿来这样俊的人物，到了咱们家，妈是要发财了。你做什么跟着我妈呢，自己请两个娘姨大姐伺候着，单立门户不好吗？”

当年沈初云年岁小、见识少，一点也沉不住气，正上了那人的当，气得直嚷出自己的身份来，又要她把人叫出来。

女人一笑，又道：“我们在此地那是没法子，怎样少奶奶也纡尊降贵起来，叫其他客人见了，以为你跟我们是一路货呢。这黑灯瞎火的，你又生得不错，一路上过来，就没有客人误会吗？真要有人跟着你就好笑了，一路跟到官老爷家里，人家说起来原也没错呀，烟花巷里瞧对眼的人，不都跟着往屋里钻吗！”说时，众人都捂了嘴笑。

也就是在那时，沈初云渐渐知道了，出了家门，外头的世界是全然不同的。而从母亲和婆婆那里学到的，所谓人有高低贵贱仿佛也不成立，并不是谁出身高一些谁就嗓门儿大。丈夫的心也不是瞧着谁守规矩，就会偏向于谁的。

邓丽莎看着沈初云满眼都是水光，又似沉溺于回忆，就猜出了一些眉目，再也没问过什么，只管随着她一路去看。

第 39 章

心烦意乱

约十点钟，两人才算走完了四等不同的烟花场。

回到车里，沈初云拿了先时那张照片与邓丽莎看。

只见上头是个光着腿的女子，上身只有小抹胸，下身只穿一条兜肚裤子，遮也不过遮到臀下一两寸的地方。侧睡在一张软榻上，一只手挽到脖子后面，另一只手托腮。

沈初云问道："你用自己的专业说说，这是真艺术呢，还是抬着艺术的名号，在胡搞呢？其实，这时候才正要生意兴隆起来，有些戏台上也才刚到鼓噪的时候，只不过你到底是姑娘家，瞧了只怕心里不会舒服。我也不能担这样大的责任，污了你的眼睛。"

邓丽莎觉得入夜之后的所见已经很叫人脸上发烫了，不由得讶异："难道还有更……"

沈初云重重一点头，只是打定主意不会再去更露骨的地方凑热闹了，便就同邓丽莎说起道理来了："你起先说这些人可怜见的，这我很同意，没有立身的本事，也只能这样了。更可悲的是，或许其中许多人还不觉得自己处境糟，只要有吃有喝，尊严那种东西根本就不算什么。但是我就要问一句，无可奈何就等于没错，甚至是无罪吗？这些底层女子的确需要我们的帮助，但需要得到援助的难道都是些可怜人吗？或者我该问，可怜等于好吗？这世上有太多可怜人了，没钱吃饭就更不可能认字懂理，他们几乎没有是非观的，为了生存可能就去偷去抢。这样的人，需要得到帮助，但同时也该为他们自己的行为付出代价。送他去坐牢改过，这不也是一种帮助吗？”

邓丽莎脑中乱极了，刚才听到的那些下作唱词，不断盘桓在耳畔，叫她分不出心来交谈。

沈初云看她这样子，以为还是没有扭过想法，便继续劝：“不论你怎样以为这里的人不妥，她们就是妇女的一部分，我们的工作不是要排除她们。当舆论指责妇女的时候，你不能光以进步的那一部分去回应，应该着眼整个妇女群体。至于社评，我还是想交由你去写。我只是带你看看另外一种现实，并不是要左右你的立场。该怎样写，那是你的自由，否则《良言》成了我的一言堂，就不良了。”

邓丽莎甩开帽子，烦躁地抓了抓头发，口内哼着声：“你这是为难我……”

“我答应了盼晴要同她合力写成一封公开信，也是很重要的。”沈初云笑笑替她捋顺了被抓乱的头发，“犯不着为了别人的不是闹得这样难受，这一方面你心里也该有个准备的。封建时代不容许女子进学堂，没有文化就会做出许多文明人看不过去的行为。你今后不该停留在先进理论的翻译工作上，而是要联系现实展开工作，必须要见识过现实中的一切光明和阴暗。我们不能只是高高摆起批判男子的姿态来，也不要把所有质疑者都当成是敌人，我们自己做不到客观公正，又怎么能叫醒这些同胞呢？上回，你演说为何妇女报用白话文办得更好时，不是讲得头头是道的嘛。我们不去到文化程度几近于无的女子之中，又怎样能帮助她们逃离旋涡呢？”

邓丽莎扭着身子抱怨：“理论和实际真是差着十万八千里，我光是知道中国仍有许多妇女分辨不清什么叫自尊自爱，尚还不认为有多悲痛。直到看见她们那样……”说着，不免又去回想方才所见，尖叫着使劲晃了晃脑袋，将身子往椅背上一靠，闷闷地叹息道，“我需要冷静冷静。”

“好吧。”沈初云看她很有些孩子气，不免好笑，伸手去开车门，“我就坐人力车回去也行，你早些回去睡，别忘了这份工作是交给你的了。”

邓丽莎没有说不好，今天晚上给她的冲击实在有些大，的确需要早早回去，什么都不想地睡一觉。

回到邓公馆，进门只见一路的灯都亮得红彤彤的，客厅的玻璃大吊灯也亮着。

邓太太又在吸旱烟，瞧见女儿回来了，忙叫她站一站。望着她今天穿着男装，又不曾见她几时做的这么一身，便稍稍愣了一阵子。

邓丽莎是个急性子，等了几秒钟还不见母亲开口，便以为不过是些闲话罢了，噔噔噔径直跑到楼梯上，嘴里还一边说道：“妈，我今天忙了一天，实在没什么精力了。有什么话，明儿早上再说吧，我这会儿都困了。”

“你这孩子总是这么调皮，明知道我起的时候晚，赶不上和你一块儿吃早饭。”邓太太也急了，举着旱烟袋，一追到楼梯拐角，冲着二楼大声喊道，“你倒是下来呀，我还有话说呢……丽莎，邓丽莎！”

却是哪里还喊得住人，门早就关上了。

邓太太着急不已，赶紧给邓廉打了一通电话，兀自按照自己的猜测，不迭地抱怨下去：“麻烦极了，这孩子根本不给我任何说话的机会。我看啊，或许比我们料想的要更糟糕。恐怕她对于那篇报道是完全知情的，所以事情一闹出来，她就故意躲着不想跟我谈。”

那头的邓廉也正叼着雪茄吞云吐雾：“我已经问过了，苏振青的《闻京报》，最近两年仿佛还没有收过谁的津贴，只有几个办厂的朋友偶尔贴补他一些车马费，然后他就帮着人家宣传宣传商品罢了。”

邓太太先就冷哼一声，道："难怪会这样肆无忌惮地写了，这不摆明了是故意登出来，勾着人往他口袋里塞钱嘛。我心里很不安呢，韩外长想当总理不是一天两天了，我们跟韩家关系又近，如今丽莎又给总理使绊子，不知道会不会为此迁怒你呀？"

邓廉对于近来自家频频在新闻报道方面出岔子，早已是焦头烂额了。因此并不想听她说下去，剪住话头道："不要说这些了，我们家在报馆这一方面的确有欠缺。我过去也是想着，既然丽莎有意从事这一行，那么我每个月白花几百块养着一两家报社什么意思呢？作为同僚，但凡跟丽莎有几分私交，就不能给我们家使绊子吧。"

邓太太默然地点了点头，也就认同了最近的棘手事，都是因为家里省去了不该省的开销之故。想了一下，又开始敲打起来了："谁承想，你这个女儿是被宠坏了，什么胆大包天的事儿都敢惹！"

电话那边沉默了许久，才等来一句"没事就先这样吧"。

邓廉颜面上有些挂不住了，从前不是没被太太抱怨过分宠溺孩子，只是一直没有过任何实质的损失，随口喊喊的话不要紧。这一次，邓丽莎是真给他下了绊脚石，因之不得不静下心反思反思了。

翌日是星期一，《良言》的办公室大门敞开。

沈初云越过桌上一堆的书籍杂志，望见邓丽莎拖着步子弓着背进来，便问道："睡得不好？"

邓丽莎懒懒地应了，先同李大姐和唐宋打个招呼，然后走到沈初云跟前，拿出熬夜写完的社评递过去，打着哈欠道："你看看，要怎么改。"

沈初云一面嗔她犯不着这样不顾健康地工作，一面接过来默读了两遍，终是绽开笑颜："邓大记者一出手，还要怎么改嘛。"

邓丽莎有气无力地扯扯嘴角，走去倒了一杯茶，先提提神。

只听一阵皮鞋声，唐宋走到中间拍了一下掌，征求起大家的意见来了："对了，姐姐们，我有个提议，不如我们雇请一位可靠的摄影记者吧。办报纸理应图文并茂的，这样才显得有理有据。且从内容来说，照片是很吸引读者的。如果仅从看图就能懂内容，那么我们的读者群体不就又能衍生出去了嘛。"

邓丽莎和李大姐都认为不错，皆望向沈初云看她如何答复。

"这个主意挺好。"沈初云脸上一笑，低头在纸上随意列了一个式子，然后才道，"不过，原谅我作为老板不怎样大方，我不想招全职的，就寻个兼差的吧，等我们的销量稳定了，再看看有没有扩充人员的必要。"

李大姐不说话，只是点点头，心里却道，沈初云这老板做得好似有些太过谨慎了，未免太不舍得下本钱。

邓丽莎却知沈初云是在害怕，一开始局面铺得大了，往后虽不至于没有维持的办法，却不免俗地要去寻达官显贵的津贴，那样办报就束手束脚了。因就附和道："精打细算倒蛮好，像《新声报》那样办，我回头一算，开销真是吓死人。几十块能解决的事情，非要几百几百地扔钱下去。放着那样多的穷学生不去救济，难道拿钱去塞狗洞吗？"

众人一听皆道有理。

沈初云想起《新声报》，心头总是别别扭扭的，忙又扯开许多闲话去。

第40章

应聘兼职

招兼职的事情，似乎进展不顺。

这日，沈初云刚从一家银行的女子储蓄部做完采访回来，就见唐宋坐在院子里的石凳上整理应聘信。

唐宋见她来了，就举着手里的一摞信，气馁道：“并没有多少人应聘呢，许多人还写信来问‘不要全职的吗’？”又指指掩着门的书房，轻声道，“还有几个倒是满口说好，可是李大姐和丽莎姐眼睛都比我毒，说太爽快也不对的，别是些荐头先应下来糊弄咱们的。本来嘛，叫荐头帮着找人也是可以的，就怕这些人不老实，两头糊弄。真要是这样，花出去钱不说，还落人口舌呢。”

“那……”

不待沈初云问，唐宋又忙凑在她耳朵边说：“后来一试，果然答应得太爽快的都有问题呢。”

沈初云呼出一口闷气，点着头道：“也是难啊，你想想看嘛，普通人家的孩子哪儿有钱去学这个？那既然是好人家，学成了为什么要打零工呢？”

唐宋“嗯”了一声，又说：“不过还有一个没有走呢，丽莎姐这样爽利的人能跟他聊这么久，说明还是有希望的。初云姐，你也进去看看呗。”

沈初云便将手里的东西递给他，请他帮忙放回办公桌上，自己则去敲开书房门。

门一开，正瞧见邓丽莎双手摇撼着一位年轻人的手。那人穿着墨色长衫，脖子上挂一条白色围巾，头发梳得都快能照出人影来了。见人先是一笑，却不免像个姑娘家一样，低了头不敢直视。

沈初云笑着点了一下头，一双眼上下打量一番，觉得此人好生面善，又想不起在哪里见过。

邓丽莎在旁介绍道："这位是贺忆安君，方才我们聊得很好。"

贺忆安，这个名字好熟悉呀。

沈初云怔怔地想着，忽然想起一个绝望的午后，她看着自己的大哥和前夫勾肩搭背从戏园子里出来，心里纠结着到底该提出什么样的理由才能把婚给离了。那天半路雇了一位时髦青年，不正是叫"贺忆安"嘛。

只是头两次见他都是一身西服，猛然换了中式打扮就有些认不出来了。而且看身高好似长高了些，脸上的肉皮也似年轻了几岁。但总的来说，面善的确是面善的，大概是见过的。这么一想，沈初云认为应该没有错的。

贺忆安此来，真可说是五味杂陈了。

先说他自己吧，一直都好奇沈初云最后用那照片交易到什么没有。可惜政客就是政客，想尽办法大事化小，小事化了，实在探不出消息来，此其一。其二是柴俊生前两天赚了一笔大钱，请客大吃大喝起来，醉酒之后就把自己当初是冒用贺忆安之名跟沈初云接触的事抖了出来。这让贺忆安莫名更加认为自己跟这件事牵连很深，完全搁不下好奇了。

恰好这时，《良言》登了广告要聘一位摄影记者，贺忆安就想了一个主意，悄悄地在沈初云离开之后登门应聘。因为既是要兼职，大概要求不会很严格，也未必要她亲自定夺。即便非要她亲自拍板，或会被她认出来，大不了就断了此念。若是果然顺利地聘上了，往后就以书信来维持工作，这样还能时常探知些消息，心里的谜团便总有解开的一日。

贺忆安在想清楚自己为什么那么想知道沈初云的事之前，脚就先一步到了这里。还这么不赶巧，因为邓丽莎拉住多说了两句话，就被沈初云给撞见了。

不过，看沈初云的样子，似乎一时没有认出来。大概这位“口号女王”记性不怎样，贺忆安倒安心了不少。

邓丽莎将沈初云拉去一边，小声说道：“他自己在别处有个小小的照相馆，刚刚开张，生意还不稳定，我们合作正好是各取所需。”

沈初云听说，只是愣愣地想，对了，当初仿佛也是听见“贺忆安”说，自己在北京做小生意，加上他又会拍照，那就是他无疑了。

书房不大，避也避不到哪里去，贺忆安便大大方方接着话茬说道：“对，我同密斯邓说了，只要你们答应，让我在《良言》和《闻京报》上各登几期广告，那么我愿意免费兼几次差。”

沈初云回眸笑笑，看他的眼神中似乎隐隐有些不安，又切切地含着期待。如今这住处直接成了办公地点，沈初云遂认为他必然是记得从前的事，且又通过新闻知道了原委。

两人就这么望着对方笑了许久，各自都有些尴尬。

贺忆安渐渐放下心来，笑着请她二位慢慢考虑，然后便告辞了。

邓丽莎则热情地拉着沈初云一起相送。

走到门外，贺忆安忙道“客气了，莫要再送”。转身再道别时，留心看了看沈初云。今日她穿着米色长衫，白缎子绣花的平底两截鞋，细细的胳膊上挂了一只细锁链翡翠片的软金镯。皮肤很白，同上次见时差不多胖瘦，只是不同于上回带着三分病容，这次显得很有精神。

两人又尴尬地对望着笑了一笑，贺忆安这才转身叫了一辆人力车。

邓丽莎挽着沈初云的胳膊，就这么看着车子远了，才解释道："他主要是中意《闻京报》的广告，咱们的广告再值钱也有限。虽然《闻京报》上登广告费用不低，但胶卷也一样不便宜哦，更何况人工还算钱呢，这个交换还算是对等的。"

先时，沈初云愣愣地并不说话，心内还在猜测，这究竟是巧合还是故意的呢？

邓丽莎问到第三遍"怎么样"，还是不见她答话，伸了五根手指往她眼皮子跟前一晃。

沈初云这才笑答："那就这样吧，你看着办就行。"说完，就揣着疑问往里头去了。

说是纯粹的巧合，事先全然不知，总不大对的。贺忆安必然能从《良言》的办公地址上，琢磨到什么的。

不过，回想起他刚才的种种表情，应当也不存在过分的邪念。否则，贺忆安大可不用等到《良言》招聘，先行拿着从前的事情来找沈初云开诚布公地谈要求好了。

如此一想，心里倒是放松了不少，扭头又对邓丽莎说："既然没有其他合适的人选，不如明日将他请来，就把近来的女子着装究竟是否有碍风化一事交给他去办吧。"

"你这哪儿是答应了，分明是出考题呢。这种事情照实拍，根本就没法登出去，处理到能登了，又无法来验证我的社评是否写实。"说时，邓丽莎皱了眉头，晃着手指向沈初云咯咯直笑，"苏社长这位老师不得不叫人佩服，你这位学生又委实太能学了。这才几天工夫呀，他考验你的招数就此派上用场了。"

"有什么不好吗？"沈初云问着，扑哧一笑，心道：出这样一个难题，如果贺忆安是有别的念头在，正好能激出他的真话；若没有倒最好，大家只当重新认识了。

第41章

识破身份

既是说定了，邓丽莎的动作自然再快不过，根本等不到第二天，当日下午就把人给请过来了。

沈初云早有准备地把邓丽莎预先支开，见贺忆安来了，冷笑着将人请到隔壁屋子里单独谈话。

贺忆安警惕地站着，直觉哪里出了问题。

果然，关了门，沈初云立刻就把脸拉了下来：“你不是贺忆安！”

眼下这个状况，是贺忆安没预计到的，心骤然一跳，脸色好不尴尬。但既然认出来了，再要否认似乎有点不像个男子汉。更何况，这世上就没有不透风的墙。

贺忆安想罢，拍了拍两边的袖子，硬着头皮干笑了一声：“我是贺忆安，货真价实的贺忆安。倒是你上回在路上偶遇的‘贺忆安’，才不是贺忆安呢！”

沈初云完全摸不着头脑，只觉得话说得越玄乎，只怕目的越是可怕。便拿出十二分的气势来，提出了一连串的质问：“你究竟是什么来头，几次三番地为难我，是寻仇还是要钱呢？要钱的话，你忍了这么久都不出现，时间成本未免太高。如果是寻仇，单我们两个人，一点儿口角，应该还谈不到什么深仇大恨。除非，是牵扯了旁的什么人。这要是你的仇家姓韩，那么我已然跟他们没有关系了。要是你的仇家姓沈……跟我，也等同于没有关系了，怎么也不该找上我呀。所以我猜，你大概是暗访的记者吧，想在我身上套到一些可以换钱的消息，是不是？”

贺忆安背着手，嘴角含着一抹笑，打量了她一番。她既已离了韩家，那么她现在头头是道的分析，皆出自她个人，照这番口齿来看，的确是个聪明人。

情况似乎越来越能勾起贺忆安的兴趣了。

如果说上午来应聘是鬼使神差的，那么眼下却有五分真了。他不由得把身子站得更加挺拔了些，笑道：“我现在……的确是来贵报社应聘记者的。”说完，友好地伸出一只手来。

沈初云却不吃嬉皮笑脸的这一套，两只手臂往胸前一抱，脚步往后退了退。

贺忆安尴尬地收回手，笑说道：“真没想到你全能想起来。”

沈初云则冷哼起来：“自来女子做事，总要比男人多十分的难处。我若不警觉些，早被对立的守旧派给捏咕死了。”

真是不好对付呀！贺忆安如是想着，手搭在后脑勺上拍了拍。一张脸憋得通红，因为心虚的关系，两只手不停地舞着，显得非常没有自信：“韩府办喜事那天，我是替我大伯道喜去的，主人家也好，宾客也好，我都不大熟稔，所以……心里觉得闷得慌。结果就那么巧，正好过来一个健谈的人，没话找话地就……”

这件事虽然过去了好一阵子，但沈初云依然记得，自己曾敲打过李四，不要再带闲人到韩府蹭吃蹭喝。当时，李四就含含糊糊地说了，跟他谈话的那位公子是拿着请柬来的。这一方面，似乎有些合得上。

于是，沈初云立即制止道：“好了，那府上的事儿跟我已经两清了，别人的隐私我不想探听，不只是因为我懂得非礼勿听，更是因为有些事情知道得太明白，反而多添一层麻烦。我只跟你办照片的交涉，我请你把底片还给我。”言罢，伸出右手，将掌心朝上摊着。

贺忆安越听她的谈吐越觉得滴水不漏，既报了初见面的嘴仗之仇，又把过去和现在的关系理得清清楚楚。她的要求不多一厘，也绝不少一分。

沈初云见贺忆安一直都不表示，以为这是在算计价码呢，眯着眼冷笑一声，不卑不亢地向他分析着此事的利害关系：“实话告诉你，我的策略是先礼后兵。礼嘛，自然是关起门来暗暗交涉。既是我先开的口，自然愿意让一步。你想让我花费一点钱财也不是不行，但你记住，绝不能太过分了。”

贺忆安挑眉一笑，问道：“那么，兵又作何解释？”

沈初云收起笑意，把眼睛瞪得大大的，态度非常之强硬：“如果你所要的报酬有讹诈的嫌疑，那就抱歉了，我内心是很崇拜法家的，最乐意相信法律了。我看你说的，是代表令伯父去参加韩府婚礼的，那么大概也是有几分体面的人。要惹急了我，真把你告上审判庭，你家里的面子可过不去呀！”

“好厉害的人啊！”贺忆安有些甘拜下风，一面鼓掌一面哈哈地笑起来。接着，便一五一十地将柴俊生这段故事说了。

耐着性子听完之后，沈初云不急着表态。她暗暗把这番说辞在心里想了许多遍，实在是发现不了多大的漏洞，这才冷哼一声：“哟，这样说来，你还是个有底线的生意人咯？”

贺忆安重重点了一下头：“没错，君子爱财取之有道。怎样，现在误会解除了吗？可以开始应聘了吗？”

沈初云不无得意地摊着手，耸了耸肩，道：“抱歉啊，我不负责应聘。”

这时候，院子里传来一声抱怨：“哎哟，跑死我啦！今儿真是撞鬼了，车子车子坏了，街上人力车又没有空的。”

“应聘你的人来了，赶紧去吧。”沈初云的脑袋朝着门外微微一晃，并不如贺忆安所料的那般，因旧仇而拒他于千里之外。

有趣有趣，如此猜不透的女子，倒是平生头一回遇见了，看来这份工作，还真是非聘不可了。贺忆安盯着沈初云直看，心里如是想着。脚下一转，主动走到院子里，去和邓丽莎打了个招呼。

“贺君，不好意思让你久等了。”对于他们二人之间的渊源，邓丽莎是毫不知情的，依旧表现出十足的热情来。

沈初云跟在他们后头听着，始终只是淡淡笑着。回到办公室，又是一派专心做事的样子，实际上耳朵是很留心邓丽莎那边的情况的。

“贺君，我需要你去这几个地方拍一些展现女性真实着装的照片回来。”说着，邓丽莎递上一张写满京城有名风月场的白纸，笑道，“当然不能太反映真实状况了，否则报上是不好刊登的。”

贺忆安出身巨富之家，虽然是接受了新式教育，也去过文明国家，唯有从小耳濡目染父辈们在花丛游戏的恶习仍是有些改不掉。虽然来北京没多久，这些好玩的地方，他早已烂熟于心了。看时，不免轻佻地一笑：“哎哟，你们女孩儿也是会玩儿得很啊！”

听这语气好似就是熟客一般，沈初云微蹙着眉头向这边看过来。邓丽莎早就一扫先时的好印象，整张脸黑得如锅底一般。

贺忆安这才意识到，当着这二位的面，这样的话怎么好乱说呢，便就改了口，支支吾吾道：“哦，我是说……做记者的，果然涉猎很广。”

邓丽莎冷声道：“是纯粹的工作，请你不要误会。”

“果然果然！我很抱歉，是我冒昧了。”贺忆安挠挠头，讪讪地笑了一阵，又见没人来圆场，止了笑严肃道，“这个我得构思几天，毕竟这照片既要配合你文章里描述的现象，又要公开地给大众看见，是很……”说时，皱着眉为难地一摇头。

而沈初云一直在留意观察他，刚才没有将人赶走，一方面是不敢轻信照片的事情已经彻底过去了，就不好太与之对立反而惹祸上身，另一方面她也不认为麻烦靠躲就能过得去。

尤其是现在见了贺忆安这冥思苦想的样子，倒是真有几分像来找兼职的，反而觉得松了一口气，插言道："这个倒是不急的，左右下一期的截稿时间还早着。拍下来的作品暂时可以放着，我们商量过之后，再决定用或者不用。即便这次是不用的，往后还有许多地方仍然要劳烦贺君的。"

邓丽莎听沈初云忽然态度明朗起来，转念一想，若果然为了他方才的轻浮再要换别人，只怕这个事最后只能不了了之，因就也换上一个职业的笑容，只谈些工作上的话题。

第42章

消除戒心

贺忆安告辞之后，沈初云也借口采访，跟着他一路去了照相馆。

下了人力车，贺忆安嘴角牵着笑，背着身子在原地等了一会儿，才说道：“沈大总编，出来吧。”

沈初云从拐角的巷子里，慢慢探出身子来，挺了挺身子，语气强硬地说道：“方才谈工作，我虽然一点个人情绪不带，可是，我们之间的交涉还没有完。胶卷的事情，不能凭你一句话，我就相信你销毁了吧？”

“进来坐坐吧。”贺忆安不知为何，心情大好，步子变得十分欢快，将照相馆的门敞开了，弯下腰来邀请她。

沈初云犹犹豫豫地在后面跟着，一进了门，就四处打量，仿佛还在担心这里是黑店。

贺忆安看她这副小心驶得万年船的样子，不由得把眼睛笑成了一道缝：“怎么样，看着还正派吧？”

沈初云不置一词，对着柜台里看店的伙计笑了一下。

贺忆安便请她到楼上去坐，沈初云却坚持就在此处谈。

“那好吧。”贺忆安无奈地耸了一下肩，“其实你来了又能怎样呢？我要是存心留着你的把柄，刚才就可以不必说出销毁底片的事。

如果我藏着，又岂会大大方方地放着，难道不怕你来搜吗？”

沈初云神色凝重地问道：“话是没错，可我怎么能轻易相信一个陌生人呢？”

贺忆安为之一笑：“那就当我是坏人好了，我来问你，你有能力制服我吗？”

自然是没有的，沈初云虽不把心里的焦灼表现在脸上，大拇指却不安地抠紧了手心。

这时，忽然有人猛地冲了进来，扯着嗓子喊了一声：“贺公子，帮帮我们家少爷吧！”然后，就有两个人扑通一下跪在了地上。

只见其中一位头发上搭着鲜红的血，衣衫凌乱不堪。沈初云这才后知后觉地感到一股浓重的血腥气，不由得干呕了一下。

贺忆安忙对伙计道：“带这位客人躲一躲。”

然后，沈初云就瑟瑟地避到了更衣室里。

被打伤的不是别人，正是柴俊生。他的管家一路扛着他过来，身上血水、汗水混作一摊，却也顾不得整理，忙向贺忆安诉说原委。

自柴俊生办了文化社以后，钱是日渐多了，但他的胆子也被养大了。这几日，因听说陆军部一位军官的姨太太在相公堂子里包了一个人，柴俊生就以为这绿帽子是所有男人的软肋，觉得挖出了此事，必能发一笔大财。可谁知这次招惹的人很不好对付，仿佛是知道出来拿钱的不是主使，派了人悄悄跟到了文化社，二话不说就把场子给砸了。幸好管家仗义，带着柴俊生跑得飞快，不然这会儿大概要来拜托贺忆安出面筹划后事了。

沈初云闻言，捂着鼻子，将门打开一点来看。可是，柴俊生被打得脸上都肿了，也认不出到底是不是从前帮她拍照的人，她的疑虑仍然不能消除。

贺忆安正忙着给柴俊生的伤口消毒，口内还不住地嗔他：“早跟你说过了，这个生财的法子靠不住，你却一味要钱不要命。你这上有父母下有小儿的，叫你太太见了，心里岂不难过？”

管家抹着眼泪点头道：“是啊贺公子，你劝劝我们家少爷，还是安心回南边去，替老爷打理打理工厂。办实业虽然挣钱辛苦，但却不用这么担惊受怕呀。”

这时候，柴俊生终于勉强顺势站起来，张嘴一说话，却像含了一颗大枣似的，吐字怎么都不清楚：“你说我怎么这么倒霉，花边小报干的都是这些勾当，也不见他们当中哪个挨了打的。说到底，还是因为这里不是我的地头，没人护着我。”说时，微微动了动手指，“老弟台，还是你这胆小如鼠的性子好啊，一早就把那惹祸的底片给毁了，不然大概也跟我一个下场了。”

贺忆安看他样子狼狈，也就不为那句“胆小如鼠”多做辩驳了。尤其是想到沈初云这会儿正躲在更衣室里，心里反倒很喜欢。于是，招手叫来了自己伙计，吩咐道：“来，你们把他抬到我的房间去。先在我这儿躲一躲，等入了夜，我想办法买两张车票，上哪里都行，先离开这个是非之地要紧。”

忙了一阵，动静渐渐小了下来。

沈初云从更衣室里偷瞄了一眼，才开了门出来，对贺忆安道：“刚才的话我都听见了，若果然……一切真如你所说，我还是挺赞同你这个人的，起码在大事上一点不含糊。可是，过去的都不该再提了，以后在同事面前……”

“这又不是什么好事，说出来难道我就光彩吗？”贺忆安无奈地往自己脸上轻轻拍了两下，然后望着这一片狼藉，摊手道，“我这里也不是留客的样子，我就不远送了。沈总编，你可不要因为我今天有些怠慢，往后就给我小鞋穿呀。”

到了这时，沈初云才勉强地笑了一笑，挪着步子一直走出了照相馆。

过了一个星期，贺忆安交来了照片。

邓丽莎翻着翻着，有些爱不释手起来。果然都是学过艺术的，容易惺惺相惜。

这个贺忆安真是会拍，借助了许多的道具，譬如从女子的背后，以花遮挡下半身，只让人看见料子过于薄透。诸如此类的法子想了许多，最后出来的效果，画面都有些过分美好了。

沈初云将照片递还给邓丽莎，说道："我觉得还是不要用吧，单单这样一篇文章发上去就好了。"努努嘴，冲着桌上那一堆照片，"你看看这些，拍得也太美了，像是艺术，又怎样去体现我们的所见所闻呢？"

贺忆安坐在她们对面，耸耸肩表示这已经是尽了全力了。

邓丽莎微笑道："不过，贺君的广告我们还是会照登的。"

交易应该一码归一码，贺忆安说到做到，那么沈初云自然也点头同意了。

原本以为这买卖是谈不成了，不料这两位女士，尤其是沈初云不计前嫌还如此爽快，实在出人意料，贺忆安心中大喜，甚至主动揽起了活："那你们还需要其他的作品吗？我这儿一方面总也要有所表示才好。"

邓丽莎觉得既然他提了补交作品，就不要白白地浪费，转向沈初云望着。

沈初云凝神一想，想着想着就笑起来："那不如就去第四女中，拍一拍在建的美术教室吧。本来就该宣传宣传这些孩子了不起的事迹，是我前一阵太忙，给耽误了。"

是个简单的任务，贺忆安长嘘一口气，立马就答应了几天内准能交出来的。

待贺忆安走后，大家各归座位。

沈初云半真半假地笑向邓丽莎道："你别看他似乎吊儿郎当的，或许他会是个不错的帮手。干这一行，迟早要出去拍些揭露真相的照片，这事儿容易得罪人不说，有时还有安全方面的隐患。像他这样油腔滑调的人，大概很善于逃离险境。”

邓丽莎撇了撇嘴：“话是这样说，不过我是很难与他志同道合的。”

沈初云长叹道：“没办法，人才难得嘛，别的方面只要于工作无碍，能退一步便退一步吧。变革之中嘛，这些问题是难免的。难道你以为受了些新教育的人，就果然都能脱胎换骨了？人的弱点太多了，不是一朝一夕能改变的。你想想，就这几年里的名人八卦而论，十有八九究其原因不过是一个‘贪’字罢了。一方面见着家里包办的妻子，样貌学识都还算得上是佼佼者，就顺势而为地说为了尽孝，不得已只好接受了；另一方面遇见更加年轻新潮的女学生，又开始大吐旧式婚姻的苦水，哄骗对方同自己一起对抗包办。其实，还不是两边的好处都想占齐了。”

人才难得，哪怕不是一条心，哪怕敌我不明，也可小心翼翼地利用。更何况志同道合，也未必躲得过“天下无不散之宴席”这句话。

不过这个想法，沈初云不好宣之于口，只在心里这样想罢了。

邓丽莎听时，不停转着眼珠子去想，这话果然能安在许多名人的风流账上，便无奈地一叹，继而笑道：“你应该撰文批判批判的。”

沈初云努了嘴连连摆手，正了正脸色，道：“我这个人哪，在爱才一方面，似乎有些太容易妥协了。想着这些把自己的日子过得不怎样磊落的名人，在专业上倒是为国为民做出了极大的成就，就不忍心将他们说得很糟糕。若是在舆论这一层上，叫他们承受了太大的压力，或者并不利于他们专心于其他事业的进步。”

既然深谈到了这方面，沈初云也必须承认，私心是想过，批评文人或名人能获得更多的关注，只要写出来的观点在理，仿佛极容易使《良言》出名。可是，评价一个人，大义与私德孰轻孰重；国家风雨飘摇时，是否适合放下存亡问题，大肆地批判道德与作风。

这是令沈初云感到犹豫的两大问题。

她经历过舆论风暴，所以没有人会比她更清楚，舆论似乎很难就事论事。面对面地交谈很容易去讲道理，但全国上下一起谈，每个人心里都有一本道理经，都认为自己算的这笔账是重中之重。

每个办报人都会说自己的追求就是自由发声，可是自由的产物究竟是什么呢？

沈初云的手不由自主地往带小铜锁的抽屉上一搭，长久地陷入了深思。

这里头装的都是关于她的报道，从最初将她的人生描述成全国夫妇之典范，再到后来比小说、戏文还要加倍地曲折屈辱。好时极好，坏时极坏。难道报道都要这样去写吗？那么"客观公正"四字，又何在呢？

"所以，你也是个矛盾者。"不知何时，邓丽莎已经站在了她身后。

沈初云眨眨眼，出神地望了一眼窗外的秋色，喟然叹道："人都是矛盾体，所以言行一致这种话不要轻易去夸口，恐怕世上没有几个人能做到。"

邓丽莎看似漫无目的地在沈初云跟前的报纸堆里翻，最后抽出一份《新声报》，举在她跟前小声问："所以你才很轻易地就原谅了她们？"

沈初云接过来平静地又看了一遍《新声报》点名苏振青，质疑他数据造假、含沙射影的文章，终不过付之于淡笑："只要表面上，她们依然能做些好事，我总不会主动去撕破脸皮的。有时甚至也会反思，为什么我的女权思路必须要众望所归呢？长此以往，好像做妇女事业就必然要以我为标准，那就不对了。因为，我也不过是在学习中进步罢了，难说也会犯错的。"

窗外一阵大风刮起，被残阳染上一层金光的枯黄叶子，挣扎了没几下就飘飘袅袅旋转而落。

两个人都不再说话，只是望着深秋发呆。

第43章

畅想蓝图

而贺忆安说了会尽早交差，果然就真是这样去做了，第三天便拿着照片来了。因这一日是星期天，其他三人都不必来上班，因此只有沈初云一人招待他。

“我是自谋生计的，照相馆无论哪天都是风雨无阻地营业，倒忘了是不是星期天的。”贺忆安说时一笑，趁沈初云检查作品的工夫，去到书架上找出一本小说来，坐在她对面安静地翻着。

“很不错。”沈初云笑笑将照片放在桌上敲齐，然后从左手边拿出一份《闻京报》递到贺忆安跟前，指着上头的广告说，“对了，你看过这次我们支付的报酬了吗？”

贺忆安接过来并不细瞧，回道：“昨天的报纸我已看过了，能有幸与这样诚信又美貌的两位女士做生意，真是快意之事。”

“不客气。”沈初云说罢，略略收拾了一下桌子，拿出空白稿纸来，正准备落笔下去。

贺忆安就放了小说，跷起二郎腿，望着她忽然问道：“密斯沈不打算自己单干吗？”

沈初云抬眸只冲着他扫了一眼，因不确定这话是闲谈还是有目的的，所以并不表现出任何情绪来，只管低了头写字。若是闲谈，不接话自然也就过去了；若是有目的，他必然还会说下去的。

“我是看着《良言》的销售一直很不错，早一些独立也能早一些谋得更广阔的发展。”

沈初云放了手头的工作，将笔帽一盖，正了正脸色，却不过还是盯着贺忆安只探究而不说话。

“我们之间的过节，你并没有放下吧。但是，一个既有能力又不要求太多报酬的摄影记者实在难找，所以你不得不迁就于现实。而你此刻又在想，这个姓贺的脸皮该有多厚，明知自己在你心里的印象，大概是负的，却还不知好歹地摆出指点江山的架子来，要议论你未来的事业。怎么样，我一点没猜错吧？”贺忆安含着一抹自信的笑，继续道，“可我说这话，是抱着一百分的真诚。如果我是密斯沈，现在应该是要努力前进一步的时候了。”

他这一番猜测，倒中了十之八九。

沈初云便果真听取他的意见，既然如此坦荡，那么倒不妨把他的话正正经经地考量考量。

做事业的人必然都有一份野心，谁都想有朝一日，有一家完全靠自己奋斗出来的报馆。只不过现在是积累经验的阶段，离不开前辈的支持，而且沈初云和苏振青眼下又不存在多大的理念冲突，初有起色就出去单干，显然不是君子的作为。但是，看得出来，贺忆安这个人是有一些经商才能的，又是从杭州来的，南方人大多善于此道，同他多聊两句，增长增长见识也是不错的。

沈初云便问他有何高见。

贺忆安拿起他方才撂下的小说晃了一晃，道：“先出副刊连载小说，打出改编真人事迹的招牌。这自古以来，人们对女性生活都是很好奇的，更何况是如今提倡新女性的年代。你看，你们不是常常去走访一些励志创业的新女性吗？通过这些访问来创造小说作品，不是很好吗？”

沈初云脸上先后就有了两种截然相反的情绪，首先觉得这样很好，为现实作传，无论是对女权的影响力还是对报刊销量一定都是有促进作用的。可这种方式，最难的就是征求当事人的允许，否则自作主张地去写，那么写一篇文章就要得罪一个人的。采访和演绎毕竟是两种不同的形式，采访是追求真，演绎则往往偏向于传奇，那么少不了要有一些与现实不符的想象，这一点并不是每个人都能接受的。

当下，多数的文字演绎是虚构，或者是去想象历史。至于被看出来影射当今哪一号人物的，作者往往是不敢承认的。

而《良言》的定位和采访对象势必脱不开和新女性的关系，成功的新女性毕竟就那么几个，真要是写出来的作品里面有什么想象是具有冒犯性的，想要解释清楚其中不存在影射，似乎是很难说通的。

贺忆安似乎看穿了她的心事，摊手一笑道："可以学曹公，虚实结合地写，这样就规避了争取对方的同意这一点。譬如你是写一个名门闺秀留洋学医，就改成是考上了公费留学；写国文老师教出一位当教员的女儿，就改成是欢场女子遇上单纯的大学生，反而向人家学了国文，成了奇女子云云。这样做，其实更兼具真实感和戏剧性。"

听此意思无非是把女子写得神乎其神，又是好则极好，坏则坏透的夸张法子，果然是很吸引目光的法子。可这种被命运青睐的人十年未必有一个，何苦写出来哄人呢。

沈初云不由得把头晃个不住了："总是不太好吧，小说要写得活泛，少不得要去想象她们的生活细节，这样是很冒昧的……"说罢，蹙着眉抿了抿唇，有些犹豫的样子。要说全然不动心当然不可能。毕竟有近道，谁都想走。

书商的尴尬就在于究竟是要多偏向于书，还是商。只做商人势必要厚起脸皮，丢掉一些文人的原则；只做文人也要承受起商业性不高，日子过得紧巴巴的现实。

而贺忆安的姿态俨然更贴近于商人："在国外，连载小说一旦推红了，不但是对报纸的订阅有提升作用，后续还可以发单行本，成立文化公司。更为顺利的话，排演成剧目，上戏台、上舞台、上银幕。你算算，这有多大的利润空间。其实在国内也是有人在尝试的，并且成效还不错。眼下做的人还少，这块蛋糕且有得分呢，将来再跟风，没准儿跟的就是西北风了。当然啦，你愁的不是连载小说行不行得通，而是这样做符不符合道德。我认为把一个人的经历不经同意地传奇化，未必就是多么突破底线的事情。自来就有他人立传或写自传的事情，但是立传一事总要本人答应，还要遵从本人意志，不该写的不要写。我说要学曹公，可曹公在‘秦可卿’这个人物上的描写，不就因为牵涉到对现实人物不该太过冒昧的顾虑，就变得有了些争议和遗憾了嘛。这种老派规矩，难道就不违背新时代文艺作品诚实记录生活的追求了吗？我以为时代是不停进步和变化的，不要总认为陌生的东西都是破坏者，这或许是对另一个新方向的探索也未可知。而新事物，必然也会慢慢建立起一套自己的原则。一切发展都可以向着好的方面前进，只要我们肯摸索。密斯沈这样的人物，是不该拒绝改变的。”

被他辩得有些心动的沈初云，就仔细掂量起他出的主意来，口中还念念有词：“连载小说，以现在的人手……”

贺忆安抢着说：“继续招募写手嘛，千字一块钱的话，应该也不至于太小气。实在不行，就找学生谈低价，尤其声明女学生优先，这就又是一次话题焦点。”

沈初云犹豫不决，摇摇头又点点头，低声道：“我会考虑的。”

贺忆安展颜一笑，身子前倾，趴在桌上，又说道：“如果采纳的话，你看，我不就成了你们的……不能叫恩人，太容易误会，听起来好像我要靠着两片嘴皮子赖上你们似的。可以说是——”想着，就伸出一只手在半空，“partner。”

沈初云看着他作握手状的样子，忽然就反应过来了，敢情是他想成为《良言》独立之后的合伙人。这倒没必要了，贺忆安虽然有些商业头脑，但到底不曾在报界发展过，除了提出创新思路，其余的一概没法提供。最要命的是，沈初云还不能放心地把他看作朋友。

既然如此，为什么要白白得罪合作得不错的苏振青，转头去相信贺忆安这个本性不明的外乡人呢?

为免尴尬，沈初云还是伸出手来和他一握，推说：“现在已经是了呀。”然后一抽手，却发现他先一步用力拽住了。

贺忆安笑容平静，声音却有些急切：“那么将来呢？更紧密的合作，你看怎样？不要被过去的不愉快束缚住将来嘛，你出来做事业，迟早要学会忍受不对盘的搭档或客户，你说是也不是？”

被人长时间握着手，沈初云脸上微微起了霞光，回答却是滴水不漏的：“合作这种事，重要的是双方守信，并不需要双方喜欢。问题是我眼下已经有了非常紧密的搭档，朝三暮四并不是好事。我如果真那么快就改变《良言》的现状，想必贺君对于我从商的诚信问题也会有怀疑的。”

此话一出，贺忆安就不便再坚持了：“唉，一切都是看机缘的啊。”只见他满脸的遗憾，又将手摇了两摇，“如果当时早一些来找你就好了，我并不是没有这样想过，只是一直都犹豫着咱俩之前的交集，要想化干戈为玉帛恐怕不容易，是以开这样的口，难免就……”说时便呵呵一笑。

沈初云不动声色地缩回手，笑道：“其实，我也亲眼见过，贺君做事很绅士仗义，我想我们将来是有机会成为朋友的。”

贺忆安这才意识到，方才抓着人家手不放有些冒昧了，便搔着头讪讪一笑，又道：“我出的这些点子算是无偿的，全当是为从前的不愉快赔罪了。再者说，为了我所敬佩的少见的新时代的独立女性，可说是甘之如饴呀。”又朝她晃着两根手指，笑容里仿佛还有不肯放弃的意思，“本来这些话，我是打算贩卖出去的哟。”

沈初云有些不明白为什么一定要挑她来做这个合伙人，因就皱了眉头问道："现在也可以啊，你的规划那么大，我一口又吃不成胖子，难道你还等着我们报社日益壮大不成？你要这样打算，这笔账就算不过来了，正如你说的，晚一步可能跟的就是西北风了。"

"虽然我爱财，不过也爱才，尤其还是个淑女。"贺忆安眨了一只眼睛，"将来等你有能力实践这样的规划时，如若有幸，非常愿意为您效劳。"

沈初云心里有些瞧不上这股子轻佻，又不能表现出来，只是往旁边挪了挪身子，就岔开了话题："小唐告诉我，你还很爱研究股票？"

"我说了，爱财。"贺忆安摊开手，做个自嘲的表情，眼神却有几分真诚。

"是家族熏陶吗？"

"是反压迫，你信吗？"

沈初云咯咯笑个不住，挣钱这样光明正大的事情，哪里就成了反压迫？

贺忆安却越说脸色越严肃："我家里算得上殷实，所以相中我的姑娘太多了，大概能绕西湖一圈。结果我父亲非常顽固地挑了一位小脚姑娘，这能是我这样的文明人所接受的吗？所以，我得尽快在北京混出一点成绩来，这样才好回去说嘴呀。最好嘛，再带一个新式的淑女兼才女……"

第44章

鼓励新人

两人好不容易找到了共同的话题，门外却有人一路喊着“沈先生”就进来了。

沈初云向院子里一望，看见穿了一身半旧蓝布短袄的孟盼晴，手里正举着一沓稿纸，飞奔而来。及至到了廊子底下，隐约看见屋里有客人，就住嘴红着脸，慢慢往里边挪。

“这可正是一位新式的淑女兼才女哦。”沈初云对着贺忆安一笑，然后起身替他们二人介绍。

听说这位女学生是在此地勤工俭学的，贺忆安料着她们会有正经事谈，一时又不想走，就拿着一本小说到旁边去打发时间。

“沈先生，你看我写的。”孟盼晴当着生人说话声音有些拘谨，展开自己改了三遍的稿子给沈初云过目，眼中闪着期待的星子，问道，“好不好？”

沈初云不忙着回答，而是来回读了三遍，在写得好的地方圈了标记，然后才抬起头，笑说道：“很好啊。其实我认为不该是我们合写，希望大学开放招收女学生是你的心声，应该是你代表和你一样的广大女学生向学界提出请求。如果我在其中代为润色，恐怕出来的效果会老成许多，而且有可能使得你的真情实感失去原有的光辉。”

孟盼晴红着脸嘻嘻地笑，高兴归高兴，得意归得意，但又扭捏着就是不肯直接发表，非要沈初云改过一遍不可。在报上发表见解是件很严肃的事情，孟盼晴害怕自己还不够格。

听她们各说各有理，贺忆安就忍不住要出来做个调停了："什么样的文章？不如密斯沈就先润色一番，我呢托个大，来做个评判。如何？"

"也好啊，你可以从普通读者角度来评判到底怎样写才好。"这回沈初云爽快地答应了，照着孟盼晴的原稿，重新修改了一份新的。

孟盼晴一直在旁边等着，不错眼地盯着沈初云的每一个动作，眼神甚至有些沉溺。

贺忆安见了不觉好笑，拍拍她的肩，请她移步到别处，免得干扰了沈初云的创作。

约莫半个小时过去了，沈初云将笔一搁，把两篇文章交到贺忆安手里，请他品评。

贺忆安看过一遍，心里大概有了结果，但见沈初云搭在桌角的手悄悄比了个手势，心下会意，这就笑道："我认为密斯沈无愧'才女'二字，自己未下笔就料事如神了。恐怕直接用密斯孟的作品会更好。我以为稿子这种事情，要让人有代入感才好，学生的呼吁就要适当地有些学生气，这样才像。不然，总好像是造出来的一样。"

"可我，我……"孟盼晴心里又有惊喜又有惶恐，一下子不知该如何办了。

沈初云松了一口气，笑笑向她建议："如果你还是没有底气，不妨别的事都放一放，就在这里多修改几遍吧。"又冲外头一指，"书房那边有几册国外大学校长的演讲记录，里面关于女子上学的内容也有许多，或许对你阐述观点会有帮助的。"

孟盼晴见推无可推，再要说不好倒有些不礼貌了，便揣着一颗打鼓的心应了，拿着纸和笔先去书房找资料。

“你让她写是出于鼓励。”贺忆安又跷起了脚，双手抱着后脖子，仰着脑袋晃着椅子。

沈初云点头道：“是啊，这不是很好嘛。拿我的同她的去比，全然是胜之不武。我年长她几岁，又上过新闻研究班的课程，知道怎样的措辞能抓牢读者的心，理应比她写得好。但如果我加以润色了，其实会给她一个错误的心理暗示，好像不光这一次，就算是下一次，也不需要多用功，反正会有人帮忙改的。她是个很聪明的孩子，勤工俭学带给她的不该只有金钱，还要有一定的工作经验和能力才行。”

“其实，你就算不提醒我，我也会那样说的。”说时，贺忆安坐正身子，郑重提议，“你是教书育人的心态，我是生意人心态。越让人感受到《良言》录用文章是很有包容度的，就越方便你的副刊招募写手。中国学生还是偏向腼腆的，说直白了就是自卑，他们或许认为自己能力不足就不想来应征了。你现在就该适当对学生放宽些要求，让他们认为这是一个极好、极亲切的平台。要知道，勤工俭学真是太好用了，那些在校成绩还不错的学生做起事来认真不说，价格还很实惠，只不过开始的时候需要一些指导。”

沈初云听罢，哈哈大笑起来：“我说先生，您也真是太有实干精神了。我才说的，扩大规模要一步一步来，可是你偏偏极力地在诱导我，应该现在就开始准备。”

贺忆安也是跟着嘻嘻一笑，坚持不懈地找出更多的理由来：“女性惯有的行事风格偏向于保守踏实，男性则是喜欢制定目标、猛烈攻击。”说着，伸出一只手，眼中再次露出对于合作的期待，“我们中和一下可不是刚刚好吗？”

“你为什么……”话说到一半，沈初云扑哧一下捂了嘴，心里有些哭笑不得，不由得蹙了蹙两边眉毛，歪了脑袋摇一摇头。

贺忆安以为有戏，站起身来，将手直直递到沈初云跟前：“我是真心看好广告事业的，更想倚仗广告事业去发展我的本业。当然，这也是我积累资金的一种方式。趁着年轻，我还想再去别的行业拓展拓展，所以非常想和密斯沈达成合作。”

“我……”沈初云低头一瞥，犹豫着低声道，“今晚好好想想吧。”

俄延一晚上不过是要想想，该怎样让原来的事业计划快速推进。至于贺忆安的提议，沈初云或许还是要等一阵子才会实践。因为眼下，不能对不住苏振青的鼎力相助，暂时是不会另谋出路的。

恰是同时，邓公馆内连日忙碌的邓廉，顶着一脸的疲惫守在客厅里不许邓丽莎出门。

父女两个交谈了几句，便一起到了书房。

邓廉从抽屉里取出一张早就填好了的支票，递给邓丽莎，用命令的口吻道：“这里有两千块，足够办成许多事了。去跟那个什么《良言》，还有《闻京报》的社长说明白，你以后就单独出来做一份新的报纸。”说到这里，语气才缓和了一些，隐约有商量的意思，“哪怕你告诉我两千块不够，我也答应可以再增加些预算。”

邓丽莎已然有些不悦，只是不想刚说不到两句就吵，故而忍住不发，只是耸着肩，笑问：“可是合作得好好的，为什么要我单独出来呢？”

邓廉摸了摸鼻子下头的两撇胡子，回道：“这样更自由嘛，有什么不好的。”

邓丽莎假意点点头，试探道：“爸爸，到时候您会对我的报道选题有所干涉吗？”

邓廉不以为然地一笑，手指着门外，道：“你去问问受过我资助的报馆，我从前何曾干涉过？一个国家的财政问题摆在我的桌上，我尚且没有工夫一一去琢磨，更何况是报界那些小事呢。”

此一答正好中计，邓丽莎满意地一颔首，向前一步道：“如果有一天，我要报道庙堂之事，就如同苏社长调查高官玩弄民间进步组织。”然后，眉头一抬，神情有些挑衅，“您会怎样取舍？”

邓廉由喜转怒，拍着桌子喝道："胡闹！"

"虽是假设，但若是真有这等事情发生，我认为一个有操守的记者应该勇敢地告诉民众真相。这是职业道德，并不是胡闹！"邓丽莎眼色一沉，说着就拿起桌上的支票，才扫了一眼，就重新拍在了邓廉身前，"如果是为了不让我胡闹，那么这笔钱我不能收。"

邓廉被她缠得胡子都颤了起来："你为什么非要跟政府作对，要知道你亲爹我就是政府的代表！"

邓丽莎站定，摊手道："我没有预设什么立场，我只是想讲真话，做真事。"说罢，就准备要出门去。

"你给我站住！"邓廉在后喝止。

邓丽莎没有回头，只是轻蔑地笑笑："我认为，留下来和您继续辩驳是在浪费宝贵的时间，这个时间我完全可以用来构思一篇文章，或者完成一幅速写。"

邓廉拍案而起："你可以把时间都用在写文章、画画上头，但就是不肯和我交流是吗？怎么我跟你说什么都不成呢？叫你成家你说你要做事业，现在我主动说要支持你的事业，你又……"

一句"成家立业"的话，又把邓丽莎的心火给彻底点燃了，忙剪断了话头，道："爸爸，你为什么总是这样？"她转身逼到邓廉跟前，一路就要说到他脸上去，"你把所有事情都想好了，递给我一张支票，教导我接下去该怎么做，然后美其名曰什么交流。交流是要包容两个人不同的立场，你这种做法让我看不到任何可交流的空间。包括你说的成家也是一样，你从前说什么尊重我的意愿，可据我看来，你不过是把允许我相中的男青年范围给扩大了，然后推着我到他们面前去，对我、对外都宣称，允许我自由选择人生。爸爸，我请您有空去翻一翻字典，好好地学习学习自由的意义，好吗？自由是不干涉，而不是说，表面上假意批判封建家长制的说一不二，背地里却去画一个大圈，把所有你允许我走的道路都圈进去，接着就只让我在这个圈子里做选择。这种自由是假的，父母给予儿女真正的自由，不应该有这样的条条框框。”

邓廉嘴角抽动两下，一只手怒指向天花板，一字一句说得分明：“我推崇有克制的自由，这一点我说得很清楚。没有边界的自由，在某种程度上离犯罪也就不远了。”

邓丽莎鼻端呼呼喘着大气，退步怒吼：“你的话里充满了政治家的诡辩！我已经长大成人，能分清是非了。我在跟你谈一个能对自己人生负责的成年人，应该拥有择业、择偶的自由，可你把我所讨论的自由扩大成一切行为的自由。不好意思，这样玩弄口才的事情，你完全可以去国会讲台上表演，而不是回到家里挖坑给我跳。就算你要挖，也别低估了我的判断力，我不吃这一套！”

吵得这样闹嚷嚷，又是星期六，家里人都在睡懒觉。连邓太太在内，家里几位少爷少奶奶蓬着头就下来了，一堆人负责劝一个。唯独邓太太站在中间呵斥：“真是不让人省心，我叫你跟女儿谈谈，并不是叫你们这样扯着嗓子大吵。”转而又去嗔邓丽莎，“你也是，别仗着自己喝了些洋墨水，就在家里六亲不认的。洋人那套小家庭各自为政，自己为自己负责的言论，我不喜欢。不要那样崇洋媚外，一切事情都以西方学说为标准。照我说，传统的伦理依旧有可取之处。”

邓丽莎扒开挡在前头的几个嫂嫂，正待要驳，邓太太反而抢在前头，更加大声地压制她：“不要以为传统都腐朽，我先问问你，你搞那个女权运动，对前辈不都是恭恭敬敬的嘛，这难道不是传统的尊师重教？显然，你自己用行动证明了传统也有对的地方。你对传统的师徒关系可以理性地保留，为什么对于传统的家庭关系就不行了呢？是不是仗着我们做父母的总是宠你，所以就格外骄纵？话，我先说到这里，你要是也想像刚才指责你父亲是诡辩一样地来指责我，我也认了，就当我们两个前世欠了你的吧。拉扯你到这么大，书也念了，世面也见了，如今倒来跟我讨债了……”

邓太太一路念念有词，摔了门就走了。留下几房儿子儿媳居中劝着，儿子们拉着邓廉回房去歇着，儿媳们拉着邓丽莎去客厅坐下喝茶。

门一关，邓太太就从梳妆镜里望着邓廉问道：“这丫头连好话都不听了，接下去你要如何处置呢？”

“那就……用直接点的法子。”邓廉累极了，并不想细解其中机关，换了一身睡衣，就在家里补了一天的觉。

第 45 章

赏花盛宴

过了小半个月，徐润莲忽然向京城名流大派名帖，请去她府上赏菊。

沈初云这个前主编声望很大，徐润莲不好明着庆祝自己升职，只能借赏花的由头，把名流叫来家里，见了面恭喜的话自然是少不了的。

邓太太接了帖子，寻思了一会儿，就劝邓廉在公事上先不要有任何动作，她预备带着邓丽莎一起去破破冰，一切等她们回来了再做打算。

邓廉认为那样也好，不管怎样，邓丽莎去到总理府这件事，看在外人眼里总归是和解的意思。

到了菊花宴开的日子，总理府上自是满堂贵宾。

只见西式客厅里，许多张大餐桌连在一起，各放两边。上头铺着特意定做的白色大桌布，每张桌上都摆着菊花。厅外，院子里的花台上，鲜红的最多，其次也有绿的、紫的，中间摆上几盆纯白的做点缀，格外打眼。各色盛开的菊花，大的如盘，小的将将指腹那般大。

邓丽莎随着邓太太经过廊檐去往客厅，一路也看见许多瓷盆，种着各种菊花。听差领着路，还会介绍介绍哪一株是打南边来的，哪一株是从海外来的。大的摆在窗台上，小的挂在门上，或是从梁上垂下来。

进了客厅，中间的音乐台刚好一曲舞罢，大家都在休息。

邓丽莎见了几个熟人，一同去了摆着饼干、蛋糕的餐桌边闲谈。

俄国乐队又奏了一曲，舞池里就满是穿红着绿的快乐青年。

邓丽莎就冲身旁的女朋友笑道："你看看，每回有这样的沙龙，都是一个个头发刷得溜光，皮鞋也像抹了好几层鞋油一样。都这样光可鉴人的，我就分不清谁是谁了。"

她还没发现，舞池那一头，旧传闻中的情敌向兰，正穿着白底蓝鸳鸯格的瘦窄长衫，在和主人翁攀谈。

今天的宴会预备得很是中西结合，娱乐一方面都是西洋玩意儿，可是帖子上又请女宾们着传统服饰。中式的美人配西式的沙龙文化，就成了很亮眼的风景。

徐润莲从托盘里拿起一朵水红的小花，往向兰耳边一比画，笑说道："今天的女宾都要簪花的。我以为这一朵最好看，尤其衬你的肤色。向兰妹子，你要是信得过我呢，就簪上这一朵吧。"

向兰忙伸手接过簪在了耳后，客套了一句："三少奶奶眼光总是好的，我要说不好倒像不识货似的。对了，前次在报上看见三少奶奶作的新体诗，我读了很喜欢。不知道有没有这个荣幸，能常来贵府交流交流心得？"

徐润莲的眼神一时有些茫然，礼貌地笑问道："妹妹也喜欢作诗吗？"

向兰摇了一下头，露出不自信的样子："比不得三少奶奶您，我只是爱看，写是写不来的。也是儿时太淘气了，因为贪玩常惹先生不高兴，学业都荒废了。现在就想拜个师父，一点一点地再捡起来。"

听她这样说，果然是个没有诗文基础的人，那倒是很好应付的。徐润莲因此一想，不由得得意地点点头："可以倒是可以，不过太高深了我就不会了。"

向兰以为这是挤入上层妇人圈的好时机，赶紧道："别说高深了，以三少奶奶的才情，大概你所谓的基础，听在我耳朵里能理解就很不错了。"这既是谦让，也是为了让徐润莲不要把她看成一个像梁绣珍那样的威胁。

能收外长家的少奶奶做徒弟，这倒是很有面子的事，至于上课要怎么糊弄，徐润莲一时还顾不上想，就忙不迭地答应了。

与邓丽莎分开的邓太太恰好走到梁绣珍身后，顺着她带着些微嗔怒的眼神，正好望见了这一幕。因就冷笑着低声道：“绣珍呀，不是舅妈爱说你，你这个人最大的毛病就是难免小性些。”

梁绣珍倒被突如其来的一句话给吓着了，人不由自主地跳了一跳。转过身，拍着胸口缓了缓，才问了一声好。

邓太太噙着笑，继续小声分析着：“你说她徐润莲干吗要和你府上的四少奶奶这样好？还不是因为知道你不喜欢她吗。你越是这样待在角落里嫉妒四少奶奶同人家交好，越是中了人家的圈套。”

梁绣珍撇撇嘴，脚尖擦着地毯，身子小小地扭了一下：“舅妈的话，我不是没想过，就是因为想到了，所以格外觉得胸闷。不就是《闻京报》一篇没头没尾的揣测嘛，她至于这样整日里钻营着要寻我们两家的晦气吗？再说了……”她看了看周围人的动静，贴到邓太太耳边，“总理的麻烦在于跟议员的关系缓和不下来，迁怒在旁人身上，也未免太刻薄了吧。”

“你呀，就是年轻。”邓太太揽过她的一只手，挽在自己臂上，假意嗔道，“这件事上头，我们邓家不比韩家更头疼，可你看我今天难道有半点不高兴的？瞧，我还就是一定要带着丽莎一块儿来。她不让我好过，我要是躲起来生气，那太不划算了。就要拉着她一起不好过，才叫本事！”

梁绣珍从丹田里提了一口气，认为这是学到了一课，重重一点头。

“对了，我还没恭喜你呢。”邓太太笑着抚了抚她的脸，“听你母亲说，外长让你在妇女促进会当了个干事？”

“一个小干事……”梁绣珍扭捏着，既觉得是受了公爹的重托，有几分得意，又觉得官衔不够响亮，不免有些可惜。

“瞧瞧，又不懂了吧。”邓太太拉着她，一路往角落里退，悄声向她说道，“姚太太对我说过，沈初云的事发生得很突然，表面上呢是把徐润莲推了上去。但实际上，当时就有许多人不服她，《闻京报》的文章一出，反对声浪就更强了。眼下是碍于总理仍在其位，不好让徐润莲用辞职这种方式来平息怨气。但若你能沉得住气，以韩外长对于舆论的把握来说，助你取而代之根本不成问题。”

虽然邓太太一番好意，可梁绣珍未必没听过这些，因此并不觉得心里有多少安慰，嘶着嘴道：“话虽如此，我就是觉得等待时机这种话，就像是空头支票，谁知道要什么时候才能兑现呢。”

“年轻人就是心急，没听过欲速则不达吗？”邓太太说时，往她额角轻轻戳了一下。

梁绣珍娇嗔地喊了一声：“哎呀，舅妈！”

邓太太无奈地摇摇头，走去放饮料的地方，端了一杯仍在冒泡的汽水，逡巡着四周，问道：“对了，你婆婆呢？”

梁绣珍答：“家里五妹妹病了，我婆婆留着照顾照顾。”

这话倒没听说过，邓太太不免琢磨了一回。尔后，笑得一脸了然，道：“是没必要全家都来。”然后，凑近了一步，向梁绣珍耳边叽叽咕咕道，“来得齐了，弄不好就像挑衅一样；要太和气了，又好像来服软的。所以，我也只带了丽莎而已。”

梁绣珍被她猜到内情，又想着是自家人，当然没什么可否认的。于是也攀在她肩头，唧唧哝哝好一阵子。

两个人聊得投入，并没有想到此刻正挡住了拿饮料的地方。

便有一位穿蓝竹叶印度布长衫，烫了发的时髦女郎，眼含抱歉地打断了她们：“二位太太……”接着，手朝她们身后一指。

梁绣珍方讪讪地说了一句“抱歉”，让开身去。

邓太太在后，惊讶地招呼着：“哟，金小姐呀。什么时候回国的？我竟然一点儿都不知道。”握了一下手之后，又转身笑道，“绣珍，我给你们介绍一下。这是金小姐，芳名玉瞳。”让步到一边时，借着歌舞声的掩盖，对梁绣珍快速地咬了一下耳朵，“襄王爷的独生女，家里就剩下这一个了。”

梁绣珍一直颔首微笑，与金玉瞳礼貌攀谈几句没要紧的话。彼此恭维到穿着打扮时，梁绣珍艳羡地盯着金玉瞳的手，赞道：“密斯金这戒指真漂亮。”

“谢谢。”金玉瞳笑着一点头，也夸了梁绣珍身上的湘云纱看着华贵非凡。

梁绣珍便客气了一句：“有空上家里玩啊！”

不料金玉瞳对于此一句应得格外认真：“那敢情好，你府上一定是个好去处，我倒一直想去的，只怕你们不肯。有了这句话，我是一定会去拜访的。”

梁绣珍只当是前朝孤女难免喜欢结交当权家庭，笑了笑并不在意。

及至金玉瞳离开之后，邓太太方始解释起来：“她呀，也是运气不错。虽然投了个苦命胎，爹娘早早就没了，朝廷也改了姓，不过家里那点底子足够她出国去过好日子的。听说她在英国还有一对养父母，养母待她非常好。”

梁绣珍眼珠子骨碌碌一转，坏笑着轻声道：“舅妈怎么知道是养母好呢？”

第46章

“情敌”会面

邓太太憋了一肚子的笑，拿手点着她鼻子，道：“你呀，什么话都不会搁在肚子里想，非要说出来。”

“知道了，这里不是说话的地方。”梁绣珍一笑之下，也就住嘴不谈了。

又是一曲舞罢，两人方看见，徐润莲不知何时已经拉着向兰，高声去问候邓丽莎了：“这不是丽莎妹妹吗，这星期天有空吗？有个单身沙龙不知道有没有荣幸请到你光临呢？”

邓丽莎抿着礼貌的微笑，婉拒道：“我并不是很爱这一类的社交。”

徐润莲转而故意对着向兰玩笑道：“我还以为丽莎很开朗的，原来事涉姻缘也是很传统腼腆的。你看，这不是脸红了。”

向兰望着邓丽莎只是微笑，仿佛从不曾知道世上还有这样一位人物。

这倒让徐润莲犯了难，难道韩家把这件事瞒得这么好吗？也不该啊，除非是一直不出大门，否则社交场上谁不知道邓丽莎差点就成了韩家的四少奶奶呢？

倒是邓丽莎笑笑先寒暄起来：“四少奶奶，一直没有机会向你当面说声恭喜。”于是，冲她伸出手，问道，“迟到的祝福，不介意吧？”

向兰羞赧地一点头，将手递了过去，摇撼了好几下。

眼看这样一桩在圈子里传出许多版本的绯闻，就此要剧终了。徐润莲哪里肯放过，故意扬着声，招得大家都看过来：“哎呀，真该请一位摄影大师把这一幕历史给留住的。”

向兰不方便有任何表示，因此只是低头，拿鞋子不停地搓着地。眼神的余光不住地观察着邓丽莎的表情变化。

只见她自自在在地反问：“我们这样的小人物握一下手，还能称得上是历史了？”

徐润莲不依不饶：“国家有国家史，家庭有家庭史，女子怎么就不能有历史了呢？”

在场的一些人不免想到，从前的女子历史无外乎与艳情题材有关，她二人从前的传闻也是围着一个男人在转。因此，面上不免都带有轻佻之意。

邓丽莎看在眼里，只有不忿却没有羞惭，只管接话：“有是有，只是我们这些小人物当着徐会长的面不好托大。”

梁绣珍不及走到她们中间，就开始发问了：“你们聊什么呢？”

徐润莲闻声便知来人，转过头，出口就是谎：“给你表妹说媒呢。”

明知是假话，但要是先翻了脸，倒好像开不起玩笑一样。

因此邓太太只管笑，梁绣珍也摆足了姿态回驳：“什么样的媒？不是最好的，咱们家姑娘可是不要的。”

“你问你家四少奶奶嘛。”徐润莲面不改色地扭头盯着向兰直笑，“你说好不好？”

梁绣珍故意挤进了两人中间，冷笑道：“别打量我不知道，你都没说呢，我们家四少奶奶又怎么能说好或不好呢？”

在这种情况下，邓丽莎毫无疑问会走到梁绣珍的一边站着，带着半真半假的表情，顺便表白了一下自己的立场：“就是说啊，徐会长还不曾说是什么样的人呢。不过照我的意思，也大可不必费心说了，我眼下很享受单身贵族的这层光环。”

邓太太一听这话，扬起的嘴角略略一收，旋即更加咧开嘴来。

徐润莲敏锐地瞅见了，忙接口说道："对了，我想起来了，丽莎是钟爱国外那种独身主义理论的。"因就朝着梁绣珍不屑地一笑，又去上下打量向兰，完全是看戏不怕台高。

邓丽莎点头答道："算是我的研究方向吧。"然后，适时将话题扯远，"那么徐会长呢，沉寂了好一阵，是不是关起门来在研究什么新理论呢？如果是，一定要分享出来哦，我们都等着贵报再次一鸣惊人呢。"

自和《闻京报》打过一场擂台之后，《新声报》的销量就下滑得厉害，妇女促进会的名头也不如过去响亮了。当初沈初云提出办报，首先是自己肚里有货，而徐润莲只是白占个位置罢了。报社里也不是没有能人了，只是他们明里暗里都更支持做起事来更有方向感的沈初云，自她走了，人也散得七七八八了。为了显示新主编是有实力的，也为了让人看起来是在做事，徐润莲不得不让人捉刀写一些抒情的诗文来刊登。

所以，报社前途方面是徐润莲心上最重的石头。一经人提出来，自然闹得无可对答。

闹腾到夜里十一点钟，客人方始散去。

梁绣珍紧跟在邓太太身后，抢在她母女两个坐车前说道："舅妈，你不是还有牌局吗？"趁着邓丽莎还没回头，先冲邓太太一眨眼，然后不容分说地揽过邓丽莎道，"舅妈有事就去吧，我送丽莎回去也是一样的。"

邓太太心里明白，只管点着头，坐上车去了。

这样拙劣的借口，邓丽莎一眼就看穿了，因就怪腔怪调地抢白："我妈有没有牌局，怎么表姐比我还更清楚了？"

梁绣珍不理会，只管冲着车里的邓太太招手。等韩府的汽车开到了跟前，才主动拉开车门，请邓丽莎上去。

车上除了司机，也就她们两个了。

邓丽莎不由得冷笑着咋舌道："你府上也未免太铺张了，不过来了两位少奶奶，就坐两辆车。真要是全家都出动，北京城可不得戒严了呀。"

梁绣珍知道她是有意将话题扯开去，也就没有特意去遮掩和向兰的嫌隙，淡淡道："我下午是从别处来的，所以才没坐一辆车。这样也好，我是不爱跟不相干的人打交道的。"

邓丽莎闻言，甩着手绢只管冷哼。

"不说这些了。"梁绣珍不满地拽住她晃悠个不住的手，拧着眉，正色道，"你今天的话很危险！我看，舅舅舅妈那边我再帮你劝劝，拖一阵不要紧，但你千万不要再去宣传自己是什么独身主义了。"

邓丽莎心道，她连邓廉都能辩过去，还担心辩不过梁绣珍吗？因就轻笑着问道："独身犯法吗？"

梁绣珍两只手臂交叠于胸前，也就拿腔拿调地回道："独身干扰人类文明的延续！"

邓丽莎不由得大笑几声："看来人类要因我而亡了。"

梁绣珍想不到什么可反驳的话，更板起脸来教训："不要跟我玩文字游戏，我是好意在劝你。总是处处表现得跟人家不一样，久而久之，人家会不想亲近你的。难道你就那么乐意，被社交圈子孤立吗？"

邓丽莎摊开手，耸了耸肩："社交圈多了，并非只有你口里的那个才算。不是每个圈子都有融入的必要，我有我自己的社交圈就够了。"

梁绣珍一想到她的社交圈里自然是以沈初云为中心的，言语就不免讥诮起来了："穷酸文人的社交圈能带给你、带给你们家什么好处呢？"

邓丽莎歪着脑袋，挠挠耳垂，漫不经心道："我以为我的社交圈是放眼社会的，拿家庭的得失来衡量，未免低估我了。"

“得了吧。”梁绣珍越谈越觉得气闷，挥着手帕不停地扇风，白着眼哼出一句，“就是些不正常的人干着些不正常的事儿！”

邓丽莎闻言腾的一下就坐直了，瞪着眼怒问：“你认为的正常是什么，跟你一样就叫正常？我没有按照你的意愿去办事，你就要说我不正常。那么正好，我也认为你不正常，咱俩扯平了。”

“你……”梁绣珍从脸到脖子都涨红了，可偏偏就算是赌上毕生所学也说不过她，气得快不行了。

夜间车少人少，不一会儿就到了邓公馆门口。

不等车停稳，邓丽莎就跳下车去，两手背在身后，冲车里气急败坏的梁绣珍吐吐舌头，道一声“再见”。接着，冲着驾驶室里拼命挥手，拜托司机快点走开。

梁绣珍拿她完全没办法，只是更加存了一份想要《良言》出问题的心。

第47章

一面之缘

且说金玉瞳回国不久便成了交际场上的明星，想要访问她的杂志很多。但她总觉得登在封面的照片有些不如意，因此有意自己拍一个系列，以便将来用得上。

管家按照金玉瞳的吩咐去寻照相馆，最好是要洋人开的，若没有好的，就找留洋回来的人，最重要的是得有品位。

事有凑巧，选来选去，他认为贺忆安的照相馆是最佳选择。

这日虽已入初冬，阳光倒很好。金玉瞳带了她新做的几身四季衣裳，一来就滔滔不绝向贺忆安问这问那。

贺忆安一面听着，一面看她。看上去不过十六七岁，但以谈吐和经历来判断，大概也二十多岁了。面孔略尖，白里泛红，五官清秀。身后跟了个娘姨，说话是上海口音，贺忆安倒觉亲切。

谈罢，金玉瞳脱了玫瑰紫的驼绒大衣，拉了帘子去换衣裳。

贺忆安一边调适光线，一边和那娘姨打听。原来，这娘姨是金玉瞳一个朋友家的梳头夫人，今天为着金玉瞳要拍一套传统照，所以特地跟出来，专为了给她梳头的。

说着话，金玉瞳就已经准备好了。

第一套打扮是浅蓝镜面缎的短旗袍，下面便是长筒丝袜，黑海绒半截高跟鞋。娘姨问她梳个双髻可好，金玉瞳摆手道：“这个你就不必问我了，国内的事我真是一概不记得了。你猛然说双髻，我要想好久才记起来是什么样子的。既然你家主人夸你不错，我就认为你不错，全权让你决定好了。”

贺忆安听着，不由得拿背对着她，唇角轻轻一翘。

忙了足有一上午，拍完最后一套银杏色闪光印花缎的旗衫，金玉瞳掩着嘴打了个哈欠，笑着感谢贺忆安这半天的辛苦。娘姨则在旁整理她换下来的衣裳、首饰一类。

等换回海绒面的衣裳，金玉瞳把御寒的驼绒大衣往手臂上一挂，也不着急走，只是四下望着，笑道：“密斯特贺，你这里看起来像是新开张呀。”

贺忆安笑答：“可不是，我也是和密斯金一样，刚来北京落脚。这照相馆，满打满算也只半年而已。”

“我倒是落叶归根，没准儿还能给你当半个向导。”金玉瞳走到柜台前，打开手包，又拿眼神问伙计该多少钱。

贺忆安也就绕回到柜台里头，答道：“此言差矣，既然是落叶归根，难免有些今时不同往日之处。或许眼下，我才更了解此地。”

金玉瞳双眉一挑，努着嘴点了一下头，然后才答：“也是有道理的话。”

早在拍摄之前，贺忆安就觉得她身上有着一股没来由的傲气，好似忘本是多得意的事。这样的女子不招人爱，却是个很好的消遣。因就提议道：“不若这星期天有空，我带密斯金出去逛逛？”

金玉瞳付了账，顺便递过一张名片，爽快道：“好啊，我其实很想去香山看看的。”

贺忆安低头看她的住址，答着：“这两天虽冷，去香山倒未必不好。不过，一到了枫叶红的时候大家都去香山，那是看人还是看景呢？”

金玉瞳眯着笑眼答道：“说香山好的是你，驳香山不好的还是你，简直把我弄糊涂了。不过，一般人都不会出一道连自己也解不开的题来为难人的。想来，密斯特贺是有比香山更好的去处咯？”

“密斯金可真是冰雪聪明啊！”贺忆安不无得意地夸耀起自己的人脉来，“我因为会拍照的关系，在艺术方面总有各种机会，去一些闲人免入之地，比如说……”他想了一下，眼里亮了亮，打着响指道，“文明戏的排练厅！怎样，是不是只见过戏台上正正经经地演，没见过排练啊？很有意思的，这些演员在台下都是朋友的关系，眼睛一对上就会笑，比台上演的趣剧还更逗呢。”

金玉瞳眨巴了两下眼，看贺忆安难掩兴奋的样子，便也捧场地鼓起掌来：“真是想也想不到的好主意呢。”

“只不过……”贺忆安露出为难的样子，两根手指来回摸着下巴，“排文明戏的多数是学生，租不起城里的戏台。去城外的话，回来的时候就太晚了，不知道密斯金……”

“我可是呼吸着西方空气长大的。”金玉瞳瞋了他一眼，却不急着走，只管偷眼打量贺忆安身上成套的蓝哔叽西服。

“对对对，是我小人之心了。”贺忆安咧着嘴，笑得有些忘形。

金玉瞳哪里不知道他此刻在计划什么，只不过也不止他一个人心里算盘。因想着，拿手托着下巴，忽然问道：“对了，密斯特贺是学什么专业的？”

“经济。”贺忆安笑着亮了亮那张名片，郑重其事地塞进上衣口袋里。

金玉瞳笑着颔首，又问：“学经济的为什么就做了艺术呢？”

“经济不应该只是一门专业。”贺忆安一边说，一边擦着镜头，说到重点处，不由得顿了顿，认真地望着她，细细解释，“我的意思是不该专属于某一类人去学。这年月，不管从事什么，学一点经济总是很实惠的。我内心还是向往艺术的，经济不过是用来支持这项爱好的手段。”

金玉瞳嘴巴圆圆地做出个“哦”的口型，大大地点了几下头，仿佛在思忖着什么。

“贺君。”伴着一位女士的声音，门就被拉开了。

两人同时抬头向外看，只见沈初云披着件绛色的短斗篷，头上戴着一顶与斗篷同色的贝雷帽，向贺忆安一笑道：“你好啊。”

贺忆安见这样两个时髦女郎都站在自己跟前，不由得就兴奋了起来：“天哪，今天真是蓬荜生辉呀。”忙走到她们二人中间，热情地做起了介绍，“这是金玉瞳小姐，刚刚归国的游子。这是沈初云女士，大名鼎鼎的女权卫士。”

两人点点头，又握握手。

沈初云欲抽回手，金玉瞳却不放，笑着打量她，道：“原来是沈女士，久仰大名。”这才松开了手，向贺忆安说，“那么，我改日来取相片。”回头招呼娘姨拿了衣裳，走到门口还不忘回头再望他们一望。

贺忆安心自奇怪，怎么忽然就这样匆忙地要走。

全然不知因由的沈初云就先问候他：“最近生意好吗？”

贺忆安定定神，转头晃晃食指，朗声笑答：“广告就是有效。”

沈初云笑眯眯地接着问：“也是因为贺君的艺术感非常突出，口口相传的缘故。听说已经有了不少回头客了？”

这次，贺忆安只以点头作答，然后笑道：“密斯沈今天应该不是特意来祝贺我的吧，像您这样的大忙人，应该我去登门致谢，没有你来恭贺我的道理。”

“因为同你说话，总是有收获的。”沈初云说时，眼睛朝着阁楼上一挑眉，示意有些正经事情要谈。

贺忆安便请她上去细说。

沈初云走上楼，往沙发上一坐，接过刚泡上的热茶，笑道：“你说的小说副刊，我跟丽莎还有苏社长是谈了又谈，最终都认为可以试试。不过丽莎提出来，倒不必非要着眼成功女性的传奇，记录平民女性的一生，或许更加接地气一些。再说白了吧，我们也有些柿子挑软的捏。一些普通女子，可能并没有办法去介意被我们写成什么样，甚至人家都辨不出写的是谁的故事。”

贺忆安却是开了酒柜，给自己倒了一杯红酒暖身，不无遗憾地说道：“你们两位淑女什么都好，就是太在乎影响。就去写举足轻重的人物好了，大胆写嘛，大不了写得轻浮了些，将来也不过打嘴仗而已。其实是越打嘴仗，人家就越好奇小说的内容，这也是有助于销量的事情。”

沈初云虽然不接受，但回答得很委婉：“许多人都是一条战线上的同人，这样做不恰当。我还是认为，若真要写她们的奋斗历程，也得先征求过本人的意思。”

贺忆安晃着红酒杯，往沙发上一靠，无奈地耸耸肩：“漂亮的人说什么都对。”

沈初云不料他会这样结束话题，不由得缩了缩脖子，捂着半边脸一笑，顺势托着面颊，问道：“你这样一说，我就不免要想了。多数人总是夸奖我有才情，仿佛只有你不遗余力地说我的样貌。这在从前吧，听多了才女一类的夸奖，我总是认为受之有愧的。不过到了你这儿，我又起了三分贱。心里难免会想，是否我的才华确与名声不符，所以你就总是只夸我的样貌？”

“并不是。”贺忆安对这一类话题总是显得特别有兴趣，抿了一口红酒就将酒杯放到一边，两手围出个方框，像照相那样来回比画着，笑着恭维她，“因为我料想到说你有才的人不在少数，害怕你会因此而忘记自己也是一位大美女，所以要格外在这一层上提醒你。”

沈初云被他蜜罐一般的嘴哄得又是一阵笑，摇着头说：“你可真是……我忽然有点相信了。”

“相信什么？”

“相信你常说的，中意你的女子，能绕西湖一圈。”

两人说笑一阵，贺忆安才道："说正经的吧。你预备写什么题材呢？我能推荐几个人，作为你们的素材对象吗？"

"可以啊，我正是为这个来听你意见的。"沈初云说时，从手包里掏出纸和笔来，是个正正经经要来开小会的姿态。

贺忆安弯了唇，先看她认真地记录下日期时间，接着才提议："很多沦落风尘的女子都有故事，而且吧，她们自身一定有极强烈的被人写成小说的愿望。你想啊，平日做生意，为了留住客人，磨破嘴皮地去讲自己如何如何辛苦。如果你们肯代劳，不仅会更加煽情，传播得还更广泛了，岂不是两全其美。"

不等沈初云回复，楼下忽传来一声喊："贺忆安君！"随着噔噔噔一阵脚步响，邓丽莎登上阁楼，先就一跺脚，皱着脸似乎心里有气的样子，"你这个人真是让我……无法定义。"

沈初云将脸躲在手臂后头，只管忍着笑。

贺忆安堂堂正正地一挺身，道："我对自己倒是有定义的。你瞧——"打了个响指，右手往洋酒杯上一亮，"商人。"跟着左手往紫泥茶杯上一亮，"文人。"最后，右手指着中间地带，左手往胸口上一搁，"我。"

沈初云挑着眉琢磨了一晌子，认为有点意思，就微微颔首笑望着邓丽莎眨眼睛。

贺忆安还嫌不够，把方才那套动作再比画了一遍，这次则换了两个词："西方，东方，我。"

邓丽莎撇撇嘴，虽然还想就他刚才那番替风月场打广告的歪理辩论辩论，却又奈何不了他的脸皮，只是不住地摇头。

三人就绕开这话题，谈谈报社还有没有别的可赢利的法子。谈着谈着，又免不了依旧去争论究竟写风月女子合不合适。

最后，沈初云和邓丽莎携手告辞。

走出照相馆，沈初云便问道："谈过之后，你对他的提议还是很抵触吗？"

邓丽莎气鼓鼓地抿了嘴，一副要说不说的样子。

沈初云一笑，先表态道："我认为可以尝试。"

"帮窑姐做宣传？那我们不就成了花报了？"邓丽莎大惊，引得路人侧目不迭，这才吐吐舌头，压低了声音，扭捏起来，"去过一回之后，我真是……"

"你能比我还更讨厌那些人吗？"沈初云做个苦笑，"可是有什么办法呢？就像贺忆安说的，这些人是怎样沦落风尘的，本身就是一部真实的苦难史。怒其不争的同时也不该忘了哀其不幸，更要让人们都能以她们为警示。女性应当去学文化，等自己有了立身的本事，也就不必靠着皮相生存了。至于他那些做宣传的话，你就听听算了，他说话不一直是商人腔调嘛。就算真是起到了广告的效应，我也是这样想的，鼓励她们改造自己，难道就不需要钱了吗？靠觉悟真的就能从良了？如果是这样简单的话，这个行业早就消失了。她们怎会真的不知好赖，这时候挣来的辛苦钱，年老色衰后都未必够开销医药费的。口袋里有了钱，上夜校去学学本事，再呼吁取缔这个行业，就容易多了。"

"那好吧，我反正是听你的。"邓丽莎哼哼着，勉强算是接受了，因又问她，"那么……叫谁去采访呢？"

沈初云明白她只能是口头接受而已，便笑道："你就不用去了，我知道你会不舒服的。我是肯定会去的，还有小唐……"

邓丽莎脸色一正，忙剪住这话："可别让他学坏了，回头我们怎么跟他家里交代呀？！"

沈初云停下脚步，轻戳一戳她的额头，嗔怪道："你也真是的，不然你让他干什么活儿呢？成功女性就那么几位，京、津两地的都快采访完了。就全国而言，再有几通电话，也都访了个遍。小唐最近就是在采访各界的成功男士，难道跟着他们就不会学坏了？抽大烟、赌钱、贪污，这些男人除了成功的一面，颓废的地方不要太多哦！你预备怎么跟人家家里交代？”

邓丽莎赌着气，拍了拍沈初云数数的手：“让他去采访女学生好了。反正那个贺忆安不是很想挣钱嘛，你就让他去呗。我料着他本来也是个常客，正好拿这笔外快去开销。”说罢，认为自己的人事安排简直完美，脸颊上旋起两个酒窝，立时就转阴为晴了。

“你倒会替他算。”沈初云咯咯地笑着，心里倒也认为这样的安排是好的。贺忆安比唐宋更会说玩笑话，女孩子见了他都高兴，或许说得也更详细，这是他天然的优势。

因此一想，倒渐渐地对贺忆安这个人释然了，虽是掉进钱眼的性格，但配上沈初云跟邓丽莎这种不敢挣钱的性子，的确是很好的中和。

第48章

臭味相投

再说回金玉瞳，她将那娘姨送回了韩府，自己也跟着下了车。

原来今天是韩仲平的生日，韩府里许久没有什么喜事了，韩太太嘱咐了要办得风光些。梁绣珍自然是一百个高兴的，只有做过头的没有做不到的。

金玉瞳熟悉地穿过三进院子，抬手挑开竹叶青的棉帘子，笑着走了进去："二少奶奶这样客气，不过一枚普通的戒指，还什么礼呢。"说时，手伸到衣服里一拎，正好坠出一块六七分阔的玉牌，通体是春水色的，雕琢成节节高的样式。

原来自上一回在总理府上相遇，后来又有过几次碰面，两个都爱追赶时髦的女子自然成了好友。熟稔之后，金玉瞳就将头一回见面时，梁绣珍多看了两眼的戒指拿天鹅绒的盒子装好，差人送到了韩府。

梁绣珍见她来了，笑得格外热情，揽过她的臂膊，妹妹长妹妹短地让座，又道："什么普通呀，你瞒不过我的，那枚戒指说五十块还是不识货的呢。我无功不受禄的，白拿你这么贵重的东西可不好。"

金玉瞳笑了笑，拉起梁绣珍的手，对着自己曾经的爱物左瞧右瞧，心里很是放不开，嘴上却道："所谓知音难求，难得我们姊妹两个喜好相投，我一点都不觉得什么。尤其能这样合适地套在你手上，更显出我们的缘分来了。”

梁绣珍听她说得这样甜，就不好拆穿说尺寸已经改过了，忙提出其他的话头来：“戏台那儿演了好半天了，去听过没有？”

金玉瞳撩了一下额前的刘海，垂眸蹙眉道：“我在英国待久了，有些看不懂呢。二少奶奶要是不忙，我们在这儿说说话也挺好的。”

“忙是忙，不过都忙过去了，这会儿客人都来得差不多了。”梁绣珍边说，边将桌上的点心、水果往金玉瞳跟前挪了挪，又按了铃让送两杯热果汁进来。

“是吗？”金玉瞳一面问着，就把戴着金丝戒指的手抬了起来，轻按机关，纽扣大的一个小圆盘竖了起来，然后就显出一个小小的表盘来。因就嘴角一翘，道，“我以为时间还早着呢，刚才一路来，也没见着客人过来拜寿。”

梁绣珍先是咋舌夸赞这样精巧的玩意儿果然是洋货，心里不免艳羡起金玉瞳在英国的经历，然后才答道：“拜寿是老礼，如今时兴文明了，繁文缛节就没有存在的必要了。客人自然也是知道我们家的，来了就去吃酒吃菜，吃饱了听戏，倒也省了我许多事情。”

金玉瞳转着那枚金丝戒指玩了一圈，点头认同：“对，我就认为西方的生活更加自在，没有那么多花架子。现在国人也认识到自己的不足，这很好，等全盘西化了我们也就有希望了。”

两人谈起对西方一切没来由的崇拜，就如蚂蚁附膻，说个不休。

要不是蒋妈进来说，韩太太屋里这会儿有客人，让梁绣珍去一趟，两个人只怕能就此说到天黑。

梁绣珍甩了甩手上的花绸绢帕，讪讪然说道：“才说的没有繁文缛节，这就打嘴了。我料着是家里几位老太太、姑太太来了，这个安不得不去请的。密斯金就各处逛着玩儿吧，不用拘泥什么礼数的。”

金玉瞳笑着起身，打趣道：“你不说我恐怕也是会那样随性而为的。”

这韩府，金玉瞳先时已经来过一回了，大概知道各人住哪边。

因中午见过沈初云一面，不由得就往她从前的居处而去。

二房和大房的院子隔得很近，穿过夹道就是了。

院门是虚掩着的，金玉瞳问了里头可有人，但下人似乎都去忙着待客了。

遮风的棉帘子都是垂着的，屋里的帷幔也都放了下来，不免显得有些冷清，亦有谢客的意味。

金玉瞳绕着廊子走，看着院子正中的假山石和西边的葡萄架，想象着沈初云从前过的是怎样锦衣玉食的日子。抬头看着廊檐，到处都垂着绸绦、绸花，每两根柱子中央还各悬一盏小纱灯。不由得感慨，这梁绣珍也是会花钱得很，她的丈夫做寿，简直要把别人的院子也装扮成寿堂了。

这样穿红着绿的院子，却没有人来欣赏，越发显得可惜了。

如此想着时，正中间的会客厅里却传来一声咳嗽。

原来家里有人。

金玉瞳上回来韩府，就和韩仲秋见过一面，说过几句话，也不算是生客。便去拉开帘子，往内一探，笑问道："大爷，怎么在这儿悠闲呢？"

韩仲秋正弯腰下去捡绒毯，因就皱了眉头问："谁？"待她笑盈盈款步走到跟前，才渐渐回忆起来，"哦……密斯金？"

金玉瞳抿着笑，背了手四处看看陈设，柔声道："叫我玉瞳就好了，你知道的，我是从英国回来的，平时与人相处随意得很，并不在乎什么男女有别之类的酸话。"

"好。"韩仲秋见着美女总是心情大好的，也就不犯困了，殷殷勤勤跟在身后略略介绍一番满屋名贵的家私，又向她解释，"我其实是躲出来的，并不是我酒量不好，只是架不住他们死灌。这会儿还不到晚上呢，我得留着量才行啊。"

金玉瞳默然地笑笑，只管捧着八音盒把玩。

韩仲秋便又搭讪："说起来，上次见过一回之后，一直没空去你府上拜访呢。"

闻言，金玉瞳将盒子盖一按，音乐声戛然而止，然后娇嗔起来："还说呢，你倒无所谓的样子，却叫我空等了一场。"随即一扭腰，又往沙发上去坐了。

要说这外长大人的长子就是不一样，住的地方比梁绣珍那边宽敞是差不多，可陈设就高出了一个码子。

因如今只剩韩仲秋一人住了，一应物件该换的都已经换了。墙壁上糊的是全新的漆皮印花纸，就算屋内灯光不亮，照样亮灿灿的，想必是外国货。又因韩仲秋看书的时候不如沈初云多，所以只用一架紫檀架子的大围屏隔出一间小小的书房，就足够他使用了。金玉瞳看那围屏的白绫子上，绣着孔雀，羽毛勾勒得极细腻生动。暗道，总算中国多多少少还是有些拿得出手的老家伙。

韩仲秋手插在裤袋里，含着笑一路跟过去坐了，刚喊一声"密斯"，瞧见对面的金玉瞳粉面带嗔却依然娇俏可人，忙就改口道："玉瞳，你眼下可是北京城里出了名的大人物。我常去的几个跳舞场，如今都是围着你转，你不在就不好玩了。我哪里能想到，你还会把我这样的人看在眼里呢。"

金玉瞳因就冷笑一声："大爷这话也真叫人发笑，如果我连你都不看在眼里，那我眼里的北京城里岂不是没人了？"

韩仲秋很是喜欢这种恭维，因就架起脚，笑道："我循着外国礼节喊你名字，你倒来喊我大爷，听着也不舒服呀。"

"主要是我年龄不大，怕喊得你太小了，显得不尊重。"说时，金玉瞳也架了一只脚，玉臂撑在膝盖上，托着腮，娇滴滴地问一声，"这样吧，我叫你仲秋哥，好不好？"

韩仲秋双手往心口上一按，闭了眼仰面朝天，深深地一呼吸，直叹："啧啧，我这儿都要化开了。"

金玉瞳笑着起身，晃着手绢，故意往韩仲秋身边路过，嘴巴像抹了蜜似的："那我也是没本事了，喊你一声'哥'才叫你化开。可是哥哥对于我，却是一开口就叫我化了。"一句话说完，正好停在他跟前，略一顿足，转个弯又往书架那边去了。

韩仲秋是风月老手，碰到这样一个风姿绰约又深谙此道的名媛，心里早就发痒了，因就准备追过去调笑一番。

哪知院外忽然一声近似一声地喊了起来："大哥，大哥，大哥你在吗？"

韩仲秋预备说的话都到了舌尖，又只得咽下，赔罪似的冲着金玉瞳一笑。然后迎将出去，敷衍问道："是仲坤啊，什么事儿？"

穿着蓝湖绉夹袍的韩仲坤一笑，答道："没什么，左不过几个朋友非要寻到你不可。"说时，就要拉着他一道回席。

韩仲秋忙往后跌了一步，拧着眉毛，扶着额头，做个上了头的样子，摆摆手向韩仲坤道："今儿喝得不大舒服，你就跟他们说没找着我。"

韩仲坤信以为真，略说了几句关心话，就上外头替他拦着客人去了。

韩仲秋在心里笑这四弟果然好骗，晃着脑袋退回屋内。

只见金玉瞳斜靠在书架边，一只脚跷起，露出细细的裹着丝袜的脚踝，笑向他说："这也拖延不了多久，你躲在自己屋里，他们不是很快就会找来了嘛。"

"最危险的地方就是最安全的地方。他们绝对想不到，我就这样敞着门睡在自己屋里。"韩仲秋走过去，将一只手高高地撑在她头顶上，附耳低笑，"他们更想不到，我趁着他们喝酒的工夫，已经在幽会佳人了。"

"佳人？在哪儿？刚才也没看到呀。"金玉瞳故作不懂，躲开他渐渐逼近的一张脸。挪了两步，又笑指着书架上最高的一格，"仲秋哥，那个封皮倒挺好看的，写的是什么呀？”

因她的手不过搁在鼻子前头，指向也不明确，韩仲秋也拿不准问的是哪一本书。只是略略扫了一眼，随便揪住一本扯下来，故意向着她哈哈一笑：“《玩偶之家》你怎么会不知道，这是讲了一个追求……”

金玉瞳将手往封面上一压，摇着头一笑，举高了另一只手，点着一本红色封皮的书，道：“我说旁边的这一本。”

“这个呀……”韩仲秋虽然不怎样看书，不过书架倒是自己整理的，因而大概知道放的都是些什么。最高一格的，要不就是他不喜欢的，要不就是他喜欢却不好让人尤其是让上人知道的。因就笑道，“我拿下来给你看了，你不就知道了。”

这一拿，不由得心花怒放起来，携着佳人共赏此类书，大概是最恣意的事情。

金玉瞳又问这书名是个什么意思，韩仲秋推说自己也不清楚，让她翻阅翻阅，便知内容了。

于是，展开一看，入眼就是一幅描绘书中情节的工笔画。大胆直白到让金玉瞳的两颊顿时烧红了一般，娇声推说：“我留洋的时候年纪还小，对于国文不过学了个皮毛，这就闹笑话了。”又忙把书丢给韩仲秋，“我还是不看了。”正待要走，却不觉已经退到了墙角处。

韩仲秋顺势跟到墙角，搭了她的肩膀，笑道：“玉瞳的国文发音这么标准，怎么听都不像国文不好的样子。”

金玉瞳缩了一下肩膀，抱臂于胸前，嘟着嘴反驳：“你真不会说话，应该说是我的口语天分比较好才对。”

韩仲秋作揖道谢：“还是妹妹聪明，哥哥连你的一半都不及。往后，还要请你多指教指教了。”

“什么哥哥妹妹的，叫得这样轻浮。”金玉瞳趁着他弯腰，细腰一转，人就躲了出去。

韩仲秋闭了眸子，用力吸了一口芳香，笑问：“是你提出来，要喊我一声哥哥，这会儿又说我为人轻浮了？”

金玉瞳答道：“你说我不像是国文不好，那我就说说这国文。这过去的书，大凡讲起一对男女，本无关系却忽然以兄妹互称，就必定要有一些故事发生，这跟我敬你一声哥哥大有不同。因此我能喊你哥哥，却不许你随便喊我妹妹。”

韩仲秋好笑起来：“这个道理可得好好辩一辩了，这个星期天可有空，咱们来场雄辩如何？”

“约了人。”金玉瞳说时，转身去沙发上拿起手包来翻腾。

看她这样受人追捧，韩仲秋的胃口更是被吊得十足了，忙追到跟前问：“那你什么时候有空？”

此时，金玉瞳刚好掏出名片来，往他上衣口袋里一塞，轻拍了两下，笑道：“仲秋哥有空就来个电话，我请管家帮你排一天出来。”

这一次，很容易就让韩仲秋抓住柔荑，来回摩挲了一番。

第㊾章

飞来横祸

是日，邓丽莎照旧准备去上班。一开门，吓得几乎跳起来。

原来邓廉穿着丝绸大睡袍，搬了一把凳子，架了腿像门神似的坐着，跟前还举着一份报纸在看。

邓丽莎拍了拍心口，不免嗔怪起来：“爸爸，你又要干什么呀？”

“进去待着。”邓廉头也不抬，只冲着屋里弹了两下指头，“今儿我难得休息，一家人在一处过，不是很好嘛。”

“那你也犯不着做这副样子呀，好像要软禁我似的。”邓丽莎有些哭笑不得起来。

邓廉这才放了报纸在膝盖上，摸着胡子冷笑道：“你这人太狡猾，跟你好好地说话，只怕说到一半，就要开溜的。我虽然与你同在一个屋檐下，却越来越像陌生人，因此只能用这种非常手段，来享受天伦之乐了。”

邓丽莎皱起眉头，赔了一车的好话都劝不动他。

邓廉甚至说，“如果真要走，跳窗就行了”，这分明是没有商量的余地。

虽然不解父亲的反常，但是邓丽莎也没有多大的危机感。文明时代，邓廉总不至于拿链子拴住她。因就回到屋里，插上电话插销，拿起听筒向着那边报号头。

邓廉复展开报纸来，挡在脸跟前，偷偷地一笑。

只听邓丽莎说道：“李大姐吗？我是丽莎呀，帮我同初云说一声，今儿家里有事，就不去那边了。”

电话那头答应她：“好的，不过总编也不在。刚刚有人递了个字条进来，她就匆匆忙忙出门了。”

邓丽莎说声“知道了”，便挂了电话，在家翻翻英文报纸，又看了几页小说。一天时间，倒也容易混过去。

再说回被一张字条叫了出去的沈初云，忐忑地从后门走进北京饭店的包间。关了门也不敢就上去坐下，只是讷讷地喊着：“父……外……”然后，红着脸抬眸望望韩延荪，不管怎样称呼都觉得不大合适。

韩延荪拄着拐杖，笑笑招呼她坐了：“就叫叔叔吧。我小你父亲几岁，以前你不都叫我叔叔嘛。”

“谢……谢谢。”沈初云局促地在他对面坐了，只管低了头，“无论哪件事，都非常谢谢您。”

“没什么好谢的。”韩延荪似乎是发生了一些感想，敛起笑意，沉下声来说道，“我和你父亲几十年朋友了，哪里只是把你当儿媳妇看呢。”说罢，往身上掏出一个扁扁的皮盒子，抽了一根雪茄来点上，这才继续道，“生活上如果有困难，还是可以跟我说的。你爹脾气倔，其实我也劝过他犯不着这样的。”

沈初云把手摆得像摇扇子一般，忙说道：“我爹给我备的嫁妆里还有房产，是可以生钱的。再说了，您也给了我两万的现钱，能用到几时都不知呢，哪里就会缺钱花。”

“两万……”韩延荪的神情忽然凝了一下，转过几个念头之后，才指着桌上摆好的盘，笑道，“尝尝这家的蛋糕。黛琴喜欢极了，我记得你们两个的口味很相近的。”

沈初云道谢尝过，与他说些无关要紧的闲话，不知不觉就过了中午。

稍晚些，沈初云回到砖塔胡同，一进门又给吓了一大跳。

拿来办公的那间屋子，像是刚从水里捞出来的，地上到处是书本、纸片，油墨沾了水，晕成一个一个的黑点子。粗一看，至少废了百十本书。

唐宋正拿着大扫帚和簸箕，一面叹着可惜，一面收拢这一片狼藉。

沈初云急问："怎么回事儿啊？"

唐宋听见声，才意识到她回来了，忙答："是水管子崩断了。我也是刚从外面采访回来，不过已经联系人来修了。"然后，他又从自己的办公桌上拿了一沓抢救下来的稿纸，支支吾吾道，"这些稿子是预备下一期登的，不知道还有没有底稿了。"

这时，忽从北边隔出的一个小单间里，传来一声疾呼："下一期的先别管了，知道这一期要出的报纸，撰稿人都是谁吧？除了你们几个人的，其他的赶紧联系联系，问问能不能再誊一份送来。"

沈初云走到里头，见是贺忆安在帮忙收拾屋子，忙问怎么了。

贺忆安也不忍心说，只是将一个湿漉漉的公文包，展开在沈初云跟前。

"天哪……"沈初云错愕地一捂嘴。

唐宋站在后头一探，唉声叹气起来："也是事有凑巧，咱们都不在。我回来的时候大门锁得牢牢的，李大姐应该是出去吃午饭了。"

公文包里都是明天要拿去三眼井胡同印刷的稿子，大概李大姐不放心，出门前特地将最要紧的东西往最隐蔽的地方藏。可偏偏，是这个小单间里的水管裂了一道大缝。

耳边听着唐宋一直在分析，可能最近天冷了水管容易冻住之类的话，沈初云头皮一麻，欲哭无泪。只得扶着脑袋问道："贺君，你晚半天还有事吗？”

“没有，我留下来和你们一起收拾把。”说时，贺忆安就卷了袖子帮着唐宋把一簸箕东西抬到院子里去了。

沈初云有气无力地说声“多谢了”，人就往椅子上一靠，双眼失神。

这时，电话机突然响了起来。

贺忆安拍着身上的灰，一路进来，宽慰沈初云道：“快接吧，这倒是个不错的动静，说明电话机没有坏，不然你还得多掏一笔钱。”

沈初云听了也道有理，苦笑了一下，起身去接了电话：“你好，《良言》报社。”

唐宋在外头喊贺忆安，两颗脑袋凑在玻璃窗上，往窗帘的缝隙里谈论着。原来沈初云的卧室也有些遭殃，红木衣柜底下有几寸高的水印，其他的桌椅、床具也都湿了脚。

说时，两人就要进去让沈初云打开卧室门看看。

哪知沈初云先冲了出来，一张脸惨白惨白的，对他们急道：“是道济医院的电话。今天中午，《闻京报》起火，苏伯伯几次冲进火场抢救文书资料，最后晕倒在火场中。抢救之后虽然已经脱离了生命危险，但后背和腿部有不同程度的烧伤。苏伯伯在天津的家里没有安电话，他的几个员工也只知道我的联系方式，因此就找我过去一趟。我料想不过是医药费一层的事情需要商量商量，我这就要赶紧过去一趟。”说罢，不等他们回话，就取出卧房钥匙开了进去。

一开门，自然又为了卧室里的水痕不由得一呆。可是，这些都不如人命要紧。沈初云穿上大衣，拿了厚厚一沓现钱直奔医院而去。

赶到道济医院时，钟士宣已经先一步在了，略略向沈初云解释起来：“出事时我不在现场，听员工说，他们几个人都架不住社长。现在我们损失的不光是几篇稿子和几箱资料。新买的转轮印刷机，都是从美国运来的最新、最好的机子，社长省吃俭用好不容易买下来的……光是运输费就是一笔不小的数目。大概也是因为这个，社长才这么不要命地非要往里冲。”

沈初云一面摇头一面摆手：“不说这些身外物了，关键是他人怎么样？”

钟士宣答：“说是脱离危险了，不过后期医治方面，暂时还不清楚。”

沈初云痛苦地扶了额头往墙壁上一靠，缓了许久才整理好思绪，站直了向他说道：“不瞒你说，我那边也是流年不利，刚刚闹完‘水灾’。或许伯母来的时候，未必我能在这儿守着。万一我们没遇上，你就替我把这个转交给她。”说时，从手包里拿出一沓钞票，塞到钟士宣手里，“并且一定要转告她，医疗费方面千万不要心疼，一切有我在。”

“这……”钟士宣低头看那些钞票，有五块的也有十块的，略略一估算，少说也上百了，也不知道贸然收下合不合适。

沈初云将他的手往下一按，道：“你可没有立场替苏伯伯拒绝我的心意。”

钟士宣只得将钱放进口袋里，点头道：“那就多谢你了。”

沈初云又想了想，提议道：“至于那些设备……先不忙着想。还是清理房子要紧吧，这一阵儿就去找印刷厂合作，总能对付着维持下去。”

提起这个，钟士宣就不免心痛起来：“社长全部的家当都押在这上头了。大不了我也押上家产，只要《闻京报》不停刊就好。”

苏振青本来是瞧着最近，报纸的销量蒸蒸日上，想购置些机器缩短印刷时间，同时也能加大印刷量，谁能想到竟然会有血本无归的危险呢？

第50章 矛盾爆发

这一夜，除了意外错过一切的邓丽莎，大家都没有睡好。

次日一早，沈初云就挎着包出门去了。

才走出没几步，便与贺忆安对面撞见了："上哪儿去？医院吗？"

"不，我要去丽莎家里一趟。"沈初云料着他是打算来帮忙的，便向着他感激地一笑，"她刚才打了电话过来，说是有十分紧急的事情，电话里恐怕说不明白，到了就知道了。"

贺忆安插在大衣口袋里的两只手伸出来交握着，表示想要一起去。

而邓公馆这边，也是清早就有客人来了。

邓太太放下刚撕下一小口的面包，忙替梁绣珍拉了一把椅子，请她坐了，问道："怎么这么早，吃过东西了吗？"

"我婆婆带我去红螺寺还愿能不早嘛。"梁绣珍笑着一只手接过侍女端上来的一杯热牛奶，另一只手搭在微微隆起的小腹上，"刚才路过这里，我说要下车来瞧瞧。我婆婆最近真是太好说话，满口答应了。"

邓太太抿嘴笑了笑，点着头说道："女人活一辈子就是这样的，什么时候最风光？一是出嫁时，二就是十月怀胎了。”

“这么早就聊上了。”

身后有人朗声一笑，回头只见穿戴正式的邓廉向她们点了点头。

梁绣珍先低头一看腕上的手表，然后才问：“舅舅怎么还不去衙门？”

邓廉也就转头看了看角落里的落地钟，然后又朝楼上通往邓丽莎房间的走廊一瞥，方才笑答：“这就要去了。”

梁绣珍却招着手请他停一停：“对了，趁着您二位都在。我手边有个很不错的青年，不过就是有个臭毛病，但对于我们来说倒不是坏事。因为他跟丽莎那丫头一样古怪，说什么要抱定独身主义一辈子，看样子好像很有决心似的。”

邓太太听了便是一乐：“你的意思，是叫这俩傻瓜凑一对儿？”

“有什么不好吗？”梁绣珍回头望了她一笑，然后再向着邓廉去说，“首先他们自己都追求独身，那么不管怎样相遇，大抵丽莎都猜不到里头会有什么蹊跷。再者，他们差不多年纪、差不多经历，很容易谈得来。”

“人品、样貌呢？”邓太太有些心动，脸上现出几分喜色来。

因见邓廉不住点头，知道这事总有四五分作准了。梁绣珍索性就和邓太太热烈地攀谈起来：“他自己是留洋回来的学生，专业是化学。家里是山东的士绅，老太爷从前是支持洋务的，办了一家香料厂，后来又做日用品生意。因为气不过日本人气焰嚣张，在山东作威作福，又处处挟制着不让兴办国货，所以就搬到了北京来。说是要颐养天年了，可养老的人怎么会往北京来呢？自然是要寻机会东山再起咯。我看《民国日报》上，天天嚷着要打破垄断，这样人才济济的家庭，相信政府也是不会错过的。”

“很有骨气的人家，配咱们倒不错。”邓太太说着，手往邓廉那边一指，“财政部新进来的年轻书记员倒是都很好，就是世故得很。

其实我倒认为这样的青年很好，可丽莎是个愣头青，大抵也喜欢跟愣头青说话。这一方面还是顺着她比较好，不然说出去，好像咱们家还是包办主义。不过就是太愣头青也不行的，我在报上见了许多办企业办入魔的，全部家当押进去拼，跟赌徒也是没什么两样。我的意思是，总归手头资本要雄厚，才经得住折腾。”

梁绣珍手往胸脯上一拍：“您就放心吧，太差的家庭，我也没机会认识。”又将双手往邓廉那边一比画，“况且人家要是有了这样一位泰山，谁还折腾他，谁还敢折腾他？”

邓廉被她们两个拉进话题说了几番，刚要表个态，却被一声从头顶传来的质问给打断了：“是不是你干的，《闻京报》的大火？！”

宽敞的三层洋房，一下子就被这声音装得满满的。

邓廉抬头一望，只觉得高悬在正中的大吊灯，也被吼得颤起了一身的玻璃珠子。他倒镇定自若地反问：“证据呢？”

梁绣珍惊得抱着肚子不说话了，邓太太也是一脸严肃地望着那边。

邓丽莎疾步下楼，一路喊着：“你还要证据！你还要证据？”却是一路往大门外头去，手里还提了一个小皮箱，右手臂绷得很直，似乎这箱子很有分量。

邓廉猜到了这是什么意思，不免急了起来：“站住，你预备干什么去？”

邓丽莎将行李换到左手，抬起头扭过身，很有几分倨傲地答道：“自然是要出去过独立生活，我没有办法再跟你们生活在一起了。”

邓太太听了心头一跳，起身急急走了出来，只是不说话，等着看邓廉作何反应。

只见邓廉上前一步，拽住邓丽莎，换了一副咬牙切齿的样子，向她警告：“我敢向你保证，你只要迈出去一步，《闻京报》不光能起火还能炸，《良言》也不光是水淹那么简单！”

邓丽莎自是一愣，晨报上只说了《闻京报》失火，损失惨重不说，社长还进了医院，可是并没有提到《良言》如何。万万没想到，自己预备出走的举动，不光是把《闻京报》失火的真相逼问了出来，还意外地揭开了邓廉暗藏的另一只黑手。

因之，愤然将行李往地上一砸，两行眼泪喷涌而出，虽是对着邓廉问的，可那气势却几乎让人觉得是在向天发问："我的工作到底惹到谁了？"

"我！还有外长，还有总理，还有政府！"邓廉脖子上青筋根根分明。他可不是什么生来慈善的人，他是从商场一路爬进官场，成为政要的人物，人前展示的仁慈和蔼，那都是有条件的。

很显然，邓丽莎把这些条件都给撕毁了，也就必须要直面她父亲的真面目。

"你还有一点公平吗？我只是要找事做，只是要证明我是个鲜活的人。抱着这种想法的我，只是刚好遇到了沈初云，遇到了苏振青，你为什么要去伤害他们？"

梁绣珍也跟着出来了，看见邓丽莎脸上刚扑的粉被眼泪刷出两道污迹来，心里不由得一揪，更有一惊，父女俩竟会吵得这样厉害。

"我跟你说过，离她远一点。她背后的那个苏振青在对抗内阁总理，出事是迟早的。"

"所以，堂堂内阁总理处理负面新闻的方式，不是说明事实，而是用一把火，野蛮地解决掉不肯替内阁粉饰太平的人吗？"

"只是一点教训，何况是他自己非要一趟一趟冲进去的。聪明人都知道留得青山在不愁没柴烧的道理，他不懂，只能说明你看错了人，竟把这个蠢货奉为老师。"

父女两个你来我往，越吵火气越旺。

二楼、三楼的栏杆上，各有一排脑袋，几个用人簇拥着裹着大衣、散着头发就闻声出来的姨太太、少奶奶和小姐们。却只敢站着看，谁也不敢下来劝。

梁绣珍便推着邓太太，请她想想主意。

邓太太也是急得直打转，他们父女说话这么快，叫人怎么插得进去呢。

邓丽莎抬起袖子往眼睛上一揩，翘着下巴狠声道："从今天开始，我和沈初云一定寸步不离。我欢迎你用一切方式来考验我的生存能力，以及我的友情。你可以继续用极端的方式来阻止我，尤其是杀人放火才最好。如果女子工作之自由、婚姻之自由，以及新闻之自由都要用血来换，就先来阻止我好了！"

梁绣珍步子往前一挪，又怕气头上的人不好惹，不免想到自己肚子里有个刚满三个月的小家伙，就只是站定了呵斥道："丽莎，你真是疯了。从前要这样要那样，舅舅舅妈何曾不依你？这时候还兴起洒热血了，身体发肤受之父母你不懂吗？你难道也是未出社会的学生，也那样不懂事儿？"

邓丽莎极力忍耐地咬了咬下唇，最后还是憋不出，质问了起来："我们家的事儿，你就不能不掺和吗？"

邓太太忙抢进去训斥："你怎么跟表姐说话的？我上回说你的话，看来你是没有听，你究竟还有没有一点基本的礼貌了？"

邓丽莎不屑地一白眼，冷哼道："自重者人必重之。"

"丽莎！"邓廉夫妇齐声喝止。

梁绣珍业已气得浑身发抖："舅舅舅妈，你们可都听见了。"看着两位长辈都无话可说地低了低头，这才将手几乎指到邓丽莎鼻子上，"不要以为你会转文就了不起，几次三番地挖苦我，我有哪里对不住你吗？我是盼着你好，你以为我就不是新学堂里出来的女学生了？可是课堂上教的那些空话有什么用？女孩子难道能扛枪杀敌吗？难道懂纵横捭阖吗？社会上找事做的女子，教教书、写写文章，已经了不得了，你能不能看清现实啊！找个相当的人家，小夫妻好好相处，继承家业、相夫教子，用你脑袋里的知识把儿子教出息了，你就是最伟大的女性。你瞧瞧我现在多好，鞍前马后多少人围着转，公公婆婆不知道待我多客气。”

邓丽莎平息了一下呼吸，抱着手臂绕着她走了一圈，声音也变得没有那么犀利了：“所以，你以为自己已经跨出了第一步，就要成为一个伟大的女性了？”

任谁都能猜到邓丽莎是没那么容易妥协的，尤其是在这个时候。

因此，梁绣珍只管板着脸，抿唇不言。

邓丽莎就冷笑着继续说：“我并不是要否认母亲的伟大，但是女人的伟大不是光靠传宗接代的。”说时，转向身后看着父母，又抬头朝楼上一望，从丹田处提上一口气，撕扯着嗓子，想让自己的宣言冲破这屋顶，“我要所有人看到我的时候，首先想到我有灵魂、有信仰、有追求，而不是只看重我的子宫。我要所有人都清楚明白地知道，我肩上顶着的是一颗有独立思想的脑子，我是一个可以对社会做更多贡献的人，我的价值不仅仅是结婚生子。假以时日，你们总会看到的，女子也能扛枪杀敌，也能纵横捭阖，争回属于我们的土地！”

众人并非无话可说，而是被她的气势一震，皆有些呆愣。

邓丽莎趁势向着身后的梁绣珍一瞥，鄙夷道：“说句不好听的，对于多数的健康女子来说，只要肯躺下去，谁还不能当个妈了？可我请你端端正正坐在书桌前的时候，你能替代我吗？”

“放肆，我今天非要狠狠教训你一顿不可。”邓廉解了两颗扣子，将袖子一卷，拉住邓丽莎往地上一摔，“你刚才说的都是什么话，那是一个受教育的文明女子该说的吗？”

邓丽莎也不甘心丢丑，使尽全力，抱着先落地的一只胳膊，踉跄地站了起来，倔强地反驳：“你们男人上胡同里难道不说这样的话，你们关起门来就不干这样的事？你们说了、干了都无所谓，凭什么由我讲出来就成了女子不应该的事？”

邓太太也因女儿的轻浮之语，愧得无地自容，只好拉着被无端羞辱了许多话的梁绣珍去一旁赔着小心，劝她别往心里去。又朝着听差招手，意思赶紧叫韩府的汽车开到门口来，送回去好好地歇着。

听差会意去了，却不想沈初云先一步来了，在门口尴尬地低喊了一声："丽莎……"

这一下，梁绣珍是断断不肯走了，誓要将自己在邓丽莎那边受过的所有气，都往沈初云身上撒去，冲过去怒问："你来做什么？"

邓廉一见来人，鼻端哼哧一下冷笑起来："好好好，一起来了，那就干脆一次性交涉干净！"

"对，就是要交涉干净。"邓丽莎走到沈初云跟前，拉起她的手便大步向外而去，"从此以后，你们是你们，我们是我们，再无任何瓜葛！"

"沈初云，你要敢带着她走一步，我就去告你拐带！"在角落里站着的梁绣珍眼冒火光，看起来比邓家的父母还要激动。

完全不知道这里头究竟出了什么矛盾的沈初云，心中暗想，不管为了什么而争执，终归还是和和气气地解决更好一些。因就挣脱了手，上前一步，先同长辈欠欠身，道："邓次长、邓太太，恕我冒昧而来，并不知道你们为着什么事这样吵闹，但是……"

邓廉抬手一挡，拒绝了她的好意："没有什么但是，我们希望你以后不要再……"

邓丽莎心道，沈初云是不明就里，真要知道《闻京报》的火是有人蓄意而为的，哪里还会这样服软的，便抢在前头，对邓廉说道："我希望你们以后不要再做昧良心的事。这次我就抛掉原则，不揭露你们的罪恶，全当报答养育之恩了。下次再有这种杀人放火的事情，我一定第一个站出来指认。你们实在爱惜面子，要不然就此收手，要不然就一枪崩了我！"

在场人听了此话都是一震，只有起初在大门外翻着口袋找零钱因此而慢了一步的贺忆安，有些摸不着头脑地循声跑了来，却又不敢再迈步入内了。

邓太太耳朵尖，听见一阵皮鞋响就朝外头一望，看见一位打扮得体的年轻公子，就赶紧冲着邓廉偷偷使眼色。倒让邓丽莎趁着这个时间，溜了出去。

贺忆安来不及多想，只是按照邓丽莎的话帮忙提起了行李。

沈初云更是尴尬得加快了步子追出去。

“这人是谁？看起来和丽莎挺有默契似的。”邓太太问时，语气居然愉悦了许多，眼角、眉梢竟然有了笑意。

邓廉跟到门口望着那背影也是一阵疑惑，皱着眉答道：“我不认识。”

“瞧那样子很熟稔似的，穿戴倒也不俗的。”梁绣珍也附和了一句。

邓太太摇着头，懊恼地一拍掌：“我说老爷，会不会真是你办事太急了，丽莎或许也有她自己的打算。你要是耐心等等，或者几天后，她就要向我们介绍这位男友了呢。”

邓廉一听，自己真有些里外不是人了，急得直问：“我的太太，什么好话都被你说去了，先时你是怎样地怪我，如今倒又来说这些菩萨话。”又抱着额头一叹气，沉声纠正道，“这件事以后不要再谈了，要谈也要分开来谈。《闻京报》是《闻京报》，《良言》是《良言》，丽莎是丽莎，总理是总理，外长是外长，我是我，大家都不挨着。更何况，又不是我出面办的事。就算真相被揭露，与我是毫不相干的。我至多是消息灵通的旁观者，为了我女儿的安全，知情不报罢了。”说完，一看时间，真就该上衙门去了。

梁绣珍这才上前提议：“舅妈，不如就此冷一冷吧。丽莎想必也是去砖塔胡同那边住着，安全上是丝毫没有问题的，就不过暂时不回家罢了。年轻人的事情，让他们自己定吧。按常理论，一般关系的朋友，应当不会过来掺和家务事。丽莎都肯在这位先生跟前这样下面子地哭嚷，必定是很交心的了。咱们先不去管，也许过后自有好消息。”

邓太太以为暂时只能先这样，无言地一点头。然后想起了什么，走几步到楼梯边，冲着上头喊：“要睡的回去睡，睡不着的就起来办些正经事。我看你们也是看戏的不怕台高，要紧时候连个屁都不敢放！”

而楼上诸人自然不会呆呆等着她来训，早躲得没了影踪。

第 51 章

幕后黑手

回到砖塔胡同，沈初云看着一箱行李很是犯难。

贺忆安便道："密斯沈的卧室也是遭灾了，衣柜都泡过水了。这样吧，我这就去向人打听打听，看从哪里能赶紧运一套家具来。"

沈初云就忙不迭地道谢："不用太铺张，能用就好了。对了，这次我想挑那种底下是架空的衣柜，这也是一朝被蛇咬十年怕井绳。拜托贺君，帮我留意吧。"

贺忆安走后，邓丽莎就拉着沈初云，几次话到嘴边都哽住，断断续续好不容易才委婉地说清了刚才家里那场战争的缘故。

沈初云没有表现出过多的惊讶或者怨怼，她只是不免去想，为何昨日怪事那样多？既然邓廉毫不避讳《闻京报》失火是人为，那么这边的水管破裂又真是巧合吗？还有韩延荪忽然来访，原以为是有事，却不过是闲谈。最蹊跷的是，为什么偏偏也挑了昨天？

"怎么了？"邓丽莎伸了五指在她眼皮子跟前晃了几下。

沈初云醒转过来，背上密密地有一层冷汗，脸色显出几分病容来。

邓丽莎只管坐在床上叠她的衣服，低了头歉疚地问道："照你估算，《闻京报》那边的损失大概有多少？这个钱应当由我出的。"

沈初云重重一点头，心内自有主意，伸了手出来掐算："置办机器是最大项的支出，其次是修缮房子。我略算了算……哦不对，我忘了还有烧毁的那些中外书籍和资料，这个未必比房子便宜。这一项添上去，恐怕一两万都不止的。”

“都上万了？”邓丽莎手里的丝绸衣服应声落地，一脸骇然地站直了身子，“天哪……”

沈初云沉声道：“这笔现钱我倒拿得出来。”说时，往角落里放保险柜的地方一瞥。

“我怎么能要呢？”邓丽莎连连摆手拒绝。

“怎么不能要？你以为这里头能少得了韩家？”

沈初云一语道破玄机，邓丽莎先是张大了嘴不信，随后一想，就支支吾吾起来：“你不说，我倒忘了，好像……我爸是说过这么一嘴。”

“这不就结了。”沈初云说不上来心里是什么滋味，仿佛有什么东西塌了下来，比当初知道韩仲秋在外头胡混还要难受得多。

鼓励她做个有独立思想的女子的韩延荪，一直和蔼待人的韩延荪，竟然把她绊在报社外头，在背后对她的心血下如此狠手。

越想越觉得心口滴血一样地疼，沈初云不免托着脑袋苦笑一声：“哼，原来韩仲秋的话，还真有一句是能信的。”

此时的邓丽莎也没有从前的伶牙俐齿了，有的不过是一阵又一阵散不去的凄怆。

想要做一番自己喜欢的事业，怎么就那么难呢？

沈初云理了理思绪，从抽屉里掏出一把钥匙来，走到保险柜前一拧，口里兀自盘算着：“你忽然从家里跑出来，我料想身上的现钱，再加上存票之类，最多不过几千块吧。我们一起凑一凑，实在不行我想把名下的房子盘出去应应急。往后，咱们要不然就收手，要不然就别再连累人家了。是生是死，咱们自己走到哪儿算哪儿吧。”

“你……”邓丽莎欲言又止地翻腾着自己手包，右手几根手指一捏，讷讷然道，“你太高看我了，眼下，我手头至多一千块。我平时的吃用很多都是家里在支配，所以我每个月大半的收入都汇给了西南的一所女子小学。我说句厚颜的话，往后的日子里，恐怕只能先拖着你的后腿了。那些女孩子实在不能断了这个资助，我以为世上最残忍的事，就是让她们看到了改变的希望，却又中断她们继续走下去的资助。”

沈初云喟然一叹：“极是，这个事儿还是交给我吧。我还忘了苏伯伯治病的钱，可能还有些边边角角的事情，更是没有想起来的。就譬如这一期被烧掉的《闻京报》，这个成本也不小了。下一期的《良言》就先等两天，让钟主任问了印刷厂的消息再说。”这样一算，钱是真不经用，就算做了卖房产的打算，这年头经济不好，一时半会儿要出手也是很有困难的，因就提议道，“我看，不然咱们就登报找合伙人吧。”

这倒是眼下唯一能走的路了，邓丽莎只得不甘地点了一下头。

次日一早，邓丽莎还酣然睡着。沈初云知道她是累极了，便蹑手蹑脚出去打了豆汁，买了她爱吃的素馅包子，往锅里倒了热水温着。自己则早早出门，要去求证一些事情。

这样的清晨，还不是北京饭店人声鼎沸的时候，大堂里的西崽还是一派懒洋洋没睡醒的样子。

沈初云望着头顶那盏仿佛从来都光芒不熄的水晶大吊灯，头一次觉得那样刺眼难受。

北京，人都道是首善之区，可是掌握着北京甚至国家命运的人，真的配得上一个“善”字吗？

不多时，包厢门被打开了。沈初云仍旧端着礼貌，起来点头欠身。

韩延荪这次有些行色匆匆，并不坐下，只是问道：“是需要我的帮忙吗？”

沈初云也就不坐下，似笑非笑地反问道：“叔叔就这么料事如神，知道我必定出现了难处？”

“嗯……在报纸上看到的。”韩延荪一脸平静的表情，收起手杖往桌旁一靠，这才坐下来，点了一杯咖啡，淡然补充道，“而且以你的为人，非要紧事大抵是不肯主动找我的。”

向来跟着韩延荪学得一手好本领的沈初云，这一次却无法克制情感，红着眼眶质疑他：“叔叔为什么挑在那一天找我，是不是……”

韩延荪冷笑一声：“是又怎样？难道你也认为你们那些无端揣测是新闻自由吗？凭你们几句话，就想推倒内阁。一个无人掌舵的国家，是你愿意看到的吗？也难怪总理如此生气，都照你们这么办事，政府就干脆放开一切公务，专职回答你们这些记者的质疑好了。”

沈初云想不到原来韩延荪也是这样黑白不分的，眼眶终于兜不住许多泪珠，唰唰落下，一开口竟如一个受委屈的孩童：“总理如果不认同，报道如果有失实，完全可以出面澄清，而不是背地里下黑手！《闻京报》有多少无辜受牵累的员工，此刻正躺在医院里。高昂的医疗费可能会令他们的家人崩溃，你们想过这些没有？”

韩延荪颇为不屑地一摇头，歪唇一笑：“总理桌上的待办事项，哪一件不比这些重要，以为都像你们这些人一样，不自量力地去揣测什么府院之争吗？”

顾念影响，沈初云不能完全地爆发情绪，一股熊熊燃烧的怒火蔓延到嗓子口，嘴一张却要极力压制，只敢哑着声音哽咽地问：“报界和民众都有质疑的权利，如果连这点自由都没有，还算什么共和？”

“讲官话我比你还会！”韩延荪瞪圆了眼珠子，一掌拍在桌上，显得不容置疑。他认为他们二人之间恐怕是谈不拢的，便拿起手杖，站起来做最后的忠告，“就此自重吧，我对你的保护，也是最后一次了。”

沈初云一个箭步冲到门边，死死抵住，激动地高声向他问道：“你是谁？你究竟支持些什么？我从没忘记过，你曾对立宪抱有多大的热情。可是现在的你们在干什么？连国会议程都是有选择地遵守。这样的内阁，能给这个国家带来光明和未来吗？”

韩延荪默然不答，一张脸板得像一尊没有情感的雕塑。

这样的问题，也只有年轻人会问了。以他今时今日的地位和对人生事态的理解，是不该再去问什么初衷了。纸上得来终觉浅，世道从来都不是书里写的那个样子。

可这些话说了有用吗？沈初云一定是不听的。韩延荪也就懒得回答，将她推开，径自出门而去。

沈初云踏着软绵绵的脚步回到家里，已经是快中午的时候了。

“回来啦。”出来迎她的声音，却不是邓丽莎。

沈初云抬眸一望，不由得惊诧：“王校长，你怎么来了？”

“还有我呢。”孟盼晴手里还握着抹布，一蹦一跳地跑出来，依旧抿着嘴角笑。

王校长笑着接言：“正好是星期天，我们来帮着你整理整理。”

沈初云无力地点点头，挤出笑意来道谢。

三人入内，连同邓丽莎一道，各自占据一张办公桌，整理起被打乱的书稿。

孟盼晴瞅准机会，趁着沈初云挪到角落边的书架时，也跟了过去。羞红了脸，从口袋里拿出一沓数额有大有小的票子，外加几个大洋，落在手心里时清脆出声。然后，赧然问道：“沈先生，这些……能帮到你吗？”

沈初云眼眶一湿，忙将她的双手往回一推：“不至于，你自己存着，将来上大学用。”

“可我……”

孟盼晴还欲再让，沈初云摆手示意她不要再说了，只笑着向她道：“帮我把这个架上的东西都按序号重新排好，缺失的序号拿笔记下来吧。不光今天，我可能要免费用你好几个星期的课余时间，这样就算是你帮了我的大忙了。”

第52章

合谋算计

北风一吹，有了身孕的梁绣珍就不大爱出门了，总躺在家里打小牌、看小说，来打发时间。

娘家的亲戚轮流来望过她几回，总也离不了她和邓丽莎翻脸的事情，因此她倒更盼着不要来客人的好。

谁知这样想着，门外就有人一路喊了进来：“二少奶奶心情好啊。”

梁绣珍两眉一蹙，待到起身迎出去时，脸上倒是笑的，忙问：“哟，今儿是吹的什么风呀？”

徐润莲咯咯一笑，开门见山道：“嗨，咱又不是外人，是正儿八经的同事啊。况且，就咱俩的心事，彼此还不是门儿清，你跟我还犯得着藏着掖着吗？”

大抵不过为了《闻京报》的大火，自然那些张口闭口都是自由平等的穷酸文人，跟说好了似的纷纷站出来质问真相，真叫人头大。

梁绣珍让了座，冷笑道：“这事儿闹得再大，也不关乎我呀。我不过是一个小干事，实习的编辑，不担什么责任。倒是你，可得小心了，所谓树大招风呀。再说了，报界的疯子尤其多，都不要命的。”说时，将眼一挑，“《闻京报》是剑指总理的，加上你又把沈初云苦心经营的一切都抢了，她必然先入为主地认定是你难逃干系。”

小干事，实习编辑，听这语气，梁绣珍是巴不得鹬蚌相争了。

可徐润莲是不会让她安安心心坐收渔翁之利的，便笑眯眯地提醒道："这笔账，沈初云真要全部都算在了我们葛家人的头上，怎么你表妹就离家出走了呢？知情不报，不比始作俑者好多少吧？"

"这种比较就免了吧，有多大意义呢？"梁绣珍冲她上下一打量，想起近来的报道是越来越刻薄了，总得想个什么法子压制压制。

要说自证清白，一则梁绣珍没有那样能言善辩的本事，二来也有些此地无银三百两了。因就打着小算盘，认为不如干脆就搅搅局。舆论从来都是这样的，传出去的话一多，自然会乱的，老百姓的谈资也会跟着歪掉的。

于是，梁绣珍携着一抹笑意，向徐润莲建议道："说正经的，我认为现在，先发制人会比较好。让小报编个老少妇孺都爱议论的故事，就譬如，暗示一下沈初云家里最近进出的男子很多……"

"为情打架，然后不小心弄断了水管？"徐润莲仰头往沙发上一靠，哈哈大笑起来，"反正搁我这儿是不信的。"

梁绣珍白了一眼，嘴皮子一挑，轻嗤道："可百姓不是你呀，不过乌合之众罢了。听见谁受了委屈就义愤填膺，再一听这人恐怕品行有失，又会认为一切皆是因果轮回。尤其是那些腻在茶馆里的人，只管胡侃，侃得人以为他们是百晓生就高兴了。至于事情是否有破绽，是否需要一码归一码地论，他们是不在乎的。况且就算只有一个人信，我也乐意听人家说沈初云的不是，就不算是白花了钱。"

单以搅局作用来看，这个主意完全可行。但是，徐润莲不能表现出同意的样子，这样才有理由始终不出手，那么就算计划失败，输的人也不会是她了。既然梁绣珍想做渔翁，那么徐润莲就打算以其人之道还治其人之身。

"我怎么觉得你是在给我挖坑呢？我要是上了当，谎言拆穿时，人家必然说我是报仇心切恶意中伤。"徐润莲的笑容慢慢变得阴鸷起来，“我倒是听说你想当会长，还想抢我主编的位子？”

“不可以吗？妇女促进会和《新声报》，本就是我们家出力最多。”梁绣珍依然嚣张，毫不掩饰自己的野心。

徐润莲便给了她当头一棒：“确切来说是沈初云！”

梁绣珍气得血直往头顶上冲，瞪着眼怒问：“难道你跟她是一头的？别忘了，《闻京报》把你整得差点就辞职了！”

徐润莲也拉高了调子，站起来怒指着梁绣珍，道：“我的仇，我自己会记着。我不过是觉得，你们韩家太霸道了。现在事事讲民主，你们却在搞‘世袭’。就算真是你们家出力办的社团和报馆，可你们当初口口声声说，是为了社会公益做贡献。既然不是家族企业，就没有只能由你们来掌控大局的道理！”

这一次很不同的是，先冷静下来的反而是梁绣珍。只见她握住徐润莲的手指，透过深不可测的笑眼，柔声求和道：“好啦，你不是说咱们是正儿八经的同事，是自己人嘛！我们的事，可以过后再议。你现在只要相信，我跟沈初云同样势不两立就行了。咱们先想办法撂倒了她，再来斗个你死我活也不迟。我刚才说的都是认真的，报纸上瞎编乱造的多了，你不写得离奇一点儿，人家还不稀罕看呢，反正也不犯法。当然了，咱们的《新声报》这次是不会参与的，我另有安排。这样一来，便是败露了，麻烦也都在别的报馆。”

“看不出来，二少奶奶有着许多的锦囊妙计。”徐润莲坐下来歇了口气，很快就淡然得好似没有发生过争执一般。

梁绣珍就一点一点地透露着自己的计划：“前一阵子不是有人传言，沈初云假借慈善之名中饱私囊吗？”

徐润莲憋不住了，冷笑声也是越来越大：“有人？传言？呵呵，有趣有趣。”

梁绣珍肃着脸，喊了一声：“徐润莲！”

“你多担待，多担待。”徐润莲拼命忍着笑，请她继续说。

“我觉得这个传言很有戏剧性，我预备旧事重提，不过这提法，不能再是任何一家报纸的头条了，因为头条是给桃色新闻留着的。”说到要紧的地方，梁绣珍却停了下来，冲着徐润莲一直地奸笑。

徐润莲急得额头冒汗，连声催促：“快说快说，你预备怎么对付她？”

梁绣珍一副胸有成竹的样子：“拿这个事情排一出文明戏，去最好的剧场演出，演上个周年半载的。名字我都想好了，就叫《少奶奶的金算盘》。我们的《新声报》，就用来打广告。沈初云要是对号入座了，那正好，我就赖着说她心虚。”刚一说完，她脸上就现出一股自满的表情，认为这个招数只有绝顶聪明之人才能想到。

徐润莲虽然有兴趣，却已然表现出不赞同的样子来：“炒冷饭有什么意思？”

梁绣珍果然上当，把自己的打算一股脑儿地全说了：“你也有不懂的时候了吧，虽然她澄清过一次，可舆论是健忘的，同一招未必不能用第二次。我就是要天天念、天天念，念到最后谁还能记得那么清楚呢？兴许几个月，甚至仅仅几个星期的时间，大家就会彻底把真相忘了，心里只隐隐地记得有这么一说。我就要这个说法，死死地黏在沈初云身上，看她还怎么做她的女先生！”

看这咬牙切齿的样子，大概是蓄谋已久，时机成熟便可打得沈初云毫无招架之力。

徐润莲冷哼着问道：“让贵府的幕客放下正事来写这种本子，不浪费吗？”

梁绣珍仰天大笑，她就盼着徐润莲这么问呢，要不她怎么有机会展示自己非凡的商业头脑呢：“怎么会浪费呢？文明戏是要卖票的。只要把故事写好了，难说我们还能发一笔小财呢。”

徐润莲冷眼旁观着梁绣珍的得意忘形，无所谓地一摊手，起身道：“好吧，反正传言多了，焦点就会模糊的，这个我倒是很认同。

至于这事儿嘛……”说时，眯了眼睛一笑，冷哼道，“就得拜托您了。二少奶奶最擅长这种一石二鸟、三鸟、许多鸟的事儿，这我是比不过的。尤其是您那一班忠心的记者朋友，只怕半个北京城的花报馆都是您说了算吧？”说完，明知这把火一点，梁绣珍就该上蹿下跳地闹腾了，却是早就想好了脱身之策，说是还未去跟韩太太请安。因此非走不可，一刻都不耽搁。

梁绣珍起身才跑了三步，蒋妈就过来拦着忙喊“使不得”，小心磕碰了。就这一小会儿拉扯的工夫，徐润莲咯咯的笑声早飘到院子外头去了。

“她是怎么知道的？”梁绣珍颤着唇，虚弱地问着自己，很快就有猜想。不顾蒋妈阻拦，一路跑到屋外。

却见向兰脸上红一阵白一阵的，像个傻子似的戳着不动，怯懦地小声劝道：“二……二嫂，你……你身上不方便，回屋里躺着吧。”

“好啊你，在我院子里鬼鬼祟祟地做什么？你们南蛮子都喜欢听墙根吗？”梁绣珍气不打一处来，仗着有身孕，手叉了腰，唾沫星子一直飞到向兰脸上去。

向兰抬头望见一脸尴尬的蒋妈回避地转过了身，顿时手脚冰凉，便就咬紧了唇，泫然欲泣地跑回了自己屋里。

第53章

背后捅刀

梁绣珍则一路去了梅姨娘那边，早上就听见下人唧唧哝哝在说姑奶奶来了，果然这里有客坐着。因就拿手恨恨地指着，质问道："韩燕琴，我到底哪里对不住你了？"

梅姨娘见她脸都红成关公了，顾念她肚子里有个宝贝，早已诚惶诚恐地起身搀住："二少奶奶快坐下，这话怎么说的？"

韩燕琴把头一甩，摸着垂下来的耳环玩，一点事也没有的样子。

有了身孕的人本就会变得气急，梁绣珍自是受不了她这样不在乎，两行泪一淌，急得直跺脚："徐润莲怎么又知道我……"说时，望见帘子外头影影绰绰有几颗脑袋，身旁又有个梅姨娘听着，究竟是不敢挑明了直接问，恨不能将一口牙都给咬碎了。

韩燕琴最是乐意看梁绣珍受气，跷着二郎腿晃了两晃，不由得笑出一声来，接上问道："什么呀？要问就问，我既不会读心术，又不是你肚里的蛔虫，你要不乐意说，就不要这么大呼小叫地跑来跑去，叫母亲见了又要怪我每趟回娘家都跟你置气。"再一想，也怕吵得忘形了要出乱子，因就收了架势，只稍拿几句话去挤对，顺便警告梁绣珍不要瞎动气，"你如今好了不起，谁敢惹？不过，你也想想明白，你究竟是哪里了不起。出了事儿，我至多不过熬一阵子的责难。你嘛，落下什么病根可怎么好？”于是，把眼冲着梁绣珍小腹上一瞥。

梁绣珍腮帮子一鼓，右手一抬就要挥下去，正好落在梅姨娘高举过头的手臂上，被死死地擒住，一下动不得。

梅姨娘忙呼叫起来：“别别别，这样不行的，二少奶奶这可是头一胎，不要这样动气又动手，出了事儿咱们都难脱干系。”又转头去求着韩燕琴闭嘴，“祖宗啊，我好歹担着半个‘娘’字，真要出了什么事儿，我求求你，先勒死我成不成？家里就数你，闲得没事儿天天给人找气受。娘家难道亏待你了？非要来一趟就烧一把火的。”

只见韩燕琴正要发作，一直拿眼盯着她的梁绣珍，抢先一步怒冲冲问道：“怎么，难道还说错了你不成？我问你，徐润莲怎么知道我私下在和一些报馆打交道？”

“还不是沈初云呀。”韩燕琴假笑着，拉开梅姨娘，示意她去管管听墙根的闲人，然后仍旧坐下来，气定神闲地扯开话题去，“有沈初云在，我们家的人都算和报界有交情咯，不是吗？”

梁绣珍气得差点没跳起来：“你知道我说的不是她。”

韩燕琴索性往沙发上一靠，慢条斯理又不阴不阳地说道：“那是谁呢，你倒指出个名姓来，不要叫人猜来猜去的。你以为你是什么女诸葛，同你说话还要读暗语吗？这年头，就算是内阁会议，也讲究开诚布公了！”

梁绣珍缓了一口气，向外头一望，人都散了，只有梅姨娘和蒋妈的声音在，喁喁地不知议论着什么。便也坐了下来，方始问明白：“就是上回在第四女中你说我的那件事，你究竟有没有出去跟外人，尤其是跟徐润莲讲起过？”

韩燕琴摇着头歪着唇，哼的一声冷笑起来：“索性我就把话一次说个明白，你问徐润莲怎么知道的，那很简单，她跟我兴许是从同一个地方知道的。你以为那些小报、花报的记者都是什么德行，连个斗方名士都不是，不过是会写字的混混儿罢了。这些人挣你几个钱就肯罢休吗？不会的，他们还要拿你的事情当成业绩去做广告，拉着其他的太太、少奶奶也往外掏钱。所以我说，不要总是自恃聪明，聪明反被聪明误知道吗？！你能给那些私家侦探和记者多少封口费？给他们多少，也不够过一辈子的。如今是开明年代，人家做事情都要讲究效益了。有钱赚干吗要替你保守着秘密？这又不是前清，得罪了官太太也不至于毙命，何乐而不为呢？就说那个连总理也敢得罪的苏振青，也不过在医院里躺着罢了。你跟总理比算什么？人家还能来怕你不成？”

“你……”梁绣珍咬着牙，将矮茶几一踹，磕得上头茶具皆是一震。

韩燕琴先是歪着脑袋冲门帘那边一瞧，看见人影动了，也听见脚步声近了，赶紧趁梅姨娘还没进门，草草地将话说完：“别你啊我啊的，趁早回去琢磨出个说辞来。听说香雪儿家里，前不久被一帮流氓洗劫了，损失不小，所以人都有些不清醒了，逢人就说是我们家害了她。你就关上门好好去想，事情败露了，要怎么说动二哥会护你，又要怎样和上人交代。”

这时，梅姨娘进来，把脚重重一跺，责备道：“好了，你真是越说越没谱了。什么香啊臭啊的，你嫂子现在是双身子，正是要养着的时候，你还拿话唬她。”

韩燕琴顶嘴道：“唬不唬的，你让她自己去问呀。”又扭头去问梁绣珍，“梁家难道没人了吗，怎么都不告诉你这事儿呢？”

“哎呀，你还没完了！”梅姨娘拍了一下腿，急得上手就去揪韩燕琴的耳朵，把她往门外推，“为什么不告诉，因为人家比你有轻重。”等到把人赶走了，这才回去安慰正在垂泪的梁绣珍，“二少奶奶，你别听她胡说。其实她心眼儿不坏的，不过是着急你被蒙在鼓里。她是想替你出主意，偏偏脾气犟，还要在你面前端个架子，不肯好好地说话……”

“二姨娘，你是看见的，这回是我让着她。”说着，梁绣珍索性伏在沙发上半真半假地大放悲声起来。哭一晌子后，又直喊头疼，闹得梅姨娘心惊肉跳的。

张妈急急忙忙去往正院报信："太太，二少奶奶请了大夫来家里。"

韩太太一听，皱着眉示意侍女去关话匣子，连忙问张妈："她又怎么了？前两天才检查过，说是很健康啊。"

张妈便絮絮叨叨地说了起来："不知道呢，忽然在二太太屋里闹起病来了。据二太太说，是心里搁了什么事儿，忽然发作起来了。不过这么一提吧，我倒想起来了，最近出去，十停人总有七停人在议论咱们家二少爷和二少奶奶。就是说，就是说他们……"

韩太太把眉头一蹙，拍着桌子斥道："你从哪儿学来的毛病，要说就说，不要支支吾吾的，你这样倒闹得我心里也不痛快了。"

张妈讪讪地一笑，上前耳语几句，方才站直了身子："就是这么个事儿。"

因是些市井传言，东一句西一句的，也凑不大齐全。韩太太听得不是很明白，但也不需要听得如何明白，左不过就是风流债罢了。因就叹着气把头一直摇着："这病，一准儿是被仲平给气的。我那两个儿子都是这样没出息，但愿老四不要学他两个哥哥的坏处。"

张妈道："太太，那您去瞧瞧二少奶奶吧。"

韩太太摆了摆手："她要是为这个事，你叫我怎么去呢？我也就是自己在这儿说两句，真要我在儿媳面前去说儿子不争气，我哪里能愿意呢？我就不懂了，这年头的小年轻都是这样。要是说，丈夫在衙门里的差事办不好，月月的进项不够开销，做太太的唠叨两句也就算了。可她们分明没有这样的难处，小事情上能过去就该过去的，又何必揪着丈夫一点儿不是，就挑幺挑六起来呢？说句自暴短处的话，我这辈子就那么容易吗？我们这辈人做媳妇儿的时候，规矩可比现在大多了。眼见着日子是越来越好了，可她们却是一个个地……"说着，想到从前，心头就忍不住一痛，冷哼一声，"算了算了，不说了，一说这个，我就难免要想到那个丧门星。”

张妈刚要接嘴说什么，一阵说笑声打耳边来，便就顺势将话题岔开：“哟，我听见四少奶奶的声音了。”

话音刚落，向兰就进来喊了一声“妈”，然后巧笑嫣然地坐下来说道：“葛少奶奶来过您这儿了吗？”

韩太太道：“来坐了坐，我跟她也没话可谈，就走了。倒是你，听说最近跟她走得很近。徐润莲爱闹事人也贼，你跟她相处要当心些。”

向兰忽然一改往日的少言，笑着说了许多想法：“我是想着，父亲跟总理共事一日，我们跟葛家就不该太僵了。本来嘛，男人在官场上一时好一时坏，这都是不作准的。这会儿说是要竞争了，或许过一阵又想起来要合作了。这不，总理前一阵有了麻烦，这可不是他们葛家关起门来自己能解决的，弄不好整个内阁都要下野的。父亲那阵子急得人都消瘦了，我看在眼里，只恨自己不能分担。后来我就想，我们女眷在这种时候，难道不该作为润滑剂率先友好起来，给二位家长制造一点重归于好的理由吗？所以我想，尽管去跟葛家走动好了，只要和和气气地不出错，徐润莲拿不着我什么短处，也不会与我为难的，我看三姐跟她就是这样交往的。”

韩太太听向兰说这话，觉得这个小儿媳既聪明又懂事，还真是娶对了，脸上不由得笑出了花。

这时候，张妈也不识眼色地添了一句要命的话：“四少奶奶可真和气，二少奶奶要是也这么想就好了。说起来呀，方才葛少奶奶来时还是先到二少奶奶屋里的呢，但是似乎没能谈得很愉快……”

“别说了！”韩太太听了更加不痛快，带着怒意一拍桌，心里对梁绣珍就不如先前那么偏袒了。

向兰见张妈被吓了一跳，赶紧笑起来道：“张妈，你也看见了。太太挂念未出世的孙少爷呢，不想二少奶奶听了这些闲话去。你赶紧给太太赔个不是，说往后不会这样冒失了。再去二少奶奶屋里对她说，太太把她看得很重，正为她念经祈福呢，请她放心，有菩萨保佑，她的病不出三日准能好的。”

张妈称“是”而去，向兰又陪韩太太说了一阵闲话，哄得老人家心情大好。

第54章

同床异梦

里头说着话，一个人影在门外来回晃了两圈，讷讷然也唤了一声：“妈……”

韩太太认出了声音，笑容渐散。

韩仲平这会儿无端端回家里来，又做副鬼祟样子，更加不讨韩太太的喜了。

向兰一听是个男的，又不是她丈夫，早已起身站了起来，待人进来，才喊一声“二哥”。见韩仲平似乎有话要讲又碍于她在所以不能讲的样子，便回头向韩太太告辞：“妈，不早了，我就……先回了。”

韩太太欣慰地笑着，点点头让她留心雪地路滑。

韩仲平朝侍女挤挤眼，侍女替他端了一杯热茶，也就走开了。

韩太太冷哼一声：“当真不害臊，做二哥的整日浑不着调的，在衙门里画了到就回来瞎晃，叫弟妹见了，你好意思吗？”

韩仲平讪讪地搔着头一笑，低头一瞅，忙恭恭敬敬地将热茶双手奉于母亲跟前。

韩太太只管摇头叹气，端起来喝了一口，又问：“你这是刚回来吗？怎么先到我这儿来了？”

韩仲平点点头，答道：“家里人把电话打到我部里，说是绣珍病了，我就赶回来看看，谁知道门房的人向我说的话，倒有点……”

他倒不肯说下去了，不过猜也能猜着个大概。左不过是门房的人总爱讨好少爷们，在电话里将话一说，让他事先有个准备，倒弄得他不敢回去了。

韩太太歪着唇一白眼：“做就好意思做，说倒不好意思说了？你来我这儿干什么呢？养到你这么大，认错还要我领着去吗？”

数落到这里，韩仲平的面子也委实挂不住了，因就不耐烦地跺起脚来：“哎哟，妈！从我进门起，您老人家就句句挤对我。我也没别的意思，不过是怕底下人说话不作准，向您问个准信儿。”

韩太太住了口不再往下申斥，只是告诉他：“我也没去看过，所以不知道许多。你去问你二姨娘吧，仿佛听见说，是在她屋里发起病的。”

韩仲平抬着眸子朝母亲望了两眼，看样子不像是装故意，便起来作个揖告退：“那我去了。”

韩太太叹着气，走去开了话匣解闷，口内则叮嘱道：“好好说话，如今可不比往常了。”

“知道，凡事都是我错嘛。”韩仲平笑嘻嘻地应了，抬脚往梅姨娘屋里去了。

至于梅姨娘，也并不敢多说什么。她知道这老二夫妻从结婚起，就是最绕的一对，他若瞒她一件事，回头她定要瞒他两件。梁绣珍卖消息给报纸的事情，韩仲平要是从别人那儿知道了也就知道了，但梅姨娘是打定了主意绝不会开口说半句话的，也省得在这当口上多生什么事端。万一要是影响了梁绣珍安胎，那千错万错的就都是她的错了。

如此一想，只向韩仲平说，恐怕是梁绣珍听了外头什么歪话给气着了，还故意地打马虎眼儿：“仲平啊，不是姨娘要说你。你在外头，事情也太多了，谁知道是哪一桩呢？绣珍又是那样的脾气，知道了哪一桩都不好受。我劝你往后收着些，好歹熬过这一年不是。”

韩仲平赔着笑只管答应，心里早觉出梅姨娘有所隐瞒。只得硬着头皮回去，一切看脸色行事吧。

回到院里，韩仲平先站在卧室外头，往帘子缝里一瞧。只见梁绣珍躺在大床上，背后靠着两个大枕头，锦绸的被子只盖着下半边身子，上身穿了一件单薄的淡粉色印度绸夹袄。虽然屋子里是热腾腾的，但是这两天外头正融雪，又是双身子的人，恐怕马虎不得，忙走进去关切道："怎么忽然有了急症呢？觉得怎么样？大夫怎么说？"

梁绣珍抿着嘴不答话，只是转着眼珠子看了他一晌子，然后才扶着额头，做个虚弱的样子，往被窝里躺去，口里喃喃道："头疼，歇一歇就好了。"心里却在琢磨，究竟韩仲平对于香雪儿一事知道多少呢？刚才那样闹，只怕总有一两个人听见些话了，不知道会不会韩仲平一回来就已经有人和他说起了。

可是，说起了又怎样呢？如今的状况，韩仲平难道还敢质问什么不成？

如此想着，心绪便觉松弛。加之方才果然有些被气到了，眼皮子耷拉两下，就顺势装睡起来。

却说门房的人，跟韩仲平说的其实不过是这对姑嫂又吵上了。虽然隐隐在房外头听说什么外头有女人不女人的话，但并没有真的听到什么确切的内容。不过，韩仲平倒是在外头听过一些梁绣珍如何整治香雪儿的话，但因为家里眼下正是有喜事，就不想去打听明白了。他实在是很了解妻子的，认为此事不是无中生有，但被人传得夸张也是有的，便也在心里掂量着要如何将话说下去："燕琴有时候还像个孩子，特别是姑爷家里还有位老太太在，人又特别古套，稍做错一点事儿就说什么毕竟是庶出。叫我整日这样听着，也要听出病来的。"见梁绣珍不回话，就俯下身，越过被子去看。

梁绣珍眼睛虽闭着，眼皮倒是动个不住的。

韩仲平就坐下来，压低了声音道："你做嫂子的就让着些吧。"

接着，恰好是蒋妈进来说，大夫开的药拿来了，最好赶紧吃了。

梁绣珍无奈，只得起来吃药。

韩仲平无聊地拿起床头搁着的苹果在手里抛着，难免还是心里犯痒痒，想要试探试探：“仿佛听见人说，你向燕琴打听什么报界的人？”

梁绣珍最后一口药含在嘴里才咽了一半，另一半就呛在了被子上。为遮掩心虚，故意叫了一声苦。

蒋妈忙着收拾，也不去听他们夫妻说的什么。

韩仲平以为梁绣珍是心里有鬼才这样的，趁势吓唬起来，意在提醒她日后少要那些小聪明：“到底是怎么了？拿笔杆子的人，可不好深交的。都是自诩一身正气，其实什么样的都有。所谓文明叫花子的新词儿，可不就是专指他们的嘛。今儿是跟你好得不行，明儿你一句话不顺他的意，就要跟你登报绝交也未可知，兴许还要把你往臭里去写，你受不住的。所以，我是一向反对你去《新声报》的，并不是女子做事不好，只是你的性格不适合这个圈子。无奈父亲对你很抱希望，我的话就不那么重要了。”

梁绣珍便借用韩燕琴的招数搪塞道：“是在说报界的事情，但并不是什么朋友，不过你说沈初云怎么那么气人？你的妹子你是知道的，我说什么她必然要驳的。我认为沈初云气人，她就要说出一番好来。你说说，我能不气吗？”

韩仲平不过随便一听，鼻尖低声一哼，随口道：“犯不着的，听说苏振青伤得不轻，至少这个年咱们是能过好的。”

女先生

（下册）

不画 著

中国友谊出版公司

目录 CONTENTS

第55章

捉襟见肘

这好人家都要犯愁过年会不会有事情添堵，像沈初云这样正在大把大把往外掏钱的，脸色就更苦了：“李大姐问我借了一千块，说是找到路子保释她丈夫了。”

邓丽莎默默听着，微微颔首。这样的事情是必然要帮的，李大姐为人还是很不错的，又很知道报社这段时间的难处，不是真的没法子，也不会开这个口。

可是，来年的《良言》要如何撑下去呢？

邓丽莎望了一眼窗外纷纷扬扬的雪花，低头向着报纸上登的招聘合伙人的广告，大大地一摇头：“没有回音，没有回音啊。”

像这样的妇女报，因为经济困难而登报寻找合伙人的事情，也不是头一回了，每回都是无疾而终，最后落得报社关门的结局。

沈初云不想《良言》重蹈覆辙，眼眶里湿湿的，差点就滚下泪来。这时，屋外忽然有人敲起门来，她就起身去开门。

原来是看了报纸的贺忆安来了，他先赌气地将招聘广告直直地亮到沈初云眼皮子跟前，一边拿一双怒眼瞪着，一边从门口抱怨进来：“你们这就不对了，招合伙人，怎么能不先和我说一声呢？！”

邓丽莎听见了不由得一撇嘴，心想：这种事对于兼职的同事难道也有汇报的必要吗？

沈初云是知道他为什么这么生气的，因此就笑着答道："反正你现在也知道了。"

贺忆安抖抖大衣上的雪花，坐下来向她们说道："办报纸本来就是赔钱的多，尤其是你们这样还要挂着清高的，一般的小财主，谁肯扎进来啊？"接着，将手指点着自己的脑袋瓜子，笑了一下，"也就我敢了，因为我会靠着这里吃饭。"

沈初云笑着看了看邓丽莎，两个人眼神一交会，同时选择低头不答。

开源的办法是一定要想的，可沈初云就是害怕贺忆安太钻研赚钱了，会把报社的风气带歪。

贺忆安便追问起来："怎么都不说话呀？我究竟哪里不符合要求了？"

虽然自己就是怀疑会这样，但沈初云认为评价人品一类的话太唐突，抱定了主意只管静默下去。

最后，自然是向来心直口快的邓丽莎忍不住了，说出了自己的顾虑："我这个人说话向来很得罪人，不过也是有一说一，你非要逼着问，就别怪我冒犯。在我看来，你就是个花花公子，与我们报社的形象好像不符。又是外乡人，我们都不知道你的底细。合伙人是多重要的身份，你要我们怎么能放心呢？"

贺忆安"啊"地感慨了一声，一掌拍在额头上，万料不到是这样的顾虑，忙从桌上捡起纸笔来，唰唰地写了一个条子，口内还说着："杭州贺家，你们去问就知道了。"言罢，刚好记下最后一笔，将纸条往邓丽莎眼前一展，"我把家里地址写给你，你托人去打听打听，自然疑虑全消。我绝对是正经人，不能冤你们二位。"

邓丽莎却想：这来历倒容易摸清楚，只是花花公子这一层，难道就不解决了吗？可贺忆安自己都跳过不谈了，再要强调起来又很不礼貌，因此并不接那纸条。

还是沈初云接过来瞧了，笑着打个圆场：“还是让我们再想想吧。”

贺忆安本来以为在合伙方面一早就拿到了号，等有了合适的机会，沈初云必定会遵守先前的默契，却不想是这样的迎头一棒。心里自然有些不痛快，也不顾雪越下越大，生着闷气就走了。

邓丽莎看着贺忆安留下的纸条，心底里是打消了来历一方面的顾虑。一个人如果真有问题，应该做不到这样坦荡的地步，可另一方面的顾虑却一直萦绕不去：“就算我们知道他家的底细，但他从前谈起风月场时这也懂那也懂的，这一点真是叫我不放心。今天不过找个乐子，明天谁知道是不是就学着抽上烟了，或者……或者是……哪儿病了什么的……胡同就是个深渊，套进去的那些把戏都很花钱的。就算我们不计较他是不是花名在外，但要是他一朝破产了，瞒着我们动用报社储备金什么的……”

沈初云看着她谈起这些话时羞红了一张脸，就不由得一笑，点着头回道：“我明白你的意思，所以还是继续等吧，过了年再决定也不迟。”

这一层，邓丽莎的想法是完全正确的，风月场这种地方什么可能都有的。今天看着体体面面的，明天说不准就落魄街头了。再过两天一打听，染上了大烟躲在家里不出来都还是小事，更有甚者，害了病不好意思治，熬着熬着人就没了。

正想着时，邓丽莎又低沉地问了一句：“房租是不是该缴了？”

沈初云眸光黯淡了不少，点着头，一边默算着开支，一边勉强撑出个笑容来：“我们还是先过年吧。”

接下来几日，沈初云拿手边的现钱开支了明年的房租，又将余下的大头给了钟士宣。她没有去问一场大火究竟烧毁了多少珍贵的资料，她只需要算算，自己家里那些被水泡过的书籍值多少钱，再按照两边报社的规模去估计，也该知道那笔损失比原先想的只多而不少。

保险柜里还有一份房契是很值钱的，是一套城外的大别墅，可惜却有价无市。

其实，沈初云觉得房子会这样难出手很没道理。眼下虽然生意不好做，可是商人到处撒网置产业的消息也不绝于耳。除非……

大概是有什么风声，让那些买家都却步了。

也是，韩、邓都反对她二人在报界扎根，最好的方法就是掐断她们的资金。

唯一值得庆幸的是，别墅没法出手，还可以登报招租。反正北京城住着不少外交官，他们有钱也爱享受，工作日住在城里，休息日就要到山清水秀的地方住着。加上工作关系，几年任期一到是要回国的，因此不会置产只会租房。而且，只用来休假的房子也不需要怎样地大修整，倒是一群很理想的租客。凭着沈初云从前和这些人打交道的程度，要打听这个是不难的。最大的好处是，他们这些人的举动也不可能去受任何人的挟制。

沈初云这样跟邓丽莎商量着，就有人前来拜访了。

来的不是别人，是韩府的常叔，笑笑地曲了一下腿，一个“大”字挂在嘴边，脸上表情微微一僵。沈初云已经不是大少奶奶了，这该如何称呼呢？

这一别扭，就只管站在门口端着笑。

沈初云点点头，说：“外头风大，站着做什么，快进来呀。”

常叔应着，两手往袖子里一拢，弯着腰跟在后头，沿着廊子一边走一边看，心道这地方真还挺有模有样的。

邓丽莎口里问着是谁来了，伸手一挑棉帘子，看见沈初云身后的常叔不免一愣。

常叔进屋又向邓丽莎请了个安，笑道：“丽莎小姐，我们家二少奶奶请您过去说说话。”

邓丽莎少不得心里犯疑，嘴里哼了一声，也不说去不去。

沈初云忙着去倒茶，背对着他们就当什么都没听见。

常叔就只好硬着头皮笑嘻嘻地把梁绣珍的话学一遍："您要不去呢，二少奶奶说，她亲自过来请。"

"喝口热茶吧，常叔。"沈初云笑着转身，将茶杯放在常叔手里，然后走去屋里取了一件斗篷、一顶帽子，故意对邓丽莎道，"我要去百货公司转转。"说罢，也不等她答话，披上衣服就走了。

等邓丽莎反应过来时，棉帘子晃了几下，屋内一下就安静了。

常叔一脸苦哈哈地望着邓丽莎，她就不免想着，做下人的也很难，何苦跟他们过不去呢？就勉强答应去了。

到了韩府，邓丽莎发现这里上上下下都挂着彩绸，是要预备过年的气氛了。

梁绣珍的肚子有些显怀了，屋里虽然暖如三春，却依旧小心地盖着一条俄罗斯绒毯，歪在沙发上，话匣子里正唱着大鼓。

邓丽莎进屋，喊了一声"表姐"，然后往她对面坐下。

梁绣珍待邓丽莎依然客气，却多了一份疏离，笑笑地问："快过年了，还不回家吗？"

邓丽莎对此没什么好说的，把头一摇，低着头捧着蒋妈送来的热茶呆呆地望着出神。

"你就预备这么跟我耗着，也不说话是吗？"梁绣珍冷问一句，挑了挑眉，语速就加快了许多，"那就别打断我的话，先听我说完。你的那位贺先生，总体上还是不错的。家世至少配得上，就不过……"说时一笑，向着蒋妈招手，等蒋妈把一沓东西交到邓丽莎手上，才接着往下说，"还是年轻啊！但是我想，你也不是什么好惹的人，或者能把他改造成一个规矩人也未可知。话说回来，在一个城市里住着却不回家过年终归是不合适的。不过，舅舅舅妈也说在婚姻一方面，还是让你们小青年自己做主的好。你看，你有这么好的父母，应该珍惜才对啊。听我一句劝，处得差不多了，就带回来正式见见吧。”

邓丽莎从头一句开始就想驳的，不过转念一想，梁绣珍是多会搞侦探工作的人呀，且听她说完好了。

不过这一次，邓丽莎有一点算错了，梁绣珍是再不敢插手，也没有工夫去插手旁人的事了。贺忆安的底细，是邓太太去查出来的。瞧见沪杭那边的几份《生活报》对他的评价除了有为青年这一层，也颇有一些风流韵事的传闻。邓太太一看，觉得风流是小事，家世和学识都配得上就不错了。只是，亲妈跟女儿说这些总有些怪，何况眼下还在冷战。因此，想着梁绣珍是这样的情形，她出面说，邓丽莎不顾及大人也该顾及孩子，终归不会当场翻脸就走的。

梁绣珍这一回是只求完成任务，把该说的说了，也就不再如从前那样爱唠叨了。

邓丽莎翻着这些关于贺忆安的报道，反倒是一笑，高高兴兴站起来道了一声谢才走。

梁绣珍便想，看来邓丽莎的婚姻问题，真是不催反倒有了眉目，因此就和邓太太打了一通电话。

邓太太听了也是稍稍放心了，只不过邓丽莎不肯回家过年，始终令人遗憾。

第56章

新年礼物

另一边，沈初云盘算着过年了一定要给王校长一家准备些礼物，毕竟这一年多亏了她的热情相助。

因此，走到一家商店的玻璃柜台前，望着派克笔，眼里看着觉得好，心里想到价格却很怅然。

人生的际遇真也难料，怎么也想不到有一天会这样掐算着过日子。可是再难也要报答恩人，派克笔送给白律师再合适不过。

掏了钱付账之后，又去选料子，准备送给王校长。

过年了，大家都想做新衣服，因此店里挤挤攘攘不少人。

伙计索性在两边肩膀各挂几匹卖得好的料子，一边展开了给客人看，一边过来问沈初云要挑什么。

沈初云见伙计为着过年图喜庆，推荐的都是水红一类的颜色，又想了想王校长平时的穿着，就问有没有颜色素净些的。

伙计笑笑地说有，把沈初云往左手边引。

只听一个小丫头摇着身边主人的胳膊说道：“四少奶奶，你快看。”

这个四少奶奶不是别人，正是韩府的四少奶奶向兰，回头看见沈初云正往这边来，嘴上一笑便喊道：“大……大姐。”

因没料到会在这里碰上，向兰一时拿不准，离了韩家的沈初云，该怎样去称呼才好。

沈初云又何尝不为这个烦恼?

两个人只管对望着，一直呵呵地笑。

向兰便抿了一下唇，没话找话地问道：“出门逛街吗?”

“是的。”沈初云笑了笑，假意拨弄了两下耳边的鬓发，也搭讪了一句，“要过年了，家里要准备的东西应该不少吧。”

向兰点点头，言语间颇有为难的样子：“二嫂现在也不方便，我又不太会。”

沈初云就宽慰道：“这要什么紧，谁一生下来就会了?”又转头朝向兰身边跟的那个小丫头笑起来，“蜡梅这孩子年纪不大，倒很会做事的。”

蜡梅害羞地笑了，因为不能叫大少奶奶了也不知道该叫什么，便只是请安而不说话。

沈初云假意有事，看了一下时间，道：“你们先忙吧，我挑些东西就要走的。”

向兰一听，也就知趣地告辞出门了。

蜡梅跟在后头，出了门才跳着脚问：“四少奶奶，你看大少奶奶是不是越来越好看了?”

向兰看她这么兴奋，就戳了一下她的脑门，笑着摇摇头，感慨道：“好像比以前笑得更开心了。”

蜡梅点着头又问：“张妈说大少奶奶如今是逞强，你看是吗?”

向兰一撇嘴，嗔道：“你呀，什么都好，就是开口闭口都是张妈说的。张妈太古套了，你是个小丫头，跟着她学，以后出去说话，人家要笑话你的。”

蜡梅不以为然道：“我就算不古套，人家也未必不笑话我是乡下野丫头啊。”

向兰脸上忽然变得严肃起来：“张妈是不懂的，能在男人的天地里占一席之地，让男人都尊重她说的话，这是多大的成就啊。别看她现在要独撑门面，似乎是很辛苦，但比起处处矮人一等的滋味，未尝不是一种好归宿了。”

蜡梅不由得想到四少奶奶因为常常被二少奶奶修理，背地里也不知哭了多少回，便悄悄咽了话不说。

当沈初云提着大包小包回到家里的时候，刚坐下没多久，王校长一家就带着孟盼晴一道来拜访了。

沈初云笑着让进来：“哟，你们怎么一起来了？我刚才出门去逛，还在想着你们的新年礼物呢。”说时，就将手里满满当当的纸包一一递过去。

王校长他们也不是空手来的，带了一些原版外文书。刚刚遭了无妄之灾，想必这是沈初云现在最需要的。

孟盼晴收到的是一套画笔，王校长又对她说：“我也有礼物的，只是今儿没带，下回再给你吧。”

然后，就见三个小家伙从白远山身后钻出来，嚷着也要。

王校长安抚他们少安毋躁，随后向沈初云笑道：“放假都好多天了，他们作业也写完了，整天在家也是瞎玩、瞎闹的。我跟他们说，有这工夫还不如去你沈阿姨家里帮帮忙。要准备过年了，谁家不忙着卫生呢？”

“那我真就不客气了。”沈初云笑着先把院子里的大扫帚递给王校长的大儿子，接着又对她家老二说，“女孩子手巧，帮我做些手工活儿。过年了，家里要贴贴挂挂的活儿也不少呢。”

大家都有了事情做，过了年才刚五岁的小娃娃也凑上来问：“那我呢？”

沈初云弯下腰亲了亲他，转着眼珠子一想，道：“你……做个监督好不好？就是你管着大家，谁不干活儿，或者干得不好，你就喊出来让我们知道。”

娃娃重重地一点头，身上穿的棉袄很厚，踉跄着脚步，拼命伸出一只白嫩嫩的小手，抓着白远山的裤子就喊：“我爸爸偷懒。”

众人听了哄笑不止，白远山一把抱起小儿子，捏了捏他的小红鼻头：“你别借着机会胡闹，我是还没领到任务呢。”

沈初云就朝高处一望，接嘴道：“白律师当然是干爬高的活儿咯。”

王校长推着孟盼晴上前一步，对沈初云道：“这丫头呢，现在添了个毛病，见着人先要背一篇文章。”然后拍了一下孟盼晴的肩膀，笑道，“你先向你沈先生背着，我就去打扫厨房吧。”

孟盼晴一点也不觉得什么，反而很激动地抓着沈初云的手一通摇：“沈先生，你一定看见了是不是，一定看见了！”

这一段时间虽然忙得焦头烂额，但沈初云还是日日看报的，知道北大校长蔡元培明确表示了，明年招考，倘有程度相当之女学生尽可投考，如程度及格，亦可录取。便轻拍着孟盼晴的脸颊，笑答：“是是是，我看见了，你要背的是蔡校长回应的话吗？那你背吧，高兴了，多背几遍也是可以的。”

孟盼晴猛地点了两下头，气沉丹田才把话提到嘴边，外头就有人插言：“哟，怎么忽然这么多人呀？”

来的不是别人，正是抱了一堆意外收获的邓丽莎。她笑着和客人们招呼过之后，难掩兴奋地把沈初云拉到一边，手里翻着梁绣珍给她的东西，嘴里便道：“给你看看，这位贺君原来真是个挺有名气的人物。伯父是大银行家，供职于浙江实业银行。他父亲呢，开了一家百货公司。这年头开百货公司的，就没有赔本的。这人来路倒是正的，就不过果然风流得很。我们一向只看些进步的时事报纸，小报、花报都不关心，所以就错过了他这号人物。”

只听咚咚两下脚步响，孟盼晴一脸不高兴地挤到两个人中间，叉了腰怒冲冲地盯着邓丽莎，好像要发泄什么不满似的。

沈初云就搁下贺忆安一事不谈，扑哧一笑，忙就向邓丽莎解释道："蔡校长不是有意明年招收女学生进北大吗？她都把这事儿给背下来了。刚才你一进来，无意中把她的话给打断了。"

邓丽莎哪里想得到是这样孩子气的理由，捂了嘴抖着身子笑一阵，然后正一正脸色，点着头道："好好好，我们自然是许你背的。果然也是今年了不起的一件大事，真可惜遇上我们麻烦缠身，不然我才不会这样除了一篇社评就悄无动静了呢。"

孟盼晴这才翘着嘴，得意地一笑："为着你们忙，我又要应付期末考，都没能好好为这件事儿庆祝一番。这是我一生中，听过最明媚的一段话。"然后，满怀无限的期待，真把蔡元培那几句简简单单的话，朗朗念了三遍。

在她看来，虽不过寥寥数语，却是几千年来最掷地有声的话。

因而含着一眶热泪，感慨道："我以为这话，会在历史里永久地闪光，将来的人只要谈起教育、谈起女子进步，都不会忘记这一年，不会忘记北大，不会忘记蔡校长，不会忘记从五湖四海汇聚起来的力量，不会忘记为此共同努力的同胞，不会忘记我们妇女几千年来的期盼。天哪，我们的后辈将来也许都能堂堂正正地走进中国每一所学校，跟男子并肩而立，跟他们一起听课、一起学习，甚至是一起竞争。这是多么美妙的画面，多么美好的日子。那时的女子，岂不是每天一睁眼，都能感觉到幸福吗？我太为她们高兴了，我也为自己高兴、为自己骄傲，这是我和我的同学们一起努力争取来的幸福。"

邓丽莎抚掌不迭，沈初云微笑着点点头，上前抱了抱孟盼晴。

三个人彼此望着笑了一笑，沈初云擦擦泪花，忙收起情绪，跟孟盼晴打趣："说归说，但是你不能绊着我们没法做事，否则就不太像样了。客人是来帮我们打扫的，我们自己怎么能闲着呢？"

就听一个小奶音认真地喊道："干活儿！"

这不是沈初云刚派的小监督吗？果然是一脸的认真，很有些气魄。

三人一笑，忙就散开各忙各的去。

热火朝天一阵忙之后，王校长拿手捶着后腰，靠在门边说道：“厨房里的活呀，就是又琐碎又细致。我们家白律师别看做事业还有点样子，进了厨房真跟个傻子似的，全然帮不上什么忙的。以前人家说女人过了四十就怎样，我还反驳呢，现在看来这家务活就是容易叫人变老。”

正拿着鸡毛掸子整理柜橱的邓丽莎，忽然停下动作，插言道：“你一谈起女人四十的话题，我就要问了，我向来不是很懂，女人的保鲜期是谁想出来的说法？按事实说，容颜的保鲜期，男女都有呀。为什么单单把女人的衰老，拿出来小题大做呢？好像今天不嫁出去，明天就要腐烂变臭了一样。”

王校长摇摇头，皱着眉努了嘴道：“很不公平的是，以我的所见来讲，男人的确老得慢。毕竟女人有生育关要过，很伤身子的。加上繁重的家务，似乎这话也是很写实的。”

“不对，是女人对于自身的定义太狭窄了。”邓丽莎被勾动了兴致，索性放下鸡毛掸子，打开话匣子大大宣讲起来了，“在家庭生活里，女人往往把自己的家务能力太当成一回事儿了，认为家里没有自己不行，无论做什么事都要自夸比丈夫做得好，因此而沾沾自喜起来，这其实是一种病态的自我陶醉。我们国家的妇女从小就被灌输了错误的思想，认为家务是女人的分内事，这一来，即便走上工作岗位，也会因为精力有限而影响工作，导致工作成绩不如男同事。于是，难免要把男女天生不同，应当分工合作的思想抬出来安慰自己，主动承认自己工作能力不足。这就形成了死扣，束缚了许多妇女没法寻求解放。在我看来，家务活儿更依赖于体力，只要是有手有脚的人，都能够学得会。涉及家务，女人可不能太自负了。丈夫不会就教给他，学得不好就慢慢练，这和每一位家庭妇女的成长过程是相通的。你说，哪家的姑娘是刚一落地就会拿扫帚扫地的？再说了，家庭工作也是社会工作的一个小分类，这社会工作都主张消除男女歧视了，家庭工作也该打破陈规才对。”

沈初云闻言，也加入了讨论：“然而几千年来的思想都是，男人挣钱叫能干，女人挣钱就是抛头露面；男人花钱是应酬交际必不可少，女人花钱是败家，更有甚者还要扯上一大篇亡国论。最可气的是，很多女人都甘心接受这种说法，以为对家务大包大揽就是自身价值最好的体现。”

邓丽莎听罢就打了个响指，对王校长道：“是啊，不然夫妻两个都出来谋生。家庭方面就用轮班制，两人轮流承担家务。等这样办了以后，你再来看男人是不是真的天生老得慢，而女人是不是真的没法在工作上胜过男人！”

王校长一根手指点着唇，细想一番，慢慢点起头来，道：“听起来有道理，苍老的病根基本都是操劳。”

白远山听见外头议论正酣，好奇之下，伸了头进来听。

王校长听见动静，回头向着他一笑，道：“你听见了吧？往后我不能太看不起你了，否则每每说你手脚笨，倒叫你占了大便宜了。从明天开始，不管你做得好不好，厨房里的卫生，就都交给你慢慢去琢磨吧。”

白远山将肩膀一耸，摊手无奈道：“我来了这一趟，干了活儿不说，还给自己找了一通麻烦吗？”

沈初云和邓丽莎相视一笑，齐声答道：“对啊，你来我们这儿可不就是替许多大男子背黑锅来的吗？”

大家便都笑嘻嘻地看着白远山念念有词地摆了手，仍旧爬上梯子去干活儿。

第57章

决心独立

年三十这天一早，沈初云提了重重的一个大篮子去探望苏振青。

苏太太因总是熬夜守着，人已消瘦多了，沈初云便劝她回住处去睡一觉，顺手又往苏太太口袋里塞了一沓钞票。

苏家对于报社的投入可谓不计成本了，一把火不光烧了设备，也灭了苏太太的心气，颤着手接了，眼圈也是红红的。心里知道丈夫必定不想接，可是报社里受伤的又不止苏振青一个，还有其他几个员工。治烧伤实在太花钱了，那几个员工虽然都能理解意外之不可预计，可他们的家里人却是不肯轻饶的。所以，苏太太常常是一手接过一笔救济，转头就得贴作别人的住院费。

其实，苏振青也看见了这一幕，只是他没资格再讲什么傲气了。花钱的地方那样多，家里人也还要过日子，凭什么叫妻儿白白受这份苦呢？等苏太太走后，他又不免埋怨沈初云一句："你实在太破费了，你一个女人独自过生活也很不容易，跟你说不用这么多钱，你还非要让。"

沈初云低头削着苹果，口内淡淡答道："您要不收，我就只能来做看护了，这也算是以工抵债了。"

苏振青后背的伤口隐隐地还是作痛，扭动着脖子看向窗外的一片雪白，长叹道："其实你和密斯邓都太过自责了，甚至直白来说，是太拿自己当回事儿了。《闻京报》的事情，是因何而起的，我心里很清楚。你们在其中，不过是因为有两位长辈知情，做父亲的怕女儿赶巧去了我那儿，你那韩叔叔也是顾虑这一层，因此不约而同地拦住你们。这是人之常情，但不表示没有你们就没有这场灾了。"

沈初云将苹果皮顺手一丢，又将果肉细细分成一小片一小片的，低声赧然道："您这样想是您的大度，我和丽莎却不能抱着这种念头来逃脱干系。"

除夕是团聚的日子，可是今年的除夕，似乎离散的人更多。

沈初云也不知是怎么了，怔怔地发愣，嘴唇翕动两下，不由自主地就将过完年之后，想自己单独打理《良言》，不再跟《闻京报》合作的事情说了。

说完当真是一呆，本意是过了元宵再讲的，也不知刚才是怎样地鬼使神差就先表态了。

苏振青望了她两眼，心里很多话哽着没法说。想了想，这样做可能是最好的方式了。

譬如这次劫难，究竟是谁害了谁真是不好说。一个是快人快语，什么他都要说；一个是经历复杂，什么人都盯着她。这样的两拨人走在一起，一方的麻烦往往要双方共同去承担后果。而且以后，这种互相拖累的时候只怕还有的是呢。彼此分开，各扫门前雪，也省得抱在一处，一损俱损的好。

打定主意，苏振青便付之一笑："出去好啊！其实你有这个能力的，不过是性格偏保守了些。这也没法子，一开始的局面，你是举目无亲、四处是敌。你那个爹做得出来，我倒看不过去。当时我就想了，他不管你，就由我来管你。"

沈初云动作一滞，眼睛里就含着一汪泪。

苏振青忙道："抱歉，我不该提这个的。"

沈初云唇角一翘，尽量地表现出无所谓的态度来：“没事儿，提的人多了，有些还是故意的呢，那样我都没生气，况且您还是好心呢。”

苏振青就说些正事，将话扯开去：“士宣那边有我的几本草稿，不过是些日常杂记，写写办报心得，谈谈采访要诀。本来是预备出书的，如今看来是要拖一拖了，你先问他拿一份去看看。你对我虽然不曾摆席拜师，但是我以为我们两个这层师徒关系是有的。”

沈初云听到这话，憋不住泪，不禁带出一声哭腔：“苏伯伯……”

“怎么还哭上了？多大点儿事儿啊。”苏振青也是眼圈一红，好在还忍得住，笑着向她说，“这不过是怕以后各忙各的了，你有困惑的时候，可能会找不着我的人；我有空和你谈的时候，你又未必得闲。所以，我想先把这些交给你，由你自己去领悟。”

“知道了，我会好好学的。”沈初云答应着，将头一偏，抽出手绢来擦了擦眼角。

苏振青眼朝着天花板细细地思考了一番，才教诲道：“其实呀，你优点很多，这不需要我说。我就说说我眼里瞧出来的缺点吧，头一件，还是有些胆小。就譬如你从前讲的豪言，说要办的是一份女子看世界的报纸，这一点上还差那么一口气，算不得达到志向。这倒是可以慢慢来的，只要你谨记，女权问题是你的工作重心，而不是工作全部，我相信你会越做越好的。还有就是，包袱太重了。”说到此，苏振青郑重其事地盯着沈初云的泪眼瞧着，“其实何必呢？我们都想改变这个世界，可我们也不过是新世界的一颗钉子，个人能做的不过这么多。风吹雨打，难免也会有生锈的时候。做事情的确不能不动脑子，但也切忌思虑太多，想到什么就不妨试一试，我们失败的地方多了，那后来人的歪路相应地就少了，这也是贡献嘛。不要太在意别人怎样看你，你自己想要的人生已经很难了，何必迁就着去做别人所期望的你呢？”

“是……”沈初云捂了嘴不住地点着头，脑袋点一下，泪珠就跟着坠下来一颗，“您说的我都知道了，以后会改过来的。”

“以后你虽然单干了，不过算不算完全地出师，我倒以为言之尚早。等哪天你不认为我说的一定对了，那你才算是真独立了。”

沈初云看他一脸的不放心，就向他宽慰道：“苏伯伯似乎忘了，我第一天跟您合作，就对您的意见有过反驳的，我知道独立思考的重要性。当然，我也会记住这些话，以后好好做事情，绝对不让您失望。”

苏振青忽然哈哈地笑了起来，笑罢抬起手来微微一摇，背后传来的痛感又将他的眉头皱拢了一些：“那次的争论我还记得呢，充其量不过是为着私心求个情罢了。关于这个问题，到时候再谈吧，总有那样一个时候的。”最后，抬高了声音郑重交代了一句：“记住，办报不能迷信任何一个人的话，做到这一点才算成功。”

沈初云琢磨着这番话，虽然有用，但目前没有碰上什么实际的难处，要彻彻底底地理解也很难，因此只管点着头答应。

第58章

新合伙人

走出医院，外面是一片雪白世界，等在门口拉客的人力车较之平日明显少了，一开口也是往日的三倍价钱。

沈初云被车钱吓了一跳，但看一眼穿着破棉袄的车夫，倒不觉得十分面目可憎。可是她现在就快连朋友也接济不起了，还是狠狠心不坐车，一路踏着雪，慢慢地走了回去。

走进大门，听到里头有人在说："这样大的雪，在南方可是不容易见。"

邓丽莎答应着，就请他坐下喝茶。

沈初云一掀棉帘子，笑道："贺君，过年好啊。"

贺忆安忙也站起来回礼："一定好一定好，贵报来年也要热销才好。"

沈初云往火盆前站了站，伸出冻得通红的一双手取暖，问道："你怎么也不打算回家去吗？"

贺忆安哈哈一笑，答道："我并不骗你们，我要是回去了，家里老爷子一定把我关起来，非要我娶什么未婚妻不未婚妻的。我是打定主意了，要不然一辈子不结婚，要不然就讨个天足，小脚是绝对不行的。"

邓丽莎去厨房里转了一圈回来，听见这话，便接嘴道："那留下来一起吃年夜饭吧，反正我们也不过两个人。隔壁房东太太去乡下老家过年了，还给我们留了几个菜呢，足够三个人吃的。”

贺忆安嘻嘻笑着，挑眉道：“就算密斯邓不提，我也是这么打算的，并且是要厚颜赖在这里不走的。一个人过年，太凄凉了，怎么也要跟人搭个伴才好。”

于是，两位主人翁就忙着去厨房里做事，贺忆安倒也想搭把手，不过除了摆摆饭桌，他会的也委实不多。

铺了水红色桌布的台面上，菜品不多，不过摆了六个盘而已。沈初云笑笑地调侃，这大概是她人生中最寒酸的一个除夕了。邓丽莎跟贺忆安就不约而同地谈起，在国外过年比这还不如呢。

因为贺忆安是浙江人，沈初云就把在厨房里找到的绍兴酒给烫了。

熟悉的酒味滚下喉咙，贺忆安抬头看看面前的两个人，不由得抚掌一笑：“我们三个呀，还真是绝了。一位，是为了离婚而不回家；一位，是为了不婚而不回家；我呢，是为了反抗包办而不回家。如今中国人的三大婚姻困惑，在咱们这儿算是聚齐了。”

邓丽莎听他自己提起家庭问题，不免好奇：“贺君，你可别嫌我包打听啊，是你留下住址让我去打听的。”

贺忆安将手往桌上一拍：“想知道什么就问吧，我这个人在淑女面前，从来都是很绅士的。”

沈初云也来了兴致，放下筷子，拿手绢擦了擦嘴，认真地听着他们两个说话。

邓丽莎先问道：“跟你要好的淑女很多呀，你又是喜欢跟淑女交际的，为什么还愁找不到爱人呢？”

贺忆安摇着脑袋，扁扁嘴，道：“说不清楚，总觉得跟她们不过是寻开心，提到结婚就觉得不行。”

邓丽莎扭过头，对着沈初云迅速做个鬼脸，意思像是说，果然男人都有风流病。

贺忆安眼珠子随着邓丽莎的脑袋一转，深知她的脾气，就也扭过身子，转向更善解人意的沈初云去解释："恐怕也和她们喜欢交际有关吧，这些人嘴里说着女子也该时兴自由了，却不过是在实现一种玩的自由罢了。跟你二位比，差得远了。"说这话的时候，脑海里忽然就浮现出向兰的面孔来。

沈初云看着他一笑，不赞同也不辩驳，好人多坏人也多，不过际遇往往不会让好的男女相遇，也就只好继续等待了。忽而，又鬼使神差地提了一个问题："如果你爱上一个风尘女子，你会怎么做？"

贺忆安唇角不屑地一歪，摆手道："抱这种想法的，都是小说看多了，风流佳话的概率太低了，根本不切实际。况且很多打着真实幌子的故事，也都是经过润色的，实际上并不是那样一回事。如今都追求新式婚姻，夫妻间讲究彼此交流。可胡同里的女子，有几个是识字的呢？连自己的名字都写得勉强，将来还能指望和这样的人交流？终究不过是玩闹而已，哪个男人会和她们当真呢？这也是风气，如今的生意事乃至国事，多是在胡同里谈成的。达官显贵都钻在这些地方，要发财就要先跟这些人搭上线，于是就都跟着去了。男子捧女子的想法其实很简单，完全是个象征罢了。比如旧时，拿女人比衣服，如今我们隐隐知道这样比不好，但根本上还是没有变。今天大家都说成功男人都该有钱，大家便去挣；明天说成功男人都做官，大家便又都去买；后天说成功男人都有段风流佳话，大家又赶紧往自己身上造。看似男人古来就恋红尘，其实不过是，自来都认为成功男子必要留下一段风流佳话，因此，本来没有的也非要有不可了。所以，风流场上真没有什么罗曼蒂克，都是假喜欢，却要演出一场真喜欢，这便是人们常说的逢场作戏了。"说到这里，恰好收住，忙歉意地望着她二人，"我这么说，你们可别生气啊。"

沈初云只是愣着，脑子里乱乱地想着许多人、许多事。

邓丽莎则起身替贺忆安又斟了一杯酒，笑道："大过年的，谁会生气啊？你想说什么，大可以直接说的。其实，我们也正好听听，男人都是怎么看待女人的。”

贺忆安听了这话，一下没了顾虑，话匣子大开：“我说不了全部的女人，我只能说说我见过的那些女人。我常看报纸上讨论妇女买卖的问题，我就片面地谈一谈我所遇见的可买卖的女子都是怎样的吧。有的是摆明了做生意，有价码的。还有的呢，表面上不轻易让人知道价码，实际还是一回事儿，不过价格高些，买得起的人少，她自己也要挑挑人。明码标价者，故事大多雷同，你们也正四处地搜罗，想必是有数的。至于隐藏价码者嘛，兴许哪一天就跟着人好好过日子了，又兴许哪一天还是暗地里标了价了。你二位是满脑子里只有进步话题，以为有价的都是没念过书的。其实不然，暗地里卖的多是好人家出身，‘自由’二字放她们出了大门，可她们却迷失在金钱场上，还有许多是被大烟给拴死了。虽然不至于只能靠着皮肉生意过活，但她们实在无法满足于一般的好日子了。只能靠这个良家的好身份，去谋个好价钱。这就是我身边来来去去，所有看似可以成就佳话的女子了。她们游戏，我就绝不会认真。”

邓丽莎拿手挡着嘴轻轻一咳，心道他倒实诚，让敞开了说就敞得这么开。复又抬头，皱拢了眉头，好似不怎样相信：“怎么会一个好姑娘都没有呢？”

贺忆安几乎是不假思索地答道：“有啊，好姑娘要不就不出门，要不跟你们一样，一心只有事业啊，自身价值啊，忙事业都来不及呢，看都不会来看我一眼的。”

沈初云闻言大大叹了一口气，背脊弯着，脸上现出许多的无奈来。

邓丽莎冲她看了看，自己又低头想了想，几次都是要说不说地抬起头，顿了顿又把头埋了起来，反复之后，终于问了出口：“贺君，你要跟我们搭伙做事业的话，还算数吗？”

沈初云一下被这话给惊到了，张大了嘴巴，只是看着邓丽莎眨巴眼。邓丽莎则冲她不停地点着头，眼内带笑，完全不像之前那般抗拒。

贺忆安也很讶异，但更多的是欢喜。

在欧洲的那段经历，让他见识到从事传媒行业的女性多么有风姿。因此，除了再三再四向沈初云表达过的看中利润的想法以外，也有他的本性使然。既能挣钱，又是近水楼台，自然很想加入。因此就站起来，兴致盎然地点头答应着："算，当然算！"

这倒是沈初云没有准备好的事情，因此全然不知该怎样答应。

邓丽莎早有想法，立即向贺忆安提出："那你跟我们约法三章成不成？我们两个始终是追求妇女进步的，这一点不会变。坦白说，这和你花花公子的行止是有矛盾的。如果有一天，你闹得过火了，影响到《良言》的声誉，就得无条件地退出，你的本钱就充作我们报社的名誉赔偿，你看可好？"

"没问题。"贺忆安一拍胸脯，拿起面前的酒来，直接一饮而尽，向她二人照了一照杯，就算是将事议定了。

第59章

除夕守岁

十点钟一过，贺忆安便知趣地告辞了，免得被人说什么闲话。

沈初云一边收拾桌子，一边问邓丽莎："你怎么忽然这么爽快起来了？"

"缺钱哪！"邓丽莎无奈地一抿笑，摊了手一耸肩，"我当初就是志向立得太高了，什么不收任何人的润笔费，只靠经营内容和广告挣钱。可实际上呢，我连保护自己不受伤害的能力都没有。说得市侩一些，贺忆安的家庭算是新贵派，如果将来有什么事情，刚好能跟那些老狐狸抗衡抗衡。说白了呢，我是放弃了全靠自己打拼的念头。"接着又是摇着头一笑，把果盘糕点端到沙发那边，预备聊着天守岁。

沈初云用劲抹着桌子，不知何时眼里蓄了好些泪珠子，沉着声问："我们……是不是真的太年轻了，还没成熟呢？"

邓丽莎扭头望着橘色灯光下的她，一时百感交集，回过头自己先揩掉一行泪，既是安慰沈初云，也是再坚定自己的信念："如果你真老了，就不会干这个赔本赚吆喝的事业了。两次意外，差点毁了《闻京报》和《良言》。这些日子，我就常常反思，我们所憎恶的一切，问题究竟出在哪里？后来有了一点儿心得，如今新的制度还没有确立，新鲜血液也就输送不进来，弄得我们国家活像个垂垂老者。堂堂总理即使口称共和，做事却不讲程序，自身有了信誉危机，不是想着如何同国民交代，反而去加害质疑者。果然如你所言，如今的社会还没有达到可以一门心思追求私德的时候。能把怀有新思想的人团结起来，割掉几千年的思想毒瘤才是第一要紧的事。不瞒你说，我当时对这种观念是有所保留的，不过到了现在，我大概能体会到这话是在理的。因此，像贺忆安那样的新人物终归是越多越好，我不该去纠结他的私生活是否看得入眼。”说时，出神地望着窗外偶尔绽开的火花喟然一叹，“至于你问我的话，我想你并不是在谈什么成熟，而是在问，我们是否需要变得老成。关于这一点，我想做个迂回策略，只是部分地妥协。往长远去看，我想我这一辈子，都不会向世故低头。只有保证我心里的那团火永远不灭，才有可能去感染别人，继而点亮这个世界。”

说完这番话的邓丽莎，其实心里一点都不好受。她这个人的性子，用她自己的话说是贵在坚定，用别人的话说就是太较真、太激进了。论理，这个世界应该包容不同的人，可现实中的许多人总是想改造邓丽莎们，这常常让她觉得不痛快。

更不痛快的是，经过一系列的打击，她很无奈地开始想要转变了。

沈初云忙完了事情，也就坐下来考量此事是否可行。今天苏振青说的话，对她的启发很大。不够勇敢，包袱太重，总是被保守思想捆住手脚。

报社要振作、要壮大，必须有资金支持。贺忆安爱钱又怎样，追寻金钱的路上一定会有诱惑，不能因为害怕金钱的侵蚀就放弃追求，应该选择直面它、战胜它。

沈初云暗暗下定了决心，起身走到邓丽莎身后去，拍着她的肩膀，小声道：“不过话说回来了，贺忆安同我们不算熟朋友，真要合作起来还得有些书面制约。等过完年，咱们去找白律师谈谈吧。”

邓丽莎回过神来一笑，重重一点头道：“是啊，我始终对贺忆安的生活有些警惕，生怕他往后成了《良言》的股东，还要再闹什么莺莺燕燕的问题。关于这一点，我大概是要认一辈子的死理了，风流公子我是一个也瞧不上。”

沈初云不免对着她一笑，调侃起来：“也不需要瞧得上啊，找合伙人又不是找丈夫。”

受了感染的邓丽莎不由得扑哧一下，转过头来答道：“也是，反正我目前没有这个打算，而且你也不会看上他。在私事上，我能管好我们俩就不错了。指手画脚这种毛病，还是留到工作中去吧。”

不及回答，屋外忽然鞭炮声大作，一阵高过一阵。

快要到新年了，两个人望着亮如白昼的夜空，心中各自暗许，愿新年的一切都是新的。

不同于沈初云和邓丽莎冷冷清清的守岁，韩府的大客厅里聚满了人。

男人在一边玩扑克，女人就在另一边摸小牌。

韩黛琴和向兰照旧是两边的玩意儿都不懂，就在沙发上玩拼图。

因为韩燕琴在婆家过得也不甚如意，梅姨娘好说歹说求着韩太太寻个借口，把她接来家里过年。韩太太对于两个女儿虽说不上很亲，倒也还算不错，因此就称病了半个多月，说是很想念女儿，希望亲家能答应让韩燕琴回来陪陪她。

韩燕琴听了这事，觉得简直是个大大的恩赦，从早上回来开始，一直都很安分。不过熬着熬着，到了晚上，有些话就不吐不快了：“二嫂什么时候这样好心了，在家里收容个交际花？”

梁绣珍听了，脸上顿时带了三分敌意，冷笑着回道：“你说话可仔细些，人家好歹也是个格格。”

韩燕琴一边叫“吃”，一边回击：“可不就是靠这层身份镀金，所以才恰好遮掩住她的一些丑事吗？”

韩太太将牌丢得重了一些，眼神也变得有些凌厉：“你们俩怎么回事儿啊，一个晚上都熬不住吗？非要闹。”

在看韩太太牌的梅姨娘，就隔着牌桌比口型，劝着女儿少说两句。

韩燕琴不免声势弱了些，垂着头，低声喃喃地念叨着：“我不过是提醒一下，咱们这样的人家，总跟金玉瞳扯上关系是不是不合适？”

梁绣珍看这一屋子人的脸色，心里顿时爽快了不少，做个样子挺挺肚子又捶捶腰，掀着唇冷哼道：“我也不过是看她一个人在家过年，很可怜罢了。再说了，那些小道消息，虽然说得有鼻子有眼儿的，究竟是不是，咱们也不知道啊。”

韩燕琴不敢怎样生气，只管半开玩笑似的回道：“她在英国究竟怎么生活的，问问外交衙门的人，打听清楚是有多难吗？”

韩太太咳嗽一声，颇有威仪地制止了这个话题：“都有道理，但都给我闭嘴。人都来了，就不要说那么多了。”然后，转头对着儿媳好言好语地劝了一句，“这往后呢，我认为还是燕琴的话有道理。你又不是缺人陪，何必非要和她那样地要好？”

因为梁绣珍如今有孕，韩太太表面上都是客客气气的。不过，稍动动脑子就该明白了，韩太太心里也跟韩燕琴一样不喜欢金玉瞳。

听懂了弦外之音的韩燕琴，也就一挺身子，笑道：“因为人家嘴甜呗。”又忙赶在梁绣珍发作以前，先堵上她的嘴，“不过二嫂，你也想想看嘛，配和我们来往的人，做什么要句句话都哄着你高兴呢？而句句话都能哄得你高兴的人，她又是为什么这样肯下面子呢？”

梅姨娘仗着韩太太也不大同意此事，就奓着胆子插了一嘴：“别的我不说，这句话倒是对极了。”

梁绣珍气极了，又不好在这样的日子里把话一句一句说绝。

不过，韩燕琴的话让一直安静打牌的翠姨有些对号入座了。她是个没有依仗的小妾，素日是最喜欢到各人屋里去闲聊的，自然当着谁都净挑些溜须拍马的话来说。

于是，便说者无心，听者有意了。

恰好韩延荪衔着雪茄两边地逛，翠姨就趁着他走到这边来时，一脸委屈地叹着气："这交朋友真是难了，会说话居然也成了错。照我说，二少奶奶喜欢玉瞳格格也是有缘故的。毕竟，太多人长着嘴巴却不说人话，难得有个会说话的，可不就招人欢心了吗？"

当着韩延荪的面，谁也不敢接嘴，纵使不服，这话也就这么过去了。

对面桌上，几个管家正陪着三兄弟玩。

韩仲秋头往后一仰，一手摸着后脖子，一手撑着腰，把常叔叫过来替他玩，自己则去外头抽烟透气。

刚一开门，就见金玉瞳抱着双臂靠在朱漆柱子边。大红的灯笼把她一身绛色海绒的旗衫照得夺目，白莹莹的脸上带着三分微醺，眼里闪着的亮光，一时看去像是倒映着灯光，一时看去又像是含着一汪秋水。

韩仲秋便从袋里摸出一盒烟，递了一根到她嘴边，笑问："怎么不进去玩儿呀？"

金玉瞳借着火燃了香烟，闷闷地吐出一大口，冷问道："进去做什么，讨人嫌吗？"

方才韩仲秋并没有去留意对面女人们的话题，毫不知情的他为讨美人欢心，假意撸了一下袖子，气得跟真的一般："谁讨你嫌了？告诉哥，哥替你去打。"

金玉瞳嘴角一撇，斜着眼道："你亲妈。"蓝白色的烟转着圈袅袅地飘起来，她恰到好处地一低头，瞪大了眼睛故意熏了自己一下，然后才抬起泛着水光的眸子，噘着嘴委屈道，"我不过是乱世里的一片浮萍，无依无靠，只能由着人编派我许多话。"

无非又是为了花报上那些传闻，说她在英国时常常出入一些富商的豪宅，一住就是好几个昼夜云云。

韩仲秋对于这种话看得很开，因为他起先听见这种话，心里还高兴得很。以为传闻若是真事，想必金玉瞳是很容易得手的。结果都几个月了，还占不着一点便宜，就认为是国人看不惯男女社交公开罢了。加上韩太太本来就是个保守的脾气，更加没有可疑之处了。不过，事涉母亲，他又不好怎样去说，只得讪讪然笑着，缩回了手，继续抽烟，口内安慰道：“好了好了，多大的事儿啊，我知道你委屈了，也就罢了。对了，明儿下午去看电影吗？”

金玉瞳扭着身子，别扭着说不去。

韩仲秋就尽着去讨好：“那去游艺园？嗯……或者去百货公司，看中什么都给你买。”眼珠子一转，更加眉开眼笑起来，“都不好，咱们就上颐和园散心去。”

金玉瞳照他脸上一啐，佯做生气的样子：“得了吧，你们男人那点小伎俩我是见得多了，别到时候夜里回不来，我就成了你待宰的羊。我不过来你家住几天，就有许多的话说，我要是真糟践了你这大少爷，我还有的活吗？”说毕，扭头走了。

韩仲秋讪讪地往脸上一揩，抽完一根烟，也就继续进屋去玩牌。

第60章

销量喜人

时光易逝，过完了年，沈初云就开始预备跟贺忆安合作的事情。先是找了白远山帮忙，达成一份私下的约束条款。然后，就上各衙门去填表办事，预备成立文化公司。

因为有了贺忆安的一笔资金加入，加上城外的别墅也顺利租了出去，沈初云的手头就松快了不少。这时，邓丽莎就建议不妨试试把报纸改成隔日刊。

其间，梁绣珍、徐润莲合谋的第一步发动了，一夜之间全城都在议论，前一阵子良言报社原来并不是因为得罪了有权有势的人被恶意报复。全赖沈初云离了婚又不本分做人，招惹了太多男朋友，小白脸们争宠，倒把报社搅得一团糟。

不过，与以往的那些绯闻一样，只有头两天报社的电话响个不了，后头就不提了。再加上《闻京报》也是同时遭难的关系，相信这些传言的人并不多。来求证的记者大多抱着跟风的心态，同样的澄清稿件，别家有那自家也登吧，也算是填版面了。

因此，这些传闻非但没有给沈初云带去麻烦，反而因为曝光度的关系，使得《良言》的销量一路攀升。尤其因为副刊连载小说的关系，把读者的胃口吊得十足。

贺忆安便道，也该趁热打铁，做份杂志什么的。

沈初云点点头，道："这个办杂志倒是跟报纸很不同的。我们以往出报纸，看重头版头条。单从销售来说，只要能保证头条的题材够新、标题够好，立住这两个点，差不多一份报纸就立住了一大半。杂志的话……我如果只从读者角度出发，似乎更在乎封面和插图。不光是我这样，我还听过许多人说，不为看文章，只为里头的图有意思就一期一期地订下去。"

贺忆安清了清嗓子，还未开口，面上就带着十足的笑："那么，我认为用美女来做封面是最好的。对女读者来说，很有亲近感；对男读者来说，是爱美之心。而且，也符合我们的定位。"

邓丽莎斜眼冲着他一瞥，心里什么都明白了。朝沈初云做个鬼脸，然后自己也哭笑不得起来，只好捂着脸掩饰。

贺忆安注意到沈初云眼里一闪而过的笑，又察觉身边的邓丽莎把脸埋起来了不说，身子也抖个不住，便问道："笑什么呢？"接着，一双眼睛望了沈初云，坦率地表态道，"我自然是那部分男读者了，不过这原不是什么说不得的话。男子对于女子的尊重究竟是什么？难道看都不看一眼就算尊重了？男女间也能有纯粹的欣赏嘛，总……总会有那样单纯的人吧。"

邓丽莎笑得咳了两声，抢在沈初云前头回答道："我什么都没说呢，你就先这样着急起来。"

沈初云便从中说了两句话，正了正颜色，把话题重新拉回到工作上去："那么，这头一期找谁做封面呢？"

贺忆安的眼睛一直没有怎么离开过沈初云，一边思索着，一边提议道："你看金玉瞳怎么样？"

"那位格格？"沈初云显然吓了一大跳，"她身上的风言风语可是不少哟。"

邓丽莎就没好气地撇撇嘴："哎，贺君，我虽然同意你在工作上加入一些男性视角，来帮助我们攀升销量，但也不可太过了。”

贺忆安讪讪地一笑，一手松松地握了拳头，抵在人中处，咳嗽了几下，然后才将身子往前一靠，压着声音，绘声绘色地解释起来：“说句你们都不太喜欢的话，我尝试过……”说到这里一番挤眉弄眼，又忍不住地一笑，“她似乎真的只有社交公开而已，并不是那么容易就……反正我个人形象就这样了，不妨直说，她的便宜不好占。”

邓丽莎听了，撇了撇嘴，脸上热了好一阵子。

贺忆安却越说越有理了：“有一回，我约她去城外，她答应得很爽快。当时我可真有些兴奋，可到了那边，完全不是我想的那样。她若果然是那种……用钱能买的，干吗不卖给我呀？我这样的青年才俊，又是这样的绅士，总比那些膀大腰圆的中年土财主好吧。”

邓丽莎捏着下嘴唇思考了很久，眼神中透露出不太同意的样子，转头问沈初云：“难道我们要为她正名吗？”

沈初云摇着头，接嘴答道：“当然不是正名，这种话要怎么去证实真假呢？何况，我不喜欢掺和这些事情。女子身上可以探索的事情多了，总钻营在这上头做什么呢？”

贺忆安忙表白起来：“这不是钻营，以商业而论，纯粹是博眼球罢了。如今坊间传她的话太多了，一会儿说是英国大使同人讲她过去就是那样开放的，一会儿又说是被盐务署一位高官太太撞破了，因此才有了联想。现在，上流社会的男人很急于要知道，这位密斯金究竟能不能亲近，上流社会的太太也很急于知道，她是不是个该被排挤出去的惹事精。至于其他人嘛，不过图个乐，也愿意跟着看看热闹。我们第一期杂志，要的不就是讨论度吗？第一期要是打不响牌子，往后再扔钱下去，你们真有坚持的动力吗？”

这种商人立场，听在邓丽莎耳朵里第一反应总是觉得刺耳，可从现实层面出发，又不得不说，是可以考虑看看的。因此就皱着眉，很难做决断。

沈初云沉默地想了一阵，最后决定做个居中的态度：“我看……不如这样，就让她通过我们的第一期杂志，表白一下自己的态度。我们社里的报纸也好，杂志也好，最终应该成为承载各种不同观念的平台。所以，我们不为谁说好话，我们只负责把话传播出去。”

“这倒可以。”邓丽莎听了沈初云的意思，应得很爽快，她认为大概也没有比这更好的办法了，就向贺忆安一笑，“反正只要你们这些追随者肯掏钱，把我们的销量稳住了，我也懒得讲什么原则。只要有了销量和读者群，我照旧可以宣扬我的主义。”

贺忆安摊了手，嘴角无奈地往下一耷，答道：“那可不，两好凑一好。密斯邓绝对是出淤泥而不染，濯清涟而不妖，即便小小地臣服于金钱，也无碍于你人格的高尚。”

邓丽莎听出这是话里有话，努着嘴道：“夸得过头了，就好像故意要酸我似的。”

贺忆安搔着头，显出为难的样子：“这可难了，说什么都不好。”

邓丽莎更是有一句说一句：“是啊，工作时就只谈工作好了。你同我油嘴滑舌的，非但讨不了我的好，我还更加视你为敌。”说罢，哼了一声，掉头就走。

沈初云一直扶着额头，对他二人的针锋相对既觉得平常，又无可奈何。

贺忆安望着邓丽莎的背影感慨：“这样的工作氛围，始终不好啊。”

沈初云抬眸，冲他一笑，道：“贺君不是一直强调自己是绅士吗？就让一让吧。况且，我也认为她的态度没什么不好的，我们之间公事上力争公办，私事上互不干涉，不给公司形象抹黑，就是最好的局面了。”

这回，贺忆安也不多话了，耸耸肩一副不计较的样子。然后，又提了一件事：“对了，我有个同乡，叫陈丹霞。从前在上海书寓做的，后来赎了自由身，到北京来独立门户，这两年也是很有些名气的。说起来她的历史也是很惨痛的，早两年社会上兴起抗婚潮，她就是其中一员。跟了一个学生从家里躲到上海，满心里就要施行自由婚姻。万没料到日子难过，她那位爱人好容易找到一份交易所的差事，正准备大展宏图，却出了车祸。她一方面被爱人的家人追，一方面被自己的家人追。自己的家人，她是了解的，出了这样的事，兴许真的有把她弄死的心。惊慌之下，又因没有进项，全然忘了要提防生人。流落风尘之后，家里自然和她划清了界限。因为她是上过学的，客人和她说说风雅事，她也很会接话，吃穿是不愁的。就不过被客人勾着染上了大烟瘾，身是赎了，从良却是不能了。哪里有那么好的行当，比干这个还赚钱呢？就是有，那么多男人还抢食呢，总也轮不上她一个烟鬼。”

沈初云听得很入神，拿着笔的右手不由得往下巴上一托，缓缓点了两下头：“这个故事，写出来应该很动人。”

贺忆安便打个响指，敲了两下桌子：“正是了，我以为这样的故事不能找新手糊弄，毕竟对方也是识字的，写得不好容易被她抗议。”

“那么……”沈初云沉吟一阵，将指头点着自己，问道，“你意思是要我去？”

贺忆安就笑着回头，又冲邓丽莎一指：“其实密斯邓要是肯，倒也可以。”

“你知道她是不肯的，让她去不是成心找别扭吗？”沈初云扑哧一下笑了，心里觉得他这个小小的报复性提议，实在幼稚了。

“我可不是要为难她哟，是在向你说明，非你不可的理由。”辩白完了，贺忆安就仰头往椅背上一靠，问道，“明、后天都可以，你看什么时候方便，我来接你。”

沈初云低头翻了翻自己定好的行程，口内无心念叨道：“不用麻烦你来接，我们不如就在那里……”话到一半，忽然想起来从前的事，想起胡同里的那些女人有多么刻薄，男人又有多么没轻重，万一遇上什么事，也是一桩麻烦，便改了口，“好吧，后天下午两点，我们先在这里碰面。”

说定了接下来的工作，贺忆安就先约了他最感兴趣的金玉瞳，上她家里去坐了坐。

金玉瞳接到电话，想起偶然听梁绣珍说起，这个贺忆安大概是邓丽莎的男友，家里似乎很有些家底。不由得就来了精神，又是扑粉又是换新装，好不隆重。

贺忆安进了屋，礼貌地握了握金玉瞳的手，触手有些冰凉，又看她身上穿着粉色的西洋衣，只薄薄的一层贴在身上，不由得就唠叨起来：“你也是想要俏冻得跳，春寒还未过呢，就穿得这么时髦。瞧瞧这小手凉的，仔细病着。”

金玉瞳娇滴滴地笑答道：“听你一句关切的话，人心就暖了，哪里还会病呢？”说罢，挽着贺忆安的手臂，请他去客厅里坐。

贺忆安先是随意交谈道：“密斯金，这个新年，上哪儿潇洒了呢？我都见不着你的人。”

金玉瞳听了，眼里登时起了一层雾色，委屈道：“我是出去躲闲话的，都说我进出别人家里行为轻浮不堪，很有些妖媚把戏。我现在是有冤无处诉，这北京城大概容不得我了，只好出去透透气。”说时，一边笑，一边让着贺忆安吃水果。心里则是在想，除夕那天在韩府听见韩太太那番话之后，她就故意在大年初一不告而别地躲到外地去了，也不知道，韩仲秋那边是怎么想的。

“不至于毫无立足之地吧，我可听说韩家二少奶奶是你的好友，找她帮帮忙，或者能帮你挽回名誉。”

贺忆安的一句话，把金玉瞳的思绪拉回到现实中来。她就抿了嘴，笑道：“女朋友至多是个可倾诉的对象，帮忙的话……也是帮得了一时，帮不了一世。”

“那男朋友呢？”贺忆安脸上挂着笑，架起的腿得意地跷了几下。

金玉瞳收了笑颜，继续做个苦哈哈的样子，抽出手绢来往眼底轻按几下，哽咽道：“哪儿有男朋友愿意沾上我这一身腥呀？”

这样我见犹怜的苦命女子，贺忆安瞧着，心头就软下一大片，认定了非要帮帮她不可，便好言安慰道：“说正经的，我最近在跟良言报社的沈先生合作，准备出一份杂志，名字都想好了，就叫《锦绣》。想邀请你做第一期的封面女郎，顺便向你约稿，请你谈谈最近被流言缠住的体会。你尽可趁着这个机会，为自己辩白。我保证，绝不改动你一个字。”

这样一个想都想不到的机会从天上落下来，金玉瞳怎么可能错过呢？眸子里那几滴本就攒得勉强的泪，一下子便收住了，只管笑着说：“密斯特贺待我居然这样好，可是……”转念一想，又显出犹豫来，“那位沈女士同我的女朋友是什么样的关系，那是无人不知的。她此番邀请我做封面人物，是不是有什么考量？我又会不会给她添麻烦呢？”

贺忆安脸上不免有了得意，晃着手指解释道：“沈先生是做事业的，眼界不会局限在个人恩怨上。关于韩府女眷们曾经的口水仗，我倒觉得很有卖点，作为一个商人是不该错过这种能勾起大众好奇心的话题的。你要相信，凭我这颗怜香惜玉的心，一定会帮你促成这次合作的。”

金玉瞳真是大喜过望，拉着他的手反反复复地摇着，一遍遍地重复着：“那真是太感谢了。”

第61章

心怀鬼胎

不几天，金玉瞳便亲自找到了良言报社来。

唐宋开了门，迎面见一位瓜子脸、雪白皮肤的大美人，穿着蕾丝边的西洋裙，不断有脂粉香气扑鼻而来，一时愣在那里，都不知道该怎么开口说话了。

金玉瞳抿了嘴咯咯一笑，似乎很习惯这种事情，主动说明了来意："我来找你们总编。"

这时，唐宋才往内一让，连声道："哦……里边请，里边请。"

金玉瞳难得遇见像唐宋这种年龄不大，又不懂和人搭讪的青年人，笑笑地喊他小兄弟，问他毕业了没有、家住哪里。

唐宋也不知答了什么话，惹得她花枝乱颤的，一直把笑声送到了屋里。

众人皆抬眸向着门外张望，看见唐宋身后跟着如此一位佳人，先都呆了一晌子。有人认出是金玉瞳，又不由得"哇"了一声。

沈初云便起身过去打招呼："密斯金，怎样想到来我这儿了？"

金玉瞳笑着打趣："来拜师的。"然后，向着办公室里的人先一点头，再飞速睃过各人一眼。

沈初云将她迎到自己的办公桌前坐了，又给泡了一杯英式红茶。

金玉瞳笑着道谢，不忙着喝，而是先从手包里拿出自己写的稿子，交给沈初云过目，端的满是谦虚：“因为我已经多年不用国文了，恐怕文章写得不够好。”

其实，她心里是有算计的，如今关于她的绯闻大有越传越离谱的迹象，这对她来说绝对不是好事。因此，贺忆安可谓递了一个救生圈过来。

要说贺忆安的为人，那是非常的绅士，本来不用金玉瞳送来，一个电话准能把贺忆安喊过去跑腿。可是，贺忆安究竟是男人，有着男人共同的毛病，要问他的意见，他大概只有恭维，绝不会说哪里不好。但这篇告白，对金玉瞳的处境实在是至关重要，写得不好，可能就难以翻身了。所以，她就自己悄悄地来了，一定要摆个好姿态，给沈初云一个不错的印象，这样沈初云才会帮着把稿子改到最好。

而沈初云对于此事的态度，也是非常明确的。她只是提供一个平台让人自由说话，并不是偏信流言，也不是要替金玉瞳粉饰什么。因此一笑，敷衍道：“这倒不要紧的，我们是很坚持用白话文的，所以文章只要求通顺，文法上的要求并不怎样苛刻。”

金玉瞳眼珠子一转，忙扯谎道：“就是这样也让我担心呢，不瞒你说，日常口语我都快忘光了呢。那时，我去了伦敦，觉得那里的人一说话，真是有一种天然魅力。听那边的绅士、淑女一开口，整个人就像被施了魔法，好似会忘却一切不适应时代的糟粕。”

她自己是没有意识到不对的，因为她身边谈得来的好友，都很认同这种观念。可是，出了家门，并没有多少人会吃这一套媚外的说辞。

尤其是叫一直留心着这边动静的邓丽莎听了，心里就不免嗤笑起来。便一挺身，清了清嗓子，笑着一路过来搭讪：“那不如这样，密斯金改用英文写，我来帮你翻译好了。”

金玉瞳闻言，心里就觉得有些着慌，背脊一凉，只得回头笑着寒暄：“哟，密斯邓也在。想是我看漏了，刚才没有向你问个好，可千万别怪我呀。”

邓丽莎冷笑一下，揪着方才的话题不肯放过：“以我的浅见来说，语言都是很难掌握的，能学会一样就极不容易了。还好我的国文是从小到大的能力，已经深深扎根在心里了。后来又学了英文，虽然觉得不同的文化有不同的趣味，但到底国文已经成了本能。既然密斯金有这种难处，不如我们两个人合作好了。你就用刻入你骨子里的英文来写，我一定尽全力帮你翻译到最好。这样一来，不光是国内能看，说不定你的文章还能发表在外文报纸上。等消息传回英国去，你的养父母和你的朋友们，应该也会佩服你这种自证清白的勇气。”

此言一出，金玉瞳腾的一下站了起来，因动作过大，磕得椅子往后一挪，蹭着地砖发出“嘎吱”一声响。

众人齐刷刷抬头望着她一张急红了的脸，不由得窃窃私语起来。

只见金玉瞳唇角不安地抽动两下，脸上一下子成了土色，勉强挤出一丝笑意之后，才把方才的失态渐渐遮盖过去。转头对着沈初云，一脸恳切地解释着：“不，我是个迎难而上的人，还是用国文写好了。若是成绩不够格，还请老师不吝赐教。”

沈初云先冲着邓丽莎一望，然后接话答道：“密斯金是多年不回国，所以有些不自信。你瞧，你同人说话，没有发生过什么互相误解的事情吧？能交流就一定能用白话文，写得好不好并不要紧，这种自白最重要的是真诚。”

邓丽莎也在一边力证：“不瞒你说，这个道理还是密斯特贺提出来的。说起来他每天这时候都要来一趟的，我是笨嘴拙舌的，不怎么会鼓励人，索性让他同你慢慢说吧。”

金玉瞳听了这话，扬起的嘴角就越发抬也不是，放也不是了。只得重新坐下来，抿着温热的红茶，琢磨来琢磨去，最后认定了是因为自己和梁绣珍走得太近了，所以不招眼前这两人，尤其是不招邓丽莎的待见。

如此一想，之前的好算盘也就打不下去了，只得恭维几句场面话，留下稿子匆匆就走。

走到门边，想起刚才引路的那位小兄弟，脸上就带出一个笑容来，扭过头来忙着要找到那人。

却不想，邓丽莎忽然冒出来挡住了视线，笑着客套了起来："密斯金的车子停在哪里？我带你出去吧。传言都说，你如今是许多未婚男青年心中的朱丽叶。这说法我认为不妥，为什么美好的东西要用悲剧命名呢？为避免悲剧，我就代替这众多的男青年，当一回护花使者吧。"这样一路唠叨着，就拎着金玉瞳的胳膊走到了门口，一点机会也不肯留给她。

沈初云被她俩这一幕戏演得笑个不住。

其他人听了金玉瞳开口说话，居然是那样一种盲目媚外的情形，也就纷纷摇了一下头。

几分钟后，邓丽莎从外头回来，上唇不屑地一掀，冷哼道："瞧把她吓的，不吝赐教都会用了。"接着，走到沈初云耳朵边，悄悄说道，"照你看来，关于她的传闻……"

沈初云也就眯起眼，右手的两根指头搁在嘴上捏了两下，仔细地回忆着刚才的情景，小声嘀咕着："她似乎很担忧你所说的，让英国的养父母和朋友们知道她写文章剖白一事。"

邓丽莎含着坏笑，眨眨眼，问道："算不算是心虚有鬼呢？"

可是，行为不检这种传闻，只可能有相当的证据证明是真，却没有任何切实的证据可以证明是假。譬如沈初云眼下所陷入的困境吧，并不是她坚持自己行为坦荡，人家就真信了她坦荡的。有了这份同理心，沈初云便认为评论得冒昧了，是毁人名誉的事情，她可不想学着小报只管销量，不顾道义。忙制止道："按照先前的约定，我们只管给她一个说话的平台，可不能乱下什么结论。"

邓丽莎的胆子俨然要比她大上许多，一拍掌，不无可惜地说道：

“我真后悔就那样答应了贺忆安。照此看来，当初应该做一个专访的，然后文章末尾就可以总结一下我眼中所见到的金玉瞳了。”

沈初云不很在乎这一类新闻所引起的震动，便付之一笑，随口道：“算了，以后有机会再说吧。”

邓丽莎却依然沉浸于惋惜之中：“咱们做新闻的，最讲究先发制人了。万一这一期杂志销量不差，别的报社看到这个自白，说不定就要去采访她了，也许就会戳穿她的假面。这么好的机会不把握，真是遗憾。”

沈初云笑笑地一摇头：“咱们忙自己还忙不过来呢，得啦，这做生意呀，回回都赶趟儿的人几乎没有。”

她这一句，倒似乎触动了什么事，邓丽莎“哎呀”一声，忙不迭地就拎着包跑了。

第62章

闹剧上演

且说梁绣珍对付沈初云的连环招才刚开了一个头。她所计划的文明戏，事先一点风声没有，等一拿到剧本，就风风火火地排演起来。请的都是当红的角儿，敲定的剧场又是大华娱乐城这个时髦人扎堆的地方，还有全北京城超半数的书局包销戏票，一时间红透了半边天。

邓丽莎因听说是一出影射上流社会奢靡生活的讽刺剧，自然很感兴趣。一大早就去了附近的代销点，谁知跑了两个地方都说票卖完了，要等两天才有。

就在这两天之间，已看过的观众都在传说，这里头的少奶奶就是沈初云无疑了。

这话传到当事人耳朵里，沈初云不过一笑罢了："中国的富裕家庭实在是少，尤其是古来便看低戏文这个行业，一直到现在，也少有出身富贵的剧作家，大家便认定了，但凡是以此为背景的故事，总有一个原型在。似乎，都看扁了穷作家必然写不出真富贵来。这话未必没有道理，可太迷信这个观点，就容易对号入座。我想，这谣言传起来的原因不外乎此了。"

邓丽莎笑答："你倒大方，不过小气也没用，嘴长在人家身上，心却长在你身上，人家当真那是为了过嘴瘾，你要是当真了就只剩下心酸了。”

两人依然说说笑笑地进了剧场，显得很轻松。

可戏一开演，却丝毫不能保持这种心态了。不怪观众喜欢联想，实在是演员的长相乃至衣裳、头发，都跟沈初云很像，尤其是满嘴文明词这一点，总让人觉得这剧本里的台词，分明是从沈初云的文章里抄下来的。

直到剧情安排了学校演讲的情节，几乎是照着沈初云在第四女中的讲稿念的。

沈初云气得坐不住，胸腔内像堵着一团发霉的棉絮，想吐又吐不出，只觉得一阵阵地恶心犯晕。

邓丽莎再也忍不住了，从观众席上站起来，冲着舞台大喊：“这演的什么烂戏！”

这一喊，让整个剧场都躁动起来，戏也没法接着演了。

“哟哟哟，快看快看，是不是沈初云来了？”

“不是，沈初云不是短头发，你看错了吧。”

“站着的那个不是，坐着的那个不就是吗？”

沈初云痛苦地闭着眼睛，瘫在座位上略作思量。只怕这一切都是有心人的计划，对方有备而来，可自己是措手不及，在此地逗留尚且惹人注意，再要闹出什么冲突，日后简直没法摆脱这种栽赃了。因此一想，不知哪里来的一股气力，强撑着站起来，拉住邓丽莎说道：“别把事情闹大，咱们赶紧走！”

这一晚上，沈初云几乎一夜未眠。她除了在想澄清的办法以外，还在猜测谁最有可能是幕后黑手。从演员造型的用心来看，应当是与她极为熟悉的人，不外乎是韩家。还有一种可能，是总理葛鸿祥记了仇。除此而外，别人先不说有没有这样深仇大恨，单说这样铺张的排场就已经办不到了。

如果是后一种，沈初云倒是不怕事，很愿意跟对方较量较量。可要是前一种，有没有必要这样针锋相对呢？这个梁子没完没了地结下去，最后的结局一定逃不出两败俱伤。可要是不还击，白白受屈，她倒也不甘愿。

最为棘手的是，两种可能性的交叉点是《新声报》，再加上剧场是大华娱乐城提供的，姚太太和她先生在引进剧目时必然是看过的，竟然就允许剧团来演出。那么，大概更与《新声报》有关了。

次日一早，沈初云照常去门口信箱取读者来信。不料眼前的景象，使她汗毛倒立。

大门被泼了漆，“良言报社”的招牌被人画上了一个大红叉，信箱一开，掉落下来的都是一些泄愤的字条。

有行文公正的指责，也有歪歪扭扭的白字，还有出自稚童之手的画像，丑陋的妖女形象下头，写着沈初云的名字。

邓丽莎见了，忍不住大发起牢骚来了：“这真是……哪里就中饱私囊了，真有那金算盘，怎么我们就穷得要登报找人入股了呢？这些人听风就是雨，简直一点脑子都不动，真气死我了。那个姚家也真做得出来，做生意的都是如此，要钱不要脸，过往的旧交情就一点都不顾了吗？！”

这时，沈初云红着眼圈，失魂落魄地回到了院子里。在一张藤椅上躺下，死水一般的眼睛，愣愣地望着天空发呆：“不光是销戏票有钱赚，我的名声坏了，《良言》办不下去了，《新声报》再振作的机会也就跟着来了。姚太太是那边报社的主要出资人，是不会对销量下降的问题不闻不问的。”

邓丽莎转着眼珠子，提议道：“要不问问白律师，名誉官司好打不好打？或者出一份大版面的声明，保留追究法律责任的权利，吓唬吓唬剧团，兴许就……”不等这句说完，她又立刻反驳了自己，“不对不对，以姚太太暗中站了队的态度来看，她会支持剧团应诉的。越是打官司，就越是要见报，越是见了报，宣传力度就越大，到时候咱们的官司没完，他们的利润倒早就高过了诉讼费和赔偿金。无论是金钱还是名誉，损失只是我们单方面的。天哪，这是多狠毒的一招啊！”

言罢，邓丽莎不自觉地打了个寒噤，后背一阵汗涔涔的。

沈初云喟然补充道：“而且新杂志正在酝酿，需要用钱的地方多了，挣回来的钱却焐不热，没那闲钱打官司呀。我总不能一直把白律师当免费义工吧。”

“我来出钱。”只听门外传来一个中气十足的男声，“这不是你个人的事，包括这幕后之人的目的，多半是要把你往绝路上逼。”

朝阳不偏不倚正好升在贺忆安头顶，把他整个人都照得金光闪闪的。

沈初云的嘴角不由得往上翘了翘，不知是欣慰有人肯帮忙解决难处，还是为了合伙人之间的同仇敌忾，抑或是别的什么。

邓丽莎也赞同地点了点头，回眸望着沈初云道：“对啊，你和报社是一体的，咱们的招牌可不能倒下去。”

倒是沈初云的笑容渐渐淡下去，她沉吟着问道：“名誉官司要怎样打？会不会又像离婚官司一样，无法可依无例可循？如果单从报社的角度去考虑，会不会几年官司打下来，除了花钱咱们什么也得不到？名誉官司可以有结局，可谣言的负面影响要怎样消除呢？”

贺忆安听她这几个问题都像是有的放矢，便问道：“你是不是有什么具体的想法？”

沈初云张了老半天的嘴，最后也只是摇头说：“没……没有……”

贺忆安却觉得这是假话，她的眼神分明是有打算，但未下定决心。不过，再想想也好，与其冲动地去补救，不如把计划做得周详一些。因就引开话题道：“那个，今天是……”

“是约了陈丹霞做采访的日子，我没忘。”沈初云两手重重往藤椅上一拍，好似在下什么决心，腾地站起来，中气十足地冲着蓝天喊了一句，“工作要紧！”

见状，贺忆安会心一笑，悄悄地拉了拉邓丽莎的衣袖，轻声道：“我说，你觉不觉得她在心软些什么？”

邓丽莎蹙眉说道：“不光是她，我也下不了决心，因为不管怎么去想，《新声报》在这次事情里都是获益方。”

贺忆安沉沉地呼出一口气，看着沈初云拖着步子走到办公桌前，这才打了一记响指：“那么，我想个法子，帮助你们下决心。”于是，附到邓丽莎耳边，如此这般地说了。

邓丽莎听了，没有立刻答应：“你干脆直接说，要想下决心，先得剜了心。”

贺忆安冷笑道：“人家就是要攻心的，你们却还在这里心软，简直是在为对家瞄准靶心呢。照我说，就由你开始，睁开眼好好看看你们心尖上的报社和亲人，已经成了什么样子。如果这样都没法使你们下决心，那么……我在公司的投入，大概是收不回来了。”

邓丽莎听罢，手掌在额头上一下一下地拍着，着实感到为难。

第63章

专业精神

晚半天，沈初云去见了陈丹霞。精瘦的身子，脸上用粉涂得雪白，伸手一握，就暴露出一截有些病态的黄皮肤。她的五官仍然很精致，但是从精神上来说，似乎对容颜减分太多。

可是，陈丹霞一开口，讲的都是些热门时事，丝毫不像是得过且过的风尘人物。大概这也是她在圈子里总也不失人气的原因，她既能让人取乐，又能听懂客人们的烦恼，甚至能出上一点小小的主意。

贺忆安面对陈丹霞时的态度，也与光顾其他人不同，眼角眉梢中无半丝轻浮，而是流露出一种真诚的钦佩和怜惜。

陈丹霞眼中微微含泪，诉说着自己半生的颠沛流离。她早已赎身了，又是识字的人，按说换个环境应该能有个更好的前程。可是，大烟坑苦了她，一个有烟瘾的人要跟着客人过正经日子，哪有那么容易的？人家家里是轻易不会松口的。出去找工作吧，男人打破了头还未必能寻一份好事业，更何况是女人？恨极了自己时，也想戒烟的，可偏偏就是没那个毅力彻底戒掉。花光了几年来的积蓄，最后还不是挂上牌子，干起老本行来了。

本来是很动情的故事，但是每讲几句，就有人掀开帘子来张望，有时望望就走，有时端进些茶水果盘一类的。

最后，这群钻进钻出的姑娘凑在院子里议论起来了：“你瞧见她那手指了吗？细得跟葱管似的，戴几克拉的钻戒也未必漂亮吧。”

“你懂什么，大钻戒是为了好瞧的吗？人家见你手上有几千几万的洋钱，都羡慕死了，纵然不匹配那也是好看的。”

“你意思是说我没见过阔人，所以不知道他们是怎样过生活的吗？我说给你听，我小时候可是在巡抚老爷家里长大的，他的姨太太总很阔了吧？人家可并不计较一枚戒指一定要买多大的，只要好看就成。你瞧，一只手五根手指，金的玉的带钻的红宝石的，中的西的，一根手指上戴一枚不是更贵气吗？”

“照这样说来，她并不是金算盘，倒是呆算盘了。”

这说的正是戏里的情节，女主角每办一回募捐，都会把手上的戒指换大一号，到了剧终时，戒指就有十克拉那么大了。

贺忆安小心翼翼地瞥着沈初云的神色，又连着咳了好几声，似乎是企图盖过外头的议论声。

倒是陈丹霞收了眼泪，拉着沈初云的手，打量着说道：“我以为沈总编这样的品位，做不出那种事情来的。”

“谢谢。”沈初云淡淡地一笑，继续工作，“那么，到时候我把故事写出来，先送到这里给你过目，经你同意了再发，可以吧？”

陈丹霞虚弱地点了点头，她认为彼此还不熟，或者不该乱说，几次都把话咽了回去。最后看沈初云低头写字时，一直锁着眉，身子又很单薄，终于没忍住，叹息道：“我这个人有些多嘴，有话不说就浑身难受。你呀，别太苦着自己了，心里不痛快不妨说出来。外面那几个人也是要事体，明知道你能听见，还故意那样说。你要是不服，想把话还回去，我这个主人是没有意见的。”

贺忆安因为想到沈初云眼下正需要这样一个出口，而女人之间也更容易沟通，便作势要回避。

不承想沈初云却笑了起来，摇头道：“你以为我这是装坚强吗？

答案也是也不是。因为我在想，遇到一点儿麻烦就愁得不做事、不过日子了吗？我倒是想心疼自己来着，可老天爷不疼我有什么办法呢？一睁眼就是开销、房租、水电、人工钱，我要是泄了气，许多人都得跟着丢了饭碗。我既然自立门户地做起生意来，那就一天工夫都耽误不得。员工挣几个辛苦钱也不容易，不能总让依附我谋生的人体谅我的难处，我却丝毫不去体谅他们生活的艰难。”

阳光透过粉色的纱帘照进来，把沈初云的肤色晕染得格外柔亮，顺带地连天天可见的笑脸也变得格外俏丽起来。大概，善良的人总是显得很美吧。

贺忆安想着，不自觉弯了弯唇。

陈丹霞却很感慨：“我要是有你一半坚强就好了，其实哭有什么意思呢？哭出来那一下子是舒坦了，可哭多了脑仁就疼，该有的麻烦却一点不少，真不值当啊。”

沈初云安慰她：“自来女子谋生，总比男人多十分的难处，所以应该多省出十分的精力去解决难处，而不是顾影自怜。”

这样的建议，恐怕是迟了。陈丹霞认为自己大概没有机会再去改变人生的轨迹了，但她还是礼貌性地点了下头。

走出陈丹霞的小院，沈初云才默默垂下泪来，一边走着，一边说：“其实打从你告诉我陈丹霞的故事，我心里就在想，这两年政府一直在争论要不要取缔这门生意。你知道的，作为女子运动的拥护者，我起初自然是满心的昂扬斗志，以为这是进步的表现，再大的困难也要克服。可是，真的去了解她们的时候，连我这一个旁观者都会觉得无助、无望，更何况是她们本人呢？她们中的大部分，都认为不需要我们帮着脱离苦海，因为出去了依旧是一片苦海。我每次伸手，想去拉一两位上岸，她们却反问我，接下来靠谁？我是她们能靠一辈子的人吗？这自然不能，靠一个或几个人，显然也救不了全中国的妇女。这次，你又带我见识了这么一位人物。她似乎也是不会接受任何人救济的，因为她的苦海根本渡不到头。现实真是残酷，总让我怀疑自己做的事情，是不是真的有意义，是不是真的会胜利。我只能去期待，十年以后，当我们的妇女都认字了，会不会这样的事情就好办得多。”

贺忆安也一改往日的秉性，少有地严肃了起来：“丹霞姐曾经就是报上一直鼓励的，所谓冲破牢笼的新青年。我念书的时候，也看过许多文章，倡导男子能做的，女子一样可以。学校里演文明新剧，最出名莫过于《玩偶之家》。这一切都让我心潮澎湃，觉得生于一个伟大的变革时代，即将见证这个国家的起死回生。可是，走出社会之后，忽然就迷茫了。我常想，当娜拉摔门而去之后，外面的世界其实是容不下她那份自尊的。”

沈初云赞同地点点头，沉声喟叹：“是啊，她遵照一种先进的人的意识，去做了自己认为对的事。可这个社会中，那些有着极高地位与声望的人，依然在做封建卫士。当人们真正用行动去追寻自我的时候，就免不了产生疑惑了，我们都以为我们开始有了人的意识，开始去追求人的尊严了，但现实留给这些勇士的前路，似乎一点儿都不光明。我暂时还没有听到过任何一个，完美的出走爱情。”

贺忆安嘴里哼出一声笑来，恢复了往日的神态，回道：“那是你们文人爱想的问题，我这样世俗之人恐怕给不了意见。”

沈初云努了努嘴，摇头道：“你哪里世俗了？你不也是一名出逃的勇士吗？”

贺忆安听罢，汗颜不已，忙摆着手否认：“我属于有恃无恐的那种。往大了说，社会更倾向于用男工。往小了说，在家里我是受宠的老幺，我父母必定不能真绝了我的后路。因为我知道我不会过得很惨，所以我才敢这样出格。究其根本，我并不是什么勇士。”说到这里，神情有些肃然，步子也放慢了，转过身，望着沈初云，带着敬佩向她扬了扬大拇指，“你才是呢。”

“我也……”沈初云低了头一想，报以赧然一笑，“我可能也不是真勇士吧，我也有自己的小算盘。譬如我知道，韩家不敢拿封建主义那套来压我，因为他们要证明自己是新的。我还知道，他们对于我的容忍度其实是很高的，因为我的社交圈子纠缠着太多新闻界和学界的同人。就不过……千算万算没算到，他们可以拐着弯迫害我身边的人。”

好好地说着话，忽然就变成了互相剖白。

贺忆安抿着笑，就把自己一直以来想说又怕说出来惹人嫌的话，都给说了：“所以，有时候，当你们一遍遍用激进的口号，去抨击这抨击那的时候，是否考虑过，该静下来想一想，这样的口号，会把人引到何种地步？而大多数的人，有没有能力现在就去面对这些呢？”

果然，沈初云眸光一凝，眉间一拢，就把头猛然摇了起来：“可我们也不能就此停止呐喊，更不能因为前进路上有荆棘，就止步不前。换个角度想，娜拉如果不出去，她又怎么知道会遇见什么呢？我们不开国门的时候，一直认为自己是天朝上国，一开了门，外头多少人来欺负咱们呀。可是为了不受欺负就把门长长久久地关起来，这样有用吗？别说没用了，落后到这种地步，连守门的都快不是自己人了。只有开了门走出去，知道自己哪里不够好，才有振兴的机会。妇女问题也是一样，不去试，永远不知道我们出门该带些什么。”

贺忆安虽然听得有理，但他开口却牢牢守住不过问政事的原则：“道理我都明白的，只是觉得人在历史面前很无力罢了。将来，当人们谈起历史中的我们，不过是寥寥的几行甚至仅仅几个字。不会再有人记得，这个时代的人是怎样地对外争平等，对内争自由。我们所站立的土地，不是第一次面对侵略和杀戮，也不是第一次燃烧起热血，可是最后，不都被人忘了吗？那么，究竟是什么动力，使你们一直这样斗志昂扬？”

沈初云低眸一笑，道：“我倒是想谈一谈，你为什么这样迷失而消极。爱读历史的人，内心很容易就苍老了。但这种苍老似乎是一种假想的成熟，真正的成熟是明知自己即将被黑暗吞噬，也决不放弃寻找光明的新年。这才是我希望自己能有的模样。至于你的问题嘛，反正，我不是为了让人记住历史上曾有一个我才这么拼的。我认为只要这个道理是能说服自己的，又何妨一试呢？占理的事天然就该受到拥护，还需要什么理由吗？”

贺忆安点点头：“诚然，为了更光明的未来，需要许许多多的人站出来，这种话分分钟能赢得沸腾的掌声。可是当我每一次看到那些真实而具体的人的时候，我就……退缩了。”

于是，陈丹霞那个带着病容，依稀留有往日姣好容颜的形象，再一次浮现在两人的脑海里。

沈初云呆愣愣地走出十几步，眼睛一直垂着，望着石板路发呆，不由得发出感慨：“别人我不敢保证，但我绝不是站着说话不腰疼。事实上，内阁拿我身边的人开过刀之后，我就知道了，这把刀迟早是要悬在我头顶的。我随时准备好了，名誉、地位甚至生命，终有一天会完完全全献给我所选择的事业。我来过这个世界，努力过、尝试过，便足够了。陨灭是每个人都回避不了的结局，我无惧。即便是死亡来得太仓促，但只要精神是不屈的，来生不管我托生何人，照旧会扛起平等的旗子，直到下一次的死亡……”

一席话没有完全表白清楚，人已经接近了路口，右手边一辆人力车飞驰而来。贺忆安一声“小心”从沈初云耳边划过，伸手拦腰一挡，把她整个身子都护在了风衣里头。

第64章

破釜沉舟

沈初云怔怔地，睁圆了眼睛，半天也说不上一句话，被撞上来的人力车吓得心脏扑通扑通乱跳起来。

那位莽撞的车夫拉着一位身形肥胖的黑袍老爷，像是有急事，连个致歉的工夫都不肯耽搁。车夫一时也很不安，拉起车，频频回头喊“对不住”。

贺忆安看那坐车的实在无理，原想冲上去理论的，转念想那车夫也是可怜，这就算了。低头拍着沈初云的胳膊，问她受伤没有。手往下一挪，就触到了她露在袖子外头的手腕。皮肤相触时，身上突然像过了电一般。眼眸迅速一扫，这才发现两人挨得实在太近了，近到能看清她脸上细细的白绒毛。

沈初云脸上腾起了红云，忙跳开了一大步。

两人都很尴尬，站在路边，迷失了方向一般，四处地张望。恰好身后又有鸣笛声，本来可以同时过好几个人的路，汽车一来一下就拥挤了起来。

贺忆安只得往角落里让，免不了又跟沈初云站近了。

待车子开了过去，沈初云就局促地走出去几步，徘徊在路口又像是在辨认东西南北，又像是在等人力车。

贺忆安抬手看看表，这个时候的韩家潭，正要热闹起来，车子都是坐了客要往里拉的，想叫空车恐怕并不容易。可是，这两片嘴不知为何，像哑了一般说不出话来。

沈初云被突然的接近和迟来的回复，搅得心里乱糟糟的，答也不是，不答也不是，笑也不是，不笑也不是。

贺忆安同样很局促，心头小鹿明显是越跑越快了：“可能没有空车，不如……不如我们走着回去吧。”说罢，干笑两声，引着沈初云往前走了几步。

到了大马路上，人声车声夹杂而来，倒是很适时地冲淡了他两个人心底那种没来由的紧张。

贺忆安这才从从容容把手插进袋里，随意谈谈最近的社会新闻。

一路聊去，不觉已经拐进了砖塔胡同。贺忆安举目瞧见沈初云家那扇朱漆大门，心中竟然有所失落，语气里带着些不舍：“这就到了，我以为是很远的路，居然走得这样快。”

沈初云站在门槛边，抱着赧色问道：“这半天，耽误你不少生意吧？”

“下午的生意……”贺忆安原要说下午向来生意不好，可话滚到舌尖上一打转，心里就想，爱照相的小姐太太们，都是下午出门玩的，这样的瞎话说出来反倒更叫人不好意思，因就改口道，“不好说，做生意嘛，很难摸出规律来的。好在我也收了两个学徒了，半身照那种小事，他们就能顶上。大单生意嘛，也都是有预约的。”

沈初云默然地一点头，望着自己的鞋尖怔了片刻，才想起来应该请他进屋坐坐的。

贺忆安似乎正有此意，一条腿已然抬了起来，一个念头蹦出来，又使他退步了。推说不放心店里的生意，要赶紧回去看看。

沈初云也不便客气，望着他转身，步子时快时慢地踱出了胡同，这才进屋去休息。

却说这日傍晚，贺忆安忽然接到一封本埠信，要他明日清早务必去报社参加会议。

翌日，他果然照办，推门只见邓丽莎正在准备开会所用的材料，便微笑着打了声招呼："密斯邓，早上好呀。"

"早是早，好是一点都不好。"邓丽莎板着脸，气鼓鼓地说道。

碰了钉子的贺忆安感到很莫名，幸而沈初云进来了："来啦，随便坐吧，看看桌上这沓材料，是丽莎费力调查来的。"

原来邓丽莎这几日一直在搜集所有为《少奶奶的金算盘》做过宣传的新闻媒体，并摸底了这些媒体的资金来源。除了一些专门跟在同行后头人云亦云的小报馆，其余十之七八都与韩家有各种牵连，或是直接受资助，或是报馆负责人受过韩家的恩惠，或是主笔与韩家有一定的交往。另外还有高高的一沓报纸，是自戏剧造势起，至今每一期的《新声报》，都有一个显著的共同点，无论别的报馆多么热衷于分析剧情，《新声报》都坚持只发大幅广告而不发议论。

沈初云介绍完情况以后，双手撑在桌上，长叹道："结果已经很清晰了，主谋大概就出在韩家。《新声报》是主战场，但作战方式是推销戏票，并以不分析剧情为保护，很好地躲避了嫌疑。于是乎，传谣的风险就转嫁到其他报社去了。他们大概对于这出戏所引发的争执是有准备的，所以只让剧团和兄弟报社冲在危险的地方，无外乎是考虑一旦打起官司来，《新声报》无须消耗任何金钱和精力。而就在我们深陷泥潭自顾不暇之时，在京的女性报社他们虽然不是独一家，却是综合实力尤其是资金实力最好的一家。"

"即使不能拖住我们报社上升的势头，至少也给我们抹了黑，真是不赔本的买卖呀。"邓丽莎冷笑三声，忽然重重地一捶桌，眼神凌厉得像是要吃人，"一点情面都不顾！"

沈初云回看贺忆安，是出乎意料地平静，便问："你怎么一句话都不说？"

“因为他什么都知道。”邓丽莎长吁短叹地告诉沈初云，收集这些信息的主意，正是出自贺忆安。

“我真不知道该谢你还是该……”话音未完，沈初云便无奈地闭上了眸子。

贺忆安看她二人无精打采的样子，微微摇了一下头，笑道：“往长远了看，自然该谢我的。虽然我也主张与人为善，可与仇人、敌人为善完全是傻子了。”

沈初云抬眸久久地看着他，末了才道：“你之前猜得没错，我有反击的办法，只是在想这个法子一旦奏效，丽莎的表姐就会……”

不提此事还罢，提了就更加使得邓丽莎怒从中来：“她都没有顾忌《良言》倒了以后，我会怎样，我还替她着想什么！”

贺忆安仍是笑笑的样子，伸了伸手，邀请沈初云谈一谈反击的策略。

沈初云憋在心上的一股劲儿，到这时也发作了起来：“好，那就正式对她们开火吧！”她的手往墙上一指，只见那里贴着一张城区地图，上面标注了许多红点，“我分析过，《少奶奶的金算盘》戏票一直都很紧俏，有许多观众慕名赶到大华，却常常扑了个空。这时，很多人会退而求其次地就近找别的剧院看文明戏。地图上的红点，就是大华娱乐城附近的所有剧院。我想去包下这些剧院门口的巨幅海报，张贴我自结婚起到离婚止，个人银行账户的一应明细，而且要放到最大，撑满整个海报版面。除了付给剧场海报位的钱，我还预备拿免费为新戏登报宣传做交换，跟大华来打擂台，大华的戏上到几时，我的海报就租到几时。”

邓丽莎尽量地克制住火暴脾气，帮着往下分析：“对方在安排这场阴谋的时候，设想初云的应对之策无外乎是发声明、做专访、开记者会，极力地表示没有此事，但绝没有料想到会有公布账户流水这一招。毕竟这是隐私，大多数人都是抵触财务公开的。”

沈初云喝了一口水，缓了缓便点头继续解释：“我之前犹豫的地方在于，这出戏取材自韩府的说法已经流传得非常广泛了，这时候只要我的决心够大，就可以用公布流水明细这种方式来自证清白，却没法为韩府证明什么。由于思维的惯性，大家仍然会把剧情与韩府联系起来，但头号怀疑目标的嫌疑慢慢地在瓦解，那么接下去……”

邓丽莎冲着她不住地颔首，将她未说完的话继续下去：“四少奶奶在北京几乎没有什么存在感，那么最有可能受到怀疑的就是梁绣珍了。不过，难说她这是搬起石头砸自己的脚，也没什么好同情的。”

贺忆安听到精彩处，眼睛对着沈初云发直，不由得鼓起掌来。

“我还没说完呢。”沈初云得意地扬了扬眉，“极有可能出现的焦点转移，也是我笃定大华的竞争对手愿意让出海报位，张贴我这份四不像声明的理由。《少奶奶的金算盘》一日不下戏，别家的生意就一日难有起色，除非推出更好的剧目，但远水救不了近火。在迫使大华停演此剧这一点上，我们的目标是完全一致的。而我如果直接出面去要求大华停演，无疑是正中他们下怀，姚太太大概只会看我落魄而不会顾念旧交情。只有把烫手的山芋扔给梁绣珍，大华才会做出如我们所愿的决定。这件事一定要快刀斩乱麻，争取在《锦绣》上市前夕，把局面扭转过来。事情办得利索，我们兴许能把危机化成良机。”

说着，她从角落里提了一摞厚厚的信出来，告诉邓丽莎跟贺忆安，这些都是要求退订《良言》的信件，如果处理不好这次信誉危机，别说《锦绣》没法上市，就连《良言》也会血本无归。

贺忆安站起来，握紧拳头鼓劲道：“我认为我们一定会打赢这一仗的！因为谎言总是漏洞百出，而真相迟早会水落石出。”

“对，既然我们退无可退，那就拿出破釜沉舟的气势来，让恶人自食其果！”邓丽莎歪着嘴，不无讽刺地笑了一声，然后合掌道，“就这样，立刻行动！”言罢，真就风风火火地去联系剧院了。

沈初云望了她的背影只管笑着道：“你瞧，丽莎是个很可爱的人。其实她内心不想承认如此失败的姊妹关系会发生在自己身上，所以逼着自己一定要做出选择，因为稍一犹豫，她就下不了这样的狠心了。”

贺忆安故意试探道：“听你意思，是在害怕密斯邓会反悔？”

沈初云连连摆手道：“我没有那样看低丽莎。绣珍阴毒那是她自己的事，但丽莎如果一点挣扎没有，那就不是我认识的丽莎了。唯愿绣珍能吸取教训，以后即便是竞争，也该堂堂正正地来。那么我想，丽莎一定还是会以表姊妹的情分与她来往的。”

贺忆安了然地颔着首，不免又好奇道：“密斯邓顾虑亲戚关系我是理解的，可你分明有了主意，却拖拖拉拉地选择不办，你难道还能不知道抢占先机的重要性吗？”

沈初云几乎没有任何迟疑地笑起来道：“丽莎对我来说是十分重要的人，她的顾虑就是我的顾虑。所以说，你的攻心术真是有用极了，彻底把我们的顾虑转化成了怒气。”接着，去院子里拿了一盆青郁郁的四季海棠进来，问贺忆安摆在哪里好。

“只要是离你近一些的地方，都挺好。”贺忆安笑着起身，双眸亮得赛过星辰。

沈初云听了心情大好，咯咯地笑起来，连声说谢谢。

第65章

扭转乾坤

半个月过去了，《锦绣》扫除一切阻碍，顺利地推出了第一期，在全国卖了五千册之多。

先期的投入资金回笼以后，沈初云便把隔壁的小跨院也一并租了下来，跟邓丽莎一起搬去跨院里住。原来的院子全部腾给了报社，又隔了几间办公室出来，方便沈初云和邓丽莎单独做事，而社里也添了新人手。

贺忆安见形势大好，忙找人做了大幅的海报，贴在照相馆的玻璃橱窗上。上头用大字号写着“你与万人迷仅差一张照”。又对客人夸口，他是金玉瞳钦点的摄影师。短短几天的工夫，半个北京城的千金小姐、太太少奶奶，人手一张贺忆安的名片，约拍照的簿子几乎要写满一整本了。

这日，贺忆安偷个空，往砖塔胡同这边来，兴高采烈地向着同事们哈哈一笑：“第一次做杂志，销量就能一飞冲天，不如我们去北京饭店跳舞吧，我请客！”

听了这话，除了李大姐这样家事繁杂抽不开身的，年轻人哪有不起立鼓掌的？

邓丽莎张圆了嘴巴一下子没反应过来，待到转过弯来，又见大家这样高兴，去泼冷水倒是不好的。只得撇着嘴，举了一张报纸遮住脸，悄悄向沈初云嘀咕："北京饭店叫一杯饮料就要好几块钱呢。"

闻言，沈初云怔怔地一呆。时光容易，它会带给人怎样的改变真是难以预计的。这要放在去年的春天，她们两个难道会在乎这一点点的庆功费用吗？

趁着她一愣神的工夫，贺忆安已走了过来，笑着向她们解释起来："这是拉近上司和下属关系的最好方式。"

邓丽莎低着头只管绞帕子，余光一瞥，就悄声问贺忆安："你看李大姐肯去吗？我倒认为，直接把这笔花销折成现钱的好。"

贺忆安弯着腰，向李大姐身上一望，就答道："李大姐那份，就按你说的办好了。"抬了手一挥，轻声与邓丽莎说道，"至于其他人，你瞧瞧他们高兴的样子，还好意思改主意吗？你呀，只肯跟人家谈钱，将来人家跟你的关系也就只剩下钱了。"

邓丽莎眼珠一转，鼓着腮帮子反驳道："对啊，你跟人家只讲玩乐，将来人家找你也只为了玩乐。"

贺忆安冷笑不迭，回敬了一句："那你想怎么着，按照你崇高的品德，是想奖励他们免费听一次进步演讲？"

为着他们总是这样互不相让，沈初云又一次把头埋在书堆里，只管揉着太阳穴沉默。

邓丽莎不服气地踢了两下桌脚，过去推着沈初云起来，非要她拿个主意不可："可以去置办一些有趣的小礼品什么的，既有诚意也有实用价值……初云，你说谁的主意好？"

沈初云趁伏在桌上的时候，已经琢磨过一遍了，睁了眼就只是笑着，向她劝道："贺君好心好意掏腰包做东，你兜头一盆冷水浇过去，总是不对的。"说时，转过头向着贺忆安露出感激之情，"我听得真，是你请客，并不是我们，对吧？"

贺忆安最开始自然不是这么个意思，他也是图省事，把公司请客说成他请客，毕竟他如今是股东，是可以做这个代表的。可瞅着沈初云一脸的真诚，也不知是真误会了，还是故意要偏帮邓丽莎的。奈何还有绅士风度这一层道理，仿佛是不该跟两位女士较真太多，也就只得罢了，漫不经心地从鼻子里哼着气，算是答应了。

邓丽莎知道沈初云必然是偏心于自己的，笑得双眼眯成了缝，一双手拍个不停。别的员工见了，完全不明就里，只当是请客的话题还没有过去，也就跟着再次鼓起掌来了。

贺忆安脸上一副讪讪然的样子，也不好说什么，借口要回去换燕尾礼服，就先走了。

与此同时，梁绣珍的境遇却是十分糟糕的。

此前所设想的登报声明、召开记者会，这些无用功轮番上阵，但主角并不是沈初云而是换成了梁绣珍。

姚太太感到事情有暴露的危险，紧急停演了《少奶奶的金算盘》。可正如沈初云预想的那样，造谣容易辟谣难。停演本来是串谋者平息事态的手段，却被猜测成了韩延荪以强权干涉戏剧界的创作自由。

这时候，刚渡过危机的葛鸿祥，又吩咐资助的一家报馆，在此事上多添了一把火，发表文章揣测借慈善之名发横财，大概是整个韩家的手段，借此计不单笼络人心，还能筹到竞选的经费，贿赂选票霸占议员席位。同时又为毅然离婚的沈初云说了许多好话，人们就很容易去揣测，即便与娘家断绝来往也要出走韩家，或者是因为她看不得权谋下的肮脏。

凭借这篇报道，加上徐润莲从未真正插手这件事，她倒是迅速跳出了火坑，而内阁总理与外长之间的关系又由晴转阴了。

韩延荪对此简直是气急败坏：“当初他葛鸿祥有难，倒是说得好听，内阁成员一荣俱荣，一损俱损，我倒也赞同他的观念，为维护大家共同的体面，也豁出去做了一回恶人。现在轮到我凭空地被人扣了一口黑锅，他不帮忙就算了，还来指责我行事欠妥，因私事而拖内阁的后腿，还到处诽谤我。连贿选的脏水都泼到我身上了，难道就忘了他自己这个总理是怎么来的吗？”

受了这样大的教训，韩延荪认为不能再相信梁绣珍的能力了。便命令梁绣珍，以身怀六甲行动不便为借口，即刻辞去妇女促进会与《新声报》的职务。然后，让向兰这个寡言的四少奶奶顶上，一切言论与行动，都由韩延荪的副手决定，她只负责做个微笑的花瓶即可。

从韩延荪的书房走出来，向兰望着那万里晴空，顿时觉得有了盼头。

而梁绣珍哭哭啼啼回了自己院里，正好看见第一期的《锦绣》杂志放在床头。心中早已烧起了一把火，一把扯过来泄愤。撕着撕着，金玉瞳的那篇自白正好落入她眼帘，更是翻江倒海，烧起心来。

怎么她跟谁要好过一场，就必有个沈初云绊在中间呢？

早已料到梁绣珍会孕中多思的金玉瞳，就赶来韩府解释了。

听见廊子上传来一阵脚步声，梁绣珍假装忘性大，不记得通过电话一事，故意向着外头不耐烦地问：“谁呀？”然后，板着脸从卧室走到了客厅。

金玉瞳乖觉，并不把这钉子放在心上，进了门将手里的鲜花放了，又故意将水红色天鹅绒的小盒子放在梁绣珍跟前，用满人的礼节请了一个安：“二少奶奶，我是来赔罪的。”

梁绣珍一见那盒子似乎是装首饰的，果然就先动了动心思。等到眼睛从那上头挪开时，又见这位前清的格格正在对自己请安，忽然就觉得腰杆子直了不少。因就丢开心里的不悦，将手里的绢帕一甩，冷笑道：“罢了，你也是一肚子委屈，找人倾吐或是找个地方辩驳也是人之常情。”

金玉瞳赶紧将笑容收了，做了个泫然欲泣的表情，娓娓诉说起来：“当时这位密斯特贺找到我，我还留了一个心眼儿的。我对他说，韩家二少奶奶当面向我说的，你都跟密斯邓成了亲密朋友了，密斯邓的好友又是那样一个身份，恐怕我和你的这位女友不好走得太近了，毕竟我也在乎韩家二少奶奶的情绪呀。可是，他非要跟我辩，说如今男女社交都公开了，像我这样从国外回来的人，难道还倒行逆施不成？又说，交朋友是交朋友，做事业又归做事业，那是两不相干的事情。我就是中了这激将法，心想还能有比我更懂西方文明的人吗？凭什么这样捏造我呢？他越是说得我愚昧，我就越发要答应。况且，他那样再三再四地保证，《锦绣》绝对是他个人办的画报杂志，与密斯邓尤其是那个密斯沈毫无关系。我这才……谁知道他们这样坏，居然还撒谎。”说完，将手帕往脸上一挡，身子抽动几下，看起来好不可怜。

梁绣珍先是沉默，将目光移到自己肚子上望着，想起大夫交代的不许动气一句话，就强逼着自己想开，因此就叹着气，有些违心地道：“终归是我表妹的心血，我对《良言》是无可无不可的。你又是我难得的好友，受了这么多的闲话，难道还能不让你辩吗？只是，那边牵涉着沈初云就很麻烦。人家已经在背后说了，说我明面上待你好，遇见事儿了，还不如沈初云对你的一半体贴。你说，我是这样的人吗？《新声报》又不全归我管，我身子又不方便了，更加顾不到工作了，并不是故意对你冷漠的。”

金玉瞳不怎样真心去听，她是不在乎梁绣珍待她交不交心的，只要跟韩家的这层关系不要就此断了，她就什么也不担心了。便抬眸一笑道：“二少奶奶又不方便出门，一心只在家里待着，哪怕是十二分的着急，想要替我辩驳几句，却未必有这个机会呀。试想有什么事能够比外长添金孙更要紧的呢。”

梁绣珍听了，低头摸着肚子，暗暗地想：对，儿子，只要肚子里是个儿子，她就一定有机会翻盘。什么《新声报》，什么妇女促进会，这些都是小事，怎么也不如给韩家生下一男半女要紧。

金玉瞳见她脸上有了笑意，便适时献起了殷勤：“不说这些了，试试这个手镯怎样吧。”

梁绣珍只觉得眼皮子底下有什么东西一闪，低头一看，真是个好东西。银镯子上镶了一圈的细钻，只怕又是上百块的物件。喜得合不拢嘴，虽然知道收下这个恐怕贵重了，偏偏样式特别，有些不忍心回绝。

金玉瞳也就顺势往她手上一套，天花乱坠地夸，闹得她更加割舍不了了。

聊着聊着，梁绣珍就不免肃起脸色来问：“不过，你当真是对面问的那个密斯特贺，他是真认了和我们家丽莎交往的事？”

“我还去过……”舌尖上揣着“良言”二字差点就要说出来，还好金玉瞳反应过来这话会穿帮的，赶紧改了口，“我还去过密斯特贺的照相馆，他办公桌上搁着一张三友照，正是他们三个呢。”

“就是他们三个？”梁绣珍立时变得激动起来，将身子一正，两边眉毛就挤到了一处去。

金玉瞳心里暗叫一声糟糕，这不是交代了自己事先就知道人家关系亲密吗？面上却是不慌不忙的，慢慢想着对策：“对……就是我看到我那篇自白文登在《锦绣》杂志上的那一天，我去质问他，不是说好了是他一个人办的杂志吗？怎样又成了同《良言》合作的呢？就是那个时候，我瞧见他桌上，不知什么时候摆了一张三友照。瞧那意思，我觉得他挨密斯邓更亲近些。”虽然是把谎话圆回来了，不过这一个圈子绕得金玉瞳自己满背的冷汗不说，心也快蹿到嗓子眼上了。

好在梁绣珍对于沈初云的芥蒂实在太深，在心里好似给她定了个原罪似的，并不多去琢磨金玉瞳的表现，就认定了是沈初云在背后搞鬼。

第66章

舞池明星

安抚好梁绣珍，金玉瞳心里就轻松不少，哼着歌往外走。

说来也巧，顺着过道走不过几步，迎面就见韩仲秋吹着口哨从家里出来。他也是没想到会遇见金玉瞳，有些进退不得。

本来两个人是如胶似漆，不公开的约会也有过几次。可是，韩仲秋并不是个很有耐心和毅力的人，见金玉瞳总是吊着自己又不给个明白意思，再加上坊间传言愈演愈烈，也就对她若即若离了。

金玉瞳知道韩仲秋这边只怕是挂不上号了，为着自己苦心营造的万人迷形象，是绝对不会拉下面子主动示好的。不过，如今送上来这样一个偶遇的机会，也不该白白地错过了。因此，冷笑一下，大声问道："哟，大爷这是往哪儿躲呀？"

韩仲秋怕这话让人听见，装着糊涂反问："笑话了，我在自己家里还躲什么呢？"

金玉瞳就绕着他走了一圈，轻轻一哼，道："躲我呗，躲瘟神呗。"说毕，噘着嘴，一副要哭不哭的委屈样子。

韩仲秋看着她怪可怜的，果然先就和软了态度，赔着好话道："你瞧你瞧，小心眼儿了不是，我哪儿说过这种混账话呀？玉瞳格格分明是花神，我才是瘟神呢。"

金玉瞳就笑笑地娇嗔了一句“不正经”，又端起架子来质问道：“你没说过，你家里人难道也不说的？大爷是大户人家出身，原就该知书达理、兄友弟恭，不能出去乱交友的。父母在这方面对你耳提面命、再三警告，也是可以理解的。”

一段日子的相处下来，金玉瞳是很知道韩仲秋的弱点的，耳提面命这样的话是万万不可当着他的面去说的。

果不其然，韩仲秋将脑袋一昂，像头倔驴似的鼻端呼呼出着气：“我都这么大的人了，父母是干预不了我的社交的，只不过……”话锋一转，又故意试探起金玉瞳的虚实来，“我是担心，会打扰到你和你的那些好朋友。”

金玉瞳忙就叉了腰否认：“我哪儿来的许多朋友？”想了想，自己先时不就老拿在社交圈里吃得开一事来吊别人胃口的吗？脸上不免一臊。忙又放下盛气凌人的架子，换了个娇滴滴的态度，改口道，“自从认识了大爷你，我几时还跟过去的朋友牵扯过？”

一句话变调变得是九曲十八弯，再配上柳腰那么一扭，人往前一凑，自然有股香水味从头发里、脖子里、衣服里，携着美人的体香送入韩仲秋的鼻子，韩仲秋不觉身子就软了一半。

金玉瞳便趁势搭住他的手臂，诉起苦来了：“仲秋哥……你都不来看我，我这个年过得别提有多难受了。你都不知道，眼下开春了，那些女友总向我说哪个公园又开了什么花儿，叫我出去散心。我说不去，我如今自己就是凋零的花了，看见那姹紫嫣红，心里只会难受。”

韩仲秋听了、看了，心里怪不落忍的，就呵呵地一笑，小声安慰道：“晚上有个聚会，在北京饭店跳舞，一起去吧。对了，你这是要回家吗？这样吧，晚半天你在家等着，我叫车子去府上接你。”一边说，一边拿手去握着金玉瞳。

如今是金玉瞳反过来需要暗暗地追求韩仲秋了，自然没有以往那般闪避，两手一合，主动将他的手握了个严实：“这还像句话，我回去换身衣服，专等你来了。”

韩仲秋满口应是，待她走后，往自己手背上一闻，哼的一声笑了。

女子似乎都是这样，捧着时挑三拣四，爱搭不理了又来求和。这样倒也很好，从前在她身上花了许多钱，总要有所回报才是。

到了晚上八点，北京饭店的舞池里开始陆陆续续地飞起了花蝴蝶。

良言报社的员工一下占了三张桌子，各自按照这边舞池的规矩，换了正式的礼服。

沈初云穿着闪光印花缎的西洋舞衣，脚踩着镶着钻石边的高跟舞鞋，脚踝处还坠下一只红宝石蝴蝶。听着这悠扬的舞曲，心里还真有些跃跃欲试。

贺忆安看着灯光下的她，脸上挂满了笑意，便说道：“密斯沈，过去老听人说你也曾是舞场明星，奈何自己当了老板，一点闲暇的时间都没有了。今天趁这么好的机会，可要赏光让我开开眼界呀。”

沈初云跟着音乐哼起节奏，眼睛向他看去，弯了一个笑，答道：“只要你不怕这里有我许多的旧相识，会拿眼睛死盯住你就好。”

贺忆安就很高兴地说道：“公开场合，做什么事都自由，有什么好怕的。那么，下一曲密斯沈可一定要赏光啊。”

沈初云大方地点点头答应了，接着又和邓丽莎闲话起来：“以前常听人说跳舞会上瘾，我那时倒不觉得。恐怕是以前来跳舞场时，不得不应付的人实在太多了，因此觉得跳舞很累人，反而没有多大的乐趣。后来退出了那种华丽的圈子，不再涉足舞池，今天猛然一听音乐响，忽然就觉得脚心痒痒的了。”

说罢，正好一曲舞完，男男女女们从舞池上走下来，脸上都是红扑扑的。

歇了几分钟，乐队又开始演奏了。

贺忆安就向沈初云伸出一只手来，邓丽莎在后头笑笑地对其他人说道："你们爱跳的都去吧，我喜欢欢快的曲子，这一曲就算了，我先坐在这儿歇歇。"

进入舞池的贺忆安，觉得由顶上射下来的五彩灯光，与沈初云真是相配极了。她周身仿佛自有一层柔柔的光，刚刚好地将浓艳的舞池中和得不刺眼、不炫目，却又能牢牢锁住人们的目光。

在沈初云和其他人看来，应当是她过去的身份使得大家投来关注，可贺忆安却觉得并不是这样的。怀里搂着的是这样软的身段，却又不妨碍她有一颗坚韧的心，这样的奇女子本来就是夺目的，怎么会仅仅因为曾是谁的妻、谁的儿媳才被人注意呢？

如此想下去，贺忆安居然一反常态地暗暗紧张起来，向着沈初云微微一笑，悄声道："跳得不好，万万包涵。"

沈初云不料他谦虚至此，就打趣起来："江南来的风流贵公子冲我说这些客气话，要我怎么接话才好呢？"

"我真是大意，怎样就让你们知道了我从前的丑事了呢？"贺忆安无奈地摇摇头，答话的语气里竟能让人听出沮丧来。

沈初云觉得既然是出来玩乐的，做什么要检讨这些呢？即便她不认同贺忆安的过去，却犯不着要他在这里悔过。也不曾考虑许多，就笑着说道："不必为了我们报社的宗旨是反对这种生活的，就自贬过甚。年少好玩的何止是你？也何止是男子呢？不至于像你说的这样严重。依照平常的理论，一个人拥有极丰富的感情经历并不是什么丑事，反而是很值得称道的成绩呢。"

贺忆安望着她闪光的一双眸子，不好意思地抿着嘴笑："从前年轻，免不了自诩是个花国老手，不过来了一趟京城，赏过名花就知道好歹了。"

沈初云咯咯地笑了起来："你这话要是同我们丽莎去讲，她一定会狠狠踩上你一脚，然后从这里跑出去。因为品评女人的价值几何，可不是文明人该有的作为。"

贺忆安也被逗得一笑，眼睛往座位上的邓丽莎一带，这才回道："知道，你们都是无价珍宝，将你们去比寻常的宝贝，反而是宝贝配不上你们。"

沈初云只道他向来爱说好话哄人高兴的，并不是什么稀奇事，也就只管和他一来一往地玩笑而已。

也是合该今日有事，偏偏庆功的和挽回感情的，都要挑在今天往最热闹的场子来。

金玉瞳一手挽着韩仲秋的手臂进来，挺直了腰板朝在场的那些绅士看去，最先睃见了贺忆安。

这也是她的目标之一，怎好就此撞见？

她忙假装拥挤的样子，往韩仲秋身后退了退，压低了帽檐，再慢慢地去想脱身之术。等她再偷眼看时，可不就看见贺忆安的舞伴了吗？

这倒是老天相助了，金玉瞳就笑了一下，捅了捅韩仲秋的背，努着嘴向沈初云的方向一抬下巴："哎，咱们要不……换个地儿？"

正在搜寻其他好友的韩仲秋，这才将目光从餐桌上挪到了舞池中，一眼就望见了神采奕奕的沈初云，心里一下子就五味杂陈起来。再一想到，今天还约了几个朋友，被人见了难免要闹笑话，又冒了火气上来。瞧搂着沈初云的那个小白脸仿佛还挺眼熟的，不由得斜了一眼，冷哼道："呵，碰上了也就碰上了，我难道还怕她不成！"

金玉瞳侧着身子偷偷暗笑，嗲声嗲气地解释道："不是那样说，如今什么风言风语都往我身上扯。今天，你再要上去同她不高兴，赶明儿又该说我恩将仇报什么的。"说着，更加将身子紧贴了上去，挺着胸脯蹭着韩仲秋撒娇，"仲秋哥，我实在是受不住许多话了，你就饶了我吧。咱们换个地儿喝酒去，我一定奉陪到底还不成吗？"

韩仲秋被她磨得无可奈何，只得随便她怎样说就怎样办。

金玉瞳大松一口气，拉着人疾步往车子里一钻，对司机道："去新世界。”待坐定了，又拿些闲话去转移韩仲秋的注意力，“人家都说我娇惯，只肯来北京饭店，其实我倒觉得此处束缚呢，要客人穿得无比正式，远没有别的地儿自在。我哪里是真爱往这儿挤？分明是人家非要拉着我来，我不过是拂不开面子罢了。”

此刻，韩仲秋哪里有闲心去听这些话，脑子里一直在回想沈初云刚才的样子，真是好春风得意啊！拿着从韩家敲去的两万块钱，还明目张胆养起人来了。想到气愤处，将脖子上的红色领结一松，往座上狠狠地一摔。

金玉瞳看他这样把事放在心上，一副过不去的样子，就暗暗不服起来了。都是前妻了，管她和谁说笑玩乐呢，至于这么大火气吗？还有，贺忆安这个人看似吊儿郎当的，其实很不好上钩，也不知道沈初云是怎么办到的，能让他鞍前马后这么追着。

一时间，竟也是越想越气，就甩开了韩仲秋不理，靠着车窗，看着外头的霓虹灯一排一排地过去，不住地叹着气。

而北京饭店里的人，几乎都没来得及注意只在门口逗留了几分钟的人，因此还沉浸在舞曲之中。

一曲跳罢，邓丽莎站起来鼓着掌迎接，高声笑道：“我们沈先生的风采大概是全场最夺目的了。”

沈初云难得有这样放松的机会，低头欣赏着好久都没机会穿的舞衣，向邓丽莎一笑，答道：“比以前可是差远了。”

邓丽莎就拉过她的手，两个人原地转了一圈才坐下，引得全场都向她们看过来。

在众多的目光中，邓丽莎抓到了几束最熟悉的，便敛起笑意，就着沈初云耳边轻声道：“你瞧……”然后，手一抬，指着三点钟方向的一桌客人。

因喧嚷声太大的缘故，纵是就在耳边说，沈初云也没听清邓丽莎的话，只管转过身，大大方方地去看。迎面撞上韩仲秋衙门的同事、家里的表亲，以及几位发小都在场。因此，只能忍着心头的不适，向他们点了个头。这才长长吐出一口气，附到邓丽莎耳边说着："这倒奇怪了，他们这个小圈子的中心人物居然没在场。"

邓丽莎也是听不清她完整的话，摆摆手说道："算了算了，管其他人做什么呢？我们高兴我们的。"

贺忆安是什么也不知道，只管等着下一曲奏起来。一听音乐，脸上便是一笑，对邓丽莎伸出一只手来："现在是快步舞了，那么密斯邓……"

邓丽莎看见了他伸过来邀请的手，故意不去理会，起来对沈初云道："密斯沈，我有这个荣幸吗？"说时，就伸了右手出来。

而贺忆安的手，就这么尴尬地悬于半空中。

沈初云对这两位摇了一摇头，起身晃着手指无奈道："你们就累死我吧。"

贺忆安耸耸肩，趁着没人注意，迅速将手往回一缩。

沈初云和邓丽莎自然尽情尽兴，跳得香汗淋漓，好不畅快。

第67章

难成大器

另一边，韩仲秋就远没有这么高兴了。

“妈的，居然当着老子的面搂搂抱抱的。”越想就越生气，韩仲秋闷了一口洋酒，将杯子重重敲在桌上，引得周围的客人纷纷侧目。有几个人是认得他的，不免交头接耳一番，背着他偷偷摇头。

金玉瞳原想着和外交总长的公子约会，总是得意的事，谁知会遇上意外，闹得反而有些难堪起来，就没好气地拿话噎他：“你这是哪一年的陈醋？人家现在是自由身，跟人跳舞，难道还需要你批准？”

让她没料到的是，韩仲秋生起气来可是不认人的，一双迸着火星的眼，似乎要吃掉她一般。若不是顾忌这是公开场合，恐怕抬手打下去也有可能。

金玉瞳是吃硬不吃软的，忙就换上一张谄媚的笑脸，劝道：“她就算还是你太太，也有出入社交场的自由呀，况且跳舞也并不是什么很破规矩的事儿吧。”

韩仲秋冷哼一声，憋着怒火答道：“你懂什么？正因为是前妻，所以才让人气闷。明媒正娶的原配，终归不一样……”

金玉瞳听了这话，心里就凉了大半截，冷笑着将眼望向别处，咬着牙低声道：“好一句不一样，我倒是听出来了，男人都一样！”

这夜，韩仲秋喝得很醉。

金玉瞳叫了两个西崽，把他扶到车上去。

常叔往后座一望，摇着头，不禁自言自语起来："这样酩酊大醉，遇上今儿老爷心情不好，有个什么事儿，我也得跟着倒霉。"

金玉瞳耳朵尖，立马追问道："外长为着什么事儿又不高兴了？"

常叔叹着气，眼望着后视镜道："左不过是那帮穷追不舍的记者，还有公府里的事儿，又岂是今儿不高兴，这一阵子一直都跟家里的少爷们别别扭扭的。"

金玉瞳低头揣想了一番，就吩咐常叔："开到西河沿旅馆吧。"

这……常叔心想，最近韩延荪仕途上有些受挫，所以才有许多的闲工夫回来跟少爷们闹别扭。要是韩仲秋今日无故不回家，也是逃不了一顿骂的，因此并不愿意这么办。

金玉瞳看他踌躇，就赶紧从包里掏出五块钱，谁知常叔还是不心动。于是，又添了一张五块、一张十块的，常叔这才扭过头来看着她，似乎是动摇了。

反正韩仲秋喝成这样，回不回家都是个问题，自己一个当差的操那么多心做什么呢。于是就接过钞票，笑眯眯道："好吧，多赖金小姐照顾了？"

等到在旅馆里安顿了下来，韩仲秋口里一边吐着酒气，一边还做梦似的念叨着："盐务署，盐务署……"

金玉瞳听到这个衙门，没来由地觉得好奇，贴了耳朵过去听，仿佛又听见他念叨了一声"三千块"。她就不免要去想了，什么三千块，又关盐务署多大的事呢？

次日醒来，枕头上搁着一封带香粉气的书信。上头不过说些寻常的关心话，落款是一个"妹"字。

韩仲秋摇摇脑袋，宿醉压得他浑身酸疼不已，在床上呆呆坐了不到一刻的工夫，又倒头去睡回笼觉了。

一直到了晚半天接近七点钟时，韩仲秋才吹着口哨，转着礼帽回到自己屋里。

已是上灯时候，不过因为家里没人，所以屋里黑黢黢的。

韩仲秋把帽子信手往沙发的方向一扔，一边摸了黑去扭电灯，一边喊着“张妈”。听他的口气，似乎对下人的偷懒很不满意的样子。

电灯一亮，角落里突然发出一声冷问：“上哪儿去了？”

韩仲秋觉得后背一阵一阵地发冷，身子不受控地颤了几下，整个人扑在桌上，心跳快得跟跑马似的。

张妈拖着步子，躲在门外头，一脸为难地先朝里觑了一眼，然后才小心翼翼地先喊了一声“老爷”，再对韩仲秋道：“大少爷，您找我……有事儿？”

韩仲秋听见是父亲在屋里，并不是闹鬼，僵硬的脖子先就软了一下子，定了定神，心里又起了另外一层的害怕。回过身来，忙朝张妈摆摆手，示意她出去。接着，她走到沙发这边来，乖乖地立定了，讷讷答道：“我和几个朋友……”

韩延荪眼睛紧紧一闭，哪里用他把话说完，先就拍桌而起：“叫你离那些狐朋狗友远一些，你总也不听！”

韩仲秋挠挠头，站在那里小声咕哝：“难道父亲就没有喝酒应酬的时候了吗？怎么我去会会朋友就一定不是正事儿呢？”

韩延荪忍了一声长叹，拄着拐杖慢慢踱了两步。

屋外忽有一阵风吹起，枝上的树叶打着屋檐噼啪作响，帘子都被吹起了大半幅。屋子里的空气流动起来，不免把韩仲秋衣裳里的那股酒气送到了韩延荪鼻子里去。气得他直把拐杖重重地敲着地，喝问：“是不是正事儿你心里没数吗？跟我这儿逞口舌之快，有什么用？你瞒过了我，瞒得过自己吗？将来，我要是赋闲不做事了，我看你要怎么活！”说到这里，触动了许多公事、私事在心头，郁闷得直咳嗽起来。

韩仲秋却有些瞧不来眼色，只顾想着：自己都是奔三十的人了，出门在外谁不奉承？要说不出息也真是言过其实，衙门里挂空职的人多了去了，他好歹还天天出现一回，有事做必然也是肯出力的。也就是家里的父亲天天数落他的不是，简直是将他视作出气筒。他越想就越发地不服气，反而硬顶了一声："父亲又何苦这样瞧不起我，我又不是白吃着家里的饭，我在外头也有差事……"

韩延荪捂着口鼻，好容易才忍下咳嗽。心火虽然越烧越旺，但没有去吼，只是软绵绵地向他问道："你自己去想，那些差事，有多少是人家看着我的面子给的？凭你的能耐自己可能争上去？"

这时，张妈悄悄地摸到窗户边上，隔着玻璃对韩仲秋使了个眼色。

韩仲秋朝外一瞥，鼻端冷冷哼气。

韩延荪顺着他的眼神也朝外头白了一眼，转过头继续教训起来："别以为我常年忙着事业，家里的事情就半点都不知道。我来问你，你那场离婚官司，最后的赡养费到底是两万还是三万？"

都过去这么久了，老爷子怎么忽然兴起调查这个来了？韩仲秋如是一想，顿时就哑然无言起来。

"玩儿这手，你就不害臊？你笃定不会出事的根据是什么？无非是认定沈初云的为人，不会为了钱而扯皮，只要说个数，一准儿会答应的。可你这样去算计人家的时候，难道都不会脸红吗？人家一介女流，尚且知道读书上进，挣钱养活自己，你呢？"韩延荪冷笑着摇摇头，心里是无限地怅然。富不过三代这句话，难道要应验在自己家里了吗？

外交总长的名头，外头人听着总以为是极好的了，其实他自己却知道，究竟疏通了多少关节、闯过了多少难关，才走到这一步的。本指着任内运动一下亲信，培养几个接班的，奈何连自己亲儿子都这样不出息，这个好算盘也是白打了。

只见韩仲秋凝住眼神一声不言语，心里盘算过一阵之后，认定是沈初云在背后捣乱。对，一定是她知道了什么，为了报复之前报馆不顺的事情，就向韩延荪揭发了。

想明白了之后，他未免就气不平了，冷哼道："她那挣钱的法子难道就……"

又是这样，每次说起上不上进，就有诸多的理由不说，还总是大言不惭地和人家的短处去比。

韩延荪气得举起拐杖往他后背一捶，怒道："不管她是不是靠着我的名气在报界站稳脚跟的，总比你天天打着我的旗号，净在外头丢人要强得多！"

张妈蹲在窗子下边，倒吸一口凉气，赶紧站起来去搬了救兵来帮忙。

不一会儿的工夫，韩太太从外头急急进来，夺下了那根拐杖。

一下失了平衡，韩延荪晃着身子往前一扑。要不是韩仲秋手伸得快，差点就要跌倒了。看那铁青铁青的脸色，着实吓人。

韩太太急得眼睛红通通的，一边唤着韩延荪，一边又叫张妈赶紧去请大夫。

到了这会儿，韩仲秋也着急起来，在一边小声叫着"爸爸"。

他一张口，满满的酒气飘过来，韩太太心头一哽，回头捶了他好几下，哭着骂道："总是这样不出息，惹得你父亲天天夜里都难入眠。这样下去，我看你将来靠谁去！"

事有个轻重缓急，到了这会儿，韩仲秋也不敢分辩，只得生生地受着。

第68章

前途大好

而另一边，《锦绣》的销量却不断地在攀升，甚至又去加印了一批。

邓丽莎虽然忙，心情却很不错，不由得笑起来，问道："你说，大家怎么都对金玉瞳这么好奇呀？可便宜了咱们，不过挪出一页版面，就赚了不少的钱。"

沈初云也是心情大好，莞尔道："不奇怪呀，按照老理来讲，她是皇亲贵族，身上有着诸多的新闻，长相又堪称绝世佳人。这样的人，一点点风吹草动，都会惊起一片喧哗的。"

送走了印刷厂里来结工钱的伙计，贺忆安也笑着加入了她们的话题："你们不预备夸奖夸奖我吗？名人写告白替自己申辩，也是吸引人注意的原因之一啊。"

邓丽莎一听，立马就戳穿了他："不预备夸你是因为我隐约记得，我们不站任何立场的提议，是初云想出来的呀。"

贺忆安也就一笑："联络人是我嘛。"

邓丽莎点点头："对，苦劳是你的。"然后从花瓶里抽出一枝红色的月季，递过去道，"这个就当作奖励吧。"

"这就算是红利了？"贺忆安右手将花接过来，左手三根指头就捏在一处搓了搓。

沈初云在旁看着他们玩笑一阵，才提起来：“其实你们都忘了一点，陈丹霞的故事，在《良言》副刊上登过两期，反响很不错。为了打响《锦绣》杂志的头炮，我们出了告示改在杂志上连载了。”

邓丽莎眼睛为之一亮：“是哦，这个连载的反响，应该是我们创办《良言》副刊以来最好的。有几次我在路上碰见熟人，人家还问究竟有没有写完，都想借原稿看个痛快呢。”

“这总是我的主意了吧？”贺忆安不免得意地晃了两下脑袋，接着跳了一下，往桌上一坐，向沈初云问道，“说起这个来，我们要不要将之前《良言》副刊上已经完结了的小说集成册子发行呢？”

沈初云认真地点了一下头，打着响指，赶紧去办公桌里翻账册，口里还念念有词：“以副刊现在的订阅量，发行两三百册试试水，应该还不至于有多大的风险。”

贺忆安鼻子里“嗯”了一声，望着窗外稍稍发了一下呆，又建议道：“我看，到时候出了书，可以找玉瞳格格去聊聊。我们替她博了这么多同情和好感，难道她不该免费为我们站站台吗？”

邓丽莎眼珠子骨碌碌一转，手背在后头往前走了两步，拿肩膀去捅了贺忆安的胳膊一下，故意卖了个关子：“你该不会是……”又赶紧躲到沈初云椅子后头去，抱着她的肩，坏笑着问贺忆安，“存着私心，想要见见她吧？”

沈初云知道是玩笑话，扑哧一笑，也没有多理会。

谁知向来笑呵呵对人的贺忆安忽然就板起了面孔，拍着桌子大嚷道：“公事公谈罢了，我对她并没有别的意思。”

“是吗？”邓丽莎看他当真有点动气的样子，不由得声音就小了下去，“可是，之前好像……”

贺忆安看了一眼一直埋头写稿的沈初云，好像对他的一番澄清不感兴趣的样子，就憋着一股不快之感，义正词严地纠正道：“我只是觉得她是个值得研究的对象，长着中国脸，却有颗英国心，这不是很滑稽吗？我喜欢听她那些逻辑不通的笑话，难道不行吗？”

邓丽莎心道：贺忆安说话，向来没什么禁忌，尤其在男女社交方面，总是大大方方的。今次忽然改了态度，除非是受了极大的刺激，譬如和金玉瞳有了极大的矛盾之类的。因此一想，不免勾动了好奇心，笑着试探道：“你好像很激动哟。”

被她一提，贺忆安才觉得身上好像有一股热血在往头顶上冲，脸上也热辣辣的。这倒奇了，为了什么事这么大反应呢？居然连自己这个当事人都料不到会如此。她便拿手背试着脸颊上的温度，小声嘀咕着：“是吗，可我为什么要激动呢？”

“那得问你啊。”邓丽莎不由得笑了一下，见贺忆安眼睛变得很无神，呆呆地看着办公桌上的一堆报纸不动，越发觉得他今日实在反常。

将头低低埋在报纸堆里的沈初云，忽然觉得耳朵边清净了起来，便抬起头来看他们两个是不是又吵僵了。眼帘子朝上一掀，触目迎上贺忆安直勾勾的眼神，心头也莫名跟着一热。无端端地觉得手心里直冒汗，忙把头低了，刚提笔写了几个字，又难写下去了。心里奇怪着，贺忆安干吗那样死盯着她看？看了也就看了，在场又不止她一个人，邓丽莎没觉得不对劲，偏偏自己又生出奇奇怪怪的想法来。这么一绕，奇怪的人又好像是自己。

贺忆安也是一时想不透自己的情绪，就干脆从砖塔胡同出来，索性叫了一辆车去韩家潭会了几个朋友。

这么一走，倒又各自把心绪给放下了。

汇编《良言》副刊的事，成了头等要紧的任务，各人也都丢开那些杂事不谈，专心去做事业。

因为是第一次要发行小说集，未免经验不足，沈初云便去走访各大出版社，请求合作。《良言》副刊的连载，在社会上已经引起了一些小小的轰动，找合作人倒是不难。不几天，昌明书社就答应了合作的事情。

因为陈丹霞的故事，讨论得最为热烈，几个月后又正好完稿。贺忆安就提议，干脆把结局留在新书上交代了。定价上也很大胆，一块钱一本。

沈初云认为有些贵，似乎是盲目乐观了。毕竟，开拓新市场又不是光靠嘴说就能办到的。

贺忆安则大谈广告效益，仍旧提起想找金玉瞳帮忙的事情。她如今很有些咸鱼翻身的意思，顿时成了一个被流言困扰的苦命女子形象，加上她在交际场的面子，人情上的代销就很可观了。

邓丽莎把事情放在心里想了好几天，最后劝沈初云道："我以为你说的话很对，我们对发行小说没有一定的经验。而且就内容来说，未必有人愿意珍藏在家里一读再读。只不过，趁着这个机会，把局面做大一些，倒也是好事。你想啊，定价低就要靠销量来冲击利润。这种薄利多销的生意，要领不过就是精打细算罢了，难度有限得很。我们自己试一试，兴许也就能上手了。不过，怎样去经营一些风险稍大的生意，就不是靠三个臭皮匠能办成的了，关键还得向前辈们偷师去。"

贺忆安忙摆摆手："你想上课的心我能理解，不过你的出发点未免有些太想当然了。人家有大把的印刷机和全国各地的经销渠道，哪里会我们说什么就听什么？虽然，你我都主张定价可以大胆些，但出发点似乎有些不同。"

邓丽莎接着解释道："咱们承担大部分的保本风险，这样一来，昌明书社大概也不会很反对。"

贺忆安就更加不同意了，冷笑一声道："这就更不可了，找人合作为的就是降低风险，你这么提议，简直是菩萨活了。"

邓丽莎又驳："可是，人性就是如此的。高昂的定价和低风险会带来极具诱惑的高额利润，说不定昌明书局会铆足了劲儿来拓宽销路，甚至可能会加印。然后，咱们就天天盯着看人家是如何铺开局面做大买卖的，岂不好吗？”

二人争得不可开交，习惯性地把眼睛盯在沈初云身上，请她拿个主意。

沈初云默然一想，才道：“让我来理一理你们的思路，咱们就从头分析一下，发行这本小说集的可行性。首先，我们只是提供内容，而且是热门连载内容。即便有一部分人认为不值得买，却仍有一小部分忠实读者会愿意购入。其次，我一直都听说昌明书局正在观望，如果试水成功，亦有打算收一些着眼女性生活的稿子来发行。这一点，也是他们谈合作时无比爽快的原因。这样两点凑在一处，其实我们需要做的只是扛住保本风险。最终成绩如何，同行们自然是把功劳和过错多数都归于本业就是出版书籍的昌明，而不是我们。这商人做事，不光讲个利润，也讲个面子。要传出去，好好的热门连载，发行了却不挣钱，难道人家会说是咱们提供的内容出了问题吗？因此，丽莎这个交学费的想法似乎也是站得住脚的。”

邓丽莎忙不迭地连声应道：“对对对，我就是这么想的。”

沈初云又对贺忆安道：“至于把金玉瞳请出来做宣传这事儿，我认为也不涉及很大的原则问题。我们既没有办法证明她在英国生活混乱，又没有办法证明她回国后有任何不光彩的行为。没有证据，就拿一个罪名安在她头上，也不合适呀。因此，贺君就只管放手去办吧。”

这一番话终于让三个人达成了一致，贺忆安也就高高兴兴去找金玉瞳谈合作了。

第69章 各取所需

金玉瞳自是没有推却的理由，她的本心也觉得这个出风头的机会绝妙非凡。

等贺忆安走后不久，她就打着探望梁绣珍的幌子，急急地去了一趟韩府。

也是事有凑巧，果然韩仲秋这天是在家的。

因为前次韩延荪气得犯了旧病，医生的诊断有些严重了，认为有中风的征兆，叮嘱过千万不要惹病人生气。所以，近来韩家上下的人都很乖觉，里里外外都有一股难得的祥和。

只听金玉瞳身上挂着的各种珠子叮当叮当一阵响，口里咯咯一阵笑，挑起门帘，站在门外道："仲秋哥，这几天好啊。"

韩仲秋笑得有些不由心，手朝里头一摆，道一声"稀客"。

"你不来寻我，我只好来寻你了。"金玉瞳迈步进去，一股酒气从屋里钻了出来。沙发前的矮桌上搁了半瓶洋酒，再看看韩仲秋的眼圈亦是红红的，不由得要问他，"为了什么事儿，又喝得这样？不如同我说说，也好排解排解呀。"

韩仲秋未语先叹，心道说出来又顶什么用，趁韩太太什么时候心里欢喜些，讨个几千块钱出去填窟窿才管用呢。

原来，从前沈初云在时，虽然拴不住韩仲秋的心，却很能管住花销。也因她不好惹，韩仲秋的心虽在外，身子倒也有几分规矩，不敢涉赌场太深，以防被她拿住太多把柄来说风凉话。等离了婚，脱缰的野马还有谁来约束呢？

赌场上的来去就是这样的，今天赢了人家一两百，明天兴许输过去七八百，一年下来几千块也不够花的。加上还有胡同里的局账，以及朋友、同事间不可避免的交际。到了年底一看账目，竟然亏空了好几千。

好在韩仲秋发过一笔小财。当初，为了让沈初云撤诉，韩延荪许了个不错的价钱。沈初云就更不用说了，只要能离婚怎样都好，对于两万赡养费一点异议也没有。如果身边没有许多人给她出主意，或许一分钱都不用给她的。韩仲秋呢，没有报到韩延荪心里最高的价位，折中地向公账报了三万，还以为自己很替家里人着想了。

事情终归还是被韩延荪洞悉了，为了不争气的儿子，在中间抽了一万块自留，气得犯了病。

可是，这一万块还了赌债之后，就只剩一半了。过年再来几个酒局、牌局的应酬，又有相好的哄着要做花头，最后，仅有一两千的数目了。

韩仲秋也是想不通，自己堂堂一个外长府上的长公子，怎么就会落魄至此的？他偏偏不信邪，七七八八又去凑拢了五千块，跟着几个朋友去买股票。他自然是一窍不通的，也不过是把钱交出去让人代理，自己仍旧是那样地过日子。

谁知，起先赚得稳稳当当的，后来其中一只股票忽然跌了。从此后，运势就似乎离他而去了，接连买进几股都是亏的，本钱都要赔光了。

屋漏偏逢连夜雨，常去的赌场又出了新规，不是一年一销账了，名下的账满了三千就要结一次。

去哪里找这样一笔横财呢？

韩仲秋就动起了衙门里的主意，谁不知道盐务署是流油的地方，便悄悄以家里老爷子的威名，软磨硬泡挪动了三千块的差旅费，答应了三个月内准会填平的。

就在前几天，署长找到韩仲秋来催款。因为衙门里有紧急要务，非要南下一趟不可。没有差旅费，就要去挪伙食费，可伙食费又是月月要跟人家算清的，这样拆借下去不是个事，自然，是要找他闹明白的。

在韩仲秋以为这事只是个秘密的时候，金玉瞳却已经在背地里把底摸了个透，因就淡淡一笑道："盐务署里挂职的人那样多，糊涂账就更是了不得了。你那个小窟窿算什么，值得这样吗？"

韩仲秋猛然酒醒，身子往前一蹿，眼珠子一突，整张脸涨得通红，生怕被外头什么人听去，哑着嗓子问："你怎么知道的？"

金玉瞳架起一条腿，把脚尖在空中悠悠闲闲地荡着，挑眉道："我要说你在盐务署挪动公款的凭据，现由我保存，你信是不信呢？"

"不信……"韩仲秋毫无底气地往沙发上一摊，头望着天花板，忽然转过一个念头来，"除非你……"

前不久，全北京城都在说，金玉瞳给盐务署的哪位官老爷做了秘密情人，被人家的正房太太逮个正着，于是又牵扯出她在英国就是靠做这个，来给养父母牵线挣钱的话。所以，前一段时间里，大家怕引火烧身都疏远了她不少。也只有梁绣珍这样在家养着胎，对外面的话知道得不多，又喜欢金玉瞳那种恭维姿态的，才会稀里糊涂接到家里来小住。后来，又因为沈初云要办杂志，巧妙地抓住了这个舆论点，让金玉瞳出来给自己辩白，意外地借着这么一次机会，将一身污名给洗白了。

韩仲秋把事情串起来一想，一下子便觉得自己从前蠢极了，竟把金玉瞳捧着当个宝。殊不知，自己才是被她玩弄于股掌之中了。

索性那些高官家里都有太太，金玉瞳又不肯拉下面子去做小，也就在商言商，大谈起身价来了。只怕韩仲秋这类有钱的孤家寡人，是金玉瞳眼里更高一等的长期靠山，这才做出一派假清高的样子，好骗人上当，做个活王八。

想到此，韩仲秋心里顿时又气又悔，将那洋酒瓶高高抄起，却又不敢砸出动静来，免得惊动旁人，只得将瓶口朝金玉瞳怒冲冲地一指，道："所以……传言是真的？"

如今的金玉瞳是有恃无恐，只管冷笑道："你我都是有短处的人，所以我就不担忧让你知道实情了。"

韩仲秋看着她的眼神，似乎并不简单，她既费了周折拿到挪用公款的凭据，绝对是有所图的，便问道："你想要什么？"

金玉瞳点着下巴，耸耸肩，挑了一下眉，大言不惭地问道："适当的时候，登报声明跟我结婚，怎么样？"

韩仲秋冷哼一声，不由得好笑起来："我凭什么要受你这种人的威胁，真是笑话！"

金玉瞳挺挺胸脯，神情坦然，说起话来比他还更有自信一些："你当然可以选择拒绝我咯，毕竟婚姻要尊重双方意愿的嘛。不管结不结婚，你都可以继续玩世不恭，我也可以做我想做的事情。若是你拒绝了我不算，还打算下什么黑手的话，那么很抱歉地通知你，原件已经在我那位英国管家的手里了。我在英国的父母，凭借这张薄纸片，只怕是可以一跃成为扬名国际的大人物了。"

韩仲秋听了这话，不由得四肢无力起来。

金玉瞳的确不是什么特别了不起的人物，后台也不算怎样硬。三千块的亏空，本也不算个大数目，填上也就没事了。可偏偏她有海外的关系，偏偏她还知道留下罪证，偏偏韩延荪吃着外交饭，偏偏最近还负面缠身，偏偏老爷子一辈子都好个面子，偏偏老爷子还病着……

一切都是那么刚好地撞上了，弄得韩仲秋一点办法也想不出来。

果然，金玉瞳就问出了韩家上下如今最害怕的一个问题："我听人说起，似乎有人想要罢免外长？"

因为如今政界的风向很不稳定，所以这三千块不仅仅只是一笔钱而已，很可能还会成为对手的枪靶子。这个死穴，才是重中之重。

金玉瞳拿手指轻轻打着节拍，心情畅快得不行，笑问道："你算算吧，是顶着压力娶我好呢？还是公布出来，大家都没趣儿好呢？"

韩仲秋抱着脑袋，将头发一顿乱抓，咬牙低声暗骂一句"贱人"。

金玉瞳在前途方面，向来很能沉住气，听见了也只当没听见，丝毫不在意。走过去，伸出一只手，提议道："我们就来个合作好了，结了婚以后，你继续高兴你的，我只要有你这尊大佛镇着，不叫阿猫阿狗都来欺负我就好。至于你在沈初云那里受的气，只要公开我们的婚讯就能给她难堪，顺便你也就报了仇，难道不好吗？"

对，沈初云是最可恶的那一个。从她说要离婚起，噩运就一直缠着韩仲秋不放。

凭什么，她如今可以名利双收，好好地过着日子，韩仲秋却要如履薄冰，为了三千块的小数目，如此战战兢兢呢？

"你？真能帮我？"

金玉瞳见他抬起的双眸中不再满是怒意，便料定此事能成，把手往他跟前一伸，答道："好事儿我大抵是做不出来的，至于气人的本事嘛，你刚才也领教过了。"

为了不把那笔坏账闹出来，韩仲秋似乎别无选择，只得伸手过去握着摇撼了两下，算是达成了一种默契。

第70章

崭露头角

几个月后，《良言小集》正式出版。

一方面北京的忠实读者都很捧场，另一方面金玉瞳十分卖力地向她身边的追随者极力推荐。有的企业家，慷慨订下几十本甚至上百本，给员工一散，人家看着便也拿给亲友传阅。昌明书局又集中精力于上海一带的发行，在光明大剧院租下一块广告牌，画了金玉瞳的像，打出“公主的枕边读物”这样的招牌，自然也惹人好奇。一下子，人跟小说都热得烫手。

而葛鸿祥却板着脸坐在办公室内，对韩延荪沉声道：“你费心培养的人才，现在是风生水起。可咱们的《新声报》一直都没什么起色，你也不想想办法。”

韩延荪心内冷哼，真是个老狐狸，不出钱、不出力还趁火打劫，现在居然大言不惭地说什么“咱们的《新声报》”。

因为沈初云的离开，《新声报》渐渐失去了思想性，流于平庸，加之负面不断，自然有了关门的危险。

葛鸿祥本来是想捡现成的，然而自己家的媳妇似乎也没有做出成绩来，因此急切地想知道，韩延荪对《新声报》的未来是成竹在胸呢，还是想另起炉灶了。

可韩延荪却很淡然，翘着胡子冷笑一声："我怕人家说我搞世袭，一直都不敢插手。"

葛鸿祥眼里闪过一丝尴尬，嘴角抽了一下，立刻又换上笑意："孩子之间互相置气，也值得你挂在心上吗？她们懂什么呀？"

韩延荪干笑道："正是因为她们不懂什么，所以心里想的、嘴上说的，大概皆是长辈的意思。"

葛鸿祥清楚地知道，自己乘人之危不花本钱，只以手中的权力顺势揽下报社，是有些对不住老伙计。可现在报社都快关门了，韩延荪还记着旧仇，不免有些主次不分了。因此就把抽屉里的密信拿出来，推到了韩延荪跟前。

韩延荪一言不发地接过来看了，内容是说，京、津两地的财经报馆被人笼络，正在酝酿一系列的社评，其主题都是以今昔对比的方式突出财政部过去如何不堪、眼下如何有起色，大有推崇邓廉是当今唯一能在经济上给国家带来起色的政治人物的意思。

葛鸿祥眉毛一挑，斜着嘴角冷笑："我以为就如今的局势而言，我们之间才是朋友啊。你不要以为韩、邓两家渊源颇深，你又让邓廉做了财政次长，他就对你感恩戴德了。人都是一样的，永不知足！其实从来女子办报，十次总有九次是失败的。可我为什么费力不讨好地要赔这个本呢？因为我隐隐感到，女子参政大概是不可逆的一股大浪潮。等议案通过之时，不管两院给妇女代表几个席位，都是珍贵的，因为胜负有时就是毫厘之争。将来倘有女议员登场，初亮相时的政治立场大概多为中立，而我们就该抢占先机。所谓聚少成多、聚沙成塔，有一班铁票，加上一层推行平权的光环，国会还不就是我们说了算吗？"

韩延荪憋着气，把密信放了回去，脸上不露任何情绪，正义凛然地起身道："我向来反对把主义做成生意。"

这是不肯合作的意思，葛鸿祥眼中尽是寒光，咬紧牙根，拍案而起：“好，很好！”

一场示好却闹得不欢而散。

韩延荪心道：我可不傻，黔驴技穷之下只能低头来跟我讨商量，难道我就不能拒绝？说什么赔本赚吆喝，赔的钱那是姓韩不姓葛。他邓廉虽然忘恩负义，可你葛鸿祥也靠不住。比起财政次长，手握内阁任免权的总理才是应该先出局的那一个！

从公府里回到家，韩延荪一下车便吩咐下人道：“去叫老四媳妇儿来书房一趟。”又回头对秘书道，“你说她学得不错，是真话呢还是恭维？”

秘书笑了一笑：“您都叫她来了，出题考一考不就知道了吗？”

“看起来你很有信心啊。”韩延荪听了很释然，笑着去了书房。

向兰听说有事，早已等在了这里。

韩延荪未等坐下，便开门见山地问道：“《新声报》的销量一直都没有什么起色，你有什么好的想法没有？”

向兰知道，是继续做木偶还是往前一步掌握主动，就看这一次了。于是挺了挺身，胸有成竹地答道：“我想开辟一个漫画版面，来趣说新闻。轻松且一目了然，既适合不识字的人，也适合工作量大没时间看报的人，找一位好的画家，还很容易引起艺术圈的注意。”

韩延荪闻言，对着秘书先是一笑，然后收敛起表情，微微颔了一下首：“尽可一试。那么，有了销量以后，该推哪一个人、哪一种主义来引导舆论呢？”

向兰歪着脑袋想了一会儿，接着说道：“这个先不急吧。打个不好听的比方，我以为人常说的会咬人的狗不叫，并不正确。狗咬不咬人不取决于叫不叫，但爱叫的狗容易引起人的警惕。不爱叫的则不容易让人警觉，冷不防地被咬了，我们便以为那句俗语是真的。要依我说，这一阶段我们就只管提升销量吧。市面上这个主义、那个主义，实在太多了，押对的概率太小，押错了再改又容易被揪住小辫子。我们且不发表什么议论，只在暗处观察时局，再看看那些文人里头，谁的风头劲，谁是常胜将军，谁又更被广大读者推崇，到时，我们就去拉拢谁。”

“也不失为一种思路。”韩延荪的笑意渐渐从眼底浮上来，对自己的秘书大发起苦水来，“从前我的办法是自己培养人才，可时间长、收效慢，还不如省下时间和精力，等有了机会收买一个现成的。”

向兰见状，知道自己离大放异彩又近了一步，心里一阵欣喜。

而韩延荪同样觉得畅快，这一阵子常听妻子和女儿夸家里的四少奶奶好，起先还觉得这种好无非是乖巧，如今一看，还有几分聪慧，俨然是第二个沈初云，自然如获至宝。

是日，贺忆安忽然得到一个消息，上海的电影公司想请金玉瞳主演一部片子，剧本就以她自身的经历来编写。因就感慨起，他是早就有意先抢占下真人传奇小说的地盘，然后等着电影公司上门谈合作。奈何沈初云太拘泥于本人意愿，白白错过这么个好机会。含着三分遗憾，他在三人小会上问道：“怎么样，我说的这个名人效应好用吧？”

也不用把话说得多具体，沈初云立马就领会了他深一层的意思。不过，这个钱没挣到也就算了。沈初云对于不问原则许不许，就先做了买卖挣了钱，再去打名誉官司的看法，仍然觉得不是很好，因此只是笑笑，并不回话。

倒是邓丽莎，正看着昌明书局寄来的关于商讨加印事宜的书信，咯咯笑个不停：“我被你教育的，脑子里也免不了沾染些商人思维。管她金玉瞳究竟是个什么样的人，也不可能因为她一人所为，就对天下女子产生多大的错误引导，我只管自己的生意不赔本就好了。”

贺忆安趁势继续道：“本来就是这样嘛。弄得自己一身洁癖，这个人不好那个人不行的做什么呢？到头来只有你的财路被挡，人家还是该怎样就怎样。”

沈初云拿笔轻轻敲了敲桌子，是要预备言归正传的意思。

今天的会议内容是，商量扩大报社的业务内容。

只见沈初云拿了三份表格出来，画的是昌明书局的部门分配，以及一些员工规章及福利情况，她便逐条地解读下去：“这个是我这些天以来，日日去到昌明书局观察他们的办事流程，所总结出来的资料。规章呢，只作为一个参考，还要结合我们自身去修改，今天就不细说了。说说咱们的弱项吧，比如福利。大致是关于学徒和练习员的食宿、员工的医药补助。听说部分大书社，还效仿西方要订立女同人的产假福利。此外，还有婚丧津贴、养老问题。这个呢，有待打听了整个行业的平均水平再作定夺。我们虽然做不成最优待的，一般有的也该有才是。下面主要说说人员分配问题，昌明书局有明确的经理室、营业处，比我们的思路清爽多了。至于人事部门这一方面，我倒是认为可以给李大姐涨涨工钱，请她兼兼差。正好她家里也不容易，丈夫刚刚出来，虽然仍旧回学校去教书，但为了筹保释金，早弄得一身债务了。如果她家庭方面顾不过来，我和丽莎也可以帮忙的。我分析下来，人家的营业处似乎并不比编译所的人员少。我们现在关于营业方面，几乎全靠贺君，这样是不行的。将来《良言》和《锦绣》要拓宽各地销路，慢慢地也要把出版图书的局面打开，更加需要一些懂经济和销售的人加入。”

贺忆安仔细看着这份资料，便一点头道：“推广和销售往往靠一张嘴，我看可以试试放宽招工要求，识字即可，不必太端着文化招牌的架子。”

邓丽莎也附和道：“就我们这一年的接触下来，新闻界的同行未必各个懂新闻。挂闲职的就不说了，还有政客门生一流的更是五花八门了，最终沦为台面人物的包装工具。更有甚者，一些目不识丁的大老板因为瞅准了商业机会成了新贵，这时想要弥补自己从小不读书的憾事，就干脆涉足文化圈子，想洗脱大老粗的名声。这类报刊，完全没法入眼。所以我看，这个行业的门槛那是参差不齐的，全看报社自己怎么定位了。人家在内容方面都这么不拘一格降人才了，我们在销售上放宽要求就更是可以了。”

“我也同意，民间未必没有人才。”沈初云说时笑了一笑，顺便提了一嘴闲话，“我就打个比方吧，上回去买药，看见药材铺的伙计就很会说话。大概也是学中药的关系，做起生意来，句句不忘带着典故，似乎也不比念过中学的学生差多远。抓药的次数多了，他又同我有些熟悉，偶尔抱怨起工作没有多大前途的话来。他去考过大商行的练习生，其他成绩都不错，只不过上的不是文明学堂，英文分数太差，就没考上。他要当了我这里的练习生，倒是有许多机会任他发挥的。”

贺忆安听着，将眼朝沈初云上下一打量，最后定眼观察着她面色，口内问道：“你老去抓药做什么？”

“这个……”沈初云不料他会把话的重点放在这上头，下意识地将手捂了一下肚子又放开，含糊道，“反正不是什么大病，工作累了有些腿疼胳膊疼的，也很常见。”然后把眼一抬，跟贺忆安四目相对一番，又马上闪避开了。

邓丽莎一直埋头在写会议要点，哪里知道另两个人暗地里有这一段眼神交流，只管说着自己的观点：“其实类似药铺、茶铺的伙计，三教九流都搭得上，或者比刚出校园的腼腆学生更适合做销售。”

贺忆安却一直看着沈初云，似乎仍陷在前一段对话里出不来。

感受到目光追逐的沈初云忙抢过话头来：“刚毕业的学生还是更适合做写手，全职兼职都可，首先，把我们搜集来的素材整理成精悍的小说对他们来说不算难事。其次，他们也适合做校对，这个工作需要沉得下心的人，而且这个岗位正好有需要，这一笔也可以记上。”

邓丽莎把手指点着数了一数，抬头道：“还需要一名书记员，人多了，就需要个专管物资采买的人。”

沈初云又道："不如叫李大姐荐一名熟人吧，我认为这种工作的难度在于细致。有充足生活经验的人，担当起来应该更合适。"说完，抬眼向他二人一看。

邓丽莎自是点着头，拿笔唰唰地写着字。

贺忆安却像泥塑一样地呆着，脑袋里空空的，也不知在想些什么。

沈初云的心没来由地狂跳，为缓解不知名的情绪，只有一直不断地搬出公事来讨论："最后一件事。"她顿了顿，打开笔记本，把夹在里面的一封信往桌子中间一推，这才解释道，"上海书业商会给我寄来一封邀请函，请我们报社去参加南北同业讨论会，时间是下个月。我预备带着小唐去，到时候这里的事情就要麻烦你们了。"

这话贺忆安倒是听进去了，眼睛朝桌上稍稍一瞄，开口有些结巴："这个……这么重要的会议……不如我和你两个同去吧。"

沈初云不由自主地将眉一蹙，端着渐渐就要消失的平静，慢慢向他问着："那这边的事情谁来做呢？我和丽莎在商业这方面的头脑恐怕赶不上你，所以你是不能离开的。"

这时，写完要义的邓丽莎动作夸张地一盖笔帽，冷笑着转向贺忆安道："要不我去？我看贺君的意思，是怕我们两个留守阵地，容易自相残杀吧？"

贺忆安一扁嘴，肩膀一耸，玩笑道："只要密斯邓不杀我，我们就和平得很。"

第71章

爆炸新闻

这边正商量着要事，外头有人一路嚷了进来：“贺忆安，贺忆安呢？沈初云，你们都给我出来！”

邓丽莎探着头朝门缝外一望，满眼都是奇怪：“怎么回事儿啊？”

贺忆安觉得声音耳熟，便看着沈初云道：“出去看看吧。”

走到外头，果然是熟人来了，不过看起来是来意不善的样子。

沈初云见员工们都站了起来，眼神里有些不知所措，忙上前示意大家先忙自己的事，然后拉住来人，喊了一声：“丹霞姐……”

陈丹霞愤怒地将手一推，叉着腰道：“不要叫我姐，我担不起。”

这时候，贺忆安就笑着上来了，对着陈丹霞好一通恭维：“怎么了这是，又是兄弟我哪里不周到了？上里边说去，要是为我气坏了身子，不值当的。”

陈丹霞蜡黄的瘦脸上现出一丝冷笑，她甩着手往里头的办公室去了。一路走，还一路质问着：“你们是怎么回事？我怎么又跟袁公子扯上关系了？”说毕，从包里取出一份叠得四四方方的报纸来。

贺忆安接过来一看，是份花报，头版是一男一女的画像，口里一笑，便念叨起来：“准是那些个小报……”

陈丹霞一拍桌子，索性站起来往头条大字上一杵：“看到这行字了吗？人家说《良言》总编再执笔，揭露袁陈鲜为人知之秘事。”说时，怒冲冲指着沈初云质问，“沈总编，我之所以答应让你们用真名来写我前半辈子的经历，无非是心有所感，望这世上仍做黄粱美梦的女子对于社会局势要抱有一分清醒。可是，你们竟然未经我的同意就这样瞎编派。别以为我沦落风尘了，就会跟我那些姊妹一样任人摆布！告诉你们，我可不好惹，你们再这样乱来，我完全可以找律师控告的！”

听了个大概的沈初云，从茶叶罐里撮了些龙井在杯子里，泡了滚滚的水进去，这才端到陈丹霞面前，笑着劝道：“快，丹霞姐喝口茶消消气，听我慢慢解释。我们只是售卖了小说合集，并没有出续集的打算。虽然社里常常收到读者来信要求续写，可我们郑重声明过的，因为素材只到这里为止，即便要续写也会另起炉灶讲新故事，绝不会胡诌的。”

邓丽莎的脑袋凑在贺忆安肩膀旁边，看着那份报，托着腮分析道：“我看，这八成是打着我们的名头在卖伪书呢。”又轻轻抽出报纸来，找了找上头的印发地址，口内沉吟道，“青岛……我倒有个认识的朋友是山东人，回头我托他问问，认不认识青岛那边的法律专家。”又抬头，一脸凝重地向陈丹霞解释道，“真要是冒用我们报社的牌子，别说女士您要翻脸，我们也不能轻饶呀。”

看他们三人各个都是不知情的模样，陈丹霞的态度就有三分松动，放柔了声音确认道：“果然不是你们？”

三人连连摆手，齐声道：“绝对不是。”

陈丹霞点点头，这才稍稍抿了一口热茶，道：“那就多劳你们澄清了。我们京、津两地讨这口饭吃的，多多少少都受过袁公子三分恩。这种事儿传出去，要是弄得大家都信了，那人家都要说我忘恩负义的。往后，在这个圈子里我就不用混了。”

贺忆安点着头一笑，道：“我明白的，袁公子的喜好和为人大家都清楚。正因为太清楚了，所以才会有人打歪主意，要把莫须有的风月事写在他头上。而且光是姓袁，就能引来不少关注呢，也就甘冒风险著伪书、发横财了。而你，自然是要极力来替他澄清的。这件事交给我们吧，必定给你一个满意的答复。”

怀着盛怒而来，一问之下却是个误会。陈丹霞觉得挺磨不开面子的，低头搔着鬓发，讪讪道：“看来，是我操之过急了。”

沈初云莞尔道：“这个我们都理解，就我而言，也曾摊上不少闲话。所以，我这个过来人是非常之清楚，事情一旦落在自己身上，是绝不能保持冷静的。”

贺忆安看出陈丹霞羞得有些待不住了，忙解围道：“好了，密斯陈，我送送你吧。”

陈丹霞正巴不得呢，一迭声地应了，便匆匆出门而去。

走在路上，还在念叨着：“欢场也有谦谦君子，袁公子算一位。不过，单说起我个人来，倒好像蒙你的好处更多。”

贺忆安摇摇头道：“这话就见外了，同是在他乡为客的，我不帮你还有谁帮你呢？”

“小兄弟，要是早能遇见你，我也不至于……嗨，得了，不说没用的了。”陈丹霞一觉得心头有感触，就忙抬手一挥，并不想让自己多思多虑，然后，手往包上一搭，又支支吾吾起来了，“对了，我……我，是不中用了。抽大烟的，哪个身上是没病没灾的？”

贺忆安会意，忙把手伸到衣裳口袋里一摸，接道：“今天身上没带许多现钱，明天吧，我一准儿把钱送到。”

陈丹霞抿着笑感激地一点头，正好路过一辆空的人力车，便拦下来坐了上去，和他告了别。

而沈初云和邓丽莎则在商量，被人冒用招牌不是小事，必要时，邓丽莎打算亲自去青岛一趟。加上沈初云又打算南下，所以很可能需要贺忆安一个人在北京维持几天。

沈初云忽然犹豫着向邓丽莎问道："最近事忙，也没来得及问你。你表姐都要出月子了吧，你就不去看看？"

邓丽莎虚虚点了两下头，手抱在胸前，显得有些不自在，脑袋也低到不能再低，口里无奈地一笑道："这要是以公事论，我现在还是记恨她呢；要是以私事论吧，倒的确该去的。可不光是我记恨她呀，闹得这么僵，她一定也恨我。我怕我去了，再把她给气着。"

沈初云便走过来，挨在她耳朵边低声咕哝了一句："我用你的名义买了一束花，这个时候应该差不多送到了。"

邓丽莎重重一点头，脸上现出如释重负的样子："有你替我想着，不就很好吗？反正我说过的，在我挣够一万块之前，你是我的债权人，我的一切收入理应由你打理呀。"

"哦，对了，有个好消息呢。"沈初云眼睛亮亮的，拉着邓丽莎的手一笑，"向兰做了妇女促进会的理事。"

"她为人倒是很随和的，这样也好，希望那边就此安安分分的吧。我也不愿做妇女工作，步政客的后尘，搞什么内讧，大家和和气气的才好。"邓丽莎心里觉得安慰，大大松了一口气。

进门时听说有好消息，贺忆安的嘴角就挂了笑，直到听说了是为向兰而高兴，他的脸色旋即阴了下来，冷声道："不，那是大大的坏消息！"

沈初云并不明白他为什么反应这么强烈，用疑惑的眼神望着邓丽莎。邓丽莎也是不明所以，歪着头看着贺忆安那张铁青的脸。

贺忆安有满腹的牢骚，却不知道该从哪一件说起，只是叹了又叹。

几日后，《民国日报》上的一则声明使得整个北京城为之哗然。

原来是韩仲秋和金玉瞳的结婚消息正式公布了。

韩燕琴坐着车到了娘家，照旧先是去探过父亲。从病人屋里出来，就有些踌躇起来，她慢慢踱到梅姨娘这里坐了，要了一杯茶，只管乱乱地想着心事。

梅姨娘在韩太太屋里吃的一餐午饭，那叫一个战战兢兢。

因为韩仲秋突然发布了爆炸新闻，生怕上人追究，早躲得没影了。韩太太气得对谁都眼露杀气，周遭人在她跟前无不是唯唯诺诺，生恐触怒她一点半点的。

倒是翠姨，这一次不知为何很有些迎难而上的意思，口里一直碎碎地念叨些话。听起来是劝着韩太太木已成舟，一切都要想开，但梅姨娘却觉得有些不平常。

于是，等餐桌上散了之后，梅姨娘就悄悄跟着翠姨往韩延荪屋外站了半晌，隐隐约约听了一些话去，果然有个了不得的发现。翠姨和金玉瞳，似乎早已是孟光接了梁鸿案。这便又到各处去晃荡了半日，差不多把事态拼凑出个七七八八了，才回自己家里来。

一进门，看见韩燕琴捧着一杯茶，只管翻着电影杂志。

梅姨娘心道奇了，今天怎么这样老实？便问她："难得呀，躲在这儿干什么呢？别处不是有戏看吗？那个一向跟你不对盘的二少奶奶，如今真是一个头两个大了。"

韩燕琴撇撇嘴，冷笑道："只怕我去了，一会儿母亲又要怪我爱搬弄是非了。"

梅姨娘甩着手绢，一反常态地无所顾忌起来："这次，仿佛与我们都不相干嘛。就那个……"说时，身子往韩燕琴边上一挪，手上伸了三个指头出来，又往翠姨住的方向一指，接着用气声说道，"她忽然站在了老大那一边，正往老爷耳朵里吹风呢。"

韩燕琴也觉得很意外，翠姨这个人在大事情上是最会见风使舵的墙头草了，因而就皱了眉摇着头，小声道："她跟梁绣珍要好我知道，但犯不着在这个事情上，也那么要好吧。"

梅姨娘昂了下头，闭着眼睛，将头直摇个不停，贴到韩燕琴耳边，说道："你哪儿知道她呀，她是看在首饰的面上。听下人说，她屋子里也不知道什么时候，多了一挂钻石项链、一对儿翠玉耳坠，还有一个手指粗的金手镯。这么一套下来，上千还是说少了的。”然后，跷起一只脚，手搁在嘴唇上，做个思考的样子，慢慢分析下去，“而且，照我猜去，应该还许了别的。又或者不是到了这会儿才疏通的，一早就给她挖坑，非要她站在那一头说话不可。待我再仔细探查探查，总不能叫家里出个吃里爬外的白眼狼啊！”

弄清了这层缘故，韩燕琴鼻子里就只是冷冷哼着气：“小人见识。”

梅姨娘的一只手轻轻拍在她腿上，忽然发起感慨来：“说也可怜，没儿没女的，可不就在这些蝇头小利上钻营了吗？”

韩燕琴就不知该如何说下去了，冷笑着揶揄梅姨娘：“妈，你也是真有意思。平时跟她一见面，乌眼儿鸡似的，这回她不知好歹地去戳老虎的鼻子眼儿，你又可怜起她来了。”

梅姨娘的脑袋摇晃得厉害，一对翡翠耳坠子打在脸上噼啪作响，解释道：“这都登了报了，局面是挽回不了的，我做什么要去讨新少奶的不高兴呢？再说了，我这人心眼儿好也是真的。老三这回不管是真心的还是被迫的，眼见着是要闯出祸来了。想是经她说和完了，老爷对她也要变一变态度了。我这个做二姐的，总要对她关心关心。”

韩燕琴则长叹道：“真是搞不懂我大哥，这种时候做什么要去惹父亲生气呢？”

“好在如今说闲话的人不多了。”说得累了，梅姨娘顺手拿过韩燕琴手里的杯子，先抿了一口茶才道，“要说满意呢总是不能够，但是特别不好吧，也未必了，好歹也是个皇族后代。”

“是啊，听不见庙堂事的都当金玉瞳是可怜人呢。也只有知内情的几位太太，暗地里看笑话罢了。”韩燕琴说着便又是摇头一笑，“沈初云也是，怎么会比梁绣珍还蠢呢。”

“她？”或许是消息太过劲爆，梅姨娘一时还没想到沈初云和金玉瞳也有过合作关系，愣了一下，才冷哼道，“一般蠢吧，虽然免不了成了个大笑话，但是兜里的钱那是一分不少呀。我估摸着，这篇声明传开了以后，沈初云还有一波财运呢。钱跟面子哪个好，还用我来分析吗？”

韩燕琴稍稍一想，也认为这话有理，不禁态度轻蔑起来：“从前听她说话，都是些大道理。看来，过了独立生活之后，身上也少不了铜臭味。”

两个人说着闲话，不觉都忘了注意时间。

忽然，院子里啪嗒啪嗒地，有跑步的动静。

就听一个声音从院门那边一直说了进来：“姨娘，我回来的时候路过二嫂家，听见她正哭呢，好像还有母亲的声音。三姨娘又鬼鬼祟祟地跑了出来，撞了我一个满怀……”说话的不是别人，正是刚从学校回来的韩黛琴，隔着玻璃窗，看见家里还有人，便打了个招呼，“三姐，你也在这儿呢。你们说，母亲这是为什么呀？难道母亲也跟旧妇女一样，因为二嫂生了个女儿，所以不高兴吗？也不能啊，这都过去多少天了，要是不高兴，早都发作了。”

韩燕琴拿了桌上的《民国日报》走了过去，道：“你刚下学，知道什么呀？拿着这个看吧。”因为听说韩太太总算对梁绣珍不能忍耐了，韩燕琴脚上自然也就犯痒痒了，朝身后的梅姨娘一眨眼，“我们劝架去吧，免得出事儿。”

韩黛琴哪里会信呢，噘着嘴提醒道：“你别哄我了。你们真要去啊，说话可得仔细些，母亲今儿真不是一般地生气。”

梅姨娘笑着冲韩燕琴一点头，两个人就并肩去了。其实，她们哪里会不知道韩太太今天的火气不寻常呢？

韩黛琴望着她们走远了，这才展开了刚才那份报纸，在右下角找到一块豆腐大的新闻，顿时整个人都喘不上气来了。

第72章

今非昔比

却说梅姨娘母女两个压着脚步声，悄悄挪进梁绣珍这边来。

只听里面是韩太太的声音，仍在训斥着："我也是对你太放任了，想着你怀胎辛苦，爱跟什么人交际散闷就去吧。结果呢，倒把我好好的一个儿子给搭进去了！"

梁绣珍哭得直噎："妈，我真不知道这事儿。其实，自打过年那回，您交代我交朋友要慎重之后，我就再没有……"

韩太太哪里有心情慢慢去分析事情的经过，根本不等她说完，就冷冷打断道："或许那个时候就已经来不及了。"韩太太越说就越不服气，一口牙几乎要被她咬碎了，"都把主意打到咱们家来了，我们仲秋成了什么了？！"

梁绣珍这时再要后悔自己耳根子软也是来不及了："金玉瞳那小狐狸也是太会给人灌米汤了，大哥向来对谁都不过逢场作戏，没想到这一回居然……妈，您别急，等仲平回来了，我再让他去跟大哥好好说说。"

韩太太白着眼，语气尖刻："说什么，要他退婚吗？不说一声儿就登报了，这会儿再要反悔，那闹得岂不是更大？"

梁绣珍只觉得这也不是，那也不是的，心里乱极了，讷讷然问道："那……爸爸他，什么意思呢？"

韩太太骤然挺着身子站起来，一拍桌子，撂下一句"他说没意思"，就走了。

梅姨娘听得过瘾极了，只管捂了嘴笑。

韩太太卷着一阵风就出来了，倒让外头的两个人避无可避。

"母亲……"韩燕琴红着一张脸，背贴着窗子，垂着脑袋，低低道，"好啊。"

用脚趾也能猜到这是怎么回事的韩太太，没好气地说道："哼，人就在里头，进屋瞧瞧去吧。不过月子里忌讳些什么，大概不用我交代吧。"

这段对话不妨叫梁绣珍听见了，气得肚子忽然绞痛起来，加之哭了许久，脑仁也涨得厉害，仿佛能听见体内突突的血液逆流声。

都怪这对母女，有什么事不管后果如何，都要拿来刻薄人。要不是守岁那日，她们母女一句赶着一句地揶揄梁绣珍跟金玉瞳过从甚密，她或许也不会抱着报复的态度，越发不肯跟金玉瞳断个干净。如今出了事，却都是她一个人不肯听劝的过失。

越想越觉得委屈，眼泪就汩汩地往下淌。

由这件事，再去联想要不是因为只生了个女孩，或许这罪责就无须她一人担着的。韩太太也不能够，还没出月子就来责难她。

这样一通折腾，到了晚上，梁绣珍竟然发起烧来了。想让韩仲平过来陪陪，蒋妈却说他是为了大姑娘快满月了，跟管家商量那一日的戏酒去了。

闻得这个借口，梁绣珍又联想到韩仲平热衷捧戏子上去，心里越发地不能好了。

上房那边，家庭医生提着药箱出来。

韩太太则在屋里踱步，想着刚才医生说的，病情渐渐稳定的话，不由得大了胆子抱怨起来："老爷，这文明家庭的新剧我是演不下去了。我主张不认这婚事，可你说出尔反尔不好，干涉婚姻也不好。那么，我们折个中，我就哑巴吃黄连，认了这个媳妇。明天，赶紧找到那个逆子，让他带着姓金的尽早搬进来。但从此以后，你就得尊重我的意思。韩家的二门，恢复从前的秩序，没有我的话，女眷谁都不准迈出二门一步！"

韩延荪下意识地将手捂了心口，两边眉毛一皱，痛苦地咳嗽了一声，语气颇有些不耐烦："我耳朵也没聋，犯不着这么大声。"

韩太太顾念他还是病人，也就不往下说了。

这件事到此，就算勉强达成了一个约定。

门外，听了一阵的向兰，抿着笑敲敲门，得到允许后，隔着卧室的帘子先鞠了一躬，这才道："父亲，我给您报喜来了。这个星期，《新声报》的销量是上星期的三倍。"说着，把一份报表举在了手上。

韩太太听说，走出来向着儿媳一笑，伸出手道："来，我替你拿进去。"

里头的韩延荪顿时气色大好，兴奋地拍着床沿道："好，好啊！总算能有一件好事。"

向兰心里暗暗得意，又故意卖着乖巧道："那我就不打扰父亲养病了，我上二嫂那边坐坐。"

"不必了，她就是太受宠了，冷冷她也好。"韩太太听了她的主意有些发急，一路出来拦道，"你一去，她还以为家里依然有人要巴结她，说不定还越发做作起来。再说了，她待你什么样儿，我也是清楚的，你不必去碰那钉子。"

向兰拉着婆婆的手，含笑答道："二嫂要是好好的呢，我就不去了，可她刚生产，虚弱得很，正是需要人安慰的时候，哪怕不能安慰，陪着打发打发时间也是好的。我去了也无非受两句话，又不要我的命，忍一忍就好了呀。"

韩太太欣慰地不住点头，心想总算娶回一个贤良的儿媳了，也就不愿干预许多。

却是见了向兰的梁绣珍忽然地急火攻心，忙下逐客令道："你来做什么？若是好意，我心领了，改日再叙吧。我要休息了，请回吧。"

"给二少奶奶倒杯茶，听听，嗓子都哑了呢。"向兰摆着她的好人脸，一直等屋里没人了，才摸着梁绣珍冰凉的额头，附到耳边，悠悠地说着，"瞧瞧，你这温室里长大的小公主，你人生的得意日子大概像极了北方的春天，短暂得很。而我这种南蛮子却不一样，我的春天长着呢。"

"你……"梁绣珍暴突着眼睛，才说了一个字，就咳得把刚吃到胃里的燕窝吐了一地。

向兰翘着唇笑了一下，对着外头喊道："蒋妈，张妈，你们都来呀，二嫂不好了，我去给大夫打电话。"说罢，翩然转身，忍着笑意走了。

第73章

强装镇定

而沈初云那边，从早上翻开《民国日报》开始，就没消停过。

贺忆安是临近中午时候才懒洋洋地起来，一边吃东西，一边翻着报纸，看到那则声明，知道大事不妙，怀着一颗惴惴的心，硬着头皮来到了砖塔胡同。

“你给个解释！”邓丽莎一见来人，隔着办公桌，一家伙把报纸往他脸上劈下去。

“我……”贺忆安红着脸，蹲下身子捡起了报纸，展开一看，不由得抱怨自己总是在女子问题上识人不清，把报纸用力一揉，说话却又不敢大声，“我完全不知道。”然后，冲着桌子后边，向一直抚额不言的沈初云偷觑，走到她跟前，几乎以恳求的口吻说了一声，“真的，你相信我！”

邓丽莎气得不能自控，差点就将一支自来水笔给捏断了，一拍桌子，不停地追问下去：“你不是常常和她来往吗？据你自己说，关系还非同一般。金玉瞳和韩家相识这一点，大家都有所耳闻，更何况你了？前一阵子，你又和她走得近，就算她什么都不说，难道你就一点儿蛛丝马迹都没看出来？”

贺忆安则极力地辩白：“她没提过，我也不觉得她在交友一方面有什么突然的改变。甚至我认为她……她像是有意于我的……”

金玉瞳似乎一直都在刻意地接近贺忆安，这不是他一个人的错觉，身边几个常常一起喝酒作乐的朋友，也有这样的感觉。或者，做个大胆的猜测，金玉瞳一直善于在每个男人心里，都留下一抹痕迹。

按照韩仲秋的声明来看，彼此相知半年有余。那么，当贺忆安找到金玉瞳做封面女郎的时候，他们两人的关系已经确立了。这种情况下，她还依然佯装单身，依然对贺忆安有过言语挑逗，依然欣然答应邀约，依然来向沈初云讨教文法……

看来，韩仲秋不过是她精挑细选之下最容易捕到的猎物而已。

这件事上，所牵涉的每一个人，在金玉瞳眼中都不过是她的垫脚石。

可是这些话，现在说出来，还有意义吗？

邓丽莎也在回忆着韩仲秋的声明，以及贺忆安找金玉瞳合作的时间，最后联想到方才他那未完的半句话，不觉更加恼火起来：“所以，《锦绣》杂志是你们调情的工具吗？你们没有达成婚姻的一致，最后就达成了彼此利益的一致。她洗白了污名，嫁了好人家。而你为了事业，可以不顾我们的尴尬、不顾初云的尊严，甚至不顾报社的名声，只追求让更多人知道《锦绣》。你可真是擅长经营，今天我们的报纸和杂志果然都脱销了。好啊，好一个青年才俊！”

一下子两顶大帽子扣下来，贺忆安的脑袋是晕的，自然备感冤枉，头和手都不停地摆了起来：“不不不，我和她只是，只是……首先，我和金玉瞳的关系并不是那样的。可能我对她是有过一些不很正经的想法，但我保证，那只是一个闪念，我发誓在与她的工作接触中，我不曾存过任何的私人感情。对于她，我真的只是当个普通的朋友，也仅仅是业务往来这么简单。”

邓丽莎向他甩了一个白眼，鼻间轻蔑地一哼：“我就怕，这个‘业务’范围涉及得有些广啊。”

贺忆安一时语塞，勉强转动着思绪，想要组织一下语言，来辩解自己绝没有为了销量而不择手段，也不是有意要把沈初云推上今天这种局面的。

这时，沈初云抢在他前头，带着哭腔，艰难地做了一个决定：“下一期的《锦绣》，刊登一封祝贺信。如果……如果可以，去找金玉瞳要一份结婚照，登在封面上。”说毕，抬起一双泪蒙蒙的眼，朝贺忆安迅速地一望，又忙把头低下了。

邓丽莎不可思议地回头问道：“初云，你又何必这么折磨自己呢？”

沈初云俨然也是压制不住心头不断喷薄而出的种种情绪，一巴掌按在桌上，大声吼道：“但事情已经这样了，我们发出去的杂志是不可能收回来的！”

总编办公室外，大家被这一下拍桌声吓得不轻，纷纷挪到门边，往门缝里去听动静。

沈初云的态度丝毫不给任何商量的余地：“就这样办，任何事都不该耽误工作。”

贺忆安伸手懊恼地猛搓着自己的眼睛，他没有想到事情会走到这一步，更没有想到沈初云居然抱定了想法，要吞下这么大的委屈。他哑着嗓子，刚说了“对不”两个字，就被沈初云给打断了：“上海的南北研讨会，我暂时不方便露面。看来，要劳烦贺君走一趟了。”

“事到如今，总是我有错。只要能弥补，你说什么我都会去做。”贺忆安低声答应着，自愧无颜面对她，转过头对着窗外。

风吹着树枝打在屋檐上嗒嗒作响，阳光很烈，照得人眼睛都快睁不开了，一阵一阵的刺痛感从心头蔓延到全身各处。

沈初云抖着手擦去眼角的泪花，一开腔声音却越发颤了起来：“丽莎，去青岛揪出盗版商的事情也不好耽搁，陈丹霞那边还等着我们回话呢，袁公子府上也该有个交代……”说到这里，一声呜咽不受控地从嘴里溜了出来，稍待平静之后，才得以继续说下去，“你虽然有朋友在山东，但是一路上去却也叫人不大放心。我看，既然贺君和小唐也要南下，就让他们提前两天，先送你到了地方，然后两边事情一完，又可以接你回来。”

邓丽莎哪里放心在这个时候丢下沈初云去出远门？只是放着正事不去交涉，也未必就是对她好。因此并不反驳她的安排，只是不想跟贺忆安再有交集，忙拒绝道：“我也不是小孩子了，不必……”

沈初云心里真是难受极了，思绪堆叠得纷纷乱乱，正事还有一大堆，哪有时间为着一件小事慢慢去商量，就匆忙拿话来结束一些不必要的争执：“时局如此，逞强的话不要再说了。我知道你担心我，但现在你们能帮我的，就是少让我挂心。”然后，抬起眼眸，认真望着邓丽莎，似乎是很恳切地在请求她，“能做到吗？”

邓丽莎心坎上被她这种委屈又隐忍的眼神狠狠地一撞，再不忍多说什么，勉强克制住自己的情绪，朝着贺忆安一点头，咬着唇沉声道：“我知道了，我们两个……一会儿商量一下行程吧。”

贺忆安没有任何立场不同意，嗓子眼里哽了许多的话，要说又愧于出口，只管一直把头点着。

沈初云站起来，觉得一阵头重脚轻，深吸了一口气，走去开了门。

意料之中地，门外围着好几个脑袋，一时都来不及躲。

沈初云泪光闪闪地冲着众人笑了一下，旋即凝住脸色，吩咐道：“都别偷懒，难道忘了《良言》已经是隔日刊了吗？”接着，将手里的一沓稿件抬起来一挥，“这是明天要登的稿件和选题，赶紧分下去处理。谁要在这段时间耽误了工作，工资双倍地扣！”

众员工心内皆想，眼下老板心里受了很深重的伤害，做事更要打起精神来才好，因此，纷纷上前接了稿子，唯唯称是，回到位子上，尽量做出一副认真审阅的样子来。

两天后，贺忆安和邓丽莎一道出发，报社里一下子变得冷冷清清的。

黄昏时，员工陆续下班走了，空荡荡的屋子里顿时生出落寞之感。

沈初云走到外头，沿着胡同来来回回地逛，就是不往大街上去。

周围的街坊四邻好歹是处惯了的，看见她来了，也就将许多话头止住了。可出了胡同就不一样了，有一茬一茬来探消息的记者、有一拨一拨好事的路人。

夕阳慢慢落下去，照得两边的粉墙都染了一层金色。北京已经一个月不下雨了，大风一刮，尘土漫天飞扬。

沈初云走着走着，迎上一阵飞尘，一不小心就迷了眼，只得挨了墙靠着，拿手绢轻轻去揉眼睛里的沙。

只听身后有人搭讪道："初云丫头，出来遛弯呢。"

不用抬头看，会这样称呼她的，大概也就是冷老太太了。

沈初云便站直了身子，勉强睁开一双婆娑的眸子，向着冷老太太一笑，道："是啊，吃得太饱了，出来消消食。"

冷老太太见她一双眼通红的，脸上的笑容为之一顿，然后才道："来来来，进我屋里去坐坐。有件事你得给我评评理，按说我这嘴也是个老茶壶了，昨儿街口那吴老头卖我一斤新茶，我吃着却像陈的。你也来尝一尝，看是我老了不中用了，还是他跟我耍滑头。"越说越像真的，噘着嘴似乎很有些生气的样子。

沈初云也不多想，随着她一道往屋里去坐了。

等端上茶来一尝，沈初云仔细辨了辨味道，最后搁下茶杯，好言好语地向冷老太太道："吴大爷是个老实人，这茶没问题呀。"

冷老太太向来很信她的话，原本皱着的一张脸，也就有些犹豫起来了："那是我走了嘴了？"说着，也拿起自己那杯茶左品右品之下，脸上很有些讪讪的样子，"哎呀，昨儿还去街口跟他吵呢，惹得街坊四邻都来瞧热闹。我也是把话说太满了，说要拉他见官去。他要是当了真，我这老脸可往哪儿搁呀？"言罢，双手一拍，满眼懊悔。

沈初云笑道："都是老街坊了，有什么话不能好好说的？说不定吴大爷这时候都忘了这事儿了。"

冷老太太就跟个赌气的孩子似的将嘴一撇，不由得犯起了嘀咕：“我怕满街的人，他们没准儿还记得这茬儿呢。”

沈初云认为没什么要紧的，将手一挥，满不在意地道：“嗨，各人爱说就说各人的去，难道为着这个还不过日子了不成？”

话刚一说完，心里就像被什么东西撞了一下。

因之一想，冷老太太也是个有经历的人，身体又康健着，哪里会尝不出茶叶的新陈来？何况，她也不是那种会当街跟人过不去的性子，更不是为一点子小事就要去见官的人。

只怕，这番话是有些缘故的。

抬眸一望，果见冷老太太一脸的慈眉善目，笑眯眯地不住颔首：“要说你们念过书的就是不一样，一下子就把我这心病给说好了。什么丢人不丢人的话都是假的，人这一辈子不就是笑笑人，再被人笑笑，稀里糊涂也就过去了。哪儿有人那么英明，一辈子不走眼，一辈子不犯错，一辈子不挨人说的？以前那慈禧老佛爷，让人说得还少了吗？可你瞧瞧她自在的，气都留给说话的人受了。”随后抿了一口茶，琢磨琢磨自己这话，似乎说得不大好，赧然一笑，问道，“不过，比她是不是不太对啊？那可是个败家的，咱们却不是那样的人。”

沈初云长长吐出一口浊气，嘴角衔了一丝笑容，感激地握着冷老太太的一双手，半蹲在她身侧，答道：“意思对了就成，比谁不是比呀？我记得当初我说要让全国女子都进学的时候，还有几位前清遗老说我这样的人是牝鸡司晨，要坏国运的。”

冷老太太重重地将头一点，一副很以为然的样子，抽出手来摩挲着沈初云瘦了一圈的脸蛋，说道：“是啊，那样的话你都受了，这回又算什么呢？”

“可能，可能是因为……”沈初云嘴边有许多话堵着，真要说起来，只怕一晚上也说不完。恰是话多了，不知该先说哪一句，反而就噎住了，“我……我不知道，我只是不想再跟那个人牵扯在一起。”

“哼，”冷老太太皱着眉，鼻子里发出很不赞同的一声哼，“我要是你，我就乐意牵扯。都是俩眼睛一鼻子的人，他就只会惹是生非，你却有本事把事业做得这么好。反正你也拦不住人家不说，放在一起说了，丢人的也是他，你做什么要这么难受呢？”

原本有些泫然欲泣的沈初云，抬起手背往嘴上一挡，含着泪光，忽然就扑哧一下笑了：“好像……也对。”

冷老太太看她精神头好些了，又拿指腹反复去揉她那肿起来的眼袋，拉起她，一路送到隔壁家里，嘴里还不停地劝着：“我猜你这两天，根本没怎样安心睡过一觉，今儿就早点歇着吧。明儿一早，母鸡照样打鸣，太阳照样升起来，遇上什么事儿都不至于过不下去的。把话说得难听些，这街坊四邻如今爱谈的事儿，是国债是不是又要跌了，总理是不是又该换人了。至于别的，说也有人说，但不过一笑也就罢了。过个十天半个月的，谁还记得这个？你呀，是自己心思重了，其实人家倒不见得怎样呢。”

沈初云不断点着头，进了家，把门带上，背倚着门边，一下也不想动弹。

说穿了是这个道理，只是就不知道要熬到何时，才能迈过自己心上的这道坎。

第74章

心事恍然

当夜，已到了上海的贺忆安，在马路上遇见了柴俊生，硬被拉去喝了两杯酒。

柴俊生笑道："你小子，自我走后在北京一直混得不错呀。你事业做大了，也来帮衬帮衬我吧，令尊大人的百货公司可不好进哪。"

贺忆安不由得笑起来："你说我这流浪在外的孩子，不肯回家不说，反过来还去要求家里如何，这样的口开起来，对于你反而是帮倒忙吧？"

柴俊生想了想也是有理，便不再说下去了，只是闲谈："对了，你那位女友呢，不跟着一块儿来吗？正好可以去杭州，见见上人啊。"

贺忆安本就心情不大好，又被没头没脑地问了这么一句，猛灌了一大口酒，无精打采地往桌上一靠，懒懒道："我哪儿有女友啊？"

柴俊生只当他本色不改，拍着他的肩劝道："哟，就这个，你还不想定下来呢？财政次长的女儿，又是留洋学生，够不错的了。"

"你误会了。"贺忆安哭笑不得，揉了两下眉毛，坐正了身子，想要继续解释下去，"只是合伙做做生意罢了。私下里，恐怕人家连我这个朋友都不肯承认呢。"

柴俊生则是一脸的不信："你这脑袋里一天天地想什么呢？说

家庭包办太腐朽，说交际场上无真心。那工作搭档总是新潮又单纯的吧，还有什么不满意的？”

贺忆安顿了顿，心道冤枉极了，不住地摇着头，冷哼道：“爱信不信，我们两个是真没那回事。我看见她，我……没有那种小说上写的，遇到注定的另一半会……浑身过电？反正我对她，没有多大的想法。”

柴俊生不觉好笑起来，摸着下巴一直地打量他：“你这又是哪里来的臭毛病，小说能信吗？”说时，低头一想，更加觉得此事有趣，“不过，当一个人开始相信爱情故事了，说明他已经不可自拔地陷入了爱情。”

贺忆安招手又要了一杯酒，然后才侧过身子，向着柴俊生耳边道：“再说一次，我跟那位邓小姐，秋毫无犯且全无可能。”

柴俊生接着信口一问：“那……难道你心里装的是别人？”

却不料贺忆安心头突然一阵猛跳，不由得大声起来：“你为什么就一定要说我……”下半句还没来得及说，忽然又琢磨上了自己所说的“浑身过电”。好像有过那种滋味，脑海里依然隐隐地记得，只是不大清楚了，得好好想一想，究竟是何时何地、对着何人有过这种感觉。

“被我逮着了吧。”柴俊生看他无可对答的样子，表情就变得既意外又兴奋，“想瞒我可不容易，你别忘了我们的同乡会里有一位是在北京的盐业银行供职的呢。他写来的信里都说了，这几个月叫你逛胡同你也不去，叫你喝酒打牌又说没空，一天到晚就知道工作工作。你爱赚钱是真，可以你的性格来说，赚了钱也要花了才高兴，绝对不会是那种为了事业废寝忘食的人。”

贺忆安哪里在听他说话，只管将手来回抚着鼻梁想事。突然地，眼睛亮了一下，嘴里念叨了一声：“难道是她？”

其实究竟跟谁来过电已经想不起来，可脑袋一放空，就有一张脸反反复复地出现，想绕都绕不开。

柴俊生说着话，将自己手里的酒杯往贺忆安的酒杯上一碰，邀他喝一口，却不见他动，又拿手肘去捅他，还是不动，便伸出五根指头来，冲他眼帘子前一晃，又附过去看他的脸色，问道："嘿，这就喝醉了？"

贺忆安整个人跟傻了似的，一动也不动，只是嘴里不停地喃喃出声，最后，猛地一把拽住了柴俊生的西装袖子，迫切而严肃地追问道："你会娶一个离过婚的人吗？"

柴俊生听了便是轻浮地一笑："会啊，结过婚的女人讨来做小老婆，滋味是最好的。"

贺忆安失望地摇摇头，心道果然同他是聊不起正经事的，然后闷了一口酒，抓了两下头发，低声道："她不会答应做小的。"

这话倒让柴俊生神色一敛，大概猜到了些苗头。他将这话又认真地想了一遍，想法却仍旧不变，反问道："离了婚的女人凭什么挑三拣四的？"

"凭……"贺忆安嘴边一下子涌了许多理由出来，凭她出身名门，凭她漂亮，凭她社会声望高，凭她事业有成……可这些在柴俊生眼里可能都不算什么，便摆摆手，并不打算细说，"算了，你不懂的。"

柴俊生却很想研究这个问题，一直地分析下去："话说回来，别的我不知道，可你要是看上了离婚女人，你家里能同意？"说时，摸着下巴又去想，谁离婚来着……脑子里想到一个人的名字，心不由得一惊，眼睛睁得又圆又大，将贺忆安的背重重一拍，警告道，"你小子莫不是看上那个沈……可别乱来，就算你家里愿意，韩总长府上不得炸了锅了？"说最后一句话时，几乎想钻到他耳朵里去，生怕他去招惹了不该招惹的麻烦。毕竟，没有人比柴俊生更懂得，在位之人有多么不好惹。

贺忆安平生，在家听得最多的就是别乱来。包括他父亲逼他跟一个小脚女人订婚时，也是这么警告他的。加之今天又喝了几口酒，脸上涨得红红的，拍着桌子起身迈步，整个人仿佛烧着一团火，不吐不快的样子。

柴俊生就有些慌了，后悔自己不该提这个话题，可是话都说了，还是先去看看贺忆安又闹什么鬼比较好。否则，万一出了点什么事，倒是他要担着挑唆的责任。

只见贺忆安靠在墙上，一只手拽着电话，另一只手堵着耳朵，向听筒里喊去："我找你们贺总经理。"大约是对方向他打听身份，他就又说了一句，"我是他侄子。"

得到的回复是主人不在，贺忆安这才讪讪地将电话给搁了。

柴俊生趁着他发呆的工夫，已经猜到了他的心思，便冷笑道："在家也没用，他毕竟只是你大伯，碍不着你父母做任何决定。"

贺忆安松了松脖子上的领带，眼神变得很深邃，像是藏着许多话似的，口中低声道："要是像你说的那样，我家是旧家长制度，那么，家里老太太还健在，叔伯一辈也没有分家，还就该我大伯这个当家人出来说过话才能作数。"

柴俊生身子一斜，隔着墙上的电话机，跟贺忆安各据一边，从袋里摸出香烟和打火机，燃上了，慢慢地吸了一口，才问道："你知道现在这个时代，最惹人讨厌的是什么吗？"

"什么？"隔着缭绕的烟雾，贺忆安也看不清他的神色是认真还是在开玩笑。

但这次，柴俊生是严肃的："是无序。很多人所抱的态度并不是新或旧，而是在钻社会转变时秩序混乱的空子。他们挂在嘴边的并不是什么道理，纯粹是想要得到什么，就搬出哪种说法来。所以啊，在这个时代做人不要问对错、不要太执着，否则就实在是没意思了。"

贺忆安听罢，心里烦闷不已，就问他也要了一根烟。

柴俊生却道这老兄眼下的苦处可不是一根烟能解决的，便拉着他一路往外去，嘴里还笑着说："女人而已，何必为了一个女人把自己弄得这么不开心呢？话又说回来了，瞧你说话的样子，想必那位女士也还没表态。你这番一厢情愿，那位是答应还是不答应呢，就先把你急成这样了？走走走，你这想必一向都是跟北地胭脂打交道，回了南边，应该去会会你那些多日不见的老相好了。”

那一晚上，柴俊生开出去许多局票，想了很多的花样，只为了让贺忆安看起来和从前别无二致。

可是，越是这样过分地闹，贺忆安心里反而越是不舒坦，恨不得插了翅膀就飞回去。

不到三天工夫，等研讨会一结束，贺忆安就急着去打听车票。至于去青岛接上邓丽莎的事情，完全托付给了唐宋。

第75章

酒后真言

赶到北京放下行李的时候，刚好是下班时间。

报社里，众人整了整桌子，纷纷向沈初云打招呼："总编，那我们就先回去了。"

"哎，好。"沈初云点着头笑道，"路上当心，明儿下午出刊没忘吧，记得早些来。"

大家齐声答应了，朝她桌上摆的红酒一望，心里都知道劝了没用，就只管出门去了。

大门一开，正好看见贺忆安举着手在半空，是准备敲门的样子。

李大姐默默算了一下日子，似乎不该是今天回来，有点意外地喊了一声："贺先生？"

贺忆安把头一点，小声问道："总编……她在吧？"

"在。"李大姐拉了他的胳膊，躲去角落里，喁喁地说了两句悄悄话，"她这几天一直不大好，东西吃不下，看起来睡得也不行，那两个眼圈黑的呀！这还罢了，又添了个新毛病，大白天就爱喝上一杯，还大有越喝越勤的趋势。"

"知道了。"贺忆安越听越觉得有愧，脑袋垂得低低的。

李大姐叹息了几声，又拜托他进去试着劝劝，然后就忙着回家做饭去了。

贺忆安找不到合适的姿态去面对沈初云，就在院子里站了好半天，最后决定装成没事人的样子，进屋笑问道："哟，一个人喝酒，够有雅兴的呀？"

沈初云抬眸看着门口，不妨被照进来的夕阳光一刺，就把眼眯了起来。方才，员工们一散，她就一口喝尽了一杯酒，这时候正迷迷醉醉的，并不晓得来者是谁。

贺忆安望着她，觉得有些不对了，再怎么样也不至于听不出他的声音吧。他忙加快了脚步，顺手提起桌上的红酒瓶一掂分量，再望望沈初云那张脸，急问："你是喝了多少？"

沈初云醉醺醺地摇摇头："一杯？两杯？"她仰起脸来，葱管似的手点着贺忆安，愣了半天才憨憨地一笑，"哟，是你呀。放心，我喝得不多，不碍事儿。"

贺忆安冷声道："我看你是一口气一两杯还差不多。"接着，转身去搓了一条手巾，再回转来递给她，口里不由得抱怨，"你拿镜子照照自己的脸色，成了什么样子。"

沈初云人往椅背上一躺，展开手巾，盖在眼睛上："一口一杯，醉得比较快。呛得难受了，眼泪一下就出来了，多舒坦哪。"

她虽说得轻描淡写，可听在贺忆安耳朵里，不知为何，像被一把尖刀捅了无数下。

稍事休息之后，沈初云勉强坐直了身子，又因酒劲上来了，不由得托着额头往桌上一靠，口里问道："对了，那个结婚照……你要来了吗？"

贺忆安越过桌子，将她的手腕一握，逼着她直视自己，然后才道："没人规定你必须时时刻刻都保持一个大女子的姿态，你要是小气了，觉得被骗、被利用了，就反抗好了，犯不着逼着自己大度。你要批评他们也好，要指责我也罢，都可以啊。求你了，不要再拿别人的错误来折磨自己了，好吗？”

沈初云瞪着眼睛，将手一挣，冷笑着反问道：“我小气什么呢？是小气前夫再婚吗，还是小气我们的封面女郎过上了我从前的生活？多让人笑话啊！满世界的人都在那样笑话我。我当然不想折磨自己，可事情发生了，有些闲言碎语根本就摆脱不了。我知道，我该看开些。可是看开的过程，怎么就那么长？我快被折磨疯了，这个你又知道吗？我不想被人说，我是个傻子，为人作嫁。我不想听人家笑话，女人再聪明，一碰到婚姻问题就会栽跟头。我受不了那些，真的受不了……我情愿忍着痛，高高兴兴地祝贺他们，情愿大家把我当成一个为利益可将私人生活拿出来兜售的人，也好过人家嘲笑我是个傻子！”

听完她这一通咆哮，贺忆安眼睛里好像被沙子迷了一般，刺得又酸又疼。

他口里才低低说了四个字“你又何必”，就被沈初云给截住了后话：“是啊，何必把自己逼成这样呢？每个人都这么问我、劝我。可你们不是我，你们只会讲道理。道理说起来容易，做起来比登天都难！我只是一个人而已，我也只有一个人了。我的父母兄弟不要我，最好的朋友有更重要的事情，所以不能让她留下来陪我。你告诉我，如果你是我，真的能做到不被这些乱七八糟的猜测所影响吗？可我再难过也不能流露出来，我不能让人说，我的人生这么辛苦是因为反叛。我自己躲起来怎么哭都行，但我不能让人抓到我的小辫子，我不能让那些受过我鼓舞的人，又因我而灰心！”

吼出来终于觉得舒服多了，沈初云整个人都泄了气一般，可是心里那座压了好几天的大山，反而松动了许多。

几天来的坏情绪，只因为在最难过的时候，不得不一个人熬下去，委实太孤单无助了。现在看到朋友回来了，想到从明天开始，又有人陪着她了，一下子就舒坦多了。

“对不起……”贺忆安走去沈初云跟前蹲下，掏了手帕出来，替她擦干脸颊上的泪珠，“我保证，再不会让你这么难过了。以后，你大可做回自己，以你本来的面貌示人。”

沈初云一时很清醒，一时又像是酒精发作了，脑袋稀里糊涂的，忽然大笑不止，捂着肚子问道：“你说的是哪个时候的本来面貌？我从前都是什么样子呀？我告诉你，我生下来就是个传统女子，要不是恰赶上那一阵，旧朝廷说缠足不好，我今天就是个小脚。生来就念什么‘在家从父、出嫁从夫’。所以，我嫁人之后，可顺从了。我丈夫说大男人出门谈事业，几天几夜不回家，我该体恤他而不是闹情绪，我就听了；我公公说改朝换代了，总要让人家看到我们家里人是支持改革而不是抱着古套的，我也听了。这一想吧，我的本来面貌里，从来没有自己这种东西。我也想知道，我究竟是什么样的人，可我怎么忽然就想不起自己长什么样了呢？我……”

贺忆安万没料到，抱着关切回来的，一句话却勾动了沈初云积蓄了半生的委屈，那些苦楚哇的一下从心里统统地倒了出来。

她趴在贺忆安肩头，大放悲声：“我这辈子不过就是‘体面’二字，我是被这两个字牵着的木偶。旧时代说三从四德是体面，我就照办；新时代说追求文明是体面，我还照办。到如今，忽然就有许多人说我和万千妇女的体面是相连的。这种情况，我难道还敢哭着闹着撒泼不成？还敢授人以柄不成？只怕是到死，我都不知道‘自己’是怎样的。”

贺忆安一句话也没有，只是搂着她，让她尽情地宣泄，听着她从不曾袒露过的心事，心中只是发颤。

第76章

走出阴霾

次日一早，贺忆安仍是不放心，早早就来了报社。

恰好沈初云推门出来，见了他便是一笑：“贺君，这么早呀。”

贺忆安不由得愣住，也不知道她是上哪里约了一位赶早的剪发师傅，弄了一个最时髦的爱司头。上身穿着蓝色柳条纹样的单褂子，下身是蓝华丝葛短裙，足上则是一双美式圆头漆皮鞋，整个人打扮得清爽又精神。眼睛虽然有些肿，但是笑意似乎是从心底里生出来的，顿时让人眼前一亮。

沈初云向贺忆安上下一打量，见他下巴上的小胡楂儿没有刮干净，反倒不像往日那样整洁利落，就笑着打趣：“你昨天才回来，不应该是忙着补觉吗，怎么还赶过来监工呢？”

贺忆安实在是惊异于她的恢复能力，昨天黄昏的时候，还劝不住地直哭，今早却已经元气十足了。这一来贺忆安倒尴尬了，一下子揉揉鼻子，一下子又摸摸耳朵，有些支支吾吾起来：“啊？哦，是啊……可能是刚开过研讨会，脑子里思潮起伏的，所以……一晚上没睡好。就想着……赶紧来跟你说说感想。”

沈初云倒是很有精神，听他提起上海的会议，顿时有了工作热情：“正好，我想听听研讨会的具体内容。”

“进去慢慢说吧。”贺忆安红着脸呵呵一笑，迈步入内。

沈初云并不随他进去，只是点头道：“好，那劳烦你先到办公室等我一下。”然后，去门口开了信箱，将今早的读者来信叠好收起。

贺忆安魂不守舍地进了屋，有人和他招呼，他应得也漫不经心，脑海里就不断地想着昨天，想着这一阵，想着从头至尾和沈初云的每一次相处。想完了一遍，他又去回忆柴俊生的一番忠告，由此再去想自己的家庭，甚至于思索了自由婚姻的风潮。

随着这些思绪，一颗心好似一下被提到了天上，又一下坠在了地下。总之，全不能由着自己掌控。

这时候，门外传来了那个熟悉的声音，似乎是在讨论一些公事。那声音又恢复了往日活力，叫贺忆安听了，嘴角不由得抿着笑。

接着，门一推，沈初云快步进来，手里多了一张写满字的稿纸。

贺忆安想着，就让工作去冲淡一切也是好事。可偏偏自己以为沈初云会跟多数人一样，长久地被情绪所困扰，因此并没有真的准备好会议笔记，只得尴尬地一笑，解释道：“我先简单口述一下，书面记录等我整理好了再给你。”

“好极了，这样既省时间又能满足我的好奇心。”沈初云点头表示赞同，翻开了手边的簿子，取了一支自来水笔，正准备开个小会。

恰是此时，外头忽然有人喊了一声“密斯邓”。

沈初云抬手看了看表，嘴里叽里咕噜地算了算时间，眉头便是一皱：“是丽莎他们回来了吗？可电报上说要下午才到呀。”

贺忆安全副的心思都在眼前人身上，哪里能注意到这个，就搔着头，往后头一望，道：“她回来了？我听得不太清楚。”

只见沈初云又高兴地笑了起来：“不管这个了，兴许是临时买到了更早的车票。”接着，便笑盈盈地走去开了门。

邓丽莎一路上回来，心里急得不得了，看见她迎了出来，眼里早有一汪眼泪蓄了起来，扑过去给了她一个大大的拥抱：“初云……”

刚想开口问一问这两天好不好，不妨瞧见了坐在里头的贺忆安，脸色旋即一冷，走进去很敷衍地招呼了一声，“贺君，好啊。”

沈初云按着邓丽莎坐了，替她泡了一杯茶，然后才问道：“丽莎，你那边的事儿，办得如何了？”

邓丽莎接过茶杯，甚至都来不及喝上一口，忙先宽起她的心来：“我们国家的法律在这方面还很薄弱，我咨询了一下律师，上审判庭太麻烦了。幸好我朋友通过警局的关系找到了那家盗版商，也建议我先警告他们一番，再观后效。所以，我就跟那边的人见了面，同他们说明白了，下次再有冒名做伪书的事情，可不是警告这么简单了。”说完了正事，这才小心翼翼地轻声关切道，“你……这几天还好吧？”

沈初云叹了一口气，很真诚又很轻描淡写地总结了一下这几天的经历：“不怎样好，但是看到你们都回来了，心里就舒服多了。大概是太习惯什么事都有你们一起商量，所以离了你们就觉得不自在。”

邓丽莎先不说话，微微吐出一口浊气，眼带不满地朝贺忆安斜睨了一记，低了头自言自语：“你待朋友的这份心，希望不要再被辜负了。”

打起十二分精神陪坐一边的贺忆安，听了这一句，急切地答复她：“当然不会了！”

“那最好不过了。”邓丽莎冷笑一下，也不纠缠这话，只管问沈初云什么时候弄了一个爱司头。

沈初云一笑，道：“昨天黄昏的时候忽然兴起的念头，打了好几通电话去问，哪家店做的头发好，再问人家店里排的队伍长不长。前半夜的工夫，都交代给这个头发了。”说时，扭头冲了贺忆安一笑，她认为贺忆安提前回来，给了自己不小的心理慰藉，仿佛一下子就有了后盾一般，憋在肚子里的那些事也自然地熬过去了。

贺忆安则被她这一笑，弄得心神荡漾。他认为自己并没有做什么了不得的事情，不过是出于愧疚，提前回来了，阻止了沈初云的借酒消愁，后来又陪着她痛痛快快地哭了一场，仅此而已。

不过，是否真的只是因为愧疚而归心似箭，这问题他还存有困惑。一时觉得心意很明了，一时又想会不会是弄混了同情与爱情。

以他的人生哲学，不涉及原则问题的事，还是马马虎虎，追求捷径的好。要跟家里抗争婚姻自由已经很难了，更何况还是爱上这样一位女子。除非是完全不能自拔地陷入爱情，否则真没必要给自己的人生添如此大的麻烦。

就在贺忆安的思绪慢慢飘远之时，沈初云已经将话题拐回了正事上："那么，最近的重点工作，也就是贺君去问密斯金谈婚纱照首发这一件还没有着落呢。以我对韩仲秋的了解，若不许他一个高于市场价格的承诺，那他一准儿会考虑的。听一些旧友谈起，韩外长及夫人无意替他大操大办，但是密斯金又很要求风光大嫁。我想，他可能是预备家里的程序走完之后，只在朋友间大摆宴席，这样就两头都不得罪了。可是这么办，得他自个儿有钱啊！"

贺忆安回过神来，神思凝重地向她劝道："你可不要意气用事啊。"

这一次，邓丽莎也点头不迭，担心地抓了沈初云的手，握在自己的两手间。

沈初云反而莞尔一笑，显得轻松极了，娓娓将自己的一番道理讲来："我知道你们在想什么，可是我现在已经完全想明白了。之前强撑着说要写祝贺信，的确有些赌气，不甘心被人说上许多的闲话。但是，现在我再提出这话，是经过一番思考的。首先，我依然觉得请金玉瞳在《锦绣》杂志上回应质疑一事，是一种很好的尝试。你们想啊，如今不少人都对那些以敲诈为生的文丐积怨已久，我认为应当有人代表新闻界的良心，站出来重新获取大家对这份职业的信任。只不过，这一次有些看走眼，可我们又不是火眼金睛，料不到真相也是有的。此其一。其二是大家或许可以从我的经历中，找到一些前度夫妻是否有必要就此成为死敌的正面思考。况且，我以为私人感情本来就是不该影响工作的，即便免不了要受到影响，我也应该努力把一切影响都转变成良性的。以前我接受其他记者的采访，一遍一遍地提，我不会一直记恨过去，人家都不信。这次，正好给我个机会来证明我所言非虚。以私心来说，我作为一个新女性代表，也很需要公众认可我的大度啊。这个形象，可比金玉瞳的小算盘值钱多了。再者说，金玉瞳是在确立了恋爱关系之后，仍对我隐瞒这段关系，通过我的杂志达到了自救名誉的效果。这一点上，有眼睛的人都能看明白，关于人品高下，其实各人心里自有公断。至于那些对我极力挖苦的，都是什么样的人，还需要我说吗？他们的发言并不是针对事，而是针对我，这次不说，下次造也会造出机会来说我。”

邓丽莎听罢，并不表态，只是瞪着眼睛只管观察沈初云脸上是否有什么一闪而过的真实情绪。但看起来，似乎是不存在的。回味一下这番话的逻辑，又很通顺合理，不像是受情绪摆布而说出来的。因就笑笑地再次确认：“你……真的这么想？”

“韩仲秋的第二段婚姻，选择了这样一位女士，该愁的是他，没道理要我怨天怨地惩罚自己。”沈初云说完，想到冷老太太的一番话，便又是坦然地一笑。

贺忆安仍是抱着之前的态度，实在觉得完全不必非要这么勇敢地面对一切，逃避也无可厚非，人是有权利去脆弱的。沈初云总是这样迅速从伤痛中爬起来，未免叫人看着心疼。

可是，还没等他发表看法，沈初云倒先向他发问了：“照贺君的分析，从利益角度来讲，是否由我们来发布韩仲秋婚礼的进展，更能达到双方形象的共赢呢？”

“是，但……”

沈初云便抢过话头来，说出了自己的计划：“那接下来就各自行动吧。你先跟金玉瞳谈着，我呢，自会去联系韩府，争取外长的同意。以我对外长的了解，或许……我们所要求的，他们会免费提供也未可知。若我跟外长谈得不顺利，再以重金许诺韩仲秋也不迟。”

说干就干，她果然起身去外头拿起听筒，向电话局报了号头。

“她应该是好了。”邓丽莎抬手遮了遮眼帘，心里一酸，一双眼就泪汪汪的。稍缓了缓情绪，这才抬头，狠狠冲贺忆安一瞪，“我希望这种见色忘义的事情不要再有第二次了。虽然说挫折使人成长，但我觉得初云不需要这么隔三岔五地接受磨砺。”

贺忆安愧于开口，只管不住地点着头，眼睛却一刻也没离开过沈初云的身影。几秒钟之后，他才后知后觉地皱着一张脸，非常严肃地对邓丽莎解释道：“我再说一遍，我没有见色忘义，我见金玉瞳头一面起就没有正经看上过，不过闲着无聊打发时间罢了。”

“取乐嘛，知道。”邓丽莎肩膀一耸，鼻间冷冷一哼，扭过头去也不想继续争辩。

而贺忆安身子追着她往前一倾，嘴唇一直翕动着，似乎有许多话说，奈何她就是不听。

第77章

实地暗访

随着韩仲秋再婚消息的传出，大家对于沈初云的好奇心也是攀到了顶点。

这日，《晨报》又通过外长府的确认，向外界公布了婚宴的时间，定在下周六，仅邀请少数亲友到场一聚。底下就是些不乏吹捧的客套话，极力宣传韩延荪为人勤俭、不搭架子，为其说尽好话，一看便是有着一种默契的。

邓丽莎读完之后，心情不可谓不复杂。

一方面觉得这件事能简简单单早点过去也是好的，等到大家习惯了新的韩家大少奶奶，沈初云也就彻底解脱了。可问题是，正日子那天该怎样应对呢？到时候，可以想见又会有一大批的好事者，蹲在这附近想要打听些什么新闻界之大新闻。

不行，最好还是寻个冠冕堂皇的理由将沈初云支走。

想着，邓丽莎就翻开办公桌上的记事簿，把这一阵待办的大事小情看了一遍，果然有一桩要出城的工作，还没派下去。巧又巧在这事的确不是鸡毛蒜皮，叫沈初云去办完全是合乎情理的，也正对了她的胃口。她不由得先是一笑，然后才敛起神情，状似严肃地拿着资料，想去跟沈初云商量。

邓丽莎走到半道，又想起什么，跑到角落里，拿起电话机，神神秘秘地向着听筒一番说话，这才在沈初云的办公室里坐了下来。

“初云，我想跟你谈谈这封读者来信。是一位女工寄来的，她在天津一家皮鞋厂做事，向我们抱怨工时长、酬劳低，而且一旦女工怀了孩子，厂方通常又会很无情地将她们开除。”言罢，邓丽莎递了口中所说的那封信过去。

“孙夫人日前也就女工之现状，做了一番恳切的倡议。”沈初云还未展开信，就已表现出十二分的关注来了。

邓丽莎低了头，摸摸后脖子，以防自己的眼神会泄露秘密，口中提议道：“对嘛，如今许多同人都在讨论这个问题。所以，我想……让你跟贺忆安一道去天津做个实地调查。”

只见沈初云的全副注意力都在信上，因为那名女工文化程度仅限于识字，字有些歪歪斜斜不说，百来个字的内容还有一小部分的别字，需得来回读两遍才能明白其意。

等到看完了，邓丽莎也调整好了情绪，像煞有介事地盯着沈初云，果然见她毫不怀疑的样子，连连点头答应。

邓丽莎又抢先了一步补充：“贺忆安那边我已经通知过了。”然后，果真就有贺忆安的声音从外面传来，邓丽莎便扭头一笑道，“你看，这不就来了。他也是个奇人了，怎么这一刻工夫就到了，难不成还长了一对儿翅膀？”

就见贺忆安是顶着中午的大太阳急急忙忙来的，虽然坐着车，但额头早也密密层层地全是汗珠子了。

“你好啊，贺君。”邓丽莎起身让了座，嘴角都快咧到耳朵边了，还热情地不停挥着手。

沈初云则一点也不知道邓丽莎的小心思，加上贺忆安最近也常常这样，忽然兴起个什么念头，就一脸神色匆匆地往这边赶，她也就习惯了贺忆安脸上的这副表情——总好像有什么要紧事，但开口问了，准说是天热心情也不对劲的缘故。

因此，就干脆不去问，只向他谈工作。

贺忆安定了定神，这一路上过来，也没想到什么对策，因就也敷衍了几句正经话，然后，找了个借口，和邓丽莎一道避去了院子里说悄悄话。

“你就不怕好心办坏事吗？”

邓丽莎警惕地朝四周望望，尤其是一双眼几乎不离沈初云办公室的窗户，口里低低答着话：“我自然知道天津是哪里，这也是我为什么要你一起去的原因。叫社里其他人跟去，有什么事情必定护不住初云，也只有你可以了。到时候如果真有什么特殊情况，你负责随机应变就得了。你要觉得我的主意不好，那么依你看来，难道让她留在北京，面对记者的狂轰滥炸就好了？我告诉你，实在是因为我最近在跟踪的一条新闻线索放不下，不然怎么能轮上你呢？”

贺忆安听了只管沉默，两手插袋走了一圈，掏出烟卷盒子，点了一根烟抽上，在想了想之后，果然没有别的两全之策，就勉强地答应了下来：“知道了，那就由我去吧。”

时间很快又过去一周，沈初云为了时下热议的女工权益问题忙得焦头烂额，根本没有过多留心那些花边新闻。一直到坐上去天津的车，还什么问题都不觉得呢。

联系天津那家皮鞋厂的时候，是以采访董事长奋斗历程的名义沟通的，因此并没有遭到任何的敷衍或为难。

贺忆安顺利进入车间，拍下了女工工作时的情景。

三伏天里，车间简直成了大蒸笼。这些女工，小的仿佛只有十来岁，年龄大的也不过三十多。天不亮就要来上工，一整天下来，几乎一刻都不离开岗位。

贺忆安跟一位女工搭讪，这才得知，每天至少做工十二个小时，忙起来也没有休息的时候，收入却微薄得很。趁着车间主任和人说话的空当，贺忆安又问她对薪酬可满意，那女工自然把头摇得像拨浪鼓。至于问到多少钱才合理，她也不过很知足地说，哪怕一天涨几十个子儿也好啊。最后，她揩着额头的油汗又补充，最好每个月还能固定地休息一两天。

而沈初云则是一步不离办公区，她把问题写得满满的。因为目的和表象是有差距的，所以她首先需要提出许多关于艰难创业和打破舶来品垄断的问题，还要表现出好奇和真诚，好让受访的管理人员放松心情。趁着热络之时，她冷不防以闲聊的口吻，谈起一两句关于工人的话题，也就不会让人戒备很深了。

这样一天下来，总算是把工作给做到位了。

回旅馆的路上，贺忆安不无担忧地说道："我知道你办报的初衷，是希望着这个社会上能有人说真话。不过我还是得提醒你，不光是这家工厂的老板，应该说是多数企业家都不会喜欢你的这篇报道，并且这些企业家都有相当的政界关系。"

沈初云郑重地一点头，叹着气道："我明白你的意思，今后凡事都会小心的。"

贺忆安还想说些别的话，可是工人做工那个场景飘在他的脑海里，一直都散不去。以商人牟利的角度，自然是和气生财。可见了底层劳工是这样的生存状态，又怎么能狠下心肠来，当作什么都不知道呢？

因此，也就没把话继续说下去。

第78章

不速之客

到了旅馆大厅，侧边的会客区有一位三十来岁的妇人站了起来，向沈初云招呼道：“这不是密斯沈吗？”

沈初云听着声音很熟，好似是相识，转头一看，脸上不由得粲然起来。

贺忆安看看正在走过来的那位女士，又往她身后望望，桌上只有一个茶杯。大概不是偶遇，而是有心来找人的。

只听沈初云在旁介绍起来：“我来给你们介绍。这位是天津女子爱国会的会长，樊久香女士。这位是我的合伙人，也是我们报社的摄影记者，贺忆安先生。”

樊久香向着贺忆安一笑，伸出一只手来摇撼两下，这才回过头对沈初云道：“我能跟你谈谈吗？”

早就猜到她有事的贺忆安，便知趣地告辞了：“我就先回房间了。”

路过前台时，隐隐听见柜台后头有一阵轻微的鼾声。抬手一看表，刚好三点钟，在这样的季节里，的确容易犯困，便摇头一笑，坐了升降机回屋。

见人走了，沈初云这才笑问道：“看样子，是专程来等我的？老朋友久不见面了，多劳你惦记。”

樊久香点头一笑："我们上后头花园里坐着吧，那儿翠盖重叠的，倒很阴凉。看着景儿叙叙旧，不是很惬意吗？"

两人到了后花园来，迎面便是一叠假山石，正中一个小小的西洋喷水池。

四周全是花木，郁郁葱葱的，倒是个不错的纳凉之所。空地上，有几张露椅，就立在大树底下，刚好赏花。露椅旁边，还摆着四个大缸，养着许多荷叶，清雅得很。

东边有一座小小的凉亭，这个时候并没有人占着座。

沈初云冲伙计招招手，请他上两杯凉茶。

樊久香是个直性子，看沈初云忙得一头大汗的，也就不拉着她绕圈子，开门见山地问道："初云，你可还记得几年前京津两地的女子团体主张联名向政府请愿的事？"

沈初云抿着茶，将头一点，一股清凉下肚，顿时觉得精神好了许多，这才答道："你是说，主张取缔公娼女奴的那一次？"

樊久香神情一凝，搬着凳子，紧紧挨到沈初云身边，道："对，我想知道关于这个问题，你是否依然不改志向。"

沈初云便重重一点头，毫不迟疑地表态："这是自然的，虽然那一次没能达成策略上的共识，但是关于这一问题的最终目标，我们的想法都是一致的。"

樊久香闻言，从纽扣上抽出手绢来，拿在手里扇起了风，口里冷笑道："如果当初不是妇女促进会忽然提出'循序渐进'一说，我们的策略也该是一致的。"

到这时沈初云才意识到，恐怕樊久香的来意不简单。因就坐正了身子，试探道："你似乎意有所指？"

樊久香并不拿话敷衍，手指冲着沈初云脸跟前一点，毫不回避心中的郁郁之气："我就是指你。难道这个时候，你还不清醒吗？"

"这话怎么解？"沈初云尴尬地一笑，觉得既冤枉又惶恐，额头的汗更是流个不停。

樊久香就长篇大论地分析起来："去年，你因为一些跟事业毫不相干的理由，被妇女促进会除了名，那时你应该就能意识到，这个组织一直隐隐带着政治倾向。这根本是一个政客掌控民间言论的工具，而不是为中国妇女谋生存的进步组织！"说到这里，很有策略地一顿，只管打量沈初云的神情。若是她丝毫不为所动，那想是道不同不相为谋了，底下的话也就不必苦苦去说。

可是，沈初云的眼神里分明透露出认同之色来。

樊久香微微一颔首，这才缓了缓神色，接着往下说："不过那时候你也年轻，刚刚接触妇女工作，自然有些缺少主见。现在，我请你再回头看看，循序渐进的主张提出能有四年了吧。据你所见，有任何进步吗？"

沈初云的满腹心事全在重提的旧事上，她已经不很记得那时争论的焦点了，只是隐隐知道，为了这个事，姚太太奔波甚多。

樊久香白眼向上一翻，不无鄙夷地说道："事实在向我们证明，妥协是没有用的。你该回去好好看看你的《良言》、你的《锦绣》了。你把那些风尘女子的苦难讲出来，让大家都同情这些女子，这是很值得肯定的。可然后呢？你字里行间流露出的，满是命运的无法改变。你总是一味强调全民教育是改变女性现状的唯一出路，可你难道就不曾想过，我们的教育现状是什么样的吗？千百年来，中国女子似乎是被定了原罪，这也不让、那也不许，头一件就是不让女子受教育。我们的一万名儿童之中，仅有百来个能进入公立学堂接受文明教育，而这些儿童之中，一百名里又难有十个女孩儿。我们应该'上诉'，应该抗争！可是，妇女促进会所谓的循序渐进，我很怀疑是政客推出的'缓刑'。如果我们这些进步组织，要再这么受人蒙蔽地继续退让下去，只怕百年之后，中国女子也未必能站稳脚跟。"

沈初云对于这一次的见面和谈话，是丝毫没有准备的，被她这样一通说，心情自然有些窘迫，就低声地自辩道：“所以，我一直倡导公立学校应当成立专门的基金会，以便帮助更多的……”

樊久香朝她一打量，立时掐断话头，质问也变得更加尖锐了：“可是这些孩子长大又要多少年，难道把礼乐崩坏的烂摊子交给后人去操心，就是我们这一代人的担当吗？”

沈初云抿着唇，将身子扭向别处，尽量地恢复平静。细想之后，莞尔一笑地问道：“看来你现在是有相当成熟的想法吧，所以才想来说动我，替你的主张做宣传，是这样吗？”

樊久香也觉得自己刚才有些过于咄咄逼人，微微一笑，和颜悦色道：“当然是相当成熟啦，因为我认为几年前我们的头一稿方案本不该被否定。我们应该去向政府提要求，成立女子救助基金，让民间的善款和官方的威信拧成一股绳，帮助那些想脱离苦海的女子进入职业学校学习生存技能，争取在两三年内，彻底取缔公娼。”

沈初云点点头，喝着茶仔仔细细地回忆了一下，又不大确定地问道：“这就是，我们当初……所做的头一稿方案吗？”

在来之前，樊久香就已经和几位同事一道，从头至尾地分析过此事的利弊，基于良言报社如今的号召力，她们很希望沈初云能认清从前的谎言，从而争取到她的支持。

樊久香就抓起她一只手腕，用一种迫切的语气，急急解释道：“当然是！那个时候，我们都不曾怀疑过妇女促进会的性质。现在想来，大力支持妇女促进会的那位韩外长，之前是做什么的？是从财政部调任外交工作的，而现在的邓次长又是他曾经最得意的属下。中国千百年来，上声色场所谈公事的恶习，酿成了如今公娼上捐的荒诞闹剧，在这一方面，给财政带去了多少好处？想来他们不肯轻易放过这些税收，继而从妇女组织内部入手，逐步瓦解我们的工作进度，也是很有可能的。可是，这样得来的经济效益，光彩吗？看看美国的报纸头条，人家的女性已经争取到议员席位了，反观我们呢？居然连尊严问题都还没能解决。”

关于政治利益这一层，沈初云已经略略想到了一些，只是苦于没有充足的时间慢慢去分析。因此沉着声，回答得略显保守：“这个提醒对我来说太突然，也太有冲击力了，但我以为你的想法是有依据的。不如，晚些时我再与你联络吧。”

樊久香从她的眼神里，看到了一丝希望。于是就放开手，从随身带来的纸包里，抽出一份稿子，说道：“这是我们向各大报社发出的通稿，望你得闲时，能够看一看。”

沈初云郑重其事地接过来大致扫了一眼，便笑着满口答应了：“自然的，今天之内保管看完，或有不懂的，或有发生感想的，一定会找你讨论的。”

“那我就静候佳音了。”樊久香着实松了一口气，一直紧绷的身子也柔软了下来，起身向沈初云告辞。

两个人握手辞别之后，沈初云没有急着回房间，而是继续坐在亭子里，吹着风将手里的通稿看完。

关于韩延荪大力支持的这个妇女促进会，沈初云是早已有所醒悟的，甚至于韩延荪这个人亦然。只是，当看透一件事之后，就要顺着这个口子一点一点地往更深层、更久远的问题去分析。越接近真实，就免不了越发地面目可憎。

这不光是一条新闻、一个倡议，恐怕更是一次揭露内阁要员的行动。而且，于私人关系来说，一旦站定了立场，势必会引起更大的波澜。

沈初云虽然不至于害怕支持樊久香，但也没法做到不经挣扎就站到韩延荪的对立面。

第79章

江湖救急

就在沈初云认真想事的时候，楼上的贺忆安也正在窗台边，目不转睛地欣赏她沉溺于工作时的样子。

也不知道是什么样的事情，让她如此为难，隔着那么远的距离，却仿佛能听到她一直不断地叹着气。

樊久香已经离开很久了，仍不见沈初云有要回屋的样子，想必现在应该非常之烦恼。贺忆安就打算走下去，关心关心她。

开了房间门，只见隔壁房门口，有位生人正在敲门。

贺忆安见是一位中年男子，敲门的动作有些急，眉宇间又有一股熟悉感，不由得好奇起来："请问……您找谁？"

那人回头望了望他，看他的打扮不像是坏人，就向他打听道："有位叫沈初云的女士，是住在这里吧？"

贺忆安点点头道："对，我是她的同事。"

"先生好像是南方人啊。"

听了这话，贺忆安不觉好笑起来，这人到底什么来历，说是来找沈初云的，样子看起来也像是有急事。可一攀谈起来，倒有闲心去试探别人的虚实。心里这样想着，面上还是端着礼貌，笑着答道："是的，杭州人。"

只见那人展眉一笑，伸出一手来，道："我是初云的大哥。还未请教先生台甫。"

贺忆安闻言，不由将身一正，严肃到恨不能行个军礼，手心一下就冒汗了。乱了一阵子之后，才将手握了一下沈云鹏，连道："你好你好，原来是沈先生，怪道看着您好像有些面善。"

沈云鹏握着手，长久不放开，上上下下地冲着贺忆安直打量，眼神近乎是审阅的模样。这才笑着问道："我上来时，问过楼下账房，说是初云已经回来了。敲了一阵房门却好像不在里头，她是去楼下散步了吗？"

贺忆安总觉得他表现得有些反常，加上自己这趟跟着出来，首先要确保的就是不让沈初云和娘家人贸然会面，以免起什么争执，使她心里难过。因此，便留了一个心眼，谎称："是一位女士找她有重要的事情说，恐怕现在不在旅馆里。"

沈云鹏并不怎么疑心，想了一下才道："那么我留一封信给她吧。您要是见了她，就请她往我办公室去个电话。"

贺忆安又转头先开了房门，笑着招呼道："我屋里有纸笔，就在我这边写吧。"

沈云鹏见他如此热心，况且门也开了，要拒绝似乎也叫人下不来台，就道了谢进屋了。

写完字条之后，发现手边没有可封口的东西。

贺忆安抢先一步说，信放在他屋里就行了，沈初云回来准能收到的。

沈云鹏这时倒觉得这个人似乎有些什么目的似的，表现得过于殷勤了，因此就笑着婉言拒绝了："我往她门缝里塞进去，这样准能看见的，也省得你先生费神留意了。"

"客气客气。"贺忆安未免被他看穿目的，也没有进一步的表示，只想顺着他的意思，先把他送出门再说。

沈云鹏等到贺忆安的房门关了，这才怔怔地望着两个相邻的房间想了一下心事，然后从门缝里把信递了进去，便匆匆离开了。

贺忆安在屋子里来来回回踱了几分钟，一下子去窗边看看花园里的沈初云，一下子又溜到房门处，直到完全确认外头已经没有人了，才敢开门出来。

说来也巧，正有一个肩上搭白毛巾的伙计，送完了饭菜，从一间客房里出来。

贺忆安就上前把他叫住："伙计，帮我把这门开开。"说完，将手往沈初云的房间一指。

伙计认得此人，也知道三十号房间的那位小姐跟他是朋友。只是他们既然分住着两个房间，且从昨晚和今早来去时的表现看，还不至于是很亲密的关系。因此，只管眯着一双眼睛笑，不敢轻易地照办。

贺忆安猜出他的顾虑，忙解释道："我不是要进屋子里。只不过是刚才和一位客人站在门边聊了两句闲话，一个不留神把一样要紧东西卡门缝里了。我越是弯腰去捡吧，那东西就越是往缝里钻，也只好求助于人了。你把门开了，我拿了东西马上就关起来，保管不让你为难的。"言罢，从兜里掏了一张两元钞票出来。

伙计接过钱，笑得就更开了，加上贺忆安的提议听上去没有多大的问题，因此就连声答应了。

门开了，贺忆安拿走那封信，就退到门外赶紧把门一关。

伙计拿起毛巾一角擦了擦汗，信口就笑说了一句："哟，这东西要那么刚刚好地落进去可不容易啊。"

贺忆安却有些做贼心虚，又赶紧从口袋里拿出了一张五元钞票，往伙计手里一塞，赔笑道："受累受累。"

"您也太客气了。"伙计假意不敢受，让了一让才把钱揣进怀里，"成，您屋里要添热水吗？"

"要是方便就给我多放一壶吧。"贺忆安只想打发伙计走，巴不得他赶紧去忙别的事。

伙计就爽爽快快答应道：“行，小事儿一桩。”其实他心里，未必猜不到这事恐怕有些玄机。只不过，不涉及财物应当就不会是很作孽的事情。只需要装个糊涂，一下就能挣到七块钱，何乐而不为呢？

说时迟那时快，就在贺忆安拿走那封信，准备回到房间里时，迎面撞见沈初云转过楼梯，向他而来，口里还很急切地说道：“贺君，我有点事情要赶回北京调查调查，你说今天还有车子走吗？”

贺忆安赶紧将信胡乱一揉，往西装裤袋里一通乱塞。抬起手腕看时，差十分钟就到四点整了，下午的快车怕是赶不上了。便道：“我往车站问问吧。”

这时，前台的一位账房正好带着新客人进房间，便热情地搭讪了一声：“有，过了四点也还有车呢。瞧您二位这打扮，大概都是家里有车，所以不很知道车次吧。从天津上北京，最便利不过了。”

贺忆安知道账房说的车是夜里出发的，坐晚上的车，怕是不大方便。四个小时的车程算来，到北京的时候恰好是凌晨。叫沈初云独自回家去不大放心，陪着回去看着又不合适。胡同里的老人很有早起的习惯，这一层不得不考虑。若是让账房一直说下去，沈初云怕是会站在走廊上去琢磨究竟几时出发合适。

贺忆安现在就怕事有万一这句话。毕竟沈云鹏还走不多远，杀个回马枪可怎么办？因此，并不想站在走廊上商量，就忙不迭接口答应了，又向沈初云道：“那么，我们就赶紧收拾收拾……”

账房便又插言道：“打搅一声，我们店的规矩……”

贺忆安急得汗直往下滴，忙道：“不碍事，该收多少房钱就收吧，我们实在是急事。”

账房看他的样子，怕是自己有些讨嫌了，只是赔着笑了一笑，就赶紧忙事去了。

沈初云虽然着急回去和邓丽莎一道去联络联络其他的妇女组织，倒也不急在今晚，不过是走得了最好，走不了就罢了。可是，看贺忆安满头淋漓的汗，比她还急躁些，就不免笑道："你还没听我说是什么事儿呢。"

贺忆安掏出手帕来揩了揩额头，一步一步往沈初云房门口逼去，口内故作轻松道："若是小事，你总不至于今天就预备回去。"

沈初云则随着他一步步倒退，贴着房门的犄角，看着越来越逼近的一张脸，觉得气氛有些古怪，心跳也不由自主地加快了起来。下意识地掏出房门钥匙，想赶紧逃回房里去。

贺忆安完全地堵住了门，迅速地解释起来："我忽然想到，可能刚才那个账房所说的车子，是夜里开的，那不太方便。而且，不管你是忙什么，大半夜到北京，总也没什么用吧。不如这样，我找个人去买两张明早七点的车票。"

沈初云不住点头说很好，脸却红成了一轮太阳。借口身体很累，就把门给关了。

贺忆安转头望望四周，这才放了心。

回到屋里，拆开那封几乎揉皱了的信，迅速读了一遍。

原来这沈云鹏是向亲妹子开口要钱的，大抵不过是有一批海上来的货被截留盘查了，需要打点的地方太多，导致现钱有些转不过来。按说不算很过分的事情，只不过口吻上太过生硬了。加上贺忆安隐约记得沈家好像有好几个儿女的，自然就会想，怎么专挑沈初云来帮忙呢，还这么赶巧地偏偏是今天呢？

无论如何，贺忆安暂时都不打算让沈初云知道。将信往纸篓里一扔，想了想又捡起来，先撕了一角下来留着。剩下的则完全撕毁了，才往纸篓里一扔。口里还不住地冷哼："这位大哥，真也是个能张口的。"

办完了这件事，贺忆安又下楼去找伙计买票。交代完了事情，转身看见前台的电话机，若有所思起来。

稍一顿足之后，他便上前向着专管电话机的一个小姑娘说道："你好，我是二十九号房的。是这样，我和三十号房的女士是一道住进来的同事。现在，我们在生意上有一点人情不方便推掉，想烦请你们前台帮个小忙。凡是找三十号房间的电话，都通知我下楼来听，可以吧？”说时，还不等那姑娘做任何表情，他就先拿了两张簇新的十元钞票出来。

这位姑娘穿着半旧的夏布衣裙，头上除了一根红绳，就无别的装饰了。一瞅那钱，自然是眼睛发直，心动不已了。咽了一下口水后，赶紧先去问账房，二十九号和三十号是不是一路人，得知是的，几乎要原地蹦起来了。赶紧跑回去，忙不迭地跟贺忆安说谢谢。

一宿无话，直到次日离开的时候，也没有人找过沈初云。那二十元的大手笔，贺忆安也只当是买了一份巨额保险了。

就在他俩离开后不久，沈云鹏有些坐不住了，向旅馆里来了个电话：“请问你们那儿的三十号房是住了一位沈女士吧？”

接电话的人答道：“昨天还是，今早就不是了，她已经退房回北京了。”

“什么？哦……谢谢，有劳了。”沈云鹏心里又是失望又是气不平，挂了电话差点就想冲到车站去。只见他一掌拍在桌上，嘴里不停地咕咕哝哝，“有事拜托她拉一把，于她如今的局面来说，又不是什么大数目，她就跑得这样快，当真是养不熟啊……”

第80章

暗中帮助

再说回到北京以后，贺忆安从皮夹子里抽出那一角写有号头的纸片来看。

他先泡了一杯茶，坐下来慢慢地分析着。

第一天到天津的时候，在火车站碰见过一个本地人，跟沈初云闲谈了几分钟，对方也就知道了沈初云入住的旅馆。据介绍，那人是沈初云的发小，自然也应该和沈云鹏认识。甚至，樊久香这一号人物会找上来，大抵也和这人有关。

再说沈云鹏的信，如果真是普通的帮忙，兄妹之间难道还不知道各自的联络方式吗？为什么还要特意留个号头？从这一点上看来，并不像是寻常的帮忙。况且，沈家长子找已经跟家族决裂的妹妹借钱，面子上好看吗？

这么一想，事情越发地可疑了。

再加上临行前，邓丽莎为了让贺忆安凡事上心，对他提过一些沈云鹏的事。一个做哥哥的，曾经那么决绝，现在又这样地放下身段，只怕内情颇多。

如此想来，倒不能假装没有过此事。沈云鹏只要有心，翻翻电话本、问问电话局，想联系良言报社，法子多的是。

这样一琢磨，贺忆安就赶紧起身，搬起自己办公桌上的电话搁在腿上，预备先一步联系上沈云鹏。

“您好，请问是沈云鹏先生吗？”

“是的，您哪位？”

“我是良言报社总编办公室的书记员。”贺忆安顿了一下，挠挠头，想定了说辞，才继续道，“我们总编交代我说，先生有事找她谈，可她最近工作太忙，所以您的银行账户可向我说明。”

那头的沈云鹏先是一喜，再一想，又觉得沈初云这样办事太没礼貌了，丝毫不将他这个做哥哥的放在眼里。因此，手指朝着玻璃缸子慢慢弹着烟灰，冷笑一声，故意问道：“她自己怎么不打电话来呀？再说了，我怎么能确定你的身份呢？”

“这是我向您打钱，难道还有必要扯谎吗？”贺忆安脑子里转了几个念头，想这沈云鹏别是在端什么架子，就先发制人道，“何况我们总编也是个好面子的人，从前那些一而再，再而三的声明……哼，她也很意外，您居然还会再来找她。”

这话果然很奏效，电话那头传来一阵咳嗽的声浪，过后就简短地把交涉给办成了。

挂下电话，贺忆安不停地摇着头，鼻子里也是哼气不迭。跟沈初云相处久了，也受了些男女平等的教化，自认身上有很多迂腐习气，算不得一个彻底的文明人。不过，有沈云鹏来对比，贺忆安对自己的人品以及进步程度，倒有些自信起来了。

合着他们沈家断绝关系是来假的，为的不过是让沈初云别离婚。或者她真的打定主意非离不可，就把报上的声明作为惩罚和羞辱。说不定，还会借此向韩家表达，沈家绝无背叛婚约之意。可是，等到沈家自身有了危机的时候，沈初云又成了割不断的一丝血脉，理当站出来帮忙。甚至还要端架子地认为，沈初云需要对长兄毕恭毕敬、诚惶诚恐，不能有丝毫的慢待。

真是可笑至极，可悲之至了！

但是，话又说回来了，究竟是什么样的危机，会让沈云鹏这样厚颜呢？

于是，贺忆安从抽屉里翻出了联络本，拼命去找在天津的熟人，想要打听一二。

时光易逝，这一年的盛夏，伴随着种种争权利要自由的口号，再一次匆匆而过。

良言报社假意做人物专访，实则暗地调查工厂剥削女工的新闻，盘踞在各大报纸的头条足有半个月之久。那家皮鞋厂老板与天津的沈老爷也算相识，趁着一次商界聚会，明夸暗讽的几句话，把老爷子气得不轻。

这一病，因为症状相似，倒很奇怪地又跟韩延荪熟络了起来。

韩延荪直言不讳："老哥，你这个女儿只怕是太有出息了，恐怕这事儿完不了。"

沈老爷在电话里一笑，硬着心肠冷道："给她个教训也好，从前说的那些，只当她顺应了时代，可是跟民族工厂对着干，几乎与卖国无异了。"

韩延荪也就摇了摇头："可那孩子并不这么想，满脑子都是些不切实际的白日梦。认为自己是一双慧眼，什么都能看透。整日里说什么敦促民族企业良性发展才是正道。他们哪里知道，工厂声誉受损，那些女工想找个被剥削的地方，恐怕都成问题了。"

两人唉声叹气地挂了电话，沈老爷独自一人静心一想，这才涌出一股父亲对女儿天然的忧心来。于是，就把沈云鹏叫到跟前说："你那个妹子真是叫人头疼，我的意思是，这一阵儿还是算了，免得人家说咱们闲话。等哪天风头过去了，你上北京瞧瞧去，让她安分些，别弄得在北京混不下去。"

因为沈云鹏刚收过沈初云的一笔救济，这一次也就没有往常那样刻薄，嘴里很是留情，并不批评她什么不对，只管顺着父亲的话答应。

但是，据贺忆安的调查，似乎沈云鹏需要救济的原因并不简单。

按照从海关那边传出来的消息，沈云鹏是上了别人的套子，说是让他帮着捎一箱东西回来，他以为是朋友就不疑心。结果，查出了一箱劣等的印度烟土，还跟一桩倾销烟土案牵扯上了关系。

因为那船上的大部分货物都是沈家的商贸公司从国外购来的，若要耽误了生意，家里那几个虎视眈眈的弟弟又都没什么大局观念，甚至巴不得大哥在父亲跟前失去信任。沈云鹏就只得打落牙齿往肚里咽，自己掏了好几万去疏通关系，把没问题的那一部分东西先给赎了出来。

不过后来，不知为什么，又被警察厅叫去问了话，说是烟土的事情没那么容易打发。求了好几处的情分之后，答应交十万块钱销案。这样折腾两次，几乎掏光了沈云鹏夫妻两个的小金库，所以才会连沈初云的主意都打。

贺忆安没有继续追问，不过依着他的猜测，只怕沈云鹏也是故意装傻。以他的阅历，还不至于傻到被人骗着去运烟土，或许他在中间是有好处的。不过是一出事，就很老到地一问摇头三不知罢了。

第81章

解除女禁

这日，孟盼晴下了学，照旧在路上买了一份报。

粗粗浏览了一下版面，当看到一个二号字的标题时，整个人如同被过了电，浑身汗毛根根竖立，连血液都沸腾了起来。有一股气由丹田提上来，不顾场合地高声一喊，在大街上又蹦又跳，甚至尖叫不止。

巡警以为这又是一个疯了喊口号的女学生，吹着哨过来拉她。

孟盼晴自然没有疯，只是过于激动，眼睛尽管笑成两道缝，满脸却挂满了泪珠子。看见巡警拉住自己的胳膊，她居然展开臂膀，大大地拥抱了对方，一边转圈一边欢呼一边赔礼："警察先生，我太高兴了，对不起，我……我……我马上回家去，我不跳了不喊了，不给您添麻烦了。"说罢，纵身向后一跃，稍稍站定便来了个九十度鞠躬。还不等人反应过来，刺溜一下就跑了。

那个巡警简直是被转晕了，趔趔趄趄稳住步子，拿起哨子再要吹，声音却发不出来，只管呼呼地出气。一双眼红得跟兔子似的，似乎有些眩晕到缺氧的地步。这倒让孟盼晴轻轻松松躲过了侦查。

一路飞奔回家，她就从大门口喊到自己住的小跨院里去："考上了，考上了……"

事有不巧，孟太太刚去管家的二太太屋里要了这个月的月钱，在那边吃了两句不好听的话，哪里有心情听女儿说什么新闻呢？因就皱了皱眉，没好气地问道：“什么考上了？谁考上什么了？你这丫头，一天到晚就知道疯！”

“去年……”孟盼晴抱着肚子跑进了屋，刚说了两个字，便觉得嗓子眼上被凉凉的风吹得发干、发痒，根本发不出声音，就拿起桌上的茶壶，对着嘴灌了两大口，才喘着粗气把话勉强说完，“就是……北大去年招的那……那九位女旁听生……今年的考试都通过了。成……成了正式学生了……”

孟太太摇了摇头，从纽扣上抽出手绢，往孟盼晴的校服上擦了擦，口内道：“嗨，人家考上了，你就这么高兴。我还以为是你自己考上了呢，乐得跟失心疯了似的。”

“怎么会是我呀？我还有一年才高中毕业呢。”孟盼晴没发现母亲的眼圈有些微红，还以为她犯糊涂了，噘着嘴道，“不过，没准儿明年就有我了呢。”

关于女儿上北大的痴念，孟太太哪里会不知道？只是，孟盼晴的父亲早早过世，留下孤儿寡母的两个人住在孟家的一角小跨院里，平时还要听当家二太太的吩咐，做这做那，才勉强维持生活。虽然常听人说北大的学费比燕大那样的学校容易负担，但再容易也是一笔好几年的支出。

因此，孟太太就有些打退堂鼓的意思：“北大就那么好吗？非得考北大不可？我看，隔壁杨家妈的两个女儿读完高中，嫁人的嫁人，找事的找事，也挺好的。”

孟盼晴就不乐意了：“妈，能上大学为什么不去呀？古人都说学无止境，哪有读了高中就挺好的话？”

孟太太便唉声叹气起来：“反正我是不懂，有书读就比我们那会儿强多了，还要挑什么门槛高低，真是矫情。”

孟盼晴将书包一甩，一屁股坐在椅子上闹别扭：“那国外的女学生都能上大学，我们就不行了？高中毕业早几年挣钱虽然是不错，可有了大学文凭，能聘得上的岗位就更多了，挣回来的钱自然也多。况且，我本来就是家里学习最好的，您就等着吧，等我和他们进了一个学校，一准儿把他们都给比下去。其实，要不是学费太贵，我还想上燕大呢！”说时，叉着腰，不服气地往门外头一哼声。

说到学习，孟太太心里的坏情绪就慢慢下去了，觉得这话不错，果然是自己的女儿最有出息，便爱怜地拍拍她的脑袋：“得得得，就你道理多。正经的，你先考上了再说。真要是你考得上燕大，燕大又收你，要是你那些叔叔伯伯不肯付学费，哪怕我砸锅卖铁呢。”

孟盼晴就没有她母亲那么好说话了，嘟着嘴冲着外头嚷：“真要是考上了，他们就应该供。我爸走得早，钱都让他们占了。拿着我们母女应得的钱大吃大喝的，也不害臊！”

孟太太生怕她嚷出事来，一把拽着她回屋。

孟盼晴扭了两下，跺着脚道：“我干吗要跟您说这些呀？算了，我找王校长和沈先生说去。”

话音未落，人就已经跑了出去。

孟太太只得追到门口，喊了一声：“早点儿回来吃饭。”

至于沈初云，为了支持女工争取权益一事，着实在新闻界和实业界丢了一颗炸弹下去。自她的报道出炉，说什么话的都有。

底层劳工自然是愿意有人替他们说话，只不过企业家们手底下养着许多笔管，一家伙提出民族企业振兴之路必不平坦，这不免让社会上从没下过工厂做活的中层人士开始摇摆了。多发展民族经济，从长远看来，于国于民都是利大于弊的事情。舶来品的冲击一直没有间断过，还有租界上的洋工厂仗着这个条约、那个法律，几乎要把民族产业给逼死了。这时候提出工人权益，无疑对实业家有些雪上加霜的意思。

道理，各自都有。只是劳工们没有文墨功夫，更没有收买笔管的本事，有声望且愿意帮助工人的并不多，这就使得良言报社顿时压力倍增了。

邓丽莎看见沈初云手里拿着一个白底信封，便向她问道：“又是天津来的吗？这是第几封了？”

“总有十封了吧，这次的措辞比上次温和多了。说是愿意私下和解？只要我们能登报道歉、消除影响。”沈初云笑了一下，就将律师函递了过去。

邓丽莎拿起之后，只匆匆浏览了几行，便冷笑道：“谁要跟他和解，他爱告就去告，有本事证明我们的照片是假的，我就道歉。”

“真是难缠……”沈初云喟然一叹，耷拉着眼，疲惫地揉揉太阳穴。过了一会儿，强撑起精神来，问道，“对了，妇女促进会的那篇报道，整理好了吗？”

“差不多吧。”邓丽莎在她对面坐了下来，将明察暗访而来的一些情况做了个简略的概述。

沈初云一只手托着额头，一只手拿着笔，一边听着，一边写了几个关键字。最后，不停地用笔尖点着纸上的字，郑重其事地提醒道：“关键是逻辑上不要有什么漏洞，措辞上也不能落下什么把柄。毕竟我们两个人身份特殊，报道中只要有半个字的不严谨，就要被扣上一个公报私仇的罪名。”

邓丽莎重重一点头，默默地在心里把整篇报道的思路和调查结果，细细琢磨了一番，这才开腔答道：“放心，准备了这么久，不会出问题的。真要有问题，也该去担心背后的利益集团，会不会再用不入流的下作手段报复咱们而已。”

沈初云耸了耸肩，自嘲道：“索性就一起来吧。反正有了罢工的事儿，暗地里的许多人说好听了要推我们为‘幕后势力’，说白了，就是要把我们打成文丐，逼得我们隐退封笔。”

邓丽莎跟着扑哧一笑：“真的不得，这下我们是真的要名扬四海了。”

她两人正说着话，没上锁的门被轻轻一下隙开了一条小缝。背后有一只乌溜溜的眼睛往里头一瞥，稍作停留之后，门被忽然地推开。

只见孟盼晴一手高举着报纸，从外头一蹦就进屋来了，口内笑道："哈哈，总算被我逮到人了。话说，你们最近都忙什么呢？"

那两人先是相视莞尔，随后邓丽莎便扭过头去回答："自然在忙社会新闻呀，你难道都不关心的吗？"

孟盼晴眼珠子一转，问道："皮鞋厂女工的事儿？"然后，背着两只手走到办公桌边，向着桌上的杂物东瞧瞧西看看的，"我以为已经过去了呢。"

沈初云付之一笑，道："你不是身在其中，没有切身的利害关系，对于这事儿关注几天之后，自然就觉得兴致索然了。"

而事实上，孟盼晴并不是忘却了，只是全副心思都被更为看重的另一件事给占满了。因此就挺挺身子，清清嗓子："我看你们这愁眉苦脸的模样，就知道你们还没看最新的新闻呢。"说罢，抿了一个无比灿烂的笑容，献宝一般地将手里的报纸亮在了胸前。先移到沈初云眼跟前顿了几秒钟，又飞到邓丽莎眼跟前得意地微微一晃，口里还哼着《命运交响曲》的前奏。

邓丽莎眸光一亮，伸出双手赶紧抓住了报纸，惊喜地冲着沈初云喊道："哎呀，你快看看，这次秋季招生，北大收了九名女学生。"

其实何须这样喊出来，沈初云早也看见了，只是激动得都快不会说话了。稍待平复之后，她从椅子上跳了起来，贴在邓丽莎背后，两个人齐声地将新闻标题又念一遍："北大首开女禁，创历史之先河。"

沈初云又将手指点着标题下的第一行字，眼里闪着泪光，嘴里却直笑："是下午刚放的榜，难怪我们还不知道呢。"

邓丽莎反复将报道看了三遍，接着抬起头来，对孟盼晴道："明年可就看你的了。"

"对啊，明年是我的天下！"孟盼晴一拍胸脯，既是胸有成竹，也很是跃跃欲试，更有一种难以言说的见证和参与历史的喜悦及兴奋。

她们都知道，女子文明的一页新历史，肇始于今。

第82章

桃色新闻

然而这一则振奋人心的消息，并没有让邓丽莎高兴多久。

次日一早，邓丽莎就气冲冲地将报纸摔在了桌上，冲沈初云一挑眉，意思是让她也看看，口里还气愤地喊着：“这是今天的早报！”

“说了北大招女生的事儿吗？”沈初云估摸着又是哪个老古套批评若施行男女同校，国将不国矣。她将报纸一展，整个人却几乎像是石化了一般，“这……”

邓丽莎抱着双臂，不耐烦地白了一眼，才冷哼道：“没什么好说的，我们跟他的合作是有协议的。”

沈初云却出人意料地并不表现出气愤来，甚至有些不同意邓丽莎的决定：“难道……都不问问他怎么说吗？”

“事实胜于雄辩！”邓丽莎将一只手拍在桌上，俨然是一副不容商量的态度。

“我觉得，他……他……他好像不再是从前那个……”说着，沈初云再将报纸拿起来读了一读，蹙着眉，神情极为复杂。

这样的反应，让邓丽莎既意外又无语，鼻间不停地哼着气。摊了手，一脸不可思议地拿话反驳：“我们和他从来都只是合作关系，说是朋友都勉强，你可别自信能够看透他的内心。”说时，又轻蔑地一摇头，“我们都只了解自己罢了，其余的就该只信眼之所见。”

沈初云却不知道是怎么了，怎么说都不肯相信邓丽莎的话，只管低声喃喃道：“我就是怕这个所见并不接近真相。我们都是办报的，这行有什么毛病，心里都清楚啊……”

“初云！”邓丽莎忍不住将两个拳头用力捶在桌上，说时，脑海中忽然闪过很多画面，心里不由得起了个念头，嘴上有话要说又不好意思出口，犹豫一番才哑着声道，“等他来了再说吧。”

沈初云稍稍一点头，又一次将目光斜向《幸福报》。

原来，让她们如此僵持不下的消息，跟北大首开女禁丝毫没有关系，而是贺忆安跟柴俊生被一位上海的记者拍到整夜辗转烟花场的照片，正登报批评他们呢。尤其是贺忆安，如今顶着一个良言报社合伙人的头衔，也算是女权运动参与者了，可私下里的这种生活，却着实让人失望。

正在她们僵持不下时，贺忆安怀着愧疚走了进来。

邓丽莎往椅背上一靠，一只手举高了报纸，肃着神情冷声道：“解释一下吧。”

贺忆安心里局促不已，像个犯了错的孩童一般急于要澄清自己的委屈：“我刚和新闻里提到的柴先生打完电话，就匆匆忙忙赶过来了。我这位同学家里是开肥皂厂的，前不久推出了一款精心研制的花露水新品。因为是新产品还没有名气，自然比老品牌定价低些。你们知道的，肥皂、花露水不都是做女性生意吗。这种话题又刚好很引起女性的注意，再提一笔新文明，更是招人眼了。因此，柴家的对手一直盯着他们家的人……”说时，紧张地观察着沈初云的表情。她是知道有柴俊生这么个人的，更加见识过柴俊生那种做生意的路子，得罪人的地方多着呢。

沈初云想到往事，一时觉得胸闷，不由得长叹了一声。

邓丽莎冷笑着剪断了话头：“对手的这些小动作固然登不上台

面，不过也着实是自己行为有亏，才让人有机可乘啊。”

“对，没错……”贺忆安讪讪地搔着头，把脸低了下去。

邓丽莎的眼睛死盯住他，道：“那么你呢？”

贺忆安觉得嘴里苦苦的，一股酸涩从鼻腔一直涌到了眼睛里去：“我……我……的确是一晚上……都……都跟他在这些地方。但，我是因为有些事情没有想通，我就……”

邓丽莎便冷笑道：“是啊，贺君曾说过的，男人谈事无论是公是私，仿佛只有在温香软玉的闺房里才能谈下去。”

沈初云没有加入讨论，只是拿起报纸再细看了一遍照片和配文。

“我……我不是的。我不是去谈什么事情，我是说当时我为了一个问题很困扰，我……”说着，贺忆安便将头抬着，望了沈初云，一副有口难言的样子。

邓丽莎将他这番深邃的凝视看了个满眼，心里仿佛是确定了一些事情。回头也冲着沈初云瞧了几眼，为了让她清醒一些，故意地追问贺忆安：“那你到底是怎样呢？温柔的水乡女子，替你解决了当时的烦恼吗？”

“没有，嗯……不，解决了。”贺忆安打着磕绊，拳头抵在额头上来来回回地敲了几下，“可是，对于我来说……仿佛因为这篇报道又……”

邓丽莎表现得有些不耐烦，站起来，往前走了几步，暗示道：“贺君，我记得我们之间仿佛是有约定的。”

“你要我……”贺忆安猜到了她的用意，脸色由红转白，将头拼命地摇着，“不，我觉得或者等柴君方面做出应对之后，事情会有转机的。”

邓丽莎也把脑袋摇了几下，道：“但以现实来说，人们更愿意相信澄清就等于掩盖。况且，我们之间的约定，是经过律师公证的。内容是，一旦你给报社造成了名誉损害就要无条件退出，这里头不包含什么真相不真相。干这行这么久了，真相重不重要，你难道还不清楚吗？”

到了这个时候，沈初云才抬起眼睛来望了望贺忆安，却依旧不说话。

贺忆安用眼睛向她二位极力地求饶。

邓丽莎自然毫无所动，沈初云似乎有话要说，但是只要邓丽莎回头一看她，她就把心事尽数藏了起来。

贺忆安想着，只怕这个决定是不容易更改了，口中讷讷道：“我知道了。”言罢，抬起腿，慢慢走了出去。

方才沈初云是不想三个人各执己见地争起来，因此才沉默了。等贺忆安走后，她才提醒邓丽莎，看照片上的样子，贺忆安当时只是跟在一群男男女女的身后，真相究竟怎样，的确不好说，就试着想劝邓丽莎改个主意。

邓丽莎接过报纸再一细瞧，确如沈初云所说，那场面看起来与贺忆安的交代是对得上号的。可是，这会子她所担忧的又不是这件事了。犹豫了好半晌，实在忍不住就问了一句冒昧的话：“初云，你跟我说实话，你是不是对他有好感了？”

“不不不……你为什么会那么想？”沈初云摇着手，一边否认，一边就站直了身子，一副严正声明的样子。

邓丽莎却弯了一下唇，严肃而委婉地问道：“对啊，究竟是什么原因导致作为旁观者的我，产生了这种想法呢？”

沈初云是第一回被人提醒了这事，经此一问，近段时间以来的许多迷惑，一下子就忽然都有了答案，很能说得通了。可是，她没有做好准备去爱上一个人，尤其是这样一个人。在读过的多数小说里，都把爱情描写得不受掌控。若果真是这样，可怎么是好？

想到此，心里不由得惶恐起来。

邓丽莎看她脸上一阵红一阵白一阵青的，知道她思绪必定乱极了。就走到她身边去，搭着她的肩膀，低声解释道：“我不是要阻挠你的生活，更不希望你陪着我过独身的日子。作为朋友，我知道你是个对爱情和婚姻都有向往的人，这一点我们是不同的。如果有一天，你能遇到你想要的那种人生，我会不遗余力地支持你。但不是他，不能是他。你为什么非要从第一段婚姻里逃出来不可，固然原因有许多种，但是头一件让你无法忍受的，不就是不忠诚吗？”

沈初云喟然一叹，果然是知己，果然是旁观者清。这番话没有一句不在理的，且字字都打在她心坎上。

稍晚些时，邮局送来一封本埠信，是寄给沈初云的，上头只写了“内详”二字。

撕开信封一看，是沈云鹏寄来的，请沈初云晚饭时候去大菜馆里一聚。

这倒使人有些措手不及了，都已经断绝来往了，忽然又出现，只怕是有什么事情。

怀着种种揣测，沈初云如约于五点钟出门。

到了地方，沈云鹏的态度好得有些意料之外。谈了一晌子闲话之后，他才皱拢了眉头，问道：“这阵子，你怎么又闹出这么大的事情来？爹很担心，叫我提醒你，不要弄得自己没有立足之地。”

这一定是指去天津调查的事情，或许也是指跟妇女促进会翻脸翻到台面上的事，还有可能是和好事者一样，把由此发散出去的，把政界玩弄进步组织的种种言论统统都算作沈初云的报复。她抿了抿唇，叹了口气，微微点着头，低声道：“我会处理好的。”

沈云鹏心道：还是这副不谙世事、自视甚高的模样，劝也是白费口舌。心里念叨着，把头一摇，鼻间轻蔑而无声地一哼。一边往衣服里掏着东西，一边说道：“皮鞋厂那边，我已经替你周旋好了。所幸这个罢工事件很复杂，上海、广州的这股趋势比天津来得还要更早，不能全算在你头上。这个人情算是还你的利息，本钱在这里。”说罢，正好拿出一张存票，递到了沈初云面前。

沈初云接过来，瞅着上头的“壹万元整”四个字，反反复复看了好几遍，又抬头望望沈云鹏，疑惑道：“什么意思？”

最近因为危机消除，沈云鹏的心情好得很，一直和颜悦色不说，谈话也很有耐心：“多谢你相助，虽然我对于你过了家门却不入，甚至于对我闭门不见一事很有微词。但是……你让书记员出面交涉，也省了我许多麻烦。”

沈初云的两边眉头越挤越紧，这几句话，她是一句也不懂。但她知道，沈云鹏的为人是彻底的商人本色，他自己挥霍可以，对旁人乃至亲人却绝不会毫无道理地慷慨。加上那一句“过了家门却不入”，似乎是指去天津的事情。再说到闭门不见和书记员，似乎意味着这里面有一些沈初云并不知道的事情。

回家的路上，沈初云将这些话串起来细细地分析了一番，觉得贺忆安很可能是解开谜底的线索。本该去找他问个清楚的，可是有了邓丽莎的那些话，她也恍悟了自己这阵子的心事。哪里敢在心态调整好之前，贸然去找他谈呢？

到了砖塔胡同，早已过了下班时间。

沈初云一路闷闷地叹着气，回到卧室将包一放。本想将那张存票锁起来，可是看到那个大数目又不禁呆了。

如果料想得不错，可真是欠了贺忆安好大一个人情了，无论如何都该还的。

不知几时，邓丽莎也跟了进来，问道：“谁找你呀？”

“一个朋友。”沈初云喃喃答着话，眼神却是放空的。

邓丽莎瞧着她无精打采的，便挨在她身后看个究竟，不由得惊呼一声：“呀，你就出去了一趟，哪儿来这么多的钱？”

沈初云被这一喊给惊醒了，下意识地将存票往身侧藏了藏，扯谎道：“约我的那位朋友给的。我很久之前救过他的急，现在他好了，就把钱给送来了。”说时，埋头一路走到保险箱那边去了。

第83章

表白心意

此时，邓公馆内，邓太太也正在看那篇关于贺忆安的文章。她抬起手肘推了推身侧的邓廉，道：“老爷，你快看看。”

邓廉正拿着另一份报纸研究经济方面的报道，也不接过来，只是眯着眼睛就着邓太太手里一瞧。先是皱了皱眉头，然后有感而发似的摇头一笑：“这世间的男男女女，为情所困也不过就是如此了。男人爱自由，女人要忠诚。”

邓太太不解其意，道：“依你的意思……”

邓廉轻轻咳嗽一声，才答：“不能让她再蹉跎下去了，以丽莎的性格，爱情上受了一次挫折，只怕就没有第二次了。”

邓太太心内很赞同这话，面上却浮出一丝为难的表情：“可是……如果我们好言好语地去劝，她怕是不会听的。”

邓廉冷冷一哼，吹得鼻子底下的胡子一颤，笑道：“不用劝，只需要让她知道，在这个世道里，一个有家底、有靠山的男人有多重要就行了。”他见邓太太一脸的困惑，抬着手一摆，“好了，你别管了，我自有办法。”

邓太太乐得不参与，也就把报纸一翻，搁了这话不提。

次日一早，沈初云约了中国银行女子储蓄部的经理，准备做一个向女性宣传理财观念的专题。

这个工作是一早定下来的，因此贺忆安心里是有数的，早早地就候在了中国银行的大门外。

一直等到中午，沈初云同一行人说说笑笑地出门，去了西餐厅。

贺忆安就一路跟着，直到聚餐的银行职员陆陆续续回去上班了，他才三步并作两步跑上前，喊道："密斯沈，我们聊聊吧。"

沈初云转头一看，笑容顿时凝住，脸上还露出不大自然的慌张之色。另一位同行的女士很会看眼色，就笑着告辞先走了。

论本心，真是没有做好单独面对的准备。可只要一想到昨天和沈云鹏谈的话题，沈初云就没法决绝地说不行。

贺忆安就趁着她犹豫的时候，拉起她的手腕，不由分说地叫了一辆人力车，一边让她坐上去，一边说道："就去我的照相馆吧，我有些话，不想在外面说。"

沈初云虽然有些不敢去，不过思来想去一番，还是决定把话说清楚的好。

两人到了地方，径直上了阁楼。

贺忆安泡了两杯茶，坐在沈初云对面，搓着手道："我不想退出报社。"

原来只是谈公事，沈初云不由得放松了神情，暗暗摇头。唇角翘着便是一笑，笑自己有些自作多情了。

然而接下来，贺忆安话锋一转，就把她不敢面对的问题给正式地摊了出来："还有……我想……我喜欢你，很喜欢。"

沈初云握着茶杯的手闻言一颤，小半杯热茶都泼在了身上。还有半口茶没咽下去，呛了半天。

贺忆安想也没想，掏出上衣口袋里的手帕，就要往她胸前去擦。

沈初云眉头深锁，将手一摆，侧了一下身子，另一只手捂着嘴，仍是直咳。这一来，也就瞧不出她脸上的红光究竟是呛的还是羞的。

贺忆安尴尬地收回手，放慢了动作，小心翼翼地坐了回去。

稍缓了缓，沈初云整理完大襟上的水渍，才清了一下嗓子，正色道：“谈公事可以，私事还是免了。”

如果不是颤抖的嗓音出卖了她心底的那股忐忑，贺忆安或许就不敢往下说了：“公事可以拖一拖，私事已经快把我逼疯了。我早就想……早就想表白我的心意，只是一直没有那份勇气，也没有找到合适的机会。你知道的，我从前是个玩世不恭的人，我和许多女孩子都玩得不错，但我从未认真过，从未想过和谁公开长久地在一起。”说时，顿了一顿，才加重语气道，“除了你。对于你，我甚至……甚至想到了婚姻问题。”

沈初云听着，将眼睛一闭，打断道：“可我是经历过婚姻的人。”

果然，贺忆安的思绪中断了。顿了一下之后，他抚了一下额头，口吻就不如先前那般有决心了，反而有些气馁：“对，说句让你心寒的话，因为这个事让我很苦恼。我认为自由婚姻以及再婚，会让我在面对家人的时候，感到压力重重，而我喜欢自由且懒散地生活着。向你表白我内心的婚姻主张，就意味着我将要走的路与我过去所向往的简单人生，可能有很大的出入。但是……我不知道该怎样让你相信，尽管听起来很不可思议，我为了你，跟以前相比的确有了一番脱胎换骨，连我自己都不清楚是什么样的勇气、什么样的理由，让我做了这个决定。我……我只是感受到了我的心……很想要这样，非常想！”

沈初云拼命地压制住滚滚翻腾的心潮，摇着头冷笑道：“可这是双方的事。”

贺忆安听着，觉得有一股沸腾的血液直冲头顶。他站到沈初云面前，伸出一只手来，红红的眼圈泛着星光，怯怯地道：“所以，我请求你答应我……”

沈初云低眸瞥了一眼那只手，干净修长，动作坚定，掌心微微泛起的一片红，正无言地对她袒露着渴望。她的喉咙有一个细微的下咽动作，张了嘴愣着，心里有无数个小人各抒己见地交战着。好半天过去，才哽咽道：“我说我经历过婚姻的意思是，我对于今后是否还会选择婚姻有了更高的要求。我不会因为好看的容貌、有趣的谈吐，或者是荷尔蒙的吸引，就仓促决定我的人生。虽然我也没有仔细想清楚，我如果要再次选择婚姻，我对于另一半的标准、对于未来的要求具体是怎样的，但至少有一点是明确的，我不想再过等待的日子了，更不想再听天由命地赌运气。我的上一段婚姻，就是守着一个多情的人，祈求着老天能垂怜我。那种被动的人生，至今想起来也还是会痛，痛得整颗心直打寒战，痛得甚至厌倦人生。我不想再品尝眼泪的苦涩了，我不会像个不谙世事的少女一样麻醉自己的心，告诉自己也许这次不一样。你也清楚地认识到，你从前是怎样一个人。而人终究不过是高级一些的动物，有强烈的好奇心和征服欲，越是不可能的人，越是想要得到，一旦拥有之后，又会觉得不过如此。到那个时候，我又该怎么办呢？”说罢，她抬眸凝视着贺忆安。

而贺忆安，显然没有想好这个问题。

沈初云暗地里对自己冷冷地一笑，这是在期待什么呢？她迅速地摇了摇头，想把脑袋里奇奇怪怪的情绪给甩掉，欠着身子沉声道：“我真的不想再让我的生活成为报纸头条了，请你理解。”

还有几句话是沈初云藏起来不敢说的。

上一段没有爱情的婚姻，是谈不上期待的。可即便如此，面对背叛的时候，也尚且叫她痛不欲生。若是有了爱情，就必然会心生期待，那样的婚姻再要失败了，必定需要更大的勇气才能重新活过来。可是，有些伤痛可一不可再，如果再失败一次，对沈初云来说，也许真的就是走到绝路了。

想罢，她抬手揩了一下泪珠子，收拾起心情，准备下楼离开。

贺忆安还如泥塑一般立在原地不动，他的手微微一拢，能攥住的也只有空气而已。

就在沈初云迈步走在楼梯上的时候，贺忆安忽然醒转过来，跑过去红着眼睛冲她喊着："你说什么征服欲，如果我真是出于这一点才向你表明心迹的话，那么或许密斯邓是比你更难的挑战。可我没有那么做，这难道还不说明问题吗？当然，我有爱你的自由，你有不接受的自由。只是关于我的诚意，希望你不要有任何的误会。"

沈初云止住步子，一只手搭在扶手上，眼睛里湿湿的，脸颊上淌过两行泪。这一刻，她内心的触动是很大的，甚至嘴角隐隐含着笑。彼此欣赏、彼此喜欢，这种男女之间相互的有来有往的情感，总是让人欢欣的。

可是，这样的欢欣实在太短暂了。刚飘过一丝笑意的嘴角，下一秒立时就收了回去。

从少女时起就向往的爱情，在二十六岁来临，按说不算很迟，却偏偏造化弄人。她前半生的勇敢都赌在了离婚那件事上，后半生的勇敢又尽数承诺给了事业。两件事掏空了她的一切，她早已是个一无所有的人，还能拿什么去爱呢？

贺忆安看见她犹豫了，便一步一步向她趋近，从丹田之中提起一股气来，一字一句都说得无比真诚恳切："我对你，一直都很开诚布公。是，我吊儿郎当不成大气，虽然赖着家里有几个钱，受到了最好、最文明、最先进的教育，但我的品格不如你万分之一的高洁。我自私地以实用主义为行事准则，我没有那么大的社会责任心，我的道德全都向钱看。可是……如此糟糕的我，遇到你之后，开始想要向你靠拢。你不是我的游戏，更不是我的目标，你只是改变了我，甚至于重塑了我。"

一直低着头的沈初云，感觉到有一朵黑云慢慢压过来，使她喘不上气。一吸鼻子，脑袋清醒过来，抬了头，以极其镇定的口吻说道："如果爱情是需要某一方独自迎合的，那么结局，仿佛也不会很好。

所以，只能很抱歉地对你说，我仔细看过那篇报道之后，以那张照片里你只是远远跟在别人身后来说，或者公事上是可以有退路。但私事，真的毫无可能。”说罢，匆匆下楼，一路跌了好几步，身子歪了歪，又迅速地站直。一双脚踩着高跟鞋，却几乎是要飞起来了。

这一次，贺忆安没有再追，而是站在原地会心地一笑。

如果他的事业还有转圜的可能，那么他的爱情也终会结果的。

沈初云要是毫无心动，绝对不可能在公事上妥协。要知道，报社的形象就是她的命，是她的一切。她连这个都可以退让，难道不是最大限度的回应吗？

第84章

飞来横祸

与此同时，良言报社门外，有一群穿黑袍的男子，正对着领头的一位壮汉叽叽咕咕道：“大哥，现在只有丽莎小姐和几位员工在里头。”

那个领头的哼了一声，擤了一把鼻涕，往手心里吐了两口唾沫，又伸了个腰，松了松筋骨，这才大摇大摆地上前去拍门。

李大姐听着声音不大对，因此很谨慎地只开一条缝来观察，见外头一群男人，各个凶神恶煞般，因此就警惕地问了一句：“请问找哪位？”稍想了想，不管找谁恐怕都不是好事，打算关起门，带上门闩。

谁知外头那帮人是混惯了的，早就一脚踹在了门上，骂骂咧咧地闯了进来：“识相的，给我让开！”

听见动静不对，里头已经有人把邓丽莎给喊出来了。

邓丽莎急急忙忙跑了出来，两臂用力一抻，就拦在院子中间，高声吼道：“哎哎哎，你们干什么的？”听见李大姐连声喊痛，扶着腰，拧着眉头，表情痛苦地踉跄着站起来。心道事情不妙，邓丽莎赶紧扭头吩咐人：“快，给警察局打电话。”

领头大哥丝毫没有怜香惜玉之心，照着邓丽莎的正脸，一掌劈过去。她往后一趔趄，正被另两个壮汉钳住两只手。

邓丽莎眼里冒着火星，耳边嗡嗡直响，隐约听见身后有惊叫声、器皿倒地声，还有个痞里痞气的声音在嘲笑她："警察？哼，你叫天王老子都没用。你以为你是个嘛，财政次长的女儿就能为所欲为吗？要不是从前那位贺公子家里后台够硬，我们老板早要来砸你们的招牌了。"

然后，邓丽莎的下巴被用力地一抬。她定眼一看，跟前站着的是那个领头进来的大哥，正一边打量她，一边冷笑："人倒是长得齐整又水灵，就可惜了不会说人话！"说罢，手一甩，差点没把邓丽莎的脖子给甩断了。

里头的两群人扭打在一处，然而报社里的人，毕竟文质彬彬的多，动起手来哪里比得上那些混江湖的？不消多大工夫，屋里能砸的，几乎都给砸了个干净。

邓丽莎毫无回击的能力，只是一遍遍地咒骂发誓，必定要向警察局报案，绝对不会轻饶了他们。

领头的一笑，往地下吐了一口浓痰，拍了拍手，高声道："差不多得了，老几位，咱走吧。"又走到邓丽莎跟前，冲她一啐，"今儿只是一点小意思。不想闹更大，以后说话就仔细些！"接着，手一挥，邓丽莎就被狠狠摔在了地上。

"你们是什么人，来我家做什么？"沈初云走在门外时就听见了喧哗声，急得赶紧跑进来质问。

那群混混仰天笑了起来，纷纷道："做好事，不用谢了。"然后，一阵风似的卷了出去。

沈初云一时想追，仔细一想，追上去也是白白地牺牲，因此就打消了这个念头，赶紧去扶邓丽莎起来。

邓丽莎身上无一处不是痛的，整个人都快散架了，半边脸肿了起来，连说一句话都疼："我听那口音……是天津人，只怕多半是我们先前得罪了工厂主的缘故。"

沈初云替她拍着身上的尘土，低声应道："这也是早晚的事，路是我们自己选的，除非……”

一句话激起邓丽莎心底那股傲气来，愤愤然地一跺脚，捂着脸冲着外头大嚷：“没有除非，他们越是猖狂，就越需要有人站出来说真话！别人怎样我管不着，但我一定是说真话的那个。”

那群人走出了胡同，就有个跟班走上前去，对领头大哥笑道：“我说，刚才是不是太过头了？”

领头大哥则坦然得很，卷着衣袖，漫不经心道：“慌什么慌，老板说的，不放点金贵的血，显不出真来。”

两个小时之后，在众人的努力之下，原本被砸得凌凌乱乱的办公室，又恢复了整洁。

沈初云正在自己的屋子里给邓丽莎上药敷脸，就听见一阵敲门声。然后，李大姐探了头进来，支支吾吾道：“那个……贺先生来了。”

“请他进来。”邓丽莎点点头，将目光锁定在沈初云的脸上。

经过种种事情之后，再谈到贺忆安，沈初云总有一种说不出来的感觉。

当沈云鹏还了款子之后，她的第一个念头就是要还贺忆安这份人情。因此，对于从前的约定就有了动摇。既然知道受过人家的恩，那怎么还能说出扣下人家的投资本金作为名誉赔偿的话来呢？所以，她就向贺忆安表示，公事上的问题还可以再商量。

可说完这话之后，走在回家的路上，却又觉得自己可笑极了。还人情的方式有很多种，完全可以将本金原数奉还，然后把股东分红算给他。提出继续保持合作关系这话，似乎站不住脚。再坦率些说，这种还人情的方式，显然是私心的比例更大。

看来，不知不觉中，有棵小树苗早已暗暗生根发芽。

明知这样不好，这么当断不断，迟早是要陷进去的。可是，一张嘴，说出来的话完全是不受控的。好像心中自有一个方向，由不得她不去。

“你说来的那帮匪徒，曾经明言过，从前是看在贺君的面子上才没有找上门来。那么我以为，我们不妨还是照旧地合作，各取所需不好吗？有什么事能比继续团结全国妇女更重要的？你放心，别的意思我是不存的。你要是怕我起糊涂心思，了不起以后，跟贺君接洽工作的事情，我都回避好了。总之，我们个人的事与报社存亡一比，都不值一提啊。”

邓丽莎望着沈初云的眼，很渴望能够看透她的心，只有知道她心里的那份喜欢到了什么程度，才能知道下一步该怎么做。

但是，就连沈初云自己都不知道自己的心意究竟是怎样的。她可以冷静地拒绝贺忆安，因为她知道自己害怕什么，但她却狠不下心从此不见，因为她不知道爱情到底是什么样子的。是一时激烈过后的平淡，还是长长久久的无可自拔。

若是前者，大可以享受当下，船到桥头自然直。若是后者，她便没有打算，也打算不准了。

就在两人无言地用眼神交流的时候，贺忆安已经挪着步子进来了，站在门边轻声道：“我来还是为了那件事……”

“我同意。”邓丽莎很突然地截断了这话，态度又是一个大转弯，叫人瞪着眼睛，几乎不相信自己的耳朵。

沈初云呆愣愣地捏着一团蘸了药水的棉花，好半天才缓缓地垂下手，扭过头向贺忆安看去。

邓丽莎沉声继续对贺忆安解释道：“不管怎样，因为你的一些妙想，我们报社的进步是很迅速的，就这样独吞你的投资，是不大好。而且那个时候，我们几乎走在绝路上，也只有你来雪中送炭，论道义我们是不应该……”底下的话，声音越来越低，几乎都听不见了。

“砸场的事情，我都听说了。刚才进来看时，表面好像都恢复得差不多了。”贺忆安的嘴角冲着沈初云抿了一个几不可察的笑，又迅速地敛起神情。

他还以为回不到从前了，却不料这个散场这么短。为着这个，他自然是开心的，但想起两个弱女子为什么态度变得这么快，又马上不开心了。他不免同情地去想，以沈初云和邓丽莎的能力，做新闻事业是多好的事情，为什么总有人要破坏呢？再一想，这两个人也太敢了。听说来人很是凶神恶煞，这种事情新闻界也不少，就此屈服的也不在少数。倒是稍一用力就能轻易被拧断脖子的女子，居然有这么硬的骨头，一点软都不打算服。

就在贺忆安缥缥缈缈想了许多事情时，沈初云也发话了："实际上也整理得差不多了。对了，反正我得了一万块的意外之财，所以这一次的损失，我个人补上吧。"说时，望着贺忆安的眼便是一红，接着酸酸的一阵，涌上来一股水汽，差点没忍住就落下了。

邓丽莎高喊："那怎么成？"

沈初云摆摆手，叹口气，语带双关道："反正天津皮鞋厂的调查是我去做的，这钱又正好是天津的风刮来的，就这么办吧。"

这时候，一个念头从贺忆安脑海中闪过。他觉得这话分明有故意说给他听的意思，不由得留着心眼去细看沈初云的表情。

邓丽莎也发现了他们眼神的一来一往，各种难以言说的思绪，齐齐涌上心头。

讲道理，这种新式的自由恋爱不该以任何理由被任何人干涉。可是，她对贺忆安过去的行止总是放不下心。至于忽然答应贺忆安继续做报社股东，除了沈初云那番话有道理之外，她亦觉得逃避问题只会滋生更多的问题。拦在两人中间无情地斩断他们的联系，那与封建家长的野蛮简直无异了。即使为了沈初云好，她非常想做这个恶人，也不该恶到变成自己最讨厌的样子。总之，她的态度是表明过的，接下来的事，作为成年人的沈初云，应当自有打算才是。

三个人尴尬地站了半晌，最后还是邓丽莎抚着额头说难受，踉踉跄跄地回到卧室去休息了。

沈初云便提出，要送送贺忆安。

两个人走在胡同里，长久地只是沉默。偶尔走过几个叫卖的，拉过几辆揽客的车子，除此以外，便只有他们的脚步声而已。

短短的一段路很快便要走完了，沈初云这才哽咽着说出一句："谢谢，这句话是替我大哥说的。当然……我也是。"然后，就回过身，飞快地跑走了。

她长的不是石头心，一个人对自己这样地帮忙却不说出来邀功，单凭这一点就无须再去分析什么真心了。可错就错在，老天太爱捉弄人了。

站在原地的贺忆安，将手插进裤袋里，闷闷不乐地走了。他来时的那份自信，到这时已经消磨光了。他以为沈初云是舍不得私情，才肯说出公事可以转圜的话，却原来不过是为了报恩。

可，报恩就报恩吧。只要还能天天见面，不就是很幸福的事了吗？

第85章

自食其果

就在报社渐渐恢复秩序的时候，忽有一日，新闻界又挖出了一个震惊全城的大消息。《闻京报》收到匿名信，指证妇女促进会收买京城数十家报社，暗中操控舆论，颠倒是非，制造事端，离间妇女组织，自然也包括了各种污蔑沈初云的无赖手段。

邓丽莎将那篇报道念完之后，喟然长叹道："真是大快人心，夜路走多了总有摔跤的时候。"

"怎么会这样？"沈初云皱拢了双眉，一只手搭在她那个带锁的抽屉上。

"因为她做过这些事，所以会这样。"邓丽莎冷哼一记，狠狠将报纸揉成了团。

沈初云舒展了一下眉心，提醒道："丽莎，这里也有你表姐的大名，你似乎不该这么冷静。"

邓丽莎有些不屑地嗤笑了一声，随即摇着头答道："我以为这样很好，就该给她个教训。她要是还像从前那样过日子，守着那么一位丈夫，只怕苦日子还在后头。我也不是要看她什么笑话，只是觉得她如今都做了母亲了，应该有个长远的打算，也该收敛一下为人。"

沈初云重重地一点头，略想了一想，然后便无奈地一笑："其实

《少奶奶的金算盘》已经给她教训了。你难道没觉得，梁绣珍这个名字，已经在交际场合销声匿迹了？”

邓丽莎听罢，握茶杯的手就不由得用了一下力，指节变得有些苍白。愣了半晌，抿过一口茶，才有气无力地嘀咕了一句：“种什么因得什么果。”而实际上，却完全不能狠下心，一点不去忧心梁绣珍的现状。

另一边，日上三竿才起的金玉瞳，饮了一杯热咖啡，为了下午的约会，只吃了小半个西式面包垫了垫肚子。

沙发前的矮桌上照例摆着一堆报纸。

张妈是不识字的，只会将报纸敲齐摆好，别的一概不管。

碰巧这日，《闻京报》被摆在了最上边。

金玉瞳瞥了一眼，见是徐润莲登上了头条标题，心中不免好奇。拿起来一读可就了不得了，最后居然还有梁绣珍的事。虽然只是寥寥几句话，金玉瞳却读出了危机感。

一般来说，报纸的头版每一处都是金贵的，非大事不会轻易让出哪怕一个字的位置。徐润莲能上这个版面，那是因为她的头衔。梁绣珍明明已经退了会里一应事务，照旧还是被拉出来说了，这又是为什么呢?

对比之下，梁绣珍的那些小名堂，完全是无聊的小人之举，最终也搬起石头砸了自己的脚。于整个时局而言，一点妨碍也没有，似乎不值得报馆，尤其是志向高远的《闻京报》浪费笔墨。且以《闻京报》的惯例来讲，很有可能此篇只是一道前菜，重磅的事情或许还在后头。

那么，梁绣珍出现在这里，就很该引起重视才对。

因此一想，抬腕一看时间，为了约会不迟到，赶紧匆匆忙忙换了衣服，整理了一下头发，就奔向梁绣珍那边。

"我要是你，绝对不能忍！"

梁绣珍抱着怀里的女儿，正喜欢着。听见金玉瞳这样盛气而来，抬眸冲着她摔在桌上的报纸，略略瞥了个大概。

自从金玉瞳嫁进韩府，梁绣珍就将她视作眼中钉，早已和从前不一样了。眼里先是一冷，紧接着就端起架子来，似乎很不想在金玉瞳面前露怯："我说大嫂，你也不用这么担心吧。整篇都在讲徐润莲，标题也是她徐润莲的。关于我的这句话，看报的人稍稍错个眼儿，就含糊过去了。"

金玉瞳看出她此刻很有些外强中干，便坐下来，冷笑一笑，道："我是替你的名誉在发急，你却好像丝毫不在意似的。真是……"一句"皇帝不急太监急"在舌尖上绕了好几次，最后还是咽了下去。

相较而言，梁绣珍在外的名声对于韩府里的所有人都可大可小，金玉瞳不愿在这个时候起什么内讧。她唯一想要确保的是，这则新闻不要继续发酵，不要牵涉到家长，更不要被政界的对头利用。

然而，希望归希望。金玉瞳心里有种不好的念头，怕是这个消息传出去，尤其是传给了《闻京报》，本身就大有用意。毕竟苏振青那种连命都可以不要，一门心思只有真相的人，是一杆很好的枪，指着谁，谁就要丢半条命。

梁绣珍冲蒋妈招招手，把孩子递过去之后，才对金玉瞳冷笑道："这个你就不知道了，所谓有女万事足，我如今才知道有孩子是多幸福的事情。我只盼着，明年给我丫头添一个弟弟，两好凑一好。至于别人说什么，我以为是无足轻重的。"

对于梁绣珍这人主次不分的毛病，虽然金玉瞳早前就知道了，不过毫无忧患意识这一点倒是今天才察觉的，因此就白了一下眼，冷哼道："敢情我这着急上火的，全是无儿无女的错咯？你可别弄不清楚，我也是为了你！"

梁绣珍将披肩往上一提，手指转着上头的流苏，一派镇定地答道："急什么呢，天塌下来有高个儿的顶着。现在，妇女促进会在商量提前换届的事，要急也是徐润莲急起来，与我什么相干？"

"看来我们二少奶奶的脑子，还没出月子呢。"金玉瞳觉得自己也是白操了这份心，冷笑三声，站起来预备回屋去。

"什么意思？"梁绣珍一拍桌子，跟着也站了起来。

在她心里，从来都是看不上金玉瞳的。以前走得近，也不过是喜欢金玉瞳的种种恭维，过后知道是计，自然恨上了她。这年头都改朝换代了，姓金有什么了不起的，报纸上多的是这个王爷那个贝勒饿死在棚户里，这个王妃那个公主给人做了小。她金玉瞳算个什么东西，仗着有几分姿色，会些狐媚妖术，就踩在梁绣珍肩上，预备名正言顺做未来的当家少奶奶了吗？说真心话，金玉瞳比起沈初云可差远了。梁绣珍宁肯在沈初云跟前赔笑脸，也不愿向金玉瞳服半分软。

金玉瞳眼珠子转过一边，懒懒地嗤笑了一声："什么意思？说你糊涂呗。你且走着瞧，这只是开始。过后，你的好日子长着呢。"

"你……"梁绣珍刚预备冲出去和她评理，就听见外头有韩太太说话的声音，并不敢再向外去了。

意识到身后的脚步声莫名停住了，金玉瞳也就跟着站了一站，向后一瞥，又凝神听了听动静，自然猜到了缘故。大大方方地转过身子，挑衅一般地对梁绣珍做了个不屑的表情，方才离开。

梁绣珍的拳头捏得铁紧，狠狠一下捶在朱漆立柱上，竟然嗡嗡地响了好一会儿。

金玉瞳才走到院子外头，就被韩太太给叫住了："我们金尊玉贵的格格，又是要上哪儿去？"

"今天是星期五，照例呢盐务署的人会在衙门隔壁的俱乐部聚会。"

韩太太听她答得漫不经心，且并不打算喊一声"妈"，心里早就烧着一团火了。又听说是盐务署，脑子里噼里啪啦像有一把机枪对着她扫射。因就板起面孔，厉声喝道："我说过，我们韩家是规规矩矩的人家，做事情要成个样子，女人出门必须知会上人，没有允许就不得踏出门槛半步。”

此时，梁绣珍正趴在墙脚偷偷听着。发现韩太太的气场大有要动家法的意思，心里别提有多解气了，差点没笑出声来。

而金玉瞳和她们的心思都不同，从看到报纸开始，就分析过全局，也领教过梁绣珍的浅薄，对于自己未来的打算已经开始慢慢起了变化，这才会越发地不把韩太太看在眼里。一手摸摸鬓发，一手晃在胸前直扇风，口里冷笑道："我也是弄不懂母亲的心思，如今有人给我们家里抹了黑，您不去管捅娄子的，倒管起我这个闲人来了？"

对于梁绣珍，韩太太心里也是有气的。只是梁绣珍知道好歹，会低头认错，在韩太太眼里比较起来，自然是没规没矩的金玉瞳更可恨。便冷哼着，假装不在意的样子道："那是树大招风罢了。政界争权夺利，暗地里自有一拨人，不管什么坏消息，都非要牵强附会地拉上咱们家里的人不可。关于这一点，还真不用你操心。你能守着妇道，我们全家也就阿弥陀佛了。"

有了韩太太这番表态，梁绣珍心里是说不出来地提气。只管伸着大拇指，搁在牙齿中间咬着，生怕自己会兴奋地大声叫好。

原以为守妇道这么重的话，能大挫金玉瞳的锐气。哪知她却根本不屑这话，反而大笑着弯了弯腰，随后才反击道："您的宝贝儿子可是很乐意我去的，您也不问问他，怎么父亲在家养着病，他在衙门里挂着闲，居然还能升上一个小官？"言罢，完全不顾韩太太在身后喊她停下，大摇大摆径自走了。

"你……"韩太太追了一步，却生恐这个不要脸面的金玉瞳，会当着家里许多人的面，毫无廉耻地说出更不堪入耳的话，也就没有再追。只管跺着脚原地打转，回身一看，此处正是韩仲平的院子，因就怒冲冲地向着院里斥道，"我也不知道是上辈子作了多大的孽，这辈子才生出这两个讨债的逆子，娶回来的媳妇一个个都是丧门星！"

第86章

事态失控

金玉瞳拐了弯，却没有出门，脚步一转，又到了韩仲坤屋里，对着奋笔疾书的向兰示起好来："我以为家里的女人，大概只有你是明白人了。"

向兰只消与她对视一眼，便知其意在何处，心内却不愿与其纠缠，冷笑着反问道："大嫂真要这样以为，怎么不直接来找我呢？"

"不简单哪！"金玉瞳见她不容易讨好，便绕着屋子走了一圈，慢慢地去想主意，"看你这般淡定，是否已经有了办法呢？"

"想翻盘不是那么容易的，徐润莲也好，梁绣珍也罢，因为她们参与过《新声报》的关系，这个翻盘的过程堪比刮骨疗伤。"向兰一边答话，一边收拾起桌上紧要的文件。

金玉瞳点了点头，似乎有些明白了玄机，笑着往书桌旁一坐，道："愿闻其详。"

向兰抿了一个含着歉意的微笑，只回她四个字："商业机密。"

撬不出话来的金玉瞳只得怏怏地走了。

向兰按了电铃，让蜡梅去前院找来府里负责对外联络的姜先生。

等人来了以后，向兰一改方才的镇定，将报纸一撒，就对姜先生质问了起来："怎么会这样？我不是说了，找一家不那么精明的女性报社，谈一谈妇女促进会现在对徐润莲的工作成绩很不满就行了。你倒好，弄得《闻京报》都出手了，还说什么操控舆论。妇女促进会自成立起，只被商界的姚家、政界的韩家葛家把控着。这个新闻稿一旦失控了，那就不是我的机会，而是我的麻烦了！我只想要徐润莲完蛋，不是要促进会完蛋，会都没了，会长还会有吗？我的心血不都白费了吗？”

姜先生显得颇为无措，五官皱在一处，喊起了冤枉来：“我们的稿子并没有发给《闻京报》啊，我认为是有人在暗中洞悉了我们的计划，有意地把这个计划给扩大了，扩到连咱们自个儿也成靶子了。”

向兰这才后知后觉地背脊发凉，螳螂捕蝉黄雀在后的招数，许她用那就许别人也用。不由得往椅子上跌了一下，颤着声喃喃道：“还有别人在盯这块蛋糕。糟了，这恐怕不是简单的一招棋。”

姜先生也嗅出了危机感，忙提议道：“是否该请老爷出来……”

“不行！”向兰眼珠子一瞪，忽然就想到当初梁绣珍被韩延荪勒令退会时的那种凄惨之状，这个事扛得起要扛，扛不起也得硬扛，她不甘心看着自己好不容易争来的局面，就这么轻易地丢掉，“还不是最紧急的时候，咱们以不变应万变。我一定会有办法的，我一定能翻盘的……”

“那么，我去打听打听，《闻京报》的消息是谁传出去的吧。”姜先生眼下有些不信她，却没有更好的法子，也只能听之任之了。

向兰走到电话机前按住听筒，长久地沉默着。

对徐润莲夺权的事，不管是否被打乱了节奏，总之开弓没有回头箭，她现在能做的，就只是一往无前。

却说听了墙脚的梁绣珍，因从未听过韩太太如此气急，先时的好心情早就重重落了地，摔了个粉碎。垂头丧气地一转身，拖着步子回到屋里，懒懒地瘫在了沙发椅上。

《闻京报》上的内容，到了这时候，才慢慢地占据了她的全副心思。就算只是一句带过，也不是什么光荣的事。尤其是她这韩府二少奶奶的身份，她的消息哪里会让人错眼呢？自然早已一传十十传百了。想必看了报纸之后，韩家上上下下的人就更加地厌弃于她。

可是，这真的是她一个人的责任吗？暗中造谣沈初云，分明是韩太太有所授意的。操控舆论离间妇女组织，这又是得了韩延荪的暗示。

可到头来，却成了她一个人的错。

由此想去，脑子里有一搭没一搭地回忆着近来的种种，眼泪就汩汩往下淌。

记得不多久之前，她还跟邓丽莎炫耀过，身怀六甲的女子有多幸福。可到了这会儿呢，韩仲平是越发地不爱回家了，领回来的薪水也是日渐少了下去，问他原因，总说是衙门里开不起支的缘故，谁信呢？还有韩太太看她各种不顺眼，连带着翠姨似乎也变得冷漠多了，反而去巴结那个该死的金玉瞳，就连向兰那样的人也敢来对她落井下石了……

不得不说，似乎婚姻上的优越感已经快要消失殆尽了。

比较起来，邓丽莎才真是过得潇洒。沈初云似乎也不错，至少自己会挣钱，不用天天问丈夫吵着闹着要从他手心里抠零花出来了。就连韩燕琴也令人羡慕了，因为庶出而被婆家看不起又怎样？至少她出去交朋友总是乖觉的，必定不会招惹个白虎星回来，跟自己对着干。

对了，刚才怎么没想到韩燕琴呢？

听金玉瞳的分析，她仿佛是认为底下还会有事发生。

可是，会有什么事呢？

这个，梁绣珍还真猜不到。不过在这方面，韩燕琴就似乎敏感多了，每趟来警告梁绣珍的话，总有应验的时候。

想到这里，她就坐起身来，胡乱擦了一把眼泪。坐在椅子犄角处，把电话插销插上，请电话局接去韩燕琴家里。

那一头，用人请韩燕琴听电话，报了梁绣珍的姓名。这倒让她奇了，张大了嘴，好半天才拿起听筒来，故意地再问了一声：“哪位？”

“是我，梁绣珍。”

听那语气不光是平和，甚至有些委屈，倒是百年难见的奇观了。

韩燕琴因此笑道："哟，难得难得。"

事到如今，梁绣珍早就意识到面子是很难保全下来了。真要说起在谁跟前服软的话，她倒宁可被小姑子笑，总比被金玉瞳冷嘲热讽来得好。想到此，就咽下了满嘴的苦涩，急切又好声好气地问道："你看报纸了吗？"

"看了，怎么，要约我去看新电影吗？"韩燕琴换了一个手举着听筒，腾出右手来把茶几上的一堆报纸随便地一翻。

梁绣珍急得直跺脚："不是《电影报》，是《妇女报》。哦不对，好像是《闻京报》。"

韩燕琴听了，不妨大笑了一阵："我的二嫂几时也这么进步了？"笑完了，倒还是很认真地去翻了一份《妇女报》和一份《闻京报》出来。她虽然与梁绣珍不睦，但是就梁绣珍的反常来看，似乎是有很要紧的大事发生。

趁着韩燕琴读报的工夫，梁绣珍在电话里解释道："别这么阴阳怪气的。我跟你说，三姨娘在父亲面前做说客的事，与我半分关系也没有，是金玉瞳她有手腕，拿得住人家的软肋。你心疼大哥，我是知道的，你就算为了自己的亲哥要跟人不愉快，也别把我想得那么没轻没重。虽然先时是我不听劝之故，但事情都发生了，再要追究责任也晚了。不过，有件事我可要提醒你，金玉瞳和三姨娘两个，如今都快好成了好姐妹……"

韩燕琴的一双眼直直盯着报纸，鼻子里冷冷一哼，打断道："是母女，不是姐妹！说话当心些，别说得咱们家很没有伦常似的。"

梁绣珍被噎得说不上话来，气得眼珠子直往上翻，缓了一缓，决定不计较。咬着牙，改口道："对，母女。总之，二姨娘的日子好过不好过，就不用我往下说了吧？"

关于梁绣珍的麻烦，韩燕琴已经从报上了解了一些。梁绣珍这人也算是糊涂至极了，连报社都会搞错，又把电话打到了这里来，看来的确是走投无路了。不过，她的一句口误，倒让韩燕琴发现了，《妇女报》其实也有一篇内容差不多的报道，只不过不在头版发布，调查的深度也不如《闻京报》。

只怕不久之后，北京人就该口口相传了。

韩燕琴把事情略略想了一下，忽然把话岔开去，问道："你们梁家能人那么多，怎么就指着我一个外姓人来帮你呢？"

梁绣珍又一次哑口无言。

这一阵，因为抱怨韩仲平太多，更因为她生的只是个女儿，娘家人包括她的母亲，对她都不怎么耐烦。所以，她从一开始，就没想过要去向娘家哭诉什么。

想到这一点，眼泪又开始在眼眶里打转了。

韩燕琴听见有一股不寻常的声浪低低地传过来，嘴角就忍不住扬了扬。果然是善恶终有报，梁绣珍也算是被她自己给作进死胡同去了。

"姑奶奶……您是能人啊。"

韩燕琴嘴角一翘，真没想到她梁绣珍也是个能屈能伸的，因此就笑道："行了行了，别灌米汤了。不过你也别蒙我，我可是两三天一趟地往家跑。父亲近来可是很烦三姨娘的，二姨娘又哪来的气受呢？"

梁绣珍不忙着答，拿手遮住听筒，四下一望，见没人在侧，才低声地说了下去："父亲也是男人嘛。你自己去想，天底下哪个男人不是表面上对于自己的姨太太很厌烦的样子，可是这份厌烦碍着他们眉来眼去了吗？"

韩燕琴的眼神顿时冷淡了许多，不满地斥道："这话还轮不到你来说！"

可是，气归气，事实又归事实。都是成了家的女人，对于男人的面目是怎样的可憎，心里总是有数的。

梁绣珍便冷笑着故意答道："是，你说的话极是，我不该置喙的。所以，你就当不知道吧。”

这倒让韩燕琴不安起来了，皱着眉头急问：“你究竟想说什么？”

梁绣珍笑着吐出一口闷气，放低了姿态，向她讨教道：“因为姑奶奶您有见识，所以我想讨你一句实话。就你看去，《闻京报》上的文章究竟要紧不要紧？与咱们家的前程有什么阻碍没有？”

韩燕琴转转眼珠子，也不急于回答，心道这梁绣珍怎样忽然开窍起来了。便一边分析，一边轻声说着：“就看人家会不会穿针引线了。要知道，最近的形势很复杂。政客操控民间进步组织的新闻，出了不是一两天的了，就差推一位政客出来，对上这些新闻，背上这个罪名。讲道理，这些事应该对着会长徐润莲去提，不该牵扯你这个退了会内事务的闲人。所以，只怕这一切都有图谋，我也很难想象会怎样发展下去。要知道，我们的父亲向来是很会利用这些组织的。从前蒙了多少好处，事发以后，就会有多少难处。”

梁绣珍就算再不懂大局，但这会儿一个金玉瞳、一个韩燕琴都以为情况不妙，心里也就跟着着急起来了：“那……那该怎么办呢？”

“早说了，聪明反被聪明误，你就是不听。”韩燕琴长叹一声，手掌不住地拍着额头，很是苦恼。

梁绣珍现在是真的知错了，只是未免有些晚了。可再要这样从头追究也是无用，便有些不耐烦地反驳道：“这些话再说也没意思了，我跟你服了这个软，也不能改变什么。倒是这个事态果然向着你分析的方向发展下去，会不会……”

韩燕琴抿着嘴，细细想了一番，才给了个主意：“不说话准没错的，多说多错。我看，你还是静观其变吧。就算影响到父亲，父亲有专管新闻的秘书。那边的徐润莲，也还有总理办公室顶着呢。他们有成群的门客帮着想辙，就不劳你着急了。”

“你这样说，我就安心多了。”梁绣珍后怕地拍着胸脯，挂下电话，却又听见一阵婴儿啼哭声，倒让她暂时搁下了此事。

第87章

恼羞成怒

是日，贺忆安将沈初云叫到院子里头，嗎嗎地说了几句悄悄话。

恰巧邓丽莎看见了一则消息，追到门外头，立定了一瞧，发现他两人站得极近，彼此几乎是脸贴脸的，有些好奇他们最近在私事上的发展。就悄悄地挪着步子，慢慢躲到树后头去听。

“我还是不相信这事儿……”

“总之，我是多方验证过的。”

“怪道呢，我大哥之前说了，天津那边他已经摆平了……”

“两句话里，必有一句是假的。”

“那么，暂时就不说吧。不，我看以后也别说。异位而处，我想谁都无法接受这种事实吧，毕竟是至亲嘛。”

贺忆安的手插在袋里，唉声叹气地只管点点头答应着。往后一转，就见树后有个人影在晃，便咳嗽了一声，手肘则悄悄戳了沈初云一下。

跟着，沈初云也转过身来，只消定眼一瞧，便认出树后的那人。脸色不由得煞白起来，声音都有些颤颤的：“丽莎啊……你有事儿吗？”

虽然没有听明白他们究竟聊了些什么，但看情形，至少该知道是个秘密，且不想外露。

邓丽莎在心里闷闷叹了一记，随后扬了扬手里的报纸，走上前递给沈初云，道："你快看，香雪儿的事情怎么忽然又被人提了出来？而且，这次是……"

邓丽莎很难开口去陈述，她那对表姐表姐夫的所为，把话止住，只管低了头叹气。

沈初云大略浏览过文章之后，没有立刻回复什么话，只是拿眼睃了贺忆安几下。

贺忆安会意，找了个借口就走开了。

原来这报上登的，是一位私家侦探的投稿。言明自己曾受梁绣珍的委托，查出了韩仲平与香雪儿的关系。然后，梁绣珍就有了一石二鸟的计划。隐瞒了自己的丈夫出轨，单拉出香雪儿的作风问题卖了一个不错的价钱给报社。文章最后，还提到他和梁绣珍之间是长期的合作关系，大有暗示此类风波可能不止一起之意。

这时，沈初云才拉着邓丽莎走到更偏僻的地方，低声道："这上面的话仿佛没有一句是捏造的，因为你表姐曾经以此为战绩向我炫耀过。"

因为是登在一份生活报上的，并不是什么负责任的大报社，所以邓丽莎不免有些狐疑："我以为这一类的报道都是文丐所为，按一般的套路，应该是在登报之前，先联系当事人索要封口费。我想我表姐还不至于吝啬到连几百几十都不肯给吧？"

沈初云点了一下头，想了想之后，便提问道："那你有没有想过，或许提供消息的才是金主呢？"

闻言，邓丽莎的心跳跑马一般地飞了起来，脸色立时就变得不好了："你是说，有人故意要闹大此事？"

沈初云便试着往下分析："我总觉得如今的庙堂不平静。总理跟外长之间矛盾渐深，几乎是尽人皆知的。从他们本人到家庭，表面上彼此合作，暗地里又互相拆台。正所谓鹬蚌相争渔翁得利，舆论一旦发酵起来，我们所知道的事实也就不重要了。重要的是，舆论相信什么。难道你没听过一种说法？总理和外长闹得这么凶，也不过是狗咬狗罢了。把他们打成一丘之貉，那么旁人的机会不就来了吗？”

邓丽莎深以为然地重重将头一点，沉声道：“以这二位的野心和多疑来说，是很难同舟共济地面对这一系列的质疑的。如果连总统都认为阁员的负面新闻太多，会成为大患……那么，你的分析好像就很有道理了。这背后的人可是真会用巧劲儿，把两个死对头搁在一条船上，由着他们去厮杀。”

就在她二人分析情势的时候，忽然从户外传来了一阵吵嚷声：“沈初云，你这个小人！我哪里对不住你，你居然在背后这样害我？”

这声音对于她们来说，是再熟悉不过了。

邓丽莎一脸羞赧地望了沈初云一眼，便跑出去大声制止道：“表姐，你疯了吗？这是《生活报》登出来的，就算你有不满，来我们这里说理，又有什么用呢？”

梁绣珍撸了一下袖管，身子往前一挺，手指向着邓丽莎的鼻子一戳，朝地下一啐，满脸怒容地道：“你当我是门外汉？如今我也不怕告诉你，报界的人是什么德行，我比你更清楚些。《生活报》就是一群无赖办的，最是无利不起早。可是这一次，这么值钱的新闻，却不曾来找我商量过，必定是有人先给了他们好处的。”

这一番兴师问罪的话，倒恰巧合了刚才议论的话题。

邓丽莎扭过头，冲着沈初云一望。实际上她们的眼神交流，意思全在新闻本身。可看在梁绣珍眼里，分明是沆瀣一气，更加断定这件事的爆发与反常同沈初云有着相当的关系。

梁绣珍便一把扭过邓丽莎的肩膀，冷哼着逼问道：“怎么？预备统一一下口径再来驳我的话，是吗？”

邓丽莎哭笑不得，身子一挣，涨红了脸，问道：“报纸上都说了是侦探爆料，你非要咬定初云的依据是什么？”

“那你一定要替她洗脱的依据又是什么？关于这件事，我分明是告诉过她的。可那个时候，我是一片好意。”一股怒气提上来，梁绣珍上前推搡着沈初云，将她往角落里一直地逼问下去，“好你个沈初云，不领情就算了，居然还拿出来害我！你但凡有点良心，都不该在这种时候，给我们韩家使绊子。你对妇女促进会将你除名一事，恐怕一直都怀恨在心。可那时候我什么身份也不是，你何苦整了徐润莲还嫌不够解气，非要连我也拖下水吗？”

“说这个话你就不脸红吗？俗话说，纸包不住火。你自己做的事情自己不负责，却来质问别人。还有，你在妇女促进会的时候，干过一件好事没有？你当所有人都瞎吗？问别人讨说法，倒是义正词严得很，轮到你自己呢，还有底气这么大声吗？”邓丽莎从后头一路地追过来，用力把梁绣珍往旁边推去。

一把劲儿使过头了，梁绣珍的脑袋“咚”的一下撞在墙上，一张脸一下子就皱拢了，口里不住地喊着：“哎哟哎哟，疼死我了。你这白眼儿狼，是要帮着外人一起来弄死我，是不是？好啊，你们别得意，我要是活不成了，你们也别想好！”

“这里不是说话的地方，我们进去说。”沈初云上前制止差点要扭打起来的两个人，一手拽住一个，要往里面拖。

可是，邓丽莎和她的心情是不同的。作为表妹，看到自己的表姐这样地蛮横无理，无论如何也不想让梁绣珍在同事面前亮相。巴不得拿话去激，最好叫梁绣珍无言以对，主动退出去最好。因就站定了身子，咄咄逼人问道：“怎么，没脸说了？我们不找你打名誉官司，你倒先横起来了？”

“你……你这是什么话，你究竟是谁的妹妹？”梁绣珍气得额上青筋暴突，抬手就想朝邓丽莎劈下去。

沈初云见状，忙松开邓丽莎，使尽全力去钳制梁绣珍。

里头的人听见动静，纷纷出来解劝。

贺忆安见沈初云被梁绣珍揪着一把头发，哪里能不急，也顾不上别的，上去一把擒住梁绣珍的手臂。

“你什么人，居然敢动我？”梁绣珍瞪圆了一双要吃人的眼睛，迎面见是一位不算陌生却又从未正式见过的青年。残存的一点理智告诉她，将来贺忆安极有可能是她的亲戚，闹僵了只怕很不合适。

乱哄哄的一场闹，弄得邓丽莎两眼直泛泪花，又羞又恼地跺了一下脚，匆匆躲到办公室里去了。

其他人虽然心里有怨气，但看在邓丽莎的面子上，又不好直接把人轰走。因此，只得勉强赔着笑，把梁绣珍请进屋里歇一歇。

第88章

祸不单行

沈初云上前推了邓丽莎办公室的门一下，发现被反锁了，就赶紧开了自己办公室的门。

进了里头坐下之后，沈初云给梁绣珍冲了一杯热茶。

贺忆安则有些尴尬地站在门边，好似要在此做个守卫。

几分钟的时间，恢复了平静的邓丽莎过来了。先朝贺忆安望一望，欲言又止，再朝梁绣珍看一看，就把头一直地低着，愧得什么话都没法出口了。

沈初云就转过来，对着贺忆安眨眨眼又努努嘴，示意他别在这里待着了。

贺忆安本意是不想离开的，他怕没有外人在场，那位梁绣珍女士又要蛮横起来。但是，似乎这里头牵涉的是邓丽莎的家事，他的确不便留下。再一想，既然邓丽莎在场，想必也不会让沈初云吃亏的，也就勉强点点头，走了出去。出于心底的一份担心，并不将门关紧。顾不得外头的同事怎么看，一直地抓着门把手，站在外边偷听。以备有什么突发情况，好及时冲进去。

只听里头又起了争执，邓丽莎拍着桌，声音很不耐烦的样子：“我是帮理不帮亲。”

偏巧，事情总要撞在一起发生。

有一群别社的记者，想就近期的新闻来采访一下沈初云。因良言报社里的人，这时的心思全不在工作上，这群人就顺利地从大门口一直走到了办公区来了。

便有个耳朵比较尖的记者，对着同行的人说："你们听，里头好像在吵架。"

贺忆安听见有个陌生人在这屋里说话，意识到局面有些难控制了，心里一下就发急了，想赶紧打发这些外人出去。哪想到忙中出错，脚一抬，手一松，那扇虚掩的门就"吱"的一声，露出了一道缝隙。

偏偏又是赶在这个时候，聊得很不愉快的三个人，已经到了摔杯子的地步，刺耳的动静钻进那几位记者的耳朵里。

"哟，门没关。"出于职业本能，什么礼数不礼数的暂时都被丢在了一边。几个人一拥而上，就往总编办公室冲了进去。

贺忆安只有两只手，虽然一边抓牢了一个，却恰好地给其他人提供了便利，一溜烟全挤了进去。

至于被拦住的两名记者，哪里能眼睁睁看着到了嘴边的大新闻就这么飞了？齐力将贺忆安一推，也不管不顾地冲了进去。

"那不是韩家二少奶奶吗？"记者认出里头三人的身份，先就交头接耳了一阵，脸上都泛着一抹笑意。摩拳擦掌一番，眼里还冒着金光，似乎是看到了大笔大笔的润金，兴奋得几乎要跳起来。

梁绣珍愣在原地，瞪大了眼睛，看见沈初云、邓丽莎都是双手虚虚地捂着耳朵，一副受了惊的样子。而她自己手上，还保持着刚才挥杯时那气势汹汹的动作。

接着，这群记者就蜂拥到她跟前，忙不迭地连声发问："请问，今早的《生活报》您看了吗？有什么要回应的话吗？"

"您来良言报社为的是什么事，跟之前《闻京报》的那篇文章有关吗？"

“据之前的报道，您似乎也参与了徐润莲女士构陷沈初云社长一事。如果说徐会长是为了抢夺政治利益，那么您的目的又是什么？泄私愤吗？”

“此事是您个人的主张，还是奉命行事呢？”

“奉韩外长的命吗？”

“二少奶奶，您今天是专程来道歉的吗？”

最后一问，让梁绣珍心里起了一种本能的反感。她一根手指晃着，往自己脸颊上气冲冲地一指，一声不服的冷笑之后，冲口就反问道：“我道歉？笑话！”

就有一个人抢在她前头，阴阳怪气道：“我看也不像，倒像是来闹事的吧？”

一旁的沈初云以及邓丽莎只管呆着，毫无主意。倒是随后跟着贺忆安一起进来的员工，一人负责拖住一名记者，软硬兼施地把人一个个轰出了大门。

梁绣珍虽然与记者常打交道，却并没有遇到过这种情况，全无招架之力。只是隐隐地知道，刚才的表现非常糟糕，恐怕是要惹出新是非了。最好的办法，还是老样子，花钱了事。可问题是，这群人一散，究竟该找谁去安抚？

想来想去，她还是觉得一切都该怪沈初云。

刚一张嘴，还没来得及说出半个字，就被急性子的邓丽莎给截住了话：“我拜托你不要再说了！就我看来，这一切都是你咎由自取。你是嚣张惯了的，从前没事，不代表一辈子都没事。”又朝地上的碎瓷片一指，“杯子总是你下手摔的，没错吧？人要学会对自己的一切行止负责，即便你把罪责都推给我们又怎样？是非对错旁人都看得很明白！你刚才都听见了，没有人来质问初云的责任，却是向着你在质问！”

梁绣珍被邓丽莎吼得六神无主起来，耳畔隐约送进来几句蒋妈的说话声，好像是要劝她赶紧回去，闹大了不好收拾。到了这会儿，她才想到今天出门没有经过韩太太的允许。而且这一趟，还惹了祸事。她这时才后怕，脸色惨白惨白的，捂着狂跳的心，慌不择路地跑了。

等到大家都安静下来，沈初云才觉得半边头皮都在发麻。想来，是刚才被梁绣珍下死手抓疼的。心里不免有一股委屈，瞥着身侧的邓丽莎，忍不住地想埋怨："我必须跟你说清楚，因为你们是亲戚关系，所以我一直对她还算客客气气的，可是经过这一闹……"

其实，不用说出来，邓丽莎先就已经愧得无颜以对了，底下的话哪里还敢听呢？忙摇着手，求饶一般地回道："我明白的，总之，多谢你的担待。"

"好了，揩把脸，先躺躺再工作吧。"只见贺忆安不知何时去搓了一个手巾过来。

要不是沈初云接了过去，他的手甚至就预备一直地伸过去帮着擦。

邓丽莎见了，局促地眨了两下眼，装作没瞧见一般，转身也去把头发重新梳了一梳。

至于梁绣珍将香雪儿逼到走投无路的这条新闻，果然如许多人的料想一般，越是传就越是失控。最初的消息登的是甲，但不消几日，就会由甲消息衍生到乙消息，到了百姓口中又传成了丙消息，最后，有人不知是故意的还是仅仅因为疏于确认，竟然又出了一个确凿的丁消息。

原先为人所津津乐道的，韩外长府上的二少奶奶，仗着有钱有势，把一个当红的电影明星逼成了疯子，演变成了韩外长不方便亲自出面收拾那个勾引次子的小妖精，因此授意儿媳着手去办。

虽然也有人出来说，香雪儿自身也很有问题，梁绣珍授意报社发布的脚踩几条船的丑闻那是有实质证据的，也算是咎由自取了，但是因为今昔的对比过于惨烈，加之香雪儿在电影方面的影响力无论在影坛还是观众之中依旧还在，多数人忍不住地发生了同情，一致指责梁绣珍欺人太甚。

韩延荪仍在养病，韩太太主张把这些报道藏起来，她以为这种事，最终会清者自清的。

金玉瞳听说了这个决定，心中暗想：有这么一位成事不足败事有余的当家太太，看来韩府的末日是要到了。因此，更加地不把规矩放在眼里，整天都混迹在俱乐部、跳舞场，仗着韩延荪在官场上的最后一点面子，大肆结交各种男女朋友。

这日，韩仲秋从衙门里回来。才进院子就闻见一股鸦片烟的味道，隔着玻璃窗看见躺椅上果然歪着个人，背对着窗户，便很是意外地冷笑了一笑："哟，大少奶奶今儿在家呀！"

金玉瞳眼皮子懒懒地一掀又合上，口里、鼻子里不断地有白烟喷出来："出去做什么，被人看笑话吗？"

韩仲秋一边解开扣子，一边往沙发上一躺，冷哼道："又不是指着你骂，至于吗？"

金玉瞳听了，心里暗暗冷嗤一声，这才撑着胳膊，慢腾腾坐起来说道："我算是看出来了，合着父亲的病都是让你们这帮不肖子孙给气的。你们也都算进过洋学堂了，怎么对于舆论的套路如此外行呢？梁绣珍的名字刚登上报纸，我就说了，越是在高位，越是无法独善其身。别说是家里人了，哪怕是平日走得近些的朋友，摊上这样那样的新闻，都可能危及政治声望。"说时，抽着烟想了一想，又冷笑着补了一句，"老爷子倒是内行，只可惜如今躺着养病，老太太又自恃聪明地不肯说出实情。哼，哪天纸包不住火了，你们才会后悔。早一天让老爷子知道，事情才能早一天解决。"

说罢，心里又想：命数真是天定的，同样是韩家的大少奶奶，沈初云当的时候，那是顺风顺水的，搭上韩延荪身体康健脑子又灵活的东风，成就了今天的局面。可是，等换了她金玉瞳来做这大少奶奶时，韩家就有些山雨欲来风满楼了。

韩仲秋斜眼一白，摊手道："不是漠不关心，而是我们心里都很清楚，就算没有这事，父亲也悬了。"

这时，金玉瞳开始庆幸，她和韩仲秋的婚事仅仅只是一份公开声明。至于手续，因为韩太太颇有微词，还迟迟没有办成。因此就长长吐出一口白烟，冷笑道："你好像很盼望老爷子出事？"

韩仲秋却懒得管这些，摆摆手道："我怎么会盼望？可这事儿我说了也不算。"

金玉瞳看了他一眼，再一次躺下去，将眼闭上。

韩仲秋望着她惬意的神情，认为这时候打商量正好，便轻咳了一声，装出随口问问而已的样子："你有没有法子走动到陈督军府上？"

"那个新得势的军阀？"金玉瞳心里满是好奇，却紧闭着眸子，只是略抬了抬头，"你找他做什么？"

"才说我漠不关心，我想搭把手，你又好像不愿意似的。"韩仲秋把这样的大事说得轻飘飘的，还不住地晃着一只脚。

金玉瞳这才坐起来，与他对视道："我是没有不愿意的资格和理由的，只是……你和我说这个，怕是有所谋吧？"

韩仲秋只得点了一下头，沉声道："如今我们兄弟几个，做什么都被盯着，鼻子灵的又对我避而不见。你这位大少奶奶，该不该出面呢？"

金玉瞳大笑起来："你舍得下脸面，我又怎敢不舍呢？"

韩仲秋扭过脸去，苦着脸低声嘟哝了一句："差这一回吗？"

金玉瞳心里同样有打算，两根葱管似的手指在把手上游来晃去的，半晌才道："陈督军……爱钱。有钱就行，不过要很多。"

韩仲秋一向认为钱能解决的就一定不成问题，颔首道："原也是父亲有拉拢新贵的意愿，这方面自是无须费心的。"

金玉瞳冷笑着，又躺了下去。

闭上眼时，又听见韩仲秋在旁交代道："只是咱们对外还得有默契，别把功劳分出你我来。"

听罢，金玉瞳斜着眼觑他，似笑非笑地点了一下头。

今天难得出个大太阳，透过玻璃窗，阳光斜斜地照在身上，好像给人身上盖了一层软软的薄毯。两个人遂都不说话，静静地把这日光躺了过去。

第89章

走投无路

却说梁绣珍眼见着舆论一边倒地向自己袭来，心里急得上火，脑子里实在又想不出办法来。她以为最好是有一家影响力不俗的报馆牵个头，把记者都请来家里坐一坐，兴许转机就来了。肯为韩家出力的报社有不少，但大概都要透过韩延荪去说，梁绣珍哪里敢去碰这个钉子？百般无奈之下，只有去求助向兰。

“四妹，你行行好，在《新声报》上帮我说两句好话吧。”

临危受命的向兰，现下是报社的代理主编，只要放话下去，自然是没问题的。可她不能不考虑后果，因就推辞道：“二嫂，我们报社主张的是民主，开会讨论的结果，都发在声明里了。对于你的事，我们最多只能做到不理会。”

“我们是一家人呀，你帮我不就是帮家里吗？”梁绣珍冲到向兰面前，把她的手牢牢地握着，弯了一弯膝盖，脸上挂着鼻涕眼泪，样子不堪极了。

向兰端着笑，将手抽了回来：“再发社评就是批判了，因为现在的舆论都是取批判态度的。”

梁绣珍往后踉跄了两步，歇斯底里地大叫起来：“向兰，我看你就是故意的吧？又或者……根本是你说出去的！”

向兰笑着摇头反驳："我又不知道这一回事，二嫂从前连我这里的门都不过，哪里会告诉我这些呢？"

梁绣珍像极了神经过敏的患者，满屋子打转，抬手拍着自己的脑袋，拼命地要想出幕后主使者："那是谁？那是谁？究竟是谁？！我不相信韩燕琴，我也不相信你，更不相信徐润莲。你们一个个，都不是好人！"

向兰冷笑着问道："为什么一定要知道是谁呢？如今总理待父亲大不如从前了，我们跟徐润莲也是迟早要散伙的。不管是谁，出于什么目的，把你的事情抖搂了出去，我认为都不算糟糕呀。你该这么想，如果是徐润莲为难你，那么这一劫躲不过去索性就别躲了。如果是别的什么人在作祟，那也很好，因为这张牌捏着就难说有打出去的一天，早一天打出去，我们解决了，对家的牌就少了一张。况且现在这个局面，倒是很好地解救了父亲涉嫌操控舆论的传闻。为家庭牺牲一点，是你的荣幸啊。"

听完这番议论，梁绣珍瘫软着身子，往地上一倒，含着泪低声道："官场的争斗何必来牺牲我？"

这时，向兰站了起来，把胁下的手帕一抽，往梁绣珍脸上丢去："话是不错，可我也有句话要来问一问你。争斗是今天才起的吗？过去争到上风的时候，你想必蒙了不少好处，却很乐意被牵扯，怎么这一阵子落了下风就要撇清影响了呢？"

梁绣珍发疯一般地扯住向兰的小腿，把她绊在地上动弹不得，掐着她的脖子一声一声地嘶吼着："是你，一定是你放了风声出去……我知道了，日防夜防家贼难防……曹雪芹说得对呀，从外头杀来，一时是杀不死的，必须先从家里自杀自灭起来……"

向兰被扼得喘不过气来，双手奋力地往外掰着梁绣珍的手指，涨红了脸，声音一句低过一句："话是不错，不过你得想清楚第一个自杀自灭的人是谁？拿家事搬到外头去供人娱乐，再从中赚钱，迟早是会有报应的。”

梁绣珍似乎有用不尽的力气，让向兰毫无招架之力。眼看就要背过气去，幸而有人路过这边，推了门，不禁嚷嚷着向外呼救，然后才进来使劲把梁绣珍往一边推，口里还高声道：“哎呀，我说打这儿过怎么动静不对呢，怎么了这是？”

只听咚的一声响，梁绣珍的脑袋磕着椅子腿重重地一撞，把她整个人都给撞蒙了。

获救的向兰在地上滚了两圈才勉强坐了起来，散着一头乱发，低吟着：“张……张妈，你都看见了……”

张妈用一种古怪的眼神望着不成人样的梁绣珍，默然地对着向兰点了一下头。

这场舆论风波中，本该避嫌的邓丽莎急得了不得，拿着一小沓报纸快步冲进沈初云的办公室，一开口又成了一副犹犹豫豫的样子：“那个……初云，我……”

沈初云答应了一声，却迟迟没听见有下文。不由得抬眸看着邓丽莎的表情，笑着问道：“有事儿？”

邓丽莎心里有个念头，只是怕说出来太冒昧，因此就慢慢地在椅子上坐了下来，递过报纸去，磕磕绊绊道：“就是……今天，连《世界日报》都开始关注香雪儿的现状问题了。还有人在揣测，我表姐的行为，韩外长都是知晓的，甚至……是他授意的。”

沈初云将报纸一份一份地翻过去。看了其中几篇用词尖锐的报道，连连把头一摇，既是否定这种揣测，也是无能为力的意思。口内则低声回道：“看来，我们果然没有猜错。事情不是那么简单的，把一切问题都归咎到外长身上，才是幕后之人的最终目的。”

邓丽莎的双手交错着，指头用劲地抓着手背，低着脸轻声问道：“你曾说，你很清楚这件事，是真的吗？”

沈初云稍稍回想了一下，表情就变得非常之肯定：“如果你表姐没有对我撒谎，我就能对这个话负责。确实是你表姐一人所为，韩外长对此毫不知情。不过，真相不重要。从实际来讲，政客的个人及家庭形象，并不能被分开看待。”说完，就陷入了沉默，俨然一派若有所思的模样。

这件事放在私人立场上，沈初云自然是抱着最后的一丝感恩，希望帮韩延荪洗脱莫须有的罪名。只是，她的参与恐怕会使局面更糟。

而邓丽莎则刚好是相反的。她无法接受梁绣珍的本性，竟然有如此城府。有人教唆，远比擅自做主来得更容易让作为表亲的她所接受。

惩罚婚姻破坏者的方式有许多种，但用此来生财的，只怕唯有梁绣珍一人。更何况，事情演变到这种程度，韩仲平既不被妻子追究，更不被舆论压迫，真是一出典型的男权社会闹剧。婚姻问题的责任，至少要对半开才算公平。但现实是，香雪儿因此付出了过重的代价，梁绣珍也开始自食其果。韩仲平，却依旧在做他的二少爷。

最后，可以想见的结局是，原配夫妻有足够的能力等待事件平息，而香雪儿却再无可能平静度日。

本是绝代佳人，落入此种境地，叫人怎能不感慨？

邓丽莎的双手抚着额头，埋着脸无奈地一叹，差点没哭出来：“香雪儿现在的情况很不好。从这几家报纸的详细调查来看，她的作风问题爆发之后，被电影公司抛弃不说，家里又被一帮强盗洗劫，此后就得了疯病。老管家替她变卖了房产，付了疗养院一笔钱，就把她丢在了那里，然后再也没有出现过。还有的则说医疗费早已超支了，好在院长是个很有医德的人，没有就此放弃她。另一方面，从前的那些影迷，看着她沦落成这样，多少有些于心不忍，偶尔会有人汇钱到医院里去。虽然，我看到这些的第一反应，是先想到早知今日何必当初，但这不代表我认同表姐的做法。我更不认同的是，事发之后她的态度。我觉得她多少还是应当存着一份羞愧的，因为她的所作所为，不仅仅是痛恨第三者这么简单。她还在包庇一个习惯了背叛婚姻的男人，甚至还借此敛财。她也并不清白……”

沈初云手里的自来水笔一下一下轻扣着桌子，长久地说不出任何话。

虽然是梁绣珍想的主意，可是沈初云仿佛也逃不过内心的审判。

既然当时就知道会有这么大一个陷阱等着香雪儿去跳，为什么不出面阻止呢？当时听完梁绣珍那番计策的她，还以为自己会一辈子都是韩家的儿媳，对于弟媳是有心要包庇的。何况，这种包庇也很短视，仅为在宅门之中独善其身罢了。再后来，婚姻危机一爆发，就无心于旁人了。现在回头再看，自己恐怕也不敢信誓旦旦地说，对于此事毫无责任。

就听邓丽莎艰难地提议道：“我想……找个时间去看看她。仅仅出于私人关系去，不会出任何的报道，毕竟……”

沈初云也正希望做些什么来弥补自己心中的亏欠，脸上浮起一抹愧疚，点着头答应道：“我明白你的难处，不会硬逼着你写社评的。何况，有问题的也不只是你表姐。如果当时我能秉着一颗良心，不畏惧得罪绣珍，哪怕最后没能劝住她，我对自己也算是有交代了。可惜人生没有什么早知道……”说时，唉声叹气地摇了一摇头。

邓丽莎抬起头，摆着手，打断了她的话：“不，我可能……还有一件为难的事儿，想请你答应。”说完这一句，却始终没有厚颜将要求提出来。

沈初云眼里笑了一笑，说道：“你就说出来听听嘛。虽然我对你表姐的确是嫌隙已深，但我对你的态度，是绝对不会改变的。即使你说，你希望我们报社所有人都不参与对此事的批判，我也答应。反正，就我看来，现在集中在此事上的报道，似乎都是在打小算盘，并没有人在关心这件事情背后更加深层的社会问题。我想，你应该和我一样，觉得这两个人既可恶又可怜，而造成这个局面的真正黑手，其实是落后不公的婚姻制度。但是这个话，登在我们的报纸上，不过是平添一个靶子，无端而被动地卷入到一场无聊的政客游戏中去，随之而来的是各种阴暗的猜测、无休止的骂战。我认为这样不划算，干脆装聋作哑算了。”

这番彻底的分析，让邓丽莎心里更添惆怅。因此就长叹一声，慢慢把自己的想法说了出来：“我想拜托你陪我去一趟。你知道那个疗养院，都是一些得了疯病的。坦白讲，我……我一个人有些不敢去。这件事我想了好多天，我又不是没有别的朋友了。可是……我会想去看看香雪儿，更多的是出于替我表姐赎罪的心态。让别的朋友陪我去，我抹不开那个面子。所谓家丑不可外扬，也只有你，对我来说既是朋友也是家人。这种抬不起头来的事儿，我只放心跟你说……只不过，这个要求可能不大合适。毕竟站在你的角度来说，应该也不想再去牵扯从前的那些人了。”

沈初云的确有这种无论是非对错都不想再与韩府牵扯的心态，只是香雪儿这事，在她心里是个例外。因就摇着头，说道：“不，既然是不公开的，那我就没什么负担可言。”

邓丽莎全然没想到她会答应得这么爽快，一双眼睛通红通红的。心里有许多话，嘴里却只管把“谢谢”两个字说了很久。

“傻丫头。”沈初云笑着走到邓丽莎身边去，拍着她的肩膀，徐徐说道，“我答应你，一方面是为了我心里的愧疚。更重要的是，我跟韩仲秋打官司的时候，你在其中的身份不也很尴尬吗？那时候，你没有因为那层亲戚关系就疏远我，反而毫无保留地跟我站在一处。而现在，你需要的只是我陪着你走这一趟，我又不必去处理什么复杂的亲友矛盾。如果连这么一个小忙都不肯帮，那我岂不是很忘恩负义吗？”

有些事，身在其中的时候不觉得，过后回头一看，连邓丽莎自己都不曾意识到，当时的她原来是顶着那么大的压力，无私地为朋友做了一件很了不得的事。因此就有些害羞地搔了搔鬓发，有些不好意思又暗暗骄傲地嘀咕了一声："倒也是……"

沈初云看她这一派娇憨的表情，不由得从心里直笑到脸上来，点了点她圆圆的鼻尖，说道："所以啊，我们两个人之间，往后就不要说这么见外的话了。你做什么我都支持，精神上、行动上都支持。你也会一样对我的，是不是？"

邓丽莎便笑着一点头。

第90章

现状凄惨

让邓丽莎料不到的是，去医院探望香雪儿的手续，堪比进入总统府。事前花了九牛二虎之力，托了许多人去向院长表明绝无采访之意才被允许探视。

走在住院区狭长而阴森的过道里，邓丽莎的手心、脚心不由得渗出一层又一层的汗，每走一步都很艰难。这个时候是医生查房的时间，所有的病人都得待在病房里。有几扇门背后传来声嘶力竭的喊叫声，他们想出去、他们不想打针、他们说自己没有病。

沈初云皱了皱眉，一只手被邓丽莎紧紧握住，另一只手不安地抓着胸前的衣料。实在无法想象，一个曾经有着耀眼光芒的电影明星，如今却生活在这种环境里。

等走到了一个相对安静的区域时，院长便在一间病房门口停了下来，解释道："这里一排都是单人间，白天、夜里都有专门的看护，相对条件比较好一些。"说罢，指指跟前的那扇门，表示香雪儿就住在这一间。

病房门上都安着一块玻璃，方便医生、护士观察病人独处时的情况。

沈初云望着邓丽莎，眼中含着犹豫和恐惧。两个人将四只手牢牢地握在一起，一步一步挨着，并肩站到了门口，朝里面看去。

只见里边有个蓬着发的女子，脸上敷着很厚的粉，身上穿着一件粉色的紧身小袄，手上有一条长长的绸带子，不断地在半空晃啊晃啊，嘴巴一张一张的。一时声音很弱，一时又扯着嗓门大喊："苏三此去好有一比，好比那羊入虎口有去无还……"

"那就是香雪儿？"邓丽莎的心被猛然一撞，不由得将沈初云的手攥得更紧了。

"是的。"院长在她们身后低声答道。

邓丽莎双唇颤颤的，抬起一只手，死命捂着嘴，生怕哭出声来，会吓着里头的香雪儿。

只见她唱罢，呆呆地站了一晌，眼神空洞无光。良久之后，忽然嘻嘻地笑了一下，含羞带怯地将绸带往脸上一遮，然后从偷笑变成了放声大笑，开始满屋子打转，又来了一段绸带舞。

院长不错眼地盯着香雪儿瞧着，口里轻声提醒道："今天的症状又不大好，你们在这里看看就算了，千万别让她看见你们。她这个样子完全是以为自己在登台呢，要知道唱戏是一种会跟观众有交流的职业，一旦她瞧见了你们，并不会感到害怕，反而越发地兴奋。我倒是担心，她的这种人来疯会吓你们一跳。"

邓丽莎的脑袋不停地点着，眼神跟着也放了空，不知是真听懂了院长的话，还是被香雪儿的现状给吓着了。

沈初云镇定了一下，扶着邓丽莎去角落里冷静冷静。自己则小声向跟过来的院长问道："刚才香雪儿唱的《玉堂春》，是她平时喜欢听的戏吗？"

院长扶了扶鼻梁上的金丝边眼镜，回忆道："听她以前的管家说，没演电影之前，她是唱戏出身。现在是疏于保养，一副好嗓子就给毁了，也听不出从前的风采了。据我猜测，《玉堂春》可能是她最拿手的戏。因为我十次来，大约有九次都能听见她练这一出。"

沈初云点了点头，对邓丽莎提议道："我们出去透透气吧。"

脸色苍白的邓丽莎哪还有力气说话，虚虚点了一下头，心里巴不得赶紧逃离这个使人压抑的地方。

回到院长办公室稍事休息之后，沈初云从包里掏出一个信封来，恭敬地双手递了过去，道："院长，这是我们两个人的一点心意，算是香雪儿的住院费也好，伙食费也好……"

"其实她现在已经不缺钱了。"院长将信封往回一让，道，"之前报道的影响非常大，我们医院收到各地寄来的汇款也不在少数了。再要这么收下去，我还得考虑专门聘一位会计来处理她个人的捐助。"

邓丽莎抢上前道："那么，帮助其他病人也是可以的。"

院长愣了一下，想了想觉得这样也好，就笑笑地收下了。接着，敛起神情，目光显得十分凝重，沉声向她们说道："香雪儿之前倒是恢复得不错，可惜忽然被揪出了陈年往事。许多记者眼里只有头条，而没有半分人应该有的道德。对外说什么民众有知情权，记者有报道自由，可对待受害者却丝毫不把人权放在心里。起初几天是通过医院里的各种关系，堂而皇之地进来拍照、采访。我眼见着快要治好了香雪儿的病，却因为他们不断地提起往事，而功亏一篑了。现在的她比刚来时，更加地不如。前两天，我想了个法子，在院门口贴出告示，谢绝一切采访。你们猜怎么着？"院长说到这里，气愤地将拳头砸在桌子上，将牙齿咬得咯咯直响，"竟然有人深更半夜爬墙进来！这种行为哪里只是打扰到香雪儿一个？甚至还吓坏了我们医院其他病人。你们试想想，夜静更深的时候，整个医院的灯光都暗了，突然从窗户上爬进来一个人，别说病人了，我们好好的医生、护士，都不免会受惊呀！这也是为什么，我起初并不同意你们二位来探望她的理由。"

听了这番曲折之后，沈初云、邓丽莎简直不敢相信，事态居然发展到了这个地步，两个人不禁低头沉默了许久。

回去的路上，依旧无言。

秋风把沈初云的斗篷吹得飘了起来，她两只手紧紧攥在身前，越攥越用力，指节甚至发出咯咯的响声。

但是，邓丽莎没有任何的察觉，她的脑海里满是香雪儿的画面。

原来那么俏皮的一个人，竟然成了这个样子。即使香雪儿曾经插足过别人的婚姻，也疑似脚踏几条船，但是到了散尽家财的地步，也够赎罪了吧。这样毫无尊严地活着，会不会已经超出了她所犯下的罪孽？

论情理，梁绣珍应该去看看香雪儿的。但实际上，那是不可能的，甚至梁绣珍会很恶毒地说出“活该”“这样还不够之类”的话。

“丽莎，我可能要食言了。”沈初云想好了主意，就忽然地站在街边不动了。

“什么？”邓丽莎的思绪被打断了，一脸茫然地转过头去，怔怔地望着沈初云发呆。

沈初云上前两步，拉起邓丽莎的手，眼中稍含着几分出尔反尔的愧疚，坦白道：“我想我不能遵照昨天许诺你的话，对香雪儿的事情只字不提了。相反，我一定要写文章来抨击那些不顾道德的记者同行，我要把他们为了吸引眼球而害得香雪儿无法痊愈的事情，全都揭露出来。即便香雪儿自己有错在先，但是她罪不至此。她破坏婚姻，该上审判庭就上审判庭，法律管不到，就去争取法律改革。我们可以用道德批判她不光彩的过去，让她为自己的过错付出合理的代价。可是请注意，是合理的代价，而不是搭上一整个鲜活的人生。她的道德错误没有把任何人给逼死，那么我们又怎能逼得她只剩一条死路？女子不轨就要以命赎罪，这……这难道不是封建社会才有的事情吗？这种状况发生在如今的文明年代，难道我们都不用脸红的吗？”

邓丽莎还未从在医院所见的那种恐惧中走出来，整个人的精神还是很虚弱，讷讷然地问道：“你可想好了？”

沈初云无比严肃地一点头：“刚才在病房外，我就想到了一件事。民国元年，孙先生曾颁布过《暂行报律》。我记得第三条就是，调查失实、污毁个人名誉者，被污毁人得要求其更正。要求更正而不履行时，经被污毁人提起诉讼时，得酌量科罚。而现在，硬要把一项不存在的教唆罪名安在韩外长身上，难道不是调查失实、污毁个人名誉吗？这些无良记者不去澄清事实倒还罢了，竟然还要进一步地采取不人道的调查手段，去伤害一个意识不清的女子，这个罪过可不比污蔑名誉小啊！可是为什么，这样一份《报律》还未得到完善，就草草地废止了呢？当时对《报律》群起而攻之的报人，有没有藏着私心呢？”

邓丽莎将两条眉毛皱拢在一处，有些犹豫地解释道："因为记者不该被约束，这是侵犯自……"

“记者有什么特权可以免于监督？”沈初云哭喊着截断了她的话，“睁开眼来看看现实吧，有多少人顶着言论自由的名义，做的却是丧尽天良的事情！香雪儿就是活生生的一个例子，且还不是孤例。她本来就快要过上正常人的生活了，可是现在不可能了。院长甚至说，永远都不可能了！”说完这一句，眼泪再一次夺眶而出。

这个现实对沈初云的打击实在太大了，她过不去自己心里的坎，她无法像个没事人一样冷漠，她说服不了自己，香雪儿的现状已经超过了咎由自取的界限。虽然她不知道破坏家庭这个道德问题在法律上应该受到何种惩罚才算合适，但她心里有个声音，很清楚地在说：过头了，已经很过头了。

“哎哎哎，那边的，干什么呢？！”随着一声厉喝，发现她们动静不对的巡警吹着哨，往这边跑了过来。

“我们回去说。”邓丽莎发现情况不妙，忙用眼神提醒沈初云，又赶紧远远地向着巡警一弯腰，笑着赔罪道，“警察先生别误会，因为我朋友家里有些不好的事情，所以情绪有些激动。她并不是坏人，我们这就回去了。”说罢就拉着沈初云一口气跑过了一个路口，伸手叫了两辆人力车。加了钱，让车夫跑到最快。

第 91 章

产生分歧

到了家里，邓丽莎递上一杯热茶，试图让沈初云冷静下来，说道：“我们抛开私人关系来分析分析吧，你这番言论发表出去，分明是在得罪整个新闻界，而不是我个人。”

沈初云没有回答她，只是紧抿着唇盯着地上不动弹。那双眼睛里写满了坚持，毫无任何的杂念，叫人一望就能看到她心里去。显然，这是沈初云心里最直白、最无私心的决定。

邓丽莎长长地喟叹一声，她的脑子里还是很乱，什么样的思绪都有，这跟她过去办事从来都心无旁骛有着很大的不同。她挠了挠头，鬼使神差地来了一句：“不过……你要是持这个立场，也许韩外长的压力会小很多。”

沈初云的眸光中多了几分尖锐，甚至竟有些敌对的意思，冷冷地反问道：“你是话里有话？”

“我没有，我只是……”邓丽莎的头和手都猛然摇了起来，很激烈地表达着自己不是在怀疑沈初云的立场。她只是被今天的所见所闻给吓住了，更被今天所暴露出来的种种业界问题，给打击得完全失去了从前思考问题时的果断和高效。

“自由”二字在邓丽莎眼中是很重很重的，她对自由的追求，仅从婚姻主张来窥探，就可了解一二。她曾经乐观认为，婚姻是可以只靠道德来约束的。但今天展现在她眼前的一切，正是夫妻双方的义务和责任没有很得当地被法律所约束而产生的乱象。

因为梁绣珍作为原配的权益没有具体地写进法律，所以她只有选择用自己的方式来审判香雪儿。可是这种绕过法律的惩罚，再遇上“世事难料”这四个字，就造成了香雪儿今天不可逆转的悲剧。

即便邓丽莎渐渐意识到，她过去对于自由的追求可能有不周全之处，但是要修改内心之中树立已久的信仰，还是需要时间的。她真的很难一下子就转变观念，去批判过去曾经无比坚定的追求。

不知该怎样表达心情的邓丽莎，焦急地在房间里打转，语无伦次地拼命找着各种借口：“你听我说，新闻这个职业不光对我们两个来说是新的，对整个中国而言都是新鲜的。在中国，自由新闻的历史很短，很多事情连从业者本身都还摸不着头脑。就像我从前根本不知道新闻界除了要钱不要脸的润金之外，还存在这样一种为了头条可以罔顾道德的乱象。我……我受到的冲击太大了……对，那帮人错得很离谱。可是不知道为什么，我心里好像有一个地方……在被猛烈地冲击，甚至推倒重建。你所倡议的订立新闻法，会不会已经超出了我们的能力范围？我们只是一家聚焦妇女问题的报社，我们……”

沈初云一脸难以置信地看着邓丽莎，仿佛从来都不认识这个人似的，站起来义正词严地纠正道：“天下兴亡，匹夫有责，匹妇亦有责！我们为什么只能去关心妇女的事业，而不敢去触碰其他问题？既然我已经看到了有人正在遭受着无序的新闻报道所带来的折磨，那么我如果再要保持沉默，无疑是对香雪儿的人生犯下了第二次不可饶恕的大错，我不允许自己变成一个漠视生命的人。”

邓丽莎抚着额头，无力地点点头，用眼神传递着对于自己刚才言语失当的愧疚。除此之外，她也不知道该说什么了。脑海中一片空白，就像一台停下来的废旧机器，连转都转不动了。

长久的沉默之后，沈初云再次强调：“你记住，我从没有说过良言报社只关注女性。我只记得我立过的志向是，要办一份女子看世界的报纸。正如我揭露工厂剥削工人，是为了让民族企业良性发展一样。为了中国的新闻事业能走上正道，我早就做好准备承受一切炮火，哪怕将我烧成灰烬，又有何惧！”

“是，问题在我，我现在很乱，想冷静冷静。”说罢，邓丽莎沮丧地躲出了办公室。

一夜无话，直到次日清早，失眠了大半宿才将将睡着的邓丽莎，被一阵刺耳的电话铃声给惊醒了。

她迷迷糊糊下床去听，随着那阵低沉的声浪，把消息一个字一个字地说完，她的眼睛就越睁越大。直到对方挂了电话，她依旧穿着单衣，愣愣地站在原地。

沈初云起来一看，不由得惊呼起来：“怎么了这是？穿得这样少，也不怕冻着。”一边念叨着，一边回房去找了一件衣服给邓丽莎披上，抬手摸了摸她的额头，口里仍在埋怨道，“你这丫头别是得了什么病，从昨天起就精神恍惚的。”

有两行泪簌簌落下，邓丽莎紧紧抓住沈初云的双臂，猛地一头扎在沈初云的肩上，呜呜地直哭：“你是对的。”

“怎么了？我仿佛听见刚才有电话接进来，是不是出了什么事儿？”沈初云拍着她的背替她顺气，口里一直发问下去，“到底怎么了？有事儿你可别瞒我。”

邓丽莎抬起头，拿袖子胡乱地揩揩眼睛、鼻子，尽量维持着镇定，略略简述了一遍：“刚才电话里说，昨晚上又有记者去爬医院的窗户，正好是从香雪儿的病房爬进去的。她受了刺激，她……一下子就不行了，尖叫一声，倒在地上不停地抽搐。医院尽了力的，但是……刚才打电话的人是院长，他说情理上该向我们说明的，我们送去的那几百块钱，他准备用在香雪儿的葬礼上。昨天院长不是还同我们说，香雪儿的日常开销不成问题吗？那是因为她现在只需要一张床、一口吃的，但要正经办起大场面来，恐怕就不够了，必须挪用我们的钱。院长不想草草地把香雪儿的身后事给打发过去。她是无辜枉死的，如果能大操大办一番，一方面是给份体面，一方面也是想扩大影响来进行抗议。所以，花费可能会比较多。”

这个消息也把沈初云给吓傻了，昨天还是好好的一个人……哪怕谈不上好，至少也是一条命。怎么才过了一晚上，说没就没了呢？

两个人失魂落魄地找出两身素淡些的衣服，换好之后，在办公桌上留下字条，就匆匆去了医院。

因为是所西式医院，一切的后事都是文明的办法，尸身已经妥当收敛了。

院长的眼眶红红的，忍着哭腔说道：“因为她是个孤家寡人，在治疗方面，我们很放得开手脚。即使抛开她过去的身份和经历不谈，她这个病例对于我们研究这门医学来说，有着不寻常的意义。可是如今呢，一切全毁了。活生生的人没了，我们的医学尝试，也似乎永远没有结论了。我要痛斥这些记者，我要抗议！他们不负责任的行止，作下的冤孽岂止是一点点！”

在场的医生、护士，以及沈初云二人都没有打断院长的话，也想不到任何话可以用来安慰的。

想起从前，于电影院及报上所见的香雪儿，长发堆云、皓齿微露，一双春水般的眸子，一笑起来能叫明珠美玉顿失颜色。

在其风光之时，沈初云离她最近的一次，仿佛就是在大华娱乐城的楼上，意外地发现她钻进了韩府的汽车里。

那一眼，如今看来，竟是她此生的大劫。

沈初云不由得想到了陈依曼这个让她恨了许多年的名字。

当时，因为错把香雪儿的背影当作陈依曼，无意中将这个故事一步一步推向了悲剧。到今日，心中感慨无限，甚至隐隐在担忧，陈依曼好吗？

恩怨对错都过去了，虽然很难对那段往事说原谅，但至少还是希望陈依曼的结局，不要这样凄惨。

幸好当初没有按照梁绣珍所说的去办，幸好是交给了韩延荪，再不济，应当也不至于惨过香雪儿吧。

谁的命不是命？谁的一生毫无瑕疵？但愿她已经重新开始新的人生了。

回去的路上，邓丽莎的一双眼早就哭肿了。好容易平复下来一些，很快又有两汪泪蓄满了。她紧紧攥着沈初云的手，抽抽搭搭地说道："我同意你昨天的提议。这时候说这个话，仿佛是太迟了。可是，为了世间再无第二个香雪儿，哪怕是刀山火海，我们也该一起去的。"

沈初云回握着她的手，寒风吹得她两人脸上、手上都红扑扑的，一点热气都没有。却有一股永远不冷的热血，从心底里一直地涌出来。沈初云挤出一丝笑意来，道："我知道，这个决定会让人畏惧。可是，我们可以这么想，我们承受的骂声越喧嚷，后来人的路就越平坦。为了这个行业能受人理解和尊重，我们首先就要勇于自省。自己做过的事，先要敢认，然后才能谈对错，厘清了对错，才能建立秩序，有了秩序，才能平稳而长远地走下去。"

邓丽莎吸了吸红红的鼻子，用力地把头一点，眯着一双泪眼，也努力地笑了一笑。

冬天又要来了，但这片土地本来就不可能是四季如春的。与其去祈求春天永远不走，不如想一想怎样去面对风霜雨雪。

第92章

偷鸡不成

社评发布，满城哗然。

新闻界一致认为，行业内部出现了叛徒，公然否定新闻自由思想。

但是更多不相干的人，都在关心是什么原因让沈初云与韩府的关系峰回路转、柳暗花明。甚至有好事者荒唐地猜测，是沈初云和韩仲秋的关系好转，准备重修旧好了。

而被这一系列事情搅得神志忽而清醒忽而失常的梁绣珍，读罢社评，以为沈初云她们掉转枪口一事，是因为自己上一次的回击起了作用，竟然窃喜不已。又看了看花报上写得犹如亲眼所见的昔日伉俪再续前缘，心里想起一个人来，不由得觉得解气。因就跑到衣橱前，左挑挑右拣拣，最后把手停在了一件豆绿花边的物华葛长旗袍上。

换了装，走到镜台前，打开粉缸子，往脸上厚厚敷了一层，唇膏足足上了三层。挑了一对黄豆大的珍珠耳坠挂了上去，又拣了一串钻石项链围上。眼神中露着一丝杀气，活像是要赴战场的样子，扭着松垮的腰身一路向金玉瞳屋里去。

一路走，一路还自言自语起来：“我斗不过向兰就罢了，好歹是个良家，我就不信我连一朵糜烂的交际花都不如！”

进了门，梁绣珍见金玉瞳正躺着，呼噜呼噜地吸着鸦片烟，满是自在悠闲的样子，心里便是一阵嗤笑。学着金玉瞳上回找不痛快的口吻，一脸尖刻地说道："大嫂，我要是你，我可不能忍。"言罢，将那份写着韩仲秋花边新闻的小报放在了烟家伙旁边。

金玉瞳正躺得舒服，懒得坐起来看，只不过眯缝着眼稍稍一瞥。她因为忧心自己的前程会被韩家给耽误，最近也格外地关心这些报纸，事情的来龙去脉不需要人解释，心里早就一清二楚了。唯其是这样，才暗暗认定，梁绣珍此来绝对没安什么好心。置之不理，是最好的应对。

"我这黄袍加身的都还没急呢。"

"你……"梁绣珍闻言，气冲冲地将手一指。稍稍缓了缓，心道可不能上了这个当，先跟她急起来。因此就冷笑着，往沙发椅上一坐，"大嫂心情不好，我让一让又有何妨？不过，沈初云的厉害，你大概……"说到这里，故意地勾住金玉瞳的好奇心，并不将话继续讲下去，只是指着报纸上的绯闻一笑。

金玉瞳却似乎一点不为这个事吃醋生气，反而冷哼道："男人的忠心是能当饭吃，还是能当衣穿？我要他忠心做什么？难道你也相信有情饮水饱？"说着，先对了烟嘴吸了两口，再抬眸时，眼神变得有些凌厉起来，"我再问你，二叔对你忠心吗？或者说你吃起醋来的时候，他真的会关心你的感受吗？"

梁绣珍有些不适应，从前她在家里，除了比不过韩燕琴能说会道，其他人不管是不是有意让着，终归都不会在嘴皮子上赢她。可是最近，这些大事小情都在发生变化，一个向兰，一个金玉瞳，简直把她逼得没有地方了。她气愤地扭过身子，咬牙道："大嫂，有话不妨直说。"

一股烟气从鼻孔里喷出，金玉瞳冷笑着继续说下去："会让女人不高兴的，始终都只有女人而已。二叔捧的那些角儿，有眼色知进退，不上赶着倒贴的，你何曾操过心？"

不对呀，为什么要去议论韩仲平呢？今天不是来谈韩仲秋的吗？这大概又是一招顾左右而言他的计策。

梁绣珍脸色稍霁，转头一笑，道：“你是太看得起戏子，还是太看不起沈初云呢？她和这些人有的比吗？”

金玉瞳放下烟家伙，坐正了身子，摆出一副西方拥护者的得意姿态来：“唉，你这样想也难怪，毕竟是在中国长大的。在我看来，人都是平等的，怎么不能比？”

听了这话，梁绣珍觉得，这就暴露了她和金玉瞳在眼界上的差距，声势便慢慢地弱了下去。

只见金玉瞳将右腿往左腿上一架，怡然自得地向着梁绣珍笑了笑：“你的眼睛只盯着自己的床榻在看，可我不同，我是不在乎这些的。今天沈初云能出来为父亲说句公道话，就算争议再多，但绝大多数人还是会相信沈初云的话，因为这个人情花多少钱也买不下来。至于什么重圆不重圆的话，真不真的难道咱们还不知道吗？让人说两句闲话又不会少块肉，正经的，赶紧让事情过去，挽回父亲的名誉才是头等大事。”

一点便宜没讨着，还被阴阳怪气地教育了一通。梁绣珍脸上渐渐泛出土色来，噘着嘴，嘟嘟囔囔挤出一句：“大嫂好气量啊。”

趁着这个时候，金玉瞳在脑子里细细地琢磨了一下刚才所看的各大报纸，不由得就是一笑：“我说，你未免调适得太快了吧，就仿佛这事儿与你无关似的。”口里说的像是恭维，心里其实很瞧不上。

梁绣珍挑挑眉，理直气壮地回答：“报上都写了，即使我真做了那事儿，究其根本还是我们国家没有给予妇女足够的法律保护之故。”

金玉瞳背过身去，仰头向着天花板，大大地感慨了一番：“有兄弟姊妹就是好啊，你做没做，密斯邓难道不清楚吗？竟然还好意思用‘即使’二字。”说着说着，眼睛里酸酸的，甚至没来由地想躲起来哭一场。

梁绣珍歪着头一想，冷哼道："这个社评是联合编写的，你怎么瞧得出是她在帮我？"

金玉瞳听了，厌恶地将眼一闭，语气里带着几分鄙夷，反问道："难道还能是沈初云？"

当然不可能了，这得多蠢，才会想不明白这开脱的话是谁写的？但是，梁绣珍并不想就此服输，故意地挺挺胸脯，依旧嘴硬着阴阳怪气起来："也不是全无可能呀，嗯……或许沈初云良心发现了，毕竟从前她住在这里时，我对她是真的好。"

金玉瞳哭笑不得地哼了一声气，抬手往眼角上一擦，吸了吸鼻子，转过身子来，眼含讥诮道："我说二少奶奶呀，我要是你，有这么完整的家庭和这么好的生活，我绝对会把脑子放在正经地方的。"说完，心上又是一空，复有一股酸楚直往眼睛里钻。

想想沈初云和梁绣珍，一个聪明一个蠢，一个孤家寡人一个失宠，看起来大不同，实际上有一点很相通，都不需要考虑下一顿饭在哪里吃。她们都命好，遇到的麻烦再多，总不至于过得太差。再比比金玉瞳就完全不一样了，她自负不会比沈初云笨太多，却没有她一半的好命。

"你又来劲是不是？"梁绣珍一拍桌，将金玉瞳的思绪给打断了。

"好了好了，别气了。"思绪起伏之下，此时的金玉瞳没有任何精力再斗下去了，只想安安静静地躺一躺。因此，就拿起那烟筒来，往梁绣珍跟前一推，笑道，"你也尝尝这个，正宗英国货，比市面上的川土云土好多了。"

"我不抽。"梁绣珍目不斜视，坚定地把烟筒往回一推，摇手拒绝。

"有钱不享受，等着带进棺材去？"金玉瞳嗤笑一下，自顾自取出烟膏子和烟签子，熟练地摆弄了起来。韩府上下都不抽这个，用人烧的根本比不上她自己动手的好。

梁绣珍缓缓转过头来，看新鲜一般地望着她的动作，口里念叨着：“都说鸦片……”

金玉瞳冷哼一声，截住话头，笑道：“都说鸦片不好，却也没碍着阔佬和政客们好这一口呀，不是吗？”

梁绣珍想想，好像也是这么个道理，不由得点了一下头。

不一会儿之后，金玉瞳将烟泡烧好了。抬眸看见梁绣珍好像看西洋景似的，便是一笑，将烟嘴一转，递到梁绣珍嘴边去，说道：“我说你呀，就是太闲得慌，所以就爱到处地钻牛角尖。以后没事儿就到我这儿来躺躺灯，什么都不要想，也就什么烦恼都没有了。”

梁绣珍还是推了一把，却绕不过金玉瞳再三地让过来。加上是她亲手举着烟筒伺候过来的，这种姿态看在梁绣珍眼里很是舒坦。心想，就一口也不妨事。便凑近了，学着金玉瞳方才的模样，闭眼一吸，差点没把肺给呛了出来。

金玉瞳抚掌大笑，捂着肚子道：“哎哟，你说说你，正事儿不懂就算了，怎么取乐也这么笨手笨脚的。”

梁绣珍便不服气：“你别哄我，难道你是第一口就会抽的？”

“对对对，熟能生巧。”金玉瞳笑着把头一点，又把烟嘴挪了回来，手把手地示范道，“来，我告诉你怎么抽。”

第93章

辩证自由

另一边，贺忆安的目光在触到“韩仲秋”这个名字时，变得无比凛冽。将报纸扯了个粉碎之后，才气冲冲地赶到砖塔胡同，把拳头往桌上狠狠一捶：“你发稿子之前，为什么不同我商量？”

沈初云被吓了一大跳，身子紧贴着椅子背，一只握笔的手僵在原处，左手则护着心脏的位置，脸色刷白地望着他问：“你以前可从来都不管报纸内容的，今天怎么忽然问起这个来了？”

贺忆安见她这副样子，倒丝毫不为社评的事所担忧，不由得冷哼一声，责问道：“你知不知道新闻界的主流共识跟你的主张是完全相反的！你非要搞得自己孤军奋战不可吗？你到底是哪里来的胆子，要走这么一条绝路？”

听完这话，沈初云才动了动身子，重新伏在案上写起了字。脸色一派寻常，平静地回答道：“我的良心告诉我，这话就算不是百分之百地成熟在理，起码也有足够充分的理由，可以拿出来议一议。就算最后只剩我一个人也没关系，舆论场本身就是没有硝烟的战场，我时刻保持着一份战士的勇气来面对我的工作，是没有任何问题的。”

贺忆安不禁苦笑了一下，居然有人会把自己逼到这种地步，还丝毫察觉不到危险。或者说，她在动笔前就察觉到了，只是因为她体内总有一股滚烫的热血，不需要有人支持，也能无惧无畏地走到最后。

这样的人，真是令人难以接近。

可是，贺忆安不想让她得逞。凭什么她人生的大门关得这样铁紧，闯又闯不进，叫门又不应？他分明能感觉，她心里并不是每个角落都能时时刻刻地维持坚强的表象。他想跨进她的心门，想参与她人生的每一次沉浮起落，想让她除了事业还能有别的成功。

想罢，贺忆安抓起沈初云的那只右手，试图提起她十二分的注意："那么我告诉你……你不会一个人，哪怕你做错了，哪怕所有人都弃你而去，我也选择站在你这头。"

沈初云先是被突如其来的动作唬了一跳，然后抬眸便见一双清澈的眼，直直地盯着她。初进门时的愤怒转瞬消散，望着她的只有一汪化不开的柔情。对她诉说的每一个字，都仿佛是由琴弦拨起的天籁，大珠小珠落玉盘，一颗一颗稳稳落在她的心尖上，瞬间也将她的心化作一池春水。微风撩拨，水面荡漾，日光明媚，年华正好。

"论起情谊，你是永远都赢不过我的。"只听隔壁一阵笑，邓丽莎从中间打通的那扇小门里走了过来，挨在墙边，两臂往胸前一抱，一只脚踮起，笑嘻嘻地瞅着贺忆安，"你这句话，我早几天就说过了。"说罢，冲着沈初云眨了眨眼睛。

沈初云刚回了她一个笑，立马就意识到，自己的手腕还被贺忆安捏着呢。一张脸登时涨得如窗外的一轮红日，赶紧抽手逃开。

贺忆安也站直了身子，冲着邓丽莎摊手一笑，却一言不发。

总有那么一天，他要超过朋友的界限。

贺忆安的话，无形中给了沈初云一个提示。

新闻界的同行，不是一个缥缈的概念，这里有她的朋友、老师。也不知道这篇社评发出去，会激起多大的浪潮。

三日之后，包括《闻京报》在内的多家报社，相继发出质疑甚至是攻击。

看罢，沈初云将当日的《闻京报》捏在手里，长久地不说话。

别的人她都可以不在乎、不解释，但苏振青不行。哪怕两个人观点相左，她也认为自己应该当面阐述明白，才对得起苏振青的提携。

想到此，沈初云赶紧套上一件大衣，把下午原定的工作分派给了其他同事，自己则匆匆赶到三眼井胡同。

《闻京报》的员工看见她来了，先是习惯性地一笑。随后，就免不了想起最近的新闻，有些犹豫地偷眼往苏振青的办公室一瞥。

钟士宣端着礼貌的笑意，迎着沈初云往座位上让。

沈初云眯着笑眼点点头，手指往苏振青的屋里一点，小小声道："钟主任，我找……"

钟士宣笑着颔首，表示明白，带着她叩开了苏振青办公室的大门。

"老师，我……"

苏振青心里被这个称谓猛然地一击。于是，放下手里的笔，从头至尾打量了说话的沈初云一番，才叹了一口气，道："忽然地喊起老师来做什么？我教了你什么，难道教你窝里斗了吗？"

沈初云低了头，双手也跟着垂下去，指尖忐忑地捏在一处："我不是那个意思……"

钟士宣端了茶水过来，轻轻拍了一下沈初云的胳膊，请她坐下说话。然后，才开口向苏振青笑道："社长，其实我觉得，密斯沈的文章写得还是很不错的，可以说是有理有据。"

苏振青仿佛有些嫌他和稀泥，抬眸不满地一瞟。

钟士宣吃了个瘪，对着向他投来感激目光的沈初云，尴尬地搔了搔头，在下首边坐了。

苏振青这才大谈起来："新闻新闻，要的就是一个'新'字！我们又不是警察，有些事情等我们调查清楚了，恐怕黄花菜都凉了。"

沈初云心底自然认为这话的立足点太过轻佻，完全构不成一个"理"

字。但是，对于这样一位真正意义上带她走上新闻道路的导师，又是无论如何都不能大声去反驳的。只能低着脑袋，红着脸，委婉地提出一些质疑：“可是老师，韩外长对梁绣珍迫害香雪儿之事存不存在教唆，您是可以向我求证的，毕竟我对此事有相当的发言权。我现在也可以负责任地说一句，梁绣珍私下曾向我提及过她要对付香雪儿的话。事后的种种，与她当时所说的计策如出一辙。所以，我认为韩外长对此不知情的可能性远远大过知情。对于他没做过的事，我们又岂能主观地……”

苏振青则是冷声一哼，打断了她的话：“公众人物理应受到监督，理应承受比一般人更高的道德要求。即便教唆这个罪名，真的冤枉了韩延荪，但是他没有管好家里的晚辈，那也是事实！”

沈初云抬头望望苏振青，一脸的严肃。再转头瞧瞧钟士宣，正点着头表示同意。她虽然没有学过什么法律，却以为这个说法很有些问题。

教唆和教子无方，是能等同的罪名吗？韩家的子女都大了，按西方说法，就是可以为自己行为负责的成年人了。不能指着韩延荪一把年纪了，还时时刻刻管着子女。早几年说他教子无方，自然是有的，但不能仅凭这个理由，就此武断地把教唆罪名扣在他头上。

这种全凭主观断案的法子，又与旧时代有何区别呢？

想着想着，心里有些发急了。沈初云涨红了脖子，努力向他们解释道：“可是，我认为你们都应该去了解了解香雪儿人生最后的时光，听听她的主治大夫所见的记者多么面目可憎。记者只是一类人群的职业称呼，本质上首先是一个人，须得守住做人的底线，才好提什么工作需要。如果我们连人都做不好，提起笔杆子来，真的能为民发声吗？对此，我表示强烈的怀疑！”

苏振青拍桌喝止：“怀疑也是自由精神的一种表现，你怀疑当然可以，但是你不能因为你个人的怀疑，就不允许其他记者去表达个人观点。你能怀疑，难道别人就不能怀疑你的怀疑了吗？你也是个受过新闻研究班教育的人，你难道已经忘了约翰·弥尔顿所说的新闻自由思想……”

沈初云腾的一下站起来，与苏振青隔着一张办公桌对立着，不卑不亢地回答道：“我没有忘记《论出版自由》，同时也清楚地记得，约翰·弥尔顿在担任新闻检察官时，他是不主张绝对自由的。可见对于‘自由’二字在实践中的失控，他个人也是有体悟的。”

“消消气，消消气，都冷静冷静。”看他二人各执一词、僵持不下，钟士宣赶紧站到中间，把话打断，“密斯沈，有件事必须先和你解释一下。昨夜那名爬窗户的记者现在也正后悔呢，但是事出突然，有人写了匿名信给各大报馆，说是香雪儿府上那次遭劫，根本是蓄意的，怀疑幕后黑手可能就是韩外长本人。你想，这样令人发指的行为，他怎么可能置之不理呢？换作是你，也会放下一切后果，拼死也要揭露真相的呀。”

又是一个令人毫无准备的消息，沈初云稍稍一回想，眸光便是一暗。

经此一提醒，她的直觉也认为香雪儿家里遭劫一事，似乎是有些蹊跷的。

哪怕治安问题已经老生常谈了，但是以彼时香雪儿的财力，以及她背后金主的能耐，她的居处应该是非富即贵，似乎不应当出太大的安全问题。即使出了问题，也不至于闹到贼人搬空了家私，依旧无人相救的地步。

想完了这个传言的可信度之后，沈初云才记起此次前来，可不是为了破案。便依旧把话引到正题上去：“如果这个传闻靠得住，当然应该揭露。但香雪儿只是个得了疯病的弱女子，跑去问她能问出什么来呢？如果那位记者为了新闻之自由真的什么都不怕，又为什么不亲自到韩外长府上去要出个真相来呢？打着为了真相不怕牺牲流血的幌子，却只敢欺负弱者。这样的行径，光后悔有什么用？哪怕香雪儿活得如同蝼蚁，到底也是一条人命，不该这样白白地牺牲掉。”

“这……”钟士宣被驳得动摇了心意，转眼去望着苏振青，看他预备怎么说。

或不服，或动摇，或叹气，三个人就这么沉默下来了。

好半晌之后，苏振青忽然地笑了一笑，抚掌道：“无论如何，你这丫头是出师了。”

原本还在生无良记者气的沈初云，这时却微露赧色。她看得出苏振青依旧不认同自己的立场，却极力地在克制他本人的立场，试图来欣赏刚才的那一番辩论。

记得当初决定要单干的时候，苏振青曾说过的，什么时候能做到凡事不以任何人所说的为道理，什么时候就算真的出师了。

回首过去，有些话重新拿出来细细地琢磨琢磨，可真是教人迷惑。

苏振青当初的提醒，显然是希望沈初云能彻底领悟独立自由之精髓。今天，沈初云仿佛是做到了，她成功地完成了苏振青的要求，却是在用这份独立和自由的精神，来反对毫无约束的自由。

这里头的弯弯绕，真把三个人同时给难住了。

沈初云就不由得去想，当年真该去听听哲学课的。

最后，苏振青叹口气，摆摆手道：“罢了，我们吃的是笔管饭，既然说不到一处去，那么还是笔下见真章为是。”

谁也没能就一个目前令所有国人都感到陌生而迷茫的问题，说服对方。仿佛只有继续保持冷静克制的辩论，才是最好的办法。

谈不上失望，因为沈初云此来本就不抱过多的期望。她缓缓地一点头，起身弯腰告辞：“那么……就谢谢老师了。”

苏振青再叹了一口气，点头沉声道：“你还是回去忙事吧。我年纪大了，脾气也见长，真怕再说下去会口不择言起来。我们在报上有来有往，毕竟隔着老远的距离，冷静冷静，还能客观看待。真要是预备面对面地辩论，恐怕会辩出个老死不相往来的结局。不能否认，你是个好学生，我不想跟你从此陌路。”

沈初云虚心地听着，想回应些什么，却觉得什么话都不合适。

钟士宣独自送了沈初云出去，稍稍宽慰了她几句。

第94章

改头换面

趁着沈初云出门有事，邓丽莎也没闲着。从女工协会出来之后，就叫人力车拉到了贺忆安的照相馆。

这时候刚到中午，早上一拨客人刚走，下午一拨还没来。店里伙计吃过午饭，就靠在柜台上打盹儿。

邓丽莎便压着脚步声，蹑手蹑脚地上楼去，隐约听见有访客的声音。

阁楼上的贺忆安，原本打算披上大衣出门去。来访者性子很急，等不及地赶在出发去饭馆之前，把今次的来意给说了。

贺忆安的手在半空一顿，接着就将大衣往沙发靠背上一放，摇头摆手地回绝道："这个活儿我可不干，闹不好我的信誉就得赔个精光。"

就听见有个中气十足的男声回答道："老弟台，你这就不给面子了。是我在往你口袋里塞钱，你还嫌我害你？说来，我大概也是出门没看皇历。给你送钱你说不要倒还罢了，我这改良的花露水也没送成。就连那个小老乡也善变起来了，分明是她先来关心我家的生意的，今天我登门拜谢，却不得其门而入。大概，阔人还是钟爱法国香水的吧。"

贺忆安想起韩家现在的处境，对于向兰的闭门不见倒也不觉得奇怪，只是冷笑而已。

这段对话倒让邓丽莎狐疑起来了，贺忆安是什么样的人，够不到的钱，费尽心机还要去挖呢，今天居然能听见他把到手的钱推让出去。邓丽莎觉得自己倒是赶得巧了，就不过听墙脚的事到底不大光彩。可心里呢，又有十二分的好奇。

最后，转个身假装要离开的样子，却是十分钟也未必走下去一步。

楼上的两人，对话倒也干脆，并不耽误什么工夫。

贺忆安笑着反问："别犯老毛病，在我这儿别牵扯些不相干的人。就说你的这件事吧，你也算是吃过了造谣的亏，如今一点也不吸取教训，还要一直不改主意地非拖我下水不可吗？你所说的张家跑了姨太太的事情，我倒是有些耳闻。可是，这位出逃的姨太太与她的大伯子，仿佛连见面的机会都不常有的，又哪里会发生什么不伦之事呢？"

来者回得有些含糊："这……你干吗总提过去呢？故意让我下不来台的吗？还是专心说眼前这件事吧，你都离开杭州多久了，张家的新闻难道你还能比我更清楚？"

贺忆安就越发地大笑起来："可是，你也不见得整日都在人家家里待着吧，又是怎么知道的呢？再说了，你一向都住在上海，杭州的事，你比我知道得多一些倒是有的，但也说不上知道的都确实无误吧。"

听到这里，虽然邓丽莎对于整件事的来龙去脉还不了然，但是似乎对方已经被贺忆安驳倒了。只能隐约听见一句"大家都在说"之类的辩词，声音又低又飘，与刚才谈钱时的态度截然相反。

贺忆安接言冷笑道："要真是大家说是就是，那我去买通全北京的老百姓，都来喊我一声'总统'，难道我还真能堂而皇之住进总统府了？"

就听那人有些不高兴了："咱们可是同乡啊！看来你这次无论如何都不肯帮我了？"

贺忆安则见招拆招，想体体面面地把事情挡回去："你看你看，你刚才进门的时候，说是要挑我做门大生意，现在又说是我不肯帮你。我的确是没那能耐，可以帮到你柴公子。”

这时候，邓丽莎就想到了前不久闹过私生活风波的柴俊生，想来里头的人就是他了。

“我们是互相帮助。”见激将法不成，柴俊生的态度就和软下来了，“你想想吧，这个小说一旦登了报纸，哦，不，你甚至不必费劲去写。只要拟几个回目做做样子，张家那边瞧见了，必定会找上来花钱了事的。而且我还许诺你，我们家这边同样不会亏待你。这个钱，你尽可两头地赚。前提是，回目一定要见报、声势一定要大，而且要让人一猜就知道小说暗指的是哪一家。”

“我不做文丐，我得对我报社所发出去的每一个字负责。”

邓丽莎差点“哦”的一下发出动静来，嘴巴张得圆圆的，不自觉地抬手去摸自己的耳朵。她真怕这会儿是做梦，或者耳朵坏了。否则，怎么可能从贺忆安的嘴里听到这样慷慨激昂的誓词呢？

门内的柴俊生也是一样的想法，认为自己要不然是长了一对假耳朵，要不然是见了一个假人。他学着大夫瞧病的模样，抬手掰着贺忆安的上眼皮看看眼白，又去搭了搭他的额头，最后夺过他的手腕把了把脉。空捋着本不存在的大胡子，揶揄道：“北京这地方的水土是不是有什么问题，怎么把你养得这么蠢了？”

贺忆安听了，自然不大高兴。一把抽回手，冲他脸上一晃，道：“哎，买卖不成仁义在，这么说话可就不好听了。”

柴俊生双手一合，摇撼两下表示歉意：“行行行，算我错了，我收回。”抬腕一看表，因为他能在北京逗留的时间不多，跟贺忆安又是老熟人，不需要讲客套，便改口道，“这一趟北上，我也不是专程为这个事情。要会的人实在太多，你这顿午饭呢，我欠着，下回一定还。贺大记者，那么我就不打扰你了。”说罢，伸出手来向着贺忆安一握。

贺忆安倒巴不得不吃这个饭，省得人情上过不去。更何况，在北京，贺忆安才该是请客的那一个。因此，很爽快地点了点头，又道："反正你出了这个门，必定还是会去找人帮忙的。我也管不了那么多的人，不妨就告诉你吧，也许《幸福报》是很愿意排这类稿子的。而且，他们的版面灵活机动得很。以这件事的收益来讲，他们或者下午就能出刊也未可知。"

柴俊生听了，摇头笑笑，拳头往贺忆安肩上捶了几下，才道："你可真是……别是叫人换了魂吧。以张家这事的火爆程度，说挣一千都还是少的。这么大一笔收入，你居然肯送给别人，完全都不是我认识的贺忆安了。"

"随你怎么说，反正我这边的主意你就别打了。"一句话还没说完，贺忆安就三步并作两步过去，拉开了阁楼的门，扭头一看，不禁愣住了，"哟……密斯邓怎么来了？"

这时的邓丽莎，脑袋是靠在门边的，脚尖是冲着楼下的，整个身子舒展得很怪异。未开口时，就不免脸先红了。

贺忆安便笑了笑："我来给你们介绍，密斯邓丽莎，密斯特柴俊生。"

邓丽莎只得大大方方地走上去几步，微微欠身颔首，与柴俊生握了握手："久仰。"

贺忆安听了，觉得今天真是怪事多多了。邓丽莎来这里已经很反常了，就更别说她对柴俊生这号人物会这样郑重地打招呼。

邓丽莎优雅地抽回手，向贺忆安笑了一笑，转头对柴俊生又说道："贺君向我提过您的大名。"

柴俊生则是一直不眨眼地望着邓丽莎，见她是窈窕身材、举止文明。穿着物华葛的夹袄，外头套一件紧身小坎肩，落落大方地展现出自己身形的优点。底下又是一条月白色的印度绸裙子，配了黑色的美式高跟鞋，活脱脱一个电影明星的模样。

贺忆安看他此等情况，深知是夜场里养出来的老毛病又犯了，赶紧咳嗽一声，拿手肘捅了捅他的腰。

柴俊生这才醒转过来，笑着答道：“我是何等荣幸，能得邓小姐的一句‘久仰’。若是不嫌弃，今晚我在新世界……”

“明天的任务很重，报纸和杂志都要出刊，今夜怕是要熬通宵的。”贺忆安毫不留情地截断了邀约，望着邓丽莎笑道，“密斯邓过来，也是找我来商量公事。”说罢，还点点头，示意她赶紧答应一句。

邓丽莎也就笑眯眯地颔了一下首，并不说话，只做默认。

柴俊生不无遗憾地叹了一口气，向邓丽莎伸手告辞：“那么，改日会吧。”

邓丽莎自然不会回绝这种文明的告别方式，这短短的一触，便是余香缭绕。一直到坐上了汽车，柴俊生一抬手，仿佛仍觉得邓丽莎还在他身侧，不断地往他鼻子里送着些香水、香粉的味道。他暗想，既然贺忆安言之凿凿地说，跟邓丽莎毫无关系，那么往后与这位女士多多走动，似乎也不犯着什么忌讳。

只是柴俊生完全没有想到，贺忆安早已从源头上切断了他的美梦：“这个人在老家已娶了太太。”说完这一句，贺忆安又忽然想到，这方面只怕自己是杞人忧天了，便摊手笑道，“不过好像对你说了也是白说，我是瞎操心哪。”

邓丽莎做了个知道就好的表情，点了一点头，兀自走到沙发上坐下。干脆地拉下面子，直言问道：“我来的时候，仿佛听见他要给我们报社拉一笔生意？”

贺忆安不屑地嗤笑了一声：“什么生意呀，不就是生意场上的把戏嘛。他的对家不是聘着专门的记者，整日跟着他家里的人吗？这回，那个对家似乎也遇上了一些家务事。柴君的意思，希望我把这一方面的传言写成小说，登在报纸、杂志上，把动静闹到最大，也算是一种反击吧。”

原来如此，这件事倒是不稀奇，稀奇的是贺忆安居然毫不动心。

如是一想，邓丽莎就跟着问出了口：“你为什么拒绝呢？”

贺忆安不解地拧着眉头一笑，反而质疑起邓丽莎来了：“你今天不舒服吗，怎么会问这种问题？”问罢此一句，又胡思乱想起来，“还是说……你诚心给我挖坑，希望我对那笔润金动些心思。等我犯了错，好再把我赶出去？别想了，我是不会让你得逞的。”

听罢，邓丽莎笑得直不起腰来，趴在沙发上滚了几下，才捂着肚子勉强坐起来：“你这番阴谋论真是让我哭笑不得。不过——”说到这里，渐渐止住笑意，敛起眉目，很认真地起身，向贺忆安伸出手来，“欢迎你。”

“什么意思？”贺忆安觉得事情太奇怪，犹豫了半晌才将手递过去，一双眼则疑惑地打量着她。

“正式地从内心深处接受你成为我们的合伙人。”邓丽莎脸上笑笑地解释了一句。心里则在想着，今天会拐弯来这里，本就是打算谈一谈私事，算是作为沈初云的朋友，一种负责任的态度。恰赶上刚才的一件事，许多话倒不必细说了，更无须为难贺忆安。

爱情的力量，邓丽莎算是见识到了。眼前的这位商人居然开始改变了，不再把金钱放在首位，也慢慢地在思考自己的职业所需要担起的社会责任。

能做到这种程度，真心不真心的话，答案是明摆着的。至于将来如何，谁也不是长着天眼的，既看不透也猜不透。只要当下，双方是情投意合，更是认真庄重地在对待这段关系，也就足够了。

就在她出神的时候，贺忆安已经端上两杯酒，伸手递了一杯过去：“是件好事，值得喝一杯。”

邓丽莎也就微笑着接了过来，两人的酒杯轻轻一碰。

贺忆安眼神拉远，不由自主地感慨起来：“不过最期盼的是，能听见密斯沈对我说，正式地从内心深处接受我作为她的……”

邓丽莎微微仰着头，敏感的她似乎已经猜到了贺忆安的潜台词。赶紧搁下酒杯，做着手势喊道："停。"然后，非常明确地拒绝了贺忆安可能会提出来的求助，"我这个人最不喜欢的就是插手别人的私事。"

贺忆安耸耸肩，先抿了一口酒，才道："不愿帮忙就直说，我也没奢望你肯帮我。"说时，又低低嘟囔了一声，"说得好像你从前没插手过密斯沈的私事一样。"

屋子里只有两个人，空间又不怎样大，邓丽莎哪里会听不见呢？心里有些哭笑不得，神情却很严肃，她便接过话茬儿："那能一概而论吗？从前是从前，那时候我如果不帮忙，就只能看着初云困在泥沼中不得脱身。但是现在不同，她既没有危险，也没有向我求助，我要是干涉过多，并不礼貌，也不尊重。"

说话之间，贺忆安又抿了一口酒，皱着眉头问道："你今天到底干吗来的？"

这一问倒让邓丽莎有些窘了。按照原来的意思跟贺忆安好好谈吧，不是她的风格。因为她的问题，已经在无意中得到了答案。再要去问，就是浪费光阴了。可是，要说有公事，手里又没有能搪塞过去的资料。说来看看贺忆安吧，就更不像了。

几下里一想，邓丽莎只得重新拿起酒杯来，齐平了鼻梁一比画，笑笑地说了一句："路过，口渴了就上来喝一杯。"

贺忆安是不信的，但也知道，邓丽莎不想说的事，谁也撬不开她的嘴，至少他没有这个能耐。

第95章

愤然辞职

是日，向兰以代理主编身份，召开报社全体员工会议。

姚太太以名誉社长的身份，坐在她一边，替其撑腰。

向兰对着满屋资深的记者和编辑，侃侃而谈起来：“我们销量最近的确是喜人的，但也不能就此满足。还是要想办法抓住更多人的眼球，记住我们的办报宗旨，眼光要看向世界。要从平权问题出发，而不是只关注平权问题，放弃对其他社会问题的讨论。”

慷慨激昂的一段引子说完，掌声却是寥寥。也难怪大家不信任，向兰是个异乡人，入行又晚升职却快，一时很难服众。更何况，这些理念也算沈初云留下来的陈货了，就算说对了，仿佛也不能证明什么。

姚太太适时起身为她鼓劲：“我们报社一直风波不断，正需要一个像四少奶奶这样有见地的人来指引一番。”

向兰立刻微笑着纠正道：“姚太太还是叫我向兰吧，不要凸显什么身份，我就以个人来讨论讨论新闻行业的未来，怎样？”说时，又谦逊地望向众人，略略低了一点额头。

这样的态度，倒是让大家感到满意的。

向兰暗自得意，翻开讲稿，开始演说：“做新闻，费时费力还不讨好，这是有共识的。这个不讨好，不单是到处树敌，还有收益赶不上支出的困顿。我以为无论什么问题，经济总是要解决的第一大难点。报社创收，无外乎靠销量，然后由销量撑起巨大的广告效益。那么销量靠什么？靠独一无二的观点。如果市面上有一种声音，只有我们报社独有，那么读者自然首先考虑订阅我们的报纸。”

这里，姚太太不住地点头，她对于办报的尝试，不单没能达到好的社会效果，甚至连投入的资金也迟迟没有收回，为此一直很焦心。如今终于来了一位能把话说到她心坎上的人，便暗暗打定了主意，要鼎力支持。

只听向兰胸有成竹地问道：“什么样的声音才能永远做到仅此一家别无分号呢？”

大家纷纷议论起来，却不过只是一些陈旧的观点，毫无新意可言。

向兰有些自鸣得意，直接桌子轻轻敲了几下桌子，见大家都把注意力放在自己身上了，这才给出了她的答案：“永远跟人不一样，永远让人感觉到闻所未闻，这便是走在思潮最前列的象征。”

她的话可谓一石激起千层浪。

在一片喧嚷声中，有一位面容白净的妇人举着手站了起来，一脸严肃地慷慨陈词起来：“我反对！新闻观点不该一味追求奇特，立场也不该以新颖来分高下，而在于观点有没有真凭实据做支撑，立场是不是经过了深思熟虑才确定的。我们不能只讲回报，而忽略了新闻精神……”

站起来的这个人是妇女促进会的骨干，也是《新声报》的资深撰稿人方敏。

向兰认为可笑，不由得微微摇了一下头：“可等你想完了这些，人家早赶在我们前头把新闻嚼成了残渣，等你发稿的时候，读者早跑了。这样子一来，人家广告商不单要怀疑我们的影响力，还要怀疑我们的办事效率呢。”

姚太太听得对味，明里调停，暗里大有鼓励向兰的意思，笑道：“我觉得咱们今天既然要畅所欲言，不妨先听四少奶奶把话说完，咱们再各自发表议论也不迟呀。”

可方敏却觉得，把新闻当成一门纯粹的生意去做，这样的立场哪里还有继续讨论的必要呢？不由得冷笑了一声，对着向兰发问道：“代主编，我再问最后一句，两种极端情况，迅速而错误的新闻，迟来却扎实的报道，你取哪一种？”

看她的态度如此咄咄逼人，向兰眼里的笑意少有地消失殆尽了，转而严肃地表态：“既然我们今天要谈论的主题是增加收益，那么我反问一句，收益从哪里来？自然是市场！市场要哪一种，我就取哪一种。”

方敏被这种态度激得血液沸腾，脸上瞬间感到一阵热辣，怒拍着桌子问道：“只要市场给钱，就可以不分对错？”

反观向兰早已是一派从容：“没有钱就没法维持，报社关了门，你上哪里讲对错去？”

一阵阵的心悸，让方敏有些站立不住，她的脑袋里空空的，好像钻进了许多小人拿着榔头、锤子拼命地在摧毁她所坚守的信念，使她百般不适千般愤怒，继而摔笔表态：“我辞职！”

向兰的眼睛看着那支笔落地折断，不由得惊慌地闪了闪。

而这场会议，也因方敏激烈的反对立场，不得不潦草结束了。

从《新声报》出来的方敏，径直赶到良言报社，与昔日的战友沈初云大吐苦水。

在一边听罢的邓丽莎大感不妙，咬着手指沉吟道：“这样看来，《新声报》是要……”

“向兰怎么会是这样的人呢？”沈初云觉得头疼极了，完全不知该怎么办才好。

“或许你该沉住气，听听她下一步的计划是什么。”邓丽莎带着一点遗憾，望着方敏如是说。

方敏却表示自己在那里一秒钟都待不住：“我气极了，一个字都不愿听。我并不懊悔冲动地跑了出来，倒是在懊悔没能当场去反驳她更多。照她所言，写文章只追求观点猎奇，那么难道我们要挖空心思地写一篇文，来论证八国联军烧杀抢掠，其源头是我们中国人有错在先咯？”

邓丽莎不免嗤笑一声：“如果一直放任下去，难说咱们还真有幸能见证这种观点的诞生呢。”

方敏被邓丽莎惊出了一身冷汗，紧紧拉住沈初云的手，拜托道：“所以沈先生，咱们想想办法吧，一定要阻止《新声报》走向堕落。”

沈初云则不断地安慰道：“别急，向兰的办报理念，现在还停留在讨论阶段，就算留下的人都通过她的主张，试探市场反应也会有一个相当的过程。我们还有时间，可以慢慢地想出一个办法来。也许未必是坏事一桩，我们不妨再耐心些。”

方敏忽而想起往事，心里一阵微妙，喟然道：“不瞒你说，当初你们两个提出，新闻需要约束，我真是气急了，认为你们思想退步了太多。可是现在我隐约感觉到，一个新闻法缺席的国家，反而更难以保护新闻的独立精神。”

沈初云见她如是说，心里也感到有了些欣慰，点着头道：“是的，我想要的舆论环境，应当是正义的记者有回报，搅浑水的记者受惩罚，而这一切皆得有法可依。让从业者都能分清楚什么是光荣、什么是耻辱。我们拿笔管的人，如果也染上了笑贫不笑娼的毛病，时间一久，必会把国人的思想带进万劫不复的深渊。”

“说得这样好，你们却都在空谈。”邓丽莎把脸一调，一路说着就走到了书桌前，拿了纸笔出来，“我的意思，咱们来点实在的，这就给密斯方写聘书。”

方敏听了岂有不高兴的，沈初云也连连抚掌，拉着她的手不肯放开：“是了是了，我的门进来容易出去难。别走吧，我带你见见同事。”

却说如今的政界，要说韩延荪是第一号人物，那绝对不夸张。家事、公事，统统为人所诟病。

那位无意中害死香雪儿的记者，为了自证当日的行为是事出有因，便把一则未经证实的消息，当成确凿的新闻发表在报纸上。一时间，大家又开始讨论。这当官的授意土匪做些小动作，虽然是很常见的事情，但是这样对付一个本就无力翻身的弱女子，未免太为人所不齿了。

更要命的是，一桩消息尤嫌不够，还要添一件绝对的秘闻不可，而且这一次，有着相当切实的证据。

邓丽莎看完早报，便走进沈初云的办公室，看见她也正在看这篇报道，不免感叹一句："韩家这是一天一颗炸弹啊！"

看罢消息，沈初云控制不住情绪，眼泪如落珠一般地滚下来："陈依曼……死了？那我岂不成了凶手吗？我以为外长他只是……给一笔钱，买了一张很远的火车票，把她送走。最糟糕，也不过是不给她足够的盘缠。如果早知道是把她送到……我要是知道，我不会给那张相片的，更不会不闻不问听凭外长处置。"

邓丽莎看到她这样自责，总是要安慰几句的："不是你的错，每个人都要对自己的言行负责。她陈依曼好人不做，非要当外室，又怪得了……"说到这一句，就没法继续往下说了。关于破坏家庭的第三者，是否需要以命来偿还所犯下的错误，这个辩论在她们两个之间已经有答案了。难道为了让沈初云心里好受些，就要推翻之前的结论吗？

只见沈初云一手扶着额头，泪珠子吧嗒吧嗒落在那张报纸上，抽抽搭搭地说道："一个出身贫苦不受教育的女子，她心里能懂什么大道理？活下去就是天理。为了活，做出这种事情，也不能只怪她一个人呀。就算错也不至死，我怎么能……"

邓丽莎递过一块干净的手绢去，蹲在她身边，从下往上去看她的泪容。手搭在她肩上，慢慢地一下一下地轻拍着，口里劝慰着："可是，你并不知道会这样。你们都是受害者，就如同你现在对她发生同情的出发点是一样的，不知者无罪呀。她没学过大道理，自然应该对她宽容些。而你起初的意思也并不是要她去死，你只是相信韩外长会跟你一样想。信任一个人不算是原则上的大错，至多不过是，识人不清……往后可以改的。”

识人不清，是可以改。只不过为什么自己那样傻，每次都要出些什么事才能学到一点教训？就好比要不是樊久香找上门来，与沈初云深谈，她恐怕至今还觉得妇女促进会即便有些官僚现象，大局上总是进步的，是可以稍稍妥协的。

第96章

雪上加霜

关于韩家两位少爷的情妇，分别是因何而死的讨论，旁观者各有各的猜测，但当事人心里再清楚不过了。

这件事始终没有瞒过去，韩延荪自责当初对陈依曼果然还是狠心过头了，这才给政敌留下一个把柄。又借着这个事实，连香雪儿家里遭劫全系他授意这种话也扯了出来。

除他之外，还有一个人同样逃不脱良心上的叩问。

韩仲平在屋里来回踱着，最后叫来了蒋妈，把梁绣珍新买的烟家伙给取出来，让蒋妈给他点上。他背着父母也是常会在烟花场上躺躺灯的，自然知道这东西的好处。刚一吸上，就觉得心里慢慢地舒坦下来了。

梁绣珍哄完孩子回屋，正觉得烟瘾上来了，走路越发地急。一进来，却看见韩仲平躺在里头也抽起烟来了。顺嘴来了一句：“哟，二少爷怎么也跟我学得这样不出息了？一会儿妈看见了，别又说是我挑唆的。你们这一老一少的，做起事情来，胆子那样大，捅出娄子来，横竖往我身上一推，自己却总是干净清白的。”

其实这话，本不冲着韩仲平。可韩仲平这会儿心里正有事，不免要往香雪儿那事上去牵连，哪里听得了这一句？发起狠来把脚边的金痰盂一踹。

这一阵动静可不小，把西边屋子里的孩子吓哭了不说，梁绣珍也不免惊慌失措起来。抱了满肚子的委屈和气愤，却始终不敢发作。

韩仲平这人，平日里是把软剪刀，就算跟谁不高兴，也不是那种会摆在面上闹的人，只在暗地里变一变态度罢了。今天这样，大有不怕家里人过来看戏的意思，可见他心里的火气不小。

虽然梁绣珍以为他的脾气来得毫无道理，却也知道今时不同往日，不可大吵大闹。耳边听着女儿哇哇大哭的声音，心里越发烦躁，转身冲出去，只想去金玉瞳那边抽两口烟，好平下心头的不忿，便一路喊了过去："大嫂，大嫂，大……"

她将帘子一挑，便觉里头不对劲，好像缺了一种气味，一种住人的气味。可是，屋里的陈设是一切照旧的。

女人的直觉有时候很可怕。梁绣珍不自主地挑开了里屋的帘子，蹑手蹑脚摸了进去，一把拉开了衣柜门。只见里头，除了韩仲秋的衣服好好地挂着，竟没一件女人衣裳。她又跑去翻那套金玉瞳视作宝贝的烟家伙，也不在原处了。

到了这时，她果然以为不对，一路嚷到外头去："不好了不好了，大嫂离家出走了。"

先过来的是韩仲坤夫妻，接着韩太太和梅姨娘带着韩黛琴也来看过了。翠姨则是一个人悄悄地在门外望了一望，随后就偷偷地跑出去问下人，韩延荪的药煎好了没有，她预备往那边去，正好带过去。

最后一个来的，反而是这个院子的主人韩仲秋。

韩太太也懒得骂了，推着他先进里屋瞧一瞧紧要的东西再说。

俄延半晌，韩仲秋才拖着步子走出来。

韩太太急于上前去问："怎么样？少的东西多吗？大约值多少钱？"

韩仲秋开不出那口，把头低着，嗫嚅道："没……没什么……"

“什么叫没什么？没什么，你把脸板成这样给谁瞧？”韩太太拍着桌子，急于问出实情来。

“家私不都在嘛。”韩仲秋知道自己疏于防范，损失了一大笔钱财。他连连笑了几声，好像这样就能减轻事态的严重性，“也就丢了一笔钱，一笔……要为父亲走动的钱。”

因为韩仲秋心里清楚地知道，是要连钱带人一起贿赂的，这才格外地不想知道细节。只是隐约地听金玉瞳说，不能直接运动到陈督军府上，还需要两位中间人引荐。和陈督军吃顿饭要五万，引荐人抽六成的辛苦费。

其实这里的耗费，无须打听便知有敲竹杠的意思。偏偏韩仲秋碍于丈夫的颜面，不肯深究，只稀里糊涂向韩延荪报了十万的活动费。

至于那剩下的两万在哪儿，韩仲秋这时只要一想起，便觉烫着自己那颗不孝的心。

韩太太听说是官场上活动的钱，就觉不妙。韩延荪是找她凑挪过款项的，也就是说从她手里挪掉的四万块，并不是全部数额。想到这里，她张大了嘴，仰头看着天花板一愣，被灯光刺得眼睛生疼。脚下一软，整个人就瘫了下去。幸亏有梅姨娘和韩黛琴一左一右地搀着，才不至于躺倒在地。

众人一下围了上去，还是梅姨娘大声喊道：“别这样挤过来，我瞧这症状分明跟老爷很像。大夫不是说了嘛，这样的病最忌讳人多口杂，会闹得病人心脏不舒服。你们赶紧散开，把门窗都打开，兴许透透气能缓过来。”

“那我去叫大夫来。”韩仲坤第一个冲出屋子，一路跑一路还在喊，“向兰，照二姨娘说的，赶紧把窗都开了。”

向兰心里有股说不出的无力感，一下都不想动弹，却也只能照办罢了。

韩仲秋自觉闯了大祸，早就没声没息地缩在角落里了。

梁绣珍则上去捏着韩太太的人中，一遍一遍地喊着她。

这招倒也奏效，韩太太的眼睛微微张开，迅速地扫过众人，最后把目光投到了帷幔后头的那个影子上去。

顺着她的眼神，大家也一路向着那边望去。

只见韩仲秋哭丧着脸，挪着步子，在韩太太跟前五步远的地方停了下来。

梁绣珍冲他眨眨眼，意思是好歹说两句话。

可是，这会儿韩仲秋自个儿都恨不得晕过去不省人事算了，哪里还有力气去劝人？只得硬着头皮，小声敷衍道："那个，妈，妈……钱财是身外物……"

在一旁的梅姨娘听了，急得额头直冒汗，只好自己接过话来继续说："是呀，那种女人就算不跑又怎样？留下来也是祸害，倒不如走了干净。"

这一句也不知是怎样地刺中了韩太太的命门，腾地一下坐了起来，全然不管什么身份不身份的，双手捶着冰冷的地砖，扯着嗓子号哭起来："那也得把钱给我追回来呀！"

韩仲秋从未见过母亲这样，慌得了不得，只好找个借口先躲开："我去找找警察厅的朋友，那边的厅长倒是常常和我在一处喝酒吃饭的。"

跑到门外，看见黑暗中有一双眼一直地亮着，差点儿吓得喊出声来。

原来是韩仲平在外头站着，他心里很清楚，表面上一切事情都是韩仲秋的错，其实他也有份的。或者他的错还更大些，就因为他办的事情不够干净，人家就把香雪儿的账算在了韩延荪身上。正是这种半真半假的话日渐疯传，导致了韩延荪的病情一日不如一日，自然也就拖得韩太太身上这不好那不好了。

照这个局面看来，再发展下去，还觊觎什么总理宝座呀？这外长的铁饭碗都该让贤了。

兄弟两个各怀心事，到了这时候才算得上是齐心为着家里的前途担忧起来了。

韩仲平便提议："大哥，我跟你一块儿去吧。"

还不等他们商量好，韩太太的声嘶力竭就从里头传了出来："就让仲平去，仲秋给我回来！"

那声音打在青砖上转个弯，久久回荡在韩府上空不散。

韩仲秋没法子，只得退回去。

韩太太又执意要旁人都走，大家也只好依着她的意思扶着她靠了桌子坐下之后，退去外头院子里候着。

一个个往外走的时候，无不用眼神告诫韩仲秋说话当心，就连幺妹韩黛琴也老大不放心地喊了一声"大哥"。

这一切看在韩仲秋眼里，真是难受极了。他也算白活了这一世，到头来是一事无成的孤家寡人，甚至还要一个黄毛丫头替他担着小心。

屋里一下就变得安静了，也不知韩太太是不是心口不舒服，她的呼吸一声重过一声，并没有好转的意思。

"你说说，你都为这个家做过些什么？娶的媳妇一个不如一个，头一个就算是我们做父母的看走了眼。那第二个是什么人，你心里难道没数？为什么非要娶回来不可？！"

这一番责备，听在梁绣珍耳朵里有些似曾相识，差点没把她的眼泪给勾出来。她悄悄抬头，隔着窗户一望，就见一个高高的身影如弯钩一样地站着，另一个稍显矮胖的影子，则挥拳攘袖地，单凭想象就能感受到面目狰狞。

韩仲秋被逼得快没地方站了，脑子一热，反而向着韩太太抱怨起来："妈，你别说了。弄成这样我也不好受，可我还不是为了这个家？为了保住父亲的声誉？"

韩太太闻言，不由得青筋暴跳，几乎要把这房顶都给吼塌了："什么？你也好意思大言不惭地说是为了这个家，为了你父亲？那你倒是说说看，这个婚结了之后，我们都受了你哪些好处！"

韩仲秋赶紧屈膝跪了下去，抱着韩太太的腿肚子，懊悔不迭、声泪俱下："母亲，儿子知道，我糊涂、我不出息，可是……可是但凡有一点法子，我都不会答应同她结婚的。"

到了这个时候，索性已经是家不成个家样子了，有些事说出来固然丢人，可瞒到现在也没瞒出个结果来。因此韩仲秋就一五一十地将自己欠了赌场多少债、股票里搭进去多少钱、怎么找的上司去通融款子，上司又怎么问他追债，都给说了。

虽是初冬时节，然而这件事情的原委，却把韩太太气得全身血液沸腾。脑袋里像是被淋过一桶烧得滚烫的辣油，头顶仿佛有烟气不断地冒了出来，一双眼睛像是从红布染缸里捞出来的，耳畔还有哔啵作响的动静。

"你……你居然……"韩太太恨不得抄起什么家伙，把这孽障打个脑袋开花，方可解气。但是，望望四周还剩下些什么呢？这满屋的空荡和凄凉，让她绝望到了极点。她不知是从哪里聚起了一股子邪劲儿，将屋子正中那张笨重的红木大圆桌给抡得横倒在地，嗡嗡地打了两个转。又抬起脚来，往韩仲秋脸上一踹，咬牙怒斥，唾沫星子满天飞，"你以为牺牲自己娶了金玉瞳是为你父亲好？你分明是怕说出真相来会挨骂。不过是几千块的亏空，就算你父亲给你一顿鞭子，咱们又不是出不起这个钱，账一平，不就没事了嘛！"

韩仲秋眼里闪过一丝冷笑，心道果然说出来还是没用，韩太太还以为是老时年间呢，有钱就能办成所有事。口里哼了一声，言语中有微微的不耐烦："妈，你别想得这么简单，问题不在钱，而是她手上的证据。"

韩太太听了，一把揪起他的耳朵来，狠狠地扯了好几下："你倒来嫌弃我眼皮子浅，你有见识、你了不起，结果怎么样呢？别把话说得那么好听，你要真是心里有这个家、有你父亲这个人，就算你出此下策娶了人过门，总该防些吧。你倒好，跟她过什么自由生活，还说什么互不干涉。我看，就是纵容彼此胡闹罢了。但凡你对她能上几分心，至于丢这大的人？”

韩仲秋正嗷嗷喊疼的时候，张妈进来解救了他：“太太，太太……老爷不好了。”

此言一出，韩太太急得直跺脚，泪花落满了整张脸，鼻子底下也流下黏黏的一片来，拉住张妈问：“这又是怎么了，叫大夫没有啊？我又不是大夫，我……”不等她说完，一口气总也缓不过来似的，往后一仰，“咚”的一声栽了下去。

众人听见动静不对，纷纷三步并作两步冲这边跑过来，差点把门给挤掉了。

这一次，任凭大家怎么喊，韩太太也没有恢复意识。

接大夫的车还未在韩府大门外停稳，就被三五个听差给团团围住，几乎是从车里把大夫给拖出来，架着就往里头送的。

司机在车里隐约听见这几个人乱哄哄地冲他喊：“再把咱们家常请的中医大夫萧老爷子也接来，太太她……”

太太她怎么了？完全没听清楚，实在是太吵嚷了。但是，看这样子，也可猜到一二。

司机便又一脚油门踩到底，径直去接人了。

第97章

噩耗传来

等到两位上人都被暂时安置好了，韩燕琴也赶过来了。

几房儿女这才坐下来，喁喁地商量着。

张妈把方才没向韩太太说完的话给交代了："大少奶奶卷款跑了的话，被老爷听去了。"

"逆子，逆子！"随着这声怒喝，一个白瓷杯应声落地。

大家不妨都吓了一跳，韩仲秋尤甚。

不仅仅是因为动静太突然也太大了，更是没想到一向谨言慎行的梅姨娘会在这时候摆出上人的姿态，对着韩仲秋发这么大的火。

若不是走到了末路，谁又能看清楚各人的真性情呢？

梁绣珍双臂交叉在胸前，眼睛略略往后一瞥，冷笑着问张妈："谁那么不当心，这么大的事，不给我们商量就敢在父亲跟前胡说？"

张妈不敢说，为难地指了指正拿着一块染满脂粉的手绢、胡乱擦着泪眼的翠姨。

当时，翠姨听见金玉瞳跑了的话，哪里会不着急？要知道她担的可是双倍的心。

金玉瞳为了嫁进来，软硬兼施地疏通了翠姨的路子。为了这个，翠姨彻底把韩太太和家里的少爷、小姐给得罪光了。只得越发地和金玉瞳混在一处，心里想着，就盼望哪一天金玉瞳当家了，或许还能念自己一点好。谁知，竟是这样的下场。她完全慌了手脚，脑子发昏，捧着药碗跪在韩延荪跟前，求他千万别生气，无论发生什么事，都别赶她出门。

这一求，就酿出了一场更大的祸事。

软弱了一辈子的梅姨娘，紧紧攥着小女儿的手。她自个儿，日子好坏也不过如此了，活到这把年纪，风光是有过了。这辈子一路熬过来，心里纵是有些不平，也只能是望来生了。大女儿嫁得总算不好不坏，吃穿总是不成问题的。只不过从她肚皮里出来的，难免让人说些闲话，心里受点苦。这个处境只是刚好能自保，对于小女儿的前途，做姐姐的有心却未必能出多大的力。

可怜了韩黛琴，这样俏皮的模样、聪明的脑袋，又能弹一手好钢琴，比她姐姐还要更出众呢。本来嫁个好人家不是难事，下半辈子的锦衣玉食，曾几何时，仿佛是可以触摸到的。如今，怕只怕韩家没落了，配不上高门第了。去跟小户人家结亲，人家哪里又会在乎什么钢琴不钢琴的，摆在家里恐怕还觉得是累赘。最后，可别闹得跟那些家族破产的小姐一样，去教会学校当个钢琴老师，一个月领几十块的薪水……

韩延荪的病，大夫还没下定论，梅姨娘就已经把后头的十年二十年，所有可能的事都想了一遍。

越往底下想，就越是恨翠姨。只要韩延荪活着，哪怕只是短短的几年都好。老爷子只要有一口气在，一定会想尽办法，替韩黛琴找好依靠的。

她不禁潸然泪下，站起来怒指着翠姨，咬牙切齿地吩咐道：“给我捆起来，老爷、太太一日不醒，就一天不给饭吃！”

跟了韩家几十年的下人，从未见过梅姨娘这样子发号施令。

因此，廊下站着的一排人，没一个敢妄动的。

这时候，仆人堆里，有一个很弱的声音从角落里传出来：“二太太就是二太太，难道还教训不得三太太了吗？”

众人一听有理，就嘀嘀咕咕地讨论了起来：“老爷和太太眼下都不清醒了，可不是就该二太太当这个家吗？”

“把总长气成这样，就是大太太醒着，想必也是这么个办法。”

就听不断地有人应是，不知是谁领头走了一步，大家也都跟着动起来。找绳子的找绳子，拿人的拿人。

翠姨根本料不到梅姨娘居然是这种狠角色，从她摔杯子起，就一直迷迷瞪瞪的，觉得仿佛是走进了一个跟现实相反的梦里。直到被人按在地上，膝盖磕得生疼，才反应过来，梅姨娘是要把她关起来。一句“冤枉”还未喊出来，就有一块油腻腻的破布塞住了她整张嘴，把她一路拖了出去。

在场诸人虽然意外地你看看我我瞧瞧你，但也只是觉得惊讶罢了。

于情于理，梅姨娘的做法都无可指摘。

此刻，韩燕琴虽然笑不出来，但心里一块积压多年的大石头，微微松动了起来。终于也有这么一天，能听见梅姨娘像个主人一样地说话了。她忍不住侧眼去瞧梁绣珍眼下是什么反应，而梁绣珍也似乎是有意在躲避这种目光追逐。

向兰望着这间屋子一直地看，她在欣赏自己费尽心机终于攀上的高枝。可是照现在的情况看来，或者几个月，甚至几天之后，这里金光闪闪的一切都会烟消云散了。她无奈地叹出一口气，再也动不起心机了。

次晨，一个噩耗从外交部街传出。

沈初云穿了一身素服，邓丽莎在镜子前打量着她，口里嘟哝道：“怎么就突然……”

“并不突然吧，毕竟……”说时，沈初云大大地叹息了一声，拿起手包准备出门。

邓丽莎有些不放心："我和你一道儿去吧，要是那边对你言三语四的怎么办？"

沈初云微笑着摇摇头："那倒不必了，你也是太在意我了，就把韩家上下的人想得太不成体统了些。死者为大，难道还要在那样的场合与我为难吗？"说时，便是一叹，"况且，韩叔叔再怎样，也不见得对我存什么太大的坏心。我也一直都相信着，他待我也曾真的视如己出。整件事发展到今天，尤其是陈依曼的结局，我想……我不能全然置之度外。"言罢，浮出复杂而忧伤的神情来。

邓丽莎一路送她出去，一路还在纠结着："可我还是觉得，即便人家什么都不说，到时候那许多的眼睛都会冲着你来，难道你就一点都不忧心这方面吗？"

沈初云在大门边站住了，拉着邓丽莎的手，想把她劝回去："我倒不是不忧心，只是既然说韩家老太太也不好了，我以为我们两个还是不要太招摇了。我们是什么样的身份，又办过些什么事，实在是太复杂了。以老太太的性子，见了我尚且都会觉得不舒服，更何况是我们两个一起现身呢。我更知道你一旦陪我去了那边，必定要做个护卫者的姿态，什么难事都冲在我前头挡。可你也得想想，越是这种姿态，韩家人就越是不喜欢啊。"

邓丽莎认为的确是这么个说法，就笑着摇了摇头，也不再跟出去了。就站在外头，望着沈初云走到胡同口，坐上了人力车，才回去办公。

约莫半个小时之后，门外传来一声滴滴的汽车喇叭声，邓丽莎并没留意许多。

然后，就听见隔壁的门开了一下，有个声音从边门那边问了过来："人呢？"

抬眼一瞧，是贺忆安又早早地赶来报到了。大衣帽子都没脱，手上戴着皮手套，半张脸还躲在毛线围巾里。

邓丽莎便信手往门外一指，道："出去了。"

“上哪儿了？”贺忆安也是听了满大街喊的号外才赶过来的，心里一急，身上就一阵一阵地发热。他想着，只怕是晚了一步，不无懊恼地伸手将帽子往地上一摔。

就听见邓丽莎很理所当然地回答他：“还用问吗，当然是吊丧去了。”

贺忆安便提起嗓门，厉声质问：“你就让她一个人去？”

邓丽莎心里好笑，耸了耸肩，无奈道：“什么叫我让她一个人去？是她自己非要一个人去的。”

贺忆安冷哼道：“你几时变得这么温顺了？她说什么你怎么都同意？”

邓丽莎将笔往桌上一拍，反驳道：“我几时不温顺了？我不是向来什么都听她的吗？”

贺忆安将门一摔，一路说着就走了出去：“对对对，你还向来都跟我抬杠呢！”

邓丽莎无语极了，嘴里一个劲儿地抱怨着：“什么爱情使人美好，分明是使人暴躁才对。我做什么了，就让他翻脸翻成这样？以韩家现在的处境，要是敢在公开场合给初云小鞋穿，怕是想遭全国的唾骂。”

发泄完了之后，她倒又摇头笑了笑，提起笔继续工作。

第98章 人走茶凉

再说回韩府，夜里三点，医生宣布抢救无效。

因为韩延荪毕竟还顶着外交总长的头衔，韩家人也不敢擅自做主，一切后事都是和秘书处斟酌着办的。

沈初云又一次出现在了韩府门外，一时间百感交集，对这所大宅院真是既熟悉又恐惧。她仿佛还记得，不久之前，自己就站在现在这个地方，指挥着家里的老老少少，把红绸布挂上去，怎么转眼就换成了一片素缟？

第一进院子的外客厅，临时布置成了礼堂。遗体告别的时候，因为韩太太无法前来，未亡人的位置上站的是梅姨娘。至于消失的翠姨，沈初云只当是身份上尴尬，不便现身。以至于很多年之后，当她在街头听见一个无比熟悉的声音请她赏口饭吃的时候，还觉得这会不会是翠姨老家的姊妹。

或许是身前是非太多，整个仪式是非常简单的。外交部的秘书略述一番沉痛哀悼，韩仲秋三兄弟便抬了遗体入棺木。接着是主祭人献花，再次才是依照亲疏做最后的告别。

沈初云一直就躲在人群的末尾，随着人潮或进或退。尽管屋里很热，人又多，她依然不肯摘下围巾，始终靠它遮着大半张脸。当她跟着人群走到最前排向家属致意时，自然引起了人们的注意。

韩仲秋一眼便认了出来，心里顿时五味杂陈。两个曾经是夫妻如今已陌路的人，眼神一撞，就不约而同地一齐躲开了。其他的男家属都保持着一贯的沉默，而女人们虽然心思各异，也不过面面相觑而已。

步出礼堂时，走在沈初云前头的两位青年，就交头接耳起来了。

"你瞧瞧，这人生也真是无常。"说话的这位身形略胖，将手搭在圆圆的肚子上，转了一个圈。

另一个中等身材的便答："是啊，昨儿白天我来看时还好好儿的呢。"

那个胖的就拍了拍他的肩膀："你小子行啊，良心不赖。这一些时，谁不躲着这儿？"

中等身材似乎是以为这话不妥，赶紧回头望了望。

沈初云比他反应还快，立马咳嗽了一声，正好一低头，错开了四目相交的时刻。她的余光瞧见这位回头的青年胸前，有一枚金质徽章，看来是哪个衙门里的人。

那位青年就小声提醒着那胖子："别这么说，今儿来的人也不少。你这话的意思，难道韩总长一生的功过，就全在私事上头了吗？"

胖子冷笑一声，又摸了摸他的圆肚皮："那倒不然，两腿一蹬那就峰回路转了。"

"此话怎样？"

这也正是沈初云好奇的，便支起耳朵，用心地听那胖子说了下去。

"按说都闹出人命关天的丑闻来了，原该辞职的，可是辞呈连拟都还没拟呢，人就刚刚好地没了。我料着，这时候大概能算作是殉职。听方才外交部秘书处的口吻，是不会亏待他身后事的。"

"原来，你是这个意思……"中等身材的青年沉吟着，假意打理了一下袖口，似乎不是很想谈下去。

胖子却是越说越来劲："你可别小看了这个，后世怎么说他，与这个出入可大了。咱们吃这碗饭的，谁不算计个身后名啊？"

如果说推崇西方科学也有相当的弊端，无疑眼下就是了。

鬼魂一说被一小部分人视作笑谈，甚至连基本的尊重都没有了。这才走出灵堂几步，就敢这样地大放厥词。

沈初云看不过眼，便不管什么身份不身份的话，把脚步放得很重，踢踏踢踏三步并作两步追上去，在那个胖子面前停住，慢慢地转过身去。

那胖子先是因为发现了一桩谈资而表现出些许的窃喜，接着就意识到了危机，脸上一阵红一阵白的，嘴角尴尬地颤了两下："哟，沈……沈先生啊。"

沈初云双臂一抱，冷声接言："说下去，正好我也取取经，工作上也许用得到。"

"哟，您别往心里去。"胖子说时，背也弯了，眼睛也眯成了一条缝，赶紧地作揖求饶不迭。

"往耳朵里去就成了。"沈初云说完，便甩袖出门，留下方才那两人讪讪然地不知该进还是退。

走到韩府门外，一辆辆汽车相继停下。开了门，或是有人坐上去，或是有人走下来，几乎没人注意这来来往往的人里头，有一段很值得嚼说的故事。

一辆黑色的小轿车直直开到韩府大门口，顿了一顿，复又往前行了几米，车门一开，拦住了沈初云的去路。

刚要抱怨是谁家的人这么嚣张，当街就这样闹起事来。可等到沈初云抬起头来一看时，却傻了眼："爹……"

"你成天胡搅蛮缠些什么？"沈老爷气得将手里的枴杖高高举过头顶。

从另一边下来的沈云鹏，一个箭步飞奔过来，紧紧抱住了沈老爷的胳膊，口中劝道："好了好了，这种时候不管谁对谁错，都不该在人家家门口闹事。"

沈初云见她大哥向她使眼色，要她赶紧走，便往后退了两步。含泪望了一眼久不见面的父亲，心头那股一直被刻意压制着的思念，滚滚翻腾起来。随着泪珠往下一落，她也把头低了下去，一只脚无助地搓着地面，委屈地哭出一声：“我……我没有，有些事情真的与我无关，我一直都只是说事实而已。”

无论如何，她心里还是有家人的，不管经历过多少绝望，她还是想重新回到家人的怀抱，想获得他们的肯定。再不济，只求父亲对她没有误会也就很好了。

可是，此刻的沈老爷，内心对老友离世的悲痛，大过了对女儿的思念，只管继续地训斥下去：“你的意思是你都不知道最近这些破事儿？那么，之前的呢？外长本是身强体健，一心报效国家，乃是国之良臣。可是……可是你们这些记者，就知道纠缠在一些鸡毛蒜皮的小事上。我问你，是死一万个戏子值钱，还是一个外长值钱？”

沈云鹏瞧见沈初云的眉头一攒，便知她又要接话了。赶紧把她往道旁一推，眼神冷绝地警告她，赶紧离开为是。

“沈老爷，我以为人命就是人命，是不能这么比较的。”

有一个冷静中带着几分不悦的声音，划过沈初云的头顶。她觉得声音很熟，但她此刻的内心难受极了，脑袋一直嗡嗡地叫着，根本没有任何的力气去分辨。还不等她看清楚来人，胳膊就被一把拽住。

沈云鹏认得这个年轻后生，就是上回和沈初云一起去天津的同事。看来这两个人关系不一般。要不然怎么总是待在一块儿呢？

贺忆安也不怕得罪谁，说了一句：“无论是谁，对于家人来说，失去骨肉至亲都是人生最悲哀之事。况且，我以为在这里争论这些并不合适。”说完便匆匆地拉着脸色苍白的沈初云走了，留下沈老爷有气无处撒。

“上车。”

沈初云听见这样说，忙吸了吸鼻子，拿出手绢来擦了擦眼泪。抬眸一望，四周也没有空的人力车，便转头去看着贺忆安。

只见贺忆安脸上不无得意地一笑，走上前两步，把一辆崭新的小轿车车门打开了，向着沈初云一弯腰，请她坐上去。

“你……你哪儿来的车呀？”沈初云抽抽噎噎地问着。

“刚买的。”等到沈初云坐定，贺忆安将车门一关，一路小跑去驾驶座上，将车子发动起来。开出了路口，他才故作轻松地解释道，“本来是要带你兜兜风的，结果晚了一步。”

沈初云听了，心里便是一暖，嘴上却说：“那你也不必就追到这儿来。”

贺忆安哈哈一笑，道：“那也没法子，为了你，天涯海角也得追去啊。”

沈初云终于笑了，但她却扭过身子，尽量地藏着自己的脸，唯恐被他瞧见了。口里很小声地回答了一句：“谢谢。”

贺忆安只当她又转过脸去哭了，眉间微微一皱，沉声道：“下次，你可以叫上我。”他的一只手把着方向盘，脚上的油门松了松，另一只手试图搭在沈初云肩上。试了几次还是不敢放下去，只得暗暗懊恼着放弃了动作。

“这种事也很难有下次，再说，”沈初云回过头，很泄气地问道，“你跟着我去又能如何？谁都知道父权是畸形的，但现实中谁又能公然让父亲下不来台？”

贺忆安眼神闪烁，假意捂着嘴咳嗽了两声，才答道：“至少我可以让你靠一靠。”

这番话没有让沈初云感到一丝的欣慰，她清楚地感知着自己的心，已经越来越不可控了。可是理智又不断地打击她，乐观是没有用的，是不会有结果的，一定不会的。

她的一只胳膊架在车窗上，眼睛一闪一闪地流过许多不具名的情绪，然后哑着声音问道：“为什么你非要认定了我？”

对此毫无准备的贺忆安，一紧张就把油门往下踩了一截，车子就在路上冲了一小段。他先是连声不迭地喊“对不住”，等到开稳了，才认认真真地向沈初云表白道：“因为这世上哭哭啼啼的女人满街跑，会自己抹眼泪的却只有你。至少，我只见过你这一个。我就是想陪着你，哪怕你不需要，我也想陪着，这都不行吗？”

沈初云始终没有答复这句话，车子一停，她就飞快地开门走人。因为太想逃离，车门被她甩得很重，“嘭”的一声，闹得贺忆安脑子里空了两秒钟，再要下车时，她早已消失不见了。

第99章

政坛惊变

早上刚喊过的号外，到了后半天就成了旧闻。各大衙门里忽然陆续传出，葛鸿祥可能要辞职的消息。

到了下午四点钟，《闻京报》照例还是在这个时刻发报。

等大家拿了报纸在手上，看完了头条，也就更加坚信总理要辞职的话恐怕不假。

原来，去年苏振青曾在报上暗示的，葛鸿祥任人唯亲一事，到今天总算有了确凿的证据，可以用来证明某些要职的调度不符合规定。并且，有一位从众议院辞职的小职员向《闻京报》爆料，议决交通总长人选的那天，到场的议员人数并没有过半，议长在总理的授意下，匆匆宣布成会。也有一部分人感到会场比之从前略显冷清，可是等交通总长人选公布之后，议长又立刻摇铃结束了会议。关于这一点，当时负责统计的人都很清楚，那次任命，从根本上就不合法。

葛鸿祥那边自然不会坐视不理，动用了上上下下所有的人脉，企图阻止这则报道，却没能成功。就在报纸从印刷厂里奔赴各大城市的时候，总统已经勒令，总理必须引咎辞职。

在沈初云看来，这是苏振青一贯的作风，虽然替他捏把汗，倒也不至于把局势料想得多糟糕。上一回，是因为调查还不够翔实，葛鸿祥的位置还坐得稳，因此才会被暗算的。这一次，纵然他有三头六臂，也难挽回局面，还不至于有那闲工夫找上门去。

大约晚上六点钟的样子，沈初云还在和邓丽莎商量，夜里要不要去游艺园看文明戏。

“你们还在议论什么？赶紧去劝劝苏社长吧！”只听有人急急冲了进来，抬眼一瞧，王校长正大口大口地喘着粗气，呵出的白烟，几乎把她整张脸都给遮了起来。

“怎么了？”沈初云和邓丽莎齐齐迎上去问道。

王校长赶了一路，腰都直不起来，手捂着肚子，很艰难地往下说去：“葛……葛鸿祥两个小时前，已经被迫递出辞呈，外……外界都在猜测，此事与苏社长的调查有关。他们家的人……一不做二不休，预备找他算账去了。”

“还有王法吗？”沈初云不由得惊呼。

邓丽莎则很冷静地反问道：“你很看得起这世道的王法吗？”

沈初云被她问得哑口无言，只得扭头继续去问王校长：“那么……我该怎么办，我能做什么？”

王校长喘了几下，才答道：“上海的友人已经临时在法租界找到了合适的居处。想……想劝苏社长放弃北京的事业，去……去上海另起炉灶。他……他不……”

根本无须等王校长说完，沈初云已经料到，以苏振青的为人，必然觉得此时去上海就是逃兵。因此，她早就一边说着“我这就去”，一边回头去取大衣和手套。一口气奔到了胡同口上的人力车，也不问价钱，坐上就让拉着快跑。及至她觉得一双手一边热一边冷，低头一看，有一只手套不知遗失在哪儿了。她倒也顾不上这些了，此刻只是想着，只要能早一刻赶到，什么都不要紧。

要知道，葛鸿祥一家到了这个时候，只怕是已经山穷水尽了，所以才会全然不顾后果地要找到苏振青。甚至很难说，是不是抱着同归于尽的心态去的。

到了闻京报馆，里面已经站了一排人，都是报界同人，还有几位大学里的教授，无不是来劝苏振青去上海的。

沈初云出现在这些主张实行绝对自由的人面前，自然不会得到什么好脸色。

片刻的尴尬，没有让她忘记此来的目的，走上前劝了一句："老师，您该答应才是。"

众人先是一愣，随后才勉强放下恩怨争议，点头称是。

苏振青依旧穿着一件家常的灰布袍子，握笔的手丝毫不为所动，只管伏在案头写着字。口里冷哼一声，淡然答道："还原真相是我们的职责所在。我就不懂，我只是完成了工作，凭什么要灰溜溜地逃走？"

接着，各人就七嘴八舌地说起自己的道理来。

苏振青统统都不听，只是摆着手说："我们的职责里没有逃避这一条。"

沈初云见缝插针，一下子挤着站到了苏振青的面前，抢下纸笔，胡乱地收拾起来，口里则大声地嚷着："这不是逃避，是给新闻业的独立自由留下火把。"她又冲着角落里的钟士宣使了个眼色，示意赶紧去打包行李，然后转过脸来，很认真地望着苏振青，一字一句说得铿锵有力，"您白白牺牲在这里，是我们报界的损失，却是那些无良政客的一大幸事，绝不能让他们就此得逞。"

一众人便纷纷附和："是啊是啊，先生您就起程吧。"

方才所有人都在劝苏振青要活下去，但是他们都不大了解，苏振青这个人死是不怕的，就怕自己的死反而会成全了对手。

听了这番话，苏振青恍然起来，缓缓地点了几下头，心意似乎在扭转。

"苏……苏社长……"从后头赶上来的邓丽莎，也忙忙冲到前头。人还未站稳，先就鞠了一个躬，这才道："苏社长，拜托您了。这间屋子里的同业，想必都有一个共识，您是我们的指路明灯，我们不能失去您。这不是您个人的事情，而是大家的事情。只要有您这样的前辈在，不管遇到什么情况，我们都能咬牙挺过去。大我并不是一定要靠牺牲来成就的，有您一直鞭策鼓励指引着，我们这些人将来才能接过这个班，继续传承您办报的精神。"

"好，好。"苏振青沉吟着，总算是有被说通的迹象。

一干人等，在沈初云的暗示下，赶紧上前架住苏振青就往外头的车里塞。

因为身后有未知的危险在追赶，离别来得很突然、很仓促。苏振青被人抬到了车上，钟士宣才胡乱地追出来，递过行李，给了他一件御寒的外衣，围上围巾。想也不想，便把汽车门关了，好请司机火速离开。

沈初云这时才想起来，应该告诉苏振青千万别担心天津的老小，她自会照顾，等有了适当的时机，再送他们去上海。可是，车子已经开出去很远了。她隐约觉得，苏振青贴在后座车窗上，似乎还有许多未讲完的话。

这时，稍放下心的一众人，忽然就念叨了一句："神也是你们，鬼也是你们。"

沈初云和邓丽莎俱有些不知所措，只得假装没听见，提议道："苏社长走得急，恐怕还有什么重要的书稿没来得及带上。不如我们一同进去帮忙整理整理，如有要紧的资料也该分批转移出去。万一那群人找不着社长，又要毁报社呢？"

大家一听，皆道有理，便搁下别的不谈，去里头帮忙打点。

正忙得不可开交的时候，钟士宣惨白着一张脸，进来说道："外头围了好多人，举着火把不知道要干什么。"

沈初云心头一紧，赶紧扑到窗边向外一望。原本已经暗下来的夜空，又叫一片红光给点亮了，可见对方来人不算少。

钟士宣则在跟别的人交谈着："我看见他们腰上还有枪。你们说，报警可行得通？"

有人问道："警察能信吗？"

还有人答道："是啊，就怕有些人不在其位，却依旧能谋其政。"

另有一人显得比他们都更着急些："难道就眼睁睁地看着他们再烧一次报馆？"

"这里的资料还没转移呢。"钟士宣沉吟着，他心里没有什么生死，有的只是一个快被彻底摧毁的信仰。他和苏振青一样，也不大认同只要人没事就好，他会去劝苏振青惜命，却未必劝得住自己。

邓丽莎走到沈初云身边，也不敢大声说话，怕会忽然打破这满屋凝固一般的气氛。她伸出手，扯了扯沈初云的衣袖，用眼神问着该怎么办。

沈初云攒眉凝望着她越来越焦躁，甚至是惊慌的眼，她们两个人都感受到了炸弹已经滚到了脚边，即使选择去相信警察，也来不及了。恐怕等他们来了，也不过是来收尸而已。

"有酒吗？"

平日里，沈初云也自负是个胆量非凡的人，但是真的到了这个关头，问出这句话来，声音还是会颤抖。

她虽是在问这里的主人，眼睛却只盯着邓丽莎。

眼下，能走这着险棋的，只有她们两个人而已，别人都不行。

邓丽莎恍悟，立刻领会了意思，眼泪就不受控地往下坠。

不管她此前怎样地立志宣誓，为了自由、为了平等，便是死也甘愿。但那时候并没有真的走到那种境地，宣誓的勇气有时候未必作准？真到了这个关头，哪里能不害怕？哪里能控制得住周身蔓延开来的寒意？她还有许多事情没有完成，还有许多梦想没有实现，她还想撑着这个身体，亲眼看看有朝一日实现平等的中国，会是什么样子的。她不想自己的年华就停滞在此刻，她宁愿继续纠缠在这世间种种的不公之中苦苦挣扎煎熬，宁愿一天天地望着自己容颜老去，宁愿嘲笑着变得世故的自己不复当年之勇……

可是现在，她真的只能二选一了。

“有吧……”钟士宣不很肯定的回答，打断了邓丽莎的思绪。

沈初云依然目不斜视，说道：“找出来，我有用。”

邓丽莎整个五官都开始打战，她无法掩饰内心的恐惧，冲上去一把抱紧沈初云，虚弱的声音里藏着一股坚定：“我承认，我这一刻真的很贪恋生，但我也不畏惧死。真的，这辈子我觉得自己活得很值。”

沈初云也紧紧地拥住她，透过窗望向那片烧红了的天空，双唇苍白到毫无半分血色。她附在她耳边，小小声说道：“我们会让他们看到的，热血不凉，正义不散，自由不屈。”

第100章

千钧一发

闻京报馆的门被一下拉开来，令等在外头伺机行动的打手所没有想到的是，出来的竟是两个小娘子，一人手里还拎着一小坛子的酒。

只见沈初云和邓丽莎齐刷刷地步出门外，把酒坛高高举过头顶，翻过来将酒从头到脚，一滴不剩地淋在了身上。

那几个举火把的就有些慌了，连连后退了两步。举枪的虽然上前了一步，到底也不敢轻举妄动。

事先也没人说里头有女人，看这两个小妮子的打扮又不是一般人物，要是失了手，把谁家的宝贝疙瘩磕着碰着了算谁的？

沈初云将酒坛子冲着这帮人照了一照，然后甩手就往旁边空地上一扔，砸了个粉碎。邓丽莎也是一样的动作，干脆利落地重复了一遍。

两个人手一牵，将臂膀展开，握紧了拳头，使尽全力向着来人毫无惧色地吼道："要砸要烧的尽可光明正大地来。今天《闻京报》在我就在，《闻京报》要是有半点闪失，我沈初云（邓丽莎）就算是只剩一堆白骨，也要守在这里。"

有个小喽啰就嘀咕起来了："哟，她就是沈初云呀。"说时，就想把火把举得靠前一些，以便能看清楚一些。

幸而旁边的人脑子都还请楚，骂骂咧咧地制止了他。否则火苗一凑过去，真不知道会发生什么事。

两个人对阵着不下二十个人，气势上却丝毫不输。

带头的大哥和底下的小弟见情况不妙，就开始喁喁地商量起来了。

邓丽莎趁着他们心意动摇之时，更加上前一步，瞅准一个面孔看着最稚嫩的，下死眼地瞪着：“领尸身的时候，麻烦您几位跑一趟什锦花园。我们家的小洋楼仿佛不难找，劳您请邓家来给我发丧吧。”

她的眼睛里熊熊燃着火光，却不像是被火把照出来的。这个光芒是由内心深处点燃的，没有人能掐灭它。

那位小喽啰慌得赶忙双手紧抱着火把，生怕抓不牢，再伤着财政次长的女儿，甚至一不小心把她烧死了，那岂不是搭上全家老小的命都赔不起的吗？

果然，这些人一个个都开始怯懦了，先是嘀嘀咕咕地说着话，算计着利弊。后来，干脆就大声喊了出来：“是啊大哥，总理一下台，除了钱，他还有什么？我们这么卖命，到时候新官上任三把火，别先把我们给烧咯。”

沈初云眼神一亮，觉得这着险棋奏效了，赶紧也上前几步，把他们再往远处逼。

领头大哥考虑了一下，便也放弃了，懊恼地喊了一声：“走走走。”就骂骂咧咧领着人，原路退了出去。

这笔钱本来很容易赚的，却偏偏半道杀出这么两个人。他为难地走到街对面的一辆轿车前，向后座上的雇主略述了一番过程。

只听车里传来女人咬牙切齿、撕心裂肺的一记吼叫：“疯子！”徐润莲将墨镜一甩，从包里胡乱撒了一把铜元到地上，然后吩咐司机，“快开车，快！”

后头那帮混混也是自认倒霉，摇头不迭：“得，合着忙活了半天，就挣几个茶钱。”

另一边，上半身几乎已经湿透了的沈初云二人，虽然还未从刚才千钧一发的那种紧张感里缓过来，但夜风吹在身上带来的那股刺进骨子里的疼痛，更加使她们难受。两人胡乱擦了擦头发，就准备赶紧回去换下这身行头。

钟士宣带头给她们作揖，一边拜下去，一边说道：“实在……我也只能是大恩不言谢了。”

她二人就连声答道：“受不起，受不起的。”

原先还对她们曾经批判记者不该拥有无限制的自由而耿耿于怀的其他同人，这时候也都由衷地钦佩起她们来了：“我这人沉迷了一辈子的游侠故事，今儿算是见着真女侠了。”

最后，沈初云和邓丽莎几乎是像英雄凯旋一样，被送回了砖塔胡同。

等到收拾妥当，准备早些睡下的时候，已近夜里十一点了。

电话铃突然响了。

沈初云接起来，起初语调还听得出高昂，越到后头就越是垂头丧气，甚至不耐烦起来。

邓丽莎想到了什么，抿着嘴只管笑。等到她挂了电话，才说道：“这么晚了，如果不是公事，也只能是贺忆安了。”

“得，惊天动地干了这么一件大事儿，被他训得差点连头都抬不起来。”沈初云无奈地拍了一下掌，倒在床上叹了一口气。

邓丽莎先是抱着双臂，望着她的嘴角隐隐约约似乎含着三分笑意，便试探道：“你和他……预备怎么样？”

这一句，吓得沈初云惊恐地睁大了眼睛，赶紧坐起来解释道：“我不是向你保证过的，除了工作，绝不与他再有别的关系？”

邓丽莎摇头笑道：“私人的事为什么要向别人保证？别说是我了，就是你的至亲，你也不需要去对他们许诺什么感情问题。你过得好就罢了，过得不好我们难道还能代替你痛苦不成？”

"你……"沈初云有些迷惑了，难道邓丽莎也像报社里的其他人一样，被贺忆安收买，为他说尽好话吗？

刚刚死里逃生的邓丽莎，心底生出许多关于人生的感慨来，便握着沈初云的手，很严肃地向她说道："初云啊，我刚才在想，时间的流逝，会剥蚀我们的容颜、活力甚至是记忆。一辈子很长，但青春仿佛又很短。或者说，我们这种人的一辈子，很有可能就结束在青春里，结束在对于人世还抱着许多许多眷恋的时候。这世上，无论是事业还是爱情，没有一样是干等着就能有收获的。你有没有想过，未来到底是什么？"

沈初云攒眉一想，摇了几下头。

邓丽莎则喟叹着发出了感悟："我以为那是昨天的种子，今天的灌溉。只有坚持每天都去呵护生活，生活才能开出花来。你都还没有试着去经营过，就不要妄下结论说这个花永远都不会结果。"

不知道是什么样的事情，使得邓丽莎有了这个转变。

但是，沈初云终究还是不敢面对再婚，或者仅仅是再恋爱也够让她害怕了。她无法想象一旦这种事情公开，会引起的那种连环效应。她深知，再婚于这个时代来说，是不会被多少人祝福的。如果一切公布出来，得到的只有谩骂，那时再要说撑不下去的话，还不如这时就先放下这个奢念。因就故作轻松地一笑："你怎么忽然对我作起诗来了？"

邓丽莎见了，心头一紧。轻轻地甩了一下她的手臂，又将双手攥得更紧了，蹙眉说道："你别这么假装漫不经心的，瞧着叫人心疼。"

这一句说得沈初云脸色骤变，忽然就觉得眼睛里酸酸的，有什么东西就要落下去似的。

邓丽莎见她脸色不对，又赶紧把话题给兜了回来："是，我以前是很瞧不上贺忆安，但是我发现他最近变了许多。一个人的爱是藏不住的，我不认为你会幸运到下次还有机会遇见一个能为你这么努力的人。还有，我们现在不是主张相信赛先生吗？那么，我把问题分析得赤裸一些，从生理上来讲，年纪越上去，所遇见的相当可配的人，只怕在私生活方面就越是一团糟，会不会还不如贺忆安呢？”

沈初云像是在听，又像是没在听，苦笑着问道：“我又为什么一定要嫁人，难道和你一样不好吗？”

“这倒是真话。”邓丽莎挪了挪身子，更加靠近了沈初云的眼，指了指她那双泛着泪光的眸子，说道，“只不过我分明在你眼睛里读出了，你不是不想嫁人，而是在抗拒我所说的，将来会遇见其他相当可配的人。你为什么对我假设的将来一点都不期待？会不会是因为眼下就有了合适的？”

沈初云被问得无话可说，只能一直地含着笑、忍着泪。

最后，邓丽莎轻轻地圈住了她，小声说道：“结不结婚不是用来喊口号的，你愿意比什么都重要。”

沈初云则不住地点着头。

邓丽莎明白，于这个社会上的主流观点来说，奉行新式婚姻，需要的不只是爱，尤其是沈初云这种有经历的人。这个急也急不得，倒是刚好可以考验贺忆安的耐心。

第101章

各自纷飞

不知不觉，过了韩延荪的五七。

新总理上任，一切事宜棘手，但也渐渐上了轨道。胜出者是邓廉，意料之外、情理之中。

韩家依然一片死寂，用人遣了一大半。韩太太现在连站都站不稳，整日坐着轮椅，根本没有闲暇去管教几个儿子。梅姨娘终于过上了她一直盼望的日子，可她每每看到账簿子上贴满的单子，就觉得人生真是一场空。做梦都想当家，今时今日当上了，家却已经破落了。

梁绣珍越来越懒得带孩子了，她甚至开始恨，老天为什么要掉包她的儿子？她应该生个儿子，家运才会好呀。

韩仲平回家依旧遵循着晚来早走的作息，这日也不例外。只是不巧，梁绣珍挡在了门口，叉腰问道："站住！哪儿去？"

"应酬。"韩仲平将衣袖上的灰掸了掸，抬手在空中一晃，连话都懒得多说。

梁绣珍便冷笑道："你哪里还有什么应酬？"

被击中软肋的韩仲平愤怒地咬了一下嘴唇，一把揪住梁绣珍胸前的衣料，将人往旁边狠狠一推，反倒不忙着走了，挥拳攘臂地似乎还想动手："我去当孙子，赔笑脸总行了吧？你一个妇道人家，不在家好好地带孩子，老绊着不让我出门。大男人守着家里这一亩三分田，能有什么前程？”

梁绣珍踉踉跄跄从地上爬起来，不管不顾地扑到韩仲平身上，放声大哭：“你别糊弄我，你要真是为了前途去应酬，我哪怕掏空家底给你去花呢。你分明是还做着二少爷的美梦不肯醒，为了一口花酒就肯给人家……给人家当猴耍也甘心，是不是？”

“随你怎么说。”韩仲平听她的口气，好像知道些什么，脸上顿时烧红了。到底男女力量悬殊，韩仲平又很能狠下心肠来，随便地把人往边上一扔，自己就跑了。

梁绣珍伏在地上大哭不止，任凭蒋妈过来怎么劝，都不起来。口里还一直翻来覆去念叨一句话：“你们韩家并不是什么人害死的，是自己作死的！”

可是，梁绣珍不甘心随着这条破船一路沉下去。她这时才突然悟过来，婚姻好不好和有没有根本是两码事。光是枕边有人顶什么用？要像韩仲平这样地挥霍不上进，说不定哪天就开始动梁绣珍的嫁妆了。

仔细想想，韩家的家门似乎很奇怪，凡是进来的都不怎么好过，出去的倒都不错。前有沈初云，后有金玉瞳。虽说不上离开韩府就此飞黄腾达了，但到底一辈子都不需要为钱发愁了吧。

有个念头，忽然地浮上了心头，这才让梁绣珍止住了哭。

梁绣珍打起精神来，敷了一层粉，好掩去染上大烟以后日渐苍白的脸色。她的手滑过粗糙的脸颊，心里又是一阵一阵的不平涌了上来。同样好这一口，金玉瞳却不似她这样憔悴。看来，那些正宗的英国货，果然比廉价土好多了。

她换了件衣服，预备去同韩太太说，要不然把韩仲平的家产分给她打理，要不然就干脆离婚，孩子归她。总之，她是不会任由韩仲平这样无底线地胡闹。

刚走到屋外头，就听见里头传来了韩仲坤的声音："妈，等过了年，我打算去南边。向兰家里的厂子……"

韩太太伸出一只颤颤的手，含着泪仿佛是在看最后一眼，喟然一叹道："去吧，家里还有你两个哥哥陪着我，你还有什么不放心的？"

"妈……"韩仲坤忍不住跪了下去，伏在韩太太膝上，哭得像个孩子。

被儿子这一哭，韩太太的眼泪也给兜了出来："到了今时今日，千万别想着什么自尊。这又不是吃软饭，你也是进过洋学堂的人，离开北京这个是非之地，不管去哪儿都有口饭吃的。"

韩仲坤抬起头来，擦擦眼泪，又问："妈，你真的不跟我去吗？"

韩太太无奈地摇了摇头，说道："这么远的路，我受不起折腾。再说了，你那两个哥哥你也看见了，我要是带着全副家当走了，他们在北京怎么活？或者我把家业都交给他们，可一夜之间大概就会输个底朝天吧。难不成，我们一家老小都随你去投奔你岳父？"

韩仲坤低了头，气馁道："妈刚才还说的，离了北京的是非，我不管去哪儿都有口饭吃的，这会子您又说是投奔。"

"是我说错了……"韩太太只得抱着他的脑袋，把他揽在怀里。心里生出许多的感慨，忽然就唱起了许多年不唱的童谣。

孩子们小时，韩太太都是这样哄着睡的，现在大了，一切都不一样了，太不一样了。

梁绣珍看完这一幕，忽然就觉得保守的那一步怕是行不通了。她环顾着这个院子，因为缺少人手，又赶上寒冬，花花草草都凋零了。廊檐下的灯笼撤去了一半，剩下的一半都落着灰。这仿佛还是过中秋时布置的，等到春节……

不，这个春节不会再大操大办了。

而在家收拾行装的向兰，一点提不起劲来。来京的短短一年，仿佛就是一场梦。

隔着卧室门，下人过来禀道：“四少奶奶，姚家一直说他们太太出去了。要照这个说法，她都出去好多天了。”

“我知道了。”向兰心里憋着气，把皮箱子重重地盖上。

这日，沈初云依然忙忙碌碌地跑进跑出。她拿了一沓晚些时需要分发的资料，敲了一下门，也不进去，只是提醒道：“丽莎，一会儿去女工协会……”

还不等话音落下，邓丽莎先一步打开了门，含着歉意说道：“我有事，你自己去行吗？”

沈初云的一双眼睛停留在资料上，并不抬头，开口答道：“你这是什么问题？一个月去好几趟的地方有什么不行，难道我还能迷路啊？”说着，笑了一下，抬眸一瞧，眼神便有些凝住了。她觉得邓丽莎好像有些不舒服，眼睛红红的。

还来不及问是哪里不舒服，邓丽莎就兀自解释了起来：“不是，我的意思是我的工作得你替一替。”

“这也很平常呀。”沈初云还想问，为什么突然为这样的小事，不迭地道起歉来。

可是，邓丽莎却好像有急事，赶着就匆匆地出门了。

沈初云只得按下这份困惑，独自准备着去女工协会所要携带的东西，一边喊人来帮忙：“小唐，你去街边叫两辆人力车。捐给女童工的衣物，咱们得赶在年前分批送去。”

唐宋答应着上前，就要忙着把那两捆衣服抬出去。

沈初云便提醒道：“你不先叫车吗？”

唐宋的脸一下子就红了，支吾了一声：“门口……总会有车的，我就一路带出去吧。”

沈初云便有些猜到了，也不管那么多，正事要紧，就跟着走到了门口。

果然看见一脸笑容的贺忆安就等在那边，向她招了招手，明知故问："要去女工协会呀。一个人？我陪你去吧。"

沈初云往他身后的唐宋瞥了一眼，东西都摆上去了，还能说不行吗？便答道："好的，谢谢。"

贺忆安却是受宠若惊，因为沈初云不是没有做过东西让他搬走，人就分开走的事。因此，他觉得今天简直是从天上掉了馅饼下来，反复地回味着："好的，谢谢？"

唐宋放完了东西，冲着贺忆安皱着鼻子笑了笑，两人皆会意不言。

因为这一阵子，邓丽莎常常鼓励沈初云，不妨给贺忆安一个机会。这番努力，仿佛到了这个时候开始奏效了。甚至，她还答应了明天晚上可以出去看电影。

贺忆安高兴得仿佛是被答应了求婚，真想开着车，满北京城兜一圈，把这个好消息给宣布了。

沈初云下车的时候，贺忆安还不忘再三再四地提醒她："别忘了，明天晚上真光电影院，我来接你。"

"不会忘的。"沈初云脚尖点着地上的雪，低了头，答得很温柔。她笑着转过身，觉得哪家门口的路灯闪了一下，刺得她的眼不大舒服。

等夜里回了家，沈初云是做完了工作，吃过了大菜，自然一脸的高高兴兴。

而邓丽莎却满腹心事，在路上买了一包烟，到家之后，几乎抽掉了小半包。

沈初云先时瞧见北屋子的灯亮着还不觉得什么，及至里头有一股浓浓的烟味传出来，才推门进去，诧异地惊呼起来："我的天哪……你怎么也抽上了？"

邓丽莎吐出一嘴的白烟，欲说还休了几次，最终还是坦白说道：

“我表姐要离婚。”

“哦，你下午说有事。”沈初云愣了一晌子，抱着臂在屋里走了几步，才在她对面坐下，“你别怪我说话直，这个事儿绕多少个弯，说起来都不好听。其实，她的婚姻走到这个结局你我都不意外，只是我没想到会这么快。”

邓丽莎掐灭了烟头，苦笑道：“我也没想到。她毕竟是我表姐，跪下来求我的时候……”说到这里，手向空中一摆，想暗示自己没用的情绪不要多说。然后坐正了身子，把梁绣珍打电话给娘家，可是娘家人都不同意她离婚的话给说了。

真是风水轮流转，一向心高气傲热衷做媒的梁绣珍，居然也有想要逃离婚姻的一天。而且，像这样的处境，同她心里一直认定为冤家的沈初云，该有多么相似啊。

沈初云慢慢地点着头，心想娘家阻不阻挠的倒不算什么大碍，上了庭也不能当作一个切实的证据。便试探着问道：“韩仲平恶性不改？”

邓丽莎一下点点头，一下又摇摇头：“听说还添了抽大烟的习惯。”

真是物是人非了，这两年的光阴，改变了太多的事情。沈初云红着眼眶，感慨道：“没有了大家长，这一家人的结局，我真是不敢往下去想。”

邓丽莎便为难地抬头望了她一眼，沉声道：“我准备去找白律师谈谈。”

沈初云便收拾起情绪，答应了一句：“对，找他比较放心。”

“你同意吗？”

沈初云怎么也没想到，邓丽莎心里居然会有这一层负担。便笑着伸出手指，向她鼻头上一戳：“你真是说我的时候会说，到了自己身上，就糊涂起来了，你的私事需要向我交代什么？不管你表姐从前怎么对我的，但至少她对于你仅仅是好心办坏事。你如果连自己的表姐都坐视不理，那还算是个人吗？”

邓丽莎却一点也笑不出来，连连摇头道：“我真的挺糊涂的，我好像很不会处理这种微妙的小关系。既觉得她咎由自取，又于心不忍。不知道是让她得一次教训好，还是……”

沈初云抢着接言道：“离婚还不是教训，那什么才是教训？”接着就往邓丽莎椅子边的扶手上坐了，拍着她的肩膀劝慰道，“你呀，以前多坦坦荡荡的一个人，现在是越来越喜欢跟人家绕圈子了。其实大可不必呀，你本来是怎样就怎样好了。不管是谁，都不可能讨所有人的喜欢。”

邓丽莎张了张嘴，好像还有话要说，却又不打算说出来。也只有她心里知道，直觉告诉她，梁绣珍变了，而且并不是变好，反而是更坏了。或许，不帮才是对的。她甚至很盼望沈初云说介意，那么她就有借口坐视不理了。

第102章

回到原点

翌日，一切照旧，但临近下班时的一个电话，却是平地起波澜。

“你是沈初云？”

“是，您哪位？”

电话那头听起来是位有些年纪的太太，当她得到了肯定的答复之后，声音立马变得严厉起来：“我哪位不需要你知道，你只要清楚地知道自己是谁就好。一个好几年都下不了一个蛋的下堂妻，还想跟黄花大闺女一样进大户人家？”

沈初云丝毫不知情由，还以为又是哪里冒出来的对头，故意打来骚扰她的。便冷冷一笑，坦然地架起一只脚，向着电话那头问道：“哟，听这话，您一年能下好几窝呢？真是恭喜了。不过，我这里又不是农商部，打给我也没法给您奖励呀。”

听筒里传来了拍桌的声浪，紧接着那位太太就冲着话筒不管不顾地吼起来：“岂有此理，忆安怎么会看上你这种没规没矩的货色！你给我听好了，我们贺家绝不允许你进门，绝不！”

原来是贺忆安的母亲。

要说命运，真是冥冥之中自有定数。平时沈初云似乎不会这么让人下不来台，今天却很奇怪，明明听声音就知道对方不是一般人，却忍不下心头的那口气，非要顶回去不可。

她怔愣着放下了电话，嘴里一边呢喃了一句“那就不进”，眼泪就跟断了线一般，止不住地往下掉。

刚撂下这通电话，贺忆安便高高兴兴地敲门进来了：“密斯沈……”

沈初云赶紧将泪痕擦了擦，昂着头一脸倔强地说道：“我不去了。”

贺忆安的笑脸也就随之僵住，看她的脸色仿佛是受过什么气，但想一想又觉得没人会给她什么气受，因此就小声地试探着问道：“怎么了，有突发新闻？”

沈初云抿着唇，低头略略沉思一番，有一股子酸楚又从腹中翻腾上来，吸了一下鼻子，还是决定一次性把话摊开来说清楚：“贺忆安，我还是觉得我们做普通朋友比较好。你的母亲似乎对我……”

这时，贺忆安才恍然，昨夜贺太太打去他寓所的电话，口吻很奇怪，也很啰唆，说着说着又像是心中有气。因此就一拍额头，焦躁地原地转了一圈，抢着问道：“她跟你说了什么？是不是电话打到这里来了？”说时，就大步走过办公桌前，预备拿起听筒。

“你别闹了。”沈初云被他的动作吓得跳起来，扑到桌上要去抢那电话机。

却是迟了一步，早已被贺忆安整个抱在怀里。

沈初云急得了不得，跺着脚，扯着嗓子大喊：“你放过我吧，我难道对于自己的人生一点选择权利都没有了吗？我想清楚了，什么婚姻不婚姻的，又不是没有过，我也无所谓再不再婚，我不想表现得没有爱情就会死一样。人生苦短，我不想浪费时间去讨好你的母亲，请求她允许我爱谁或不爱谁。到此为止，你把这件事忘了，兴许过几年你会遇到更好的。单纯的工作关系，或许才是我们……”一边说，一边不住地滚下泪来，整张脸涨得通红。

贺忆安眼珠子暴突着，脖子上的青筋根根分明，神情凶悍得使人有些不认得了，咆哮着回问她：“就你有自由？我从前是逼着你一定要爱我，或是嫁给我了吗？你今天要是想说，因为我母亲做错了什么事，你不想继续，那我尊重你，大不了明天我从头开始追求你。但你不能决定我接下来的人生要怎么走。我尊重你有选择爱我和不爱我的自由，但你也必须承认这份自由是相互的，我完全可以自由地选择继续爱你。你接下来的话，要是预备跟我说，我必须忘记对你的感情，你才能和我继续相处这种干涉我人身自由的话，那么作为回敬，我也不允许你不爱我！”

一家伙抬出“自由”的话，倒让沈初云无从说下去了，只得转过脸去，沉声抱怨：“又不是要孩子脾气的时候，你这样有意思吗？”

“乐在其中，你管我。”贺忆安得意地冷笑一记，插上插销。

听到他已经往电话局报了号头过去，沈初云身上就不禁打起了冷战，想回身去抢，又抢不过。

贺忆安一边问家里用人太太在不在，一边向着沈初云挑眉，然后就听见他果断地冲电话里大嚷：“喂，妈！眼下我有两条路，要么终身不娶，要么就娶沈初云，您老看着办吧。”说完，很利落地把电话给挂了，挑衅一般地放回原位，对着沈初云歪唇一笑。

“你简直是……”沈初云又气又羞，一掌拍在桌上。

“不管我妈刚才怎么气的你，这会子她必然比你更气。”刚发泄完一通脾气的贺忆安此时觉得嗓子眼儿痒痒的，松了松衬衣的扣子，把语速放缓了，笑笑道，“这算扯平了。”

沈初云静默了半晌，才气鼓鼓地责备道：“你不要以为这么做很有魅力，为了爱情冲昏头脑，连家人都不要的行为，算什么浪漫？父母养育你一辈子，难道就换来了这个？”

贺忆安倒也不着急了，抚着掌，哈哈一笑：“你越说我越觉得咱们是绝配。你父母养育你一辈子，最后又换来了什么？就你这种因为没有爱情，宁肯不要家人也非得离婚的，跟我不是异曲同工吗？”

沈初云被他回驳得毫无招架之力，留下一句“简直是强词夺理”，就摔门而去了。

贺忆安心里怅然若失，好好的局面，竟然一夜之间又回到了比起点还更远的地方去。因此就叹着气坐下来，将脚高高架在桌上，仰着头望了天花板出神。

就听见隔壁有一阵笑声传过来，然后邓丽莎捂着肚子，艰难地走到这边来，倚着门冲贺忆安说道：“我说，要不你也别做什么摄影师了，干脆吃笔管饭得了。”说罢，捂着嘴又是一通笑，直把眼泪也给笑了出来。

贺忆安这会儿没力气和她抬杠了，摇着头，干脆地避了出去。

这日，韩仲平照例是正午十二点才起，吃过简单的早午餐，又穿着工作制服，预备上衙门点了卯就出去闲逛。

“你站一站。”梁绣珍从卧室冲出来喊住了他，晃着手里一小沓薄薄的纸币，质问道，“保险柜里的现钱，怎么数目不对？”

韩仲平打了个哈欠，伸一伸懒腰，回头一瞥，冷笑着问道：“我拿去花了，你预备怎样？”

梁绣珍追上前去，把手里的钱照着韩仲平脸跟前一摔：“什么叫我预备怎样，家里什么情况你难道不清楚吗？”

韩仲平这一向本就为这个事情头疼极了，偏偏又为着韩太太每况愈下的身体不敢发作，此时听到这样的话，当然气极了，一边将人甩开，一边就踏着大步一路说了出去：“吃老本的情况呗，韩家的家底够厚，我乐意，你管得着吗？”

“你别跟我装糊涂。”梁绣珍踉跄着追过去，两手抓着韩仲平右手的衣袖，使力将他拽了回来，“老太太身子这样，根本没工夫来分家当，眼下还是照着往常那样一起过，但每个月的月钱却砍了一大半。你倒好，从前怎么花如今还怎么花。刚过半拉月，钱就被你拿干净了，家里怎么养得起你，怎么养得起你外头那些小妖精？保险柜里那几个现钱，不是老太太心疼孙女给的，是我从自己的陪嫁首饰里换的！”

韩仲平想了想，看梁绣珍今天的样子，是要认真追问起花销来了，一时半会儿怕是走不开，就索性回到沙发上坐了。点了一根烟在嘴里衔着，也不想说话，只管将时间耗过去。

梁绣珍往他跟前一站，叉着腰怒冲冲地道：“别以为我什么都不知道，有对叫什么月仙月凤的姊妹，近来是不是讹上你了？”

被训了好半天的韩仲平，把跷着的二郎腿放了下来，拍着桌子说道：“你说话客气点儿，人家唱文明戏的……”

“文明的戏子难道就不拆白了？”梁绣珍跺了两下脚，抄起桌上那杯凉了许久的茶往地上一摔。

茶水溅了一地，往方才那几张落了地的钞票漫过去。那满地的狼藉也没人收拾，家里用人不如以前多了，蒋妈去韩太太屋里帮着洗衣服，到了这会儿也没回来。

夫妻两个闹了一场，韩仲平只把气憋在心里，眼睛向地上一白，照旧跟没事人似的坐着。

梁绣珍强忍着眼泪，高傲了半生的头，慢慢低了下去。当她拾起第一张十块的票子，摘去上头的茶叶沫子时，眼泪落珠一样地往下坠，掉在地上跟茶水一混，毫无踪迹。

从前，何曾将这一点子钱看在眼里过？跟太太们打牌时，玩得高兴了，一圈麻雀几百块的局也去过。现在，真是连想都不敢想了。

因为韩仲坤打算随向兰南下投奔岳父的关系，韩家的家产全都公开了，这是为了把四房该得的先算清楚。虽说股份也是钱，但是这几家公司韩家以什么理由入的股，梁绣珍是很清楚的。庙堂里换了乾坤，这些公司也就随着韩延荪的失势，慢慢地开始发生了贷款困难，前一段时间还听说有家房产公司的坏账被查了出来，都有破产的风险了。

她在心里默默盘算过，要是上审判庭打离婚官司，能主张得多少家产。问题是，有韩仲秋在，以他的处境和前途，怎么会想要先分家呢？一家人吃住在一处，亏空是一起的，只要韩太太床底的匣子没空，就有他的好日子，想是韩仲平也未必不打这个主意。

总之，这两兄弟的运势是到头了。

梁绣珍啜泣了一会儿，早已把人生看透了，对韩家二少奶奶的前途只是抱着绝望了。待到把地上的钞票捡齐了，冷哼一声："我也不跟你闹了，你爱怎么闹腾都行，我是不愿意当你的老妈子了。"然后，就走进屋子里，收拾了几件值钱的大衣，扛着箱子，抱着孩子，头也不回地出去了。

韩仲平望着她的背影，忽然有种不好的预感。但是再不好，也不过如此了。他还真有些羡慕韩仲秋这样的孤家寡人，一个人游来荡去不光是自由，也不用有什么近忧远虑的。没人唠叨着吃穿，没人唠叨着孩子大了要怎么办，倒也落个清净了。

手里的一支烟快要燃尽了，被烫着了的韩仲平才猛然一跳，丢掉了烟蒂。

身后忽然有人问道："弟妹怎么了？"

原来，韩仲秋出门的时候听见下人在说梁绣珍卷包袱带孩子地出门去了，就走过来问一问。

韩仲平心里清楚，这次跟以往不同，说出来的话却依然强硬得很："去娘家躲几天也就回来了，大哥别跟她当真，越当真越惯得她分不清我到底是姓韩，还是跟着她姓梁。"

韩仲秋看他脸上分明很忧心，只是不好意思直说，就笑着劝道："你呀，平日里看起来好相处，真到了要紧的时候，其实比谁都难讨好。劝你收着些吧，多一事不如少一事。女人都靠哄的，说两句软话也就没事了。"

韩仲平看着他愣了一愣，忽然沉吟道："大哥嘴上这样说，自己却不是这样做的。"

韩仲秋听了，苦笑着解释道："此一时彼一时，我当初对沈初云那样，是因为那时咱们家得势啊。”说罢，背着手，一路长吁短叹地出门而去。

其实，韩仲平还想说，大哥对第二位小嫂子不也没有很在乎吗？不过，看韩仲秋的样子，似乎根本也没把这段婚姻放在心上过。

鬼使神差地，韩仲平就在思考，自己对第二段婚姻也会更加地不在意吗？

想了良久，自己也忍不住笑了起来。怎么变得跟个娘儿们一样爱胡思乱想？梁绣珍不过就是回娘家住两天，还没怎么着呢，自己连再婚问题都畅想好了。因此就摇了摇头，从烟盒子里拿出一支烟来，又点上了。

第103章

仁至义尽

几个小时以后，邓丽莎赶到梁家。

因为梁绣珍此时回来，梁家的少奶奶们多少有些瞧不上，只给了她娘俩住的房子，派哪个用人去照顾，也没有什么明白话。

邓丽莎一路过来也没有人进去向梁绣珍说明，当她鼻子里闻到一股烟味，推开门看时，梁绣珍再想藏烟家伙已经来不及了。

“表姐……你抽上大烟了？”

梁绣珍放下烟筒，嘴里还呛着一口白烟，讪讪地低着头，道：“你表姐夫他……”

“表姐，人一旦染上了这个，也就跟废了差不多。”邓丽莎一副恨铁不成钢的样子，上去就想抢下烟筒来砸了。

梁绣珍想也没想，一把抱住，手上烫了三个泡也不肯松手。

邓丽莎见状便知这瘾有多深了，心灰意冷之下，眼带轻蔑地望着梁绣珍冷哼道：“我原还以为你是怕姐夫不上进、不出息，对孩子的将来不好，没承想你也不过是想甩开包袱，自给自足地醉生梦死罢了。”

梁绣珍顾不上手上的痛感，气呼呼地站起来反驳道：“我跟他不能一概而论，我是心里憋屈。他不出息就算了，他家老太太对着我，成天也没个好脸色。我不自己找乐子，岂不是白让他们给气死了？”

邓丽莎并不想往下去听，摆着手示意她打住，口中轻蔑道："该联络的我都替你联络过了。"接着，从包里掏出纸笔来写了一串字，递过去道，"才过去一年多的时间，但大理院的断案倒是有了很多的不同。初云离开韩家的时候，感情不和还不怎样容易离婚，如今为这一条理由判离的倒是很多见了。"

梁绣珍听罢，知道从今天起，见一面就少一面了，接过纸条一看，点着头将它叠齐放好，沉声道："那么……等我有时间了，自己去也行。"

邓丽莎应了一声"好自为之"，提了包走到门边，回头一望，便匆匆离开了。

到了晚上，沈初云转了几圈都没见着邓丽莎，一直寻到北屋子那边，才瞧见她又在黑暗中吞云吐雾。她的一双眸子在夜色中闪着，像是被雾气笼罩着。

沈初云不由得把脸一板，扭开了电灯，径直过去掐灭了烟头，埋怨道："哎哟，我说丽莎，这可不行，我得说说你了。烟有什么好的？抽多了可不卫生呀。"

邓丽莎始终没有抬头，看着玻璃缸子里的余烟，沉吟起来："烟有什么好……"于是，垂着泪，很平静地将她在梁家的所见，一股脑儿全说了出来。

沈初云不免叹息，坐下来慢慢地分析了一番："我看，按照西医的说法，这是情绪病，可不能马虎，该治还得治。或者你去和梁家的上人好好谈谈，或者好好想一想，平辈里头有没有跟绣珍交好的、说话管用的，总要想个法子劝劝她呀。"

邓丽莎眼里先是一亮，继而又去回想，当时梁绣珍是怎样死死地抱着烟筒，手被烫了都顾不上，心里不免又凉下去一截。摇头叹道："说这个已经晚了，我看她都上瘾了。"

沈初云打量她神色的变化，心知怕是有些话不方便直说。邓丽莎从来也不是个爱打退堂鼓的，会这样说，总是有什么难处让她觉得此事难以办成。也就没有继续追问或是建议，只是点着头轻声应道：“这个……多的我也不懂，只是仿佛听见人说，只要有决心，还是能戒的。”

是日，唐宋拿着一本小册子，鬼鬼祟祟敲开了邓丽莎的办公室，却又缩在角落里，涨红着脸什么都不敢说。

邓丽莎是急性子，哪里受得了他这样？早就一把抢过他手里的册子看了。

“这算怎么回事儿啊？”

唐宋赶紧解释：“我也不知道，我们都不知道。方才去外头做采访，听见……听见卖报的小孩儿在喊什么新闻界桃色……反正就是标题写的内容，我就买了一份回来。”

邓丽莎再细细看了一遍，凝神一想之后，忽然拍案而起：“竟然是他！别以为过去那么久了我就不记得，这个黄治升不就是前段时间打着我们报社的名号印伪书的盗版商吗？”

唐宋便点着头，恍然道：“看来，是那次得罪了他。”

“所以他就还是要踩着我们，预备东山再起是吗？”邓丽莎将小册子撕碎了揉成一团，往纸篓里愤然一丢。

“这种识字的流氓，除了靠这些小伎俩混日子，还能指望他向善吗？”唐宋走去泡了一杯热水，劝她冷静一些。

接上，就听见外头有人在招呼沈初云。

邓丽莎便赶紧挥挥手，示意唐宋出去做事。她自己则走过去，预备同沈初云商量一下这则子虚乌有的新闻。

原来，那位黄治升因为盗印伪书一事被发现，邓丽莎在山东那边的朋友又很上心，导致他从此做事束手束脚，也挣不着什么钱。于是，他索性一不做二不休到了北京，弄了一份《花国秘闻》的小杂志，依旧还是靠些不入流的内容混饭吃。而另一边，他又存着一份不甘，对于《良言》报社众人的举动很是关注。也不知是哪里打听出贺忆安对沈初云有意一事，就胡乱编写了一篇沈初云勾搭合伙人，靠那层关系做事业的诽谤之说。

再说回办完事的沈初云，她在路上也听见了满大街的议论，早已看过内容了。因此，心里很是烦闷。也不待邓丽莎开口，先就讨饶道："别说了，道理我都懂，你就留我一个人静一静吧。"

邓丽莎把嘴边的话暂时搁了，往后退了一步，站住一想，复又利落地走上前，执意向着沈初云说道："我也不是要跟你讲道理，只是……我要是你，到了这会儿就干脆享受人生得了。"说时，走过去往沈初云那个上锁的抽屉上一拍，"你看看你所宝贝的那一沓报纸，那些局外人别说拿你当朋友、当同志了，直白地说，你在他们眼里连个人都不算。你的人生不过是好玩可说的玩意儿，扬之上天，抑之入地。既然给了你伤风败俗的恶名，倒不如抛开包袱，彻彻底底地随心所欲一回。"

沈初云叹了一口气，心里那团乱麻怎么都理不顺。她往椅子上一坐，抬手抚着额头，闭着眼沉吟着说出一句："我有没有向你提过，贺忆安的母亲……"

邓丽莎收起情绪，缓缓点了一下头，叹着气回答道："那天我也在办公室，都听见了。"脑子里一想，口吻旋即强硬了起来，"可是那又怎样呢？不过就是不喜欢你，别愁得好像你必须要得到她的喜欢一样。我隐约记得，韩太太从前倒是喜欢过你这个媳妇的，到头来又怎样呢？"

沈初云依旧垂着头，苦笑一记，什么都不说。

清者自清这样的菩萨话，在这种境地是不起作用的。事实是什么，根本不可能传到每个人的耳里、眼里，最后也只能任凭他们去说。

邓丽莎则有些激动起来，由此事联想到整个社会对于女性的苛责，不免怒火中烧：“我们女人以前被当作牲口，稍文明了些，做些传统女子不会做的事情，就被当作笑柄，甚至是唾骂的对象。可他们是什么？除了嘲笑，除了借机宣泄男权思想动摇后日益崩塌的性别优越感，他们还会干什么？男子再婚就天经地义，这女子不过是有了爱慕者，就要背这样大的污名。什么有伤风化，什么本性放荡。我要是你，我就是要再婚，就是要风风光光办第二次婚礼，就是要抬头挺胸地告诉他们，女人离过婚怎么了？照样还是比那些从不离婚却东西南北各成一个家的男人强得多！”

沈初云的双手将脑袋一捧，连连求饶道：“好了好了，你的话扯得太远了，我根本还没有想到这上头去。”

邓丽莎顿了顿，才又不解气地继续说下去：“我不是要趁此机会来劝你，干脆跟贺忆安订婚或怎样，我只是觉得这种时候你要是躲起来哭，就输惨了。你赢了人家九十九步，难道就要输在这最后一步？你再婚也好不再婚也罢，与他们，甚至是与贺家的老太太有什么相干的？他们这样公然地歧视、嘲讽甚至是干涉一名女性的私生活，你抛开当事人的身份，是不是应该回击？”

沈初云望着邓丽莎，有许多话哽着难以说出。

人生真是奇妙，一年多的时光不算太长，但是改变了她太多。记得过去总是很在意别人怎么看待自己，还曾因为一些无端的揣测而失落甚至是绝望。现在都变了，仿佛不很为此生气，就连着急也是有限的。邓丽莎虽然表现得很气愤，言语中却也难掩调侃。

就在她想着这些时，邓丽莎又道：“你别这么看着我，你要是想避嫌，那么这件事交给我来做就好了。我只是作为本报主笔，来向总编大人您申请工作的。”

第104章

新的难题

沈初云忽然一下衔笑坐直，话还没来得及出口，就听见外头有冷老太太的声音传过来："哎呀，这不是报上说的，初云丫头的那位吗？小伙子可真俊！"

邓丽莎听见另一位当事人也来了，忙迎了出去："冷老太太，您……"

"我给你们送腊肉来了。"冷老太太把手里提的沉甸甸的腊肉举高了，向着她二人便是一笑。

身后的贺忆安心里忐忑不已，一直晃着身子，又想瞧一眼沈初云的神色，又不敢太往前靠，怕叫她见了心烦。

果然，沈初云目不斜视地走出来，只把冷老太太搀进屋去，就将门给关了，留下贺忆安一人面对众多同事各异的表情，有些不知所措。

冷老太太接过一杯热茶，笑笑地说道："丫头啊，你自己的眼光就是好。那小青年，我一见就喜欢。"

邓丽莎抿了嘴，转过身去只管往小瓷碟子里盛软糕。

沈初云苦笑一记，道："您可别来哄我了，人家怎么说的，我自己心里清楚。"

冷老太太很不以为然地摆摆手："你说这话，我一听就知道，你又犯糊涂了。其实明白人从来不会多说话的。我老婆子也活到这个岁数了，年纪越大话越少，因为明白人不乐意在这些事情上多费口舌，也不想跟别人掺和。就说我自己吧，丈夫刚走的时候，跟我的妈妈娘一起上街去卖刺绣，供我大儿子念书。茶馆里那些老爷那话多的哟，啧啧……可他们也只剩一张嘴活着了，整天价游手好闲，瞧谁都瞧不上，你猜他们现在怎么着了？”

听得有趣，沈初云和邓丽莎便齐声问道：“怎么着了？”

冷老太太把话放在心里一想，就忍不住地捂嘴笑起来，用气声答道：“都死在我前头了。”

这一打趣，倒让沈初云心上最后一点阴云也都散了，跟着咯咯地笑。

冷老太太又道：“‘真话难听’就是这么说的，明白人都闭着嘴好好地活着呢，听了、看了心里自有一杆秤。生活是很辛苦的，有钱没钱各有各的烦，没熬出头就未必能跟我一样闲着没事儿就过来看看你，但正经过日子的人也不会给你落井下石。那些话多嘴贱的，别看这一时嘴上得了便宜了，其实指不定哪天，吃错了药、喝高了，就死在这张没事儿干的嘴上了。”

邓丽莎将盛满了糕点的碟子往冷老太太跟前端去，然后也就笑笑地冲着沈初云眨眨眼。

一场不很愉快的舆论风波，就这么四两拨千斤地过去了。

送走冷老太太之后，贺忆安才得空能跟沈初云说上几句话：“你执意要把别人的错算在我头上，我也没办法。以我所知的历史，每一位开天辟地的伟人背后，都少不了黑锅。”

“你？”沈初云听了冷笑不迭，“有开天辟地之功吗？”

贺忆安看她脸色不算太差，渐渐放下心来，便笑着一作揖，讨好道：“我不行，但你可以啊，我就算是替你背的了。我觉得你现在要想赢那起小人，就该用实际行动证明他们都错了。比如，我明天包下真光门口的一堵广告墙向你求婚，这可以证明是我在追求你。然后我们三年抱俩，就可以向我妈证明……”

却是这一句俏皮话的火候有些过了，反惹得沈初云神色骤敛，晃着手指警告他：“别拿轻佻当幽默！”

贺忆安两手抱于胸前，努着嘴将下巴一点，若有所思道：“看来你比较喜欢绅士，就像我之前对你那样。可如果是这样，那你先前为什么又要拒绝我呢？害我以为你喜欢坏男人。”最后，兀自不停地颔首，像是下了决心，起誓道，“为了你，我决定还是变回原来的我。”

沈初云挑眉向他一打量，道：“贺君，你这两天的话真不是一般地多，而且句句都是狡辩。”

“因为爱情使我手足无措。”贺忆安厚颜地一笑，毫不介意这方面的批评。

沈初云弯唇一笑，点着头问道：“你知道我喜欢什么样的人吗？”

贺忆安前倾着身子，竖起耳朵来，表现出十足的兴趣：“什么？”

“喜欢工作上比我更专注的。”沈初云笑了笑，晃了一下脑袋，故意地说道，“可惜，你最近的所作所为总是在拖我们报社的后腿，所以我就不想喜欢你了。”

贺忆安听出这番话的言外之意，似乎于他很有益，不由得低头一笑：“这样的话……”

还不等他说完，沈初云就变了颜色，板起面孔严肃道：“我听朋友说，昌明书局现在已经不把我们发行的书摆在最显眼的位置了。于是我抽空悄悄去了趟，果然如此。”说罢，眼睛一直地盯着贺忆安。

贺忆安了然地微微颔首，又道：“如果我查出问题来，是不是就意味着……”

沈初云伸手一挥，含笑打断道：“应该说如果你查不出来，我对你的打分就会越来越低。”

“好吧。”贺忆安抚了一下掌，伸着懒腰站了起来，用西式的礼节，微微一弯腰，笑道，“作为股东，我也只能接受这个不平等条约了。”

走出总编办公室，邓丽莎不知何时已经直挺挺地站在了门外，伸出一只手来，小声微笑道：“恭喜你啊，看来总有一天你能成为沈先生的‘小白脸’。”

“这个……”贺忆安衔着笑，搔了搔头。觉得这话既中听又不中听，便背着手，自嘲地反问道，“哪有像我条件这么好的拆白党？”

稍靠近他们而坐的几位员工听了，忍不住扑哧一下笑了。

邓丽莎便扭头冷道：“都给我打起精神工作。”

这时，方敏站起来，冲着邓丽莎笑道：“我们进去聊聊吧。”

两人来到了沈初云的办公室，方敏拿出她手里的资料，说道：“我最近发现一些问题，都是关于《新声报》的。你们看，这是前一阵子热议的新闻。《新声报》自称收到匿名的读者来信，对方是一位家庭妇女，丈夫在燕大教书，家庭氛围却很保守，家里的女人除了不让上桌吃饭而外，还只能吃剩菜。”

一提起此事，邓丽莎就火冒三丈地拍起桌来：“我太记得这个了，这封读者信一登，有许多人都写信到燕大，请校长给个态度。”

沈初云也就点头道：“我记得丽莎当夜还去燕大校长家里坐了坐。”

邓丽莎便回忆道：“校长当时就说，希望能与这位太太取得联系，他要亲自教育教育这位老师。不过，这始终是《新声报》的读者，我提供不了许多线索，也就不了了之了。”说罢，不无遗憾地摊了摊手。

方敏不住地点头，接着道：“这封信给出的线索其实很多，譬如该女子的丈夫是教物理的，休息日还会参加一些提倡平权的社会活动。因为这位大学教师在人前和人后展现的性别观念大相径庭，所以这件事引起的关注度一直居高不下。正是因为给的信息充分，所以方便了我去查证信中所提到的这位丈夫。”她又从手边拿了两张纸分发，拿笔敲着桌子，提高了嗓音道，“但是，所有符合这些描述的燕大物理教师，他们之中要不就是没结婚，要不就是妻子是有工作的，并不是家庭妇女。”

沈初云看着纸上的名单，每位教师的基本情况都记录得非常清晰，也有回访的联系方式方便她再次查实。看完这些，不免将眉一蹙，沉声道：“不会有说错丈夫工作地点的妻子，难道是《新声报》为了隐去当事人的信息，故意做的误导？这也不对，如果是这样，那不是平白给燕大扣了黑锅吗？除非……”

“新闻是假的！”一边的邓丽莎已然得出了结论，一脸愤然地卷起了袖子。

方敏点了一下头，调整了情绪，继续拿出另外一沓报纸，说道：“还有这几份，《新声报》连续几周报道西山半夜闹鬼，说得是言之凿凿。据我所知，社会上有一部分爱好探险的，和一部分热衷于破除鬼神之说的青年，因为这个系列报道，都去一探究竟了。冻出一身病的还算好了，其中有一个因为半夜视线不好，摔下山坡骨折了，现在正在医院里躺着。结果你们也不难猜到，一无所获。”

沈初云连气都懒得生，只是摇头冷笑道：“两种新闻最惹人注意，气人半死的和吓人一跳的。”

邓丽莎点头附和道：“那么还是老样子，撰文批判。”

“还不够。”沈初云冷着一张脸，手握了拳往桌上一捶，“我准备……收购《新声报》。”

方敏呼出一口气，闭上眼睛想了想才道：“也好，等它只剩半口气了，想必也就要不了高价了。”

邓丽莎则是拿起《新声报》反复看了看报头，这才小声道：“这是一劳永逸的动作，我支持你。”

这虽然是很好的提议，可为了降低收购成本，第一步要做的，就是让《新声报》无法再维持下去，这就不得不叫三位女士心生感慨了。

第105章

以小博大

不出三日，贺忆安便完成了任务，回来向沈初云汇报：“你要我查的事，原因非常简单。”

沈初云搁了笔，凝神望着他直看。

贺忆安却不说话了，盯着自己跟前空空荡荡的桌子，摊手一笑，问道：“要杯水喝不算过分吧？”

沈初云提起的十二分精神就泄去了大半，抿了唇起身倒茶，故意恭敬地双手奉上，喊了一声“请”。

“不敢当。”贺忆安自是有礼有节地接了，喝了一口，便神情夸张地赞了一句，“芳香沁脾。”

“说正事儿吧。”沈初云归座，有些不耐烦地敲了敲桌子。

贺忆安撇了撇嘴，只得放下水杯，坐正了身子，认真说起了工作上的事：“昌明书局里的员工将我们公司提高分成比例，换取他们店里书架的最佳推销位一事给泄露了。”

沈初云颔首表示明白，然后问道：“所以，现在昌明书局的合作方，佣金比都已经和我们一样了？”

贺忆安连声笑笑，摆手道：“你太乐观了，现在反而是我们的佣金最低了。”

沈初云感到局面有些失控，敛目沉吟道："商业秘密走漏不算什么了不得的，可是长此以往，仿佛有恶性竞争之嫌吧。"

贺忆安便有感而发地叹了一口气："生意场上的小聪明永远都只是一时之计，维持不久的。总得不断地想新出路，才能一直立于不败之地。"

关于此话，沈初云也很认同，便征求起他的意见来："那么……依你看，我们要怎么应对呢？"

"我们得有自己的销售渠道。"贺忆安说着，将双手紧紧握了拳，往桌上一拍，很有些破釜沉舟的意味。

沈初云却将头一摆，攒眉答道："话是不错，但这是长远打算了，解不了燃眉之急。如果我们所发行的单行本，销售成绩继续下滑，很可能会引起财务危机的。"

这样一问，两个人都沉默起来，把现状搁在心里想了又想。

就在他们一筹莫展之时，隔壁传来了邓丽莎干练的脚步声，急性子的她一路说着自己的想法，便走了进来："我们把大大小小的书商都约在一起，开个茶话会吧。目的就是……"只见她贝齿咬着下唇，双手往办公桌上一支，立定了一想，眼里便是一笑，打着响指道，"确立一个行业内部的共识，并且一定要落实到纸上。"

沈初云点了一下头："你的意思是……"

邓丽莎接言："我是在猜测，用不断抬高的佣金来换取销售渠道，未必不产生财务危机呀。"

沈初云的目光望向窗外，想了一想才道："也是，利润太薄，销量再怎么大也有限，甚至可能会为了保本而降低内容质量。"

邓丽莎又笑道："降低质量可是大忌，所以我想，大家虽然咬着牙在割肉，却未必各个都心甘情愿。"

一直在思考可行性的贺忆安，也发表了一下看法："订立一份能被普遍接受的行规，杜绝恶性竞争，确保大小书商各自的基本利益。

无论是针对短期还是长期，这都不失为一个好主意。”

“就这样办吧。”沈初云见大家都以为此法可行，就拍了掌，看了看壁上的挂钟，算了一下时间，才道，“我现在有两个小时的空余时间，大一些的公司呢，还是我们亲自登门去请。如果这些人都答应过来，那么小公司一方面，去一封邀请函也准会来的。”

谈完之后，三人又各自分开行事。

沈初云到了昌明书局，这里的总经理顾长风接待了她。起初还是客客气气的，听明来意之后，却是一丝客气也无地冷哼道：“我说沈先生，你这么做会不会太不仗义了？提高佣金的话，并不是我们提的，是贵报社上赶着想出来的合同。现在眼看着大家都打这个主意，你就过河拆桥，反说是我们扰乱市场秩序？”

一想之下，以昌明的立场，确实有些无辜。那么大的馅饼塞到人家嘴里，刚吃了几口，又反悔说料放得多了，确也对不住。

因此，沈初云便赧然一笑，不卑不亢地把话给圆了过去：“您言重了，我绝无此意。每个行业要订立出各方都满意的协议来，并不是一朝一夕的事情。合作的过程当中，有许多困难是我们想不到的，也有许多好事一落实反而成了坏事。这自然不是贵书局的错，也不能说全是我们带头做的坏榜样，大家都是在学习中成长的嘛。”

顾长风鼻间轻嗤一记，从内侧口袋里掏出一个扁扁的皮盒子，抽了一支雪茄，架在人中处嗅了又嗅。虽压着声，却又很是故意地要让沈初云听见：“这可真是又想改嫁又要立牌坊啊。”

利用坊间传闻来挖苦，显然不是什么君子所为，也与方才谈到的话题很无关。

沈初云紧抿着唇，低了头想了一晌子，随之也冷笑道：“说得好像你先生从未享过齐人之福似的。”

“我……”被说中了短处的顾长风有些下不了台了，脸色便有些难堪，只好硬着头皮狡辩，“那怎么能一样？”

“是不一样，女人毕竟是女人，怎么能跟男人比？小书肆毕竟是小书肆，怎么能跟大书社比？”言语中带着几分讥诮，沈初云瞪着一双怒目问道，“您是这个意思吧？”

这话的确是顾长风心中所想，却无论如何不可承认的，只能借着点雪茄的动作来掩饰尴尬。

沈初云对他这种性别歧视的劣习很看不上眼，也不想多坐，一边说一边站了起来：“嘴皮子溜不算什么，关键是谁能得人心。这个茶话会，您来不来，或者说昌明书局支不支持，该开还是会开。哪怕最后只有几家小书商到场，依然还是会继续的。”

说起人心，自打苏振青那次有惊无险地出逃之后，沈初云在这个圈子里的声望大有追赶前辈之势。

顾长风顾虑此一点，倒也不敢继续同她口角，便皮笑肉不笑地起身解释道：“沈先生过谦了。闻京报馆一事之后，沈先生的声望比起从前又更进一步了。我呢，也不过是食君之禄忠君之事。沈先生站在我们昌明书局的立场想一想此事，要我们毫无怨气地为您的茶话会鼓掌祝贺，恐怕也有违常情。但是，我稍想了一想，觉得沈先生所言句句有理。关于抽成的事情，不如到了茶话会上，我们再坐下来细谈为是。”

“是啊，我的人生格言是言行合一、以理服人。牵三挂四的话，我总不会说的，好的不好的都等茶话会那天，有一说一地谈吧。”沈初云拿着皮手套晃了几下，原想直接戴上走人，最后却还是礼貌地向顾长风伸出了右手。

顾长风讪讪一笑，便回握着说了一句：“那么，到时见吧。”

沈初云则道：“先多谢您的捧场了。”

转身走出昌明书局没几步，就有个女书记员从后头追上来叫住：“沈先生，请等一等。里头有您的电话。”

沈初云不由得惊讶起来，一根手指点着自己道："打来这儿找我？"

那位书记员微笑着点头道："想来是急事，不然也不能巴巴地找到咱们书局来不是？"

"也是。"沈初云笑着跟在后头，又折了回去。

拿起听筒，只听那头传来的声浪是邓丽莎的："初云，是我。你先别出声，听我说。我现在在黄治升这儿，他有两句话要同你说，你可听仔细了。"说时，眼神一冷，冲着跟前点头哈腰的人一挑眉，就将电话递了过去。

只见黄治升赔着笑脸，恭恭敬敬地双手接了，直道："姑奶奶，我是……"

邓丽莎听了就不喜欢，厉声制止："别来那老一套！"

被这样一吼，黄治升一直嘻着的嘴，真有些不知如何是好了，只管往电话里求饶："沈大记者，沈总编，沈先生！是我错了，一错再错。您和邓主编都大人有大量，就此放过吧。"

沈初云的脑海里蹦出许多的"为什么"来，面上却端得很平静，也懒得去回答黄治升这小人的话，便唤了一声："丽莎。"

黄治升讨了个没趣却不敢表达什么不满，仍旧奉上电话道："邓主编，沈先生找您说话呢。"

只听沈初云忙在那边问："你怎么办到的？"

"我只是来讲讲道理罢了。"邓丽莎说时便是一笑，扭头向着另一张桌子上正忙于查验账册的几个人点了点头，然后又答道，"我想着要叫你也一起听听，但是算算时间呢，你这时仿佛还在外头，我就冒昧地问到昌明书局去了。"

原来，就在黄治升肆意揣测、污蔑沈初云的文章发表当天，邓丽莎就在想辙了。抱着试一试的态度，问了一位在商部谋事的大学校友，可听说过《花国秘闻》这本杂志，传言订阅量很大，想必上的税不会低。

不出意料，黄治升这种人是换个地方打一枪，哪里会遵守什么规定？他的杂志一件手续都拿不出来。眼下谁不知道政府缺钱得紧，薪水都快发不出了，没有的名目还要硬添上去捞钱，像黄治升这种情况，大概要收缴了全部所得，杀鸡儆猴一番才好。

不过今天的这个调查，为了确保不会扑个空，因此上来得很突然。

对一开始就不知情的沈初云来说，更是雾里看花了："我知道了，你做事也小心吧。其实这样的人，道不道歉我也不很在乎，你别出事才是正经。"

"不会的，这儿毕竟是北京，倒霉也轮不上我呀。"邓丽莎安慰了她一番就撂下了电话，叉着腰对着冷汗直冒的黄治升，冷声问道，"你现在知道来北京讨没趣儿有多蠢了？"

另一边，沈初云接了一个古怪电话的事情被顾长风知道了。他特意躲在窗帘后面，等到人走了，才走出来追问道："沈初云刚才在搞什么鬼？"

书记员便答道："好像是工作上的事情。"

顾长风叹了一口气，踱着步想了一下，觉得不会是巧合，特意把电话打来这里，定是有什么阴谋的。因此，就摸着下颌喃喃自语道："该不会是为了那个茶话会，有意让对方打来这里，在向我示威吧……这女人可真是难缠。"他怕是沈初云在来这里之前已经做了十足的准备，不敢对茶话会一事太轻视，忙回到办公室里细细琢磨应对之策。

邓丽莎无意中的电话自然是歪打正着了，不过这倒是后话了。

第106章

英雄救美

走在回去的路上，沈初云听见后头有个醉汉在喊她：“哟，这不是沈大记者吗？”

回头一看，不是别人，正是最近事业、生活皆不如意的韩仲秋，大白天就满身酒气地晃在街上，身旁又跟着一个浓妆艳抹的女子，正不怀好意地打量着沈初云。

“你好。”出于礼貌，沈初云还是向他们二人招呼了一声。

正准备离开时，却听见韩仲秋又在出言不逊：“我还以为你多了不得呢，原来也不过是靠男人。我对你是真服气，别是二郎神转世，有三只眼能预见未来吧。我们家风光时，你也曾谨小慎微的。遇到危机了，你又适时拿钱走人。跟你那个什么贺……到底是谁包的谁呀？还是说，你们跟密斯邓一块儿……是众乐乐呢？”说完，搂了一下身边女子的细腰，逗得她花枝乱颤直喊“讨厌”。

沈初云尽量劝着自己对于一些连人格都不要的游魂，适当要表现出大度来，忍着气转身折回去，对着韩仲秋咬牙警告道：“出门说话还是注意些，别污了贵府的名声。”

韩仲秋敛起肆意的大笑，往地上一啐：“怎么，许做不许说？你们新女性说什么反对纳妾，背地里不还是共用一个男人？”

不等沈初云回驳，就有人从后头一路问了过来："韩大少这是在谈什么生意经呢？"

韩仲秋眯着醉眼一认，来者就是报上登的那个人，好似前两年还在一些场合中打过一回照面。

贺忆安走上前，毫不避讳地先牵住了沈初云的手，然后故意向韩仲秋挑衅："听闻您最近干脆地住到了清吟小班，看来这日夜的缠绵，让您对于未来的事业有了些新想法。"

韩仲秋也不肯认输，回击道："我正想跟你讨教呢。拆白这一行，仿佛来钱很快呀。"

"怕是不及你府上的大少奶奶。"贺忆安笑笑地戳了韩仲秋，或者说是韩府所有人的痛处之后，对着身侧的人柔声道，"我们走。"

韩仲秋被激得失去了理智，隔着大马路就冲着他二人的背影大骂起来："沈初云，你这水性杨花的女人，在大街上就敢这么拉着男人的手……"

感觉到沈初云的手用了一下力，贺忆安回头不屑地向着韩仲秋一瞥，然后大步流星地朝街边的巡警走了过去，不耐烦地斥问道："衙门里欠你薪水了吗？有醉汉当街扰乱治安，你也不管管？"一边说，一边从袋里掏出一张钞票，往巡警的口袋里一塞，"这是你今天的工钱，干活儿去吧。"接着，就朝马路对面一指。

巡警冲那醉汉瞧了几眼，抬手一摸口袋里的钱，略略掂量了一番，就朝贺忆安点了点头，穿过马路，举起警棍道："哎哎哎，这路是你家的吗，想怎么走就怎么走啊？回头被车撞死，可别赖我们不管事儿啊。"

沈初云有些怀疑地抬眸看着贺忆安，见他一脸的胸有成竹，便转身，目光随着巡警而去。

"你他妈的知道老子是谁吗？"

"我知道你老子是谁，就是知道所以才不动手的，要不然早把你送进去学规矩了。”

这一来一去的对话，已经很叫沈初云感慨了，底下的话她不想听，也不关心了，大步一迈转进了另一条街。

贺忆安则死拽着手不放。

等到看不见韩仲秋了，沈初云抬起手腕来冲着贺忆安晃了晃，提醒道：“刚才谢谢你，现在可以放下了。”

“英雄救美不是图你一声谢的。”贺忆安又去牵另一只手，牢牢地握于掌心之中，“况且我救你于最无助、最窘迫的境地，跟这个一比，道谢显得俗气了。你就应该回报我一些我心里最想要的呀。以身相许这种不进步的奢念我是不敢存的，但你许我美人一笑总是可以的吧。”

沈初云忍不住莞尔：“这个要求倒是不高，可我的手又不会笑，你抓着不放，有什么意思呢？”

贺忆安挑着眉，站近了一步，笑道：“可我握了你的手，我就不自主地想笑。笑是可以感染人的，我一笑，你不是也就自然地笑了吗？”

沈初云只觉得被喂了一口糖，心里甜滋滋的，又不好意思在他面前表现出过多的羞涩，只得挪开眼去看别处。

这个冬天很仁慈，十天总有九天是放晴的，阳光一照，也就不觉得那么冷了。

望着明媚的日光，沈初云的眼里如闪着星星一般，望久了却不免泛起一层水光，叹了一口气，便沉吟起来：“这令堂大人要是看到了……”

贺忆安知道她始终顾虑家人的反对，忙剪断话头道：“她老人家替我高兴还来不及呢。”然后，扶着沈初云的肩膀，眼神坚定地望着她说道，“放心吧，我总会彻底摆平的。如果这一点子小事都做不好，又怎么敢向沈先生表达我的爱慕呢？”

他的眼神看起来很可信，但沈初云也不敢就此断定，这份真诚是永远不会变的。只是这一刻，日光打在他脸上，那么柔、那么暖，叫人一直地挪不开眼，情不自禁地沉溺在这一瞬的美好之中。

邓丽莎却远没有他们的闲情逸致，她跟邓太太有一个一直未解的误会，正待谈判。

“你究竟在搞什么名堂？谈得好好的男友，怎么就被沈初云截和了？她可真是好手段，想当初一无所有之时……”

“等会儿。”看着邓太太如此气急败坏，邓丽莎不由得好笑起来，“什么叫谈得好好的？什么叫男友？你在说谁？”

邓太太以为她是好面子，干脆装傻充愣想掩盖被人抢去男友的丑事，便气冲冲地回答道：“贺忆安啊，你们两个不是……”

这个不知来由的误解，差不多快被邓丽莎忘却了。此时再提出来，除了笑，她也不知还能如何应对了：“当初表姐找到我，给我看那些贺忆安的花边新闻，还说了许多奇奇怪怪的话。那事儿，我还不奇怪，她毕竟只是我的表姐，对我所谓的了解，免不了有许多的臆测在里头。可是，我是真想不到，您居然也会这么误会我。我从小到大是个什么脾气，你们难道还不清楚吗？我怎么可能会跟贺忆安走到一起去？”

邓太太原不肯信的，却因为邓丽莎神色平静，甚至笑得有些肆意，便觉得有些糊涂了。

邓丽莎便趁此机会，坚定地表明自己的态度：“您也好，父亲也罢，我劝二位都别再枉费心机了。我这颗心，眼下是只想许国不想许人。这一点，还望二老明鉴。”

“你这丫头，真是越来越没规矩了。”邓太太心里一凉，将咖啡杯摔在了地上。她真觉得女儿说出无心婚姻这种话，比向她哭诉爱人被抢，更让人无法接受。

包厢门外窸窸窣窣有动静，仿佛是这里的西崽要进来送点心，但是跟着邓太太来的用人听出里头聊得并不愉快，就没敢放人进去。

邓丽莎拿着小勺，一遍一遍地搅着，良久才沉声问道："父亲的总理大位坐稳了吗？"

透过窗外射进来的阳光，邓太太很轻易地就读到了邓丽莎眼里的意味深长，小心翼翼地试探了一句："你……什么意思？"

邓丽莎长嘘了一口气，在心里慢慢地想着。一切都只是猜测，虽然这个猜测的可能性很高，但要真是自己将父亲看得太不堪了，说出去的话可就难收回了。可设若这个猜测没有错，自己却什么都不说的话，将来回头看时，自己会不会太袖手旁观了呢？再者说，要是假设成立，并且自己也畅所欲言了，以邓廉的性格，真的愿意放弃政治野心吗？尤其是，该发生的都发生了，已然爬到了这一步，再要收手，还能全身而退吗？

想了很多很多的可能之后，她终于意识到，遮遮掩掩、瞻前顾后并不是自己的性格，终是对着邓太太直言道："偷的就是偷的，许你们偷别人，自然也有后来人觊觎你们的。家里女儿不止我一个，还是别在我身上费心了，守住你们真在乎的那些东西更要紧些。有些事，知道还装傻，就已经是我的愚孝了。我所受的教育告诉我，即便只是装傻，也很对不住良心了。你们再多要求什么，就别怪我冷漠无情了。"

此刻，邓太太脸上可谓五彩斑斓了，由红转白，再急得青筋尽露，最后就黑起脸来了。

按正常逻辑来分析，如果这番揣度与事实不符，邓太太不会仅仅是气急，而不说半句回驳的话。如果猜测不对，邓太太此刻应该是声泪俱下地控诉，天下怎么会有把亲生父亲看得如此不堪的女儿？

想通了这一点，邓丽莎犹如被冷水兜头浇了一身，不由得拍案而起："别的都罢了，你们爱对付哪家，就对付哪家。可是，你们连梁绣珍都利用，你们从前的好都是假的吗？”

邓太太握紧了拳头，急于反驳：“你一个小孩子懂什么？你父亲不过顺势而为罢了，就算他不出手，绣珍的事早被向兰盯上了。既然都是要发作的，那么为自己的亲人牺牲一点也就无须计较了。”

这突如其来的真相，让邓丽莎不由得冷汗涔涔：“父亲可真是个好渔翁啊！”说完，便逃离这个使她窒息的地方。

第107章

新年愿望

才入夜时，因为临近新年了，所以胡同里已经可以听到小孩子们玩响炮的笑声了。

邓丽莎洗了一把脸，在南边屋子里找了一圈也不见沈初云，倒是她最近常去的北屋子亮着一盏灯。便走过去，推门一瞧，倒着实有意思。这一向都是邓丽莎嘴里衔着一根香烟，冲着天花板大口大口地吐烟，今天换了沈初云干这个事。

“你这是哪儿学的臭毛病？”邓丽莎调侃着进了屋，顺便将沈初云嘴里的烟取下灭了。

沈初云微笑着点了点下巴，鞋尖往桌上一指，道：“还不是你买回来的？”

邓丽莎自认不是个循循善诱之人，干脆就坐下来开门见山道：“说说吧，为什么烦恼？”

为太多事了，譬如怎样一步步地迫使《新声报》出让经营权，譬如顾长风骨子里对女人的轻蔑，譬如韩仲秋的恶言相向，譬如究竟该不该冒着顾太太的不喜坚持跟贺忆安走下去……

可是，回忆去年，仿佛也是这些烦恼，为他人的言辞而伤心，为自己的感情而苦恼。一年过去了，还是绕不开这样的问题，是否显得自己这一年太不长进了呢？

与其沉溺于个人的种种境遇，倒不如把心思更多地放在正事上比较好。比如说，该不该利用自己拿命挣来的声望，在新闻界和出版界牵个头，成立个协会，这样既可以做到行业内的互相监督，也可以团结同人，更好地发展这项事业。一来可解决困扰老书商多年的烦恼，二来可扶持新书商快速地打开局面。

尤其是针对愈演愈烈的武力干涉言论，危险随时会降临，有一个靠得住的行业组织，显得极为必要。

不知不觉地想去，一个简单的问题，却牵出了很多的烦恼。

沈初云只得摇头苦笑道："太多了，一时无从说起。"

"我何尝不是呢？"邓丽莎喟然一叹，习惯性地又想去碰那烟盒子。稍待一想，觉得抽烟始终不是一个很好的示范，自己不珍惜身体就算了，如今闹得沈初云也跟着她抽，就有些损人不利己了。于是，将烟盒子往地上一丢，又狠狠地踩了一脚。

沈初云一直看着她的动作，觉得这样也挺好，因此只是笑笑。

邓丽莎忽然问道："你……后悔吗？"

沈初云一听便知，忽然变得扭捏的邓丽莎此刻也未必没有心事，便淡笑着劝劝她，也算是劝了自己一样："别总跟这个话过不去，次数多了就太矫情了。"

邓丽莎闻言，不由得笑了一阵，这才岔开话题，问道："又要过年了，新的一年，有什么愿望吗？"

沈初云认真地想了一下，其实贪心想要的，一箩筐都装不下，但已经得到的也可说是此生无憾了。因就笑道："愿有一颗不老心吧。"

邓丽莎便打趣道："你倒好，问你新年愿望呢，却把平生所愿都说了。往后，一年一年地过，对于这个话题，我岂不是都不需要再问了？"

沈初云则笑着回问道："那么，你呢？"

此刻，邓丽莎的心情同沈初云的似乎很一致。最后，很平和地回答道："我愿为自由为平等，尽我余生之力，替下一代好好掌灯吧。"

恰巧这时，胡同里跑过一群嬉笑的孩子。两个人听着那些天真烂漫的童言，心里同时想到一句很俗套的新年祝福，"年年有今日，岁岁有今朝"。被用得太多了，也不觉得什么，但仔细一想，这种极平常的吉祥话，哪里是舌头打个卷就有的？

沈初云郑重地伸出右手，向着邓丽莎一笑。邓丽莎会意，便回握着摇撼了几下。

农历新年之后，沈初云收到苏振青的来信，委托她接管《闻京报》在京的旧址和设备，既可借此扩大《良言》的规模，也可使《闻京报》以另一种姿态重整旗鼓。

邓丽莎捧着一沓材料，在办公室门口站了许久。

只见沈初云呆望着桌上的采访稿，敲门也听不见，人来了也瞧不见，一副心事重重的样子。

早知其心事的邓丽莎，终于耐不住性子，笑着进屋说道："我也不知道自己是来给恋人做调解的，还是给合伙人做调解的。"

回过神来的沈初云浅笑了一下，伸手指了指她手里的材料："《闻京报》那边的人员和设备都理清楚了？"

邓丽莎念头一转，把东西藏在了身后，严肃地提醒道："我认为，你现在最该理清楚的是自己的内心。贺忆安君对我们报社而言，有着不小的价值。可是我怎么听说，某些人因为一些私事，想要跟他拆伙了呢？当初，你极力支持并采纳他经营手段的理由，需要我再做复述吗？"

沈初云疲惫地往椅背上靠去，一手握成拳，轻轻敲在眉心处："你知道了吧，杭州那边来消息了，可能……"说时，她开了抽屉拿出一封信来。

邓丽莎却看也不看一眼，便问道："你是说因为贺君几年都不回老家团圆，所以他的上人就预备来北京'团聚'的事儿？"

沈初云收回手，透过阳光，还是能依稀看见一些贺太太的字迹。她把信一丢，闭了眸子，吃力地诉说着烦恼："我设想过许多种可能，这么多的可能都在告诉我，如果我们依然维持工作关系，再加上亲密的私人关系，局面会变得更复杂，前路也会更为困难。"

邓丽莎不以为然地撇了撇嘴："社会地位上，贺君是做了小白脸才声名鹊起的；工作成绩上，你是做了情人才能在低谷时拿到关键资金的。还有比这更糟糕的话吗？有什么大不了的，你出去打听打听，满大街没事干的胡同串子，不都在念叨这两句？我还以为你都习惯了呢。"

沈初云坐正了身子，苦笑着摆手道："古人有云，'一鼓作气，再而衰，三而竭'。勇气不难得到，难的是把这口气一直地延续下去。而且我也深知，亲人的恶言所带来的那种伤害，是会翻倍的。"

邓丽莎虽然是来做说客的，不过她不能为了安慰人，强行说理解，轻飘飘地说懂得，只会更让沈初云感到孤独。

她沉默地点了一下头，便走到外头，悄悄地打了一个电话："话，我可以给你套出来。不过这个结要怎么解，还得你自己想办法。你们有一辈子要走，未见得每回有了麻烦，都得我帮了忙，才能度过吧？"

入夜时分，不堪烦恼的沈初云靠在窗边，望着满天的星斗继续思考。

"如果你因失去了太阳而流泪，那么你也将失去群星。"贺忆安难得一脸的严肃，叹着气在旁边坐了下来。

沈初云微微侧目，感慨道："诗总是美的，可诗人是痛苦的。"

贺忆安直奔主题："来之前我还在绞尽脑汁地想从我浅薄的见闻

之中，找到一对一生无憾的贤伉俪，也好借此给你一些鼓励。可是，不知道是我太孤陋寡闻了，还是这世界过于残酷，这事似乎难办得很。”

沈初云摇头笑道：“虽然爱情很美，但我想应该不存在完全无瑕的爱情吧，正如同世上没有无瑕疵的人。”

“深感赞同。”贺忆安伸出手，掌心朝上握住了沈初云的手，“我们都有瑕疵，难免会被人挑剔，那又何苦为必然会发生的考验提前悲伤呢？”

他的坦诚反使沈初云露出了一丝轻松的微笑：“看来，你是打算以毒攻毒？”

贺忆安又笑道：“是的，我无法为你勾勒太美好的未来，那东西连我都不信。我只希望你万万不要因工作而抛弃生活，却也不能太囿于生活的烦恼，否则你在工作时会失去你独有的光彩。”

沈初云没有给出回答，只是默默地攥紧了手，用力到仿佛下一刻就会失去。

贺忆安抬起另一只手，不停地轻抚她的手背，试图安定她的情绪：“关于爱情，我们都懵懂，但关于自由，我们都是最坚定的斗士。爱情的自由保卫战开了第一枪，同为士兵的我们应该并肩作战，而不是畏缩不前。”

沈初云扑哧地笑了一声，低眸说道：“其实你这样说话，我真有点……不习惯。”

贺忆安缓缓地将唇覆在她手上，柔声道：“你还没习惯我认真时的模样，我却已经习惯了自己一旦认真起来，心头那股抑制不住的紧张感。”说时，他理了理沈初云耳边的碎发，慢慢地把额头贴过去，笑着说了一句，“工作的事我们可以再商量，但工作上的调整不该是你对生活的躲避。你不要着急，万事有我。”

沈初云眼里一热，伸手环着他的脖子，哽咽着点了点头。

第108章

披荆斩棘

贺太太的消息，来得比想象中还快。

沈初云被叫到贺太太所入住的饭店之前，还在三眼井胡同的分社做清洁。

出于守时的基本礼仪，沈初云没有工夫回去换身干净衣裳，就连头发也是靠双手一点一点梳整齐的。

到了房间内，她尽量让自己表现得端庄得体、礼数周全。

贺太太有意穿着黑色的长衣，脸一肃，很显出长辈的威仪来。手腕上是一对玉镯，耳朵上挂着两颗黄豆大小的珍珠，随着她的动作，一直地摆着：“不是生儿子的料啊。”

沈初云窘迫地低了一下头，随即有些哭笑不得地回道：“我设想过许多与您相见时的画面，也无数次地猜测过您的开场白，但这一句我真的没有料到。”

贺太太端着茶杯，轻吹了一口，拿着盖子挑着茶汤，叹气道：“我这样的年纪，无非就是操心操心孩子们的终身大事，吃吃斋念念佛修修来生。”

且不说一味示弱符不符合沈初云的秉性，在这种情况下，即使她肯一步步地不断退让，也未必能换来一个好的结果。

因此，她干脆直言道："佛祖是不会恶言相向的。"

话音才落，贺太太嘴里的一口茶差点就呛了出来。她像受了惊，又像受了辱，不停地拍着胸口，哎哟哎哟地咋舌道："我是不是还得感谢你，提点我该修修口德了？多谢你的好意，我的事情不劳你操心。倒是你们这种靠笔杆子吵架吃饭的人，要小心报应的哦！"

沈初云态度大方，坦然地接受她的奚落："举手之劳的事儿，倒是谈不上谢。真谈得上一个'谢'字的，大概是我改变了贺君游戏人生的态度。您也希望有人能时时提醒他，年富力强的时候，不该在玩乐上空耗了光阴，是吧？大部分父母都难做到的事情，被我轻松解决了。这一声谢，我还是当得起的。"

贺太太对此毫无招架之力，只管瞪大了眼睛，张大了嘴，在心里暗想：这样厉害的一号人物，将来真要进了贺家的门，一家老小哪一个能是她的对手？

沈初云给足了回击的时间，却未等来贺太太任何的回应。她偷看了一下手表，略带歉意地起身一弯腰："伯母，实在是抱歉。我今天约的工作不算少，我这个职业呢就是这样的，一天二十四小时，只要需要，我就不休息。虽然我很想留下来听您的教诲，但我以为做人的根本是诚信，您说呢？"言罢，又鞠了一躬，才慢慢地退到门口告辞而去。

"我儿子是要吃亏的……"贺太太一边轻声念叨着，一边心慌意乱地拿起电话插销，一顿乱戳，才勉强把电话接了出去。

约莫半个小时之后，贺忆安气冲冲地敲开了房间门。

贺太太一开门，便戳着他的脑门，开口嚷道："你的那个……"

抱怨还未出口，就被贺忆安抬手一拦："妈，别以为我什么都不知道！你今天吃了亏也是活该。谁叫你总爱自作聪明了？你以为我在场，势必会帮着她的对吗？其实你算错了，她一个以演说见长的大记者，对付你甚至都不需要带着脑子。我要是在场，我肯定是帮你的啊。毕竟，同情弱者是一种美德。"

被这一通半真半假的插科打诨一搅和，贺太太脸上很有几分缓和，别着脸小声嘟囔着：“就会油腔滑调！我可把话先跟你说明白了，她那样地忙，精瘦的一副身子，将来是很难生出儿子来的。”

贺忆安冷笑道：“生了儿子像我，成天同你作对，什么意思？”

一句话引得贺太太打也不是，骂也不是，笑也不是，气也不是。

贺忆安见她态度有所软化，挽起胳膊，搀着她老人家坐了，哈哈地笑起来：“我这个人呀，能给你生个乖孙女，就是对你二老最大的孝心了。你老人家想想，是不是这个道理？”

畅想起子孙满堂的晚年生活，终于让贺太太脸上有了一点笑。她随即把脸一沉，冷冷说道：“你先别嬉皮笑脸的，你以为我不看报、不关心新闻的吗？事业风生水起有什么用？那个沈初云不管哪次出来，人家都要谈一谈她的前夫。你现在沉溺在蜜罐里自然不觉得，等你们的爱情成了亲情，你能接受总被拉着跟另一个男人比较？”

贺忆安敛了一下笑容，低头沉思了半晌，才小声问道：“那您是怎么数十年如一日地忍受父亲的逢场作戏的呢？”他见母亲眼眶湿湿的，俨然是动了情，便更加地挨过去坐着，拉着母亲的手，一脸真诚地说道，“爱就行了，是不是？我是您的亲儿子，您的好，我身上都有。”

这自古只有女人为家庭委曲求全的例子，自己的儿子倒乐意开这种阴阳颠倒的先河。

贺太太还是有些不过意，只是拗不过儿子，最后只得无奈地摇头说道：“你别以为天底下就我是恶人，等你见了女方的上人就知道了，这世上也只有你亲妈最疼你！”

贺忆安大大地点了一个头，抱着母亲表示感谢。

处理完私事的沈初云，便匆匆赶往京津两地新闻同业交流会现场。

沈初云的发言顺序很靠前，足见同行对良言报社的看重。

代表《新声报》前来的姚太太坐在最后一排，不由得抚着额头，心有万千思绪，真不知该拿手中的报社如何处置才好。

只听沈初云慷慨激昂道：“过去这一年，涌现了许多无党无派，不畏军阀强权，坚持言论自由的独立报纸，为真理力争，为民众发声，这让我看到了新闻界之未来，同时也是独立思想之未来。积极的一方面，不消我多说。在此，我泼一点冷水，我认为报界要想有更长足的发展，必须有一定的危机感，首先要从自查自省做起。我想针对近期行业内的一些不良现象，做一番检讨。也借此机会，与两地的新闻界同人共同探讨，我们行业内部是否有必要对此进行约束。”

这时，底下已有对号入座之人，心虚地唱起了反调：“沈先生，我看您总是对这一行很看不惯的样子，那您又何必待在这一行呢？”

沈初云含笑冲着那位代表一点头，道：“爱之深，责之切。我认为眼下一些报社，为抓住读者的眼球，歪曲甚至是捏造新闻的行为非常不好，甚至可能给新闻业带来致命的打击。我们记者的职责是追寻真相，而不是制造矛盾跟恐慌。”说罢，将目光落在了最后一排。

这是故意而为之，从行业角度出发，内部形成自律守则是必然趋势；从私人利益出发，《新声报》越被孤立，越有利于低价收购。

姚太太感受到从四面八方投来的鄙视，不由得红着脖子，高声而虚弱地反驳：“‘信息’这个词，本就是中性的。我们拿到手一时分不出对错，也是难免的。”

沈初云冷笑一下，反问道：“因为一时分不清，就从字典里把‘求证’二字也给抹掉了吗？”

“那我们……”姚太太急得冷汗直冒，不自觉地缩了缩身子，“人谁无错呢？”

“不要混淆了概念，我在抨击的，不是收到了误导信息，不小心犯错的情况，而是手里没有信息，甚至明知信息有误，却依然知错犯错的情况！”说到激动处，沈初云走下讲台，语调激昂地一直说到姚太太跟前，“对，我们记者也是凡人，会犯错，也会被利用，我们不能保证自己永远正确。但我们至少要有一个底线，绝不能主动犯错！‘书生报国无他物，唯有手中笔如刀’。可你的笔如果是歪的，你的心如果是恶的，那你如刀的笔非但不能报国，还会成为谋杀这个国家的凶器。记者应该秉着一颗真心和良心，保证自己发出去的每一个字，都是尽自己所能求证而来的结果。我想，我们报界应该有这样的共识，那就是所有的办报原则里，‘真’永远比‘快’更重要！”

话音刚落，全场掌声雷动。

姚太太的脸绷得铁青，紧紧地闭上眼睛，一直都没敢抬头。

会场外，晚来一步的贺忆安在大门口与一位妇人不妨撞了个满怀。

“抱歉抱歉，是我走路太急了，女士，您没……”

对方认出了贺忆安的声音，表情从不悦变成了讶然，随后又很镇定地抬起了头，直视他道：“刚来北京的时候，你跟柴君是我最早认识的人。现在我要走了，你又恐怕是我在这里见到的最后一位故人了。”向兰嘴角噙着一抹自嘲的笑，匆匆步下台阶。

贺忆安从玻璃窗户的一角，窥见一点会场内的画面，不无鄙夷地冷笑起来：“姚太太此刻，大概是在替你背黑锅吧。早就听说四少奶奶热衷传播学，难道就只学了歪门邪道？”

向兰扭过头，只管微笑地望着正在接受同行审判的姚太太，眼中露出一丝遗憾：“是我被扫地出门了，她挨不挨骂当然与我无关。真不明白这行有什么好，非要不计成本地在里头扑腾。为一条新闻追上周年半载的，最后见了报，又能换来多少真金白银呢？倒是有不少人招来了杀身之祸。”

贺忆安将手插在兜里，沉下脸反驳道：“你会这么想，是因为你对这一行没有信念。”

“信念？”向兰仰天笑笑，睇着贺忆安摇了摇头，又撇了一下嘴，“别把自己说得那么高尚，你也不过是个商人罢了。”

“我这一辈子最讨厌两件事情。”贺忆安愤愤地追到台阶下，一本正经地伸出手指来数着，“一种，证券所里的混混总是说我炒股赚钱全靠有内幕；一种，照相馆同行说我生意兴隆全靠讨好各路女友。他们根本不愿意接受，我是一个在校刻苦学了几年经济的优等生，也不愿意相信我为了学摄影，把学校图书馆的专业书都看了一遍。”

“你想说什么？”向兰的笑容渐渐凝结，警惕地往后退了两步。

贺忆安的双眸森然一瞪，声音抬高了许多：“我想说，以己度人真的是一种面目憎恶的行为！你不善良就认定了世上没有善人，你没有独立精神就认为这世上每一个人都甘心做提线木偶。难道就因为你的内心黑暗，太阳从此就不升起来了吗？”

向兰的两排牙齿不由得恨恨地磨出了声，把毫无血色的脸往后一扭，气到发抖的手从包里迅速地掏出墨镜戴上，踩着高跷似的皮鞋愤然冲上了汽车，直奔火车站。

今天是她准备回南方的日子，因听说新闻界要办交流会，心里那股不甘不服的劲儿烧得她坐立难安。这才趁人不注意偷偷站在了会场外，想要弄明白自己究竟输在哪一点。却不巧地撞见了贺忆安，受了这样一番羞辱。

而会场内，姚太太跟着发完言的沈初云走到了门外，难以启齿却又不得不启：“上次你说……有意向盘下《新声报》。可你们最近刚刚接管了《闻京报》的旧摊子，真有这实力再盘一家报社吗？”

沈初云张了张嘴，却有一个声音先一步抢答了：“那要看是哪一家了，以《新声报》如今的销量和业界的名声，卖也卖不贵。”

两人同时回头望着贺忆安，一位是春风得意，一位则是穷途末路。

第 109 章

正道沧桑

方敏拿着自己刚刚完成的稿子，犹豫地敲开了沈初云办公室的门：“总编，这是……”

沈初云见她表情肃然，眼中隐隐带着忧虑，不免认真对待起这份稿子来。

历史似乎总是在轮回，苏振青揭露上一任内阁总理的事情仿佛还在眼前，而此刻，摆在沈初云面前的这份稿子，又与新任内阁总理有着相当的联系。

方敏走访得来的证据显示，议员资格脱离民众意愿太多。买选票是早有报道的，这倒还不算什么稀奇。也有包下大菜馆设宴招待投票者，以小恩小惠诱导干预选举结果的。更有甚者，联合当地乡绅，利用选民文化程度低的弱点，帮其代投。另一部分候选人，打听到了对手的竞选手段，非但不站出来制止，反而变本加厉地组织人手去投票站抢票。投票站的工作人员站出来维护秩序，却收到各种言语攻击，甚至是暴力威胁。

照此报道，两院议员的资格都得打上一个问号了。由这样的国会议决的内阁成员，自然也就站不住脚了。

沈初云脸色煞白，虚弱地呼出一口气，一时竟不知该作何表态。

方敏也很为难："这个不能完全算是我的稿子。密斯邓为此倾注的，何止是半年的光阴和心血。调查到了最后，很多线索都与邓廉发生了交集。她感到非常苦恼，起先也想征询你的意见，但她觉得你们二位都不是最适合做完这则新闻的人选。"

"所以她找到了你。"沈初云故作轻松地笑了笑，赞许道，"你完成得很不错。"

方敏并不为此感到轻松，拧着眉，神色凝重地继续说道："上一届内阁下野的同时，新闻界差点损失一员悍将。这次……我不知道该以怎样的笔触，来给这份调查画上一个圆满的句号，是暗指还是明示？而面世之后，我们的报社……"

沈初云无力地点了几下头，勉强微笑了一下："我明白你的难处，交给我吧。"

方敏见她一派自有主张的样子，也就放心地走了出去。

沈初云将这篇稿子和随附的几张投票站的现场照片看了又看。最后，颤着手在稿件上写下了三个字。

这时，排字房的小李正好过来催了："总编，今天的头条是什么？"

沈初云看着自己写下的字，愣了一下。好半天才忍着泪光，抬手一递，微笑地回答道："在这里。"

傍晚发报时，邓丽莎和方敏同时为之一振。但这一次，她们的脚步显然是落后了。

京师警察总监亲自率队冲进报社，二话不说包围了总编办公室，几个警察不由分说地将沈初云两手反绑，欲带离报社。

邓丽莎拦住警察总监，气得双眉倒竖，厉声问道："她犯了什么罪，为什么抓她？"

这位警监显然有备而来，面无表情地出示了拘捕令："污蔑国会，这个罪还小吗？"

沈初云冷冷一笑，不置一词，任由大兵押着她往车里一推。她此刻对于前来的警察完全无话可说，对于眼前这些焦心的同事又是不敢说话。她知道自己越是表现得无惧，越是开腔劝邓丽莎接受现状，事情越会往反方向发展。唯有忍耐，是她可做的。

邓丽莎急红了眼，扯着嗓子吼道："报社今天的头条是我挖出来，要抓就抓我！"

却有两个警察迅速擒住了她，拧着她的胳膊，不让她移动半步。

警监充耳未闻，把汽车门拍得砰砰作响。

这时，方敏也不顾旁人的劝阻，扑在车子上，用力拍打着车窗道："报道署名有问题，是我完成最后定稿的，坐在车上的人应该是我！"

一个佩枪的警察从后头拎起她的衣领，往地上一丢，摆手怒道："这坐牢也是能讨价还价的吗？去去去，别挡道！"说完，便往车上一站，吩咐司机开车。

街口忽然传来一阵鸣笛声，一辆黑色小汽车将油门踩到底，奋力追了上来。

站在警车上的警察举起长枪，冲着轮胎瞄准，一下子就逼停了它。

贺忆安急红了眼，一脚踢开车门，仅靠两条腿追出去几百米的路。

车上的沈初云看见这一幕，耳边尽是撕心裂肺的叫声，她也唯有默然垂泪而已。此时，她手心的冷汗湿得可以连成线。她不是完全无惧，也不是狠心不肯留下一句半句话。可是面对一个走在亡国灭种的边缘，却依然一盘散沙、争权夺利的国家，她的友情、爱情，她的一切小我，都变得苍白且无望了。

如此的乱世，不会给任何人偏安一隅的机会。不是她，就是邓丽莎，或者方敏。总有一个人要站出来揭露真相，总有一个人要站到枪口下。

苏振青可以做到，沈初云同样有自信做到。

被风扬起的飞沙割过贺忆安的脸庞，将他的五脏六腑割成了碎片。他的双腿不受控地狂奔在路上，可是他的理智在告诉他，解决问题的办法不是一路追去警察厅。

当警车最终消失在夕阳下，当视线内徒留漫天烟尘之时，贺忆安才勉强让身体受控于大脑，转而回到报社。

只听邓丽莎哑着嗓子在喊："给王校长和白律师打电话，务必快！"

满脸泪痕的方敏情绪激动地冲上前，一把拉住贺忆安的袖子，一直把衣服拽得滑落到了手臂上，惊惶无措地哭泣着："贺君，怎么办怎么办？初云也没跟我商量，就署了她自己的名，她是代我受过的……"

"我去找人交涉一下，看看能不能想办法先把人保释出来。"贺忆安行尸走肉一般地走到车子前，忽然想起了被打爆的车胎。愤怒的手掌落在引擎盖上，手臂的麻木感蔓延到了全身。

一夜的奔波，没有任何可喜的结果。所有能疏通到的关系，只能保证沈初云不会不明不白地死在牢里。探监被禁止，保释更是异想天开。

白远山探出消息，关于沈初云的案子有密令，三日后从速判决。

开庭当天，京师地方检察厅被学界、报界的人围得水泄不通，旁听席更是挤满了人，就连过道上也没有一个落脚的地方。

沈初云戴着手铐，被押上了被告席。她往旁听席上一望，与贺忆安的眼光正好一撞，然后便迅速避开。戴着镣铐相见，该有多么狼狈！如果沈初云只是个小女子，她也是希望做到女为悦己者容的。

可这一扇铁窗关住的，岂止沈初云一个人。

贺忆安的脸颊向里凹陷，胡楂显得有些粗糙，双眼更是因熬夜而红肿了起来。

邓丽莎目睹了这一切，悄悄地将自己的手帕递给了贺忆安，并对他轻声道："别看她，别去触碰她心里最软弱的部分。这个残忍的世界不会被眼泪软化，也不会为爱情感动。这场仗，我们只是旁观者。只要她能撑住，我相信事情会有转机的。学生和记者把这里围得像个孤岛，只要她自己撑住，我们就一定能抓住翻盘的机会。"

贺忆安没有说话，将手帕举在额头上，克制着内心翻江倒海的思念。

白远山作为被告代理律师，起身辩护道："我认为，在讨论我的当事人罪名是否成立之前，首先要弄清楚报道是否属实。如果选举过程中，存在抢票、代投、打斗的现象，那么侮辱国会的就不是我的当事人，而是所有参与闹剧的议员。"

检察官站起来反驳："被告刊登在报上所谓的真相，没有一个字是真的。"

"证据呢？"白远山立即问道。

"内阁阁员名单，是合理合法的。且内阁总理邓廉人品高洁、学贯中西、虚怀若谷、热心公益……"

"证据！"白远山拉高了调门，将手一摆，瞪着原告席，表情显得有些鄙夷。

"有……有！"

伴随着这一声毫无底气的应答，一份所谓的证据送到了审判长跟前。

白远山忍不住笑了一声，随即神色庄重，言辞激烈地驳斥这份虚弱的证据："我们在谈的问题是，政权势力是否把控了民间选举。而检方提供的，是一份国会如何通过内阁成员议案的所谓证据，简直是风马牛不相及。我代表我的当事人，还有到场的、未到场的民众郑重提问，究竟有没有相当的证据，可以证明两院议员的资格是符合民主选举的？如果议员席位被无耻政客所窃取，那么国会所通过的一切议案，又怎么能成立呢？"

旁听席上顿时掌声雷动，在哄笑声中，检察官为难地低下了头。

审判席上的几位推事互相交换了一个眼神，似乎是在达成一种默契。

坐在中间的审判长便装模作样地问道："被告，你有什么要说的吗？"

沈初云站起来，望着从斜上方的窗户洒落进来的阳光，不由得想着，外面的世界还会属于她吗？

既然无路可退，那便该畅所欲言才是。

片刻的沉默之后，沈初云挺了挺胸膛，面朝五色旗，一脸无惧地说道：“民国十年了，我们的国会拿出的成绩是什么？主义辩论靠揎拳攘袖，选举议员靠买票敲诈。利民之计未所闻，富国之策未所见，民意如何无人关心？我们的议员有多能争呢？单说民国元年就高喊的立宪口号吧，至今十年之久，仍不见其成。可今次之内阁选举，却意外地众望所归起来。在短短七日之内过五关斩六将，顺利通过三读。难道这意味着我们的国会终于团结一心了吗？我们该为此鼓掌吗？”说时，她的双手愤然往桌上一敲，布满血丝的眼睛死盯着原告席上的议员代表，从丹田里发出怒问，“朗朗乾坤昭昭日月，那些粉饰太平的冠冕之词，你们自己真的能脸不红心不跳地亲口读给四万万人民听吗？”

旁听席的声援再次震动全场。

审判长不停地敲锤，高呼“肃静”，随后冷声斥责道：“谁允许你议论国会的？”

沈初云坦然地高声回应：“人民！”

在一片掌声与叫好之中，审判长的声势显得虚弱了很多：“这是你最后的自辩机会。”

沈初云无惧地昂起了头，在心里做好了承受最坏结果的准备，冷笑道：“我行得端坐得正，不需要反复考量，更不会朝令夕改。倒是丑陋的谎言，需要一再地粉饰。”

现场气氛再次失控，隔着玻璃窗子，可以听见检察厅外越聚越多的学生和记者，正在齐齐喊出“发声无罪”的口号，要求当庭释放沈初云。

此时，一个从总统府内打来的电话，中断了庭审。

沈初云要说的话都已经说尽，在被带离被告席时，她终于觉得自己可以放下一切包袱，在人生的最后一刻，再看一眼心里深爱着的伙伴和恋人。可当她把脸转向旁听席时，眼泪早把视线给冲毁了。

贺忆安再也克制不住，从席上跳了两步，却被周遭的人一把拽住，提醒他以他的身份，任何情绪化的行为都会对判决结果不利。

门外，孟盼晴从人缝里一点一点艰难地挤到邓丽莎身边，大声喊着："有希望了，有希望了，国会自己打起来了，一部分老议员从天津和上海赶来，表示要声援良言报社，主张立即解散国会，重组老国会。"

"好，好！管他们到底捣什么鬼，只要能把人救出来就行。"邓丽莎挂着泪珠，转头不停地摇撼着贺忆安，"听见了吗，你听见了吗？初云有救了呀！"

直到希望具体出现的这一刻，放了一点心下来的贺忆安，却激动地落下泪来，把脸埋在手里，一直地不敢拿开。而邓丽莎忽然安静了下来，这意味着邓廉即将仓皇退出政坛。她自然认为这是好事，可心里却加倍地矛盾和痛苦起来。

"丽莎姐，我跟你商量件事，你看行不行得通。"

孟盼晴急切的话语，打断了邓丽莎的纠结，两个人悄悄躲去一边，议定策略。

而地检厅得到消息则更全面一些，几分钟前已经宣布国会解散，内阁集体下野。此时若要治沈初云的罪，无异于将民愤烧到政府头上去。

半小时后重新开庭，邓丽莎和孟盼晴按照约定好的计划，带领旁听席集体起立，高喊三声"自由万岁"，然后赶在审判长开口之前，又齐刷刷地坐下，以无声的抗议的目光，直视着审判席上的每一个人。

再次回到被告席的沈初云，见此场景不禁热泪盈眶，面向所有人鞠躬表示感谢。

审判长对于立场的尴尬，显得颇为无奈，艰难地读完了判决书，宣布沈初云当庭无罪释放。

顿时，由里向外爆发出持久而热烈的掌声。

沈初云被解开手铐的那一刻，就被冲上来的人高高抛起，那一刻的感觉，仿佛是置身天堂，她不敢相信，自己还能活着走出去。

当人们把沈初云稳稳地放下来时，贺忆安已然走到了她的面前。

两个人对面站着，虽然一直有人推搡着上前，也有不绝于耳的欢呼声起哄声，但他们的眼里仿佛只有彼此，世界也就此安静了下来。

满腔的心事待要诉说，却不知要从哪里讲起。

贺忆安红着眼圈慢慢地弯下了一边的膝盖，单腿跪地，向着沈初云伸出一只手。在此之前，他甚至不敢相信事情能够有这么圆满的结局，所以根本不可能有任何浪漫的预谋。手里没有闪耀的戒指，能代表诚意的，仅是一颗真心而已。他将另一只手，放在左胸前，鼓起勇气高声请求道："嫁给我！"

众人齐呼的一声"好"，飘荡在天空中，仿佛永远都不会散去。

沈初云哽咽到无法开口，只是一直拼命地点着头。她将自己的手交付出去的时候，整颗心如坠云端，眼前绽放出一片花海。她恍然是回到了十八岁那年的春天，与家中姊妹一起奔跑在桃花堤，彼时懵懂的她一直追着已经成家的姐姐问道："爱情是什么样子的呀？"

而现在，她已经看到了爱情的样子。

一场盛大而朴素的求婚之后，迎上来的记者再一次把沈初云拉回了工作状态。

"沈先生，对于这次事件，您有什么想说的？有过命悬一线的经历之后，您还能有足够的勇气，坚持最初的办报理念吗？"

沈初云回头看看邓丽莎，又望望贺忆安，最后闭起眼做了一个深呼吸，这才绽出一脸的笑容，回答道："可以说是感慨万千，但我一路走来总是无怨无悔。千言万语汇成一句，我希望所有认同共和精神的，想要为中国之富强民主贡献力量的同胞们，都能清醒而勇敢地意识到，我们中国人的历史之所以伟大，全在八个字，'天道酬勤、正道沧桑'！"她激动地将紧握的拳头举到齐眉高，"愿与诸君共勉。"